宁肯

三个 三重奏

THREE
TRIOS

男，1959年生于北京，中国当代小说家，北京作协签约作家。八十年代写诗，九十年代写散文，系"新散文"代表作家之一，代表作西藏长篇系列散文《沉默的彼岸》。1998年开始长篇小说写作，已出版有《蒙面之城》《沉默之门》《环形山》《天·藏》四部。著有散文集《大师的慈悲》。先后获得第二届、第四届老舍文学奖，首届施耐庵文学奖，第七届北京文学艺术奖，以及第八届茅盾文学奖提名、首届香港"红楼梦奖·世界华文长篇小说奖"提名、首届美国纽曼文学奖提名。

描过不贬义巨大而清晰的转型。没有比
搬进一九六零年前后的红塔礼堂更富
动感的了。一九六八年斯特恩来华接着是
梅纽因、蜚声国际的小泽征尔，都是红塔礼堂
那时与你走进它之前还是二十旧梦的人，
出来时你已是二十新人。

宇青

三个三重奏

宁肯 著

北京出版集团公司
北京十月文艺出版社

三个三重奏
THREE TRIOS

在完美的罪行中，
完美本身就是罪行，
如同在透明的恶中透明本身就是恶一样。

不过，
完美总是得到惩罚：

对它的惩罚就是再现完美。

——鲍德里亚《完美的罪行》

三个三重奏

THREE
TRIOS

序曲

　　几年以前，我有过一段走出书斋的经历。有九个月的时间我告别了书，电脑，轮椅，茶，过了一段铁窗生活。我不是犯人，只是有人提供特别方便，我在死刑犯中生活了一段时间。我见识了从未见过的过去想也没想过的看守所、审讯、行刑队、注射车、器官捐献，诸如此类。总而言之，我想看什么就可以看什么，我对看守所着了迷，以致后来有点习惯了死囚牢的生活。如果不是我的强有力的朋友出了点事儿——他在部里分管监狱工作，是这个系统具体的顶头上司——我着迷的时间可能更长。我交了一大批死刑犯朋友，九个月时间里送走了一批又一批，断断续续，总是没个完。我不能送走前面不顾后面，这样既不公正也不道德，也有违于一个准神职人员的工作。死亡没有临终关怀是一件很不人道的事，我觉得有人应承担起这项工作。我不能说我做得有多好，但确实有为数相当多的死刑犯经过与我的促膝交谈对来世产生了希望，我的抚慰不敢说超过了僧人、牧师或类似的人员，但也差不太多，有些方面我做得更好一点。我给他们阅读，讲故事，或是听他们讲自己，讲一生。我答应将他们写进我未来的书里，许多人因此把我的书当成他们的天堂，坚信死后将继续活在我的书里。我的承诺代替了天堂的承诺，很多人因此得到了救赎，即使没有也大大减轻了对死亡的恐惧。

但是有一天，情况发生了变化，把我搞糊涂了，我在狭窄的有铁栏杆的过道上看到我的强有力的朋友被押解着，从铁栏杆那边走过来，前后都有人。那种前呼后拥、众星捧月的架势让我非常不解，又十分吃惊，我的强有力的朋友气宇轩昂，目光冷淡，不可一世，虽然穿着囚衣但仍好像是顶头上司。他没戴手铐，没跟我说话，只是瞥了我一眼，好像完全不认识我。尽管如此，我还是从他的不可一世的目光中获知：我得离开了，否则可能就出不去了。

我明白了什么，又彻底糊涂了。我一刻也没多停留，没和任何朋友告别，没有握手、拥抱、难舍难分，只是一个人悄悄溜回了书斋。

因为惊恐、不安，许多天我在书斋里发呆，好像我和我的强有力的朋友有什么牵涉。完全没有。不错，因为他，我在看守所享有特权，但我们之间并不存在行贿或受贿那种让人产生联想的关系，我们根本用不着。事实上倒是他送了我一些东西，像照相机、录音笔、摄像机、纯皮公文包之类。它们都是名牌，进口货，价格不菲，但这可以反过来构成贿赂罪吗？另外，我在死囚牢没有任何违法行为，没有参与器官摘除、买卖，没有一个死刑犯因为我而改判死缓或无期或有一丝一毫的脱罪，最多也不过是让有的死刑犯多活了几天，实在是因为有的死刑犯有话没说完，至少应让他们说完话，我觉得。我觉得晚几天行刑应该不算什么，就算晚上半个月也不该成为问题。

但我还是感到非常不安，我的强有力的朋友（他是我大学时代的同学）从我身边走过的样子总是挥之不去，印象太深了。另外，我对我的书斋已感到非常陌生，差不多像一开始走进看守所一样陌生，两种陌生让我闹不清自己是离开了还是又回来了。许多天我不理发，不剃须，不洗脸，不换衣服，更不消说洗个澡。我一直穿着在看守所就穿的衣服，在我的书斋里它差不多就是"号衣"。我的那些书也像囚徒一样，在书架上待得太久了，我待在它们中间和尘封多年的书别提多相似了。

我的书斋，称得上一个小图书馆，有大大小小十几个书架，其中有十一个顶到天花板，有固定书梯和可移动书梯。我的轮椅就同时还是一个可升降书梯，我手摇轮椅，在书斋中默默穿行，一点声音也没有。我的书和书架布满了差不多一年的灰尘，许多天凡是我活动过的地方，比如取一本书或挪动一本书，都留下了类似小动物才有的痕迹，一些可能是我胳膊肘蹭过的边沿看上去也十分微妙，仿佛天坑。有一部分书架环形摆放，我在中间就像一只不大不小的蜘蛛，随时能到达任意一点。孩提时代我的理想就是住在类似蜘蛛网的图书馆，现在借助四周的镜子我差不多做到了，它们相互重复，无限扩大，我常常分不清哪些是镜子里的书，哪些是真实的书。有时我觉得自己走进了镜子好几天都出不来，并且看到许多个自己。是的，为了免于孤独，也为了更像是图书馆，我装了许多镜子，甚至就连过道也装了镜子。我可以在任何角度看到自己，太多的角度都有一个坐着的自己。

即使在工作台上，我也是更多时候坐着轮椅而不是靠背椅阅读、写作、喝茶或咖啡、听音乐。工作台在阳台上，像个书吧，有两台电脑，一台是笔记本，一台是台式。靠边是一台老唱机，带喇叭，仅是装饰，从没放过音乐，但也总像放着时间的音乐。有各种杂志，唱片，光盘，咖啡。天气偶尔会在一场大风之后特别好，有时我会坐在轮椅上的阳光中小睡一会儿，做一些梦。

　　我多次提到轮椅，但是我并非残疾人，我只是一个酷爱轮椅的人。轮椅方便了我在书架间快速穿行，此外我说过轮椅配备了可升降的铝合金梯，我随时可以在梯子上查阅那些接近房顶的书。有时我想要是有电动可升降轮椅就好了，那样我手指一按，整个人就随着椅子升起来，像科幻片一样。这种事也只是想想而已，即使伟大的霍金怕也难以做到。隔段时间我就要爬到高处对书籍做一些调整，把受到冷落的书往下放放，让低处的书上去。常常我就像玩一个人的游戏，转来转去，转来转去……我站在梯子上，看到镜子中的自己，镜子对面还有镜子，我看到无数个自己，奔跑的自己，台阶一样的自己，无限变小，直到镜子筋疲力尽……有一天我看到我穿上了当年的号衣，多么的恍惚，不知道几年时间忽忽就在镜子中过去……我觉得是时候了，是该讲讲我的那些已经死去的朋友了。一切都已尘埃落定，我的强有力的朋友也就是我的老同学杨修判了死缓，至"死"他也没提送我的那些昂贵的录音笔，照相机，公文包。这些我都保存得好好的，本来随时预备交上去。

　　但我要讲的不是杨修，或者主要不是他，我和他没什么可说的，倒不是因为我是胜利者他是失败者。不存在这回事。没有个人的胜利，也不存在个人的失败，我们都被某种桎梏束缚着，无论多么不同我们都是同时代人。因此我愿更多地讲讲别的朋友——那些死去的我曾承诺过的朋友。我知道他们期待着我，期待着成为我房间里的一本书。当然有些朋友我只会简单提到，他们无法单独构成一本书，但可以在别人的书中活着。比如有一对吸毒又贩毒的夫妇，所有的罪都是相同的，他们要求手牵手伏法，行刑人员满足了他们。我看到男人倒下时女人挽住了丈夫，行刑人员给了他们一点点时间差。大多数人不了解行刑人员，很多时候他们是很有同情心的，他们总是尽量满足死者的要求。我还见过一个十九岁的小伙子行刑了两次，第一次是在刑场；第二次是在火化间。到火化间时他突然醒来，慢慢坐起，发出了类似猫叫的声音。当时我和所有人都吓坏了，以为他死而复生，但行刑官见多识广，什么也不信，叫来了法医。法医做了检查，原来子弹斜着射入年轻人的脑枕骨，擦过硬脑膜动脉越过脑干从嘴里射出。这地方是大脑与小脑连接处，子弹只伤到了小脑，心还在微弱跳动，经过从刑场到火葬场的颠簸，到了火化间，年轻人慢慢苏醒过来。年轻人的父母一齐给行刑官跪下，父母亲恳求行刑官："自古死犯，一刀折罪，他已死过，就饶过他吧……"行刑官没任何犹豫，命令二次行刑。刽子手你推我，我推你，谁也不愿领命，他们也是有敬畏的。行刑官命令抓阄儿，抓到谁是谁。抓到"阄儿"的年轻法警瞬间眼底充血，把枪顶上膛，装进裤兜，没二话，进了火化间。我的年轻的发着猫叫的朋友想要下来，法警对着年轻人和蔼地说，他要检查一下伤口，让年轻人躺下。年轻人乖乖躺下，法警对准没有血的嘴连开两枪……

　　奇闻逸事太多了，那段时间我的生活充斥着奇奇怪怪与死有关的事——直到我的强有力的朋友杨修也走向这里，一切才戛然而止。现在我多少理解了他那种冷淡的毫无内容的又不可一世的目光，我不知道下面我要讲的两个朋友同他这种目光有什么联系，我倾向于有，但无论如何不太一样。

一

　　他叫杜远方，他的故事或许可以从楼梯开始：步履，重重的皮箱，我们看到皮箱在上楼，暂时还看不到他的全貌，只能看到腿，楼梯，灰色长外套，听到沉重但从容的爬楼梯声。这是一幢多层老式楼，没电梯，楼内墙皮剥落，过道堆放着各种杂物：纸箱，鞋盒，饮料瓶，自行车。自行车为防丢失锁在铁栏上。虽然整体杂乱，但卫生打扫得很干净，几乎看不到尘土。

　　杜远方提着沉重的皮箱上到了四楼，轻轻敲门。敲了若干次才敲开。刚才隔着"猫眼"，现在两人直视对方，杜远方报上自己的姓名。

　　"我能看看您的身份证吗？"

　　杜远方看着女人，这儿又不是旅馆还要身份证？似乎在问。但女人的目光坚定，杜远方慢慢地解开考究的长外套，从里面的西装口袋拿出一本驾照，自己先看了一下，交给女人。

"身份证在箱子里，这个可以吗？"

"要是旅馆，必须看身份证。"女人看着驾照，看了一会儿，又打量了一下杜远方，"我以为我弟弟又撒谎了，看您的驾照他这次没有，不过您的确不像六十九岁的人，我弟弟李平说来的是一位老人，我不得不看看您的身份证。"

"我染了头发，不然就是一个老人。"

"您不该染。"

相视片刻，女人闪开身，请杜远方进来。杜远方收起驾照，提着沉重的硬壳旅行箱从女人身边走过。箱子很高，里面显然满满当当的，一般的人可能都提不动，不过对于杜远方高大笔挺的身体反而倒有些恰如其分，似乎他的身材就该拎这样高大的箱子，小箱子会有些不恰当。正如女人所惊讶的，杜远方的确不像六十九岁的男人，甚至也不像六十岁的人，从体态到目光完全是常打高尔夫、保龄球的中年男人。保养得很好。如果没有某项健身运动不会有一种从里到外的健壮，加上西装革履，一顶鸭舌帽，几乎有悬疑电影中的效果。事实上如果单看五官，杜远方并不俊雅，脸圆、过于饱满、泛着与目光不相称的红光，如果不是板型很好的衣着，如果是通常的夹克衫，他给人的第一印象会是一个大腹便便、脑满肠肥的家伙。但是考究的一丝不苟的西装改变了他，目光改变了他。

他放下皮箱，坐在沙发一角，没脱下外套，似乎是暂坐的样子。如果女主人热情接待，外套应该立刻脱了，帽子也该摘了，或者女主人应该请求这样。但都没有，帽子与外套提示着两人的紧张关系。若是电影镜头这时可以强调一下冰冷的帽子、外套，女人倒水时的冷淡与无动于衷。当然，这之外还有些东西，他们都不年轻，都是过来人，经历了太深刻的东西，表面的冷淡与敌视是毫无疑问的，但并不说明什么，是成熟男人女人应有的。

女人四十岁上下，一脸风霜，身材很好，是个小学教师，严谨与风韵犹存同时对立地存在于举手投足间。最初女人的弟弟李平介绍杜远方来这里，女人不同意，"我一个单身女人怎么能让一个男人住进来？开什么玩笑？"李敏芬回绝了弟弟。李平死乞白赖恳求，说杜远方这人对他多么重要，但直到李平介绍说杜远方是一个近七十岁的老人，李敏芬才勉强同意了。因为无论如何弟弟开出的条件相当优厚，而她也正供着女儿读大学，何况又是个白发老人，应没什么男女之妨。应该说答应下来一直挺高兴的，有一种收入的安全感与性别上的恰如其分，因此女人一直以迎接一个老人的心态迎接来人，没想到在"猫眼"里就发现有点不对，打开门，完全是一个壮硕笔挺的中年男人。

必须看看身份证，而且——对这样的男人不必客气。

李敏芬没给杜远方泡茶，只用纸杯倒了一杯纯净水，一般性地问杜远方是否吃过饭，杜远方没有回答，既然不回答女人也不再问，直接介绍房间。敏芬住的是一套普通的两居室，厅不大，一组布艺沙发，一面电视墙，墙上有些黑白照片。电视旁一个透明鱼缸，鱼永不停息地在有灯照耀的翠绿水草中游动。黑白照片有种幽暗的过去时光的感觉，而鱼缸的亮度有些扎眼了，有些格调但又不太谐调。已是晚上8点多钟，天不算晚，不过这个北方的沿海城市天一黑就显得很晚，街上没什么人，也没什么车，街灯将主要街道照得很亮，看上去像个大城市。

杜远方以前来过这个靠海的城市，甚至在这个城市开过会，但夜晚进城还是第一次，自己开车更是第一次。李平把地址写得很详细，杜远方没怎么费劲就找到了这个再普通不过的小区。小区没有保安、大门，停车毫不困难，女人的楼下就有车位，但杜远方还是将车停到了另一个楼前。那儿有两辆车，加上他的一辆显得自然一些。停好车后就像我们常在电影中看到的，杜远方先在车里坐了一会儿看了看周围环境，觉得没有任何不正常迹象，才下了车关上车门从后备厢拎起很重的皮箱往回走，到刚才确定的楼门前，那时杜远方再次习惯性地看了一下四周，确定无人，才慢慢爬上了四楼。楼的一、二层与第三层的灯都不亮，他一直在黑暗中摸索上楼，但是到了第四层突然亮起，倒让杜远方一惊。他警觉地停在楼梯门前，因为有时问题就出现在这个瞬间，某种东西突然就等在这里。但是灯只是灯，没问题，不过是这层楼的灯保护得好些。杜远方打开楼梯门，到了要敲的门前。很普通的铁栏防盗门，已有些年头，干净，斑驳，杜远方记不得有多久没到过这样寻常的民居了，而且还提着箱子爬了四楼。不过从另一方面说，这么普通的地方对他作为房客的隐居再合适不过了。这儿包括整个小区普通得像汪洋大海——汪洋大海对他意味着什么？意味着找到他像海底捞针。

他对女人其实印象颇好，只不过完全没有表露出来。女人穿了一件暗红色宽大的羊毛衫，有些空荡，胸部不错，身体稍动即有动感，不太多见。显然这个女人的风韵更多体现在身材上，而且显然她自己也知道。至于神态之冷，通常冷是这类女人习惯性的铠甲，这样的女人怎么可能不经历太多的东西？不冷？冷既是她们受过伤害的反应，同时又仍是她们吸引人的不变的本能。她的宽大衣裙与其说意在掩饰身体，但转身之际则更像一种展示。杜远方虽说一生惊涛骇浪阅人无数，但从这个女人身边走过，还是感到某种逼人的难以抑制的东西。特别是当女人让开时，一个妙不可言的手势，瞬间的动感，简直就是一种挑战。他没有躲闪，几乎碰到，或者，已经碰到了。必须碰到。过道很窄，他又身材霸气，碰就碰到了。他知道，别的不说，至少那一"点"对女人是致命的，他似乎一上来就明白告诉女人你将是我的。当然了，杜远方也可

9

以绅士地面带微笑示意女人再稍稍让开一点，然后走过。这又是另一种风度。哪一种风度更好呢？他选择了前者，也就是本能。他无法不选择本能，知道有时本能更好。

女人居然没什么特别反应，脸都没红，似乎见得太多了，无所谓，这倒让杜远方有些惊讶。根据以往的经验碰到女人的敏感点无论如何女人都会有本能的脸红，而这个女人没有，倒是个难点。但也更有某种可能，双重的对立的感觉让只想隐匿不想有任何作为的杜远方产生了某种有点难以遏制的斗志，而且因为这种斗志他再次感到自己一种存在方式的可能。

是的，以往，他想，没有他征服不了的，无论是使用他的身体，还是身体之外的资源——这两者在他事实上是分不开的。杜远方接过纸杯时注意到女人的下巴有颗锐利的黑痣，那种锐性与女人低调的目光有种一致性，他喜欢这种一致性，太好了，他在放下杯子时对自己说，有点意想不到，或许天赐也未可知，谁知道会发生什么，太好的理由，他的心安了。当初李平介绍自己的姐姐是单身、小学教师、女儿在北京上学，而李平的其貌不扬让他完全没对女人有任何想象，倒是小学教师的职业让他有种莫名的尊敬，他觉得他就适合隐身于小学教师家里：有点文化，见识不多，乏味，但干净。

杜远方要在这儿至少待到半年以上，甚至一年。之前杜远方还有点发愁是否能坚持这么久，现在他感到释然。他有种难以抑制的兴奋，李敏芬，李平，难以想象是姐弟俩，几乎没一点相似之处，这个家怎么会出一个李敏芬这样的尤物而又会有一个歪瓜裂枣的李平？还真得感谢李平，过去他给李平发财的机会给对了。一个人就是要多布些点，不知何时有用。杜远方一边想着一边淡漠地听敏芬以教师的口吻介绍情况，以无动于衷对无动于衷，都掩得风雨不透。敏芬介绍了卫生间，浴室，洗浴用品，洗发护发，沐浴乳，都是一般老年人用的牌子，显示女人做了精心准备。杜远方告诉女人，所有这些东西他都自己带了，他的箱子之所以这么大，就是因为带了自己全部的日用品。杜远方没说自己带的东西更好，是舶来品，他的分寸把握得恰到好处。虽然没说敏芬也看到了，每件东西都如此精致，多是外文标签，有专门的男用护肤品、男士香水，她买的东西太普通了。难怪杜远方像中年人，保养得这么好，从他用的护肤品就一望可知。一个讲究的男人和一个不讲究的男人不一样，大不一样，就像一件物品保养与不保养大不一样。有的人的新自行车两年就不像样子，有的人的看上去还跟新的一样。汽车也一样。很多东西都一样。敏芬嘴上不说，但一件一件在浴室放置杜远方的日用品时心里是震撼的，甚至杜远方一开始打开箱子时敏芬就叹息里面的丰富、有条理，看到大大小小的包装，所有的东西都区分好了，这个男人内部的井然有序同样让敏芬叹息。

不过敏芬是一个看上去不为一切所动的人，不管杜远方显得怎样的不同，她都有自己的一定之规。从开始"敌视"性质的冷淡，到对一个"老年人"的尊重——帮他摆放东西——她已经很好地转换，甚至转换得多少有点故意，是的，当初看到杜远方风度很好的样子敏芬的确有点不易察觉的慌乱，有点措手不及，现在好了，她已从容地进入了新的角色：她不再直觉地把杜远方当成一个男人，一个对手——陌生男女从来具有对手性质——而是一个需要照料的老人。事实也应如此，杜远方来这儿的理由就是年事已高、需人照料，他的子女在国外，老伴也在孩子们身边。

敏芬把杜远方安排到了两居室的大间，看起来是照顾尊重老人，当然还有别的考虑。不过这倒也是早就安排好的，并非见到杜远方才现调整。大的房间明亮整洁，一目了然，宽敞，有阳台，铺了地毯，电视，藤椅，茶几，一张单人床，像老年人的居所，又像宾馆客房。敏芬一口一个"您"字，向杜远方介绍了房间的各种设施，包括阳台、花草、热水壶、微波炉、衣柜，以及一个简便的足疗器。敏芬对"老人"说："饭我会给您端这儿来，您就用这个茶几吃就行，它可以升降，您随意调整高度。中午我上班回不来，您会用微波炉吗？不会的话我过会儿教您，很好用的，我晚上多做出一点饭，中午您一热就行了。喏，就是这样，我早晨把饭菜放进微波炉里，到时您一转就行了，转到加热这地方就成了。"杜远方全无不悦之色，甚至也很配合地进入了"老年人"的角色，以至显出某种老年人的"笨拙"，让敏芬有些吃惊。

房间收拾得真不错，窗明几净，还有阳台。阳台有许多花草，一些秋天的花朵香气扑鼻，电视放在类似宾馆所用的那种电视柜上，比客厅里的电视还大。一台电话，一个暖壶，除了上厕所基本上可以不出屋。如此周到，杜远方当然明白实际上是把他隔离开来了，也就是说，房间客厅的使用权还是归女主人，他就不用出来了。在见到女人之前，杜远方倒是考虑过这种深居简出的生活方式，只是一个纯粹的房客，但是现在不同了，因此当敏芬告诉他如何用微波炉、如何转旋钮，当他一板一眼甚至有些迟钝地听从指教，结果到了最后他反而告诉敏芬：微波炉的器皿最好是玻璃制品，最好不用陶瓷，那样会有铅类物质放射出来，而敏芬竟然没注意到这点。另外，杜远方说微波炉开着时不要离得太近，至少保持一米距离。敏芬本能地瞪了杜远方一眼，有些生气，但很快还是恢复了"尊重老人"的声音与态度。杜远方没有笑，接着配合自己的老年人的有些"慢"的角色。杜远方明白敏芬这样做有敏芬的理由，很显然一个女人和一个陌生男人在一起会紧张，但是和一个老人就轻松得多。这种轻松，事实上杜远方也是需要的。他会让她更轻松的，他想。

二

　　一切安排停当，杜远方关上门，金属碰珠"嗒"一声响，不一会儿里面的灯也"咔嗒"一声关上，敏芬长出了口气。无论外表怎样淡漠镇定，正如杜远方所料，这种习惯性的"淡漠"不过是女人的铠甲，一旦卸下，她们的内心甚至更柔软、脆弱，因为铠甲反而伤痕累累，有时旧伤新伤会一起发作。杜远方碰了她的"点"她怎么可能没有反应？这是她现在长长出了口气的原因。

　　敏芬是在自己的小房间倾听到杜远方房门关上的，现在她打开房门，轻轻来到客厅。客厅还是原来的客厅，但已和以前不一样。尽管杜远方的门关得严严的，但他还是无所不在的。另外，敏芬一直没听到门闩插上的声音，那种金属的滑动她是能听到的，这样说来他可能随时出来。以往她住那个大的房间，虽然家里只她一个人，每天睡觉时她还都要插上门闩。那么他也应插上，她所有的事情都跟杜远方交代清楚了，就是没交代插门这件事。敏芬觉得不便开口，这事得凭自觉。她正奇怪着，突然听到了门闩滑动的声音。这对一个女人至关重要，特别是当家里有一个陌生男人。插是插上了，敏芬紧紧盯着杜远方的房门，她的耳朵非常灵敏，她觉得她应该能听到他走路的声音。可是没一点声音。那么滑动声究竟是关上还是又突然开了？之前插上过吗？她有点怀疑。她站了足有几分钟。她不怕他出来，他一旦出来，她会严肃地告诉他睡觉请把门插上。他没出来，那刚才应该就是插上了，她想，再次长长出了口气，几乎靠在墙上，她的内心与外表就是这样的不同，太敏感，太软弱了。

她完全轻松了——轻松地看了看鱼缸，鱼，她对它们如此熟悉，它们也像熟悉她一样纷纷向她游来，全都堆在她的手指前。往常看鱼是自自然然的事，今晚却因杜远方还一次都没看它们。她究竟是欢迎这个让她意外的人？还是不欢迎？为何如此不安？仅仅因为不适？意外？是的，她有反感他的东西，他的鼓胀的脸，泡眼，缓慢的目光，厚嘴唇，以及他的笨拙，哪怕是装出的。不过他的伪装是多么不动声色，意味深长，还有他的雄性的气息也实在是让她吃惊。这也是让她不安的原因，但这不安又和恐惧似乎无关——不安中为何有如此多的无名的像鱼的游动一样的喧响？她看着鱼想。

直到她抬起头看着墙上的黑白摄影，某种活跃的不安才又慢慢静下来。看黑白照片和看鱼的感觉不一样，鱼是敏感的东西，简直神经过敏，它们的不安甚至胜过她的不安。而照片如此寂静，像镇静剂。她喜欢摄影，但一点也不专业，也没有专业相机，仅仅是喜欢。她做小学教师教数学也谈不上专业，小学教师从来不是她的理想，但一教就教了许多年。她的理想是舞蹈，酷爱舞蹈，她的身体就是为舞蹈而生的，但阴差阳错没走上这条路，当了数学老师，再没改变过。小地方小城市就是这样，一旦选定方向是不大可能改变的。不能做专业舞蹈演员她就业余跳，无论是表演性舞蹈，还是交际舞、国标、恰恰、salsa，没有敏芬不会的。就业余者来说她跳得非常出色，简直不比专业演员差，她收学生，挣外快，在这个北方海滨小城的舞场，教跳舞的收入是她长期坚持下来的重要原因，事实上如果不是因为收入她后来也多半收手了。因为跳舞是伤害过她的，舞场上什么人都有，找她学跳舞的人也什么人都有，她要应付很多东西。这方面她经历得太多了，身心俱疲。她拒绝了许多东西，有人给钱再多她也不教，因为一望而知，这人是来做什么的。这样的人倒好拒绝，难的是有些谦谦君子，有钱，有风度，有很好的趣味，你一不小心就会投入进去，而结局总是一场梦。当然，她也因此练就了很毒的眼睛，到后来可以说已经百毒不侵。她还教跳舞，但现在她的房间里已没有任何与舞蹈相关的东西，甚至也没有与之相关的音乐，一切后来只剩下墙上的黑白照片。安塞尔·亚当斯的《月亮与半圆丘》、瑞士摄影师 Christian Coigny 的黑白人体，它们呈现的是世间万般颜色的抽离，只留下黑白与过渡的灰，时间与声音都剥离了，余下缄默的形体和暴露无遗的灵魂。她喜欢这种调子，每每伫立都会感到力量。除此就是鱼，水，翠草。这些鱼也简直就是一种秘密，是她不可捉摸又控制得很好的一部分，她看鱼就像看自己的心。她说不出什么，但是鱼似乎能替她说出。她想他那么壮硕的身子走路居然无声？无论他插上门还是开开，他都不会还一直站在门后吧？无论怎样，他应该肯定已到了床上，而且是轻手轻脚回去的。他控制自己的能力多强，她居然一点也听不到。是的，尽管她看了他的驾驶证，尽管证实弟弟李平说的不错，但李平说的都是真的吗？

她百分百地断定不全是真的。不要说杜远方，光凭过去李平的所作所为她就不相信。敏芬出生在省城，后来因为工作才到了这个北方海滨小城，她这个弟弟可不是省油的灯，从小就跟她撒泼耍赖，骗她的钱，长大了还骗，不仅骗她还骗父母。可老爸老妈就是偏爱儿子，把什么都给了他，连一生积攒下的房子都给了他，老两口回老家乡下去了，一切都是为了他。他一直做生意，总是赔钱，做什么赔什么。不过这几年好像突然好起来，还把爸妈接了回来，买了房子，接触的人也不一样了。但敏芬还是不信任弟弟。这次为了杜远方，李平一下把一笔数目不菲的钱打到她的存折上，倒让她有些惊讶。只是杜远方的年龄实在不像，难道驾照是假的吗？敏芬喂完了鱼，将鱼缸底部脏物抽走，新添了部分水。虽说不上每天这样但只要心不净就会做这件事。没看到身份证，不过听说驾照是可以等同身份证的，不必再看身份证了。好吧，就算他造假，为什么要造假？哪有把年龄往大里造的？难道就为了让她同意他到她这儿来？

从哪儿看杜远方都不像造假的人，她用手去触鱼，这是从没有过的，它们跑了，又回来，围着她的手指。他和弟弟是两种完全不同的人，他们怎么认识的呢？敏芬不明白他为什么住到这里，他有钱，出手阔绰，所谓年龄大想要人照顾，那还不是轻而易举？他真的需要照顾？以她的阅历杜远方绝不是一个普通的人，在舞场上她见过的不普通的人太多了，她总是一眼就看到这些人的骨子里。但杜远方似乎和他们还不同，尽管他碰了她的胸。

但是难道李平为了赚钱在出卖她吗？出卖她什么呢？她已半老徐娘，还有什么可出卖的？当然，在过道，在打开门那一瞬间他们四目相视，她清楚地看到他眼睛里的东西。这东西她是太熟悉了，他直视她的身体，毫不掩饰，她也没掩饰，针锋相对，这时不能躲避。这种交锋并非没有损伤，那就是你会对他印象太深。这是危险的，虽然他避开了，但是某种东西已深深印在她心里。而杜远方只要不看她，就像距她千里之外，好像对她完全无兴趣。可正是他无视她的时候竟然碰到了她，不管有意无意——多半有意——当然过道的确狭窄——不过如果真是有意可是太精确了：刚好碰的是她的"点"。

那一刻，像鱼一样，一种惊心的感觉遍布全身，她为什么不戴胸罩呢？平时还是戴的，但这天没戴。没戴就被他发现了，碰了，好像完全无意的，她恨他的无动于衷的精确，恨的程度刚好够她掩饰身体兴奋的，因此对这个人越发冷淡，决定无论这人是否老人，都把他当成老人。当成老人对他实际也是一种蔑视。另外当成老人她也才觉得安全。当然，还有别的。

敏芬到了浴室——杜远方刚刚用过的浴室——浴室收拾得非常干净，除了多了一些井然有序的物品和一些不同的更有品质的味道，一切都没什么变化。镜子、马赛克墙没一滴水，更不用说地面，一切都擦得干干净净，一尘不染。细节总是最能打动女人的东西，这点和男人正相反，因此女人的无理性通常也体现在细节上。一个小小的邋遢行为会毁了女人的情绪，而出乎意料的精细妥帖却让人心动。敏芬甚至没有冲洗一下脸池、墙壁、地砖，卸掉妆便开始站在喷头下冲，没有任何不适之处。一般女人最反感陌生男人用自己的浴室，谁要用了总觉得别扭，更不用说一个老头；如果再弄得乱七八糟，到处是泡沫，心情就会坏极了，以致会呕吐。但此刻敏芬却毫无此感觉，某种味道让她神清气爽。说不上他用的是一种什么香水，她看到了镜前一个香水牌子，知道这香水非常昂贵，更确认杜远方不需要照顾。他把自己照料得非常好，简直太好了。必须警惕这个人，他的一切都太危险。她漫无目的地想着，不时地不自觉地从胸"点"上划过，以至那里变硬才意识到自己的行为。她的脸红了，却难以自持，继续，非常舒服，之后像以往有时候不断把

17

肥皂泡送入体内，反复，快速，滑动，喘，叫，以致失控，直到虚脱，软在浴盆里。很长时间她不愿睁眼。她恨自己。他碰了她，让她如此下场，恨，发誓自己会永远记住某种东西①。

---

① 我描述的敏芬并不完全是生活中的敏芬，我必须承认与真实的敏芬尚有差距。我只见过敏芬三次，有两次是在当年的看守所。那时敏芬作为杜远方唯一的"亲人"探视杜远方，两人隔着玻璃相见。杜远方戴着镣铐，敏芬把手伸过小窗握住杜远方，连同镣铐。这种相见场景我见得多了，没什么特别之处，就算一句话不说的也见过。但敏芬的无言还是给我留下深刻印象，她一言不发，就是握着杜远方；没有泪水，看上去也不是很痛苦。他们不是亲人，甚至也不像是情人，手偶尔动一动。我注意到敏芬手的情形，她摸他的手，也摸冰冷的镣铐，或两处一块摸。摸铐显然是一种无意识行为。像这么安静爱抚的生死相见我还见过几起，死刑犯的情况通常非常复杂，有各种各样的甚至语言无法表达的东西。敏芬走时我送她到车站，第一次还请她在车站喝了咖啡。第三次见面是几年后为写这部小说，我来到她住的海滨小城。几年不见有一种格外的亲切，仿佛故交。这次见面当然可以分为若干次，因为我在小城住下来，我们又一起去了省城，看了杜远方的墓，再回到小城。在杜远方墓前敏芬长时间抱着墓碑和鲜花，泪眼婆娑，在她的散开的大波浪的长发中我对着花、墓碑、脸、泪拍了好几帧照片，后来都寄给了敏芬。时间增加着她的痛苦，比在死牢相见要敞开得多。那次出行我还见了其他相关的人，收获甚丰。我甚至就在海滨小城宾馆开始了写作。关于我要写的这本书，敏芬一开始要我略去她的真名，不过最近她打电话来又同意用真名。我说会有一些让她难为情的描写。她不在乎。她告诉我，杜远方是她一生中重要的人，最爱的人，亦是她

杀死的男人。说到最后敏芬在电话那头激动难平，我能听出痛苦之中的成就感，成就感中的痛苦。在小城我没见过她的那种成就感，以及随后的哭泣。杜远方已死多年，敏芬却越来越深刻经历着这个杜远方，电话中又讲了许多杜远方的情况。

三

生活有时就是这样，一些不假思索认为的东西会出乎意料。敏芬本来有点满意自己把杜远方固定在大屋，同时觉得杜远方不会善罢甘休。然而什么都没发生，开始敏芬还以为杜远方要什么把戏，后来发现事情不那么简单。

杜远方深居简出，比敏芬预想的见面还要少，从不挑剔饭菜，房门总是关着，且关得很严。即使每次上卫生间回来也总是"咔嗒"一声很响地插上门闩，似乎有意让敏芬听见。每次敏芬也的确会听见，不仅听见插也听得见开。开的时候同样响亮。但门总要稍迟一点才打开，好像给厅里看电视或做什么的敏芬一个准备。杜远方去卫生间穿过厅里从不跟敏芬打招呼，不看厅里是否有人。除非迎面撞见敏芬才会勉强地点一下头，好像关系一般的邻居。这一切和最初见到的杜远方那种男人的目光完全不同，好像换了一个人。

早餐不用敏芬管，杜远方散步到街上的肯德基吃，午餐敏芬在学校，也是杜远方一个人吃，因此除了周末双休日，一天之中有时只有送晚餐他们才匆匆见一面。送餐基本也还是无话，不过是敏芬问问饭菜如何，吃得合不合适，想吃什么，有什么要求，加些什么，咸淡如何。每次杜远方的回答就两三个字，"很好"或"不用了"，不多一字，也不客套，从没说过一次"谢"字。此外，他的目光不再在她的身体上停留，目光几乎是空的，像空镜子；他沉默，异常好伺候，但又无视她做的一切。他真的不像一个老人，也不像中年人，或者就不像一个正常人。关于饭菜敏芬后来觉得问贫了，老是那几句话，都不愿问了，以致有时送餐竟无一句话，布好菜即离开，完全像服务员一样。事实上还不如服务员，服务员还会例行公事地说一句"您慢用"，敏芬没有。

当然，饭菜说简单也不算简单，三菜一汤，荤素搭配，或鸡或鱼或肉，总是换着样儿做。这点敏芬不含糊，杜远方给的钱不菲，简单了说不过去，因此每次都配有红酒，无论如何这点敏芬不能含糊。红酒在房间的玻璃书柜里，每次敏芬都要拿出来倒上一点点，酒瓶与倒好的酒杯放在一起，让杜远方自便不再请示，又少说了一句话。杜远方喝得不多，一瓶长城干红一周才喝完，其实就算一天一瓶杜远方给的钱也绰绰有余。敏芬本来也是这么准备的，李平交代杜远方餐中要喝红酒，有量，现在看来杜远方似乎并不是个饮者，这倒让敏芬有些意外的好感，但更无法断定杜远方到底是什么人。

关于杜远方，李平提供的背景情况很少，也不让姐姐敏芬多问，只说杜远方很重要，于他有恩。安全上绝无问题，弟弟可以担保。敏芬也是看重这笔钱也才没多问，要说钱的力量也是真大，因此敏芬也姑且相信了杜远方的孩子和老伴都在国外的说法。但不管杜远方是什么人，他们第一次相视就有一种"敌视",这东西和杜远方是什么人无关。

这天——又是周末——敏芬决定打破什么，主要也是被一个日子牵动，心血来潮，晚餐做了许多海鲜。有白虾、海蟹、牡蛎，辅以姜汁作料，十分精心，外加了一瓶香槟。来来回回敏芬端了许多趟，杜远方最后也只是淡淡地说了声"谢谢"两字，拿起蟹就剥，非常熟练，好像在海边的餐馆一样。今天是敏芬的生日，敏芬本想说一下今天为什么要做这么多菜，还有香槟什么的，但是最终没有说。因为敏芬想也许杜远方看到做了这么多海鲜会问点什么，那样的话她照例冷冷地告诉杜远方今天是她的生日，当然如果他进一步提出共进晚餐以示祝贺的话，她会装作想一下再接受。毕竟一个人过生日是蛮孤单的，哪怕有只狗陪着过也是好的。然而杜远方什么表示也没有，富有暗示性的香槟酒也不喝，动也没动。红酒她今天没给他倒，他也没自己倒。总之新鲜食物和酒对他像无物，他不过是以一种机械动作在吃。

敏芬送最后一道菜时杜远方正在剥着一个海蟹，一边还在不时瞥一眼旁边打开的《周易八卦立体坐标图》。她一直没多看这张图，这次不顾杜远方会注意到认真看了一会儿。乾：$x=1$，$y=1$，$z=1$；兑：$x=0$，$y=1$，$z=1$；离：$x=1$，$y=0$，$z=1$；震：$x=0$，$y=0$，$z=1$；巽：$x=1$，$y=1$，$z=0$；坎：$x=0$，$y=1$，$z=0$；艮：$x=1$，$y=0$，$z=0$；坤：$x=0$，$y=0$，$z=0$……完全看不懂，凭这张坐标图杜远方像个大学数学教师，但敏芬又立刻否定了，这和她所教的数学——哪怕是小学数学——完全无关。或许杜远方是个什么学者专家之类？可是她发现他的书都是同一类书，都和《易经》有关，《周易预测》《易经卦象》《图解周爻》《八八六十四卦》《麻衣神相》《推背占星》。难道他是算卦的？卦师？

茶几上还摆着火柴棍一类的东西，有各种图案，别说看不懂，敏芬见都没见过。也许这就是传说中的卦相？每天的卦相？不同时间的卦相？每时每刻的卦相？每次进来送餐敏芬差不多都看见杜远方在一手拿图一手移动小棍。要真是卜卦大师那可真不得了，那或许就是住到她这儿的天师神仙！而且，回想起杜远方当初对她的注视也的确像，那眼神几乎要看穿她——就是第一天刚进门的时候。那时她以为是通常男人看她的目光，她太熟悉那种直接的目光了，杜远方更直接。但现在看这种"直接"或许因为他还有另一双看相的眼睛？他在看穿她？看她的命？或许他真的是个学者，她猜过他是个教授学者①。

---

① 按某种标准或头衔算的话，杜远方应该算是《周易》的权威了，因为名片显示他是东方易学研究会名誉副会长，《周易》国际论坛年会名誉副主席，《易经研究》丛刊编委会名誉主任，若干所大学的客座教授。除了这些响当当的头衔还有预测学、未来学、生命科学之类的十几个头衔。我记得当我表示想要收藏他的这部分名片时，戴着重镣的杜远方只是笑，不屑一顾的样子。他的笑让他的手铐脚镣仿佛变得轻了一些。我无法形容他的笑，像是彼岸的笑，我们的交谈也像是在彼岸的交谈。

"这儿难道不是对岸吗？"杜远方说，他管彼岸叫对岸。

我告诉杜远方是他在彼岸，我可不在，这里不过是码头，我是在这儿送他。杜远方在地上画了两道线，表示中间是一条河。

"你在这边，我在那边，"杜远方说，"名片上的头衔在两边都很可笑，但它们在可笑的事物中不算最可笑的。它们多是骗钱的，在最严肃的研讨会上都在骗，但是就算骗钱用《周易》骗也是好的，如果骗得还有些文化，那就更好。所以那时找上门要赞助的单位我都会给一点，他们愿挂我的名那就挂好了。"

"挂名是不是要很多钱？像名誉会长、副会长、名誉主席、客座教授之类？"

"也不算太多吧？多少算多？多少算少？"

我答不上来，我一直在书斋里，对这些没什么概念。

"但是，你非要那些头衔吗？还要印在名片上？"

"人都有点迷信，不信这个就信那个，不信佛就会信《周易》。我讨厌佛，特别是乱哄哄的寺院，你一看就不会有什么作用，根本没文化。我倒真的认为《周易》有效，那是真东西，是科学，它历古今而不衰。你知道计算机的二进制吗？那就是受到周父的影响发明出来的，这是外国专家说的，他们的原话是这么说的：'三千年前的《周易》已经存在二进制数的符号和二进制数至十进制数的转换编码……'"

"这是他们忽悠你时说的吧？"

"也可以认为他们忽悠我，但是我愿意相信。"

"现在，在这儿还信吗？"

"还是信吧。"杜远方说，脸上像有波浪似的——彼岸的波浪。

"阐释起来《周易》的确无所不包，"我认真地说，"它是我们常说的'古已有之'的源头，但是要知道，那个时候的文化通常概括性很强，文明的原点常常就是这样，概括性越强，就越可以诠释出很多东西，甚至无限的东西，因此这也给学术骗子提供了很多的机会，你觉得'古已有之'真的对我们有意义吗？"扯到这些认真的上面杜远方已不感兴趣，表情慢慢变得木然，通常对于不感兴趣的东西，或者真正学理的东西杜远方总是这样，这时他的镶铐也显得重了许多。

杜远方一方面崇尚西方的生活方式；一方面观念上是个民族主义者，尽管他相当自负，但头脑里仍有许多简单生硬的东西。这些东西就如知识也有水垢也会附着在他的脑子上。当然这类人太多了，多到足以让人绝望的地步。遇到这种情况我们的交流一般立刻短路，因他们对真东西并不感兴趣，他只对脑子里已有的敏芬当然不知道杜远方在想什么，算什么，给谁算，杜远方那么庄严，看上去简直不像是给自己算，好像是给国家算，给很大的事儿算。敏芬原来还担心自己的生活被搅扰，现在不但没有，反而安静得要命，以至杜远方的房间越来越成为一个神秘之地。敏芬一生命途多舛，心比天高，命比纸薄，内心与命相难解，的确需要有高人给自己好好看看相，算算命，现在这个人不就在眼前吗？如果杜远方是算命师那就太好了！当然敏芬可不是那种轻易上当的人，在街心公园、在舞场、在旅游点，她什么人没见过，任何事情她都已养成反复掂量疑心多虑的习惯。一个单身女人身处于世，不这样怎么办？比如她怀疑杜远方要是个卜卦师怎么没有一点仙风道骨的样子？相反他的穿戴用项都是时尚名牌，这一点也不像！因为跳舞敏芬对香水十分敏感，无论对女士香水还是男士香水都有专业的研究，最初光是闻到杜远方的香水敏芬心里就先是一沉，觉得此人分量不轻。

　　杜远方用的是香奈儿最新出品，蔚蓝男士香水，这种香水的前调后调都分明，可以闻出红胡椒、柑橘、干雪松、葡萄柚、檀香与天然树脂

　　感兴趣。你想刮掉他们脑子里的茧或垢他们并不买账。不过我知道我不是来探讨真知的，我非常清楚，我知道他将不久于人世，因此我总能幡然悔悟。我们又回到名片上，回到那些头衔，那些茧和垢上，我再次看到他脸上的波浪。杜远方说，那些头衔中不定哪个会有神秘作用，因此对于各类头衔他总是来者不拒。即使仓促出门，比如到敏芬这里，他也没忘在大箱子里装上一些协会或研究会寄来的会刊。在敏芬这儿他有了充裕的几乎没有尽头的时间，每天他都在悉心钻研卦相，研究那些神秘的爻辞、坐标，捕捉命运及其每时每刻的变数。

的味道，另外还有一点熏衣草、茉莉和香根的不易觉察的成分。过去一个专门经销法国香水的男人就曾以类似的香水打动过她，她和那个男人好了两年。在香水上她是伤过心的，但也唯其伤心才异常地再次打动她。敏芬不明白这种时尚前沿的东西和那些阴阳八卦、小棍棍有关系吗？是不是相反的证明？另外杜远方用的浴液、护发素、洗面乳、精油如果不是商标上的男人头像简直会认为他是个性变态，简直有点女性化。这些东西别说和什么周易占卜麻衣神相没关系，甚至干脆说就是相冲突的。然而事实却是杜远方就是把这两种不相关的甚至冲突的东西混合在了他身上，而且哪方面都一丝不苟。不过因为后者他倒的确保养得年轻、气色好，是另一种仙风道骨的样子。

但或许这同样是一种秀？敏芬想，是一种有备而来？一种更高级的装神弄鬼？那么杜远方的阅读也好，钻研也好，占卜也好，复杂的香水与古奥的沉默也好，不过都是吸引女人的手段？什么都无法掩饰他第一天的眼神——准备触碰她的眼神。男人引诱女人的手段太多了，甚至太绚丽了，简直可以和孔雀开屏相比，有时你简直没办法不迷惑，甚至你只要半信半疑他就多半成功了。其实这些倒还在其次，关键是即使动心也别动情。按照敏芬的经验，只要不动情一切都清清楚楚，否则一切就都迷迷糊糊了。情差不多是女人的十香软金散，这是敏芬最痛的人生经验。敏芬像许多女人一样喜欢金庸小说改编的电视剧，而最爱的就是《神雕侠侣》，简直百看不厌。

四十二岁的生日，就这样和杜远方一个屋里、一个屋外分头吃着海鲜喝着红酒中度过去了。非常怪异的一个生日。不过虽为分头，实际和在一起也差不多，依然要比往年敏芬的生日好多了。而且就家而言，她的确不再是一个人，已是两个人。杜远方中间上了一次卫生间，敏芬侧脸看电视，余光里看到杜远方朝她这边看了一眼，但一如既往地径直从她身边走过。也许敏芬该主动打一声招呼，不过杜远方也不是不可以主动打招呼。两个人都没有。电视里放着没完了的电视剧，敏芬听到电视对白声音之外的马桶声，卫生间门响，碰珠清脆。杜远方走出来，壮硕的身材照例从敏芬身边走过。敏芬看着电视突然再也忍无可忍地开口，问杜远方吃得是否还好，还需要什么，实际包含了指责。杜远方稍停，看着敏芬看电视的侧脸——敏芬就是不转过头，看着屏幕。杜远方没有回答，两人僵住，空气几乎凝住了。杜远方始终没出一声，慢慢起步，气场很大地离开敏芬，回到了自己的房间。但是没马上插门。敏芬等着，但一直没听见哪怕是轻轻的金属的滑动声。敏芬调低了电视音量，又过了差不多五分钟才听到金属的滑动声，碰珠轻轻地撞上，极轻，像最后的终结，之后一切又像之前的寂静。敏芬喝了半瓶香槟，另一半剩在那里，仍在无意识地等什么。

直到接到女儿打来的电话，敏芬才精神一振，从那里面缓过神儿来。

敏芬竟然忘记了女儿会打来祝贺生日的电话，刚才一直在一种莫名的梦中。敏芬有点惭愧光想另一个人了，恨杜远方。女儿的声音如同太阳，照亮她的夜晚，阴翳一扫而光，让敏芬一下像换了个人。

敏芬的宝贝女儿名叫云云，没有父爱，三岁时敏芬便抱着女儿离开了出轨的丈夫。第二任丈夫也没维持多久，不过给她留下了一套单元房，就是现在这套房子，还算不错，因此敏芬最恨的不是第二任丈夫而是第一任丈夫。云云的父亲如果仅仅是出轨，敏芬甚至也可以忍了，主要还赌博，最后发展到嗜赌如命，以致差点儿把她都输掉。第二任丈夫出国不归，最后解除了婚姻。其他还有几段没结果的感情，但坑洼不平的内心虽然没反映在敏芬的身段上，还是比较明显地反映在脸上、眼睛上。不过无论怎么不堪、崩溃，有一点，敏芬特别骄傲的就是女儿云云，她对女儿倾尽了全力，没有过一丝一毫的放松，无论多苦她都保障了女儿的成功。女儿不愧是教师的后代，一路严格教育，一路优秀，课堂学习没的说，还参加了各种课外活动，航模小组，奥数，物理小组，得过奥数冠军，最终上了北京航空航天大学。女儿天生敏感、乐观、冰雪聪明，特别喜欢科幻，满脑子宇宙，星空，外星人，未来世界，高智能机器人，她学的是天体物理，迷死了长得像外星人的霍金。

云云还不知道家里来了一位陌生人，敏芬一直没告诉云云，本来不打算告诉，但这会儿敏芬却兴冲冲地告诉了，也许是喝了酒的缘故。

"真的，什么人？"电话里云云大叫，"妈妈，你不会告诉我是个男人吧？我怎么听出来好像是，是吗？妈妈，你别说是，好可怕哟！"

云云连珠炮似的话敏芬已猜到了，云云一向如此，她的念头既快又多，好像气泡分裂一样。真不知是继承了谁的基因，她的爸爸也不是这样。

"是个男人。"敏芬异常沉稳。

沉稳中又透着兴奋，全忘记了正恨这个人。

"妈妈，你恋爱了？是吗？该不会是都同居了吧?!快告诉我，他是什么样的人？你也得问问我能不能接受，必须我接受您才能接受，必须的，妈妈！要不然我会把你们搅黄，呵呵，妈妈，告诉我，你们真的已经同居了吗？他真的爱你吗？他是什么人？"

敏芬不打断云云，让云云说完，每次敏芬都要云云完全不说了，完全停下来才会回答女儿最基本的问题。敏芬从不抱怨女儿话多，快，连珠炮。

"不是同居，也不是恋爱——"

"哇，您真是大喘气，那是什么，快告诉我！"

"是你舅舅介绍的一个退休老人，在咱们家暂住一段。"

"那更不可以了！妈妈，您是怎么回事？我舅舅是怎么回事？您一直说我舅舅做事不靠谱，怎么这回您也不靠谱！"敏芬不辩驳，任云云说，"您快跟我说呀，到底是怎么回事，我都急死了，妈妈！再怎么您也不会找退休的吧？我不是早告诉您您再找我不反对，可必须先过我这关，得让我先审查。"

的确，敏芬答应过她的再恋再婚要由女儿审查。

"是个可以做你爷爷的男人。"敏芬有点想笑。

"什么？这这这这！"

"都七十多岁了。"敏芬大声地夸张地说。

"啊！"云云大叫。

"他的儿子、女儿、老伴都在国外，他很孤独，希望有个人照料，他是你舅舅认识的朋友，介绍到咱家了，你放心吧，什么事也不会有。"

"七十多岁了？妈妈，真的？那我放点心了，您吓死我了！"

"七十多岁就可以放心？"敏芬脱口而出，笑。

"呵？妈妈，您什么意思？"

"跟你说笑，没什么。"敏芬赶快说。

"没什么，妈妈，我听出来，您好像不太放心，他过去是干什么的？"

"干什么的，我也还说不清楚。"敏芬虽说的是实话，但也觉得自己也真是不靠谱，居然基本什么都不知道就答应了，当初真是看重了那笔钱，唉，钱。

"您不了解清楚怎么能随便让他住进来？真奇怪，我觉得这事很怪，要不要我回家看看？我真的有些不放心您了，这么不靠谱。"

"你舅舅不让多问，他也不说。"

"哇！好神秘，那就更危险啦！"

"没事，他人还不错，很安静，整天卜卦。"

"呵呵，他是卦师？大师？"云云一下又换了一副口气，变得就是快。

"不像是一般算卦的，嗯，他很有气质，他演算的是《周易》，他有很多《周易》的书，还有图谱，好像蛮科学的。"

"呵呵，妈妈，这人是谁呀，你太危险了！"

云云的所谓"危险"不是通常的危险，是一种夸张的表达方式，敏芬已听习惯了，毫不在意。敏芬继续介绍："老头风度翩翩，穿背带裤，名牌衬衫，好像老华侨，外表一点也不像街头算卦的，他用的香水你知道吗，是香奈儿最新'蔚蓝男士香水'，你不知道妈妈知道，这种香水可讲究了，用红胡椒、柑橘、葡萄柚，还有檀香、天然树脂和熏衣草等十几种原料提炼制成，每一克比黄金还贵，从他一进咱们家门就有一种我没办法反对的味道。"

这回云云认真听着，虽不断发出惊讶声却没打断母亲。以致介绍到后来云云开始转而在电话里批评母亲："您怎么能每天把人家关起来自己一个人吃饭呢，人家来就是希望有个照料，有个人气儿，有个说话的人，可您倒好，每天把人家关起来了！"

敏芬也不知道为何把杜远方描绘得这么神奇，当然，她知道她说的不是全部的杜远方，不要说全部，她了解杜远方的十分之一吗？就算她眼下了解的，比如最初那种霸气的触碰，那种直接的目光，能跟云云说吗？敏芬甚至没说杜远方比他的年龄要年轻许多，相反她一直在强调他是个白发苍苍的老头，以致女儿问："听您这么说，他像不像太白金星，或者圣诞老人？"云云的想象力总是有点没边儿，有时让她无法回答。

两人的电话差不多打了一个多小时，放下电话后因为无法跟女儿把话讲透，敏芬依然不平静，以致再次抚慰自己，"放电"之后瘫软无力，沉沉睡去。

无梦，生日就这样过去了，像以往一样①。

---

① 敏芬所在的小城，1980 年我上大学时就去过，那是离北京最近的海。北京到那儿有直达火车，非常方便，价格也很便宜，但我既不是乘火车去的，也不是坐长途汽车，而是和几个同学一同骑自行车去的，最终在自行车上，我平生第一次看见了大海。见到了想象中的沙滩、岛屿、渔船和巨大的轮船，见到了各种云，如果海上可以骑自行车，我们会继续在海浪上骑。天尽头，小城没什么新鲜的，但那个时代的海却让我们发呆了很久。我们骑了四十多个小时自行车，感觉有点像长征，这其中就有杨修。我们一共三男一女，屁股和下体都磨烂了。小城有着我深刻的记忆，有着我的爱。后来我又去过几次，不过在见到敏芬之前我差不多已有十五年多没去过。我对小城本身没什么记忆，对它的变化也因此没有特别的什么见解。我住在海边一家宾馆，为自己租了一辆轮椅，我的身边走着多年不见的敏芬。我们在宾馆所拥有的海边与林荫道上散步，我偶尔想起许多年前的往事，想起四辆自行车四个人面对海浪的情景。想起"鸡胸"、李南、杨修，我们都爱着李南。

敏芬穿着深色亚麻长裙，一条长围巾，海风荡着长裙和围巾，她比几年前瘦了一些，更接近一棵树了。敏芬要推我，我婉拒，我坚持自己并非残疾人的观点，我只是喜欢轮椅，喜欢手摇着自己，我对敏芬说。有时我们停在树下的长椅上，敏芬在一头坐下，我将轮椅摇到她的旁边，我们在柳枝的摆动中面对不断涌上来的浪，面对一阵阵远海上刮来的风、远处的轮船以及往事。我们已从省城的墓园回来，敏芬知道了我对轮椅的癖好，还是她帮我租的轮椅。敏芬接受了我对轮椅的看法，开玩笑说她回头也要置办一个，我说一个酷爱舞蹈的人最终坐在轮椅上是很有趣的，或者不跳舞就在轮椅上也是一种人生。我们继续散步，敏芬执意要推我，就推一小会儿，说轮椅本来是让人推的，有一种非推不可的欲望。其实敏芬没必要非经我同意，稍一缓步推就是了。但做过老师的敏芬很是严谨，同样也是个在"语言上"固执的人，这也证明了阿多诺、伽德默、海德格尔诸人的观点：很多时候语言比事实更重要，语言即存在。没办法，我活在语言里，书斋里，每个人都有职业病，我在"语言上"不能同意。尽管敏芬要推我实际上并不反对，我甚至希望如此。

"您真怪，又不是残疾人，干吗怕推呢？"敏芬说。敏芬说的这点我倒没想到，可能的确是我有所担心，只是我不知道，女人对潜意识更敏感，远远超过男人，在这个意义上女人的神经质完全可以原谅。

"推了可能就真是了。"我禁不住说。

"那干吗还要坐呢？"

"坐在轮椅上，但不是残疾人，我喜欢这种感觉。"

"这是什么怪怪的感觉。"

"我也说不好，可能也的确方便，不是吗？"我加快了转动。

敏芬讲述往事的时候，我们时有这样一些小插曲，有一次，一阵强劲海风吹来，敏芬竟然想出让我暂且下来她推一会儿空轮椅的主意。我只好下来了，她推着空轮椅走了一程，而我觉得自己好像仍在轮椅上。我提议敏芬不要推了，干脆自己坐上去摇，敏芬拒绝了我的建议。敏芬谈起了女儿云云，云云是霍金的崇拜者，房间常年挂着霍金的照片，敏芬说云云曾推过来北京访问的霍金。我可不是霍金，我对敏芬说。敏芬说这和我是不是霍金没关系，只是因为女儿和霍金的轮椅有关系。

我当然知道霍金，我不太喜欢这个人。

霍金的轮椅太复杂了。

另外，需要说明的是，关于本小说的注释部分，或许您可能不太习惯，有一点我想直截了当告诉您：您完全可以不看，这一点也不影响您对小说的阅读，我在这里不过是闲聊，就好像有人想出来透透气，喝杯咖啡、茶什么的，我陪他聊聊。不过如果您已经有点不安地疑惑不解地读到了这里，我还是想鼓励您一下：出来透透气也无不可。如果说现代小说是一个综合的娱乐场所，一个有着环境设计的建筑群，而不仅仅是一个单体的影剧院，那么您现在正在读的注释就相当于外置的走廊，花园，草坪，喷泉。总之这里是户外，您不妨出来走走，从外面打量一下建筑的主体——也就是影院，或许也是一种选择。本书某种程度上改变了传统阅读方式，但传统的方式仍给您保留着，不像电影画外音不听也得听。这里注释相当于画外音，但丝毫没有强迫性。如果您不习惯被打断，您读小说愿意就像看电影——在一个封闭做梦般的环境中完成阅读，完全忘掉自己——这是多数人的习惯——那么，我再说一遍：您完全可以撇开这里不管。现代社会就是这样，服务越来越周到、复杂、多样，但互不影响，您大可坚持自己。改变何妨，不改变又何妨？

我喜欢坚持自己的人，喜欢改变自己的人。

好了，让我们回到剧院，继续。

四

　　回到平常的敏芬是凛然的，在学生面前如此，在老师面前如此，在领导面前也是如此。如果说在别人面前敏芬的凛然是天然的，是一种一贯的气质，在黄子夫校长面前，她的凛然则有一种由来已久的味道。

　　敏芬所在的学校离家有点远，城市沿曲折的海岸狭长发展，学校坐落在海岸线的另一头。通常敏芬骑自行车上班，要骑差不多四十分钟，有时也坐公共汽车，遇堵车时间更长。黄校长——几年前还是副校长，有一辆马自达走私车，住得离敏芬不远，只要路上看见上班的敏芬，不管敏芬是骑车还是等公交车，都会停下来邀敏芬上车，每次敏芬就像没看见一样埋头骑车或故作扬头看公交车站牌，不理黄子夫。黄子夫涎皮赖脸，没一点校长样儿，甚至故作不要校长样儿。有时黄子夫会把敏芬强拉上车。

说起来黄子夫和敏芬算是"老友"了，他们年龄相仿，一块分到的这个学校，但两人毫无相似之处。黄子夫其貌不扬，首先是牙齿不整，长得里出外进，好像进化任务一直没完成，脸总也洗不干净，一些黑点像煤渣一样，看第一眼决不想再看第二眼，看多了会觉得嘴里进了沙子一样。但是黄子夫一点也不自卑，在敏芬面前总是一副赤裸裸的表情，加上嘴角一颗多毛的瘊子，有段时间让敏芬噩梦连连。那时敏芬很不理解一个人若是超常的其貌不扬怎么反而会有一种破罐破摔的东西，一种厚颜无耻的自信？敏芬初涉社会，姣好清纯，面对黄子夫赤裸裸的追求没法不正义凛然，以致后来显得多少有些刻板，很大程度上敏芬的刻板是由黄子夫逼出来的。

　　黄子夫最早教道德常识，后来弄了张大专文凭改教语文，不过也才和教数学的敏芬平起平坐。他们都教主科，都当班主任，但后来就不同了，黄子夫教上语文后就一路走高，先后当上了语文教研组副组长、组长、高年级年级组长，教务处副主任、主任，直至副校长和不久前的校长，如同从士兵到将军，终于成为学校的顶头上司。许多年的升迁中，黄子夫一直并没放弃追求敏芬，尽管没升迁那么顺。黄子夫总是对敏芬说，你早晚是我的，早晚——即使他已结婚生子，时过多年。有一次，黄子夫抓住一个机会几乎强暴了敏芬。黄子夫把敏芬堵在了他的办公室，那时黄子夫刚当上教务处主任，成了教务处一把手，有了自己的办公室。一把手就是不同，不用和别人商量，黄子夫以安排教学为名，第一次堂而皇之把敏芬叫到了办公室。刚一进办公室黄子夫便像以往那样涎着脸笑，靠近敏芬，打量敏芬，说下流话，完全不像教务处主任，永远是炫耀的流气嘴脸。

　　这事到什么时候敏芬也不会忘记，黄子夫一边说猥亵的话一边动手动脚，什么"我们是老夫老妻了，都这么多年了，总得给我点儿机会"。

边说边碰敏芬的胸，确切地说是乳头。敏芬无论穿什么都挡不住身体的曲线。敏芬干脆利索地打了黄子夫耳光，黄子夫像没感觉一样，抱着敏芬的真丝衫后面的胸就啃，并且一把扒下敏芬的裙子。敏芬没有喊，只是默默地反抗，凶狠地打、掐、踢，几乎将黄子夫耳朵揪下来。敏芬不喊，因为觉得无论如何是丢脸的事，特别是黄子夫这么恶心的一个人，真觉得太丢脸了。哪怕黄子夫有点男人样儿，敏芬也早就喊出来了。敏芬强力反抗，毕竟是在办公室，黄子夫无法得手，狠拧了敏芬几把放手了。"你为什么不喊？"黄子夫居然问整理衣裙的敏芬，敏芬挺胸抬头说："看你一脸洗不干净的苍蝇屎，我喊不出来，没脸喊。"黄子夫无耻地问敏芬："你是不是被强暴过？不然怎么这么从容镇定？"敏芬又扇了黄子夫一记耳光。黄子夫只是下流，从不打敏芬，甚至敏芬打他他好像也很受用。

随着黄子夫步步高升，敏芬却步步后退。其实也没什么可退的，无非是终止了敏芬在高年级组的循环，被打入到低年级组。别看小学，等级更是森严，教高年级和教低年级不一样，一般一、二、三年级为低年级；四、五、六为高年级，也有一、二年级一组，三、四年级一组，五、六年级一组，主科教师通常在一个年级组循环，当然也时有局部打破。敏芬先是从五、六年级被调到了三、四年级，后来又调到一、二年级。尽管敏芬一路下滑，不断被黄子夫打压，黄子夫却仍没放弃对敏芬或敏芬身体的纠缠，那种涎着脸盯住敏芬胸的目光始终没变过，下流话脱口就出。敏芬再没给予黄子夫单独在一起的机会，只要办公室是黄子夫一个人，不管什么事扭身就走，或者原本办公室还有其他人，若这人完事走了，剩敏芬和黄子夫，敏芬也会转身而去。

黄子夫当了副校长，敏芬依然故我，对一直教一、二年级无怨无悔，至少看上去如此。虽为副校长，黄子夫的权力还没有绝对化，不是一把手，还不能说一不二，因此拿敏芬没办法，有时也只能问问敏芬想不想教高年级呀，想不想进步呀，以此折磨敏芬一番。这确是敏芬的痛，很大的痛，敏芬是凡胎不是圣人。高年级小升初也是教育产业化的一关，家长不投入休想过关，因此教师有不菲外快，比如小灶、补习班、加班、业余辅导学生，收入差距何止几倍十几倍？这些敏芬都损失了，虽然在舞场教跳舞有些微薄收入，弥补了一些损失，但和教毕业班没法比，而且那是辛苦钱。敏芬真的很需要钱，女儿的每个关口都需要钱，很多钱，应试教育、素质教育（钢琴）、奥数、航模、兴趣小组、形体，一个都不能少。有时敏芬也想：要是黄子夫长得好点混混也就算了，女人有时有什么办法呢？何况这么些年黄子夫"痴心"不改，学校上上下下也都尽人皆知，这份坚持要说也不容易；想开点，不就那点事吗？可临了一想到黄子夫那口混乱的牙，煤渣，苍蝇，一想到这些在自己身上游走就觉得生不如死。

有一次，敏芬做了一个特别让自己激动的梦，她梦见自己去一个纽约的机场接黄校长，不知为何在美国机场，黄校长换了一副好牙齿，简直比非洲人的牙还白，敏芬激动极了，竟然当众在接机口与校长热情拥抱！拥抱以后还发现黄校长脸也洗干净了，煤渣都去除了，连瘊子也没了，他变成了一个帅哥，又说是刚从韩国回来，可开始明明是美国，他们长长地接吻，在机场草坪上卧倒，宽衣解带，当场就要干。她说这么多人怎么干，他说不用管，他答应她回去就让她教毕业班，小升初……结果正要"入港"，发现眼前换了人，眼前的人不是黄子夫，是跳舞班的一个学员，敏芬一下醒了，半天回不过神。

那个梦让敏芬既惊讶，又怅然若失，慢慢地流泪很久，觉得自己简直一点出路也没有。她梦想的钱、毕业班、辅导班、补课、小灶都化为乌有。敏芬开始想为什么别的女人能忍，自己就不能忍呢？黄子夫不但有老婆还有别人，就算他老婆不提醒他，为什么那敢于上他床的女人不提醒一下黄子夫：牙是可校正的，多余的可以拔除；牙整齐了也就好刷了，异味儿自然也会小许多。另外，煤渣也可以用激光去除，纳米和激光都可以完美地将它们办妥，男人？怎么了？男人就不能整容美容？而且你黄子夫就算不为自己想也该为别人想想，哪怕就把牙弄好了也行，那样也可勉强接受……敏芬这样想时有时会意识到自己堕落，想想，自己也比别人强不到哪儿去，不免叹气。

尽管黄子夫当上校长也就是一把手是必然的，尽管没人能挡得住他的权力的步伐，但是当上面来人宣布的那天，敏芬还是觉得心惊，心特别冷，觉得自己的末日这回到了。这以后再没人能管住黄子夫了，他前面再没有任何人了，他是校长也是书记，过去还有书记，现在都是一身兼，一把手一支笔，绝对的说一不二。过去无论如何敏芬还可以找校长反映黄子夫的问题，虽不管什么用，但黄子夫毕竟是副职，敏芬毕竟还可以反映，黄子夫就不能太过分。现在找谁反映呢？除了教委，唉，教委，敏芬一想到教委就觉得那不是自己去的地方，而且找教委这事又说得清楚吗？只能叹气：黄子夫怎么就一步步真的当上校长，当上一把手了呢？

黄子夫早就说过等他当上一把手那天她就必须是校长夫人，不是也得是，她躲也躲不过。某种东西崩溃了，彻底崩溃了。这是最后的价值观的崩溃，同时又是某种强大的不可阻挡的东西被确立，敏芬不得不痛苦地承认：黄子夫也不是没有水平，哪怕他的水平带着全部邪恶的特征。过去敏芬一直不愿承认黄子夫的水平或者黄子夫的能力，现在，当教委宣布那天，当黄子夫侃侃而谈其施政纲领，当他那么邪恶地自信，敏芬承认了黄子夫的全部。

黄子夫虽然形象猥琐，虽然没进化彻底，但确有口才，他的话与他的牙一般看上去是矛盾的，但后来很多人反倒觉得非那口里出外进的龅牙说不出那么有趣的话。敏芬不想用"机智"这个词形容，不过老实说黄子夫后来练得确实挺机智的，连敏芬有时都忍俊不禁，不过笑后马上觉得不对，觉得抬举了黄子夫，会赶快收住。黄子夫上课，那样子一开始没有不笑的，但很快，不消几句话，学生就不笑了，每次都是这样。黄子夫一张嘴他的话既简洁，又刁钻、讽刺、威胁、逗笑，收放与转换，学生往往应接不暇，甚至到后来黄子夫有时不说话就是半张着嘴，就是幽幽地让那口乱牙冒凉气，学生们不知怎么回事，屏住呼吸，就像被摄了魂一样；好半天黄子夫长长出一口气，学生也才跟着出了一口气，接下来每句话学生都吸到心里，全神贯注。黄子夫不仅占据了学生们的白天也常常占据了他们的夜晚，毕业班的课本来就下得很晚，再加上黄子夫那口牙以及可怕的教学语言，学生们常常在晚上的睡梦中尖叫，大叫，或者大声朗诵某篇佶屈聱牙的古文。黄子夫独创了自称为"惊悚与幽默"的教学法，绝不美育，绝不德育，就是惊悚加冷笑话，教学效果奇佳。尽管黄子夫的教学法无法推广，但学校的综合排名的确逐年神奇地上升，是不争的事实。这些敏芬不得不承认，虽然很不情愿。

敏芬承认黄子夫还有另一种本事，那就是在学生面前是魔鬼面孔，在领导面前或者他想讨人喜欢时又是一张憨厚的面孔，简直接近原始，还有什么比没进化彻底的憨厚更憨厚的呢？牙和上翻的唇笑起来又原始又灿烂，比许多年前农民抱着丰收的玉米的年画还要有一种邪恶的憨厚灿烂。而他这时说出的话也真是又朴实，又诚恳，又透着智慧，极富感染力。黄子夫懂得此时的憨厚朴实加上灿烂牙齿的夸张，是对忠诚的最好的诠释。这就是邪恶——敏芬一眼看透黄子夫，但领导就喜欢这种忠诚。此外，实事求是地说，黄子夫在大多数同事面前，也不像敏芬感觉的那样讨厌，不少老师喜欢黄子夫的幽默，认为有点像冯小刚，那种装傻充愣听起来好像总有弦外之音。当然也有人说黄子夫没法和冯小刚比，无论冯小刚的牙如何乱但也还是人的牙，黄子夫则完全超出了人的范畴。敏芬就持这种观点。敏芬喜欢冯小刚,但完全不接受黄子夫。

没有人比敏芬更了解黄子夫原始的那一面,这种原始的欲望一旦与他的校长加书记的绝对权力结合,敏芬简直不知道怎么应对。果然,这天,也就是敏芬过四十二岁生日分头与杜远方吃海鲜大餐之前的上午,黄子夫通过校办传下命令,请敏芬到他的校长室谈话。以往敏芬还可以不去,以往哪怕黄子夫已是副校长也可以拒之不理——教研组长或年级组长都知道多少年来黄子夫垂涎敏芬,敏芬一直不屑,因此敏芬不去一般也就不再坚持。或者么敏芬总是提出条件,去黄子夫那里可以,陪我去,到那儿不许走。有几次黄子夫实在想见敏芬,和敏芬当面说说话,就让带口信的人陪着来。那时黄副校长一点也不避讳陪着来的年级组长或教研组长或什么人,一边和敏芬假惺惺谈工作,一边嬉笑贪婪地打量敏芬,夸敏芬的衣着,项链,饰物,如果黄子夫没一句正经话敏芬往往拔腿就走。

但是,现在还能像以前吗?特别是黄子夫当了校长后整个学校有一种不寻常的怪异气氛,人们不得不认可某种说不好的东西,而一旦认可又有了一种怪异的东西弥漫开来,表现之一便是所有人见面突然都不太会说话了,说话也不自然,总有点不尴不尬,就好像一个猩猩统治了这个学校,而这个猩猩又的确有超人的东西。给敏芬带口信的是数学教研组副组长颜老师,颜老师比敏芬年轻,大学本科毕业,科班出身。以往颜老师带口信总是有点调侃味道,并且绝不做动员,只传达;敏芬只要说不去,或嗤之以鼻,颜老师会对敏芬跷起拇指,立刻幸灾乐祸地回黄副校长。但是这次不同,颜老师没半点调侃,完全是公事公办。"黄来电,请你去,也不要人陪。"颜老师不敢再调侃,而敏芬也没再"呸"。气氛都让敏芬不能再拒绝,似乎某种意义上不是黄子夫让敏芬去的,而是全体人们无声的态度让敏芬去的。

五

　　多少年没去领导房间了，敏芬上到了四楼，领导门前都有小块地毯，只有门号，没有名称，非常干净，一尘不染。黄子夫坐在深棕色的大办公台后面，手扶在同样颜色的办公椅上，穿着一件淡绿格子的休闲西装，头发留得很高，有那么鬈曲的几缕，一看就是施了摩丝或发胶，不然是很难站住脚的。应该说黄子夫跟过去还真是有点儿不太一样，如果他的牙或脸上的煤渣或那个瘊子，哪怕去掉一样儿都是可凑合接受的男人，既然他已坐在了那个位子上。那个位子说真的，还真是挺衬托人的，什么人坐上去都和以前不太一样。而且，现在的校长室跟过去的也不一样，开间很大，装修豪华，有供休息的套间和卫生间、浴室，大班台，皮椅，硬皮书，完全是 CEO 或总裁的风格。现在热门小学其实很有钱，每年巨额的赞助费是个未知数，校长一支笔，挥就人、财、物，也完全是 CEO 的风格。这位子意味着什么？意味着"自由"——你前面没有任何人了，没有人就没有一切阻碍，你即学校。

敏芬不知道校长变化这么大，一下给镇住了，本来口袋揣了把裁纸刀，预备防身，进来后觉得刀子有点可笑。黄子夫也没像以往涎笑，没有一点粗鄙的表情，两人相视，敏芬慢慢低下头。黄子夫也不说让敏芬坐，敏芬就那么站着，看着桌面，交织着两手，再无过去的凛然之气。甚至有点哀怨，仿佛两个人过去真的有什么关系。当然，也许还是一种自卫式的示弱，危险来临，这是女人最后的小小狡猾的天性，一种施放的迷惑。但这样一放低姿态倒也真的触动了敏芬什么，真的有些百感交集，总之，敏芬渐渐眼圈有些红了。想想自己确实不容易，多少年了；黄子夫也不容易，他被自己嗤之以鼻多少年？想到此，敏芬简直不是为自己落泪，而是为黄子夫落泪。同时某个时刻，敏芬心里隐秘的一角又在偷笑，自己如此会表演，一点点捕风捉影的真竟能借题发挥演出十分。唉，敏芬叹自己也真是太苦心了，这一切又为了什么？是怕，还是想保护自己？这样一想不禁又有一串泪水涌出。

这回是真的，凡真总是有力量。敏芬的内心变化就是这么丰富，一个水一样丰富的女人。敏芬慢慢擦干眼泪，昂起头，看着窗外。

黄子夫始终一动不动，看着敏芬，尽管敏芬在流泪，黄看上去却没任何感动，也没有任何心软。前所未有的刻板。以至有些失真，以至牙露得不太多，只是隐隐地呈出一点点初始的混乱。加之由摩丝塑形的高高的头发，看上去已有点不像黄子夫本人，倒像是线条硬朗夸张的泥塑。敏芬从窗外收回头，擦去最初的泪渍，软弱地对黄子夫说："没事我就走了。"

黄子夫还是不说话，只是凝视，似乎在回忆，似乎不在现场，似乎感叹有了绝对的今天。敏芬当然不敢走，再次看向外面。黄子夫终于开口。

"我刚刚给赵主任打了电话，谈了你的事，想知道什么事吗？"

赵主任就是教务处主任。敏芬当然不知道什么事。

"你的工作有变动，张淑的工作也有变动，你去教毕业班数学，接张淑的两个班，张淑接你的，下周交接，你有三天准备时间。"

"你说什么?!"

敏芬万分惊讶，既惊讶自己，也惊讶张淑。

黄子夫突然涎笑，重复了一遍，一下又回到过去。

"怎么可能？"敏芬慢慢缓过神，没理会黄子夫的涎笑，说，"这都开学多久了，哪有半路换毕业班老师的？"

"过去没有，现在就可以有，你教一、二年级太久了，抱歉。"

正说着电话响了，黄子夫接了一个电话，以断然的口吻发号施令；放下电话从大班台后面走出来，到了敏芬跟前，"好像是泰戈尔说的，泰戈尔你知道吗？印度诗人，我可不是吃干饭的，泰戈尔的很多诗集我都读了，其中有一句诗说：'上帝要拯救你，所以先伤害你。'我不是上帝，可觉得这话说得非常好，因为，是这道理。"

黄子夫不愧教语文的，不过不提泰戈尔还好，一提什么泰戈尔敏芬突然想吐，因为黄子夫一拿腔拿调他的表情就走形，混乱的牙暴露无遗，就好像一只大猩猩在朗诵诗，也许国家今后应明令禁止牙齿混乱的人朗诵诗。

但是，敏芬虽这么想，却没拒绝黄子夫进一步的、从容不迫的、自自然然的对自己的拥抱。而敏芬也奇怪自己居然没拒绝，也好像自然而然，完全应该没有拒绝，好像他当了校长她自然就是他的。如果说拒绝是本能，但是还有一种比本能更强大的东西，这种东西也可以说是更深层的本能：那就是服从，因为服从的背后有许多东西。服从的本能比拒绝的本能更悠久。不过还好，黄子夫没进一步乱吻，他再走近一步也许敏芬会一下子本能地推开他。这时的厌恶的本能无论如何还是强过服从，虽然可能在厌恶中服从。

黄子夫的确和以前当教研组长、教务主任、副校长时不同，倒不是谨慎节制了，而是因为自信，没有吻，虽然口水已差不多流出，但自信战胜了口水。拥着敏芬——不急不慌，甚至顺势与敏芬跳起舞来。动作当然说不上优雅，也难称任何一种舞蹈，但毕竟在豪华的、周围有许多硬皮书的地面上旋转起来。不管怎么说那些硬皮书还是起了作用，它们是崭新的还散发着胶质香气的《大不列颠百科全书》、《中国大百科全书》、"二十四史"、《全唐诗》、《中国教育年鉴》、《辞海》、《辞源》、《邓小平文选》、《毛泽东论教育》；古今中外——无论如何起了某种作用，敏芬有种说不出的混乱的感觉。

"其实吧，你看，这么多年了吧，"黄子夫模仿着冯小刚的语调对着敏芬的后背说（搂得很紧），"无论怎样吧，哈，我们心里都是有对方的，就凭这点吧哈，我们俩就都不容易。你说，就算我是一个流氓，要是惦记一个人十好几年，那还算是流氓吗？哈，那就不是了。你得承认，这跟情人就没什么大区别了。你看，是吧，哈，你刚才都哭了，挺让我感动的，你应该哭，真的，挺不容易的，多不容易，这么多年了。其实吧哈，我也想哭，我对你真的是好，你瞧瞧，我都不敢亲你，是吧，哈？你知道我多想亲你，可是我也知道，你特别不喜欢我的牙哈，这我知道，我也不喜欢，以后吧，我保证，我绝不用嘴，不用牙，至少白天不用，晚上可以不？晚上，我们晚上……"

敏芬突然忍无可忍，推开黄子夫，大声干呕起来，又赶快跑到字纸篓跟前，怕吐出来弄脏了地板。生理战胜了服从。

"你看吧，你这样多不好。"黄子夫走过来拍敏芬。

"别碰我！"敏芬对着纸篓大声说。

"冷静点，这样可不太好吧？哈，芬，你得慢慢地适应我，慢慢地就好了。刚才不是很好吗？我说的都是实话，这么多年我也不容易，哈。"

"你……你能坐回去吗？我太紧张了。"

黄子夫听话地回到大办公台后面。

"子夫，我们真的不行，绝对不行。"

"没有绝对不行的事。"黄子夫斩钉截铁地说，抛弃了冯小刚，一脸海滨礁石般的严肃，而且是冬天的海滨，"行啦，今天就到这儿吧，你好好备课，认真想想，你只有两三天的准备时间。"

"我不会从命。"敏芬是双关的。

黄子夫也听得出来。

"你想下岗？"

敏芬眼泪立刻流下来，但看着窗子，异常悲壮。

"你可以不服从我，但必须服从我的命令。"

"一个星期行吗？"敏芬妥协了，"我好多年没教高年级了。"

"不行。"黄子夫说。

"张淑老师怎么办？"

"你管她干吗？你真是太善良了，这事归我管，不归你管。"

敏芬想先答应下来，不管怎么说教毕业班是好事，反正不上黄子夫的床就是了，大不了再回来教一、二年级，回原岗位，那时怎么着一个教高年级的毕业班的老师不会直接就下岗吧？怎么也得先打回"冷宫"。那时再说。至于提到张淑老师，那不过是安慰一下自己的良心。能教毕业班真是不错，这不是自己的梦想吗？生存的机敏，常常在底层就是这样炼成的。敏芬会承受黄子夫一定程度的搂抱，甚至抚摸，但决不接吻，不进他的套间，就算转到门口了也决不。另外，她能想到张淑老师就不错了，其实当年把敏芬换下来的就是张淑。敏芬一直恨张淑，这会儿突然不恨了，甚至同情张淑。敏芬觉出一种共同的东西，女人在这世上，唉……这种东西除了不比上天强大，比任何东西都强大，而上天很多时候是不存在的，存在的只是女人面对的东西。

六

"墙非常高，整个墙壁是白色的，没有天花板，因为根本看不到，上面都是灯，灯太多了，并且是凹进去的，因此根本看不见天花板。"①

---

① 如果熟悉阿兰·罗布－格里耶的小说《一座幽灵城的拓扑学结构》，我要讲的另一个人居延泽一定熟悉他所置身的房间，他会同意那在现实存在的已在书中存在，会懂得有时候我们并不生活在现实中，而是生活在文本中。但我知道这种假设对居延泽是不可能的，事物的相似性要靠人来完成，而居延泽对文学特别是外国文学可以说一窍不通，不可能知道他所身处的空间同法国一部新小说相似，不知道存在的已经存在过。但是这并不妨碍他对最初的幽禁地的描述与罗布－格里耶的《一座幽灵城的拓扑学结构》有惊人相似之处。由于我看过这本小说，那么我，罗布－格

里耶，居延泽，这之间就建立了某种联系。当居延泽的叙述变成我的叙述，而我的书斋又是一个无限丰富的世界，一切都已变得可能。那小说是这样开始的：

> 头一眼就叫人震惊的，是墙的高度。那些墙太高了，同人的身材比较显得特别高大，使得这样一个问题根本不必提出：它的天花板到底是有呢还是没有？三面看得见的墙壁，构成这个长方形牢房的底层和两边；这个牢房是长方形的，但也许是正方形的，它通体白色，没有一点别的色彩。

这部小说不要说不为大众所知，就是在文学领域也只是少数人的癖好。我有罗布－格里耶的九本书，其中有两本没翻译过来，它们并没像某人的全集那样摆放在一起，而是分别放在了我的七个书架上。它们不适合统一摆放，像司马迁、李白、汤显祖、莎士比亚、歌德、托尔斯泰的那样——我很少打开，只视同精神之墙摆在那儿就可以了。但罗布－格里耶不同，我愿意它时常像幽灵一样冒出来。我已读了其中八本，有几本读了两遍，但有一本一直没看完，就是这本《一座幽灵城的拓扑学结构》。

确实，这本书太难读了，完全是天书，我读《尤利西斯》《追忆似水年华》不觉得费劲，但这本书却没一次读完，每次到最后都会迷失在无边的没有方向的昏暗与迷途中。其实说它是天书并不确切，确切地说是一部地狱之书，是另一部《神曲》，但里面既没神也没上帝，如果世界真有末日，就在这书里面，为此我一直在研究并常常迷失在里面。我不知什么叫拓扑学，后来知道了，但也无法终读此书，我不知道拓扑学和末日是一种什么关系，不知道咒语与数学是什么关系。我特别赞赏它的想象性，却最初居延泽的关押地就像他说的一样，四周没有窗户，全是泡沫板，只是在很高的地方有一些小的透气孔，他就算跳起来也够不到它们。几乎看不清门，因为门上贴着泡沫板，除非仔细看才能看到门的周边的缝隙。除了白色，如果缝隙也算一种颜色的话——比如黑色——那缝隙就是房间中唯一的颜色。有一天经过认真仔细的研究，居延泽在另外一面白色泡沫墙上也找到了同样隐约的缝隙，居延泽将缝隙拼起来，大致看出了原来的窗子的轮廓。当然，即使如此，其中也有相当一部分需要想象才能完成，真正可视的黑色缝隙不到二分之一。

那些透气孔也是一种"黑色"，只能透气，没有阳光射进来。月光更不可能进来，更不用说星光。房间里的日夜更替完全由天顶的无数灯控制，灯一关上就算黑了，一亮就算白天。"夜"的时间很短，有时不过几个小时。

一张白色的软床，没有床单。没有床单也是白色的。被子、褥子、枕头从里到外都是白色。卫生间的门也包着泡沫板，每次打开都有瑟瑟响声。一张审讯用的两屉桌，两把高背椅，同样全部包上了白色海绵，圆圆的，像美术品或装置。没有任何硬物，任何可做绳索的东西，就算有也没任何地方悬挂，因此保留了居延泽的皮带。许多天后，居延泽说，

又从来没考虑过它的现实性。但是当居延泽向我描述了他最初被关押的情景，我吃惊地认为他读过那本书。

"你读过《一座幽灵城的拓扑学结构》？"

我忍不住地问，问完之后才觉失言，觉得又被那本书控制了。从居延泽与其说是茫然的不如说是木然的表情上，我意识到即使在死牢里我也仍时不时属于图书馆，我的许多下意识的、让我的对象木然的问题都和书以及图书馆有关。

"噢，这和你没关系。"逢到这种走神的时候我会向居延泽解释一下。

才找到那些隐蔽的监控探头，就在几个透气孔里。事实上房间的四个方向都已经有显而易见的摄像头，根本用不着再在透气孔隐秘监控。居延泽的一切都在立体的全方位的监视之下，日夜有人值守，放个响屁都会被音频录下来，面部的任何时间的表情均在被研究之列。

没有电视、报纸、手机，没有任何声音、任何色彩，一开始还有一份《人民日报》，后来就连《人民日报》也取消了，连同他的书一块取消了。每天他一无所有，面对的就是白色的泡沫板，四个方向的监控镜头，分层的、看不到天花板的白炽灯，白色的床，白色的被子，白色的枕头，白色的拖鞋，白色的内衣、外衣、内裤——白色充斥了他看到的一切。除非闭上眼，但只要睁眼一切就都是白的。白色本来是用来镇定安静，就像医院的功能，这会儿变成了惩罚。因为居延泽拒不开口，因为自始至终他一个字也不说。他以罕见的麻木、无动于衷，蔑视所有的工作人员、审讯人员。工作人员包括打扫卫生的、送外卖的以及设备技术人员。对这些底下人他本可以态度缓和一点，会有好处，但是他不。他麻木得就像整个房间白色的一部分，如果不是脸和手，他和房间的任何白色的物品没有区别。对审讯人员他想象自己是泡沫板做成的，甚至眼睛都是。

白色与无声，两者的较量是一种怎样的较量？后来，居延泽说，白色升级了，所有的审讯人员包括工作人员有一天都整齐划一地换上了白色的衣裳：白色的大褂，白色的皮鞋，白色的帽子以及口罩。居延泽几乎不再可能在审讯人员的身上发现任何有别于白色的颜色哪怕是肉色，所有的人简直比宇航员还严实。这的确有点致命，人们可以设想，当一个人终日只接触白色，而且是长期的，会是什么感觉？怕是谁也受不了，出现幻觉、胡言乱语、梦话也未可知。审讯人员就是这么想的。但居延泽还是承受了，他同ZAZ组展开了旷日持久的拉锯战，ZAZ分析他的表情，他也分析 ZAZ 的表情，每次审讯他都炯炯有神地盯着对方的眼睛，好像听得很认真，却又如同聋子。他盯着他们在想别的，他了解他们的工作，过去跟老板多次视察他们，或传达过老板的指示精神，代表老板督导工作，他对他们了如指掌，连一些很内幕的东西都清楚。他们与法律无关，却可以将人送上法庭；他们是省内最高端的神秘机构，深不可测，没有什么他们不能查的，没有什么方法不能用的，没有通常的法律程序约束，个人没有任何哪怕是字面上的权力。但他们也有弱点，通常他们完成的是政治任务，有来自上峰的压力，如果他不开口，不交代出他们想要的东西，无论掌握了多少有关他的证据、事实、别人的交代材料都没用，他们都不能算完成了任务。交代材料，对，他的交代材料，这点非常重要！没有怎么行？而且，他们有时间表，有一道道上面的催问。事实上他们有求于他。他抓住了这点。审他这样的人是最难的，一般说来他们也不能对他用刑，不能逼供，因为他不是一般人，他在全省差不多是一人之下万人之上。他们都认识他。他跟着老板巡视检查他们，那些级别很高的组长、副组长对他很客气，而他们这些具体的审理人员在他眼里不过是小鱼小虾。他根本瞧不上他们，他们怎么不了他，不敢动他一根毫毛。不会有皮肉之苦，因为无论如何——哪怕送他上西天——他本质上也是自己人，是内部问题。在一定范围内自己人不能向自己人动手，这是不成文的规矩，谁也不敢轻易破坏。这一点他也非常明白。但如果是别的什么方面的人，比如是教授或企业的 CEO，哪怕是国企老总，若不交代那就难说了。但他，绝对是自己人，皮肉上他无所畏惧，他还怕什么？剩下的就是精神。好吧，精神。白色。

他们还要给他好吃好喝，三菜一汤呢。

当然了，白色——也非常痛苦。

七

如果可能的话，敏芬想跟杜远方谈谈教毕业班的事。尽管迄今她和杜远方一直还停留在"陌生"的关系上，不过显而易见，杜远方无论如何还是改变了敏芬的生活，家里有杜远方和没杜远方不一样。自从出现了杜远方，再面对黄子夫敏芬总感到心里有了一种莫名的底气，好像关键时刻杜远方会帮助自己。至少可以给自己出出主意，听听杜远方说什么。当初，要知道杜远方如此安静，敏芬其实倒愿意有个饭桌上一块儿说话的人，就不一定非要隔开杜远方，现在倒好，杜远方成了纯粹的房客，而且也弄得自己好像服务员。

解铃还须系铃人，敏芬决定有所改变。这天晚上，敏芬做完饭没往杜远方房间里端，而是摆在了客厅的餐桌上。四人座的餐桌摆上了两副餐具，两个杯子，两把椅子，菜比平时多加了两个，但没刻意丰盛，远不如一个多月前生日那天。

敏芬不想再搞那么大动静，就是普普通通，自自然然。

以往，每次送饭敏芬都要事先敲门，听到"请进"才进去。这天也一样，敏芬推开门，看到杜远方手里拿着小棍，正在看书，并没摆卦，只是习惯性地拿着。

"如果您不介意，我想劳您大驾到厅里用餐。"敏芬彬彬有礼，客客气气，一贯如此，"今天是我生日，我想请您共进晚餐，如果您不介意的话。"

杜远方拿着厚厚的硬皮《周易新解》，放下小棍，有些蒙眬地看着敏芬，好像一直待在某种东西的内部，正在走出来。

"你一年过几次生日？"杜远方悠悠地说。

敏芬的脸立刻涨红了，有些恍惚。杜远方的口气似乎知道海鲜大餐那天是敏芬的生日，可他怎么知道的？他真的能算？那可太神了，他能算出我哪天的生日！但又想，是不是自己生日那天吐露了什么？不，敏芬清楚地记得那么丰盛的晚餐杜远方完全无动于衷，也不问她为什么，她很生气，她怎么会吐露。

"是的，"敏芬反应还算快，"我一年要过两次生日。"敏芬冷冷地说。

杜远方合上书，毫不理会敏芬的冷淡。

"阴历也过？"似乎算是给了敏芬一个台阶。

"是的。"敏芬说。

但杜远方又接着否定了："可今天日子好像也不太对。"

"我不太会算，如果您不乐意——"

杜远方站起来："生日快乐。"

杜远方高出敏芬一个头，有种压迫感，敏芬有点激动，给了杜远方一个愉快的微笑。杜远方做了个洗手的手势，去了洗手间。敏芬出来时拉上房门，又开开了，觉得不需要关上了。

敏芬坐在餐椅上，对面餐位虚位以待。杜远方去了有一段时间，敏芬看着对面即将有人的空椅子，有种让自己任意漂流的感觉，多少次闪过这样的念想：干脆把自己交出去吧，无论谁，是否有阴谋，是否始乱终弃。对女人而言一个人生活意味着坚持，但又不知道坚持为了什么，为了谁。这种软弱敏芬过去也有过，但不像今天这么强烈，这么具体，并且突然想到黄子夫。

黄子夫和她的身体有关，这是敏芬想到黄子夫的原因，也是敏芬第一次将杜远方与黄子夫混合起来想。最近敏芬又去过几次黄子夫办公室，黄子夫倒没什么特别过分动作，还是老一套，没吻她的嘴顶多吻了她的颈，摸摸索索，她既已教上小升初的毕业班，便知道有些东西几乎是迟早发生的事。既然早晚发生，干吗要再守着呢？为谁守着？还不如彻底一点，反正是逃不过去的。以上这些不是真正的思维，不过是敏芬的身体语言，并不明晰，也不用怎么想——事实上身体也会思考。同时，敏芬脑子里也在想另一件事：杜远方是否能镇住黄子夫？虽然杜远方显然退了，但是过去一定是个人物，而且应该是黄子夫没法比的。

杜远方从过道走过来，敏芬立刻从恍惚与软弱的思绪中挺拔起身体——只要不是自己一个人，有旁人在，敏芬都是挺拔的，矜持的，好像一件穿了许多年的外套。这件外套通常给人的印象就是凛然，孤傲，没什么人能放在眼中。杜远方带来一股雪松与熏衣草的味道，显然刚喷了蔚蓝男士香水。灰色西服，驼色领带，白衬衫，稀疏的头发经过梳理十分整齐，显然喷了些摩丝，挺硬朗。硬朗是年轻人的标志，这点对人很重要。

"让你久等。"杜远方说，落座，杜远方没解释为何如此之久，他无须解释，他是隆重的，对于参加一个女人的生日晚餐，这是男人的风度。

"您喝什么？"敏芬柔和地问，没一点怪罪。

杜远方拿起长城干红，赤霞珠，已经很不错了，又拿起张裕的香槟，各看了一下，看着敏芬："要是讲究的话，菜品和酒品要相配，你上次过生日那天的海鲜、干红和香槟都算恰当，但若是干白就更恰当。干红相对龙虾白虾也一样，还是显得过一些，干白就好一些，干白纯净，无色，与海鲜的质地贴切，口感也相融。"

"干白就是白酒吗？"敏芬问完就后悔了，赶快掩住口。

"干白不是白酒，干白干红都是葡萄酒，只是用料和工艺不同，"杜远方一点也没嘲笑敏芬，相反耐心而认真地解释，"干红是用皮红肉白或是皮肉皆红的葡萄带皮发酵，一般是采用皮汁混合发酵，然后进行分离；干白选择用白皮白肉或红皮白肉的酿酒葡萄，经过皮汁分离，取果汁进行发酵酿制，不同在这里，干白不是白酒。"杜远方最后诚恳地强调了一下，如同某种酒的味道。

"您懂得太多了。"敏芬同样诚恳。

"我是酿酒专家。"

"听上去很像。"

"不，不是很像，是真的。"杜远方说。

敏芬本想继续问，看到杜远方没详细说的意思，便问杜远方："那么，现在我们喝什么？我这儿没有干白，要不要我去买？哪儿有卖的？"敏芬真的是不懂。

"就喝这个吧，"杜远方拿起香槟，"我们刚才是聊天，闲聊而已，其实不讲究也好，这个国家经济再发展上五十年也会很讲究的，日本不就是这样，原来也不讲究，也是苦得要命。"说着"嘭"的一声，杜远方熟练地开了香槟，泡沫喷出来，落在敏芬新做的头发上，羊绒衫上，胸上。之前杜远方示意过会喷身上，敏芬同意了。杜远方手捧着敏芬布满泡沫的头，吻那些泡沫。

"Happy birthday！"杜远方说。

说实话，敏芬还真没听清，但也没表示任何东西。

杜远方吻泡沫的同时拥抱敏芬，但像电影中那样，完全是长辈对晚辈的祝福与拥抱。敏芬无法拒绝，虽觉突然却也感到异常安全。不由得想到黄子夫，与杜远方比真是一个天上一个地下。黄子夫就算在动物界也是垃圾，大猩猩也比黄子夫更像人类。不，决不，有了杜远方，绝不可能再接受黄子夫。

"你好像有心事？"坐下后杜远方淡淡地问。

"我不了解您。"敏芬双手握杯，看上去像面对老友。

他们已在同一套房相处两个月了，从秋到冬，就算不熟悉也已很熟悉。停了好一会儿，敏芬看着酒对杜远方说："有时我很想了解您，想知道您的一切，有时又不想了解，什么都不想知道，知道得多不一定好。"

"那就不知道。"杜远方说，晃了晃杯，又碰了一下敏芬的杯。

"是，现在我想通了，不想那么多了。"敏芬低头说。

"有什么困难，需要我帮忙？"过了会儿杜远方问。

"我的故事有点长，也许您听了会烦。"

"先说说看，如果烦我提醒你。"

"您大概也能猜到是什么问题。"

"那我猜猜，不过男女之事最不好猜的。"

"不完全是男女之事，那样我倒用不着您了。"

"有麻烦？是吗？"

"您先给算算吧，您是大师。"敏芬多少有点轻佻的口吻。

"算一个人可不是一个简单的事，说算就算，"杜远方没介意，相反很认真，"这要有环境，道场，算的人得进入你的气场，像这样喝酒聊天不行。哪天吧，我好好准备一下，你也要准备一下，要排除掉很多东西，心净才好推演。真正卜卦，哪有这么随便的。现在，我这么说，你知道街头那些人为什么是骗子了？没那么简单。卜一卦，卦师是很累的，要进入忘我，差不多通灵，这要付出极大的精神体能。一般人是不懂的，不过对一般人，哄哄他们也无不可。一般人也就只能享受一般的东西，芸芸众生都那么认真还得了。"

"看来您真是大师。"

"大师什么，闲得没事罢了。"

"我的顶头上司一直在打我的主意。"敏芬终于说出来。

"这很正常。"杜远方毫不惊讶。

"您觉得正常？"

"嗯，当然。"杜远方直视敏芬，目光落在敏芬腰身上。

这是敏芬熟悉的杜远方，第一天的杜远方，男人的杜远方。敏芬刚才出现了幻觉，把杜远方当成命运大师，甚至上帝，这时才缓过点神儿来。当她缓过神儿来，处在一种客观位置，不得不承认杜远方是对的。然而承认是一回事，接受是另一回事，她多希望杜远方像在幻觉中那样，他是拯救者，她是被拯救者。但是杜远方是男人，杜远方接下来的话更让敏芬不适，感觉有如冷水泼下。

"对权力而言，所有人都是它的猎物。"

"你更是。"停了一下，杜远方接着说。

"没想到您这么犀利。"敏芬脱去幻觉，冷下来有点嘲笑地说。

"不是犀利，"杜远方说，"这个你得认，是规则。剩下的才是逃生问题、怎么逃的问题。这个或许我倒是可以帮你——生日快乐。"杜远方碰了一下敏芬的杯子。

"您也曾经掌权?"敏芬试探地问。

"是,曾经。"杜远方稍顿。

"我想您的权力可能比一个小学校长要大得多。"

"当然,但大同小异。"

"您也用权力——"

"是。"杜远方打断敏芬。

敏芬给杜远方倒酒,不再惊讶,但也并不完全认可。

"我觉得,有什么东西破灭了。"敏芬说。

"那东西并不存在。"

"您知道我要说的是什么?"敏芬多少有些嘲讽地说,自己喝了一口酒,没碰杜远方的杯子。

"很清楚,一种美好的不存在的幻觉,破就破了,应该破。"杜远方说。

"如果人,连一点幻觉都不存在,还剩下什么?"敏芬说。

这话说得很有力量,杜远方顿了一下。

"的确,这非常可怕,很可怕,我们就是朝这个方向走的;我们的权力就是朝着这个方向走的,虽然可怕,但你要知道,还没有到底。"

"什么才是底?"

"我不知道,也许根本没有底。"

"在办公室强暴他的下属还不是底?现在办公室都带套间!"

"不是底。"

"他叫我去办公室我去不去?"

"当然得去,而且,"杜远方同样直截,"你去过。"敏芬刚要叫,立刻又停住，口型极其微妙。"如果坚决反抗，强暴不可能成功，套间再多也没用。"

"您觉得，我坚决反抗了吗？"

"这个可以断定，否则你现在只有绝望，没有仇恨。"

"这半天了您只有这句话让我感到一点温暖。"

"我说的是事实。"

两人沉默了一会儿，杜远方说："否则你不再有义愤，也不再有幻觉。"

"我差不多就剩仇恨了。"敏芬软弱地说。

"还没有，还有没消失的东西。"

"我说差不多。"

"你不准备再反抗？"

"我想过，不再反抗了。"敏芬多少有点挑战味道地说，"喝一杯吧！"敏芬碰了一下杜远方的杯，毫不含糊。

"你确实非常可爱。"

"您为什么这么说？"

"你不仅外表，性格更迷人。要知道，"杜远方稍停了一下，"这些都会刺激权力，会使权力向两个方向发展，一是粗暴地占有你，现在，有了套间粗暴相对还好了一些，条件改善了。另一种讲究一点，情人，这么说好听一点，你更该属于这一种。可惜你待的是一个小单位，庙太小了，太小的地方可能更原始。"

"你这么看权力？"

"我现身说法。你从来没想换个单位？"

"没有，没本事。"

"你大概赶上了一个粗暴的家伙，很可惜。"

"粗暴就可惜？"确实，太他妈粗暴了，敏芬心说。

"当然。文化是干什么的？教育是干什么的？"

"就不能把他绳之以法？"

"总的来说，是没有希望的，个例有，但没有意义。而且你知道，这几乎不算问题。"杜远方非常真实，但真实得有点炫耀。

"过去也这样？"敏芬不客气地问。

"是。"杜远方没任何犹豫。

"你是讲究的？还是粗暴的？"

"对于真相，我不想对你有任何隐瞒，只是把实情告诉你。关于我自己，今天不是谈我，我已经很直率，是不是？"杜远方看着敏芬，说实话有点感人，"无论我是什么人，你不一定非要把问题引向我，对我有那么大的兴趣。你应该看出来了，我不想取悦你，没有丝毫取悦你的意思。取悦你很容易，太容易了，我不想这么做。没错，我是讲究的，有时也不讲究，但是这些我都不再去想。我们没有任何关系，我也没有任何企图，之前我是你的一个房客，我付房租、膳食费，我们没在一张桌子上吃过一次饭。你希望如此，我也希望如此。我们完全是陌生人谈话，陌生人谈话没必要隐瞒观点。我们还是谈你吧，不管怎么说，你是我的房东，希望得到我的帮助，我可以提供我的帮助，但也就是这样。"

敏芬听出了杜远方的不满，但这还在其次，主要是自己的又一种"幻觉"被剥去，感到一种从未有过的彻骨的凉。女人身上总是有一些往往连自己也意识不到的幻觉，譬如敏芬那样质询杜远方，实际是很无礼的，但这种无礼通常又是在"情人"间才发生的。也就是说，无论来自杜远方最初的"暗示"，还是自己的远远的感觉，敏芬都在某种程度上把杜远方当成了潜在的"情人"。当然，除了"情人"这层，也还有"公理"这层也在支撑着敏芬的质询。两者原本敏芬都占优势，可让杜远方这样一说，原来的一切都不存在了。本来"情人"与公理相互支撑，公理——如果失去"情人"的依托这时也变得软弱无力。

敏芬很绝望，半晌不说话，说不出。

"不过，我的帮助不会是正常的，不是通过法律，上级组织。"

"你不用再帮助我，我也不再需要任何帮助。"一多半还是气话，但也在气话中感到了力量。敏芬又强调了一遍刚说过的话，很正式。

"那很可惜。"杜远方说。

"没什么可惜的。"敏芬微笑。

"我可以谈谈我，如果你真想知道的话。"

"我不想听。"

过了一会儿，杜远方说："好吧，我可以唱支歌吗？"

敏芬没想到，也不明白杜远方什么意思。

"你随便吧。"敏芬下意识地收拾杯盘，她的独立劲儿上来了。

杜远方唱了一支舒缓低沉的歌。一首英文歌。敏芬从没听过，应该是黑人歌曲。缓慢的，老派的，敏芬听进去了，刚才那股火慢慢消失。敏芬注意到杜远方的声音像他的身体一样浑厚，有味道，一种缓慢的黑人的节奏，敏芬几乎有一种想要跳舞的冲动——是舞者与情人最好的音乐。

杜远方唱完，站起来，将酒饮尽。

"生日快乐。"杜远方说。

"谢谢。"敏芬完全原谅地说。

但杜远方拍了拍敏芬的肩，没再拥抱一下敏芬，回到自己房间。门轻轻地关上，并且轻轻滑上门闩。敏芬的泪盈满眶，顺眼角往下流。房间的一切在波动的泪水中如同波动的静物，一切甚至都有些陌生，简直不像自己的家。

敏芬不知自己为何如此激动，也不知为何而哭泣。但就是想哭，忍不住地哭，泪水汹涌而寂静。似乎从没有如此地绝望过，也从没有如此牵动，复杂，委屈，渴望，五味杂陈。无法诉说，只有泪水宣泄一切。敏芬在泪水中收拾杯盘，剩菜，碗筷，及至在厨房打开水龙头，自来水才代替了泪水。水有时就是这样，有了新的旧的才会止住。许多事情也是一样。一切收拾停当，盆干碗净，身体也一下轻松了许多，以致刚才的哭泣想来竟有些渺茫。

敏芬还有一摞毕业班的作业要批，都是复杂的应用题，有许多步骤，批改起来并不容易。很快灯下批作业的敏芬仿佛变成另一个人，完全是一个招贴画上的人民女教师的形象，就像"只生一个好"那样温馨的宣传画。她专注，思考，飞快落笔，很难想象这是一个受到黄子夫性骚扰的形象①。

---

① 当然了，这幅画背后，如果加上个猩猩的形象则另当别论。但假设是毕加索或达利来画，石鲁或八大山人来画，总之是这样的大师来画，我觉得即使加上猩猩也难损敏芬的形象。丑的东西本质上很难与美兼容，它尽可以破坏美，污损美，亵渎美，但就是改变不了美。海明威说你可以消灭我，但就是打不败我——我年轻时非常欣赏这句话。我知道维纳斯断了一条胳膊仍然是美的，事实上她只剩下一只眼睛仍是美的，敏芬与猩猩合影仍是美的，就算它骑在敏芬身上，就算狂吻敏芬，也仍改变不了敏芬批改作业的女教师形象。对于我这种有些激动的神经质的说法敏芬不是特别理解，甚至有点不知所云，而且我知道，她有时觉得我有点问题，我能感到她虽不理解但宽容我的某种极端的在书斋坐了太久的东西。我是最后见到杜远方的人，敏芬也不时问我一些杜远方的情况，在我们的谈话中杜远方是怎样提到她的，说了她

什么，杜远方到底恨不恨她。他们的关系不能用恨概括，正如不能用爱概括，敏芬同意我的观点，但仍然感叹。

"我是在他死后爱上他的。您觉得可能吗？但我就是这样。"

一个人死了，但还活着，这在敏芬身上得到印证。

"死之前呢？"

"死前我说不清楚。死前他非常复杂。"

"他在慢慢回归，从一个老总到普通人。你对他的意义大于他对你的意义，所以他没有恨，只是遗憾，遗憾你们没能在一起多待一些日子。"

"我对不起他。"

"但是即使这样他已很满足，他人生的最后一段路让他平静。"

"我知道。"敏芬泪眼婆娑地望着远方的海，近处的浪花不在我们视野之内。

我们起身，继续散步，沙滩上留下我的轮椅的车辙印。

却几乎看不到敏芬的脚印。

"跳舞的人都会轻功吗？"一次我问。

有时敏芬难以回答索性就不回答。

"怎么没有脚印？"我说。

"怎么没有？"敏芬低头。

敏芬认为有，但是我看不到。

八

　　敏芬仓促接下小升初毕业班，压力很大，只有几天准备时间，且这么多年教材、教参、教辅变化很大，敏芬一点心理准备也没有。但这的确又是个机会——黄子夫赐予的、喜忧参半的机会，无论如何还是非常值得珍惜。亏了敏芬站得住台，有种天生凛然的气质，母爱与权威的混合，让那些调皮的恋母的小男生又喜又怕，否则光凭教学水平早就造反了。即使不造反，那些挑剔的盯得很紧的有些甚至是同行的家长也会时而质疑敏芬的水平。不过目前还好，还没发生特别大的不满，个别不满已让黄子夫挡了回去，但以后就说不准了。

　　尽管五味杂陈，敏芬领到新的工资条时还是有种被击中的感觉，兴奋的光泽闪现在惊讶的眼睛里。新的工资比上月的增加了何止一倍！这还只是条子上的钱，不算补习班与辅导班的现金，如果一块算下来收入就增加了数倍。敏芬好像一下进入了某种快车道，一切都是新奇的、刺激的、不一样的，钱不管怎么说都是神奇的，哪怕与黄子夫有关，有时竟也涌起一股对黄子夫的感激之情。虽然敏芬立刻意识到这是有代价的，但情绪上依然是快乐的。

兴奋无以表达，敏芬就打电话给北京的云云，告诉云云这月的收入难以置信地增加了多少。敏芬先让女儿猜，女儿当然猜不出，几次都没猜到位，敏芬最后大声说了，云云不相信地尖叫了起来，在那头猛亲了电话。敏芬高兴，几乎要流泪，还有什么比钱更能击中人的软处呢？那时敏芬完全忘了自己在讲台上的吃力与挥之不去的不安。"您不教跳舞了，不用了，妈妈！祝贺你，妈妈，我太高兴了，告诉我这一切是怎么改变的？是不是和住咱家的老头有关？我就猜他不会白住在咱家的，他肯定是太白金星，是哈利·波特，是发生在咱们家的童话！"云云的话总是连珠炮，敏芬再插不上话。敏芬耐心地听女儿的连珠炮，耐心地等着云云信马由缰地说完。之前敏芬一直没告诉女儿改教毕业班的事，一直不知怎么说，如果是正常调换敏芬不耽误一分钟就会告诉云云。今天收入一下增加那么多敏芬才忍不住告诉了云云，也不管怎么回答原因了。让敏芬没想到的是云云一下提到杜远方，认为一定是杜远方起了作用，这倒让敏芬一时不知如何说是好。按照云云神奇的想象力当然是杜远方起了作用，事实上敏芬也曾心存这样不着边际的幻想。

"是的，也许真的是呢。"

敏芬承认了，因为这比承认是黄子夫的安排要好得多。

"什么叫也许，"云云大声说，"就是，妈妈！我早就猜这个老头不是一般人，超像童话，妈妈，小时候您给我讲过的《金鱼的故事》，我一直相信那故事是真的，一定会发生的。妈妈，我多想见到老头，您别告诉我他叫什么，过去到底是干什么的。呵呵，您先什么也别说，让我猜猜，我现在整天研究天空，我的学业就是想星星后面的故事……我能猜到……别告诉我，妈妈……"

敏芬似乎听着，唉，云云太单纯了。敏芬苦笑，其实，事实正相反，杜远方让自己认可了某种东西，比如规则。可敏芬没有说，什么也没说，今天敏芬只想高兴，不想那些令人不安的无奈的东西。

敏芬睡了个好觉，第二天还带着昨天的兴奋，在公交车站迎着早晨的朝霞都是快乐的，直到远远看见了黄子夫。进入冬季，敏芬不再骑自行车，改乘了公交车。虽然很久没在车站看见黄子夫的车了，但敏芬还是在车流中一眼就认了出来，一眼就觉得这辆车直接朝自己开来。敏芬本能地向后退了退，想隐在别的等车人的后面，但车还是停在了跟前。过去怕影响公交车进站，黄子夫一般是先跟敏芬站前打个招呼，然后把车停到前面路边等敏芬，如果敏芬执意不过去，黄子夫停一会儿也就开走了，或者自己下车过来请敏芬。这次黄子夫直接开到了站前。敏芬还是习惯地谢绝，因为影响了公交车进站，等车的人都在怒斥黄子夫，并连带着催促敏芬。没办法，敏芬只好上了黄子夫的白色的马自达。

上了车的敏芬一句话也不说，黄子夫也不说，车开得很慢。

过了好一会儿，黄子夫把一只手从方向盘上移开，自然、从容、毫不犹豫地移到敏芬手上，抓住了敏芬，不容置疑。敏芬也没有缩回手，甚至有点奇怪自己为什么不，也没一点颤抖。这要是在以前，黄子夫不可能这么从容，敏芬不回避也不可能，现在两面三刀者似乎都天经地义。

车突然拐向岔道，在路边停下来。是街边公园一侧，虽并不特别僻静，但比起车水马龙的主干道还是静了不少，车不多，行人也不多。黄子夫扭过头看着敏芬，敏芬看了一眼黄子夫，接着直视前方，无论黄子夫是否盯着自己。敏芬的手还在黄子夫手里，并没抽回。黄子夫慢慢把头伸向敏芬，搂过敏芬，把因牙齿不整而无法闭严、这会儿索性完全张开的嘴慢慢放在敏芬的唇边上。

不言而喻，无须多说。敏芬只是闭上眼，还是没躲，一任黄子夫吻。强烈的恶心，有股消化后的洋葱头味儿，不知黄子夫早晨吃的什么。被亲也应该算接吻了，不反抗还不算吗？行人要看便看吧，但是如果不是杜远方的一番话她会接受黄子夫这样吗？以前一直秉持的东西实际是让杜远方击倒的，是最后一击——他吻着她，或含着她，而她想到的是杜远方。

意料之中的手伸到了她的胸里，扒开胸罩，放到她的乳房上，乳头被揉搓，甚至也有点硬。总的来说黄子夫嘴这次不算太味儿，没有大蒜味，仅仅是洋葱，而且，有股混合的口香糖味，只要不睁眼也可以忍受。黄子夫总算脱开了她的嘴，把头痉挛地埋在她的被晾出的胸上亲，吮，吸，混乱的牙一会儿轻咬一会儿划来划去，一会儿像婴儿那样使劲吃。

"我还有课，快到点了。"敏芬闭着眼说。

又过了一会儿黄子夫猛然抬起头来，坐到方向盘前，看着前方。

"你太让我着急了，这不行。"黄子夫喘着说。

"这还不够？"敏芬说。

"远远不够，差远了。"黄子夫说。

"我不会再上你的车，也不会再去你的办公室。"

"这不可能，我们不是一般关系。"

"我已不年轻，半老徐娘了，有年轻的。"

"那是另外的问题。你是我的梦，二十年的梦，怎么和那些年轻的比？你想想看，有我这样当官的吗？追求他的下属追了二十年，有这么痴情的吗？我真的非常喜欢你，简直迷死我了，我跟你说，我不爱世上任何人，只爱你。你知道吗？很多年前爱你爱得我有时都想自杀，我知道你不喜欢我、厌恶我，但我就要你一次，一次，行吗？就一次，以后再不纠缠你。"

"一次什么？"敏芬软弱地问。

"你装什么糊涂？"

"这就是你说的爱吗？"

"你瞧，你怎么来回堵我，我爱你是真的，想要你也是真的！"

"我还是教一年级吧，明天我就回原来的班。"

"不行！我们走，去个地方。"黄子夫启动。

"我还有课，已经晚了！"

"课不上了，请假，你病了。"

黄子夫一脚油门，离开路边，把车开了起来。

"让我上课，我答应你还不行吗？"敏芬大声说。

"不行，找个酒店，开间房。"

"学生等着我呢，有你这样的校长吗？你还算老师吗？！"

"你说这些没用。有用吗？二十年了。"

"真的，我答应你，行吗？现在我还要上课。"敏芬认真地说。

"那就在车上，十分钟完事，我找个没人的地方。"

"黄子夫！"敏芬大叫一声，"你以为我是妓女呢！"车顿了一下。

是的，在车里，太过分了。

黄子夫把车停下，大声喘息，青筋暴起。

"下去吧。"黄子夫说。

敏芬来不及整理衣裳，挎着包，迅速下了车，落荒而逃。

"听着，你答应过我。"黄子夫驾车，在经过敏芬身边时，车窗摇下。说完黄子夫猛一踩油门，车"轰"地一下飞出去，又在前面突然刹住，车几乎横过来，再次启动，调好方向，箭一样冲向街心，不断地超车，以至消失，像疯了一样。

敏芬重新坐上公共汽车，脸色苍白，不断地神经质地整理衣裳，如果可能，她真想洗个澡。敏芬到了课堂上仍是气喘吁吁。

所有学生都望着她，所有学生都能感到敏芬出了状况。敏芬诚挚地向学生们道歉，一如既往打开课本，也让学生打开。敏芬依然是凛然的，虽然头发稍稍有些乱，虽然身上沾了许多黄子夫有洋葱味的口水，但只要一站在讲台上就是一个百分之百的女教师。如果为小学老师画一幅海报宣传画，敏芬就是最好的模特，是小学生理想的教师形象，以摄影的方式也一样。敏芬是有质感的，最终事实上可以成为白色大理石雕像。至于雕像后面的故事，她的学生们当然不知道，所有人也都不知道。这与真相无关，即使发现背后的真相也不能否定这尊白色的大理石雕像①。

---

① 我在这儿一再强调这种艺术与人的间离绝无讽喻之意，也没任何攻击雕塑或教师海报之意，我只是习惯了看到海报想海报背后的事。敏芬刚刚被黄子夫在车上蹂躏完就站在了"花朵"面前，这是事实，两者可能构成了相互否定关系，但描述和谈论却并不构成这种关系。对敏芬而言，一定程度的屈服与无动于衷我认为丝毫不影响上课的形象，相反更有艺术的张力。很多被侮辱被损害的人其实的确就是这样持守的，她们站在前沿，站在工作第一线，污秽不仅不能降低她们的品质，反而更彰显她们的感人品格。反正从我接触的敏芬来看，无论怎样，她都有一种天然的感人的东西，一种出淤泥而不染的东西。她是我们时代最美丽的教师形象，哪怕刚刚被蹂躏。现在，我这样描述敏芬仍有些激动，我觉得敏芬虽称不上"横眉冷对千夫指"，却可称"俯首甘

为孺子牛"。可惜由于种种原因敏芬不教书了，又开始了在各个露天公园教跳舞，有时像个舞女，有时还像个教师，因为她还带学生，各种各样的学生，不过不是面对孩子的学校教师。

我穿行于书斋林立的书架之间，有点后悔没让敏芬在沙滩上推一次。我不知道敏芬如果推着我会是什么效果。或者在这个房间推着更有效果？黑猩猩，敏芬，轮椅上的我，这并非超现实的画面组合，有时它就是我们这个世界的现实组合。尽管书斋难以见到阳光，白天也要开着灯，但并未影响我洞悉这个世界，世界早已存在于书册中，窗外世界就在窗内。我的所作所为包括看守所的经历都是在印证着书的世界，我同意"宇宙其实就是图书馆的样子"的说法，同意一个盲人对理想的图书馆的描述："图书馆的中心显然是任意的六边形，圆周是无限的，它灿烂、孤独、恬静、无限——这里有阅读者而没有学究，有思想的人而没有思想家，有写作者而没有作家，有图书管理员而没有图书学者，这里每个人都是单独的形成中的个体，一旦固定成思想家、学者、作家，将被自动逐出图书馆。"

我当然不希望被自己的书逐出去，但我又时时感到这种危险。当我描述敏芬——如果仅仅止于事实间的相互反讽，即海报与现实的反讽，我可能甚至要被自己逐出图书馆；但如果在反讽中看到肯定，并指出肯定，也就是说看到感人的东西——敏芬难道不感人吗——并指出这种感人，我就将继续坐在图书馆里。换言之，宇宙图书馆的写作者是事实与事实间的缝隙的发现者而不仅仅是描述者，后者是作家而前者是写作者。两者的区别在于：写作者永远处在未完成时，就像面对图书馆永远处于未完成的阅读者一样。我把杜远方、敏芬、居延泽、巽，包括即将出场的李离，我把他们放置在图书馆中，他们在现实中是单一的，有着现实的严格的规定性，但在图书馆里他们则是立体的，他们因为成了世界整体的一部分，而更接近他们本人。事实上无论活着的人，死去的人，到了我的图书馆都获得了新生，他们不再仅仅是他们自己，而成为了灵魂的共同体。

正是在这个灵魂共同体的意义上，有一天我决定捐弃前嫌到秦城看望一下我那强有力的朋友老同学杨修。其实也谈不上太多前嫌，不过是过去我比较偏见，即一般人都有的对官僚的厌烦——特别是对掌管监狱的官僚的厌烦。如果不阅读，每个人都是狭隘的，充满桎梏的。有的是认识上的桎梏，有的是情绪上的桎梏。即便如我这样终日置身在图书馆的人也不能豁免，然而也唯有图书馆才能时时或最终打破桎梏。我认为杨修同样有权到我正在写的书中坐坐，一旦进入书中他也就成了书中共同体的一部分，这个权利他意识不到，但我必须意识到，我意识到了就等于他意识到了。我带着这本书的部分手稿见到了老同学，他知道我大学时就在写作，而我带着手稿无非也是提示他我一直在写，而且我们的会见会写进书里。杨修住单间，这我之前就料到了，我没料到的是之前据我判断他已完全不读书，一个对人体器官有兴趣（买卖）的人怎么可能读书呢？但杨修的单间几乎就是一间书房，书构成单间的主要空间。单间不大，其他都很简单，倒是书成为房间的最复杂部分。有历史的，法学的，哲学的，监狱管理学的，还有一些杂书。如果服刑是最好的阅读理由，我的书斋又做何解释？我也是服刑者吗？

按照以往杨修给我的印象，起初我以为他并不想见我，但我想说不定他在狱中待了几年可能有什么变化也未可知，我得到了肯定的答复。杨修的样子像他的书一样让我惊讶，有点像我初次见到的居延泽，但又完全不同，我说不好他们之间的像与不像，太复杂了，或许可以写一篇论文。我相信他们是福柯与拉康非常好的材料，我们有太多的材料却太少有这方面的论文，类似的我只读到过《上海的两个身体》以及同济大学其他几个年轻人的文章，但至少他们目前还无法和福柯、拉康相比。居延泽判的是死刑，杨修是死缓，别看一字之差，却有本质的不同。然而，他们的目光事实上又如此相似。我真不知道这种相似来自何处——那种坚定的，不可一世的目光——杜远方比他们含蓄得多，但可怕的也仅仅是含蓄。杨修涉及若干起重大人体器官非法摘除买卖案，另有其他案底，涉及金额惊人，被判死刑，上诉起了作用。或者说系统起作用，这理所当然，毕竟为系统服务了几十年，系统并非像通常说的不近人情。只是系统的作用看起来好像对杨修的意义不大，他的目光仍像是已经死去多时。

杨修所涉及的一桩一百零一颗活体肾脏买卖案涉案金额两千多万，材料上显示这样一个神秘细节：死刑执行当天，等待的器官除了肾脏，还有肝脏、角膜，不同器官有不同道上的人等待，做肾脏的不能做肝脏，但等是一块等的。交钱后一会儿就有人拿肾、肝、角膜以及其他。肾脏一般十二万元一个。依据行规等着拿器官的人不能问任何问题。也没有任何手续，连被处决犯人的个人情况都不能问，只能伪造死刑判决书和捐献志愿书。尽管死刑犯是医院最主要的器官来源，却只有极少的行政法规和规范性文件涉及死刑犯器官捐献问题，根据规定除了死刑犯及其家属自愿捐献，无人收殓或者家属拒绝收殓的，负责执行的法院亦可自行决定利用其器官，杨修对此了如指掌。

杨修瘦得像自己的影子，并且像影子一样坐下，几乎认不出他。嶙峋的脸，不用光照也有许多阴影，眼睛像灯一样。本来身体高大，这会儿则像刀螂一样。我觉得如果我再晚来一些他几乎会像标本一样死去，即使不死在我看来恐怕也像是标本上还活着的眼睛。现在其实就差不多。

"你在节食？"我只能做此理解。

"是。"他双手交叉在腹部说，关节吱嘎作响。

"为什么?"

"一种乐趣。"

这时我才注意到，他的灯一样的眼睛因为话语的关系同样如此锋利，寒光凛凛。我注意到他不说话时眼睛像放在刀鞘里，一旦说话就像抽出来。

"不服气?"

杨修笑了下，诡异，与刀无关，然而笑容一收起来，还是刀。

"你不懂，你懂什么。"

他一贯蔑视我。很奇怪，只要在他面前我就觉得他的蔑视有道理。在我的书斋或者说在我的宇宙模样的图书馆里，我觉得已对杨修洞若观火，可一和他面对面就总是被他的某种东西控制。我不知道是我的问题，还是他的问题，还是双方面的问题。我的问题显然是无意识系统的问题，这不是书或图书馆就能解决的，书构成的自我与传统构成的自我有时候还是不能比拟，换句话说我的头号问题是我父辈的问题，祖父的问题，干脆说是文化基因的问题，即恐惧。当然了更是杨修的问题。杨修不仅是杨修，杨修虽只是某种系统的一个零件，但却有着整个系统的自负，许多时候他不是自己在说话而是系统在说话，这点他自己已经分不清，再加上我的问题，每次我都觉得他有道理，哪怕是他在监狱也一样。

"那么，你节食，为了什么?"我小心翼翼地问。

"一种意志。"他甚至不用嘴而用眼睛就告诉了我。

"什么意志?"的确，我的书完全用不上。

"我已经减刑为二十年。"

"就算二十年也不少了!"我失控地说。

"还会减。"他凝视着我，我觉得我的脸布满了陶器般的裂纹。

我不再说话，不再问什么，我没有胜利可言，我怕最后我只能气急败坏地说："无论如何你所有的财产都归零了！"这完全不像一个拥有数万册图书的人说的话。我的某种之前未料到的志得意满大打了折扣，我为什么要来看他？仅仅是因为书中的灵魂的共同体吗？真的存在灵魂的共同体吗？或者仅是一种欺骗自己的谎言？

没错，人经常欺骗自己，读再多书也不例外。

我换了个话题，告诉杨修，我正在写一本书，书和当年杨修给我提供的看守所的经历有关，我可能会把他也写进来，当然我不会用他的名字，不过如果他愿意的话另当别论。我小心翼翼说出这些话，担心再次被他嘲讽，以往他会的，我迂腐地告诉杨修，他有进入我的书的权利，他在我的书中会获得另一种生命。出乎意料的是杨修竟没有打断我，我谈到了灵魂共同体，发自内心的，剥离了谎言成分，用不着了，杨修对此问题倒是感兴趣，一个人成为书的一部分，无论好的部分还是坏的部分，事实上都获得了新生，是灵魂共同体的一部分——我们又回到大学时代对思辨的探讨，虽然我们读的都是历史系，虽然他后来对法学开始感兴趣，我对艺术感兴趣，虽然那时我们的想法已有点不一样，因此互不买账，但我们仍然都对灵魂感兴趣，这又常使我们自然而然地一起讨论。大学毕业后他考上了公安大学狱政管理研究生，我则背道而驰读了艺术哲学硕士，他走了"术"的道路，我在"道"上越走越远，书也越来越多，以至试图建立自己的图书馆。通过这些年的努力，特别是借助镜子，我部分地实现了理想。

"你居然又开始'乌托邦'了。"关于灵魂共同体，杨修最后嘲讽地总结说。杨修还记得上大学时的这个著名的词，那时我们常提到这个词，我们都读过一篇叫作《乌托邦祭》的文章，印象很深。

"是个人的'乌托邦'，不是国家的'乌托邦'。"

"像你这样的人，握有权力更危险。"杨修的知识还停留在二十年前。

"我学的是无用之学，掌不了权，和权力不可能有关系。"

"至少和话语权有关吧？"

"话语权是一种形而上的东西，与行政权是两回事。"

"对了，一直没人找你的麻烦吧？"

"什么麻烦？"他的思维很跳跃，我忘记当初了。

"我进看守所的时候。"

"噢，没有，一直没人找我。我很快撤了，我还怕有麻烦。"

"我一个字也没提过你。"

"你提我干什么！提我又怎么样?!"我大声说，有些失控。

"瞧你这点儿出息！我一直说你没出息就是没出息。"

"我没向你行贿一分钱！"

"我一直还指望你有点儿出息，不想还是这样。"

我慢慢平静下来，我太脆弱了，品性与知识学养无关，像我这样的人如果不是待在图书馆里，如果是在人群里争食，很有可能是一个很差的人。我上大学与读研究生时口碑都不好，在媒体也有过短暂的不愉快的工作经历，和人混不来，我深知我的弱点，反应过敏，失控，总之，你在生活中遇到的比较差的人可能就是我。不是说我在做自我批评，我们这个时代是一个品性与学养分开的时代，甚至无关的时代。这方面古人要好得多，修身齐家治国平天下，人是统一的。现在不同，多数人的知识越来越技术化、专门化，后果之一就是统一性遭到破坏。这方面西方也不例外，从 17 世纪哲学与道德分开，哲学越来越技术化、专门化，一个哲学家、艺术家、诗人可能同时是一个杀人犯、恶棍、鸡奸犯、小偷，我读了太多书总得允许我多说几句吧，对读书人你不让他说是对他最大的蔑视。当然了，我刚才说的那些问题与杨修还有所不同，换句话说个人问题与公权没结合仍属个人问题，个人品性再差，只要与公权严格剥离开来就是一个形而上的问题。杨修则使用了公权，性质就完全变了，公权加上个人化，事实上是个人将不再存在，每个人都是同一个人。同样的冷淡，同样的不可一世，同样的蔑视人。事实上至少在大学时代我的老同学杨修在个人化的品性上比我要好，口碑没得挑儿，他是班长，长跑冠军，消防志愿者，而我对他的攻击从来都不遗余力，我似乎总能天生看到他的骨子里。如果说我那时对他的攻击是错误的，但后来证明似乎又完全是正确的，就好像我懂预测学。很少有人像这样，从死刑改判死缓，再至无期，再到二十年。那个午后，我们聊得比我想象的愉快，只是我觉得不像是在监狱，倒像是在他的办公室书房。

"死刑犯对你的书斋生活有什么意义吗？"

"没什么意义。"我撒了谎，可见在这点上我不如杨修。

"我一直对你评价非常差，但是在差的里你算好的，你应该有点自信。"杨修说。杨修跟我说话总是居高临下，还那么牛气冲天。如果说过去他拥有生杀予夺大权现在已经不再拥有，不仅不再拥有还是阶下囚、死刑犯、准死刑犯、无期、二十年、十年——难道是这样的逻辑让他牛？难道无论如何哪怕被囚禁他仍是"自己人"就这么牛吗？他不完全是站在自己角度说话，他一贯如此。杜远方也总是不完全站在自己的角度说话，他们习惯了某种东西，也成为某种东西的化身，一说话就不由自主带出来。说实话我虽然厌烦这种东西，但也感到骨子里的凉意，像我这样通过书多多少少建立了主体性的人都有寒凉感，更别说像敏芬和她那种说不出的绝望、混乱与黑暗。我为什么撒谎呢？撒谎就是潜在的怕，不愿承认杨修的施与，结果招致他一针见血的蔑视。

我已无力反驳，很想结束探望，却突然向杨修如鲠在喉地反击。

"你要那么多钱干吗？"他的涉案金额近亿。"要是我，"不等杨修回答我接着情不自禁地说，"要有你的零头我就美得不得了！"

"这就是你的出息，"杨修盯着我，"在所有方面都表现出来你这种出息。"

"我问你呢？我在关心你，"我嗫嚅着，"我不明白，你要那么多钱干什么？"

"你见了那么多死刑犯还不明白？"

"我觉得你应该不一样。"

"你是在夸我？曲意逢迎？幸好你是自由撰稿人，不在体制内，在我估计你也是比较恶心的那部分。但如果你真想知道我可以告诉你，我不隐瞒，没必要撒谎，我完全可以直截了当。你号称文人——自由撰稿人？这个提法真可笑——我就把你看作是文人吧。过去，一般说，在最不好的文人那里也会记录下什么，比如野史。你知道什么叫野史吗？这个，当年在我们历史学专业里并没解决，也从没人真正说清楚。现在，在这里，我告诉你：野史，其实就是当时比较差的文人做的一些记录，是一些上不了台面的东西，与《左传》、《资治通鉴》、"二十四史"根本没法比。"杨修真正地让我不寒而栗了，这家伙要是在大学做学问也会有大成，幸亏他走上了仕途。

"但是，我要告诉你的不是那个，是这个，野史偶然记录的一些东西也有偶然的价值，我要告诉你的你要记下来应该属此列。你的问题很原始，你用一种简单的方式问了一个复杂的问题，这和普通老百姓没什么区别，不过这倒也符合你的民间野史趣味。你有两万册书或者三万册书，你还是老百姓，你根本没在本质里待过。你读了那么多书，所有的东西都带有似是而非的性质，现在你明白我为什么说你民间野史了吧？你的'限'很清楚，和有多少书没关系。"

我不得不再次环视了一下他的书房。

"我记得，我们上大学时一个先生提到过一些西方史学流派用一个词的方式进入历史、进入问题，你这样进入过吗？先生提到有一本叫《词与物》的书，是一种新的史学视野——别以为我当官了就不看书，我还是看一些的——当然，论读书这点，我不和你比，不过你脑子这么混乱，真不一定比我强。很多时候书读得越多脑子越乱，毛说的'书读得越多越愚蠢'也就是这个意思。你没有自己的个人经验，全是书上的经验，怎么不越读越愚蠢？越多越蠢？我根据自己的经验阅读，读得不多，但每读必是心中已有，非常切中，非常清晰，包括看你这种文人都非常清晰。我为什么给你和死刑犯生活在一起提供特别方便——没有我特批的权力根本不可能的——就是想让你的脑子有些货真价实的东西。我对你寄予希望，无论如何比起那些太差的人你还是有希望的。可是你整天坐在个破轮椅上阅读能有什么希望？不是越读越废？这不就是自残？和自残有什么区别？"

我无地自容，如果杨修不是个疯子就是具有邪教的睿智，他凭什么教训我？而且教训得一针见血，让我无话可说！真是他妈的，我是多么想骂人！的确，我从没意识到一个不残疾坐在轮椅上读书的人有什么不妥——或者说，最开始还有点，但后来确实觉得方便，习惯了，自然而然了，当初的自嘲意味已不再。杨修竟然从他的囚禁的角度提醒我，他凭什么？他索贿行贿受贿，他涉案非法摘除买卖人体器官，我不知道这和他的明智之间有什么联系？我无法联系起来。我觉得我在哪方面都不如他，他通透一切，他的瘦骨嶙峋的脸上一双标本一样的眼睛让我感到意识模糊。他一直在非人地节食，非人地支撑着他的狱中的生活——某种意义上，也是读书的生活。他的阅读与我的阅读有什么不同？如果他是疯子又怎能一次一次地减刑？以致在他的气场中我永远无法超越他？

我总是必须回到自己的世界中才能多少看清他，他也没什么了不起的，在历史的长河中像他这样明智而犯罪的也不乏其人。主要是我自身也的确有弱点，我并不代表书，就算我是失败者，书也不是，书是永恒的，像宇宙图书馆一样。

九

至少在白色的运用上，ZAZ 对居延泽差不多已无所不用其极，已经有了白色的"拓扑学结构"的味道。尽管他们完全不知道这一数学术语在文学上运用的意义，但他们已经实践了它的意义，正如居延泽完全不知道新小说派代表罗布－格里耶，却具有了罗布－格里耶的经验。

终日白色让居延泽的世界变得模糊、不确定，又具有连续性。无论《中国大百科全书》还是《大不列颠百科全书》都将拓扑学描述为近代的一个数学分支，它用来研究各种空间在连续性的变化下不变的性质。居延泽的空间完全具有这种连续的不变的性质。当然这个定义也可反过来说：在一种不变的性质下"空间"的连续性变化。居延泽出现了各种各样的无声的幻觉，常常不知身在何处，总是做白日梦，并且睁着眼睛做，看到过去、未来、过去与未来的交织，就是看不到眼前的现实世界。但是无论身处何种幻境，只要一有人来，居延泽立刻会恢复"不变"的清醒，就像刚才打了个盹。盹，是一种不确定的东西，无疑属于拓扑学范畴，盹后的清醒也在范畴之内，因为它们是连续的，可定向的。而凡是可定向的变化都具有拓扑学的性质。哪怕来人后来换上了白衣、白帽、白鞋，居延泽仍能保持由打盹向清醒的可定向转换。也就是说他仍能看到不同于泡沫板的白色：脸，眼睛，特别是对方黑色的瞳孔，也是一种难得的休息。不管是男人的眼睛，女人的眼睛，好看的眼睛，还是难看的眼睛，他都会深感一种沉溺的休息。

"怎么，还不打算开口？"来人总是这样问。

居延泽充耳不闻，像吸毒一样凝视来人的眼睛。没人真正理解居延泽的眼睛，虽然每次同步或事后在监控屏上有人做出专业的分析与解释，比如把居延泽凝视的目光定义为恐惧、崩溃、求生、渴望、混乱、惊恐，却没有一次有人定义为休息——如某种荒漠上的动物在水源处的饮水。

"想通了没有？情况我们都已经掌握。好吧，我们再提供一个事实。"审讯人员那时还充满信心，一点也不拿腔拿调，只是客观有力地陈述，"××××年春节前的一天下午，具体时间是 3 点 30 分到 4 点 40 分之间，这一个小时，你和你的一个名叫李莉的女友（她已交代）在北京贵友商场度过，对不对？你当时看好了一套价值六万元的健身器，健身器打完折后四点九八万元，可你随身带的信用卡的钱不够，你没任何犹豫就给一个叫王长春的和一个叫高阳的人先后打电话。"说到这两个陌生人的名字，审讯人员稍稍顿了一下，似乎在给居延泽一点时间想想，因为这已是多年前的事了，"这两个人都是×

县的副县长，一个主管农业，一个主管文教，他们俩当时正在北京。你在电话里说有件东西请他们帮忙买一下，你的钱没带够。他们虽在一起，但高阳先于王长春赶到，一看价格打折后还是四点九八万元傻了眼。他翻遍衣袋仅凑了八千元，不够一个零头，很没面子，正满头大汗时王长春赶到了，王一看价格连眼皮都没眨一下就花钱买了。你当时倒是还客气了一下，说回头把花的钱还王长春，王长春明确说不用还，买了就是送你的。健身器也是王长春拉走的，先放在他自己家的车库里，过了三天送到你家里去。此后不到三个月王长春就被提升为常务副县长了，高阳则以年龄偏大为由免去副县长职务，丢了乌纱。这事不大，王长春交代得一清二楚，他已在押。"

确实，他们知道得相当细，除了王长春的交代甚至还有前女友的交代。他们在他身上下了相当大的功夫，想不到这些人早就对很多东西了如指掌，只是一直引而不发，哪怕你被提拔时他们也不吭一声。一切都是来自需要而不是有没有事儿。事儿是绝对的，关键是如何运用事儿、何时用。他们的问题在于他们不能决定，一切看另外的因素。那另外的东西就太复杂了，他们参与其中又被摒弃于之外，有成就感却又经常窝着一股火，而一旦上手会特别带劲儿。居延泽想这些的时候还有《人民日报》可看，还可以看报纸上的彩色照片，特别是大幅彩色房地产广告最舒服最养眼。他根本不认真听审讯人员的问题，除了提到他的女友会稍有些反应，其他时候简直像报纸在听审讯。审讯人员相当撮火，甚至撮报纸的火，直想夺下他的报纸。可他们不敢。没有命令。他们对他已很不同，没讲大道理，没讲太多有关从严还是从宽的政策。这些他都清楚，他什么都知道，因此只能用掌握的干货，不断地扔出干货。

干货常常非常具体，硬邦邦，每块都像砖头，不容置疑，不容争辩。"不容争辩"他们倒真是达到了，他根本就不开口，他们倒想让他争辩，可很显然，他在以无声阅读彩色房地产广告的方式蔑视他们，视他们为无物，后来报纸悄然撤下，一切都撤下。

"你有一张信用卡，名字不是你的，可与你的出生日期完全一样。另外，办这张卡的身份证复印件的照片也显示的是你，你不过是改了个名字。卡是国兴电子通讯公司送你的，里面有十万块钱，银行记录这张卡最后消费了九点九万元。当然，这是五年前的事了，对你仍然是小事。为了查你卡上的消费，我们在有关的商场、饭店、银行查找了数以万计的账单。你还有多少张消费过的信用卡我们也一清二楚，还需要我们一张一张地说吗？"

他凝视他们，像是最认真地听，但为何听得这样认真却没有预料之中的反应？那么他每次的聚精会神是为了什么？当然不会就没办法了，有一次，换了一个新的审讯人员。此人不但一身严实的太空服，而且戴了一副外星人般的白色墨镜，墨镜框是白的，镜片也是那种一圈儿一圈儿的白，旋到中心才有一个黑点。因为防护了皮肤、眼睛，再加上多层的灯光、白色的泡沫板、白色的桌椅、白色的人，居延泽的眼睛再没处可放。看着那一圈一圈的不可思议的白色，极小的视点，居延泽甚至感到恐怖，那一圈圈的白是有旋转性的，看时间长了会让人眩晕，以致居延泽最后不得不低下头去。但来人的声音也接近白色，那种干枯的声音仿佛来自白色薄铁片。

"××××年6月2日，还是在北京，也是多年以前的事了，"白色墨镜说，"你遇到了省财政厅副厅长吕东，吕东告诉你他到北京财政部跑外汇额度。这个额度没多久就跑下来了，当晚他从北京回来就告诉了你，他想通过你让省主要领导知道他的能力、政绩，他争取到了五百万美元外汇额度，你明白这个额度意味着什么，找到兰陵王酒业集团董事长杜远方，你告诉他找财政厅副厅长要那五百万美元的额度，你们开始密谋这个额度……"

　　即使闭上眼睛也无济于事，声音甚至更清晰地传递着旋转的白色，通感的效果反而越发明显。戴白墨镜的人是专门请来的"色彩学"专家，名叫方未未，原本是艺术家，对白色以及白色的声音有特别的研究，在如何将声音变白、将白变成声音，以及它们和视觉、听觉、心理与精神系统的关系都有着既前沿又前卫的建树。他在"三十一区"有自己的影像与多媒体工作室，离这儿不过百米，几乎算是审讯室的邻居。本来他的工作室就属于前卫艺术范畴，一不小心又跨界到了色彩犯罪学领域，与市一级纪检多有合作，且屡有奇效，但还从未与省里合作过。这是第一次，特别卖力气，恨不能一举拿下居延泽。由于屡建奇功，他的艺术家的工作室也因此扩大了面积，更名为"影像·色彩·犯罪"多维艺术中心。这次接到邀请后，艺术家方未未制订了严谨周密包括出奇制胜的白色审讯计划。方未未调看了所有视频资料，没费吹灰之力便发现了以往审讯人员眼睛的破绽，当然，还有面孔，手。为此方未未戴上了白色的类似防毒的面具、白手套，还有他的特制的白色墨镜——他的重要发明。这样一来就连他的声音由于防毒面具与白色墨镜的过滤，听上去也像来自太空的声音，来自太阳的附近，或者月亮的附近，星星的附近。

"你安排杜远方与吕副厅长在省招待所见了面，是不是？副厅长已经交代了。副厅长认为兰陵王可以购买设备为由得到五百万美元额度，你们的密谋就像刺杀列宁的密谋：'你是说尼古拉大门也要打开？不不不，两百万我不干，我要两百五十万！'这就是你们分赃的声音，《列宁在1918》看过吧？你肯定看过，你们的密谋太像电影里的了。需要给省里打报告，上面批一下，而这正是你拿手的。在你的授意下，杜远方给省领导打了'申请拨给五百万美元外汇额度以应生产备料之需'的报告，报告很快得到批示，转到了财政厅。副厅长马上给杜远方解决了五百万美元的外汇额度，你带了一个叫张华北的人来见副厅长。张华北是你另一张牌，你要想消化掉这五百万美元的额度非此人不行。此人是东方租赁公司冀办负责人，一直负责给兰陵王集团进口设备和原材料，既如此，你要求副厅长把外汇额度给张华北就行了，这样绕一下就隐蔽了。原则上这么办是不行的，谁的额度就给谁，当然也不是绝对不行，反正这个额度是专用于兰陵王的，只要兰陵王通过东方进口了设备就不会有大的问题。你打了个擦边球，你非常聪明。这个问题一解决，剩下的事就顺理成章而且更加关键：过去杜远方的兰陵王购买进口原料和设备一般都是用人民币换外汇，与美元的比价十比一都认可，而当时外汇额度的比价却是六比一。那么如果有了外汇额度，无形中就等于有了一笔巨额的差价利润。五百万美元的外汇额度粗粗一算，就会有二千万元人民币的利润！但这事由兰陵王直接操作不行，必须由东方租赁公司的张华北来完成，多了一层障眼。

"你不愧是学过金融的研究生，你很有办法，二千万的差额利润非一般人能运作出来，技术性很强：你先让张华北写了一份申请五千万元贷款的报告，经你的运作，主要领导很快就把报告批了，批给了省人民银行。省人民银行按程序又批给了冀北证券有限公司具体办理，最终以东方租赁公司为兰陵王集团进口设备为名，冀北证券有限公司将五千万元贷款汇入了东方租赁公司账户。之后东方租赁公司张华北用这五千万元名义上按市场价格给杜远方的兰陵王集团换了五百万美元的外汇，而当时外汇额度的兑换比例是六比一，这样一来实际上张华北只花了三千万元，剩下的二千万元就变成你或你们觊觎已久的差价利润。这笔钱经过多次转账最后辗转到了香港你的前任戴一鸣公司的账上。在香港，你们庆祝胜利时，你对戴一鸣得意扬扬地说了一段话：'我在官场，你在商场，今后就是要这么相互配合好。你要把人民币越赚越多，我要把官越做越大。我需要钱找你，你在官场有什么事我来办。'这话戴一鸣做了录音你知道吗？"

白色的声音，非常专业，像来自太空旋转的深处，居延泽脑袋快炸了。戴一鸣原也是老板身边的人，后来下海到了香港办公司，下海前戴一鸣推荐了居延泽接替自己，那时居延泽与戴一鸣就定下了里应外合的私密战略，这事没人知道，怎么会有录音？难道戴一鸣也出事了？天知地知那的确是他们两人举杯击掌时说的话，戴一鸣竟然录了音？！居延泽完全没想到这点。这点甚至更让他惊讶、完全不解。如果这是真的——显然已是真的，居延泽不由得心头火起，对戴一鸣这种背叛非常看不起。当然，震动居延泽的远不止于此，更让居延泽心惊的是通过戴一鸣的录音、二千万元的巨款，他越发清楚他们真正的目标是谁，戴一鸣是手段，他居延泽也是手段，所以他们要用一个个硬邦邦巨大的事实摧毁他，让他开口。他们需要他，太需要了，而且很急切。他们采取了多少手段啊？做了多少外围工作？他是最后也是最重要的防线。不过急切意味着什么？如果他不倒，那么老板就会岿然不动，老板岿然不动，二千万又算什么[①]？

---

① "五百万美元外汇额度"这事我不知道是否说清楚了，居延泽曾很专业地跟我讲，我也还是没完全弄明白。我是学文科的，对各种技术性的换算一窍不通。另外我长期待在书斋中，对一些具体的事情也并不了解，虽然和死刑犯——都是各类"专业"人士泡了不算短的九个月的时间。我所写的都是听这些人讲的，如果我没说清楚或说得不专业不准确，那不是别人的事，是我的事。此外，我也不想过多描述这类技术性事情，我对具体怎么贪污腐败、侵吞公款、买官卖官，诸如此类现象并不感兴趣。主要是我认为它们并不复杂，甚至千篇一律，现象非常丰富本质却异常贫乏。我感兴趣的是其中具体的人，每时每刻的人，一个眼神，一种表情掠过，握着手而无言，有时食指抬起或中指落下——我感兴趣的是这些。我感兴趣的是他们为什么在最后的时刻都成了我的朋友？感兴趣的是一个黑帮题材的电影为什么叫《美国往事》？黑帮能代表美国？为什么美国人能够接受？我感兴趣的是罪行为何常常如此"完美"？一如鲍德里亚所说：在完美的罪行中，完美本身就是罪行，如同在透明的恶中透明本身就是恶一样。不过，完美总是得到惩罚：对它的惩罚就是再现完美。我承认我不能完全理解鲍德里亚，但理解《美国往事》对我毫不困难：影片用黑帮做了一道菜，但做出来的却不是黑帮，是美国

尽管白色、声音、幻象重重、事实巨大、失去现实感，但是居延泽的确就像特殊材料制成的，脑子依然敏捷，不用视觉仅凭声音也能一下抓住要害。这倒不是他有天生的嗅觉，而是他太了解某些东西，比如政治或博弈。一个人太了解某些东西，看问题就会和一般人不一样，一般的办法也会失效。现在，换上了先锋艺术与高科技结合的办法，虽然表面上看仍没什么用没什么效果，实际还是相当有效的。至少，居延泽自己内心承认，他对白色，包括白色的声音、白色的墨镜越来越感到不适，越来越感到抬头困难。如果说一个人自己待在房间时，低头、闭目冥想，还算是一件自然的事情，那么当你的面前有一个人——这人近在咫尺，戴着白墨镜，长时间低头冥想就会非常困难，几乎是一件不可能的事。至少在听到某个细节，如戴一鸣竟然做了录音，居延泽会条件反射般地抬一下头，眼睛立刻就会被白墨镜锁住，摆脱起来很困难。居延泽不是禅者，只是内心有一股力量。这力量与禅毫无瓜葛，并不真正足以抵抗某些东西，事实是每一次下意识地抬头都感到一种锥心的东西。

　　前卫艺术家方未未如此专业，对白色的运用简直炉火纯青，简直像白色的魔鬼。在审讯思路上也堪称一流，与声音、白色配合有力，并且只说事实：时间、地点、何人、何事、结果，如同新闻的五个 W。没有任何说教，完全是技术。如果居延泽的内心是魔鬼，那么方未未也是，或者更是。没有比一个魔鬼对付另一个魔鬼更有效的了，居延泽慢慢地

　　往事。换句话说任何个人的叙事都包含了国家叙事，而在某一类写作中任何国家叙事也应还原到个人叙事：个人的一举手，一投足，一个偷窥，或者就像前面刚刚提到的一个眼神、一个掠过的表情。对小说而言，需要的不是专业，而是活生生的东西——我长期在书斋里，却没忘记最生动的东西。我们继续——

低下头，低下头，低下去，不能再低了。那一圈圈旋转的白色如同靶心，靶场，行刑之时……想到行刑居延泽有一次毅然地抬起头，死死地直视白墨镜的圆心，有一阵那些令他恐惧的靶心、行刑的联想纷纷消失。但时间一长，白色靶场的幻觉又开始慢慢形成，然后像雪崩一样冲击他，让他不得不迎着雪崩再次低下头，低下去，低下去，承认某种程度的失败。他坚决再不睁眼，无论白色墨镜再说什么。但那时他的头差不多已扎到裆里，造型非常奇特，像画廊里的一个装置。

十

午后，一切如此明亮，阳光属于所有它能到达的地方，也属于与居延泽一墙之隔的另一个房间。两个房间结构相同，但隔壁这间没有进行泡沫板、多层灯的改造，基本保持着原来的空间结构：屋顶呈现出包豪斯风格特有的蛋壳造型，蛋壳的弧形斜面是大玻璃，房间太高，窗玻璃分成了上下两层，有如彩虹。这样的设计，无疑考虑了光与反射光的因素，保持了光本身的均匀、稳定、立体，透视感很强。同时从某个空旷的角度看，又可以感到某种不知来自何方的幽暗，或许来自空间比例的不对称——这里人显得太小了。三个人在这儿办公，更多地方空着。

有三个人很久地坐在大显示屏幕前，两边的工作台还有两个终端，很有些高端办公的味道。三个人都穿着白大褂，其中一个是女性，相对年轻，我们可以称之为 C。一个五十来岁，很短的头发，花白，可称之为 A。第三个也是男性，也相对年轻，但比 C 年长，毫无特点，生活中如果有白开水那种人就是此人，就随便称 B 吧。我知道有人反感汉语小说人物用英文字母代替，我觉得有道理，中国人干吗用外国字母？我的民族主义现在也有点强，某些方面我们也的确该出口气了。我决定用甲乙丙丁代替，但显然和我对他们的感觉不相符，确切地说不够抽象，缺少字母纯粹的工具性。当然，拉丁字母也缺少他们的神秘性。然而，甲乙丙丁在我看来一样缺少神秘性。或许只有从《周易》里寻找一些古字，比如兑，巽，艮，神秘性、抽象性可以说兼备，但是不是太古老了？本来说起来也很古老，OK，就这样吧。

如果仅从外表看，兑——年轻得还像个姑娘，她外表清秀，眼睛可爱，嘴角微翘，不过在两个男人中间的那份从容一看就已婚，譬如给花白头发的巽和白开水一样的艮拿什么东西总是很到位，没有一点青涩。如果不是日常太熟悉男人了，如果不是早晨忙老公忙孩子绝不会这样从容。有时在给一动不动的巽倒茶时多少还有点本能的放电，不过一般简直称不上放电，只是尽量地表现得可爱一点儿而已。那时巽坐在大屏幕中，身体挺拔，肤色很重，很硬的花白头发与白大褂有种老军医的味道。巽的左边是兑；右边是艮。从背后看三个人正好是一个"山"字，甚至椅子正好也给他们分出了高低。因为要看监控屏，部分窗子拉上了部分窗帘，但显然这不是构成房间某种昏暗的原因。

就大屏幕和另两台终端而言，这里很像总控制室，它控制着这幢德国包豪斯式的建筑物，但三人的白大褂又使建筑内部像诊室或 CT 室，大量牛皮纸袋、卷宗又给人档案室印象。当然，单看屏幕，特别是几个屏幕上同样的内容，这儿又像是神秘的直播间。大屏幕上的画面有时被切割得非常复杂，除了实时的画面，更多的是静止的分析性的画面，不同角度的监控镜头反映着居延泽低下头去的痛苦表情。这些相同又有细微差别的表情非常重要，对于拒不开口的居延泽是唯一进入其内心的通道。审讯者方未未与被审者居延泽虽在同一画面，但两人显然是背离的，因为居延泽的头越来越低，甚至低得像是已经死去，像自己的墓碑，而戴白墨镜的方未未则看上去像在咄咄逼人地审问墓碑。有时巽会下意识或者莫名其妙地把白色墨镜的定格放得很大，放得特别刺眼，完全充满了大屏幕，连居延泽也从没放大到这样的程度。完全没必要这样。很难说巽为什么这样，或许是赞赏色彩专家方未未？但也或许正相反——某种不耐烦？某种失控的焦虑？有时兑会在旁边插一两句话，不时夸奖一下方未未，又仿佛提醒什么。但巽照例无动于衷，没任何反应。兑也完全习惯，并不指望巽有什么反应，也不过是没话找话，说说而已。巽太沉闷了，他仿佛能让空气凝滞。

延请某些方面的审讯专家是常有的事，应该说这次方未未的表现还是令人满意的，毕竟有了某种效果：在方未未白色墨镜的逼视下，对象虽说依然拒绝开口但显而易见已不再像过去那样傲慢、无动于衷，白墨镜事实简直像一种内在的酷刑，居延泽至少看上去非常痛苦。反应太明显了，这个以沉默无视一切的家伙过去简直是块蔑视一切的石头，但是现在石头有了表情。然而如果兑和艮有一种惊异的满意表情，巽却显出越来越不沉默，越来越愠怒。毫无道理的愠怒。甚至对兑和艮表示的满意也不耐烦，以致有种一动不动的厌倦。

巽是对的。巽看事物的角度与兑和艮不同，两个下属毕竟年轻，稍有变化就兴奋了，也不看是什么变化。巽看到了兑和艮看不到的东西，不错，白色墨镜在导致痛苦上是成功的，但这痛苦的性质是什么？如果痛苦是双重的——感官的又是心灵的自然最好，但如果不是这样，如果仅仅是视觉上的痛苦，以致削弱了精神上的痛苦，难道不是南辕北辙、本末倒置？今天，最重要的是两千万元的侵吞金额，是个重磅炸弹，而方未未不过是想借助白色理论，让重磅炸弹更具爆炸当量，显而易见的是白色理论见效了，但他对两千万元的侵吞公款事实却没有任何反应。对这两千万元的调查花了大量时间大量心血，每个环节都毋庸置疑，任何人都难以等闲视之，但是白色墨镜导致的痛苦淹没了两千万的痛苦，那一圈一圈的白色恐怖怎么能让人思考？完全是喧宾夺主！

"停！结束。"巽对着麦克发出指令。

兑和艮感到万分惊讶。

"为什么停下？"兑忍不住问。

这也是艮的问题，艮没敢问，只是急切地看着巽。

屏幕上的方未未同样惊讶，倒是头低得很低的居延泽没反应，无知无觉。方未未站起来，离开，画面几成空镜头。

方未未气喘吁吁走进来，仍戴着一圈一圈的白色墨镜。

"怎么让我停下来？"

有一会儿没任何人出声。

"把眼镜摘了吧。"巽终于说。

方未未不是下属，是请来的专家，对他说话应该客气一点，不应是命令口吻。但巽就是这样的人，对谁都是一种枯燥的冷冰冰口吻，或许是查人查惯了。

"头儿，居延泽已近崩溃，难道您没看到效果？"方未未摘掉墨镜说。

"是呀！"兑和艮异口同声，谨小慎微的白开水一样的艮这回也忍不住了，居延泽这么明显的变化，太难得了。

"你太不人道了。"巽一边说一边看着方未未。

"什么?！"兑、艮、方未未难以置信巽会说出这样的话，简直是嘲讽。

巽说：“我看到了效果，但不是两千万的效果。”

“怎么见得不是?!”

“可能是相反的效果。”

“相反的效果?!”又是异口同声。

“是。”巽点点头。

“您是说适得其反?”方未未狐疑地问。

“我们要的是让他开口，”巽一动不动地说，“他好像很痛苦，但我看到他的嘴巴闭得更紧了。他眼睛难受怎么还顾得上反应两千万的问题？白色墨镜不是好主意，偏离了审问方向。这个我也有责任。现在，你们都来看看居延泽的特写照片，看看他的眼睛，他的嘴角，他为什么痛苦？看看，你们，是为两千万吗?”越说越严厉。

方未未有些脸红，还想争辩什么，止住了。

“可是，如果他忍受不了白墨镜?”白开水艮试探地问。

“这和用刑还有区别吗?”

“也许两千万的痛苦和白色的痛苦，混一块了。”白开水艮嗫嚅地说。

“所以要把它们分开。”巽严厉地说。

“怎么分开?”方未未问，不管巽的严厉。

“再审一次，不要墨镜。”巽说。

“这不又回到过去了吗?”兑大声说。

“就是要回到过去。”巽凝视着标致的兑。

巽这样说等于给方未未下了逐客令，然后转向方未未：“你的任务完成了，不能说完成得不好，但不是我要的。他会把头扎到怀里，但不张口，实际上，你坚定了他的不开口，他扎到怀里还怎么说？你的色彩理论还有不完善的地方，而且，说到底，你这是旁门左道，不是正路，这个教训我也要牢记。"

　　巽一开始看上去没打算训人，但说着说着还是训上了。巽有这个权威，早已习惯了自己的权威。他是省里最神秘可怕的人物，没有官员不怕他的。他掌握了太多东西，那些东西多到什么时候拿出来都能置人于死地。不怕巽的居延泽是一个，他几次陪老板检查工作都开过巽的玩笑："你那儿是不是也有不少我的料？别老捂着，有也悄悄告诉我一下。"居延泽不仅不怕实际上还有点瞧不起巽这种人。的确，如果不是某种情况，不是出现了时机，巽拿居延泽这样的人还真没办法。不是有问题就能办，得在需要的时候，得有指示。这是巽的苦衷之处，同时也是他的冷血之处。居延泽是学历史的，知道巽这种人的厉害，但也知道他们的局限，对居延泽来说巽动不了他，巽对他也只能是落井下石。至于井，那是神秘莫测的，绝对的小概率。那种小概率是他不能管的，如同不能管抛硬币的结果，这是他从本质上蔑视巽的原因。

　　现在，显示屏上的居延泽，像虫子一样慢慢缓过来，抬起头，恢复了一贯的淡漠。居延泽把几个监控镜头分别看了一遍，又盯着一些可疑的地方看了一会儿，慢慢地起身，走近饮水机，用纸杯给自己倒了一杯冷水，慢慢地饮下。居延泽知道自己的一举一动都在不同角度的监控中，他的镜头感相当强，这方面他几乎有着演员的自恋与天赋，只要是镜头，不管什么镜头，哪怕监控镜头，他都在乎别人怎么看自己，他都要想着给别人什么印象。与镜头异曲同工的是过去他对镜子也一样敏感，在任何一个洗手间，哪怕是机场赶飞机时的洗手间，或者甚至是在亚光电梯间他都会本能地注视一会儿自己。但他不会像有些人还会理一下头发，不，他不会，他只是看，端详。居延泽的确有些与众不同，四十出头，既有年轻人的样子又很成熟坚定，唇线早已铸就。他身材并不算高，但看上去比他实际的身材高，很匀称，一双很大的单眼皮的眼睛，下巴长，饱满，稍一微笑嘴角就会上翘，很迷人，但这迷人的线条通常总是被淡漠的目光控制，这种淡漠有时甚至会表现为忧郁。稀疏的连鬓胡子，看上去沧桑，但显而易见一旦笑起来会非常迷人。他不当演员有点可惜了，在监控摄像头下，他的表演真实而自然，非常接近他的内心。特别是在刚刚谈完话之后。是的，严格地讲一直是谈话，不是审讯，这儿不是看守所，也非监狱，只是一个内部秘密机构，可以在任何地点。

如同居延泽所料，谈话只是突然中断，不是结束。泡沫板的门重启之际居延泽还以为方未未回来了——刚才很显然方未未是被临时叫走的，方未未一直戴着耳麦，他得听场外的指挥。居延泽完全想不到方未未被中止了，以居延泽的聪明，这方面他却一点预感也没有。也难怪，白色墨镜是唯一的一次成功，它迫使居延泽放弃了无视与无动于衷。无动于衷、无言、无视，不仅是一种策略甚至也是一种习惯。另外平时居延泽就习惯以貌取人，以资历取人，以印象取人，总之先不说内在的东西，仅仅外表就会让居延泽不愿搭理人。到了这里也一样，这儿所有人都跟他谈过话，却没一个即使在外表上让他看得上的人。他特别看不上乏味的艮，特别是艮还拿腔拿调地问他这问他那，简直让他想吐，想用一口呕上来的痰唾在艮白开水般还自以为是的脸上。兑是女的，稍好一点，长得不坏，从性感的角度倒是可以看看某个部位，胸，侧影，腿，不过如果不是在这里，如果还是他高高在上之时，他一眼就会觉得兑是个乏味的办公室的女人，机关里这样的办公室的女人不少，她们要么嗲声嗲气，要么充满公文味道。在男人化的办公室她们不可能是自然的，更别说参与什么审查工作。

进来的是巽，居延泽略有意外，包括片刻的轻松，毕竟不是白墨镜了。居延泽照例看不上巽，但和看不上别人有所不同。这些天巽只露过两面，谈话时间也不长，没有实质内容，甚至能看出巽也不太想说话。第一次时间最短，好像只是告诉居延泽落他手里了，是对他过去玩笑的回复。第二次时间也不长，只是枯燥地慢慢地交代了各种政策、法规，似乎其志得意满就在于枯燥的政策、法规的字里行间。这更可恶，也更卑鄙。主要是居延泽认为他的进来不是巽的本事，不是他居延泽出了问题，而是老板和更上面出了问题，这不是他居延泽左右得了的，如果不是这个问题巽敢动他试试？巽没什么可在法律法规里得意的，而他还得意得这么低调，真是可恶。而且，说到底，现在输赢还难说呢，巽要想赢首先得过我这道关，你牛什么？我不配合你什么也得不到，你依然不过是某种东西的棍子，你这充低调实在没什么了不起的。居延泽希望巽多露面，多来审他，这样他可以从巽身上嗅到更多的上面斗法的信息。这种信息当然主要靠直觉，比如巽有哪些细微变化，尽管这是一个很难看出有什么变化的人。此外，他们是有时间表的，居延泽需要从巽身上判断他们的压力，他们拖不起。

十一

　　巽隔着改造后的白色桌子慢慢坐下，虽然穿着白大褂，但没戴医生的白帽子，好像作战室的将军常不戴帽子，枯燥的花白头发一如枯燥的表情。巽不是有意的低调，就是有一种习惯，一种无精打采的淡漠。另外巽的眼睛有些黄，但不是天然的褐色，显然有某种东西使然。尽管如此，居延泽还是在巽的眼睛中感到了某种休息。同巽的眼睛比方未未的白色墨镜太不人道、太邪恶、太高科技了，感谢巽的花白头发，有一些还是黑的，感谢褐色的人道的眼睛，虽然让人有另一种不舒服。巽与居延泽对视，半天无话，每每他们都是先用眼睛交谈。

　　巽慢慢地开口，枯燥地说道："两千万，够判你死刑的了，你知道吗？这个和其他什么都没关系，死是肯定的。除非你有重大立功表现。"巽顿了一下，意在稍稍强调了"重大"二字，没什么新鲜的，非常乏味，"除非你有重大立功表现。"巽重复了一下，他的某种干燥让一般人受不了。显然他有太久的便秘历史，已经感觉不到便秘了，习惯了，可别人真的有点受不了。

"你选择生，还是死？选择顽抗到底，还是选择立功表现？顽抗没有出路，只有死路一条。"巽面无表情，话语陈旧，毫无个人色彩。居延泽也只能用便秘一样的目光看着巽，看上去没任何思考，当然，实际在思考。

巽继续乏味地说，像读文件："对一个死人，一切都没有了意义，你保护的人是否得到保护，我们是否如期完成任务，对你都没有意义，因为你已不存在。不存在，我们如何做对你有意义吗？我要跟你说的就是这些。"

审讯很简短，巽总是很简短，巽说完便站起来，绝不拖泥带水，只是简单地居高临下地打量了一下居延泽，没认真观察居延泽的反应，便离开了。

和以前一样，巽说的都是干货。

观察从来都是相互的，巽不观察居延泽也就让居延泽失去观察巽的机会。居延泽不可能每分每秒都记着监控镜头，短时间也会忘记，也会失去镜头感，这时的居延泽非常真实。没有比一个人，哪怕是行为艺术家，暂时忘掉自己的时候是更真实的自己。但就算如此，居延泽作为一个更真实的自己，仍然与表演的自己有一种无法割断的联系，并不判若两人，更像是兄弟。

不能不佩服居延泽，虽然被击中，但没有倒下，也没现出呆滞，只是看上去异常凝重，在一墙之隔的显示屏上，居延泽犹如定格了一般。和白色墨镜下的情况完全不同，那时是像虫子一样的痛苦，现在无论兑还是艮看到的是外表一动不动的内心的震撼。如果有一种表情你看到了痛苦，却看不到内心，那就是一圈圈白色墨镜下的痛苦——何为旁门左道？这就是。

现在，兑和艮不得不佩服巽，佩服巽的枯燥，简致，冷血。巽果断地制止了方未未是对的，居延泽不能再用痛苦掩盖痛苦。

"您太厉害了，效果非常明显，他在做思想斗争，在想！"兑说。

"他还从没这样过，他完了，刚才我们偏离了方向。"艮说。

"您卡的时间太准了，一击毙命。"已婚的兑特别女性化地做了一个手势。

"您这种正气凛然谁也受不了！"白开水艮也学着做了一个手势。

"不，"巽盯着屏幕说，"他只是受了伤，远不致毙命。"

"我看也是。"方未未咕哝了一句。

方未未本可以走了，但是没有。方未未不欣赏居延泽凝重的样子，在他看来居延泽的凝重太正常，太像古典雕塑了，一点也不符合他的现代艺术的观念。当然，方未未不走是还有事情要做。就在巽审讯居延泽，兑和艮全神贯注于终端时，方未未将一个遥控装置悄悄安置在了大屏幕的后部。这是题中应有之义，审讯从来是他艺术的一部分。方未未没想到巽结束得那样快，以致差点没安装完毕，好在谁都没发现什么。

"你还没走？"巽一点不客气。

"我们有协议的。"方未未假装不满，用此时的认真掩盖其真正的用意——他将把这儿的审讯变成他的画廊影像艺术的一部分。没人认为这是现实，所有人都会认为这是艺术，事实上也是，从来就是。"您中断审讯违反了协议我还没控告你们。我可以控告你们。"方未未发出了薄铁片一样的警告声。

"你告谁？"巽困惑不解的样子。

"你，你们，你们 ZAZ。"方未未到底是艺术家，话里有股激越之情。

"哦。"巽恍有所悟，一点也不像装的。

方未未走了，调子很高，应该说完全掩饰了刚才偷偷安装设备的秘密行为。方未未走后，巽问标致的女下属兑是否签了协议，兑回答说签了，巽没说什么，继续注视大屏幕，似乎瞬间便忘了什么。

大屏幕以及另外两个终端上，居延泽已慢慢从雕像状态醒转过来，他抬头看了看监控镜头，然后托起腮，类似思想者一样又回到雕像状态中。居延泽知道自己刚才忘了镜头，忘了就忘了。他甚至一笑——又开始表演。他夸张了自己的某种轻松与不在乎。没办法，只要居延泽意识到镜头的存在就会表演。同时他的笑也在告诉镜头后的人们：他没事儿了①。

---

① 　当然，不可能真的没事儿了，但的确最困难的时刻过去了。从巽离开到居延泽慢慢苏醒过来这段时间，是一段"黑森林"的时间，《神曲》的时间。居延泽当然还知道但丁，知道他的类似经验被但丁描述过。这就是一个诗人的伟大——诗人的特别之处就在于常常是许多人的前世，也是许多人的来世。而这许多人并不知道，但是又有人替他们知道。替这些人知道的人同样重要，这也是为什么图书馆重要，书重要，甚至摆放如迷宫的书架重要的缘故。在我看来，包括阅读时的轮椅都很重要。我坐在轮椅上，我写他们，没有书的话，但丁的话，《神曲》的话，我怎么知道他们？不是说他们跟我讲了他们我就知道了他们，没有书我照样不知道他们、不知道黑森林或炼狱。当然这种"黑森林"的意义对于居延泽的意义有多大很难说，就算他知道也不一定有多大意义。巽同样就更不知道"黑森林"了，然而巽实际上在大屏幕前对"黑森林"注视得最深，并且看到居延泽从"黑森林"的核心慢慢走出，到了边上。

黑夜来临，即天花板上的灯关闭的时候。这时房间只有接近地面的墙灯与鞋灯微亮，灯均是橘黄色，监控大体只能监视出居延泽的身体轮廓，居延泽只要用手稍遮挡一下脸即可完全隐去自己。对居延泽来说，夜晚来临（关灯）是一天中的轻松时刻，他从不用这难得的时刻睡觉，而是彻底放松自己。特别是放松面部表情，说真的，一天下来表情是相

他会走出，或者已走出了。实际上巽已在心里这样说，但他不知道。

在我所有已故的死刑犯朋友中，居延泽是最难接近的。一望而知他有一种拒人千里之外的东西，他不信任何人，也不需要任何人。我当然知道他身份特殊，在死囚牢开始我根本不理他。我觉得他的傲慢可笑，但是当我后来深入了解他，当他敞开了心扉，我又觉得有些东西让我深深惋惜。面对死刑，他是我见到的最彻底的决绝的人，他的彻底与杜远方优雅的彻底又有不同。居延泽外表是冷的但心里却有着某种热，还有一种变形的热血——到死也没凝固，然而他又对自己的罪毫无悔意；杜远方则带着满足与彻底的宁静赴刑，非常优雅，仿佛一种功法修到最后、另一种圆寂。他们最后的死我都无法给出什么评价，也很难对其有什么结论。我只能回溯他们的过去，在他们的生命的过程中确认一些价值或价值的侧面。对人而言，没有什么是简单的，当我还愿意同媒体打交道时我曾对一个文化记者说过：就文学而言，真实最大的敌人不是虚假，而是简单。现在懂这个道理的人仍然不多，而我依然坚信。那就别管什么结论的东西，生活中已有人自然做到这点，敏芬就是一个后来不再管结论的人，敏芬相信她生命中那些重要的东西，哪怕是短暂的东西。一个人不是由多而是由少构成的，少构成了敏芬，这点特别可贵。

当累的，因此居延泽差不多总是早晨灯一亮便开始睡觉，他用枕巾将眼睛蒙上，倒不怕镜头。不，他是真睡，如果无人审讯他一直能睡到中午。夜晚走动，开始真正的属于自己的思考，每次都信心满满地迎来早晨开灯的睡眠时刻。

但是今天，刚刚放下面具，一放松，居延泽感到自己垮了。不，不是心垮了，而是脸上的肌肉彻底垮了。今天，他的脸面临了最严峻的考验，生与死，这是个问题。这个名言他还知道，莎士比亚的，人类最古老的问题，他毕竟读过大学，而且还是研究生学历。事实上白天在雕塑状态时他已想了一遍，但是有监控干扰，现在居延泽稍稍遮上脸，又仔仔细细想了一遍生与死。

居延泽用了七个夜晚思考，最终决定还是沉默，他认定在所有的变数中沉默仍是最大的变数。"还是把一切交给沉默吧"——在第七天的永恒灯光开启的早晨，即将进入睡眠的居延泽对自己说。这是他最后的决定，这时他的脸上有了一种七天来沉浸于"黑森林"中从未有过的光。这光并不来自天花板上分层的白炽灯，更像是来自居延泽内燃的自身，似乎即使没有天花板上的灯，他的身体也会慢慢地自燃发亮。与此同时，这七天也是巽的脸——确切地说是眼睛——变得完全无光的过程。一个本来就没多少光的脸，如果再失去光是什么样子？就是巽的样子。对巽来说，居延泽是手段，不是目的。

这点两个人都看得很清。

必须通过居延泽。只有通过居延泽才能拿下下一个目标。某种意义上说的确是巽、是 ZAZ 有求于居延泽，不是居延泽有求于 ZAZ。居延泽看出了这点，抓住了这点，勘破了这点。这是个太了解内部东西的家伙。巽承受着巨大的压力，居延泽不破，某种势力不垮，夜长梦多或许会有反作用力。而且，最致命的是，有些难以预料的东西往往会说变就变，甚至一夜之间就变了，政治游戏就是这样，巽已非一次经历。而时间往往是政治博弈大的变数，要真发生变化，就算铁证如山居延泽也不一定获极刑。相反巽自身的前景将会变得莫测，这是巽本来就没有光泽的眼睛却还在失去光泽的原因。当然，莫测巽倒不怕，主要是他是否尽了最后的力？这天早晨，巽看到居延泽容光焕发，几乎有一种透明状，知道他必须要请一个人出山了。

巽再次拿起电话，打给病入膏肓住在寺里的老友谭一爻。

昨天巽与谭一爻通过电话，但没说出口。

巽打电话要谭一爻出山。

十二

谭一爻确实在山上，在一个坐落在次一级山峰的小庙里。谭一爻是法学教授、知名的审讯专家、国务院政府特殊津贴享受者、巽的老朋友，几个月前查出了癌，近来自行停止了化疗、药物，来到了群峰中的次高峰上。这里苍松翠柏，古木参天，寺宇错落，庭院的修竹、海棠、丁香、玉兰，显然刚植了没几年，与同样看上去仍崭新的寺院建筑一起提示这里的复兴。小庙名慈云寺，始建于唐，毁于明，荒圮已五六百年，后世从未重建，直到近年才由一位海外神秘人士捐资依址重修。小寺不大，一个山门，一进庭院，天王殿与大雄宝殿矗立当中，事实上分成了前后院。三处禅房，香火不旺，和尚也不多，不过四五个。几乎没有什么香客，有也是个别的采药人和一些专业攀岩训练者。但这儿并不缺少有实力的施主，每年那位海外人士，包括他的友人，都会作为施主前来山上小住。小庙外表看去条件虽简，实际上品质极佳，石阶，钟楼，放生池，香炉，佛龛，窗棂，连同客人用度的禅房都十分讲究，纯木结构，接近日式禅宇。法学教授、著名的审讯专家、国务院政府特殊津贴享受者谭一爻认识这位海外施主，施主向谭一爻推荐了这里。

这里清静是足够清静了，超越也足够超越，方便也足够方便，但具体如何在这儿弃世谭一爻也还没最后想好，终日就是在禅房沉思，在山顶散步，却极少去大雄宝殿叩首礼拜，更未燃过一炷香，山顶面积本就不大，几个星期下来一切都已熟稔，连周边景致也胸有成竹。慈云寺很小，所在基本是一座孤峰，也容不得寺院太大，恰好因地而设，布局实际非常合理。山峰本来无路，硬在岩上开出了一条盘旋而上的石阶，环峰而行，至山顶，许多地方绝不亚于华山之险。更特别的是石阶一侧没设护栏铁索，没任何安全设施。此山路开凿花销不菲，不差护栏这点钱，显然是有意为之。山路之险影响了施主上香，但显然这不是一个意在俗世的寺院，唯有心诚者才能攀登。即便海外那位施主每年来此小住也要只身攀登，全不在乎亿万之身。

虽然险要，谭一爻第一次攀登却丝毫没感到困难，更未意识到危险，仿佛这条登极之路是专为他修建的。他的情况和海外那位施主所料差不多，一到山顶，两位便远隔重洋通了电话，海外友人祝贺谭一爻顺利登极，谈及自己每年都涉险登极，之后一年都平平安安，想必一生也会如此。海外人士最后的话里有深意，但谭一爻只是一笑置之。

寺后是那座更高的山，峰巅已经无树，纯粹的岩石，一天中慈云寺要有很长一段时间落入它的阴影中。小寺没有围墙，不必围墙，四周悬崖、树、竹，堪称围墙。谭一爻住的禅房在大雄宝殿后面，是两间独立的石头禅房，恰是每年的海外施主所住。房前一条竹林小径伸向松林，接到巽的电话时谭一爻正在落满松枝的小径散步，那时早雾刚刚散尽，前面就是断崖。如果从远处看寺院谭一爻差不多就是站在断崖上，就像有些画上面经常看到的达摩那样。当然，这样的视角必须是在相同或后面更高的山峰上才能见到。这里有个中国移动或联通的发射塔，信号非常强，比在谭一爻大学和家里的信号还强，电话里那边巽的声音也异常的清晰，好像离得非常近。

谭一爻婉拒了老友，理由不言而喻。巽无话可说，对死亡能说什么？能提什么要求？但是还要提。这就是两人的关系。

"你看，我正在人生的断崖上，"谭一爻对老友巽说，"我已经想好不从这里跳下去，我原来是打算从这儿跳下去的，我有了更好的更有趣的弃世的方式，不过无论什么方式都已和你的邀请无关。"谭一爻转动了一下身体，一边向回走一边对着电话慢慢悠悠地说："你应该忘了我，从我离开家开始就已不再属于这个世界，更不属于你我要去的那个世界。这非常有趣，我从未在这种状态下思考过问题。你知道吗，你在和一个既非生也非死的世界说话，并且你还向这个世界发出了邀请，巽，这是不是有点残酷了？"

巽举着电话，如同举着死亡。无语，最后巽枯燥地问：

"我来看看你，总可以吧？"

谭一爻还是谢绝，他到这儿来就是不让别人找到他。他谢绝任何人来，包括与他同居多年的蓝。谭一爻一生没有结婚，除了蓝没有第二个女人。女友蓝先是他的学生，从本科到硕士生、博士生，一直都是，一直追他，直到蓝留校任教又过了三年两人开始同居。但一直没结婚，那时谭一爻已过不惑之年，蓝也从二十岁的小姑娘变成三十出头的大龄高知女青年。即使同居他们也是拜访式的，拜访式同居被谭一爻认为是一种最恰当的两性关系形式。谭一爻与女学生商订两人不履行任何法律程序，有各自绝对独立空间，各有各的家，平时不在一起，周末她来他这儿，下一个周末他去她那儿，如有变临时电话商量。经济上也各自完全独立，没有任何交叉，任何一方都不授予或接受超过自己生活水平的礼物。永不退还礼物。礼物就是礼物。非周末的计划外的见面，时间地点事先商定，没有约定任何一方不得以任何理由擅自跑到对方家里来；双方不持有对方的钥匙。拜访还有补充条款，比结婚的法律条款还严格，如：任何一方只要提出分手，不再见面，分手就已生效，不得询问为什么。即使询问，提出分手一方也可以不做回答。这样做的实质是即使两个人相爱他和她也仍然要保持平等、相互尊重，不干涉对方的绝对自由——谁破坏这个原则，谁就将失去对方。蓝接受了全部的类似法律的条款，蓝认为一个人爱一个人可以做奴隶。蓝对爱的理解虽与谭一爻纳粹般的条款迥异，但实际上殊途同归，事实是只要蓝像奴隶一样绝对服从，他们的关系就没任何争议。蓝对老师说，一个人的绝对自由意味着另一个人的绝对不自由——绝对不自由就是爱，她愿用绝对不自由的爱换取老师绝对的爱。谭一爻严肃反驳学生：爱是一回事，自由与不自由是另一回事。在大学里，他们这对过去的师生关系，后来由此变成了一对最奇特的两性关系。没人知道谭一爻为什么会有那样奇特的要求，也没人知道蓝为什么接受谭一爻的条款，如果非要解释原因，也只能是这对师生都太迷恋他们共同的审讯学专业了。他们的专业深入了他们的骨髓，挤占了他们的感情空间，甚至性生活空间。有人说他们看上去仿佛是不做爱的，像两个无性的外星人。这种猜测当然有些夸张，但也不无道理，事实上他们的确做爱不多，见面更多就是吃饭，看电视，聊某本书，相拥而眠，不做爱对他们是自然的事。

谭一爻认为自己患上癌症是或迟或早的事，当检查结果还没出来时他比医生提前就已知道自己得了淋巴癌，他摸到腮下有硬结，结果查出来是肝癌，这多少让他有些意外。当然，淋巴上也有了，不过还很小，现在主要是肝，医生是这么告诉他的。比想象的还令他吃惊。他倒不认为癌症和自己经常应邀参与审案有关，虽然可能的确不无关系。他想会不会是淋巴先有了然后传给了肝而肝发展得比较快反超了淋巴？他这样问医生，医生认为并不存在这样的逻辑，事实正相反，是肝传给了淋巴。谭一爻质疑说可是许多年前我二十多岁的时候就查出了淋巴有问题，他对医生强调。医生说也可能有特殊情况，不过这个意义不大，谁先谁后有什么关系呢？你为什么非要弄清这个关系？怎么没有关系，这是科学，他要求医生再仔细检查一遍，看看到底是谁先谁后，谁因谁果？医生只得做了重新的检查，还是维持了原来的结果，如同维持了原判。

谭一爻到了慈云寺无人知道，无人找到，就算找到了，爬上来也几乎是不可能的。除非像谭一爻一样，已将生死置之度外或者训练有素。不过巽来过电话后谭一爻知道巽要想找到他是能找到的，可以说就没有巽找不到的地方，他甚至可以卫星定位他的电话，或者已经定位了，谁还能难得住巽这个堪称最神秘的人物？当然，如果最初根本就不接巽的电话巽也找不到他，但那时他在犹豫片刻之后还是抑制不住地接了。他告诉巽，即使巽找到了这里他也很难爬上来，他几乎有点得意地以至绘声绘色地描述了危险的石级的情景：你去过华山吧？对，你知道华山如果没有护栏铁索是什么样子吗？就是我这儿！而且，没人能帮你，你只能自己爬，一不小心你就会落入万丈深渊，万劫不复。这样吧，干脆，我告诉你路线吧，你来吧，你要能上来我就跟你走！巽挂了电话。不知巽是不是听到了他后面的话，他心痒痒地又打过去，喂，喂，巽，巽，老巽，到底要不要我告诉你我具体在哪儿？怎么走？巽说不用了，说完又挂了。谭一爻不能断定巽到底是生气了还是会来，想再打过去电话，又放弃了。跟巽是老朋友了，他们一起办的神秘案子已不计其数。

正是秋天，盛大的草虫漫山遍野地奏鸣。漫山遍野，断崖上的谭一爻凝神静气，至少听出了三十种虫子，三十种振翅。是的，的确如此，这儿的秋天，所有的草都在颤动，但看不到一个虫子。一切都在下面，甚至整体的隆起，似乎只要轻轻掀开一角就会发现一个音乐世界：乐队如此整齐，无数重复的乐器辉煌如整个重复的秋天。谭一爻听了许多天秋天的虫子，似乎听不够，所有的地方似乎都是处女地，都没人来过，都是永恒的虫子的世界。还有鸟叫，也听不够。一辈子也没听过这么多鸟叫，早晨在禅房听鸟是一种效果，到大自然是另一种效果，前者像音响，后者像现场。很奇怪，在现场总是不如在禅房听到的种类多，好像各就各位时一切都自在，你稍改变一点秩序，自然界就知道，就有鸟不叫了。除非站在一棵树下半天都不动，一步也不挪，仿佛你是一尊雕像，大自然分毫不差的秩序才会恢复。虽然不过月余，但经不住出门即自然，谭一爻已无师自通地将鸟分出了两大类：一是雀类，叫声干脆、精确，一声一声，如同点射，有的频率快一点，有的慢一点，但都很带劲；还有一类是眉类，叫声婉转，一叫是一串音，有节奏，还有变奏，有时固定的节奏与变奏会结合起来。最多的最普遍的是一种三音阶的节奏，翻译过来："守，守纪律/守纪律－守纪律/守纪律"，每每谭一爻会想起自己的童年，手背后，跟老师一句一句，念课文。在断崖上，谭一爻有时一待就是一天，不吃午饭，有时早饭也不吃，有时松鸡或喜鹊嘎或嘎嘎的叫声会叫醒类似弥留的幻境，更多时充耳不闻。

当然，在蝉声与鸟叫和山泉中也有来自大雄宝殿的经声，可能由于经文不同，有时某种低鸣的经声异常浑厚，以至统摄了自然界各种声音——即使在断崖上也会感到被恢宏之音萦绕。这是法音，是三世佛之音，能在此处沐浴法音哪怕稍有宗教感或慧根的人都会感到某种莫名的感动，以至融化。但谭一爻却觉得有些吵，希望这阵弘音赶快过去，甚至有时颇为烦躁踢踢脚下的草，偶或就有石子落入万丈深渊。

从某种意义上说，谭一爻来这儿是个错误，这儿虽清静，自然，但更是个梵净之地，由于山门、大雄宝殿、禅房与香火的存在，自然——比如鸟叫与虫鸣以至泉水实际在这儿是边缘化的，即使在最边缘的断崖也在经声与法音的半径之中。谭一爻没有任何宗教信仰，对任何宗教可以说既无知也没一点兴趣，他只相信法律，虽然法律也常让他伤心。或许是童年的宗教鸦片说，他对宗教的拒绝与生俱来，后来也从未试图改变过。其实谭一爻有许多机会接触宗教，按理说接触多了，耳濡目染，多少总会有些感觉。每年他都有机会到祖国各地甚至国外开会、讲学、学术交流，安排参观必不可少，其中相当多的参观就是寺院或教堂，但谭一爻非常固执，他能不去就不去，能在房间待着就在房间待着，除非集体行动不再回来。但常常即使到了寺院门口，即使没办法走进了寺院——不能脱离集体——谭一爻也只是宏观地转转，从不进大殿。一般只是看看树，花，古钟，碑，小桥流水什么的。他无法面对那些不可思议的佛像，好像一面对就过敏似的浑身不适。倒不是怕什么，没有任何畏惧，就是不舒服，觉得面对一尊塑像不可思议。虽然不再觉得这是鸦片、迷信，但也不觉得是佛。在国外的基督堂、天主堂、圣母院也是这样，那些天顶画，圣母圣子，耶稣受难像，没任何什么能打动他。所以出门在外他实际上能去的地方很少，通常就是面对沙漠，山，大海或河流坐坐，晒晒太阳，仅此而已。

他的专业没得说，不说国内首屈一指，也是为数不多在犯罪心理学与审讯领域都同时被广泛认可的一流专家。那位神秘的海外施主当年就是谭一爻在国外讲学时慕名而至，两人成了朋友。但也正因为宗教的原因，他们并没什么深交，之后也几乎再没联系。当然，以谭一爻的偏执，他几乎很难与任何人深交，他没有朋友。除了巽。他和巽，两人尽管看上去非常不同，却有一个共同特点，就是除了审讯与犯罪以及适用何种法律之外，对别的什么都不感兴趣，他们只在专业上兴奋，别的休想让他们兴奋起来。恰好在这一点上他们又多有合作的机会，且合作异常愉快。他们共同破解过许多审讯难题，有些成为范例。这些范例谭一爻在自己的许多著述上都有提及，都必不可少地提到了巽、与巽的合作，甚至巽的贡献。有一次，谭一爻在国外做完学术报告，邀请方后来向巽发出了邀请。但巽没有去，巽所在的部门不便让他在国际论坛上发言或者做报告，此外也不对口，国外没有司法之外的审讯机构。巽是一位忠于组织忠于职守的人，虽然也出过国，但都是以私人身份。

发现癌之后谭一爻一开始想沿沙漠走向无穷，跟巽商量过，巽不同意。巽有一点与谭一爻不同，就是在对待生命上非常强硬，无道理的强硬，天然的强硬。不过这倒促使谭一爻给海外朋友打了电话。谭一爻知道海外人士在中国大陆捐了一个庙，而且离他还不算远，就在太行山某处。由沙漠到海外人士到佛门是谭一爻不小的一个转变，他平生几乎第一次穿过天王殿，拜了主管未来的弥勒佛，跨进了巍峨的大雄宝殿。在佛教中，大雄宝殿是正殿，寺院的核心建筑，也是僧众朝暮集中修持的地方。大雄是佛的德号，"大，包含万有的意思；雄者，摄伏群魔的意思；宝者，佛法僧三宝。"香火缭绕中，谭一爻在一个沙弥指引下知道了一些入门知识，认识了基本的三世佛：诸如主尊释迦牟尼佛，释迦牟尼佛左边主管东方净琉璃世界的药师佛，右边主管西方极乐世界的阿弥陀佛，以及迦叶，阿难，文殊菩萨，普贤菩萨，日光菩萨，月光菩萨，观世音菩萨，大势至菩萨，燃灯佛，弥勒佛，十八罗汉之宾头卢跋罗堕阇、二迦诺迦伐蹉、三迦诺迦跋厘堕阇、四苏频陀、五诺矩罗、六跋陀罗、七迦理迦……未及十八，谭一爻制止了小沙弥，坚决地，甚至愤怒地退出大雄宝殿。

谭一爻从此再没到过大雄宝殿，正殿前院都来得很少，更不消说暮鼓晨钟中的早课晚祷。谭一爻不接受什么大雄宝殿，脑子几乎要炸了，但是有一天却在禅房中接受了佛法的某种生死法门。确切地说是佛法的圆寂理论，比如一僧人说自己通过修炼，预知死亡时间，可自然了断生命。这比坠崖或服安眠药更接近自然死亡。比如一僧人说自己将三天以后坐化圆寂或三个小时后坐化圆寂，结果真的就在那个时刻坐化了；生命完全可控，就好比说像拉灯绳一样，想关上咔嗒一声就关上了。这样的了结令谭一爻无比向往，只是稍稍深阅读下去发现事情并不简单。比如坐化、圆寂、涅槃，叫什么都行吧，这些深奥得有些混乱的概念（比起法律条文没有什么不是混乱的）并不仅仅是指身体死亡，更是指"诸德圆满、诸恶寂灭、灵魂离开躯体获得新生"的意思。总之坐化或圆寂涅槃不仅仅指一种死亡的技术，还指一种包括了死亡技术的"人"的再生——这在著名法学家与审讯专家谭一爻看来就是混乱。

谭一爻虽然接受了圆寂理论，但决定自行其是。谭一爻对巽所说他不再选择坠崖方式，已经有了更恰当的方式，其实也没什么新鲜的，不过就是准备了四十九颗蓝色药片这么简单。事实上上山之前他就已带上了这些药片，药片本来就是选项之一，不同于在谭一爻看来：药片与圆寂理论其实是有共通之处的。

"另外，"谭一爻兴致勃勃地对说来就来了的巽说，"这儿有一个消失了好几百年的传统，最近又恢复了，僧人圆寂坐化的时候可以坐在缸里，就是陶缸，专业地说叫'坐缸'，是名副其实的坐化。"谭一爻两眼放光，好像不是谈论死亡而是谈论新生，"坐缸之后僧人们将遗体四周填充木炭、柴草、衣物，密封，然后放在室外，保存七日，七日之后僧人们将陶缸下面一个预先置留的小孔掏开引燃缸内的柴草，木炭让遗体慢慢焚化。你知道吗有可能会烧出舍利，舍利你知道？这儿的方丈说只有高僧大德才会烧出舍利，但我会，你相信吗?!"此时谭一爻已完全不像法学教授，好像有什么附体。也许无论如何这儿是精神之地，气场太大，即使是法学家的谭一爻也不可能不受影响。巽很不适应谭一爻的精神状态，一直板着脸，尽管汗湿的面孔看上去气色不错。

十三

"我向这里年轻的方丈提出了坐缸的请求，"谭一爻饶有兴致地说，"之前，我将所有的财产布施给了寺里，我没给蓝，我的妻子——我想我可以称蓝为妻子——留一分钱，可是即使如此，年轻的方丈仍然不同意我的请求。方丈的理由是我不是这儿的僧人，只有这儿的僧人才可坐缸坐化。如果我执意要求，我须接受坐化之前的一些仪式，如剃度，皈依，也就是所谓的'放下屠刀，立地成佛'——我要穿上寺里的袈裟。别的都可以，怎么剃怎么皈都行，但我不接受'放下屠刀，立地成佛'的说法。因为就算我的职业和杀人有关，但我从没亲手杀过人，我不是刽子手，连审判员也不是，我只是让罪犯说出了罪行。年轻的方丈说就算如此，我的业力仍然过重，必须接受放下屠刀的'咒语'方能入缸。我的海外朋友也打来电话说我应该接受这一咒语，之前为了我要求的坐缸他曾为我求情。海外朋友的话让我幡然省悟，我接受了，彻彻底底接受了，不仅接受了，我还以玩笑的方式告诉年轻方丈：七天之后我会留下七七四十九颗舍利。年轻方丈当然不信，哪怕是我作为法学家说的话也不信，他认为只有得道的高僧大德坐化后才可能出舍利，别说像我这种凡人、这种离杀人比许多人都近的人绝无可能，就是他，他们这里所有的僧人，如果现在就圆寂也都不会有舍利的。年轻方丈说，这个寺重建时间还太短，他们在这里剃度时间最长的人也不过才在这儿修行了八年。但我还是和年轻的方丈打了赌，我说：如果我万一不小心有了舍利怎么办？能不能把它们放在大雄宝殿的香案上？年轻方丈口诵阿弥陀佛，说如果真有舍利就不仅贡到香案上，寺院还会为我修一座塔，我将是寺院五百年来第一个获得七级浮屠的人。浮屠你知道吗？浮屠？就是塔，我那天才知道浮屠就是塔！"

谭一爻声音很大，并不在意是否隔墙有耳。不可能有耳，他这儿是一处独立的禅房，小和尚送斋饭都要走上一阵子。谭一爻甚至向一直一言不发的巽具体谈到了坐缸用的木炭，谭一爻要求年轻方丈为他用最好的樟木炭，只有樟木炭才可能出舍利，樟木炭会有一股香气，开孔引燃后他的整个人都会是香的。

"你认为我会有舍利吗？"谭一爻问巽。巽脸上因爬山的汗水完全干了，脸像牛皮纸一样。"难道，你一点儿也不想知道我用什么方法让自己产生四十九颗舍利吗？"谭一爻的声音依然不减，他把自己的计划向巽和盘托出。

谭一爻今年正好四十九岁，他为自己准备了四十九粒蓝色药片，每粒药片代表谭一爻曾存在过一年。就像咖啡伴侣一样这四十九颗药片也应该有药片伴侣，就在昨天和前天以及大前天，谭一爻花了三天时间三上三下，在一条宝石蓝的山溪中拣了四十九颗晶石。"我左挑右拣，像一个山间的淘宝之人，上山下山，如沐春风，如履平地。我准备在坐化之前将四十九颗药片与四十九颗晶石一起吞下，你想想，七天之后陶缸的小孔开始点燃，香火缭绕，香樟味道弥漫寺院，最后有什么结果？你能想象晶莹的'舍利'渐次出现的情景吗？能想象年轻的方丈会怎样欢喜？能想象将出现一座塔？"

"你说过，你要跟我下山。"巽说。

"我希望坐缸那天你能在场，你是唯一知道真相的人。一会儿我带你去认识一下年轻的方丈，你应该认识这个人，我认识的人你都该认识，如果你将来愿意如法炮制，我们两个人的真相将永远成为真相。"

"我刚才有三次差点儿没命，"巽说，"你说过我上来你跟我走。"

"我是说我要是快不行了，你得送我上来，你听明白没有？"

"这个，没问题。"

"明天就是秋分，"谭一爻遗憾地说，"你破坏了我的秋分。你知道秋分是个难得的好日子，一年只有这么一天。太阳在这一天到达黄道一百八十度，直射赤道。这一天二十四小时昼夜均分，各十二小时。这是多好的日子，南极北极也无极昼极夜现象，秋分之后，北极附近的极夜就要开始慢慢扩大了，南极附近极昼也一样，两边同时向两个极端走，我要在这天坐化，可你来了。"

巽像没听见一样看了看禅房，又看看外面，对谭一爻无论多么深情诗意科学的唠叨无动于衷。外面不断有淡淡的云漫过，并沿着山岩继续上升，渐浓，峰顶隐在雾中，已不得见。

"我们走吧。"巽打断谭一爻。

"你对秋分不感兴趣？"谭一爻完全不解地问。

"不。"

没办法，谭一爻先带着巽到方丈院，见了方丈。方丈的确年轻有为，看上去还不到三十岁（实际不止），戴透明的眼镜，像个学生，更像学者，淡然而和蔼，通情达理。尽管如此，巽还是非常冷淡，一句礼节性的话也没说。

一切都谈妥了。

"你太傲慢了，简直无礼。"谭一奕批评巽。

"那也比你强。"巽说。

谭一奕与巽下了山，停在草丛里的黑色轿车好像幻觉一样。这是一条无人的石子路，因为来的人少长出了许多杂草。司机也像幻觉般站在草丛里，甚至像异物，像另一种时间中的人。所有的草都结了毛茸茸的穗子，一派秋天暖色、整齐、摆动的黄，远处，水色天光，溪水清澈，映着秋日的蓝天白云，只要稍有点慧根都会觉得这儿让人有出世之感，难舍难分。谭一奕不断发出感叹，这点无论如何谭一奕与巽还是有所不同。巽毫无感觉，他刚刚履险下来不恨这儿就不错了，遑论欣赏。还不错，上来时巽没让司机陪着上来，这点还算人道，或许考虑若是司机不慎坠崖无人开车，反正不管怎么说他让司机留在了这里。

车慢慢驶出土路，上柏油路，山环水绕，出了山谷，来到平原上。山寺消失在群山之中，直到完全脱离了山的阴影，巽的脸上才稍稍地松弛一点，甚至有种少有的明朗。到这时谭一奕算是名副其实"出山"了，平原的庄稼、村舍、水渠正映着一张越来越凝重的脱去幻象的脸。特别是进了城，到了市中心人声鼎沸的高楼大厦中间，无尽的车流、行人、商厦、写字楼，过去的一切都已回到谭一奕的脸上。巽注意到了，嘴角浮出一丝淡淡的笑。不，不是嘲笑，事实上更像是自嘲，是一种难以描述的稍稍松弛一点的阴沉的笑。车驶到了烟囱林立的老工业区，但这儿的烟囱多数已不冒烟，仿佛定格在某个历史瞬间。谭一奕的声音也完全回到了过去，对巽说："哈，好久没来这儿了。"

黑色轿车带着他们进入一个很大的厂区大门。这是谭一夊熟悉的地方，一切都像是故地重游，过去没少来这儿。厂区大门已没有牌子，上方倒是有个巨大醒目的LOGO：三十一区，显然好像模仿美国五十一区，实际上完全是两回事，倒类似北京的798。是的，这儿是个艺术区，就连成因也一样，城市步入快行道，不断扩张，老工业区慢慢变成城区的一部分，原有的工厂或停产，或外迁，偌大的厂区在商业的包围下日趋荒凉，以至成了鸟、杂草甚至小动物的世界。俗话说只要是鸟的世界就可能是艺术家的世界，像鸟在这儿做窝一样，这个城市包括周边其他城市贫困的艺术家，自然地开始在这儿以最低廉的租金做窝，有的甚至不交租金，像盲流一样随便在某个角落安营扎寨，也生存下来。开始确实是窝，有个地方住能画画就行了，后来有了买主，慢慢形成了市场，生存空间扩大，逐渐亮出牌子，于是就有了东一个西一个上档次的艺术家的工作室、画廊，游人日多，随之而来的是酒吧、快餐店、创意店、书店，让寂静的厂区展现出完全不同的生机。日渐苍老的烟囱、巨型的蛛网一样的高炉、露天的管道、铁轨、货场、废弃的厂房与荒草同在，厂房为20世纪50年代东德援建，房顶是独特的锯齿弧形，为典型的包豪斯风格，宏伟的现浇架构与明亮的天窗系后工业的先声。为了保证坚固性，德国建筑师使用了五百号建筑砖，窗户多向北，十米多的挑空，斜铺的大扇玻璃，天气好的时候阳光倾泻而下，充分利用了天光和反射光，恒定的光线产生了稳定的质感，即使在德国现在也已找不到如此大规模的厂房。换句话说不是任何一个地方都能满足艺术家的要求，这里本身固有的废弃、时代标语、国家主义、包豪斯风格的多个向度构成的后现代拼贴的意味，诱发了大地鸟儿一般的艺术家，才有了滋生了当代艺术的三十一区。

　　与798多少有所不同的是，这里最早进入的不是艺术家，而是巽领导的 ZAZ 组。虽然 ZAZ 的秘密地点不止这一处，但三十一区却是最主要的一处。许多时候某种体制的权力与艺术有相通之处，都喜欢安静、封闭、神秘，多年前巽领导的 ZAZ 想找一个秘密的完全独立的审讯地点——过去往往是包下某宾馆的一层或某招待所的若干房间，但是混在来来往往的客人中总有不便，而且安保总难以做到位。几年前巽手下一名工作人员提醒巽市区北部有一大片停产的厂房可以利用，甚至可无偿使用，巽完全不懂艺术，却以并不自知的艺术家的角度一下就看上了这里：寂静的厂区如同一个死去的工业巨人：肌肉消失了，只剩了巨大而复杂的骨架，车间、办公楼、食堂、礼堂空空荡荡。水电还有，基础设施不错，几乎不用太大的改造即可使用。其实厂办公楼用起来更合适，但巽一眼看中了怪异的锯齿弧形车间，巽完全不知道包豪斯却具有包豪斯的眼光：认为这儿的坚固性接近监狱，而迷幻的采光性又不同于监狱，恰好符合 ZAZ 内部扑朔迷离的办案风格。巽以白色的类似医院但比医院还要严酷的风格改造了这里，主要材料就是泡沫板，所花不菲，但没花一分钱租金。巽不知道他的改造在书里的世界早已存在，甚至连墙上的告示也与我们前面提到的那部小说如出一辙：

　　　告示上方印有"规章制度"四个字，用特大号罗马正体大写字母印成的；在左侧的每段文字的开头处，印有——1，2，3，4——四个数字，字体大小同标题一样。但恰恰相反，每段文字都是用小号字印的，使人无法卒读。第五段文字在告示的最下端，只是"5"这个数字在左侧空白上应占据的地方，完全被其中一个人物的脑袋遮住了。（引自罗布-格里耶小说《一个幽灵城的拓扑学结构》第二十一页第三自然段）

谭一爻看着墙上的"规章制度"时，有一刻他的头部也刚好遮住了"5"这个数字。这是他的办公室，装了部分白色泡沫板，当然是为了统一的风格，因此原厂房内高处的五项"规章制度"保留了下来。办公室简明扼要，类似宾馆客房，又不同于宾馆客房，某种意义上更接近病房。

　　"你不会直接就让我到这儿干活吧?"谭一爻对巽说。

　　"这儿是你待过的办公室，不记得了?"巽问。

　　"当然记得，"谭一爻又四下望望，"但每次来还是觉得特别。"

　　"也许太特别了，你来之前一个骗子在这间办公室住了些日子，他是这儿的一个白色艺术家，对色彩有专门研究，特别是对白色，我手下的人说他懂色彩审讯学，我相信了这家伙。"

　　"效果如何?"谭一爻目光逼人。

　　"是个骗子。"

　　他们相视，看不出眼睛里的内容，只有老友才有这种相视的目光。两人的目光具有专业的相似性，都呈褐色，都没有光。

　　"你时间不多，我也不多，可我已经浪费了不少，我早该把你找来。"巽坐在沙发上说，"居延泽是你一生最好的对象，也是我的，我们再合作一次，最后一次。我不知道你死了以后我的前途是否难料，但这个先放一边，你的谢幕演出不应该是上次，而是这次。其实，有这样一个难缠的人为你送行你说该有多好? 我会步你后尘，可我就没你幸运，现在你还有我。"

　　"你的敌人讨厌你，不用说了，朋友也讨厌你，你知道为什么?"

　　"这话你好像跟我说过。"

　　"你太自以为是。"

　　"习惯了，不像你当教授。"

"你就算当教授也一样让人讨厌。"

"应该可能好点。"

"行了。"谭一爻站起来，将一针杜冷丁注射进左臂，非常麻利。现在如果说他还在用药的话，也就是这一种药。巽今天看到的是第三针。

"我现在差不多还是个毒品依赖者。"谭一爻收起了针具。

"这个我可以管够，除了这个你要别的吗？"

"海洛因？可卡因？"

"要什么有什么，对你。"

"当然，你是谁！"谭一爻站起来，"算了，不满足你的为所欲为了，到控制室看看吧，看看我的老朋友居延泽。头前带路。"谭一爻潇洒地做了手势，透着刚用完药。巽却停住了，认真地问谭一爻：

"你跟他是朋友？"

"校友，一面之交，如此而已。"

他们到了隔壁的控制室，谭一爻注意到了大屏幕上石膏像般的居延泽。两个终端的小屏也呈现着居延泽。虽然是同一个人，但大小不同看上去还是多少有点不同。兑和艮热情迎上来，仿佛看到救星一般，非常激动。这激动里包含着对一个身患绝症人的真诚的感动。他们都认识谭一爻，算老朋友了。巽被冷在一旁，但巽一点也不在意。

"谭教授，您身体还好吧，真没想到。"兑异常温柔。

"谭教授，您气色真好！"艮说。

绝症患者总是震撼人的，仿佛绝症就是死亡。谭一爻一边点头，一边凝视屏幕上的居延泽。

"这家伙太难缠了，我从没见过这么顽固的！"

"他应该不好对付。"谭一爻说。

"您来就好了。"

谭一爻一动不动，似乎看到什么。

谭一爻进入了某种状态。所有人都不再出声。专业的就是专业的，什么绝症死亡都不存在了。工作是一种状态，状态中人是超凡的，何谓专业人员？就是一下就能进入状态，带着在场的人也都进入状态，屏住了呼吸。

十四

敏芬对车完全不了解，黄子夫的车在她看来已很高档，豪华，直到看到杜远方的车才知道什么叫豪华，比起来真是小巫见大巫。敏芬不知道杜远方是开车来她这儿的，车一直没停在单元楼前。其实敏芬每天上下班都能看见不远处那辆黑色的奥迪，但是因为和自己无关就像没见到一样。车的位置实际上也移动过，每次并没停在原位，但也差不太多，因此敏芬也没发现车的位置变化。此外因为多数时间不怎么开，有许多灰尘，谁会注意布满灰尘的事物？车是杜远方布的一个"点"的车，不是他平时的座驾，从车上想查到他根本不可能，为保险起见他还更换了车牌。

杜远方很少动车，除了极偶尔他才会到海滨的公路上兜兜风，看看远方的海。有时顺便到港口看看，将车冲洗一下，再开回来。港口泊着有万国旗的外轮，有的是巨大的邮轮。巨大的邮轮看上去就像可移动的五星酒店，带着游客驶往世界各地，如此地自由，想去哪儿就去哪儿。现在人才知道了自由的可贵，原来毫无意识。原来只在上面吃豪华自助餐，喝啤酒、波尔多红酒、香槟，看落不下去的太阳、北极光、冰岛……船上光是生鱼片就不下几十种，食物如山，美女，音乐，情人，情妇，顶级套房，大玻璃落地窗……辽阔的、一动不动的极光海景，做爱，在沙发与玻璃前面，穷奢极欲，边做边看满天星斗，太阳升起，海鸥迎着玻璃飞来。波罗的海，哥本哈根、奥斯陆、雷克雅未克，或红海、马尔代夫……怎可能没有女人……可所有女人都不及财务处长李离——他所创造的女人……她应该已到了国外……也许就在海上……这些波光粼粼的回忆在杜远方脑海里飘来荡去，没有色彩，没有声音，像是默片。杜远方并非怀念过去，只是漫无目的地想想，想想虽然到了国外可获自由但显然为时已晚，海关不会让他过的。而且事实上他一直不是那么想离开，他在赌一种东西，他想他们应该知道他的厉害，不然不会有人提前向他走漏消息，让他关键时刻得以脱身。不完全是他有眼线，也是有人害怕他进去，必须保他。当然也有人想让他进去，是很厉害的人。上面空降下来的人想通过他杜远方一举击败盘根错节的地方势力。这种事过去也博弈深不可测的，也曾暂避过，都平安度过。地方势力不是那么容易击败的，也不能完全被击败，融合与平衡是基本的不可动摇的法则，因此每次危机天平最后总能朝向杜远方一边。当然，这次似乎有所不同，来势很猛，似乎还有更上面的背景。这次居然动了真格，形成所谓秘密决议（哪儿有秘密可言，他立刻就知道了），他很瞧不起告诉他的人这么说，说真的，他很想就坐在办公室等他们来。

他没有远离，更没去境外，甚至有点幸灾乐祸。这可不是对别人，是对自己，他还从没有过这种感觉。当专案组分兵两路南下深圳到他可能躲避的地方找他时，他非但没远离反而搬到了纪委、公安、检察院的对面。你们不是三家联合办案吗？我就在你们三家面前安营扎寨！杜远方最初就是有这样一股无名火，一种不相信同归于尽的感觉。不这样危险这样傲慢地挑战，心中的那股无名之火就没法释放出来。你们斗吧，我就在这儿等结果，我可是个老萝卜了，几十年的萝卜了，是你们种下的萝卜，拔了我带出多少泥你难道不知道？不说别的你们有多少套房子是我送的，你们的股票是怎么像魔术一样？光这两项你们算算你们的身家性命，我们是绑在一起的。不管是你们绑的我还是我绑的你们，这无法说清了，反正是切不开了，你们就有风的赶紧使风，有雨的赶紧使雨。再有，杜远方想，哪个新来的大员不想多创利税？他杜远方是利税第一大户，想要政绩就不能没有他。没有他兰陵王就不能运转，他经营兰陵王帝国快三十年了，本来六十岁就该退休，为什么六十九岁了还能不退？他是兰陵王的神话，他跺跺脚，这个省的财政就会颤。他不跑，他就在他们对面，在自己人中间。我是自己人，你们明白吗？这就是杜远方心中的火。他的火当然不止这些，远不止这些。

这地方是他的一个秘密的点，名义上是某烟酒公司办事处，办事处主任就是李平，公司与兰陵王集团没关系，但实际办事又与烟酒公司没什么关系，不过是借了那公司的名。这就是杜远方，某些方面像地下工作者。这里有空调、地毯，饮水机、厨房，标准间，餐室，办公室，浴室，桑拿，水疗，正对面能看到检察院白色的牌子，往东一点是纪委、公安厅。三家人没一家想到杜远方就在他们对面，就在风声最紧的时候，他们要找的人就在这儿过着悠闲的生活。杜远方不雇人，一个人烹饪，品酒，水疗，研究食谱、保健、周易爻辞，或者站在百叶窗前看省府进出的车辆。能看到很多熟人，有一次还看见了常务副省长——据说就是他搞走了一把手，但自己却没上位，上面空降了一位，才有了一场更大的无序的不测风云，竟然波及到了他杜远方。

　　杜远方选择住李平这儿除了赌一口气，也是因为李平忠诚，像李平这样的暗点儿他还有若干个，甚至在别的省市也有。杜远方心细，不管他觉得上下左右人脉关系已如何的风雨不透，如何的根深叶茂，他也知道既是博弈就有不可控的一面。因此不怕一万，就怕万一。一万是法律、法规，可以视而不见，万一则是政治，特别是上面的政治，是他控制不了的。因此就像过去帝王很早就考虑陵墓一样，杜远方也很早就考虑构建自己的退路。老婆孩子弄到国外是首要，这点早已无忧。之后就是一旦有事，狡兔三窟，背水一战。实际上杜远方对这一战虽说恐惧但又有莫名的兴奋，他一人牵涉到多少人?! 都不是一般的人，有时候他倒希望一吐为快，把所有秘密都说出。一个装有太多秘密的人常有说出秘密的冲动，但是当然不能轻易说。

　　没有博弈还有什么乐趣? 因此他的布防又像将秘密说出一样强烈，他知道危难之际圈子里的人皆不可靠，必须有一些圈子之外的效忠之士，这些人和他的任何熟人都不熟，这样才安全，敏芬的弟弟李平就是这样一个人选。李平是杜远方在兰陵王经销商一次年会上认识的，这人神经质，诚惶诚恐，总像在寻找主人，有种热切的绝对忠诚的目光。凭着《周易》上的一些粗浅功夫，杜远方一眼相中了这个李平。那时李平只是经营着一间小烟酒店，远不是兰陵王的经销商，这样一个小角色跻身兰陵王的年会并见到杜远方是颇不容易的。后来杜远方几次单独接见了李平，带李平到北京出了一趟差确定了李平。杜远方让李平不要干小烟酒店了，让他做一家烟酒公司驻省城办事处主任，顺便经销公司抢手的"兰陵2416"。杜远方让集团每次多批一些"兰陵2416"给那家公司，又注明这批酒是给办事处的。那个公司也是杜远方控制的，杜远方不是从兰陵王角度与李平联系，而是通过那家公司又隔过那家公司联系李平，这样李平与杜远方几乎就是单线联系，所谓暗点就是这样。

孤立的暗点才会绝对忠诚，绝对安全，一般说来专案组无论如何查不到李平，就算查到李平也查不到李平的什么问题——李平就像地下党或 CC 一样。杜远方的朋友里有那么多达官显贵、名流学者、易学专家、预测大师，但"落难"后他却与这些人没一点联系，连一个电话也不打，甚至跟远在美国的老婆孩子也切断了联系。他要的就是给专案组这样一个印象：这人一点线索没有，完全蒸发了。一般说来一个案子如果毫无线索，时间一长专案组就得撤销，那时就有可能反水，或有妥协方案。"双规"毕竟是内部的事，只要不进入司法程序，一切就都还有变数。另外，一种理想情况是，保护他的力量很强，大家有雨的使雨、有风的使风，专案组很快撤销。而杜远方等的就是这种情况。杜远方知道除非特别情况，博弈从来不是你死我活，该放手时且放手——实际上也是放自己。这么多年这方面杜远方太门清了，但这次这种情况似乎有些落空。杜远方开始了做长期打算，先到了一处海滨秘密别墅躲了些日子，但实在太寂寞了，于是才到了敏芬这儿。他来对了，他为自己做的这个选择感到莫名的满意。

杜远方每天起得很早，一般天不亮就起来，到外面慢跑。杜远方慢跑已坚持了几十年，在敏芬这儿也不例外，只是更早。每天他几乎是在黑夜里跑，然后吃二十四小时营业的肯德基早餐，一般是一份牛肉蛋花粥，胡萝卜餐包或鸡蛋卷，或海鲜蛋花粥，或香菇鸡肉粥，或皮蛋瘦肉粥，营养合理，维 C 丰富，可口助颜。太阳没升起前已回，洗澡，换衣，一天不再出门。这些规律敏芬已非常清楚，常常地，特别惊异于杜远方穿着一身运动衫慢跑回来的健壮的样子，每次因为细汗与满面红光都像新人一样。这时的敏芬会把对杜远方的种种猜测、疑虑、不满丢到脑后，会以看男人的角度欣赏杜远方。无论怎么看这时的杜远方就是一个中年人，一个干干净净的健康人，一个和占星卜卦无关的人。这天敏芬的学生送给了敏芬两张电影票，《达·芬奇密码》，全球同步放映的热门电影。敏芬踌躇要不要告诉杜远方电影这件事，昨晚没说，直到今天早晨临上班前才若无其事地告诉了杜远方。是的，就是告诉，不是邀请：

"今晚有场电影，《达·芬奇密码》，听说不错。"

敏芬说得很平常，一边在过道穿衣，甚至有点不冷不热，反倒有点像夫妻之间。杜远方也没直接答应去，只是问了几点钟，哪家影院，在什么街上。本来应该惊讶的事一点也不惊讶，似乎一切都毫无疑问。这样最好，没想到不言而喻，没想到这么默契。敏芬呢，本来出了门了又进来，告诉杜远方晚饭在外面吃，电影院旁的一家餐厅，吃完饭正好看电影。

似乎还是天经地义。

周末，敏芬下课稍晚，匆匆赶回家，叫了辆出租车在楼下等候。吃饭的时间不多，而且第一次在外面吃饭不能太匆忙，就把走出小区到街上打车这段时间省了，这样就可以吃饭吃得从容一些。但是敏芬进家一看，一下愣住了，杜远方把饭做好了。餐桌上杯盘整齐，怕凉，有的用盘子扣上了，尽管如此，某种香味还是溢了出来，满屋晚餐的气息。像有些电影镜头那样敏芬一下靠在过道墙上，有一种说不出的感觉，很崩溃。

杜远方在桌前看报，看见敏芬也没问候，继续看报。

就是这样的男人，她曾梦想的。

敏芬下楼，退掉了出租车，上来洗了手，换了件高领米色羊绒衫，淡淡施了些粉，唇膏，将头发梳了又梳，大波浪梳到松弛型，恰到好处。

饭菜已热好，豌豆虾仁，煎平鱼，牛排，蒜炒香芹，紫菜汤，四菜一汤。除了虾仁，其他都是冰箱里没有的。显然杜远方去过菜市场。这且不说，关键是菜品做得十分讲究，中西结合，色香嫩焦均匀，别说吃，看着就喜欢、赞叹。

但是敏芬感谢话没说，倒是表示了疑问。

"不是说好，在外面吃吗？怎么做起饭来了？"

"我没事，干吗到外面吃？又费钱又不好。"

关于童话般的晚餐他们就这么说了两句。

"不喝点红酒吗？"敏芬说着起身去拿。

"哦，不，"杜远方说，"我要开车，不能陪你了。"

敏芬已拿了两只杯子，准备开红酒，停下了。

"你开车？"

"是。"

敏芬还是没反应过来。但是没再问，把酒放在一边。杜远方接过酒，"你喝吧"，继续开瓶，开好后拿过敏芬杯子，给敏芬倒上，自己开始吃饭。

"为什么不喜欢在外面吃饭？"敏芬问。

"我不是说过，又费钱又不好。"

"就是这个原因吗？"

"也想露一手。感觉还行吗？"

"非常不错，真想不到，以后，干脆你做饭得了。"

"好大口气。"杜远方稍重放下筷子。

"你又没事，饭做得又这么好吃。"敏芬毫不退缩。

杜远方严肃地看着敏芬，停止了吃饭。杜远方一认真，敏芬的脸开始有些涨红。敏芬忽然发现自己陷入一种自己未意识到的情景，仿佛两人已同居多年，仿佛现在是过去的一种重复。杜远方没说什么，继续夹菜。这人就是这么的从容，明明这会儿该说些什么，比如开个玩笑什么的，或者也呼应一下此时难以言说的感觉，但是不，忽然停止了，好像什么都不存在。

这是敏芬不适应杜远方的地方，同时也是让敏芬叹息的地方。敏芬觉得自己还是太易感了，不过也不能怪自己，晚餐做好的情景让她意外，自己一直延续着最初进门的感觉，有点脱不开。她这样想着，自己啜着酒，半天无话。她想，他给她以意外，他又好像无动于衷，这种控制力太强了。可恶，但敏芬还是喜欢。唉，太息，也不知太息什么。

"学校还好吗?"杜远方问。

敏芬当然明白什么意思，杜远方在问黄子夫。

"挺好的，没什么事，谢谢。"

敏芬撒了谎，以酒示谢，呷了一小口，没谈前些时候还在黄子夫的车里发生了纠缠，此时不愿想到这个人。好感觉来之不易，抓住它，为什么不?

"我们还是打车去吧，你喝一点酒。"敏芬提议。

"时间不多了。真要喝吗?"

"我早点回来就好了。"

"好吧，我少喝点。"

"算了，我要坐你的车。"

在酒与车之间敏芬最后还是选择了车。

吃过饭，敏芬收拾餐桌，准备洗碗，被杜远方拦住。

"你已经打扮好，不要沾手了。"

确实，敏芬看看自己，不太适合，又把餐桌交给了杜远方，自己去挑出门的衣裳、鞋，试不同的外套，短的，长的，围巾，胸花，饰物。又扑了点粉，描眉、唇线、睫毛，想象自己上车的情景，从车里走出来的情景，一切还未经历，都已历历在目。她熟悉车，熟悉黄子夫的车，但现在是多么不同。不知道杜远方开的什么车，车在哪儿呢？最后选中的是一件淡绿修长薄呢外套，修长靴子，跟很高，镜前亭亭玉立，转身，高贵而曼妙，满意。

杜远方没什么变化，稳定的西装，灰色长外套，戴了一顶呢制老年人戴的毡帽，要是拿一条手杖更有派头，但杜远方从不拿手杖。两个人第一次一起出门。锁门，下楼，杜远方也没有像绅士那样挎出右臂让敏芬挽着，但敏芬还是领略了逼仄楼梯上杜远方雄伟的男性身体，自己跳舞的身材还从未有过这种质量很大的男性舞伴。敏芬看见了那辆车，当时有点晕了，后来才明白这辆车。奥迪 A6L，新款，显然下午洗过，锃明瓦亮，十分耀眼。全景天窗，BOSE 音响，声音低沉、细腻，分辨率犹如天空最清澈时，也如车精致的环境。带按摩的真皮靠椅后背有电流隐隐地稳定地通过，中央操控台繁复如宇宙飞船的操控室，MMI ©手写输入屏……敏芬想如果黄子夫开这样的车她会不会感觉好一点……没想完这个问题就被即刻否了，因为更清晰的意象是黄子夫那样的小个子开这种宽体车无疑是猴骑骆驼，动物在开车，是动物世界的玩笑。这样豪华的车也只有杜远方开。不过也因为如此——或者也因为来自车的低调的压力，敏芬反而觉得与杜远方有些疏远了。这车不亲和，也不浪漫，不温馨，太男人了。

"你不经常开车？"敏芬问。

"很少。"杜远方答。

他们有一句没一句说着，敏芬因为紧张、陌生，不怎么说话，杜远方也不说，而且也不想办法缓解一下敏芬面对这种德系车的紧张陌生的情绪。杜远方应该不会不察觉，但就是沉默，平视前方。或许这也是他的习惯性，不完全是男人气。当然，还有别的东西，是敏芬不喜欢的。

"你开车到的我这里？"敏芬终于问。

十五

冬天，街灯亮得早，商店灯火通明。海就在附近，在港口区明显感到海的存在，这点甚至从建筑的样式上也多少体现出来。一些白色的大厦有救生圈与鸥鸟的标志，而船形建筑同样有着北方喜欢的海魂衫样的旗帜。酒吧与大厦共存，绿地、雕塑与环境设计都在努力显出全球化的性质。全球化是我们叫得最响的一个词，把中国世界化不知是一种怎样的梦想，即使一个小地方只要一改造便按照全球化的标准做，绝不考虑个性化，似乎将中国变成世界就省得出国了。这是一种潜在的文化基因，似乎古代发达的中国就是这样，觉得自己从来就是世界，世界有的中国都该有。

东方海悦城无疑是地标性建筑，这是一个大型购物娱乐一体设施，一层是珠宝、化妆品、名表、金银首饰，二、三层名品时装，手包，

三、四层餐饮，五、六层影院、游戏厅、戏水乐园。有观光直梯和滚梯连接各层，滚梯从一层可直达六层豪华影院。落成后敏芬和女儿来过几次。敏芬原想从一层滚梯上去，站在上升的滚梯领略各层开放式门店，感觉一种相互的展示，不仅看别处，也时时看自己和杜远方，相信会有许多眼睛看他们这一对，某种意义上他们代表了这儿的品质。但是没想到超豪华的奥迪停在了地下二层，有点遗憾，这儿没有开放的滚梯，只能坐观光直梯上来，虽然感觉也不错，但局面小了很多。说实话敏芬希望有熟人看见，杜远方的风度，以及这风度所蕴含的不言自明的身份让敏芬有种特别的虚荣感觉，要是谁看见传到黄子夫耳朵里，黄子夫再放肆说不定就得掂量掂量。别的老师肯定也收到电影票了，还有学生、学生家长，现在是热映，说不定就碰到谁。在这个不算大的海滨城市，电影院差不多就是主要的社交场所。电梯上升时敏芬不时用余光打量一下杜远方，也看到别人的目光，感到从未有过的骄傲与满足。敏芬人生这种时刻并不多，如同露天舞场教跳舞有过一次特别的舞感也非常不容易。女人，你的另一个名字叫物质，这样的商城主要也是为女人建造的。

从观光电梯出来，地面光滑，光可鉴人，杜远方忽然停住，看着敏芬。敏芬不知道发生了什么，正在疑惑，杜远方伸出右臂，略微弯曲一下。敏芬的脸顿时红了，但是迅速地毫不犹豫地挎上去。的确，这里和普通民居不同，这是公共社交场所，杜远方这方面意识很强。他们的风度引来了目光，虽然有点让人看不太懂但没人不认为两人般配而又异样。六层影院前也有年轻情侣挎一起的，但要么过于亲昵，要么松松垮垮，与豪华物质公共的影院不相配。当然敏芬和杜远方似又过于古典，绅士风度有点过分。而且，他们既非夫妇，也非情人，看不出什么关系，也可能什么关系都是，总之对熟人而言他们至少是太突兀了。但不管怎么说他们令今晚影院门口的景象有了一种不同，而且当敏芬发觉杜远方有点不自然时，便稍稍靠近了他，增加了亲昵度。杜远方还是高视阔步，只是把毡帽压得更低了点。一般说来不应该这样，因为这样一来有点介于侦探、黑社会与绅士之间的味道，当然从《达·芬奇密码》的电影角度来看倒也恰如其分。

　　敏芬一眼就看见了好友蓝莉莉，蓝莉莉教毕业班英语，正是敏芬最想见到的人，结果真的见到了，让敏芬有点小小的激动。要是黄子夫看到就更好了，无须传话，也无须多说了，他再敢胡作非为，哼，瞧着吧，她现在有人了，不是一般人。蓝莉莉算是同事中的闺密，无话不说。在这所海滨城市小学敏芬真欣赏的人不多，蓝莉莉是一个，差不多是唯一的。像敏芬一样，蓝莉莉也有点小傲气，人长得不漂亮，但是很快乐，头发弄得很短，有点时尚型的假小子模样。在许多情调与口味上与敏芬很接近，心却比敏芬宽，因此蓝莉莉对敏芬的欣赏有种长者的风度。实际上蓝莉莉比敏芬还小五六岁，今年不过三十六七岁，和敏芬不同的是蓝莉莉还有点年轻人的味道。

　　蓝莉莉坐在电影院前面两排，敏芬发现她时她站起来向后瞭望找人，一下看见了敏芬。两人热烈而激动地打招呼，敏芬也激动地站起来，摆手，隔着两排人几乎要拥抱似的。蓝莉莉大声问敏芬是不是就自己，敏芬刚要介绍身旁的杜远方，却一时语塞，不知怎么介绍。蓝莉莉反应很快，马上摆手，向敏芬挤挤眼睛，意思不用介绍，完全明白。蓝莉莉的先生也站起来，同敏芬打了招呼。敏芬见过蓝莉莉的先生，还一起吃过饭，算熟人了。杜远方始终一动不动，甚至把帽子压得更低，这使他看上去越发有一种固执的神秘味道。不管是不是黑社会或警方，哪怕给人这种印象甚至也是敏芬乐意的。

　　坐下之后，敏芬向杜远方介绍了蓝莉莉，说蓝莉莉是自己最要好的朋友，不等说完杜远方打断了敏芬，问敏芬她的朋友是否也知道他住她那里，敏芬说知道一点，但不是很具体。杜远方看着敏芬，肯定地点了点头：如果哪天蓝莉莉再问起他，她最好告诉蓝莉莉他已离开。敏芬刚要问为什么，但似乎又马上理解地点点头。这时蓝莉莉短信发了过来。蓝莉莉问敏芬，她身边的人是不是就是她说过的"房客"？肯定是！都出来一起看电影了！不等敏芬回，短信又发过来了。"你说的不错，"蓝莉莉短信说，"这人气场很大，很神秘，我都不敢多看一眼，好酷，有点古怪！""你以前说的一点不错，有这人你不用怕黄子夫了，祝贺美梦成真，回头跟你算账！"蓝莉莉快人快语，敏芬跟不上。

电影开演了，将手机改为震动。《达·芬奇密码》所有元素敏芬都喜欢，巴黎、卢浮宫、教堂、达·芬奇、神父，再加上身边的戴毡帽的杜远方，敏芬戏里戏外有点难分，低声告诉杜远方，蓝莉莉短信说你很酷很神秘，可以上电影。后一句是敏芬加的。敏芬明显受到电影影响，感觉杜远方出现在这部神秘的电影里也毫不逊色。杜远方没说什么，看着银幕，仿佛没听见一样，敏芬正觉得有些没趣，杜远方把手放在了她的手上，似乎告诉她他听见了。

敏芬虽然接受这个突然的动作，但还是有点手颤。也有点佩服这个男人敢作敢为，心里有什么东西"咔嗒"响了一下，虽然太快了点，身体内部还是挺激动的。但是接下来的事就让敏芬颇为吃惊了，简直心惊肉跳，杜远方的手爱抚了一会儿敏芬的手，仿佛一种交谈，一种协议，过了一会儿没任何迟疑直接把敏芬的手自然而然地放到他的小腹上！这时也正是电影画面最吓人的时候，影片中那个浑身发蓝的宗教狂正在发狂地自虐，身上布满蓝色伤口，非常可怕。如果敏芬不是过来人，如果不是谙熟某种风情，不是……恐怕一下就会缩回手。但是敏芬没有，始终没有。她已触到那物，非常惊人，与他的身体相称。但敏芬并不高兴，不喜欢这种方式，不可思议为何如此直接。敏芬决定抽回手，但抽不出，一下被紧紧握住。敏芬侧过头对杜远方表示：放开。

敏芬抽回了手。他们继续看电影。好像什么也没发生。如果事情发生在私密空间，比如从这儿离开后，一切顺理成章，没问题。为什么在公共场所？为什么要这样？敏芬陷入了混乱，辨不清杜远方是怎么回事。但有一点是清楚的，那就是杜远方超出了她的感觉和想象。这之前敏芬是有许多潜在的浪漫性质的想象的，在乎一些小小的感觉：比如别人的目光，一个小小的亲昵，甚至他突然伸出右臂让她挎着，他侧过头跟她交谈，包括很近的鼻息，及至两手相握，直到终场，这一切都可以，都是多么浪漫；然后，俩人一起乘小车，一起离开大厦，到夜幕的街上，如果在路上碰上蓝莉莉一家，甚至可以将他们三口捎回家。或者不，哪怕只是提议，谢绝，也是一种想象中的温馨情景。还有，散场时，蓝莉莉无疑会再次和她打招呼，她会微笑，招一招手，丢个眼风……这些花哨东西有意无意或明或暗在敏芬的脑子里飘来荡去，与电影重叠。但是现在这一切都化为了乌有，她还没跟他到这个份儿上！

电影快完了，杜远方再次握住敏芬的手，似乎完全不在乎那会儿敏芬的凛然。其实之后敏芬也为自己的凛然感到紧张，她太不客气了，等于翻脸了，其中还包含了蔑视。因此这会儿杜远方大度地相握，敏芬自然不会拒绝，甚至为杜远方的大度感动。杜远方毕竟是杜远方，他就是这么宽敞大气。在散场的人群中他们又挎起来，完全和解了，好像从来什么也没发生过。果真，跟想象的一模一样，敏芬在路边上看见了蓝莉莉，也像预想中的一样敏芬愉快地让杜远方停了车，邀请，谢绝，眼风，内心的愉悦，一点不差。

他们没直接回家，沿滨海公路到了一家夜店。敏芬再次喝了酒，杜远方喝饮料，要了一些夜宵，感觉真是个好周末，好像回到年轻时。电影的余绪还在，他们谈电影的女主角，谈神秘的家族，圣杯，敏芬不知道圣杯和那个神秘家族是否真的存在。杜远方也不知道，没概念。但是杜远方知道几年前卢浮宫《蒙娜丽莎》的失窃案，杜远方不提敏芬完全忘了。

"找回来后画比原来小了一圈，很可惜。"

"为什么？"

"画是用刀子割走的。"

"哦，真可恶！"敏芬特别喜欢《蒙娜丽莎》，觉得特可惜。

烛光夜店，音乐很性感，他们拥得很近，跳了两个曲子。感觉颇好，某种内部的感觉完全回来了。加上酒意，敏芬再次从心理上并且预先在身体上接受了杜远方。现在她想他的下边，一切都将不言而喻，一切都已用身体的语言谈好。他们接吻，长时间，旋转，离开，回家后沐浴。杜远方先洗，接着是敏芬。出浴的人儿，当然是被迎接者。

但是等到敏芬沐浴出来，却没见到应该穿着宽敞紫色睡衣的杜远方，厅里无人，电视前的沙发上也没。敏芬到了自己的房间，也没有。

杜远方显然在他自己房间，且关上了门。

杜远方再次让敏芬意外。

她要不要敲杜远方的门？绝对不能。

她等了一会儿，没任何动静，显然已关灯睡觉。

落空，悬空，悬置，敏芬完全不解，夜深人静，泪流满面。

杜远方，你是什么人？海滨，酒吧的身体语言异常清晰，跳舞时种种暗示是多么清晰，那种触碰已完全默契，以致他们立刻决定回来。还有，电影院惊心的情景历历在目，那是再清楚不过的了。一切还用说吗？她感觉到了身体内部的暖流。底裤有点糟糕，说真的，没做防备，要知道至少准备个护垫。敏芬记得洗澡时看着自己的底裤直摇头，脸如火烧。那时热水经过身体，感到暖流，以致难以自持。不，她不再想别的，她只想他的身体。她快速洗完，如同就要做新娘似的心怦怦跳。现在她不解。回味。迷离。不知何时睡去，后来听到敲门声。开始以为是梦，梦中梦，但立刻清醒，确认是杜远方。

她一直没有锁门，他幽灵一样地出现是她最后希望，果然……他打开了她的门。他们相互定睛看了一会儿，他俯身吻她，她再次泪流满面，搂住他。

他告诉她，他刚才身体感觉不太好，吃了点儿药，现在没事了。

她立刻理解了，关切地问："真的没事儿?"

他点点头，轻而易举将她抱起。他确实没事了，她感到他的力量。他们长吻，阵阵暖流，不能自已，那一刻是多么的充实，梦想的充实。缓慢的杜远方亦有些惊讶，没想到中年的敏芬这么润泽，且无色无味，是他品尝过的极少的又纯净又醇厚的液体。虽然敏芬身材曼妙无比，但从憔悴的有雀斑的脸来看下面应是接近干涸的，或者至少也比较稀薄，味道应该不太好。杜远方不仅是品酒专家，也是喜欢品尝女人的人。不是抽象意义地品，就是实实在在地品，无论何种年龄的女人——年轻的或比敏芬还大的女人——他品尝过的自己都记不清了。通常他就是舌尖勾起一点点，然后扩散到舌的后部，完全像品酒一样。他从不一口喝掉，那样还算什么品酒？当然也有极少数的例外——有些人就是为例外而生。敏芬就是例外中的例外，可能也是时间久了，他贪婪地吞食，吮吸，感到芬芳异常。但杜远方非常清楚，他所感到的纯净与醇厚绝不是因为他隔得太久。不是这样的，敏芬真的超出了他既往的经验，连同敏芬那感人的灿烂的奄奄一息幸福过度的呻吟。她恳求他，她受不了了，她的反应非常激烈，她说爱死他了，所有的一切都会给他，都属于他。这个四十二岁女人的倾注与投入也感动了专业的杜远方，他尽心尽力。

这方面杜远方很早就很少感动了，完全是技术派。一个技术派是不容易感动的，但他居然体会到了自己的感动。他爱她这个楚楚动人无限风情的女人，这个越来越饱满的女人，这个哀婉的女人，这个贪婪得如此动人的女人。

十六

当然，杜远方知道，敏芬如此风情万种地感人，相当原因来自于自己。他下了功夫，从未下过这么大的功夫，从未用这么多的时间调制一个女人。他不仅是品酒师也是调酒师，敏芬是他花了最多时间调制出的一款酒。时间对酒的意义与对女人是一样的，你倾注了最细致的时间你就会在女人的身体中甚至感受到自己，这是杜远方过去未发现的。以前他没有时间，太忙了，比市长还要忙；以前的女人多是快餐，完事就忘，甚至就算正餐也是快字当先，留不下什么记忆，有些记忆与记忆都混淆了。这次情况特殊，这次他有的是时间欣赏打磨一个女人，而且，是足够的几乎无限的时间。但如果是不久前，他还在他那布置得像宫殿似的总裁大办公室——不要说套间、卫生间，其他像按摩椅、水疗、磁疗、负离子发生器也一应俱全——敏芬会进入他的视野吗？那时敏芬的身段他或许会注意一下，不过风霜的脸会让他一晃而过，顶多让他产生一丝怜惜。怜惜是因为她的性感的身材，多半还要多看一眼。一般说来，敏芬给人的印象是令人叹惋的，怜惜的，有些女人似乎就是让人来叹惋的——叹惋时间的残酷，玫瑰之枯荣。当然玫瑰即使枯萎也有枯萎之美，而在某种特定情况下——如逃亡的情况下——这样一个不能"一见钟情"而又有无限残存味道的女人恰可以交给时间。恰好杜远方有的就是时间。在恰当的时间，遇恰当的女人，没有比这更恰当的了。

在敏芬这儿，杜远方专心致志，切断了与任何人的联系，除了极偶尔的来自李平的一点儿消息。特别是有了敏芬，明摆在这儿，不用着急，是迟早的事。倒是《周易》是第一位重要的，因为这事关未来。过去他只是挂名、附庸风雅，逃亡以来才对《周易》真正下了功夫。《周易》决定着他的运道，他的秘密都在这部书里。他一遍一遍地占卜、勘察记录自己的卦相、爻辞，在微型笔记本电脑上查找最权威的解释，进入数不清的有关《周易》的页面，包括许多类似的有的还是他挂名的网站。许多真正的专家、大学教授、学者都是他的朋友——他们也都乐意是他的朋友，当然现在不能联系，不能寻求答案，但他认真地看他们的文章。剩余的时间才是敏芬、阳台的花花草草、晨练、慢跑。有时他一边整理花草一边想敏芬的事，时间也就在此时慢慢地加入，如同时间对酒的慢慢作用。正是在消融敏芬脸上风霜的过程中，杜远方洞若观火地越来越感到一种东西，类似一种情的东西，如同酒曲，这是他不曾料到的。

事实上他并非通过《周易》得知敏芬的生日，来之前他就向李平打听了女主人的许多东西，其中包括敏芬的生日。那个晚上敏芬在厨房忙来忙去他就意识到那天是什么日子，显然生日起了作用。面对那么丰盛的海鲜大餐一般说来他应该问问为什么，但是他没有，他比平时还要沉默。如果没什么想法他倒可能问一下，送个什么礼物之类。他看到敏芬几次欲言又止的样子，觉得实在是有趣得紧。敏芬显然还做了美容，施了比较重的妆，掩去了风霜，肤色光洁明亮，雀斑与鱼尾纹均消失了，加上妙不可言的身材优势，确实动人，美轮美奂。虽然眼睛不是年轻人的眼睛，但眼角风霜的痕迹也是一种特别独属于敏芬的凛然，自有一种格外的动人之处。总之那天敏芬殊异地美，而且，因为有充分的时间琢磨，越发有种时间的力量。这时间也包含了他，因为时间从来是双方面的，敏芬的改变也是他的改变。

不过在侍弄冬日阳台上花草的时候，杜远方后来更经常回忆起的是敏芬的第二次生日——那个编造的生日。这次敏芬虽然退了妆，却也有一种植物般的纯朴，一种真实之上的动人。总而言之由于时间的介入，不管怎么样，杜远方已适应了敏芬的一切。在这个意义上与其说他在酿制敏芬，不如说他也在酿制自己。是的，那天杜远方一下子就听出了敏芬的谎言，他从容地淡定地戳穿了她的谎言，他非常犀利。他看到她的惊异，她的脸红。但她的回答还算敏捷，她竟然说阴历还要过一次。他穷追不舍，也否定了阴历。她没有办法，只能退到问他是否愿意和她一起吃饭。男人就该有这种压倒一切的力量，这种力量几乎相当于一种压倒的性暗示，给女人印象会非常深——正如他曾碰过她的胸一样印象深。印象不一定非得好，但必须有力，这也是杜远方一贯为人的作风，对女人也适用。他看出敏芬对他已不设防，这当然是他故作高深的结果，因此现在他是多么有时间细细表现自己的一切。他看出她希望与他建立一种新型的或者说不设防的关系——那天的晚餐菜品并不丰盛，比平时不过是临时加了两个，算是生日的借口——她有话对他说。经过遁世的隐居生活，杜远方的内心变得十分敏锐、清晰，一切的反映如在镜中的反映。过去杜远方也有这种敏锐的特点，但是也没像现在镜子般的这么清晰，以前他简洁有力，现在则清晰透明，这是幽居或类似于囚禁的生活才会有的心镜。因为清晰杜远方甚至把握起自己来也异常的精准，富有表现力，与敏芬的谈话也真是一种享受。

"我的上司一直在打我的主意。"

"这很正常。"

"您觉得很正常?!"

"嗯，当然。"

君子兰经过喷水，在有阳光的冬日显得异常青翠，这是敏芬喜欢的花，有好几大盆，只要阳光好就可在上面喷水。喷壶的眼儿细密，喷出的水像雾一样，水中有彩虹。这不是浇水，却是另一种浇法，敏芬说过浇君子兰有两种浇法，一是浇根部，不能随便浇，须定期浇；一是浇叶子，只要阳光好，可以随时浇。杜远方记住了敏芬的话，他经常浇的就是君子兰叶子，也包括别的花的叶子。有时他觉得这些浇过花的叶子像敏芬牙齿一样清晰，有什么样的花就有什么样的人。杜远方还没见过君子兰开花，不过他认为见到叶子就足够了。叶子的质地更像敏芬，像敏芬的性格，像她的没有铅华的生活。

"对权力而言，所有人都是猎物。"

"没想到您这么犀利。"

"不是犀利，这个得认，剩下的才是逃生问题，和怎么逃?"

"您也是曾握有权力的人? 您的权力比一个小学校长要大得多吧?"

她进一步问他是否也是猎人，特别对女人，他制止了她。

他看着君子兰想："权力的猎物"的说法并不含批判色彩，包括对自己的批判，完全是出于事情本身。他长年位于权力的核心，久而久之习惯了认同权力的逻辑，权力的逻辑就是齿轮的逻辑，是必然的，既是必然别的就没什么可说的。长期以来他不再有任何站在权力之外的反思，通常所谓的冷血亦是长期握有权力的结果。他是冷血动物，这点他认可。他当然也知道这终究是一条不归路，但大家都这么走，而且尽头似乎还很远，甚至远到没有尽头，远到五十年一百年，所以不归也等于不存在。

当然，不排除某个人有尽头，无论如何存在着某种不确定性，不可把握性，但总的来说个人的尽头是偶然的。如果真的出现了偶然那也得认——这也是冷血的一部分，就如同敏芬也必须得认某种东西一样——这也是逻辑。没有人忏悔。怎么可能有忏悔呢？因此当敏芬问要不要去校长带套间的办公室，他毫不犹豫，他的回答是肯定的。

这个回答不全是他个人的回答，但他必须告诉她这个回答。

"去，当然得去。而且，你去过。"

他又打了一喷壶水，阳光明亮得不可思议。

他甚至进一步毁灭了她本来就脆弱的东西，既然"去过"就是"必然"，必然的还要去，已不存在应不应该。敏芬惊愕，却没发出声。他一针见血，绝无任何面纱，这就是他讲话的方式，一种男人的绝对性，或者霸气。他虽然已失去权力，但仍有着习惯的霸气，习惯的居高临下。他根本不在乎她是否失望，他就是要让她失望，彻底失望，绝对的失望。他不知道自己为什么比之过去更有一种对美好的东西恶狠狠的东西，是的，这是他过去没有的。如果他不美好他就是这样，是吗？他不仅冷血还有些逆反、变态？（某些暴力就源于此）

事实上他的话语就已经是某种暴力，他为这种暴力感到变态的快感，很新鲜的快感，他看到敏芬的眼睛闪耀着一种不寒而栗的东西，一种瑟瑟发抖，一种就要蒸发近于虚无的东西，一种鹿停下来的东西。之后就是他对她的绝对占领，这也应是必然的。然而出乎意外，敏芬和别人不同，也和自己不同，她的那种发抖的不寒而栗的东西慢慢平静下来之后没有蒸发，反而变成一种决绝的东西，一种另外的想不到的力量：她不再需要他的帮助。

她甚至不想再听他谈论自己，谈她关心的某种东西。超出必然就像打开从未打开过的窗，就像溢出……他喜欢这种揭竿而起的个性，他的所有接触过的女人都没有这种个性，除了李离；这种个性事实上正如女人的性感一样刺激强调逻辑的男人，或者不如说这就是性感的一部分，甚至性感的核心。他从来没尊敬过一个女人，现在他感到了某种尊敬。

"我可以唱一首歌吗？"

"您随便。"

他唱了一首美国黑人歌曲，一种祝福的歌，是 1949 年他孩提时听长辈唱过的一首歌，非常老的歌，低沉、亲切、舒缓。他的童年与青少年时期还是打下了一些老底子，事实上他知道什么是感人的。他至少有五十年没唱过这歌了，他看到被他的老男人的歌慢慢地融化的她的目光。

他祝她生日快乐。

一个好女人——他对自己说，他回到了房间。他在酿制她，那时他没觉到的是也在酿制自己。这是他慢慢才发现的，因为他发现他开始想她。这种想不是像往日的谋划，就是一种单纯的想，甚至不是肉体的想，而是一种陌生的无法说清的想。虽然他以一种自己认同的权力逻辑将她推向深渊，但反对这种逻辑仍让他感动。只是他并没认真思考这种感动，他身上的有些部分是他不能思考的，通常都是浅尝辄止，因为下面是盲区、不动的岩石。事实上浅浅的感动更多时候增强了他的征服欲与更深层的征服技巧、更准确的调动与把握。

他已经把所有的花都喷了三遍，其实完全不必这样浇的，但是杜远方已经习惯了。浇完花，有时杜远方会打开一扇窗子看看外面。什么也看不见，都被楼群挡着，但他喜欢这种遮挡，感到隐秘，在这样寻常的汪洋大海似的小区他更多想到的是没人能找到他。除非对面楼有人专门架了望远镜，但这怎么可能？不可能的。新鲜空气总是呼呼进来，多少带着海风，杜远方也很喜欢这种淡淡的发腥的味道，一种偏远的味道，远方的味道。阳台以至整个房间的空气被置换之后，通常他会回到房间继续深不可测的卦象的研究。但是今天他没有心思全用在卜卦上，他给自己倒上一杯茶，看茶气慢慢升起。

电影票有些意外，他动着那些小棍想，意外的不是敏芬的邀请，而是自己竟然没有拒绝。对他而言，他想，出现在公共场合是相当危险的，但那个瞬间他决定了，甚至决定了后面的所有的公开亮相。

一个人坚持了很长时间的一种东西，自以为非常牢固了，有时却会在瞬间推翻，走向自己的反面——这种情况在杜远方的一生中并非还没有过。杜远方就是这样一个人，不仅对别人出其不意，有时对自己也是出其不意。或许在接受看电影邀请之后至少应该卜上一卦，然而杜远方也竟然没有。那时他不知是一种什么东西主宰了他，让他奔赴禁区偷吃禁果。是，不错，有些东西一直被抑制着，有时就会有报复性的逆转，这方面虽然他过去有过一些体验，但像这么危险而又兴奋的僭越，自己还从没有。当然他也从没处过这样的险境。种种原因他甚至做了晚餐，做得异常细致，心里总有种抑制不住的东西，同时当然又是计上心来的东西。果然，一个做惯晚餐的女人，回到家，突然看到晚餐摆在桌上，那种崩溃感他看到了。说实话他也被触动，只是全没露痕迹。

他在光天化日同她走进了热闹非凡的电影院，尽管化了装，但仍然太危险了，他会在监控镜头中留下结结实实的身影：疑似的杜远方出现在了某个城市里，并且和一个女人。但是他对危险已经厌烦了。他让她感到了力量，他相信她的印象会极其深刻，在电影院她还以性格，他根本不在意，不可能真的反感她这种性格，这方面他的经验太丰富了。但是浴后却绝对不是出于心计，而是他的确有些疲劳，毕竟年岁不饶人。他回房间吃了片药。药肯定是有双重作用的，既保护了他的心脏又会让他体力充沛。至于敏芬，等会儿吧，一切都会化开。

他居然用小棍摆出了敏芬的名字，完全没意识到。他们同居了，像年轻人一样冲动、浪漫，却比年轻人老到得多，在接受电影邀请的瞬间就已映现出相拥而眠的情景，比年轻人丰富得多，炉火纯青。他那物与他的身体是相称的，令他自豪的，但是他进入得极其缓慢，他源源不断地进，充满了她，又似乎没有尽头。她从未有过如此涨满的满足，她爱死他了，爱透了，禁不住嘤嘤哭泣。而他细腻色情魔幻的吮以及充满她口腔的倒置更让她臣服，彻底地臣服，及至中流砥柱的再次穿透一劳永逸地钉死了她，她发誓：永远属于他。

他也同样相信她会死心塌地，对他这非常重要。

这不仅是交媾，也是政治。即使完事之后政治仍在起作用，他对她依然沉稳地温柔，呵护，舔她的泪水，真的是个泪人。

他需要她，但必须绝对安全。[①]

---

① 杜远方行刑前对我说，他的一生除了他的老伴，真正重要的女人只有两个，一个是他的前总会计师李离；另一个就是李敏芬。对他而言她们都不单纯是女人，"我不相信单纯的男女关系，"杜远方说，"对我这种人，女人必须和我最重要的东西联系在一起我才会爱她们，在床上也才特别带劲。我必须征服她们，彻底地让她们臣服。要让她们臣服首先是在床上，要让她们的包括眼泪在内所有的液体都出来，最后才是我的液体。把她们钉死，钉在床上，钉得她们希望你把她吃掉，她们才会彻底忠于

你，忠于你的最重要的东西。"

我问杜远方："是不是太功利了？连精液都充满了心计？这样有意思吗？"

"你还是太读书人了，"杜远方稍想了一下说，"我说的是书上没有的，书上没有的是更真实的东西，是谁都不敢往上写的东西。"

"我倒还真没这么想过，对我来说没什么不能的。"我说的是实话。

"我说的是实情，我跟你说因为功利我才真正爱她们。我这么跟你说，我有过单纯年轻漂亮包括妖冶的女孩，但是和她们总是非常快，很多时候和上个厕所差不多，这种液体最单纯。什么是尝尝鲜？为什么叫尝鲜？鲜不能当饭吃，尝过就过去了。"

"你确实非常可怕。"

"当然。"

杜远方涉案金额巨大，涉及面广，涉案人员几十个，当然包括居延泽，还包括居延泽的老板，省到处级官员达十几人，行刑后电视新闻媒体披露杜远方的办公室如同一个王宫，雕梁画栋，现代设施，由若干区域组成，办公、展示、接见、聚餐，是一个矩形大厅。除后宫般的内室看不到，其他各部分由金碧辉煌的格栅与廊柱分隔，中间开放，两侧分布着一些神秘空间的木门。正门入口，饰有斗拱飞檐，有类似宫女但又完全是现代笔挺裙装的office人员引领，先要通过展示区，接见区，然后才是办公区。展示区有杜远方与多任书记省长的合影，与中央首长的巨幅合影，与外国元首政要的合影。图片制作厚重、深邃，一如家族油画风格，颇见不俗的艺术品位，绝非一般企业家的浮夸炫耀。杜远方在图片中绝不像通常企业家那样谦卑诏笑，而是自然而然，同样笔挺的西装革履，风度翩翩，一如西方商界领袖的样子——杜远方肯定那种个人的风度。我知道杜远方不是装出来的，他曾对我说他从来没觉得自己低于政治人物，相反他只是让政治人物为自己站台。他与一些省长的合影的确常常显示出他倒像是省长，而省长像个通常的企业家或办公室主任。杜远方认为自己一点也不比政客少懂政治，一个企业的"国王"怎么可能不懂政治？他的内心傲气冲天，确有某种程度的王者的幻觉，当然不太严重，更多时恰到好处。

展示区的另一个内容，是一大面道家的背景墙，上面有古兰陵美酒的标识。另有书法，妙手丹青，文王演《周易》青铜雕像，景泰蓝高瓶，《韩熙载夜宴图》《清明上河图》。下面有三床古琴，定时有人操琴，琴音琅然，如在空山。深色装束的office小姐在古琴中穿越时空地走来走去，完全是现代文明。尽头办公区几乎由书册构成，书全部是精装，大开本，"二十四史"、《中国大百科全书》、《大不列颠百科全书》、《资治通鉴》、《论语》、《孟子》、《大学》、《中庸》、《诗经》、《尚书》、《礼记》、《周易》、《春秋》、《马恩列斯全集》、《毛泽东选集》、《圣经》、《大藏经》、《古兰经》。中心的大办公台和深红色高背座椅后面是一幅巨幅彩色水墨《兰陵图》，一如人民大会堂的《江山如此多娇》图。图中所绘是兰陵王集团全景，山水、亭台、楼阁、酒窖、小桥、扁舟、对饮，写意与写实熔为一炉，水墨与色彩兼得，如同鼎定江山无限辉煌的盛世。花园企业、全省利税大户、正厅、省委委员、人大代表、高朋满座、贵客盈门、头衔加冕、步向易学，凡此种种，已近个人的云端。

当然，杜远方最近这十年的辉煌发展并非没有瓶颈，比如兰陵王系列名酒产量已接近饱和，发展空间接近极限，若不顾质量继续增大产量就会出问题，而一旦出了问题像兰陵王这种并无真正的历史渊源、前身不过是普通的"九里香"酒厂很容易身败名裂，被打回原形。这种情况屡见不鲜，是许多名噪一时酒业公司都难逃的盛极而衰的命运。但杜远方就是杜远方，杜远方从古老《周易》中获得的神启——当时的媒体是这么说的，实际并无关系，不过是一种营销手段——使杜远方的三个看似不相关实际又是一盘棋的动作，让全省上下对神秘的杜远方刮目相看。杜远方的第一个动作应该说不算新鲜，不过是资本运作，股份制改造，完成了现代企业转型。当然转型过程故事很多，特别是与政界关系更是深不可测，也是政界与杜远方绑得更紧的原因。新鲜的是杜远方第二个动作，玩转银行，涉足房地产。这事知道的人不多，杜远方一直极其低调，杜远方出事后人们才大吃一惊：原来兰陵王集团是许多著名楼盘项目的幕后人，控股人，隐形的地产大鳄。偌大的兰陵王的资产与销售三分之一强竟是房地产。

虽然身兼隐形地产巨无霸，杜远方的第三个动作才是真正的商业奇才之举，使他作为北方"酒王"的声号名副其实。一般人无论如何还是在增产与新品种上下功夫，杜远方反其道而行之：减产。一方面，杜远方在全国加强了兰陵王专卖店，扩大营销渠道，加大广告宣传投放力度；另一方面提价限量，即提高价格减少或限制产量。这样一来就在市场产生了一个矛盾：提价限量后的兰陵王美酒系列比过去变得越发抢手，各地经销商的利润大增，却拿不到货，拿不足货。如此一来，兰陵王的价格一路上行，直追茅台，一度甚至超过了茅台。以致假酒跟风，真酒难见，得一瓶保真的兰陵王，人们往往视同得到宝物。收藏者的蜂拥而至，更是推高黑市价格，引起连锁反应。几年下来人们惊诧：兰陵王产量未增，而利润总额从三点九亿元猛增到十八点九亿元。七年间兰陵王累计提价十五次，其中五十三度兰陵王一号批发价从提价前的每瓶一百多元，提高到了四百多元，经销商的利润也从每瓶的二十多元提升到二百多元。这一招棋另一个妙处是：杜远方有了一种神奇的权力，他握着宝贝，想让谁发财就让谁发财，想让哪个经销商发大财就让哪个经销商发大财，上上下下，全国人都在找他，部长省长要酒的电话是家常便饭，就是北京的条子也时时飘下，特供特酿上达天庭，关系亨通，左右逢源，杜远方在风口浪尖上下左右通吃，纵横捭阖。即使已过退休年龄仍神采奕奕，没人相信他的年龄，权力使他像个中年人，上了《实力》杂志封面，完全是商界明星，领袖群伦。没人提及他退休之事，他成了一个企业神话，他的经营案例上了许多大学的MBA教材。

当然也有人在搞他，怎么可能没有呢？有人一直在搞他，觊觎他，搞的次数太多了每次都有惊无险无功而返，每次他都将对方打于无形。他政治资源丰厚且历久弥新，难以撼动。但他也知道，有些东西可能是迟早的，早早晚晚有那么一天。早早晚晚有一种不可控的东西降临他，他强不过这种东西——事实上没人能强得过。这方面只能尽人力信天命，杜远方对此十分清醒。正是这种清醒让他内心有一种非常凉的东西，冷飕飕的东西，这种东西像内心深处的黑洞，非常深邃，且有扩大趋势。但是他不怕，越到后来越不怕，以致杜远方对内心的恐惧性黑洞产生了迷恋。他要出事——或者非正常死亡，或者被突然带走。虽然某种意义上所有人都得维护那个黑洞，谅解那个黑洞，早就达成谅解——它那不属于个人，它非人力所控，它先天存在；不是你愿不愿它存在，想不想它存在，而是与生俱来。"这么说吧，就算你没为自己捞上一分钱，若认真查起来也足可以判你死刑。这就是一个企业的本质，这，就是这个黑洞，黑洞之一吧，你明白吗？"

我不明白，这种说法本身就像一个黑洞。我长年待在书斋，怎么会明白这种事？我觉得杜远方有点危言耸听，夸大事实，他在从本质上为自己辩护，好像他对自己的罪没有一点责任，也没有一点忏悔。不过话说回来，一个临刑之人还在为自己狡辩，到底什么东西在支撑着他？或许他过于相信我要写的书了？会因我的书而永存于世？他说他绕不开那个无所不在的黑洞，他必须同黑洞打交道，洁身自好根本不可能。"你必须跳进黑洞，与黑洞握手，与它拥抱，那时我觉得自己就是烈士。"他说："烈士，烈士你懂吗？'成千上万的人在我们的前头英勇地牺牲了'……很多年，我经常觉得自己就是烈士，你想，与黑洞拥抱怎么可能不是烈士？"

"当然，"杜远方说，"我知道他们轻易不会让我成为事实上的烈士，虽然我心里觉得已是。一般说来不会，极特殊的情况偶然的情况才会。但就算如此，我心里早有一种根本的东西已经消失。这个东西一旦消失什么就都变了，我越来越相信黑洞，习惯黑洞，成为黑洞的一部分。我甚至希望有一天出事，因为那样就可斗一斗了，看看我的力量到底有多大，如果我输了，那绝不是我一个人输，那就大家一块玩完。"

杜远方在阐述自己的内心时简直是一个双重的迷宫，即使借助光你看清了他全部外在的东西，他内在的炫目的东西越发让你看不清。我问杜远方为什么不能急流勇退，比如在他最安全最辉煌的时候？"退？没有退路！这个企业我经营了快三十年得有多大的罪？一退下来马上就会有人搞你，与其退下被人搞不如在台上被人搞，可以随时有力地反击。我反击过许多次，没人能在台上打倒我。"

"但是最终你还是被击倒了。"

"这是当然了，但我已创造了纪录，他们也付出极大的代价。"

"你说的代价是什么？"

"许多台上台下的人进来了，我拽着绳子，拉着他们。"

"你恨他们？"

"当然。"

"恨黑洞？"

"是。"

"可是黑洞给了你巨大好处，若不查出来你就是亿万身家，没他们你能有这么多钱？"

"没他们我可以是个圣人，要么应该拿得更多，更名副其实，我创造了多少财富？他们创造了什么？现在我和他们再也分不开，我就是他们，他们就是我，他们搞我就是搞他们自己，在这个意义上我期待着他们搞，我真的不怕，黑洞越来越大，越大装的人就越多。但企业发展又是真的，我没有对不起企业，我非常自豪！所以我什么也不怕……"

与杜远方对话是困难的，越到行刑前他的许多话越晦涩难解，仿佛预先已在死亡的彼岸说话。我后来不得不一遍又一遍地读《圆形废墟》，我没办法不读这个不太长的小说，有时我会读出声来：在第九或者第十个晚上，他不无痛苦地意识到，他不能指望那些被动听讲的学生，应当把希望寄托在那些偶尔据理力争、冒险唱反调的人身上。担忧终止得很突然，尽管不乏先兆。首先山头上一朵遥远的云飘然而至，轻得像只小鸟，后来又飘向了南方豹子的牙床般玫瑰红的天空，再往后是团团烟雾锈蚀了夜晚的金属，最后是野兽惊慌地四窜奔逃。因为许多世纪以前的事情重演了火神的废庙被火焚毁了，在这万鸟绝迹的清晨，魔法师看到向心的大火正在朝断垣蔓延。我大声读：有那么一会儿他想逃到水里躲避，但后来他明白，死亡是来给他结束晚年解脱劳苦的；他向一片片火焰走去，火焰并没有吞噬他的皮肉，而是抚爱地围住了他，既不灼也不热。他宽慰，他屈辱，他惶恐，他明白：他自己是一个幻影，一个别人梦中的产物。

十七

　　谭一爻研究了三天居延泽，调看了所有监控，特别认真看了方未未的白色理论。谭一爻认为巽太武断了，绝对不能说方未未是骗子，方未未已接近成功，并且在审讯理论上的确有突破。也许再坚持一下真的有突破，一旦突破将是重大突破，真是后生可畏。甚至白色理论可能在国际上引起轰动，只是巽让方未未功亏一篑，没机会在国际上做报告了。当然，巽的深厚质疑也有道理，国际审讯学派也会有相当的人站在巽的一边。这是一个新课题，要由他主持才行，可惜面对居延泽也许不适用。毫无疑问，居延泽确实是特殊材料制成的，谭一爻对巽说方未未的失败不能说就是真正的失败，不能因此完全否定白色理论，可惜自己重病在身，时间不多，不能主持白色理论的国际研讨。

　　这天晚上，没有月光，谭一爻第一次面对了居延泽。谭一爻做了充分准备，彼时深不可测的多层天顶灯已全部关闭，高旷的即使夜晚也呈现着白色的空间只有墙脚的地灯昏黄亮着。光从下面打上来，映着谭一爻与居延泽阴影重重的脸。两张脸都有一种一动不动的透视感，仿佛经灯光师处理过。从来没人在晚上找居延泽谈话，此时，居延泽的"表情"累了一天，刚摘下面具不一会儿没想到有人会进来。房门开启之际，先是廊灯亮了一下，接着桌上从没亮过的布艺台灯也亮了一下，然后随着来人坐下又都关上。所有的灯都由隔壁控制室控制，居延泽从来没有自己开过一盏灯，自然也没因他亮过一盏灯。显然，控制灯的人是为这个刚刚进来的人的，好像舞台追光灯跟着他。居延泽看到来人同样穿着医生的白大褂，但没戴白帽子，白手套，头发枯槁，橘黄的灯打在白大褂上和打在脸上的色彩不尽相同，脸更暗一些，倒是白大褂有些暖人。

尽管影影绰绰，光感迷离，居延泽仍觉得来人似曾相识，好像在什么地方见过。但是认真看了一会儿之后——特别是认真看了陷在阴影中的眼睛之后——又否定了认识的印象。居延泽的记忆力非常好，见过的人过目不忘。来人让居延泽想到一个人，这个人是某市一个检察长，死于一场蓄谋的车祸。想到那场车祸居延泽突然觉得两人相似的不是轮廓，不，哪儿也不像，事实上完全没有相似之处。但是是什么让他们有着一致性？死或死而复生？

你是谁？居延泽话到嘴边又咽回去。

他们相互看着，凝视久了居延泽看到来人的瞳孔同样也有着不正常的或者说更有点紊乱的暗褐色，类似巽的眼。这倒是真正的相似：同样没有一点光泽而且似乎更甚，即使有橘色的灯从侧下方照耀。在这个意义上这人似乎比巽更可怕，居延泽分析着，他有足够的时间，来人几乎不知时间为何物。此外这人太瘦了，仿佛在山洞待了许多年才出来的。

不，不是灯光的原因让居延泽想到山洞，就是瘦，他注意到阴影与非阴影一样瘦，除了骨头就是一张皮。

不能说话，只能用对视收集信息，用极有限的信息分析外面的形势——无论如何，居延泽还是关心外面的形势，也就是他的老板与查他的人较量的态势。此人的眼睛非同一般，但是否有些过分？什么原因？他们交不了差，请来了这个人？但不管这人是干什么的，有一点他已判断出：这人如果不是个病人就是个专门人员。他的判断在两方面都是对的。

居延泽耸了耸鼻子，弄出轻轻响声。居延泽是故意的，示意他闻到了某种药味，以此提醒来人他对可能的病人的轻视。就在这时，桌上的布艺台灯又亮了，不仅亮了而且光线越来越温暖、柔和，一定是后台在调光。来人骨感的脸上阴影完全消失了，稀疏的胡须与衰弱的头发一致，脸瘦得只有一条。还不如只有地灯，没有台灯，那样有立体感，还显得不那么瘦得吓人。突然，天花板上的多层灯一齐大亮，整个房间恍若白昼，眼前的俩眼睛如同标本上的眼睛。

"我叫谭一爻。"

"你真的是谭一爻？"

"我们见过面。"

"你怎么变成这样了？"

"我一直在化疗。"

"哦——"

居延泽心里动了一下，竟然没意识到自己开口说话。居延泽刚才想到了谭一爻，后来否定了，如同否定了那个检察长。现在居延泽想起来了，他们在一个场合见过，当时他和他还聊起过共同认识的一个人。居延泽知道谭一爻是司法界大名鼎鼎的人物，擅长审讯，就像台湾的李昌钰擅长侦查一样。知道谭一爻经常地被省里征调，许多卡死的难有进展的案子因为有了谭一爻，当事人开了口，案子告破。即使没见过此人居延泽也会知道他——更不用说见过，更不用说他们还是校友。居延泽曾想到最后或最关键时刻谭一爻可能出场。他不是怕他，是由于骄傲使他有时想到这个人。他甚至期待着谭一爻，看看这个大名鼎鼎的审讯专家到底有什么办法让人开口，现在果然来了。一直以来，居延泽都觉得审讯他的人太土，既不专业，也不上档次，无名鼠辈岂在他的眼里？而一些旁门左道更是让他不齿，不是谁都可以在审判席上和他讲话的，平时他习惯了高高在上，即使现在也受不了这小鱼小虾。ZAZ里也就是巽算得上是个人物，级别也算够了，但居延泽还是反感巽的那种乏味——有一种说不上来的反感，或者还有骨子里对巽的同行性质的蔑视，从大的方面说他们是同类，同类总是相轻。

化疗像一道闪电，撕开了深渊。

"你说的是真的假的？"

"什么真的假的？"

"化疗。"完全无情，进攻的，剑一样直指咽喉，鼻子。

谭一爻不回答。

"我得确认，"居延泽认真地凝视谭一爻，忽然又显得诚恳，没半点得意与任何的幸灾乐祸。甚至有种吁求——他有权吁求。"怎么知道不是假的？一种审讯战术？"又有了点挑衅味道。

"你已经开口，他们说你几个月一言不发，我今天也是这样准备的。我们先见个面，相互熟悉，不一定说话。"

"有医生证明吗？"

"他们把你交给了我，我多少知道你的情况，看了你的材料、视频、档案、记录，这些重要，但都没我们面对面重要。今天我不打算谈什么，就想看看你，很多东西我们来日方长。"

"我既然破了戒，就想多聊聊，可以把上面的灯关掉吗？"

谭一爻点点头天顶灯就关掉了，光线如同黄昏。

"台灯能不能也关上？"居延泽进一步要求。

话音未落台灯也差不多自动关上，只剩下地灯。

"我都给照了一天了，太累。这样好，我喜欢下面的光照着你，看着舒服，你的样子也好一点。我也是为你考虑，你受不了那么强的上面的光。你知道你的样子有多可怕，不是我怕你，是我看着太难受了。这么强的光，我觉得你都快'化'掉了，这算化疗吗？现在的样子很好，你这么看着我现在是不是也很好？以后能不能多给我一点夜晚？对你们来说夜晚很容易，关上灯就是。"

"没问题。"谭一爻在阴影中说。

"发现多久了？"

"三个月了。"

"化疗很耗人的，"居延泽体贴地说，"我记得那时见你，你也瘦，但不是现在这种瘦法，那时的瘦很有力量，是那种瘦人的很锐利的力量。一个瘦人要显得有力量很不容易，可一旦有力量就比胖人给人印象深刻。你是搞法律的，我觉得法律就该像你过去那样，有瘦的力量。当时，你给我的印象非常深，我很敬佩你。看到你我就觉得我要做一个好人，现在你同样打动我，可我很难受。"

居延泽的说话欲压抑了太久，话很多。

"谢谢，"谭一爻说，"我当时觉得你也前途无量。"

"别说这个，说这没意思。"

"我说的是真话。"

"是吗？"

"我见过许多领导秘书，你不一样。"

"我不一样？怎么不一样？"

"不太像奴才吧。"

"什么，你说我们是奴才？"

"生活秘书、拎包、开车门、缩着肩夹着包、随时冲到前面、旁边、后面、动作很快。"

"这是工作！"

"是，是工作。"

"你说我不同？"

"你也做这些，但做得不一样。"

"你说对了！我就是不同，我就是不仅仅做这些！"居延泽的话匣子一下被打开，大谈自己如何和别人不一样，为什么不一样，谈人的尊严、气质、服务意识，谈中国的门卫和外国的门卫有什么不同，谈巴黎威尼斯哥本哈根门童的气质，中国门童点头哈腰的奴才文化，谈着谈着发现谭一爻头上的汗水，突然停住了，凝神地看着谭一爻侧光中的额头。

"你在出汗！很疼吗？"

谭一爻点点头，汗往下淌，但是没擦。

侧光中的汗，无光的眼睛，依然有力量。

"抱歉，要不今天就到这儿？"居延泽说。

谭一爻站起来，"有什么要求就跟我说，今天我没准备。"

"什么准备？"

"杜冷丁，没带在身上，我想很快结束。"

谭一爻蹒跚走向门口，居延泽本能地搀住了谭一爻，谭一爻没有拒绝。

走到门口，门自动开了。

"谢谢。"谭一爻回头说。

居延泽停下，门关上。

谭一爻一出去即被兑的手搀住，艮也等在门口扶住了谭一爻，二人非常激动，为了居延泽开口，谭一爻如此赢弱。到了最近的一墙之隔的控制室，赶快去谭一爻的房间拿来了杜冷丁。兑、艮、巽都不会注射，否则就帮谭一爻操作了。谭一爻痛苦地取针，拿药瓶，砂轮在小药瓶上割了两下，砰的一声掰开，吸药，迅速而麻利地刺入皮肤。谭一爻甚至没马上把针拔出，而是长嘘了口气，绷紧的痛楚慢慢缓解，放松，慢慢地拔出了针头。

"以后我要学注射，我给您注射！"兑女性的声音特别可人。

"您还得吃药，治疗！"艮忧心地说，虽真挚也还是那么乏味。

"艮说的对，"巽说，"不能光打杜冷丁，还要化疗。"

"您太棒了，一下就让居延泽开口，您千万得保重，您不为自己为了我们也要保重，明天我就陪您去医院！"兑柔声细语又异常动情。

"这只是开始，"谭一爻说，"离交代问题、承认问题还差得很远，说实话这家伙本质不坏，我对他非常有兴趣，为了他我也会听你们的。我要争取点时间，我得谢谢你老巽，没有比你更了解我的人了。"

"我后悔一直没下决心让你来。"

"早来也不一定有这个效果，我摘了桃子。"

"没有您，这桃子摘不下来。"兑说，听那声音简直像是要亲谭一爻。

"我现在就给医院打电话，"巽拿出电话，"让他们明天安排你的治疗。喂，王院长？我是巽，省 ZAZ 的巽。"巽的口吻历来这样，比公安的口吻低调却也更不容置疑。是的，谁不怕 ZAZ 呢，很快院方就打来电话，一切都已安排好，治疗工作两不误，会用最好的药，最好的医生，请省里放心，我们一定会多争取时间。

"太好了，明天我陪您去。"兑一边拍手一边说，表现出足够的温柔，甚至有点诱惑的味道，不过还好，比起公司的女人远不算过分。

巽送谭一爻到办公室兼卧室，这里与居延泽的房子结构完全相同，虽然很高，但能清晰地看到天花板，两盏小灯在上面亮着，还是原建筑留下的小灯。可以看清楚水泥屋顶，没装泡沫板，整体上许多地方还保持着过去厂房的样子，锯齿弧形的大斜面窗分成了两层，均呈卧倒的长方形，窗上装了铁条——显然这是后装的。早年车间的"规章制度"还挂在墙上，虽然字迹清晰但词语显得很过时，完全是另一个时代的语言。墙上还是贴了不少泡沫板，大块的几何形，颇有艺术感，与三十一区的气氛是吻合的，甚至从某种意义上说，这里更前卫、更抽象、更冷，巽是个天生的后现代艺术家，他是这里最早的开拓者，虽然他自己完全不自知。下面有沙发、床、地毯、电视柜、写字台，这是一个未完成的房间，一半是监狱，一半是客房性质的办公室。

两位心心相印的老友谈了会儿病痛，很私人的话题。谭一爻认为巽也应及早做个检查，邀巽明天一同去医院，巽没答应。

"你眼睛的颜色也很不好，真的，老兄。"

"跟你差不多了吧？"

"早点做个检查，别像我，晚得一塌糊涂。"

"早有啥用，无所谓。"

巽一贯的严肃刻板，甚至枯燥，很少流露出忧郁味道，也只有在谭一爻面前才有一点淡淡的流露。他们相识二十年了，许多话也只有他们两人之间才能说。有几次巽想把谭一爻从大学里挖出来，调到省直机关，他们搭伴能办一些想办的事，但这方面谭一爻比巽认识得似乎还要深刻，在谭一爻看来就算他们在一起成为正副手，也解决不了本质的问题，也只能是选择性办案。"你还想怎么样？想不到你在机关比我在大学还乌托邦，我们又何必在一起？增添不了什么力量，可能反而还麻烦，不如就这么临时搭档办力所能及的，恰好也为我的学术研究提供些例子。"巽承认谭一爻说得对，后来再也没动员谭一爻。

谭一爻有学术研究，巽有什么？巽好像从不想这类问题。

"很奇怪，我是不是应该在你前面？"巽说。

"你好像很得意这点？"谭一爻哼了一声。

"那可不是。"巽笑。

"我有居延泽，你将来有谁？"谭一爻。

"感谢我吧。"巽认真地说。

"拜托你了。"谭一爻说。

"拜托什么？"巽有点不解。

"别忘我说过的话。"

"噢，"巽想起谭一爻对后事奇怪的交代，"你怎么信起佛了？"

"那算信吗？"

"这点我还真没想。"

"佩服吗？"

"不。"

两人陷入沉默。寂静。

沉默在两人中间经常存在，沉默是他们关系的一部分。当他们用沉默交流的时候，往往是他们内心最深刻的时候，甚至也是最享受的时候。

十八

"如果一切都是表演，出汗也能表演吗？"居延泽想。

痛苦当然可以，但出汗能表演居延泽没听说过，也许电影特技或是江湖术士有可能，但问题是法学教授会像江湖术士吗？居延泽凝视着白色泡沫板想。或许搞审讯研究的人有特殊性？居延泽想，哪怕是百分之一的可能也要想到。如果是假的，是表演，应该说也是无懈可击，没有任何破绽，太逼真了，从里到外的那么逼真。如果是真的——这点不用考虑。主要考察是不是假的。

居延泽没有任何参照，没有电脑，没有可供查询的东西，四壁都是禁止思考的白色泡沫板。要是有电脑就可以查查他谭一爻，过去他一个人就有五六个笔记本电脑，办公室里，车里，家里，女友处，都是最新款。他总挂在网上，电脑是他的另一个脑。一个人能慢慢地把自己的汗

164

逼出来？那得是多深的功夫？可是他根本没看到他用力，相反，他差不多是凝固的。如果不错，一切都与死有关，从他走进来那一刻，就好像是打死亡那儿走来。

当然，这仍可能是"审讯专家"的表演。

关于死，居延泽想得太多了。但从没认真地想，因为不敢认真，不愿认真。它存在着，非常现实，巽审他的那番话有作用，有如雷霆，也非常恶毒。正是恶毒反倒激起了他一种力量：死怕什么，他可以视死如归，他走上这条路就不怕什么。他从本质上蔑视巽，蔑视所有整他的人、他的对手。"一切到我这儿为止，他们什么也别想知道。"这种情绪支撑着他，死——总是在这种情绪下或者说在这种情绪的包装中悬置起来。而且，不仅如此，有时他开始反着算——他觉得自己并不亏，以他的数额可以死两回，甚至三回，他够了。就算他们没都查出来他也够了。另外，老板肯定不会坐视，想到这儿死也总是一下飘远。然而，他也闻到了某种上面的意味，这又让他黯然。每想到那种意味就有一种釜底抽薪的感觉，死又临近了。死像蚊子一样飞来飞去。

这时，另一个死出现了。完全没想到的死。

死开门走了进来——他必须确认它的真实性。

必须。必须。不能有一点假。这对他至关重要。他甚至感到死的亲切，这人就像从对岸走来，他有伴儿了。他不敢相信，但他愿意相信，他多么愿意相信——事实上他已经相信了——他搀扶着他到了门口，那种搀扶让他感到多么的温暖。所以必须确认他不是表演。

他急于再见到他，再观察他。可是谭一爻再没露面，第二天没有，第三天也没有，第四天，第五天，一个星期，他度日如年，谭一爻简直像是一个梦，谭一爻真的出现过？终日的白色泡沫板早已让他失去现实感，人有期待就觉得时间过得特别慢，加之更不易忍受的白色，居延泽茶饭无心迅速瘦下去。他不知道在谭一爻身上究竟发生了什么，难道病情突然恶化了？又进了医院？他问送餐的，打扫卫生的，例行检查的安保人，问所有的工作人员。他过去缄默，现在所有他见到的人比他还要缄默。似乎真的发生了什么，有种无声的悲痛气息。

当居延泽已不抱希望，内心再一次地"死"了时，谭一爻出现了。瞬间居延泽心里的一块石头落了地，激动得有些失态，但以他的机警刹那又恢复了平静。人常常就是这样：有多寂寞，就有多敏感，有多激动，就有多警觉，从思念到怀疑不过眨眼工夫。当然，居延泽的怀疑也不是没道理，因为谭一爻变化很大，几乎不是那天晚上见到的死亡敲门般的谭一爻。

谭一爻虽然还是那么瘦，眼睛还是那么黯淡无光，但仪容整洁，并且西装笔挺，干干净净，已看不到任何死亡的影子。除了眼睛。而同笔挺的西装比起来，他的眼睛似乎历来如此，和癌症无关，和什么都无关。

此外不再穿白大褂，完全是个教授。一位只有一个学生的教授。

"你变化很大呀。"居延泽冷淡地说。

"是吗？"谭一爻打开黑色精致的皮包，拿出一台超薄笔记本电脑，慢慢地按键，打开，对着笔记本电脑而不是居延泽说，"时间过得很快，最近集中做了一次治疗，本来已经放弃了，因为你，我接受了建议。"

"你的绝症好了？"居延泽阴阳怪气地问，毫不掩饰某种东西。一般说来这样的罪犯让人无法容忍，而且极其少见。

"你不希望我好了？"谭一爻打开文档，写上日期。

"不希望。"居延泽直截了当，"也不是不希望，"居延泽似乎觉得还是应该解释一下，缓和了一下口气，"你要是真的好不了，和我希望不希望没什么关系，这个问题有点弱智。抱歉我这么说，这事关我的

166

命，你可是来要我命的。"

谭一爻基本不抬头，像个记录员，不像审讯者。

"不过你具备了一点资格，"居延泽说，"我开了口，这些日子我的嘴像贴了不干胶，其实我也不是绝对的不想说，也是在找适当的人开口。可是这样的人一个都没有，每个审我的人跟小鬼儿似的上来就想举着刀一下把我宰了，也不想想他们是什么东西。他们连人都算不上，你得先是人，然后才是罪犯，才能审犯。我知道我有罪，我的罪也不是他们想犯就能犯得了的，更不是他们想过问就能过问的，他们就是一帮虫子。他们只有巽还是个角色，不过这人是个太乏味的人，他以为他有多大权力，有多正义，要不是上面斗法他能弄我？他死活就不明白这点，扛着炸药就上，他以为一下能炸死我，他炸别人成，也不想想炸的人是谁！你看着吧，巽将来比你死得还惨，他会死得很难看，很无聊。"

这家伙有点太狂了，超出谭一爻的想象。一股豪气顶在谭一爻喉头上，但是谭一爻忍住了。理智与专业告诉他，就是要让他多说，不管他说什么。他说的越多他的能量就会越减少，对他的掌控就越精准。当然了，这家伙太特殊了，某种难以描述的东西也让谭一爻感到居延泽超出了他的专业范围。这之外的东西也是他个人的命门所在，是他的灰色的东西。他当然不会让居延泽看出他有怎样的模糊的激烈思考，或克制着的情绪。

"这几天，"居延泽说，"我还挺想你的，我已经跟你说了多少话？对你真的够不错的了吧？他们别人甭想！他们没有资格。这说明我总的来说是相信你的，并不完全是怀疑。实际上我对你的绝症只有一点点怀疑，连一个小手指头都不到。我相信你有病，你的眼睛有点说明问题，傻瓜也看得出来，的确很像是绝症。但到底是不是？是不是你利用了你的眼睛？像你这种高手一点点怀疑都可能是全部，我不能排除这一点点。我必须要百分之百的真实，一点怀疑的余地都没有，这对我很重要，是我们谈话的基础。"

"也是审讯的基础，对吗？"谭一爻说。

"对，你可以这么说。"

审讯是事实，谭一爻再冷酷居延泽也无法不接受这个词。

但还是不舒服，停住了刚才的滔滔不绝。

高明的审讯就是适时地打断这种滔滔不绝，并且无懈可击。

"那么，我也问你一句，你对死怎么看？相信吗？"

"我若不信，还跟你这么较真儿干什么？"居延泽已没有刚才的气势，突然变得很真诚，很性情。嚣张的人会有性情的一面。

"在死的面前，我们平等了，是吗？"

"是，所以，我必须确认。"

"好吧，"谭一爻认真地点点头，"那就先解决我的问题。"

谭一爻早已有准备，从电脑包里取出病例，药方，彩色 CT 片子，医保本，缴费单，诊断，化疗单，验血单，所有单据都有日期，且都是连续的，包括最初检查的日期。居延泽照单全收，并没因这些单据有任何放松，一张一张认真看，核对，反复看了几遍。在天花板深不可测的多层灯下看机打单子的小字正合适，一切都清清楚楚。这一整套能造出来吗？

依然可能，没什么不能的。

"能脱了衣服让我看看吗？"非常过分。

谭一爻没有犹豫，慢慢脱下外套，解下教授领带，一个一个解开马甲的扣子，衬衫的扣子，撩开腹部的衣服，紫色的印迹赫然呈现。注药的栓揭去纱布后，同样呈现。死亡的戳记，深入到肉里，不是紫药水。

"其实这些对我都没用了，不过是延续些时间，别发展得太快。它已经扩散，全身都是，本来已不再治了，因为你又开始了。"

谭一爻慢慢合上衣衫，系上扣子。

居延泽一动不动，是个货真价实的石膏像。

"另外，我本来已经去了一个寺院，"谭一爻说，"准备把自己交给佛国，在那儿走完最后一段路，一段并不像我的路，虽然我并不信教。但巽找到了我，他是老友，不管你多不喜欢他，他都是我最好的朋友，我把后事也都交给了他。我们达成了协议，最后他要把我送回山上。"

"有个问题，"居延泽冷冷地问，"为什么这么具体地告诉我你的死亡？虽然我要求得很具体。"非常无礼。

"这个我不再解释。"谭一爻将两手交叉在一起。

"为了完成任务？"居延泽锲而不舍。

"完成任务是我一辈子的目标，这毫无疑问。"

"还有别的吗？"

"这是愉快的任务。"

居延泽低下头，面对各自的死亡，两人都陷入了沉默。

"谢谢，"居延泽抬起头来，"现在疼吗？"

谭一爻拿出针具，两支小药瓶，说："我随身带了这个，上次没带，没有准备。这特批给我的，吗啡，杜冷丁，不限量，我要可卡因也会给我。"说着又拿着其中一支，用小砂轮擦了两下，掰掉头部，针头插入药瓶，吸净，针头扎入左臂静脉，慢慢推进。

"我可以注射一支吗？"居延泽令人惊奇地要求。

"不，得要医生诊断。"

"你们诊断还不行吗？巽已给我下了死亡诊断。"

"巽说你没有痛苦，等你有了痛苦。"谭一爻笑。

两人都笑。像两扇窗子同时打开。

"我想好了，我会让你满意，"居延泽说，"但也不会轻易地让你满意。你们最想知道的，最重要的，我最后再谈，等你快不行了，我用三天——其实用不着三天，一天就行，我告诉你全部你们想知道的，之前我要谈别的。"

"你不再盼着我死？让我自己盼？"

"对，我们达成协议，你同意吗？"

"但愿死亡快点来临。"

"但愿慢点来临。"

两人再次笑，死亡对死亡的笑。

"你得认真治疗，"居延泽说，"你还得陪我聊。聊点什么呢？我想跟你聊聊我的一生。"

"噢，一生？我可等不了这么久。"

"聊到哪儿算哪儿吧。"

"尽量简短。"

"那要看情况，根据你的情况。"

"你确实不好对付，是我见过的比较特殊的。"

"当然了，我是谁！"

关于过去，居延泽的确早已想得太多，长时间不开口，一个人在白色中冥想，支撑他的就是过去、回忆，是那些美好的、惊心的往事，每时每刻就像放电影似的，已放过很多遍。

"我谈的，就算是我的自传吧，一个将死人的自传。但作者不是我，而是你。我所说的'自传'是你提问，我回答，你录音、记录、整理，如果没人出版我自费出版。我也有干净钱，不全是赃款。这样吧，版权算我们俩的，署我们两个人的名字。对了，你的名字在前面，你是教授，出版应该就没问题了吧？这也算你的学术著作，你是著作权人。"

"老实说你的建议我没想到，不过很有趣。"

"巽会答应吗？可能旷日持久，除非……巽能容忍吗？"

"这个我说不好，你别拖得太长……"

"你跟巽商量商量，今天到这儿吧。另外，从今天起只开台灯和地灯，把上面的灯关了行吗？"

"你还可以再想想其他要求。"

谭一爻站起来，没有丝毫吃力感。

"你也应该有传记。"居延泽对着谭一爻的后背说。

谭一爻半转过头，"不，我一生很简单。"

"你是成功人士。"居延泽笑。

"和你一样是个失败者。"

"是吗？这我倒没想到。"

"我们没有胜利可言。"

居延泽觉得明白，慢慢掩上门，面对门一动不动。

意识到监控才离开①。

---

①　方未未虽然离开包豪斯但很快又重新面临了审讯，在他的画廊的一面多媒体墙上作为作品的终端与已婚的兑或白开水艮的终端一模一样，屏上的居延泽自然也一样。居延泽一直或坐，或卧，像白色的密修者，但这个晚上忽然有了变化，甚至有了简单的"情节"。方未未心血来潮——艺术家总是心血来潮："为什么不能放两个终端？一个是实时的，一个是编辑的，这样一来，夜晚的镜像观众不会再错过。"编辑、创意、循环播放原本也是这类艺术的本义，不断编辑补充已经是溢出，那么"实时"播放就更是创新，从本质上颠覆了多媒体影像创作，同时再加上不断编辑——那就是双重的创新。

极端得几乎有点纳粹风格的方未未后来正是这么做的，他总是将创意与实践推向极致：他以他的"实时"的与"编辑"的两个终端作品为中心，策划了"界面：面孔交流·三十一区"多媒体影像展，是当年三十一区最成功最具有轰动效应的策展之一，而它最成功之处却是不为人知的：竟然没有暴露一场最神秘的审判，没有机构或官方来找麻烦，因为不知道。的确，谁想得到呢？某种意义上秘密审判变成了公开的，但却没人知道是审判。方未未屏住呼吸，眼睛一眨不眨地盯着关上的门。方未未难以置信刚刚居延泽竟然搀扶了一下谭一爻，尽管画廊空无一人，但方未未兴奋异常，手舞足蹈，仅看他一个人好像他和许多人在一起，如果也有监控对着他的话。方未未完全忘了自己也曾是一个审讯者，现在他完全是个艺术家，此刻他只是遗憾夜深人静，要是白天这两个"死者"或死者的影子将是多么吸引人。没有参观者知道这是真实的，是附近的实况。任何真的东西到这儿都是假的，都是艺术。

十九

敏芬近来的气色有了明显改善，眼光流盼，楚楚动人，妆虽然重点，雀斑却基本隐去了。另外，充沛的性活动、身体激情所激起的生命能量，显然对第二春的女人十分重要，如果没有激烈的做爱，光是妆会死气沉沉，脸会像假面一样。许多女人因为中年得不到充足的浇灌便一路枯萎下去，并无第二春。另一方面也不能不说是食物改善所致，从养生学的角度来说，特别是对女人，食色配合好了相得益彰，对此杜远方有一套古代房事与养生理论，这一理论随着镜前的明显变化完全被敏芬接受。

当然，这只是开始，杜远方既然开始"生活"，也像工作一样认真，同居的第三天，敏芬早晨上班走后不久，杜远方来到敏芬的厨房里站了一会儿，一个蓝图在心中差不多酝酿好了。杜远方来到敏芬的房间，在堆放着许多作业本与卷子的工作台上找了一个小本子，一支笔，在本子上写写画画，这期间他与敏芬的弟弟李平通了一个电话。李平那儿没什么消息，或者说没什么好的消息。针对他的行动并没取消，似乎也没停下来，调查组还在四处找他。难道真有人不在乎吗？我进去之日就是你，你，还有你，你们完蛋的日子，杜远方甚至有点气恼，斗归斗，真要你死我活？要是这样下去我倒真想进去痛痛快快把所有的都说出来。我已经老了，秘密带进棺材并不安生，你们越来越让我有一种冲动……他在厨房写写画画的同时，与李平通话后的回响在脑子里静静流淌，与对厨房的计算并行不悖，不好的心情反倒使他记录得越发认真，许多的尺寸，所需物品、名称、大体的设计等等，所有的细节。当然，杜远方想，你们还有别的办法：让我彻底消失。可能这是没办法的办法，或是同时的办法：一方面撤了我的案子，一方面将我消灭，两样并行不悖，你们做得出。两种结果你们都会接受。因此我其实现在真正防的倒不是他们，而是你们，是车祸、枪子儿或类似的一切。他对厨房装修并不熟，从没干过，一切从零开始全凭本能的经验。倒也没什么难的，他本来就是干技术活出身。他有相当的耐心、细心，以及早年的训练有素，而耐心和细心来自于对敏芬的特别的认同。他从没有过如此长时间的隐匿生活，这种生活事实上已部分改变了他的内心，比如他越来越注意一些小事，越来越易感，越来越觉得在高危的不确定的生活中遇到敏芬这样风情的女人是上天所赐。或许她是他最后的女人，最后的生活。

让杜远方没想到的是敏芬不同意改造厨房，也不让他做饭，敏芬原来说让杜远方做饭是玩笑话，说说而已，哪能当真。敏芬就是这么善良。但说归说，有些事敏芬身不由己，想不让杜远方做饭也不行，教小升初毕业班太忙了，而且随着时间推移越来越忙，每年都是这个规律。每年到这时都是三天一小考，五天一大考，天天加班连周末也要搭上，每天都回来得晚。两个人有了身体关系后，杜远方每天做晚饭几乎自然而然、顺理成章，杜远方不能等着敏芬，索性就做起来。开始敏芬嘴上还反对，后来也就顺其自然了。如果不同床共枕这事还真是个麻烦，每天累死还要做饭，她受得了，杜远方是否受得了？有些事情就是这样，不能设想。

杜远方不仅自然而然做了饭，也开始不顾敏芬的反对改造厨房。敏芬的厨房虽然干净，但太朴素、太简单了，差不多还是20世纪80年代厨房的样子，没有整体灶台，整体橱柜只是燃气灶加上两个柜子，其中一个兼做饭的操作台。墙体是铺得很久且只铺了一半的普通白瓷砖，没有吊顶，虽无灰尘，油烟的痕迹还是挺重的。灰尘可能扫掉但油烟却难去除，对一个单身女人而言。那么就算是一个小城市的小学教师，这样的厨房是否也太简朴了？当然，这个家整体上都有一种类似厨房的简朴，一种20世纪80年代的气息。这样挺好的，更隐蔽，更安全，整个不动，但厨房应该动一动，无论如何应该现代一点。敏芬生活拮据，供女儿上大学，可能的话还要供女儿出国留学，对一个好强的女人，这些都是不菲的费用。说实在的，如果良心未泯，这真是个好女子，不仅可爱而且可敬。想想，你要那么多钱干什么？杜远方有时想：你的钱比她多到不知多少倍，对她简直就是个天文数字。

但杜远方不认为自己那么多钱大多是非法的，这点他非常坚定，三十年前那样一个小作坊，他把它变成几十亿的企业集团，那几乎就是他的企业，他的所得都是他应得的。那些明里暗里的索要，那些各种各样的进入别人腰包的费用，他每付出一次都给自己留下相同的一份。他应得的是非法，不应得到的人却是合法的，每每想到这个他的心都会立刻变得黑暗。久而久之，他习惯了这种黑暗，他的一些行为都染上了这种黑暗的色彩。但是看看敏芬，他的钱再多，比起她的朴素要强又如何？

为什么没早见到敏芬这样的人？杜远方一边想着一边打开了他的大箱子，拿出里边的一只密码箱，调好密码，打开，里边整整齐齐地装了一箱子钞票，就像外国电影的某个场景。杜远方深思了一会儿，似乎也在想电影镜头的事，就如同电影中的特写——他拿出了一沓人民币，稍事沉思，又拿出一沓。他还有各种金卡，但是现在不能刷，任何一个留下痕迹的行为都可能是危险的。这些现金如果仅仅是在敏芬这里花是花不完的，按照敏芬的朴素一百年也花不完。他不会把钱全部暴露给敏芬，不是不舍得，是怕吓着敏芬、改变敏芬，他觉得敏芬就这样朴素才可爱。

杜远方出了门，换了一身衣裳，戴了一顶鸭舌帽，一副浅色墨镜，没有开奥迪，而是打了一辆出租车。打车还有一个目的，他想问问本城哪家卖厨具的店最好，或者有没有一家大型综合的这类店。他得到了回答，司机把他拉到了百安居商厦。看了一些样板间他才知道好的厨房设施的确价格不菲，过去他从没来过这种地方，他的住宅包括别墅，一切都有人包办，他带的三万块钱不算多。

厨房动工那天敏芬非常惊讶，一是杜远方竟敢擅自做主——这是大事，杜远方只跟她提过一次，她拒绝了，以为就过去了；二是惊讶于杜远方的认真，有种难以言说的感动，但随之而来的也有些恐惧，她还没想好她同他的未来，这样一来是否拉得太近了？是的，有些事她还没想好，因此，当身穿红蓝双色工作服的工人手握冲击钻冲击墙体时，敏芬很认真地责怪杜远方没经自己同意怎么就干起来。想到某种恐惧敏芬几乎发了火，当然，也有点夸张，有时越不是真的发火越要夸张一下，但夸张之后才发现自己真的有些生气。直到必胜客送来两人用的外卖晚餐，才缓和下来——无法做饭也是敏芬生气的原因。

吃着外卖，杜远方告诉敏芬，他不想改变她的生活只想改变她的厨房，他不是要做她生活的主人，但得做她厨房的主人。说得敏芬没了脾气。确实，她已习惯并开始依赖杜远方做晚饭。她已交出了厨房，他有权改造厨房，虽然她不知道改变厨房是否也意味着改变了她的人。现在这样是暂时的，以后他们是否真的要生活在一起？她还来不及想这个问题，她对未来几乎还一无所知。

一个星期后——事实上没到一个星期——到第六天，敏芬下班回来再次惊讶。厨房彻底完工，焕然一新，一切都亮堂堂的，开放式，玻璃拉门，站在客厅里可以看见明亮的灶具，橱柜，炊具，杯盘，酒具，餐具，抽油烟机。冰箱，微波炉，也全都是新的，且全是名牌。特别是那种整体的金属的新、明亮，让刚刚下班的敏芬不敢相信那是自己家的厨房。那时杜远方正戴着高高的白帽子穿着白围裙在里面忙活，像个大厨，早晨，他们还肌肤相亲了一会儿，她体谅他，没让他放，让他留着。他们那样不舍地体谅地分开。如果不是早晨还那样亲密无间她简直不相信那是杜远方，局部看简直像宾馆餐厅的后厨。

厨房正式投入使用，杜远方也正式承担起烹饪任务，认真程度就像他前些时研究《周易》或进行占卜一样。最近在《周易》上他用的时间少多了，在厨房干得更起劲，每天至少煲一个汤，逢到周末会煲两个，甚至三个。通常是鸡汤，骨头汤，海参汤，辅以西洋参或冬虫夏草，另加草蘑香菇，或是一个翠绿的豌豆汤，深色的紫菜虾皮汤。每天的主菜必有活鲜，或煎，或蒸，或熘，鱼之外另有牛肉、小排骨、白虾、基围虾，周末或澳洲或南非龙虾或甲鱼。也有传统民间的南瓜、玉米、山药、红薯，五谷杂粮。

酿酒出身的人自然很多都是美食家，杜远方也不例外，何况他吃过多少种山珍海味的宴席连他自己也记不清了，无论中外，他见识太多了。他把记忆的一部分、过去常吃的一部分几乎无师自通地搬到这里，也算是对往日的一种回味。有敏芬的原因，但也不光是敏芬的原因。越是好的食物让他越感到一种莫名的恐慌，越是莫名的恐慌就越迷恋好的食物。隐匿的生活如此鲜活，美好，温馨，难以置信，如果不是最后的美好，也是他一生中最美好的时光之一。总之，每天不同种类，不同色香味营养的搭配，堪比以往每天占卜时的"八卦立体坐标图"一样精细，一样妙不可言。甚至如此丰盛繁复的晚餐事实上还包括了敏芬中午的饭菜——敏芬带饭。还有饮品。饮品也像过去在酒席上一样，有酸奶，鲜橙汁，法国或新西兰红酒，香槟，兰陵王，白兰地，威士忌，轩尼诗 XO。有最昂贵的茶，碧螺春，大红袍。

当然，这一切不是一天到来的，是逐渐到来的。杜远方每天像小区的许多居民一样，去早市买菜，在熙熙攘攘中挑选时鲜蔬菜，然后去一家大型水产品超市，选一两样活水海鲜。后来越来越丰富，越来越锦上添花，敏芬开始还不断地小有惊讶，后来完全适应了。敏芬所能做的就是晚上尽心尽力地享受两个身体的愉悦，吃得那么好，营养那么丰富合理，她把能想到的愿意想到的都给予了杜远方，她像侍候国王那样侍候杜远方。她从头至脚吻他吮吸他，用自己的他最喜欢的胸抚爱他，他求的，她也愿意，也是感恩，爱，恩爱。她知道就算这样他仍会给她回报，那就是他对她的舔食，她自慰时这样梦想过他以及对自己的进入。那种缓慢后的凶狠，直接，一直把她送上云天，那像影碟中的床上镜头一样一边交感一边亲吻，深深的亲吻，深深的交感，迎接他，以致他用了另一种更加刺激的方式。她非常惊讶、痛苦——但竟没拒绝。异常刺激，不适，匪夷所思，呕吐感，疼，感觉混乱。她告诉他她那里还是处女，是她平生第一次。他听了更兴奋也更温柔，太异物感了，但不再疼痛，也不再恐惧，她战胜了不适，一旦过了那个坎儿（后来再也没过，这次是唯一的一次）她感觉自己像换了一个人，自己不是一个人，而是两个人，她摆动着自己，放肆地叫，神志有些不清。她太混乱了，她完全属于他了，完完全全完完全全，她是他的人，所有的都是，她爱他，永远爱，永远是他的。她浑身抽搐。

她虚脱了。包括意识。意识一片空白。正是在这时候他告诉了她他的基本情况。她不在乎。她告诉他。她枕在他的身上，握着，意识飘飘忽忽，仿佛没听懂什么。她还沉浸在不可思议的下体的感觉中，一回味又有点儿激动，又想要。她贪婪地抚弄，吻，希望它再次站起来……他说他是一个逃亡者，前途未卜，非常危险。她说她这里绝对安全，这样说时心里稍有异动，仿佛有另一种声音，但立刻消失了。他抚弄她的头发，接吻，重新吻她全身，伸进她的下体，上帝，它又苏醒过来，进入……她不知道自己是什么时候睡去的，总之在二次虚脱后再没有意识。但是当第二天早上醒来时她想到的第一件事还是昨晚杜远方告诉她的事情。昨晚她喝醉了，有一种身体疯狂，他告诉她后她越发疯狂，越发刺激，仿佛以此承受什么，摆动，疯，甚至逃亡都变成了刺激，反过来让她更疯……现在，早晨，她醒了。怎么办？她不知道。过去她一直不敢问，怕梦醒。现在醒了吗？也还没有，至少还没全醒。她想：她在乎什么？她又没打算嫁给他。他就在她身边，他也醒了，昨晚太累了，什么都没收拾，她和他还都一丝不挂。他们相拥，顺理成章，他们再次做，但是她怜惜他，没让他出来就收了。她依然一贯珍惜他们之间的所有，虽然上班路上自己似乎不再是一个人，总有一个阴影。结果一进校门，看见了黄子夫。

二十

敏芬本想躲过，但不知一股什么力量反倒让她昂首挺胸径直迎着黄子夫走去。那种力量是陌生的，从未有过的，无法说清楚，最不想遇到的人遇到了，结果这人反倒成了某种莫名情绪的出口。到了近前也不打招呼，黄子夫也没有。黄子夫站在办公楼前门口的必经之路上，两人自远而近，直到差不多脸对脸看着对方，一言不发。以往，无论如何，总是敏芬先打一声招呼，黄子夫一般也总是不正经地动动眼皮，算是回应招呼，表明两个人有特殊的关系。敏芬与黄子夫擦肩而过，目光锐利。"站住。"黄子夫在背后说。

敏芬像等着这话一样，立刻站住，但是没转身，背对着黄子夫。

黄子夫绕到了敏芬的前面，涎涎地说："好像时光倒流，越来越漂亮，越来越性感了。"的确，黄子夫似乎具备某种这样说的权利。

"有事吗?"敏芬冷冷地问,比平日更增添了一种凛然。

"到我那儿去一下。"

"不。"

"这么干脆?"

"我要上课。"

"你不是第一节课,你已经来晚了。"

"我告诉你,子夫,"敏芬突然快速地不可遏止地说,"我不会再到你的办公室了,从今往后,我不会再踏进你的办公室一步!这次我说的是真的,你可以把我从毕业班拿下,可以让我教一年级,教加减法,我还可以下岗、回家,你随便吧,但别的甭想!"

要是以前,黄子夫会感到吃惊,怒不可遏,敏芬还从没这么粗暴!但这次黄子夫居然只是阴沉,根本没理会敏芬,接着刚才的阴沉打量敏芬说:

"谁把你浇灌得这么漂亮?"仿佛没听见刚才敏芬的激烈言辞。

"浇灌"这词非常刺耳,也非常下流,黄子夫对敏芬一向就是这么的直接,尽管在别人面前他已是名副其实的校长,虽然相貌怪异。

"流氓!"敏芬也毫不客气地骂道。

"听说,傍上了个大款,大人物,小心别把自己搭进去。"

"我乐意,就是火坑也和你无关!"

"哦?干吗说得那么严重?"黄子夫非常机警,一声"哦",翻鼻孔就耸动了起来,牙也笑起来。笑,无论如何让黄子夫更不像人类。

敏芬自觉失言,心里怦怦跳得紧,脸也红了,同时呈现出异常的烦躁。是呀,自己怎么一下说出火坑来?黄子夫凑近敏芬的胸部——

"到底是什么人?还火坑?我得为你负责。"

敏芬抬手扇了黄子夫一个耳光,因为黄子夫几乎触到了她的胸,同时发现自己过分了。黄子夫完全没料到这一记耳光，有点愣住了，但出乎敏芬意料的是黄子夫既不惊讶，也不再阴沉，而是梦幻般地叫了一声"敏芬"。

"敏芬，你怎么了？"好像是许多年的问候。

"对不起。"敏芬说，恍惚做了一个梦。

"到底发生了什么事？他欺负你了？"黄子夫兄弟般地问。

敏芬点点头，眼泪几乎下来。

"我说大人物、大款都靠不住，没说错吧？"

黄子夫完全没觉察敏芬的表演，当然也有几分真实。

"我要备课去了，子夫，谢谢你的关心。"

"敏芬，我是不会害你的，这么多年了，有事就跟我说！"黄子夫万分真诚也是机会难得地对着敏芬的后背说。

敏芬进了教学楼，长出了口气。到了备课室，沏了杯茶，同所有屋里的同事打过招呼后，假装工作起来。敏芬看似翻着一摞厚厚的篇子，心思却根本没在篇子上，回忆着整个遇到黄子夫的情景，真的觉得像一个梦，她居然打了黄子夫，为什么？怎么那么失态？黄子夫居然不恼，还有点牵动地问候了她——从未有过的牵动，简直有点眩晕——不过她的表演也真是机敏！

"干吗这么机敏？"敏芬手扶住了头问自己。

"敏芬，不舒服吗？"同事问。

敏芬抱歉地对同事笑笑，喝了口茶，茶凉了，继续阅篇子。中午吃饭蓝莉莉来找，不然敏芬也要去找蓝莉莉。两人都带饭，几乎每天都凑一起吃，有时敏芬去蓝莉莉那儿，有时蓝莉莉来敏芬这儿，有时蓝莉莉来了一看敏芬这儿人多，拉敏芬到她的办公室。类似情况敏芬也有过不少，两人边吃边聊，能说上一中午的悄悄话。今天又是这样，蓝莉莉来了，一看人多，把敏芬拉到了她那儿，两人一通蜜聊。蓝莉莉的英语备课室也有别人，只是少一些，所以她们也只能叽叽咕咕低声说话，只是有时笑的声儿大一些。

蓝莉莉已注意到敏芬最近带饭质量极高，并且知道是杜远方的手艺，今天敏芬一打开饭盒，香喷喷的牛排与海味的混合，蓝莉莉夸张地深深地吸了一口气，却没像以往对食物发出惊叹，而是盯着敏芬的眼睛，质问敏芬，最近爱的"浇灌"——又是"浇灌"，不过同样的词儿密友说可以黄子夫说就特傻——是不是特别充分？蓝莉莉不相信光是食物就能让敏芬的眼睛这么水灵，有光泽，同样的色情，闺蜜就另有味道。

"讨厌。"敏芬无动于衷地说，戳了一下蓝莉莉的脸。

"连我都想非礼你，别说黄猴儿。"她们称黄子夫为黄猴儿。

"敢。"

"真的，敏芬，你楚楚动人，整个人都变了。"

"唉。"敏芬摇摇头。

"怎么了，叹什么气？还要学林黛玉，先生喜欢古典味道？"

"瞎说什么，别气我。"敏芬的饭剩下了，不吃了。

蓝莉莉拿了过来，"这么好的饭就不吃了，真是惯坏你了。"

"想吃拿去。"

"才不吃你们俩的。"

"他没动，单拿出来的。"

"那我倒可以尝尝，嗯，嗯，真是好手艺！你真是时来运转，得风得雨，没白苦了那么多年。你的第二春太美了，真让我嫉妒。"

"你也会有。"

"有个屁，有老公的哪有第二春。"

"我宁可不要第二春也要你那样的老公，多稳定。"

"稳定倒是稳定，唉，有什么意思呢，这回轮到我叹气了。"蓝莉莉欲言又止，还是回到敏芬身上，"对了，你到底叹什么气呀？是不是嫌他有老伴？他老伴不是长期在外国吗？她哪竟争得过你呀，他这么迷你早晚他是你的，放心吧！你想，如果连我都想娶你更不用说他那种有品位的大男人了。真的，我看你们是天生的一对，你们站一块儿可以上《时尚》杂志！"

"哪有什么天生的一对，得过且过吧。"

"哎，我说，你今天是怎么回事？"

蓝莉莉当然无论如何想不到杜远方是什么人，因为敏芬过去描绘的杜远方差不多被包上了一层梦幻，是一个温文尔雅，有范儿有派的男人，简直有点像中年版《灰姑娘》中的王子。虽是中年版，但说起来也更加有味，就像某种窖藏的酒，因此蓝莉莉一点也没想别的情况。当然，这也不能怪敏芬，一来敏芬确实不太了解杜远方，虽然也有不祥之感，但总不愿多想，不愿想那些可能的不安。而且又能想出什么呢？索性不想了，以致后来习惯了不想，认同了他们就这样相处也很好。管他可能是什么人，反正不是坏人，没有危险，这一点她无论如何是看得出来的。而她所说的坏人，当然不用说是对她有威胁的人，是就最通常的人性而言。至于别的她不管了，或者等到知道了再说。这是其一，二来在这样的情况下蓝莉莉见到了电影院的杜远方，对杜远方大加赞美，敏芬一时迷幻，虚荣，将杜远方几乎描绘成一个上天派来的人。

"他还能唱英文歌曲?!"那时候，蓝莉莉真是太惊讶了，"什么，还是美国20世纪30年代老歌，他小时候唱的？那他们家肯定来历不浅！噢，上帝，他还重新装修了你的厨房？他会装修？懂装修？他太懂女人了，厨房是女人软肋！""什么，你竟然还不知道他过去究竟是干什么的？我过去不相信什么童话，你这可是实实在在的是呀，宝贝儿！"那时候敏芬如此甜蜜，完全忘了某种不安。许多天她们的悄悄话都是围绕着神秘的杜远方，谈论男人是女人永恒的话题。

而且，敏芬愿意在蓝莉莉面前表现出无限的幸福与甜蜜，她每谈到杜远方的一个细节就引来蓝莉莉的惊讶。敏芬喜欢她的缕缕不断的惊讶，喜欢她对细节充满猜测与想象力的解读，有些解读超出了敏芬的感觉，这就使她更觉得甜蜜。比如杜远方说过自己是调酒师，酿过酒，蓝莉莉就认为有些神秘的人物总是喜欢夸耀自己的细枝末节，不，他不可能是酿酒师，也不可能是调酒师，蓝莉莉不等敏芬说完就断言。这点敏芬当然完全同意，于是又谈到杜远方是"东方周易学研究协会副会长，国际易经论坛名誉主席，蓝莉莉马上说："我说不可能是调酒师吧，果不其然，这些和调酒师差得太远了！"而且，蓝莉莉进一步分析，"调酒师是中国新的时髦行业，哪有他资格这么老的调酒师？他的老婆孩子都在国外他不去国外我估计他是到民间寻找他缺少的朴素的东西，他找到了你这么个宝贝，说实在的也算是他的幸运！打着灯笼像你这样有味的女人哪找去！不管他过去是做什么的，肯定不是一般人！"敏芬爱听这些，爱听蓝莉莉没有边际的分析。讲到床上功夫，两人头碰头，窃窃私语，更兴奋了，不时掐一下对方。当然了，他是研究《易经》的，那事肯定特棒，瞧你美得，你还受不了，你真可恶，气死我了！蓝莉莉使劲掐敏芬，掐得敏芬嗷嗷叫起来。她问敏芬那物怎么样大不大，敏芬摇头不说，最后不得不说，这时候敏芬别提多受用了。敏芬一受用，蓝莉莉便不干了，对敏芬动手动脚，"不行，"蓝莉莉说，"你也得让我糟蹋一回，瞧你这乳真是可人！""你敢！"敏芬大叫起来，幸好，那时中午办公室没人，她们有些出格。她们后来的话题也多是在性方面，每每两人都面红耳赤，以致两眼发直看着对方。

确实，她们之间有种非同一般的东西。特别是蓝莉莉虽半开玩笑但也有相当成分是真的，如果敏芬对玩笑稍稍认真一点，蓝莉莉也一定会变得认真起来。这点敏芬再清楚不过，但敏芬觉得现在这样最好，她掌握着与蓝莉莉的那个度，蓝莉莉呢也没明确到非要敏芬如何。反正蓝莉莉喜欢敏芬真是发自内心的，她愿为敏芬做一切，愿敏芬感到幸福（并未妒忌杜远方），敏芬幸福她由衷高兴。其实，别说惺惺相惜，两个女人到这份儿上是最美好最恰当的关系，敏芬特别珍惜这个度，因此蓝莉莉有时过分一点也不在乎。比如蓝莉莉最常有的动作就是像男人一样侵略敏芬总是掩饰不住的丰满乳房，再有就是掐、拧，这两点都在恰到好处的范围之内，异常微妙，她们都清楚。她们最过火的一次是有一回真的拥抱亲吻起来，同时也都意识到了危险，以开玩笑的方式结束了危险。但那以后更亲密起来，似乎越过了什么。但也再没往前，更多是心灵上的亲人般的亲密，别的反而胆怯而心照不宣地限定在某种甜蜜里。或许，正因为如此，她们谈起异性，就都特别的赤裸裸的，很快兴奋，似乎藉此都得到一种难以言喻的满足。

　　然而，那个中午，关于杜远方，敏芬什么也没说，敏芬说等哪天吧。

二十一

一周以后敏芬与蓝莉莉在海悦城吃西餐。四层的西堤牛排，靠窗，可以看见霓虹灯照射下的近港口和远海上灯光明亮的游轮。蓝莉莉请客，说有个秘密节日要庆祝一下。什么秘密节日，敏芬知道蓝莉莉的把戏。蓝莉莉先到的，敏芬因为女儿云云姗姗来迟，不过看上去蛮高兴的。蓝莉莉上下打量敏芬，每次都是这样。敏芬今天衣着很入时，长长的呢衣，披肩，大波浪的卷发，稍稍焗了点栗色，细长的靴子，仪态万方，以致蓝莉莉未说话先长长地叹了口气。

与敏芬的极度女性化相比，蓝莉莉低调得近乎于男性，深色的皮夹克，牛仔裤，方头儿方跟儿皮鞋，短发，很特别的是胸前还挂了一个银十字架。的确她们每次来西堤不光是为吃、为聚会，也是为在西堤展示她们作为女人的风采。不是为展示给别人看，而是展示给自身看，她们互为镜子。这是她们常来的地方，当然也不是太常来，不过一年总有几次，每次两个人都特别隆重。

西堤代表了她们心目中的法国，虽然她们没去过法国也不真的了解法国，但她们都知道西堤是塞纳河中心的一个沙洲——西堤岛。西堤岛是法国美食的故乡，无论是家人，朋友，还是情人，邀您一起享受西堤的浪漫与美食。西堤牛排的菜单扉页上永远有这段话，她们知道西堤岛也是因为这份菜单。她们是真正有情调的，不管别人怎么看，在这个小城，她们并不过高评价自己，但有自己实实在在的习惯。每次她们都要套餐，除了主菜西堤牛排，其他如沙拉、汤品、甜点、饮料等都可从几种中任选其一，而且作为前菜的芝麻奶油面包、各种酱汁、餐间饮品、百香雪酪都是可以无限加续的。

她们很懂行地每人要了一杯白水，这样可以品完每道菜品后整理一下味觉，使舌尖随时保持口感灵敏度。当然少不了鸡尾酒，也是套餐里头有的，长长的酒杯很炫很漂亮，貌似一朵朵待放的玫瑰，在干冰的衬托下十分娇艳，也将两个女人衬托得如在西洋的画中。两个人都有心照不宣要讲的东西，开始却谁也没有去碰，只是一如既往地互相夸对方的衣着，头饰，颈饰，眼妆，口妆，蓝莉莉总是忍不住用近紫黑的指尖触触这儿，碰碰那儿，或者刮一下敏芬脸蛋儿。敏芬习惯了。敏芬就从来没这类动作，只是有一次敏芬刮了一下蓝莉莉的鼻子，被蓝莉莉严厉地制止了，"许我侵犯你，不许你侵犯我，你要保持淑女的样子，下不为例啊！"敏芬虽然笑话蓝莉莉，却也真的再没主动碰过蓝莉莉。通常蓝莉莉的话敏芬是要听的，她有点管着她，而敏芬总是不太认真。

"把链子摘下来，让我检查一下。"蓝莉莉命令。

敏芬戴了一条过去没戴过的链子，敏芬的一点变化都逃不过蓝莉莉半认真半开玩笑的眼睛，何况最近敏芬的变化的确有点大，从里到外品质上了何止一个档次。比如短款珍贝羊绒衫，藕色的，里面是一件黑色真丝开领衬衫，这且不说，主要是颈上的那条链子也是新的，比以前那条细细的链子粗了很多，一倍都还要多。不，至少三倍，下面的坠子也非同一般。

"哇，这钻太漂亮了，多少克拉的？"

敏芬摇头，"我也不知道。"

"你还假装不知道，真是气我！"

"真不知道，他买的，我没问。"

"你还清高，哼，清高你别戴呀。"

"你嫉妒了。"敏芬从没这么说过话，今天有点放得开。

"我？嘿，你个坏蛋！敢说我嫉妒了？"

如果不是面对面坐着，中间隔了餐桌，蓝莉莉看上去非要非礼不可。一开始蓝莉莉曾要求并排坐一起，敏芬不同意，认为太显眼了。

蓝莉莉问敏芬："那你和他吃饭是并排坐一起吗？"

敏芬说："也不，我不习惯，只有我和我女儿在一起时我们才并排坐着。"

"云云现在也不习惯了吧？"

"可不是，大了，不愿和我并排坐了。"

谈了会儿各自的女儿，蓝莉莉又把话扯到杜远方身上。

"他很懂女人，你戴粗链子好看，你脖子细长，我过去都想给你换一条粗的。这链子真棒，价值不菲，来，我给你戴上。"

蓝莉莉起身绕到敏芬后面，闻了一下敏芬的头发，给敏芬戴上。

"行了，说说你的节日吧，"敏芬说，"你还有秘密的节日，什么秘密？你们学洋文的真会转词。"

"你现在用的香波都不一样，换牌子了？不是国产的吧？"蓝莉莉不回答敏芬的问题，王顾左右而言他。

"你真是狗鼻子。"敏芬说。

"同浴，肯定同浴了，是不是用的香波伴侣？哇，两人在浴室——"

"行了，回来吧！"敏分拉蓝莉莉。

蓝莉莉回到桌对面，端起柠檬百香雪酪喝了一口，杯子很袖珍，"嗯，再次向你推荐百香雪酪，真的不错，柠檬、芒果和橙汁的混合，你少喝点酒，你竟然还和他喝白酒，我真想不到，哪像淑女呀。不许喝了啊，会毁容你知道吗？来，把我的喝了，行了，别要了，我的你不愿喝吗？"

敏芬把熏衣草橘汁给了蓝莉莉，两人做了交换。

敏芬问："到底什么秘密节日？"

蓝莉莉色眯眯地直视敏芬，"初潮。"

"什么？"

"初潮你都不懂？二十五年前的今天。"

"噢，这也值得纪念？怎么想得出来？"

"当然了，初潮是女人的另一个生日，这个你不知道？"

"不知道，没听说过，是不是你自己编的？"

"对了，我也是刚想出来的，昨天。"

"你真可以，这是受苦的开始，有什么值得纪念的，你不做够了女人下辈子想做男人吗？"

"这辈子就想做男人，现在跟我老公做爱都想的是你。"

"你有没有搞错？！"

"你是我，我是我老公，不这样想不行。"

"太混乱了，别瞎扯了，你还有心思瞎扯。"敏芬叹气。

"好了，说正经的，谈谈你吧。"

"我有什么好谈的。"

"别装蒜，我看出点什么了，今天主要是为了你，前面都瞎说。"

"你看出什么?"敏芬明知故问。

"你的不安，虽然你满身的珠光宝气。"

"没那么严重。"

"你就是这点可爱，多大的事都不在乎。他到底什么人?"

"你猜猜?"敏芬知道不说不行了，决定了。

"官场上的? 高管?"

"高管，副厅。"

"双规了?"

"你怎么知道的?!"

敏芬异常惊讶，有点恍惚，有时敏芬觉得谁都比自己强，别人都看出来了就是自己看不出来。蓝莉莉说出了自己的感觉，蓝莉莉说在电影院第一眼就有一种直觉，这人气场很大，但有一种阴影，或者像待在阴影中，不过这种感觉后来完全消失了。"因为我觉得你非常幸福，你描述他时的样子也一点不像，听上去有点传奇，很童话，真的很童话!"蓝莉莉晃晃杯子，"就像这只杯子，你们之间就像灰姑娘的现代版，我真的为你高兴，你的幸福就是我的幸福，哪能还想别的。可你那天一叹气我心里就咯噔一下，你的脸上写了很多东西。"

敏芬说:"我当时也有不祥的感觉，后来慢慢消失了。但是我没你具体，我不知道什么叫'双规'，听说过，具体不知道，你知道吗?"

"我当然知道，你忘了我妹夫是渤海大学法学院教授，我跟你说过呀! 双规就是在规定的时间规定的地点交代问题，他是搞刑侦和犯罪心理学的，经常参与省纪检和反贪局检察院联合办案，他们一直想调他，他就是不去。我那个妹夫可神了，叫谭一爻，名字很怪，那个'爻'字你知道怎么写吗？他比我妹妹大十几岁，是我妹妹的导师，不近女色，看上去像一个机器人。我妹妹追了他十年才像追犯人一样把他追到手。他们同居之前竟然没发生过一次关系，连接吻都没接过，你相信吗？我曾经跟我妹说我不信他们十年没有过亲密关系，我妹立马让我跟她去医院查查她是不是处女。当然，这是同居以前的事，他们一直没领证，现在也没举行婚礼，就是住一块了。"

"你好像跟我说过一次，我想起来了，你妹妹也不简单。"

"当然不简单了，神人找神人，俩人神一块儿去了。我那妹夫谭一爻更神，几年前我第一次见他吓了一跳，真的不像人，像猩猩！不是黑猩猩，是那种黄猩猩，别的地方都不像，就是眼睛特别像，就那么看着你，炯炯有神，哪怕随便看你一眼就像盯着你。那眼睛太丰富了，又有人的东西又有猩猩的东西，还有教授的东西、审讯的东西，特别天真的东西，还有忧郁的东西，我简直不会形容了，反正你看着他的眼睛不会回避，真的，好像可能会化在里面。用一个文雅的词，你看着他的眼睛会'迷失'在里面，你还会听到小提琴的声音——在你感到迷失的时候。他的确会拉小提琴，他真的是个天才，旷世的奇才——"

"你要告发他吗？"敏芬打断蓝莉莉，急切地问。

"谁？告发谁？"

"他呀，杜远方。"敏芬有点不耐烦。

"你开什么玩笑！你想哪儿去了？找我打你是不是？"

"我太紧张了，他不让我说。"

"我不但不会告发他，还会帮你保护他。贪官也不全是坏人，谁还没点事儿啊，我妹夫说很多出事的人都很可惜。他是哪儿的高管？"

"兰陵王的老总。"

"噢！"蓝莉莉瞪大了眼睛，"是他呀？听说他逃了。"敏芬意料到蓝莉莉的惊讶，因为自己第一次知道杜远方的真实身份也非常意外，兰陵王集团可是大名鼎鼎的企业，全国都知道，天天电视上都有广告。

"不对呀，兰陵王老总不是那谁吗？好像叫×××？"

"要是不对就好了，就是他，他现在改了名字。"

"我说呢！呵呵，真是他?！他可是咱们省的利税大户，举足轻重，而且每次大灾大难慈善认捐都是第一，哎，不是说他到国外去了，怎么原来就躲在你这儿？太神奇了，真是难以置信，你的胆儿也够大的。"

"一开始他就住在省委对面一套房子里，住了好几个月，别人全国各地地找他。后来才到了我这儿，也没出省，他好像什么也不怕。"

"这人水太深了，是不是等着有人会给他摆平？"

"也不完全是，他说他年纪大了，无所谓了，无所惧了。"

"他有多大？"

"七十岁。"

"怎么可能？你开什么玩笑！"蓝莉莉再次瞪大了眼睛。

"一开始我也不信，是真的。"

"看他也就五十来岁，绝对不到六十。对了，那他那事儿行吗？"

"你说呢？"敏芬谈这事儿总不像蓝莉莉那么直接。

"还行？"

"他很会养生，保养得很好。"

"上帝!"蓝莉莉叹了一口气，似乎想象着什么。

"你太幸福了。"

敏芬脸红了。确实，想想都挺心潮起伏的。

"你觉得你了解他吗？"蓝莉莉问。

"我觉得已经很了解他。"

"敏芬，这可是说正经的，你说的是真的？真的了解他？"

敏芬点点头。

"你爱他?"

"是。"敏芬看着高脚杯说。

"可我觉得你还有东西没说出来。"

"怎么可能说得出来。"

敏芬继续看着杯子,刚才说的虽不能说是谎言,但也不全是真实。

"也是,"蓝莉莉喝了口饮料,"这种事最难说。"

两个女人相视,几乎像一个人。

过了会儿,蓝莉莉问:"云云怎么看杜远方?"

"他们还没见过,可在电话里已经一见如故。他们居然谈霍金,什么黑洞,我不知道,他好像什么都可以用《周易》谈。云云要向他学《周易》,云云说什么计算机的二进制原理《周易》里就有了,他们谈的我一句也插不上,好像他们前生就见过。"

"太可怕了,你无可救药了。"蓝莉莉点了一下敏芬的脑门。

蓝莉莉抿了一口迷幻的鸡尾酒,放下。

"爱吧,我支持你,管他呢。"蓝莉莉说。

敏芬苦笑,刮了一下蓝莉莉的鼻子。蓝莉莉立刻跳起来,似乎一下找到打破某种沉闷东西的理由,"好啊,你又跟我动手动脚,我说过了下不为例了!"蓝莉莉一下抓住敏芬的纤手,"让我揉一揉,侵犯一下,呵呵,好可怜呀,真是'冰凉的小手',怎么这么凉?"

敏芬没能抽回手,干脆就让蓝莉莉握着。一种从未有过的依恋,一种柔情从敏芬无言的好看的眼睛里烟一样地漾出。

"好啊,敏芬,你在放电!"

敏芬如梦方醒,给烫了似的一下抽回了手。

"你怎么这么魂不守舍?这么动人,你说你到底在想什么?"

"想你。"敏芬说，是认真的实话。

"哼，想我，才不信呢。"蓝莉莉其实没了解敏芬复杂的风情，不过也难怪，敏芬内心的感觉也实在太微妙了，她想有个依靠。

"要是我，也会像你一样又爱又不安。"蓝莉莉淡淡地说。

"你懂什么，傻东西。"

"嗨，你说我傻?!"

"傻死你。"敏芬说，眼睛楚楚动人。

蓝莉莉似乎明白了什么。

"敏芬，我们是一体的，我会帮你。"

如果不是桌子，两个女人会拥在一起。难以说清的一种爱。

二十二

　　像谭一爻和居延泽预料的一样，"传记"的审讯方式遭到质疑。质疑一：居延泽是否拖延战术？过去是以缄默的方式拖延，现在是以开口的方式，不过是换了种方式？这家伙太狡猾了，以可疑的"传记"代替沉默。质疑二：ZAZ 现在压力很大，需要尽快突破居延泽，对上面包括对京城要有个交代。最后显而易见的是：谭一爻的身体拖得起吗？谭一爻的病情随时会恶化，居延泽来得及做所谓最后陈述吗？一切谭一爻都清楚，比谁都清楚，谭一爻不能断定居延泽没有拖的意图，特别饶有趣味的拖延竟然还是祈愿延长他的生命。这倒并不重要，不过是一种趣味甚或一个玩笑。但是，说到底，为什么不能拖呢？居延泽有没有拖的权利？从法律上说居延泽都有什么权利？或者谈得上权利吗？

　　当然，这是内部，内部就可以不受法律约束，个人的权利可以忽略。但内部与外部，这是一种什么形态？谭一爻对许多东西一直都有专业疑问，不要说别的疑问，就是在"专业"上就有许多疑问。

但是说到底，谭一爻只是专业人士。专业人士意味着疑问归疑问，现实归现实，上帝的归上帝，恺撒的归恺撒，因此，谭一爻与巽以及巽所领导的ZAZ的合作这么多年在内部的机制中也一直顺顺利利，顺风顺水，并无任何滞碍。一句话，一直十分愉快。思考与行为脱节，行为与思考无关，在一种异物感（好像胃里始终有一把手术刀）中竟然无碍地合作了许多年，过关斩将，攻无不克战无不胜，非常顺利。但是最终如何？最终谭一爻清楚而且越来越清楚，一切只是在所有次要的方面所有的局部取得了胜利，主要方面却是失败的。

但是思考归思考，巽要的是行动，一如过去一样。行动是绝对的，巽不需要思考，思考总是让巽的脸色更黄，更暗，更无光。只有行动、再行动、不停地行动，巽才显得有点生机——他自己感到的以及别人也能看到的生机。巽最常说的一句是：别扯淡，扯这些干什么？赶紧，把这浑蛋拿下，让他开口。或者：办一个是一个，别的我管不了。巽说我们最终是吏，不是官，吏就是办事的，不管官的事。巽是学历史的，对中国历代官制以及官与吏的区别上大学时就有研究——比如春秋时官与吏没有区别，到了秦汉才开始分化，有官、僚、吏，官是正职，僚是副职，吏是办事的。巽知道官有主体，吏没有，吏听命于官，附属于官，就是具体办事。在森严的级别系列里，官与吏是相对的，任何一个下级官员相对上级官员都是吏，任何一个上级对下级又是官，而相对于官吏自身构成的官僚机制——所有的人又都是吏。当然，这些巽早已不关心，他安于办事，事情办得总是极其认真仔细一丝不苟，甚至冷酷无情，比起谭一爻教授，巽更有着一种历史冷血的冷酷。

谭一爻有时就显得还不太成熟，有时还有一些想不通的学者情绪。

当然大学与机关的气氛还不尽相同，大学虽然也在机关化，甚至吏化，但毕竟因为图书馆的存在，思想还是存在的，个人化的东西也没完全消失，声音虽然不多也还存在。不过巽并不认同大学的特殊性，进而也不认同谭一爻的特殊性，在巽看来那点特殊无足轻重，无关痛痒。这一点，说起来谭一爻事实上也认同，两人就是这样，总能达成一致，合作愉快，感情笃厚。

但这次和以往有所不同，谭一爻没有听巽的。

"居延泽想让我晚死，你却想让我早死。"谭一爻一反常态对巽厉声道。

"开玩笑！"巽干巴巴地说。

"你就是想让我早死，你说，是不是想让我早死？"谭一爻有时会同巽耍孩子脾气，这也是谭一爻与巽感情笃厚的地方，"你就是让我早点坐缸你好了事。"

"胡说！"巽几乎涨红了黄褐脸。

"那就别太着急。"谭一爻笑。

"我后悔请你下山。"

"我说什么来着？你晚来一天我就准备坐缸了，后悔了吧？"

"别跟我提坐缸，你真有病。"

"坐缸怎么了？不爱听了？"

"这是两回事！"巽少有地大声说。

"一回事，"谭一爻笑，"真的是一回事。"

巽毫无办法，也没有任何笑的神经。

"你早晚也得坐缸，又何必呢？"谭一爻说。

"我说过不要再跟我提坐缸了！"巽真的急了。

"瞧，你还是怕坐缸吧？一说你就急了，脖子上的筋都暴起来了，哎，我瞧瞧，好像有肿瘤，有个疙瘩，你最好去查查，别是晚期。"

巽不说话了。过了会儿才对谭一爻说："好吧，我明天去查。"

两人相视。巽是认真的，倒让谭一爻有些个愧然。

"我跟你开玩笑。"谭一爻说。

"你以为就你会开玩笑?"巽终于笑了一下。

"好呵，连我都给蒙了，行，你进步了，这就对了。"

巽同意了，这是个重大决定，可以说前所未有。自传式的"审讯"让监控室具体工作的人员一下难以抑制地厌倦，翘盼已久的突破变成一本传记，这哪儿和哪儿呀，这还是审讯吗? 哪儿有过废话连篇的审讯? 童年，幼儿园，父亲母亲，老师，小伙伴，两个人一问一答，仿佛电视台的人生访谈，因为是监控镜头完全是黑白色调的，因此看上去又仿佛时间很久的纪录片。

其实不必再人工监控录像，因为毫无意义，与案子完全无关，ZAZ事实上可以放假，大家也轻松轻松，神秘的日子实在太让人厌烦了。但巽连往这上想也不想，完全无知无觉，一如既往地戴着耳机，终日一动不动，不知道听还是没听。巽的坐功简直让人叹服，无论是过去听不到一点声音，还是现在的毫无必要的人生废话，巽总是能坐到规定时间，喝几杯茶，上几次卫生间，都极有规律。巽的规律简直是非人的，他不是人也让别人不是人，跟他一起"我们都是木头人不许说话不许动看谁立场最坚定"。兑和艮不敢怠慢，索性后来认真听起来，以致有时完全忘记了审讯工作，把自己当成了电视观众。但其他辅助人员就不一样了，保安，后勤，技术人员，十几号人耗在这里，哈欠连天，无所事事，因此不得不默许他们有一些小小的娱乐，玩手机呀，打游戏呀，或打扑克，下象棋，诸如此类，或早早地开饭。有时能听到偶然流窜到门口的游客与保安大声吵嚷，游客质问他为什么不能让进，难道这儿不是画廊工作室？有内行人大声称这儿的建筑很有特点，是典型的包豪斯，你就是在德国也找不到这么大规模的工业建筑，在前苏联现俄罗斯也没有，这是现在中国是世界工厂的艺术化的标志！或者：你们难道真的是保安吗？你们太像保安了，游人闯入是不是也是你们的展览的一部分？现在，就是现在，你们推我们，我们非要进去，是不是都会被记录下来？是你们这个作品的一部分吗？有些自以为是的游客在三一区会走火入魔，以为没有什么不是艺术，保安是最好的最真实的作品，甚至连自己也是作品，自己走到哪儿便融进了作品。必须把他们架走，远远地一次次地架走，一次次地回来，直到这偶尔的一天过去。

幸好这里被打扮成三十一区隐秘的边缘地带，来这儿的游客不多，不多的人中闯禁区的更是少之又少。但正像萨特说的"这少仍嫌太多"，很是烦人。巽当初绝没想到他的敏感也是艺术家的敏感，废墟的隐秘的趣味也是野蜂飞舞的游人的趣味，不知道某种神秘的政治其实也是《聊斋》或是哥特式或是某类艺术的精髓所在。巽是不自知的艺术家，是他反对的艺术家眼里的艺术家，在方未未看来巽是三十一区真正的大师，巽的原创精神无人可比。但事实却是最初巽是想阻止不断来做窝的艺术家们的，他找到了厂区留守的管委会，又找到工业厅有关部门，他的话还是有人要听的，不敢不重视，立刻下文，通知各相关部门进行了若干次大检查，清走了不少鸟窝，但时代有时就是这样，"野火烧不尽，春风吹又生"，有些东西谁也阻止不了，就算令人生畏的巽也阻止不了，就算他抓住了许多人的把柄也无济于事，不仅没能阻止，春风野火慢慢竟成燎原之势，不仅传统绘画工作室，各种前卫艺术五花八门，雕塑、影像、行为艺术，设计，小剧场、时装、书吧、咖啡馆，游客不计其数，人满为患，甚至有单位或旅行团还组织大队人马举小旗参观、游览、购物、聚餐。巽有一次在参观的人流里看见了自己的女儿，颇为尴尬，好像在外星球碰见。女儿刚刚大学毕业，带一帮同学来三十一区，当女儿向同学介绍"这是我父亲"时女儿的男女同学均显出诧异，巽在这儿太不兼容了，然而谁也不知道巽在这里是有着真正的工作室的最神秘的人，整个"禁止入内、游人止步"的包豪斯区域都属于巽。在无法阻止时代的情况下，巽最后唯一做到的就是让自己的"工作室"（或画廊）成为禁止区，在自己方圆百米之内不允许有别的画廊出现。ZAZ 一开始没雇专业的保安，后来不雇不行了，光靠 ZAZ 蛮横的便衣根本无法阻止疯疯傻傻的游人。但是后来从保安公司雇来的保安又让巽大为光火，主要是他们的制服与纳粹几乎分毫不差，以至行礼与早操的手势也差不多。光是像也就罢了，问题是有时身着纳粹"党卫军"制服会招来游客，并且纠缠不清。但是事实上巽就连保安公司的服装也改变不了，他又能真正的改变什么呢？

这天（方未未在他的画廊也看到了）屏幕上总算有了点变化，技术人员走进了谭一爻与居延泽几乎静止不动的画面，真是难得！技术人员进来后将一幅有大海与沙滩植物的风景画张贴在了泡沫板的墙上，立刻产生了回归自然无限温馨的效果，连整个监控室的人都感到心旷神怡。接着又有人走进屏幕，搬来了好几盆鲜花，又搬来了一个原木茶几、深色的电视柜、电视和沙发，这样一来由过去的极简主义风格一下回到了悦目的写实主义风格。（方未未看到）一切都比过去看上去真实了许多，与现场的回忆、叙事、对话越发相称，就好像舞台的暗转一样，灯暗与灯亮之间场景就换了。但已婚的兑和白开水艮迷惑不解的脸上分明写道：这还是监牢吗？简直越来越像电视台！像凤凰卫视，旅游卫视，星空卫视，为什么要给居延泽这样的待遇？这是不是对以前的彻底否定？但巽不回答这类问题，巽变得越来越奇怪，越来越像一个影子，像入定了一般。或许巽在想着保安的纳粹服装问题也未可知，要么就是想着慈云寺的方丈。

不过还没容已婚的兑和白开水艮消除疑惑，更让人不解的事发生了，"赏心悦目"的变化仅仅存在了两天，突然又全部撤掉了，房间恢复了白泡沫板的世界。即使不戴耳机仅从画面上也能看见居延泽与谭一爻发生了争执，彼时他们已分不清谁是审讯者或受审者。最初谭一爻教授提出房间恢复现实主义传统，居延泽本来同意了，但两天后又提出了激烈的反对意见，居延泽的理由是他已经完全适应了抽象的白色，白色让他的脑海充满了寂静的无声的回忆，没有时间，没有现在没有未来，一切历历在目像放白色电影一样。而海滨、绿树、沙滩上的三点少女干扰了他，使他的过去变得不稳定，经常出现屏闪马赛克。居延泽说他已经不喜欢色彩，一点儿也不喜欢，有一点儿都受不了。最过分的是在一切恢复原状后，居延泽甚至要求谭一爻戴上方未未留下的作为纪念品的白墨镜。谭一爻当然不会戴，居延泽只好自己戴上——激烈的争执就是在这时发生的。谭一爻无法忍受这种刑具一样的眼镜，认为想出这种眼镜的人不是疯子就是德国纳粹（方未未有点糊涂，脑子混乱：谁在反对白色？）争来争去后来不知怎么一来居延泽的白色镜片掉了一片，两人的关系突然稳定下来。一半一半，公平的结构。

其实两人一直谈得挺好，居延泽的童年、少年、青年都是美好时光，就像蓝色的海水，至少也像湖水，水上有鱼、鸟，鸟的下边是乡畴田野。事情总算过去了，一切又在白色中恢复了正常。一切又恢复不动的画面，与案情毫无关系的声音、交互的眼神，在一只眼睛中。除了这些基本没动感，当然嘴在动一直在动，但因为是固定的一个频率的动，和不动也差不太多。直到有一天乏味的声音中出现了杜远方的名字监控室里的疲惫不堪、哈欠连天的人才忽如一夜春风至将疲惫与哈欠一扫而光。像被吹起了冲锋号起床号，人们一下行动起来，杜远方是涉案人中的最重量级人物之一，直到这时人们开始对谭一爻啧啧称叹，甚至也叹服麻木不仁进入禅定的巽，说实话人们一直有一个担心，那就是有一天ZAZ突然被撤销，现在杜远方浮出水面，巽完全可以向上交代了。当然了，这只是开始，传记的方式无法等同于审讯，它有着自身的逻辑，它通向的是图书馆而不是法院。无论已婚的兑还是白开水艮或一动不动的巽，谁也没想到居延泽青年时代就结识了当时就名声显赫的杜远方，更没想到他们的关系从一开始就不单纯。兑或艮不得不承认纯粹的白色的确是最好的回忆色，从居延泽戴着的只有一个镜片的白墨镜上，几乎可以看到他的不同的两半的青春，看到他的朴素的同时又是神经质的青春。那时的居延泽，是历史系的大学生，毕业实习没到相关的研究单位，来到了杜远方的酒厂。他来酒厂当然不是因为酒，完全是因为杜远方。这时可以在居延泽的眼睛上打上一行白色的阿拉伯数字：1988年，或者大写的汉字，如三十一区的LOGO。不错，从居延泽一半白色的目光中几乎可看到80年代末的厂区：已经有过一次明显的升级改造，一些厂房是新的，有着蓝色的蓝调；更多是旧厂房，但二次升级显然已开始，厂区的塔吊、土方哨声、一座座新蒸馏塔，一派欣欣向荣景象，杜远方刚刚采用了后来享誉全国的"双轮底发酵"酿酒新工艺，完善"勾兑调味"技术，找出了"兰陵美酒"基酒的最佳储存老熟期，"兰陵王"生产工艺已臻成熟。杜远方因为近十年取得的业内佳绩已是全国新闻人物，作为厂长完全担得起政企分开后厂长的最确切的含义。

　　年轻的居延泽慕名而来，杜远方在当时已具有现代办公色彩的大办公台后面接待了自称是杜远方远房亲戚的居延泽，虽然七拐八拐几乎称不上亲戚，不过是一种说辞，但杜远方后来打破矜持，忽然走出来，认同了所谓的"侄儿"，与居延泽坐在一起。回想起来，尽管后来发生了许多曲折，但杜远方应该就是从办公台走出那一刻成为居延泽的教父的。杜远方认为居延泽是可造之材，学历史的，却有志于经济，又这么年轻，可谓生逢其时。"你不像我，年轻时心直口快一下当了二十年右派，一生最好的时光都交给了新疆的戈壁滩。"几乎不容居延泽说话，滔滔不绝，"你的选择是对的，非常务实，我知道，学历史的一般是搞研究，教书，做学问，要有做案头和钻故纸堆的功夫。我不是看不上这种功夫，我很尊重这种功夫，但我认为像你这样的年轻人更应该有历史眼光，更应该是把历史读懂读透的人。你的选择与众不同，我这不是奇谈怪论，我是有理由的：中国最需要的是什么？是经济，经济不翻身一切无从谈起。现在国家似乎也想明白了，要以经济为中心，不再以政治为中心。这和过去非常、非常的不同，过去是政治创造历史，现在是经济创造历史。政治创造的历史实践证明似是而非，经不起评价；经济创造的历史才是货真价实的历史，也是不可随便推翻与重写的历史。眼下就是活生生的经济创造的历史，你走出故纸堆，到一个企业，一个工厂，观察它在经济运行中的当代史的作用，这个作用相当于时代的链条，上下左右都有联系，你知道了链条的联系、作用，就知道了怎样推动经济即推动历史。"①

---

① 这的确是那个时代的语言，那个时代的认识，带着使命感，不过即使今天杜远方关于经济与政治创造历史之别的观点在我看来也仍不过时。至今我还没看到经济学家或历史学家说过类似的话，而杜远方说这话时是 1988 年。啊，1988 年，许多人还年轻，就连杜远方也不老。那时无论年轻还是年长都有一种时代的使命感，每个人都觉得自己身在历史中，每个人都觉得在创造着历史——历史相当的清晰。不像现在，谁也不敢再张口闭口谈论历史。有人说现在完全混沌了，历史不清晰，人也不清晰，是的，谁也没想到历史会走到今天，会是今天这个样子，那时谁会料得

居延泽说他没像通常实习生那样在办公室打杂，打水，沏茶，收发报纸，整理文档，而是被放到了厂里要害部门财务处，交给了李离。李离是财务处处长，这种安排后来看颇不寻常，不过即使杜远方把居延泽交给李离有些居心，也没想到事情发展得如此之快，快得有点问题，但事情本身不是问题。李离是杜远方的人，比居延泽大十五岁，同时小杜远方十五岁，正好居于杜远方和居延泽中间。三个人在一起，甚至有一种模糊的拓扑学的时间感，从中间向两边似乎谁也没比谁大多少。杜远方与居延泽站在一起像父子，中间加上李离倒有点像兄弟，反正从哪个角度看他们既像一家三口人又不像，某种难以解释的东西将他们联到了一起。杜远方不仅对历史有战略眼光，对人也一样，人和历史在他是不分的。他让居延泽去财务处考虑的是一个企业最核心的不是技术，不是产品，不是销售，而是财务。财务可以最直接地从经济角度看问题，财

到呢？就像我这个待在书斋的人也没想到今天是这个样子。今天是历史上从未出现过的样子，谁也不再是当年的自己，即便我过得如此封闭，每天坐在轮椅上在书架丛中穿来穿去我还是过去的自己吗？

怀念过去，怀念过去的清晰，怀念 80 年代，即使是在已经习惯了白色的世界中已变得面目全非的居延泽也同样深情地怀念，居延泽在一半的白墨镜中怀念 1988 年春天见到杜远方的情景，怀念那时的明亮与历史的清晰。虽然监控呈现的是白色画面，依然能看出他深情的样子。有时因为激动居延泽会慢慢地摘掉一半白的白墨镜，侃侃而谈他那时对杜远方的佩服至极，认为杜远方比自己的大学老师懂得历史。他认为年龄上他们虽然是两个时代的人，但却更像同时代的人，或者说杜远方更像年轻人。

务的运行既包含计划也包含市场，包含销售、资本运作，透过财务可以最透澈地看到企业内部最具体的运行，其中又包括企业与银行、政府、市场的关系。

杜远方对居延泽毫无保留，"你有三个月时间，"杜远方对居延泽说，"我给你特许，李离也会指导你，提供条件，你要脚踏实地一个环节一个环节调查了解酒厂的生产、销售、财务统计与运行情况，然后给我写出分析报告，提出你的建议。你甚至要从历史学的角度看一个企业，经济是历史的最重要组成部分，比政治、军事、文化重要，只有科技可与经济相比。这个，你是学历史的，但老师不会告诉你。我说这些的意思是：你最终不是在我这儿工作，但可以从我这儿起步，解剖一个麻雀，以后无论你到什么程度，你飞得多高，你都会有最坚实的基础。你今后的舞台会大得多，明白吗？"

居延泽不甚明白，那时居延泽只是觉得杜远方是个谜。

二十三

　　居延泽到财务处报到之前，李离已经知道了居延泽要来，杜远方电话里做了交代了。开始，对于一个历史系大学生来财务处实习，李离很不以为然。这种不以为然虽然是对居延泽其实也是对杜远方。居延泽应声进来，李离正忙于案头，许多银行票据、各种报表，甚至没抬头，只对居延泽说了句"请坐"便继续忙，好像连抬头的时间也没有。居延泽后来经常回忆当时尴尬的情形，每次回想都会心地笑，因为当李离放下笔总算抬起头来时，相视的一瞬，两人都是一怔。并不是认识，完全不认识，但两个人都有一种瞬间的东西。应该说首先是纯粹的惊讶，当然同时触动了灵机一动的东西。在李离看来，毫无疑问，居延泽有着那个时代大学生典型的特点：羞涩、骨感、眉清目秀，李离瞬间流露出一种含义不明的女人的微笑，以致倒是居延泽脸红了。然而，居延泽脸红并不是被李离盯视的，相反是自己看李离看得有点忘神，以致不得不解释自己的失态。

"我不知道说什么好，您，您太让我难以置信了。"居延泽嗫嚅着，说出某个电影明星的名字，虽说显然夸张，不过也的确有几分相似。但李离一点儿也不反驳，安之若素，这类惊艳或夸奖似乎见得太多了。

年龄的差距当然也明显存在，但已不重要，有些东西超过了年龄。当然了，瞬间秘密感应后，一切回到了正常，回到事务性上来。居延泽如何开始展开财务处实习、杜远方有哪些交代、他坐在什么地方，如果不是某种东西的改变，介绍这些个事务性的东西显然应像一开始一样冷淡。介绍完了，李离忽然再次呈现神秘微笑，对居延泽说：

"杜远方要我带你，谈不上带啊，你是名校大学生我怎么能带你，不过他交代了，我会多关心你些，你想坐我这里还是到大屋去？"

不太好判断李处长的意思，答应与拒绝都有挑战意味。女人的话有时就是让人捉摸不透，许多时候不是她们故意而是自己也没搞清楚自己，她们的倾向太多。居延泽年轻，虽然感到了一些东西，但经验上根本不足以应对。居延泽当然想留在李离身边，但却感到过强的照耀，这种照耀令年轻的他激动，心慌，让他选择了逃遁。

"我怎么能在您这儿呢，您这是处长办公室，另外，您太，太，太——"居延泽嗫嚅着说不出口。

当然也有点夸张，什么时候居延泽都有些夸张。

"太什么？说出来。"

"太耀眼了。"居延泽选择了半天。

"到底是大学生，很会说话，你不简单呀。"

的确，应该用漂亮，居延泽没有。

"我心慌得厉害。"居延泽这是实话，但说出来便不心慌了。

"我看到了。"李离多少有点嘲讽地笑道。

"所以，还是让我和群众在一起吧。"居延泽选择了退却。

"不，你就在我这儿。"李离说着敲了一下笔。

李离把居延泽隆重地介绍给大办公室的人，财务处的七个人都是女性，全部娘子军，且大多是年轻人。年轻人见年轻人总有种亲切感，因此对居延泽又别有一种亲切，每个人的表情都生动起来。人们起立热烈欢迎男实习生，不仅都知道居延泽是杜远方的人，也因为居延泽年轻，又并不稚嫩；谦恭，但有度，而且主要还有文科大学生的气质。居延泽面对众人比面对李离坦然得多，全不是一个男生的样子。同样居延泽也注意到，娘子军中有人很时尚、漂亮，有的有不俗的气质，不过没一个让他震撼。让他震撼的还是李离。

李离虽然回自己的办公室了，居延泽却还满脑子都是李离，不断回忆着李离的样子，套装与表情一致，严肃，干净，一丝不苟，白色真丝衬衫领子稍稍翻出来，一张甚至比年轻人还光洁的脸，眼白很蓝。一望而知不是年轻人，但也不是中年人，或在两者之间，但不稳定，常常在年轻与中年之间转换，让男人感到恍惚、迷离，有种不确定的东西。

的确，生活中有这样不确定的女人，严肃包裹着性感，——而性感的女人又往往最适合那种严整的套装，其水一样的迷人被套装镇着，反而恰到好处，更有一种严整的性感。如果穿上时装或便装，不过就是一个妩媚的女人而已。套装去掉妩媚。特别当她们还有一种男性的权力，是一个要害部门的一把手，掌管着全厂的财权，越发无法不让居延泽失态。

另外让居延泽惊讶的是李离竟然不叫杜远方"杜厂长"，直呼杜远方。

　　居延泽稍后才慢慢知道李离的严酷不仅仅来自套装，也来自她的经历，她的父母解放前夕随整船的军人逃往台湾，把刚刚出生的李离托付给了留在大陆的叔叔。李离从未真正见过父母亲，却为自己的国民党出身吃尽了苦头，她不是装出来的低调，而是一直很低调。改革开放，旅居美国的母亲费尽周折到了大陆找到女儿，想把李离带走，李离却拒绝了。李离的低调第一次显示了一种决绝。她宁愿做一名普通的女工，不想改变命运。或者说，习惯了命运。李离那时在酒厂当工人，是灌装流水线上一名普通装瓶女工。灌装车间绝大部分是女工，男人多是领导。女工们穿着统一的劳动布工作服，白帽子，看上去千篇一律，每每杜远方在千篇一律中一眼就能认出李离。有些东西无论如何都是存在的，普通不过的工作在李离身上也有一种妙不可言的东西。另外就是李离的专注，从来不笑，即使有时别人打趣她也只是勉强一笑。李离不知道自己的命运悄悄改变着，有一天厂办一纸调令，她便从流水线上调到了财务处，以工代干。以工代干是那年代典型的一个词，即工厂分为工人编制和干部编制，工人到了干部岗位也不算干部，叫以工代干。李离到财务处不久就被送去脱产学习，上了一个大专班。一系列突然改变有点像魔法，让李离晕眩。学成之后李离成为财务处干将、副处长，到居延泽到来之前，财务处的老处长退休，李离正式执掌。这时的李离已全没当年装瓶女工的低调，或低调变成了严格，性格中的某些东西依然没变。

　　居延泽开始完全不知道这些，当时听到李离不管杜远方叫厂长只是感觉怪怪的，就好像自己发现一个宝物，结果宝物已有主人——虽不确定这种心情——但也类似。此外如果不是李离那样并不低调地盯着自己（仿佛一种不是承诺的承诺）居延泽也只会惊讶，而不会有任何失落感。

事情往往就是这样微妙，很难确定，但又存在。

居延泽报到的当晚杜远方破例地招待居延泽，叫上了李离。此事像杜远方当初对李离一样具有某种魔法性质：一个行业内响当当的企业家、全国人大代表，再加上财务处处长，请一个实习生吃饭，是前所未有的事。后来也再没有过。超常规就是魔法。杜远方深谙此道。居延泽诚惶诚恐，如果不是李离，会完全失去自我，如果不是李离他的人生可能会是另一条路。但李离的存在提示了居延泽，刺激着居延泽，居延泽在最诚惶诚恐的瞬间也倏忽想到要成为杜远方那样的人①。

吃饭地点在市场中心繁华地带一家香港酒楼，"酒楼"是 80 年代内地才出现的称呼，以前都叫饭馆、餐厅或传统的××楼。居延泽平生第一次进"酒楼"，第一次进包间第一次知道还可以几个人单独在一个小房间吃饭，第一次有服务小姐布菜、分餐，第一次吃了鱿鱼、海参、虾球。这一天有太多的第一次了，80 年代末一个四年级的穷大学生，走进这样一个酒局无异于开了天目。回过头来看也可以说居延泽是很早就见过世面的人，比同时代许多年轻人早了一个节拍。

如果说之前李离直呼杜远方对居延泽只是个阴影，那么餐桌上居延泽完全确认了这个阴影。杜远方几乎不掩饰什么，举手投足透着秘密，居延泽虽然被许多第一次激动着但仍感到了痛苦。居延泽不愿用伤害这个词，但又找不到比伤害更合适的词。（方未未戴着耳机能听见，游人

---

① 居延泽对谭一爻说，女人刺激人的野心远比精神刺激的野心大得多，也直接得多。那个晚上，堪称居延泽人生最强烈的一个晚上，惶恐又疯狂的晚上，野心勃勃的晚上，性感的晚上，美丽狂想的晚上，又是深刻自卑的晚上。

只能看，完全不知道是实况）杜远方的那种霸气又有分寸感让居延泽觉得一切都不简单，男女，权力，地位，占有欲，人，特别是男人没有比在饥饿的欲望与悬殊的野心之时更敏感到无望的疼痛。诚惶诚恐之时就是想入非非之时，内心倒塌之时正是望到一线天之时。居延泽这方面格外的敏感，又格外的不服，没有居延泽不敢想的，哪怕是在与杜远方如此悬殊之时！①

---

① 那年代，思想解放，觉醒首先是欲望的觉醒，欲望第一次被看作是正当的，因此所谓 80 年代的理想主义到底是理想还是欲望谁又说得清？两者很难剥离，当 90 年代人们惊讶欲望赤裸裸的时候，实际上 80 年代就已经孕育了，但却没孕育出一个监管欲望的东西来。所以当谭一爻问居延泽他的一生谁对他影响最大时，居延泽认为除了杜远方，就是李离，再没有别人。女人、权力，天然的一对兄妹，那时候居延泽就见识了。

只是，在女人和权力之间那时还有文化，还有 80 年代的精神氛围罩着，还有举手投足之间的温文尔雅、理解、深情，还有权力与女人间必不可少的细节，有苦衷、呵护、征询，总之有恋人间的所有的一切。

"现在有什么？就是床，倒是简单了，太简单了，能不能有点文化？不可能有，没有，什么都没有，没有时间。为什么简单？没时间是最重要原因。另外没时间也是因为可以没时间，可以简单化，80 年代就不行，就必须有一套恋人的或者类似恋人的东西。我说类似其实都不该，真的，那个年代是真动感情的！"居延泽大声说。

"你的认识这么深刻，为什么后来也这样了？"

"谁不是这样？你看看谁，有一个算一个，谁不这样？认识归认识，做归做，难道你不是这样吗？这是两码事。"

"好吧，你把我也放进去了。那么我们是怎么脱节的？你想过吗？"

"原因太多了，难道你不清楚？瞧你得的这个病，都有关系，你不要问我了，你比我清楚，我就说一点，比如女人，真的，就是我刚说过的，为什么简单，就是没时间，而且主要是可以没时间，时间其实起了很大作用，真的，太忙了，你以为当官容易吗？当官就是没自己的时间。"

"为什么这么忙？"

"机器忙你能不忙吗？这么大一个机器，每个人身不由己。"

"所以连女人都要快？"

"对。只能快，简单。而且，现在再不会有我当时作为一个野心勃勃在校大学生的机会了，李离这样的人也不会再看上我，杜远方也不会给我这个机会，80 年代至少表面是一个绅士的年代，一个贵妇的年代，一个《红与黑》那样的年代。"

谭一戈拿出针具，准备注射，细汗已蒙上脸，居延泽再次要求为谭一戈注射，谭一戈答应了，之前居延泽给谭一戈注射过两次。谭一戈拿出药瓶、砂轮，居延泽这次不等一切准备好再接过来，而是直接将药瓶、砂轮从谭一戈手里拿过。试着割瓶颈，砰的一声掰开，一下笑了，看了一眼谭一戈，摇摇头，将针头插入药瓶，吸净，推出空气，熟练地扎入谭一戈已准备好的手臂。

"你读过《红与黑》？"谭一戈问居延泽。

"80 年代谁没看过几本小说，还有这个电影，我当时看了也很震撼，我永远记住了于连的形象，他什么都想要，爱情、地位、权力，这都是人最原始的东西，所以在我身上也特别强烈。"

"不错，那是一个于连的时代，那时的杜远方与李离他们出身背景相似，有种没落贵族的味道，一种 19 世纪的东西。"

"没错，其实杜远方修养很好，就算到后来特别发达了也有一股劲儿，我说不上是什么劲，可能就是高贵吧。反正现在的人没有那种高贵劲儿了，那种骨子里的修养骨子里的味道。杜远方很可惜，后来我也害了他，跟他比起来我是一个没有文化的于连，我成功了，一个成功的于连，我后来是很原教旨的，我说的权力原教旨，这是很让人上瘾的，很多时候我都不知道权力之外还有别的东西，所有思考都是权力式的思考。"

"权力原教旨，这话你说出来很深刻。"

"所以，我挺怀念 80 年代的。"

"那时你有真东西。"

"当然，而且很强烈。"

居延泽认为欲望与理想如果保持 80 年代那样子是最好的，那时理想有欲望的底子有一种拼劲儿，欲望有理想罩着不会太赤裸裸，太原教旨。居延泽不是没有认识，但正如他说的，认识是一回事，做是另一回事。

其实什么是文化？在我看来就是欲望与理想的相互映照，就是这两样东西。杜远方身上有这种东西，李离也有，居延泽也有，80 年代的人差不多都有这两样东西。只是杜远方与李离更突出，关系复杂，有利用的关系，有合作的关系，有上下级的关系，有感恩，有知遇，有爱，有怨，有真情，有野心，总之那时是混合的，有更多心灵的参与。居延泽介入其中虽更让这种关系夹缠不清，更复杂化，但仍有光照耀。当然居延泽即使再敏感，当时没这么清晰地看到有些东西，但在香港酒楼他确实看到了杜远方与李离关系的冰山一角，他自己也有可能进入冰山。

。

二十四

那个晚上，对居延泽的重要性怎么强调都不过分。如果人生有一种真正的开始，居延泽认为他的人生就开始于那个时代的晚上。居延泽自叹自己后来背叛了那个晚上的美好部分——米勒的《拾穗者》挂在包间正面墙上，另一幅是小一点的罗丹的《思》，杜远方给李离倒酒，绅士，优雅，李离也一点儿不客气，没任何谦让，自然而然。不过，虽然杜远方绅士，却又有一种压倒性的东西，甚至一种克制的暧昧，好像他们之间有一根看不见的皮筋将两个人无形地联系起来，好像他就应该给她倒酒。居延泽敏感，神经质，但如果不是白天与李离的四目相视——那种短时间发生的一切——如果不是自己身处其中，居延泽也不会注意到（或者也关心）杜远方与李离有什么关系，至少他的第六感不会那么发达，那么准确。接着，居延泽记得杜远方压倒性地给自己倒酒，大学生的他没想到，再度诚惶诚恐，晕晕乎乎，起身欲接过酒盏，被杜远方的大手轻轻按住，不容置疑，哗啦啦给他的小酒杯斟上，像清冽的音乐。

"今天是我请你、请你们俩，"杜远方说，"所以我要给你们两个倒酒，今天我们是朋友，没有领导，也没有年龄之分，但要女士优先。"这种风度让居延泽倾倒，同时万分妒忌。居延泽是妒忌不着的，根本没可比性，自己还恐慌得要命却同时妒忌，但居延泽就是这样一个善于妒忌敢于妒忌的人，哪怕还没有一点资格。一巡酒之后，李离给居延泽斟酒，敬居延泽，居延泽再次站起表示不可，反过来要给李离敬酒，并且用了杜远方的女士优先理论。

居延泽说："从哪儿说都该是我给你敬，女士优先，给我一次机会吧。"居延泽垂手，十分恭敬，但用的却是"你"，并且稍稍强调了一下"你"的音，而没用"您"，似乎也在暗示什么，甚至或不服气。

"瞧，他学得多快。"李离对杜远方说，好像会心一笑似的。

"他无时不在学习，这非常好，你多培养他。"杜远方说。

听上去简直像黑话。

李离抿嘴一笑，说，"好吧，"回过头对居延泽，"你说，怎么喝？"

那时居延泽不知酒场规矩，很生涩，一时不知如何是好。杜远方对着大学生居延泽说："你想让她怎么喝，就大胆告诉她。"

居延泽脸红着问李离："你喝了吗？"他太嫩了，还是不知怎么说。

"我喝了吗？——什么叫我喝了吗？你得说是怎么喝，是喝一口，还是喝一杯，半杯，你得提议。"李离温和地笑着说。

"我没喝过酒，这是第一次。"

居延泽这话倒是真的，80年代初大学生很少喝酒，特别是白酒，而居延泽连啤酒也没喝过。那时也没有现在这样的酒局，如果非要细究起来，居延泽只记得有一次在一个同学的生日上沾过一小口佐餐葡萄酒。

"谁问你喝没喝过酒？我是问你会不会敬酒？"李离举着杯。

"他没喝过酒怎么会敬酒，"杜远方说，"你别难为他了。"

"那不行，你得说怎么喝。"李离说。

"那就干杯吧。"居延泽说。

李离笑，"这可是白酒呀。"

"干杯。"居延泽坚定地，有点不知深浅地说。

"等等，你倒是碰呀！"李离大声地说。

杜远方大笑，那时他根本想不到如此青涩缺乏经验的居延泽已着迷了李离最初的暗示，并且还在时时接受某种信息。他的慌乱、紧张、失措有相当的成分也是来自李离给予的令他激动的女性信息。

居延泽嗫嚅地对杜远方说："她太耀眼，太好看了，我太紧张了。"

"这话你应该对她说。"杜远方惊奇地对居延泽说。

"为了你，和你的美丽，"居延泽生涩地说，"干杯！"

羞涩，慌乱，大胆，杜远方感到居延泽的可造。

那个晚上酒喝得并不多，很节制，酒的口感很好，是兰陵王一款新酒，四十二度，介于高度酒与低度酒之间，还没正式上市。居延泽不懂酒，没发言权，李离认为是绝对的好酒，就是包装款型不够个性，古雅味道够了，但缺少一点时尚精神。的确，让李离这么一说居延泽也觉得是这样。

"酒没问题，"李离说，"可咱们厂那些设计人员脑子转不出新东西了，不是邯郸学步就是呆板保守，这个不改不行了，干吗好坏都得用他们设计的？为什么不能用社会上的力量？我们的核心是酒，其他都可以外包，可以让整个社会力量为你的款型服务，又不用养他们，怎么就不改改？"

李离说得很尖锐，甚至有些激动——似乎有点弦外的东西。这种弦外的东西透露出的复杂性应该说是那个年代特有的，情感还在起作用，情感还在主导什么，现在一般不太可能出现这种情况了。现在的东西很清楚——主要是需要很清楚，话语也就很清楚。那时心灵，甚至某种特定的地位，都对话语起着作用，什么是人文，这就是人文。

"这不是正好？居延泽不是要到你那儿实习了？正好把你的问题都告诉他，他的一个主要任务就是在你的指导下做一个调查项目，提出问题，提出合理化建议，包括你刚才的建议。这个东西非常重要，居延，你这三个月会学到许多许多东西。"杜远方当时的反应同样是那个年代特有的，不完全是为了应对李离的弦外之音，杜远方的脑子确实装着东西。

这以后一直谈工作，最开始的敏感消失了。

但是结束的时候，某些三人之间的东西毫不避讳地出现了：杜远方要司机送居延泽回厂，他要与李离再待一会儿，谈点事。本来这也正常，但居延泽注意到李离意外的表情。显然，这个决定并没同李离商量，是杜远方自己做出的。李离尽管锋芒毕露，但对这个突然的决定也只表示意外。

居延泽向李离和杜远方敬了最后一杯酒，这时他已经很从容，他学得很快。人生的第一次实习，在这个节点上让他又看到一些东西，以及看不见的东西。给李离敬酒时他看到李离目光里瞬间的东西，难以言喻。

杜远方为什么如此？是否还是设防了？是否是在告诉居延泽或李离什么吗？是否一种约束？或者，不是杜远方发现了什么而只是一种例行的警示？一种动物的本能，类似动物的划定势力范围的液体？

本能的警示对本能是最有作用的，动物界是这样，人也一样。那个意味深长的晚餐之后，居延泽一些飘忽不定似有还无的东西几乎自行消失了。另外李离第二天公事公办的表情也让居延泽明白一切都不过是子虚乌有，根本就不存在。因此居延泽也谈不上痛苦，实际上反而更轻松了。美妙的想入非非感觉同样也有危险性，美妙消失，危险也消失了，可以专心致志。本来他就是来学习的，是来投奔杜远方的，不过是被某种东西晃了一下便自作多情罢了。

事实上，如果没有后来的红五月歌咏比赛，一切也都不可能旧事重提，那样居延泽或许是另一种命运也未可知。没有必然的东西，一切都是偶然。

不能说偶然的同时也是必然的。

偶然就是偶然。

二十五

云云在火车站的出站口，见到了杜远方，两个人热烈拥抱了一下，仿佛一见如故。敏芬有点傻。云云放假了，敏芬与杜远方一起接云云，敏芬本来让杜远方在车里等着，云云又和杜远方不熟，但杜远方要求一起到出站口接。三言两语之后，他们已忍不住相互欣赏，称赞对方，都说他们早已是朋友。到了奥迪上，杜远方打火，启动，几乎无声，各式仪表闪着低调的物质光芒。敏芬竟有一点嫉妒，因为女儿毫不掩饰对车的惊讶，一上车就大惊小怪地说：太漂亮了，呵呵，这是最新款奥迪A6L，嗯，全景天窗，听说 BOSE 音响分辨率像天空一样清澈，是真的吗？噢，MMI touch 触摸板！……云云对车之在行更让敏芬吃惊。

"没有航天器的发展，汽车不会这么先进的。"杜远方的回答是同样专业得体，让敏芬没想到。

"是呀，是呀，好多概念车的灵感都来自航天器。"云云说。

"电子环境就有太空舱味道。"杜远方说。

"流线与舒适也像。"云云摇晃着脑袋说。

一路云云与杜远方竟然都在聊车、航天器，他们好像多年不见，好像父亲和女儿，好像他们来自遥远空间：一个在离开，一个在返回，现在在汇合。汇合中杜远方眼前有时会莫名地出现李离的影子，和敏芬在一起很少想到李离，和云云不知为何会时时想到，刚刚在车站云云没出现就有李离的影子在飘，云云拉着拉杆箱出现的一瞬又想到李离。完全没有理由，有时候有些事情就是这么莫名。也许是车站的缘故，迎来送往，总是不由让人想到一些飘忽的东西。

敏芬感到一种恍惚的甜蜜，女儿要是真有杜远方这样的父亲该多好，真奇怪了，云云缺少父爱却天然会和父亲一样的人打交道。杜远方这方面的容量好像也特别大，云云希望先不回家，先到海滨公路兜兜风，在车里兜风是云云的梦想，杜远方完全同意。杜远方驾轻就熟地驶向有交通标志的海边，冬天的海和夏天没什么不同，除了船少人少事实上反而更加开阔，寂静，和天空没什么区别。不过第一次从豪华的车里向外看还是很新鲜，云云不断说和在太空航行没什么区别，好像她到过太空似的。敏芬几乎插不上女儿跳跃的谈话，但听得非常认真，有时完全忘了自己的存在。您想过要驾驶飞船吗？云云问杜远方，杜远方也不能完全回答云云这类跳跃感很强的问题，尽管对于云云的到来，杜远方似乎做了方方面面的准备。云云为了表示和母亲亲近与敏芬坐在了后排，这会儿说话身体差不多倾到前面去了。

"我听说，驾驶流线型跑车的人都有驾驶太空船的欲望，您觉得是这样吗？"云云天真而又不无科幻色彩地问。

"你这么说，我倒真有点像驾驶太空舱感觉。"

"特别是在海边，在冬天的海边，这么寂静。"

"嗯，冬天的海更简单，好像太空一样简单。"

杜远方的话立刻遭到云云的反驳："啊，您说什么，您说太空简单？还从来没人说太空简单。"

"看上去简单，当然并不简单。大海空无一物，看上去很简单，其实最简单的往往就是最复杂的，至简者至繁，《周易》早上就有这个意思，你看天上有什么，什么也没有，可是有你的专业，有天体物理，理论物理，有无穷无尽的东西，没有什么比天更复杂的了。"

"您太了不起了，您怎么这么哲学呀？"

"不是我哲学，是《周易》，咱们祖国的传统文化哲学。"

"开这么好的车谈《周易》太酷了。"

"开太空船谈哲学呢？"

"啊，您说到了物理学的最高境界，就像爱因斯坦。"

"我可不懂什么物理学。"

"《周易》里就有现代物理学，我们老师说的，看来我们有共同语言，妈妈说您是研究《周易》的专家，我就觉得我们会有共同语言。"

"这很重要吗？"杜远方有些话实际上是说给敏芬的。

"当然重要，您是我们家庭的一员。虽然是非常奇特的一员，可我就是喜欢奇特，要不喜欢奇特我当初就不报考天体物理专业了，我觉得人类太奇特，天空太奇特，一切都太奇特。奇特的东西多有趣，我来之前一直梦想着和您好奇特的见面，结果比我预想的还要奇特——您居然懂天体物理，想到太空船上去谈哲学。一个人开太空船他就一定是一个哲学家，不管男人女人，因为他们跟别人看我们地球的角度不一样，这是我们校长说的，您刚才说出了差不多同样的话！"

"我是顺着你的话说的，完全是瞎说。"

"可从来没一个人顺着我说，妈妈您顺着我说过吗？"

话题突然引向敏芬，敏芬完全没想到。

"你们说的什么我一点儿也听不懂。"敏芬说，"不要开得太远了，早点回去吧。"敏芬又对杜远方说。当母亲的就是这么实际。

云云思想活跃，从某种意义上说大二这年才是大学真正的开始，云云正在读大二，而且还是天体物理学。一般说来大一还在蜕壳，刚脱离了高中，而高中生活印象太深了，主要是太苦了，所以刚上了大学时一切还是高中习惯，一切还要怯怯生生，试试探探。可是到了大三大四，特别是大四，往往又已经未老先衰，因为一切都不新鲜了，成熟得太快了，许多梦都消失了，消失了以往所有关于大学生活的幻想，通常人虽还在校园心已飞出了学校：求职，就业，人生方向，一切都好无聊，好迷茫。有时不愿多想，但又无所适从，志忐又世俗。大学四年唯有大二无忧无虑，蓬蓬勃勃，同时找到并确立了作为成人的感觉，自我表现，敢于发表意见——这时候既有高中生时的纯粹，也有成年人的自负，无论向哪个方向发展，堕落放纵也好，进取求学也好，都有着一种灿烂崭新的光芒。如果人生有一个最崭新的时期那便是大二，大二大二就是要"二"。除了大二的一般特点，云云还有天体物理专业的特点，脑子里经常有别人从不想的东西，如外层空间、太阳黑子、大爆炸、宇宙黑洞、红移、暗物质、星云，诸如此类。一个人整天和天上的东西打交道思想无疑是极其活跃的，专业助长了云云的崭新，同时也让她的天真有了某种准确与生动的色彩。

云云的假期让这个暂时的三口之家有了一种奇异的因素，在敏芬上班之后或三人晚饭之后或周末驾车一起兜风时，云云与杜远方讨论了更多的东西，除了老话题《周易》、霍金、航天、概念车，又加上教育、社会、音乐、香水、护肤、腐败、民主、宪法。多是云云挑起的话题，许多话题也就是大二谈论，到了大三大四就不怎么谈论了，大家飞鸟各投林了。杜远方积累了丰厚阅历，即使谈论得并不专业，仍有自己的角度，足以让云云感到开心明智。另外杜远方的耐心也是从未有过的，过去对自己的孩子也没这么耐心。杜远方有两个儿子，都不在国内，一个在美国，一个在德国，没有女儿，杜远方的耐心除了有敏芬的因素，也透露出对"女儿"的某种天然的喜欢，哪个父亲没潜在地梦想过一个女儿？如同哪个母亲没梦想过一个儿子？特别是老之将至的时候。

同样的，对父亲的梦想，也是一个没有父亲的人的天然倾向。"我妈妈一开始说你是一个太白金星式的人，我就特别喜欢，我从小看《西游记》知道太白金星对孙悟空可爱的态度，那么一个慈祥的老头，我觉得他那样子就是我们中国的圣诞老人。可您竟然不是！和我想象的完全不一样！不过虽然您和太白金星那么不一样，您还是让我特别特别惊讶，简直是惊喜，我一下就接受了您，比接受太白金星还快！您的神奇和太白金星没关系，爱因斯坦的理论用到您身上再合适不过，您的时间和别人不一样，您这么年轻！"

云云的想象如此活跃，感觉如此灵敏，也堪称奇特，杜远方阅人无数也从未见过这样毫无隔碍的女孩。云云虽不如母亲漂亮，眼睛单眼皮——大概随了她的父亲，细眼睛，但是细得自然迷人，身段则完全是母亲的年轻版。没见到云云时杜远方对敏芬的样子很满足，见到云云才发现敏芬还是老了。不过这只是瞬间的感觉，习惯之后发现她们真是天生的母女，甚至因为单眼皮更是一对。假如云云有母亲同样的双眼皮反倒有雷同感，现在这样才显出区别，显得女儿还有一种独特的东西。敏芬细腻，朴素，不善言辞，一如她沉默的眼睛。而云云的细眼睛正显示出直接、跳跃、透亮的水灵。杜远方不认为自己身遭厄运才变得如此敏感，即使坐在他的总裁大办公室，如果见到云云也会认为云云出水芙蓉，出类拔萃。当然，那时的打动同现在的打动还有不同，那时他首先会想到自己的权力，地位。从权力角度看人，特别是女人，是杜远方一种由来已久的习惯，现在权力消失，却感到了一种感动，一种启迪，一种扪心，美的东西如果不和占有连在一起，那种动人感杜远方久未有过了。杜远方为自己的感动而感动，不知道怎么喜欢这个同样像是来自《西游记》中的女孩，以致有时会感到一种从未有过的紧张与陌生的心跳，正如孩提时代自己手捧某件心爱的宝贝一样。

与云云在一起，这种回到早年的感觉屡屡发生，杜远方喜欢这种感觉，喜欢云云像早年的自己。是呵，杜远方有时想，早年的时候他也是这样的被人喜欢：一个灵敏的少年，一个帅气的青年，他享受了太多人们的赞美，那时人们夸奖他的话现在说给云云完全合适。只是那时他比云云少了许多东西，云云是多么的时代，是学天体物理的，又现代，又科幻，只有假使当年他也学天体物理专业或许才能和云云相比，甚至或许比云云更优秀。但他学的是现代酿酒，和天体物理学是大不同的，但是——云云显然实现了他潜在的未实现的东西。

基于早年的感受，有一天，杜远方送给了云云一件礼物。之前杜远方已送过礼物，一台最新款的笔记本电脑，是对年轻学子一件广谱的礼物，除了昂贵没什么特别之处，只能说明他只是一般性地了解云云。杜远方不满足这点，征得云云的同意，要再送她一件礼物。杜远方告诉云云有一种紫珍珠项链要是戴在她身上，会让那串项链找到合适它的人，你是学天体的，那紫色有一种深空的色彩，除了你这样的少女没人能戴。杜远方说他曾在芬兰和丹麦见过这种紫珍珠，在法国、德国和意大利也见过，他想买最后都没买，因为没人能戴。他相信东方海悦城二楼珠宝也会有这个牌子的紫珍珠项链，现在全世界的奢侈品都能在中国找到。他们像谈论一颗新发现的星星一样，云云说有些紫珍珠的确就来自天外。好吧，那就去看看，开着太空船，去看紫星星，太棒了。杜远方驾车带云云去了东方海悦城，乘观光直梯上到七层，在林立的珠宝品牌区的法国 IDee 品牌的柜台前他们一眼就看到了那串珍珠，一点儿没错，就是杜远方在巴黎看到的那个牌子，它像紫色发蓝的梦幻，一直寂寞地等待意中人。专业销售人员一看杜远方与云云似乎明白了什么，大肆夸奖云云，的确，这串紫珍珠项链质地非凡，装饰了同样颜色的白金圈环与蓝松石水滴心形坠子，似乎提示蓝色之心，宇宙之心，珠体如同天体。云云也像通灵一样，欣然接受，戴上就没再摘下来。

云云没有任何推辞，没有任何不好意思，对于价钱之类好像毫无感觉，也没有感谢，仿佛自然而然，只是夸奖了链子漂亮，自己喜不自胜，让杜远方越发说不出的喜欢。如果云云扭捏、羞涩、感激不尽，杜远方的好感觉会打折扣，而折扣在云云这里竟然一点没有，就如父亲和女儿，天经地义。

但是敏芬严厉地反对了杜远方，虽不能说是批评。敏芬要求杜远方下不为例，认为杜远方给云云买笔记本电脑已是过分，但毕竟还是学习的东西，这条链子则就完全是多余的了，太不应该了。

"我不好让你把它退掉，但你应该退掉。"

敏芬要求杜远方不要再给云云买任何东西，然后转向女儿，口气一下变得非常缓和，简直不像是批评。"你瞧，这多不合适，这么贵的链子你怎么说接受就接受呢，这要很多钱。"似乎敏芬从没使用过母亲的权威，这样说已经算是严重的了。其实应该反过来，说女儿严厉说杜远方应该温和。

云云什么也没说，只是向杜远方做了个鬼脸儿，并不在乎母亲说的话。杜远方也微做了一个鬼脸儿，仿佛云云的同案犯。自从云云到来杜远方和敏芬的二人世界，这个家，不知为什么，杜远方总有点怕敏芬，对敏芬总是小心翼翼。在云云面前杜远方没有表现出任何与敏芬的关系，事实上倒是敏芬时不时会带出一些端倪，如严厉地批评杜远方。云云冰雪聪明，所以才若无其事做鬼脸，不在乎。三人的关系就是如此微妙，也是杜远方从未体验过的。

杜远方喜欢这种微妙，这里有太多的人的东西，而他那个家庭却有太多的淡漠的东西。他的老伴对他在外面和女人的关系早就绝望，大儿子对他在这方面开罪母亲也不满，在美国一站住脚、生儿育女早早就将母亲接了去。二儿子娶了个德国女人跟杜远方也没什么关系了，但他得给他们钱，有时要多少就得给多少。他一心扑在兰陵王集团上，他的王国，他的花园式企业，他的宫殿，以及他的女人。在他的二十多年营建的酒的王国，他的确就是国王。说一不二，人们把他像神一样看，他与所有人的关系都是一种简单的发号施令的关系，绝对服从的关系。即便女人有所不同，也仍是简单的带着权力气味的，总之虽有另外的一种东西，但绝没有现在与敏芬、云云的这种朴素与天真的东西。其实一条项链对杜远方算什么？十条百条又算什么？一套房子又算什么？但在这个家中一条这样的链子已让敏芬承受不起。笔记本电脑敏芬都承受不起。这对杜远方不过是九牛一毛，十八头牛一毛。

杜远方在这个家中花钱的确变得小心了许多，总怕敏芬觉得花钱太多，总要想办法少花钱，这也让杜远方感慨。这家人太简朴了，她们索要的真的是太少了，那么他或许多人为什么索要这么多呢？究竟——为什么要这么多？多没有错，问题是为什么过去他从没认真考虑过那些拥有得很少的人？为什么过去的少从未让他心动？而现在她们的少这样让他心动？

上天为证，他为云云花钱无任何动机，纯粹是一种冲动，一种欣赏。如果非说有什么动机，也是出于父亲般的动机。瞬间的认可在他和这个灵秀少女身上发生着，仿佛他们前世就见过。这样的感觉在以前杜远方也是不可想象的，一切归于什么原因？或许并不归于云云，而是归于他自己。世界没变，他变了，他和过去不可同日而语，他在逃亡的路上。要想让一个人敏感，内心丰富，甚至伤感，就让这个人在逃亡的路上。除此，杜远方还有一种特别的或者说无畏的东西，那就是年龄。他不是三十岁四十岁五十岁，他的年龄已让他最终不再害怕任何东西。某种意义上他已成为自己，他对自己满意，逃亡不过是一种多余的游戏，他这一生有这二十多年足够了。现在是云云的时代了，这些是他一见到云云突然参悟到的，或明确的。因此，对敏芬的批评他没有任何申辩，也没任何不好意思、尴尬、不习惯、愠怒、不悦，一切都没有，一切已如老僧一样的心态。他的沉默既是接受也是拒绝，是的，的确是这样。敏芬刚刚离开，杜远方就对云云说，你完全不必听妈妈的，尽管妈妈是个非常可敬的人。

"那您为什么刚才不说话？"云云调皮地问。

"因为你母亲是对的。"

"您真逗，她是对的为什么不听？"

"对的也不一定要听，世界上对的东西太多了。"

"您这么说我很高兴，那么我是错的？"

"你也是对的，我也是，我们对的理由是一样的。"

"对的理由？"

"对的理由。"杜远方点点头。

"您不愧是研究《周易》的，说话都这么玄，我真的不太懂：什么是我们对的理由？我觉得有点明白，可又不明白，您还这么有钱，真奇怪。"

"这有什么可奇怪，钱的意义我以前已有些模糊，它多到一定程度人就会对它模糊，但它在别人身上的意义让我又感到了它的清晰、它的意义。另外你是说，有钱就不会懂《周易》吗？"

"差不多，不过也不完全。语言是最不科学的科学，说起来总是不能确切表达自己的意思，这也是我为什么不愿学文科的原因，别跟我较真好吗？"

"你说得很好，就这么说，很好。"

"您快说，什么是我们对的理由？"

"我们非同一般。"

"嗯，这个我接受！"

"那就不用再多说。"

"不，要说，刚说到节骨眼儿上，怎么能停止呢？"

"你还真是学科学的。"

"当然了！我最反对什么心照不宣，妙不可言，什么一切尽在不言中，什么此时无声胜有声，《周易》的时代还可以这么说，现在就不能这么说，时代前进了，人家在你不能说的地方说了多少？发现了多少？苹果落地要是妙不可言一切尽在不言中还有后来牛顿的伟大发现吗？霍金要是面对天空什么也不说，还能有黑洞理论、宇宙大爆炸、《时间简史》吗？"不愧是大二的学生，这些话都非常"二"，什么都敢联系，都敢说。

杜远方忽然问："你没父亲？"

云云几乎骄傲地点点头，说："嗯。"

"我一直梦想一个女儿。"杜远方说。杜远方说的是真的，非常诚恳，但云云反而不说话了。"如果有个女儿，我可能会好一些。"杜远方说。

云云不明白杜远方说什么，在自己轨道上，"我父亲是个酒鬼，赌棍，差点把我和妈妈输掉，后来他自杀了。"

"你妈妈说的?"

"我也有一点记忆。"

"可怕的记忆。"杜远方叹，"不说这个了，说说你是怎么想的?"

"呵呵，我要说什么来着?"

"反正，你记住，"杜远方以绝对权威的口吻看着云云，"以后，无论我送你什么都不要拒绝，也不要惊讶，明白吗? 你让我特别喜欢的一点就是在这方面你一点都不扭捏，就要像天经地义，没错，就是天经地义，你可以认为我给予你的都是我应该的，我是天上派来的——"

"我跟妈妈说过，你是太白金星、中国的圣诞老人。"

"我就算不是他们，也是他们的使者。"

"我知道这不是真的。"

"这是真的。"

"我不是小孩子。"

"可你做得恰如其分。"

"真的吗?"

"我们说定了?"

"您太有趣了。我可以问您到底是什么人吗?"

"这是你不该问的。"

"好吧。"云云爽快地答应了。

这个问题后来再没讨论过。

二十六

　　冬天的海，杜远方和云云去了沙滩上的"嘉年华"，一老一少在童话般的世界也像童话的一部分。在摩天轮上，云云看到更远的海，帆，海天一色，和天体深空差不多。杜远方在下面看云云，有时手搭凉棚，有时就是扬头看。杜远方穿了一件黑呢大衣，黑皮鞋，同样黑颜色的短鸭舌帽，浅色茶镜。云云一身白羊毛衣外套，戴着白雪帽，帽子上坠着两颗黄球，仿佛儿童时光。什么时候母亲便不再带云云来这里玩云云已记不清了，什么时候父亲带她来过？从来没有，这里与父亲无关。有些项目只能父亲带着玩，母亲不可能，不敢，这里留下云云许多遗憾。

　　云云用了两天把海悦嘉年华所有项目都玩了一遍。杜远方一直陪着她，多数时间就是站着，或是排漫长的队。他如此耐心，而她似乎一点儿也不心疼为她服务的人的耐心，甚至故意在考验一个人的耐心。即使是小孩玩的碰碰车云云也要玩一遍，还有钓小金鱼，还有木马，最普通的转椅，她简直是冷酷的，几乎是一种物理专业般的冷酷。她在特洛伊木马上看到黑色的他，在大荡船上看到黑色的他，在悬挂式超级太空船上看到黑色的他，在天地双雄人型弹射塔上看到，在矿山车和丛林火车上看到，在 X 战车和欢乐风火轮上看到，在死去活来的过山车上看到，在大海贼上看到，在小儿科的空中单轨列车上看到。他有时会变换帽子，有时是戴礼帽，有时是戴鸭舌帽，有时是贝雷帽，墨镜有时深有时浅，他是那么富于变化，那么讲究，那么有风度，那么笔挺，是她最强有力的保护人。有时寒风刮过她看他竖起领子，不过一会儿又放下，更多时候他是统一的。她有时玩着一个项目让他排另一个队，有些队长得真是太难排了，但她让他排——她同时去排别的，根据目测她甚至玩出了时间差。

他毫无怨言，毫无不耐烦，看上去也不冷，不累，根本不是一个老人，比年轻人还有力量。他非常魁梧，且越来越优雅，越来越熟悉情况，把事情办得越来越周到。她在这儿变得疯狂而他似乎也有一种周到的疯狂，似乎某种东西在让她和他较劲，或某种秘密让他们较劲，又像父女间的较劲。到了第二天的黄昏，当她从最后的舒缓的丛林单轨车上下来，她有点受不了了，哭了，半天不说话。事实上，她在单轨车上面就已开始流泪，经过杜远方时她把脸别过去。

他问她为什么，她不回答，只是擦眼睛。出了嘉年华她才开口。

"我看着您很难过，说不出来。"

"我也是，别看我七十岁了，像这两天看着这么多游戏完全没想到，有这么多快乐我都不知道。"

"您从没来过这里？"

"从来没。"

"您太孤单了。"

"是。"

"我是从上面看。"

"下面呢?"

"好一点。"

他们往回走,冷风习习,有点咸味,越发显得清冷。

"您没发现我在折磨您?我玩了所有的,不该玩的也玩了。"

杜远方没有答话,看着远方。

"您一点儿也不嫌烦?"

"不,这儿的一切都像梦境,我走来走去,很特别。"

"您小时候也有这些?"

"也有我玩的东西,很多东西。"

"什么?"

"很多,最多是秋千。"

"啊,我还没玩秋千!"云云大声说。

"你玩了太多的秋千,各种各样的秋千,梦幻的秋千。"

"我是说你小时候玩的,我小时候玩的,我们的秋千应该是一样的,就是那种特别简单的,树上,铁架上的,我要玩。"

"这个城市有吗?"

"有,我带你去找!"云云又忘了一切似的说。

他们开着车离开嘉年华,经云云指路,来到了城内的一个老街心公园。公园连门也没有,多数树草都枯了,只有一些并不久远的雪松绿得寂静,像睡着了一样。地上落满松针,同样是黄色的。他们一眼就看到了简单的秋千,就一个架子,一块板,两条铁链子。满地落叶,没什么人,也没有孩子,倒是有一个大人在荡那简单的秋千。他们等了一会儿，男人看到他们俩在等，不好意思地让开了。另一个秋千坏了，踏板的一头断了，要不他们可同时荡。不必修，这样才真实，好，云云甚至记得小时这个秋千就是坏的。

"这是我小时候的，你小时候是这样的吗？"

"差不多，更简单，在树杈上，就两根绳子。"

"您不荡吗？"

"不，我看着你就行了。"

"妈妈过去常带我到这儿。"

"你妈妈是个好妈妈，最好的妈妈。"

"当然了，她还是最好的老师。"

"需要我推你吗？"

"好呵，推一个。"

寂静中云云发出年龄深处的笑声，杜远方看到自己的手缓缓推动，简直不相信这就是自己，就在不久前，他还是赫赫有名的兰陵王老总，一个有机会和省委书记见面或通电话的人，一个许多届全国人大代表——这方面他比省长省委书记资历还老，他们都没他开这种会多。但此时他并没有多想，也没深想，思想像没根一样只是漂浮着，甚至漂不到他近前又漂走了。事实上他连逃亡与未来也没有想，它们也同样在远处漂着。什么也到不了眼前，眼前只有秋千、云云、落叶、落叶般的笑声。笑声让他伤感，如果敏芬刺激他"生"的欲望，云云却让他感到欲望的终止。

死已真的不可怕，一切即使这会儿也可以终止，这个世界属于云云。云云对世界的占有是多么少？就是脚下的一块踏板，两条绳索。她的妈妈也一样少，她为她奔波，维系着女儿少但生机勃勃的快乐。少就是多，多就是少，这原就是《周易》上的道理。有些道理伟大不在于别的，而在于你体会到时为时已晚。像是惩罚。决不让你事前知道，一定要在事后才让你知道。你竟然还是"东方《周易》研究会"的会长，什么名誉会长、论坛主席。虽然是挂名的，可挂名的就更像是一种惩罚，以致你想要忏悔和悔恨都不可能。问题是你怎么能向愚弄你的人或事物忏悔？那些会长事实上不就是愚弄吗？他赞助了他们多少钱，钱之下吊着多少学者、专家、教授、预测大师？就像一颗果实上吊着无数的虫子。当然，不出事就不是愚弄，偶然性算不上愚弄，特别是当偶然性而不是必然性决定你的时候就是这样。所有条例规章并不具有必然性，实际上反倒是为偶然性准备的，偶然性一定会来，问题是偶然性之前谁在乎偶然性呢？《周易》上也有这个道理，《周易》简直就是一本命运之书，这话不假，但问题是整个《周易》事实上都是让人事后才能读懂的，你永远不可能之前就真正读懂它。在这个意义上《周易》绝不是预测的，甚至正相反，它充满了逆袭，是一部飞速向后的书；除了让你明白过去，永远不可能让你明白未来。云云是《周易》预测得了的吗？她对他具有毁灭性。但他又是多么喜欢她，她不在《周易》之内，而是在之外。

云云叫他。"推呀，您怎么不推啦？在干什么？"他推。看见自己推，像推一种不属于自己的东西。

两天来，在嘉年华他的头总是有点飘，自从云云上了摩天轮他的头就跟着转起来，之后再没停下，脑子里总是有摩天轮的影子。在转悠中他变成了另一个人，一个父亲，一个不断仰望的人，一个向云云招手的人，一个忧郁与喜悦同日而语的人，一个到处排队买票的人，一个买热牛奶、可口可乐、烤肠、薯条、奥利奥、鸡肉串、爆米花和蛋酥卷的人，要什么他就买什么，毫无二话；玩什么他就去排队，玩所有的东西，儿童木马和碰碰车都玩，转椅和蹦床也玩。她玩了童年的一切，少年的一切，敏芬过去不让她玩的一切，像过山车、弹射塔、魔鬼旅行。对于同类型的器械她毫不厌倦，哪怕是婴儿车她也上去看看，也要让他买票。有时他有点惊讶，但还是拖着疲劳的身子去买了。是的，他觉出来她有点成心，可他竟然喜欢这种成心，她在恨父亲。不过她的成心仅仅是出于对父亲吗？还有别的吗？无论什么他都接受。他爱这种折磨，相信一切都会成为他未来的可能终生在监狱里度过的回忆，在最后的自由的时间里，他现在是多么的珍惜，一切都有回忆的价值。他不向往国外，向往恐怕也到不了，一切都为时已晚，所有的海关应该都有他的资料。

但是，他并不害怕。他早就不怕。现在更不怕。

他研究《周易》——甚至开始研究《周易》的可笑之处。《周易》的许多卦象并不准，许多都是自我欺骗自我安慰，就像这个制度一样可笑：在必然中向你敞开，在偶然中将你干掉，像鹰一样捕捉任何它想捕捉的东西，想谁是谁。这些东西在杜远方的脑海里并不清晰，甚至只是他头脑中的一小部分，同时他还在小心翼翼地推云云，在和云云说话，有如在梦中和人说话，只是偶尔某个声音太大他才会出来一会儿，中断那么一小会儿。

云云似乎早已抓住他的这个特点，一见他又像机器一样了马上会喊"您又走神了"。云云对他毫不客气，好像她知道他在想什么，而她一喊他立刻知道他又分裂成两个人了，并且清楚地知道：云云也知道他是两个人。他们之间再没针对他的过去提问，云云不提及，敏芬也不提及，好像他的过去是真空，好像他只有现在。吃饭的时候总是云云侃侃而谈，当然是午餐时候，在嘉年华内的必胜客，或附近的某个特色餐馆。云云快乐地谈为什么喜欢嘉年华：和童年有关也和物理有关。云云不知是因为嘉年华的器械后来才喜欢上天体物理，还是因为天体物理而至今迷恋嘉年华。这些神奇的外星般的大型游乐器具设施许多想象力都和物理相关，和科技有关，同时又是超现实的。云云说天空的发展影响了地面，参与了游乐园大部分的想象，她在嘉年华总是想到夜晚，想到外层空间，想到实验室，想到哈勃望远镜，想到红移与黑洞，想到轮椅上的外星人，想到外星人一般的霍金。现在这个嘉年华还缺少一种器具，云云说：就是梦幻霍金，梦幻霍金的轮椅！霍金的轮椅简直比霍金本人还伟大，轮椅是按照对霍金对宇宙的理解制作的，是霍金的延伸与四肢，伟大的霍金和宇宙、轮椅是三位一体的。无法想象它们与霍金分开，嘉年华要是有轮椅式的旋转飞行器，就可以叫霍金飞行，一定比现在的嘉年华还要嘉年华，比现在的科幻效果还要科幻。云云一讲起霍金就激动得浑身颤抖，似乎她是霍金伟大的轮椅的延伸。霍金来过中国三次了，前两次我还在上中学，还小，没机会见到，这次我是大学生了，我在北京，我见到了霍金！国际弦理论大会在中国召开，就在我们航空航天大学，霍金用电子音给我们航大的同学讲了时间的起源、空间的起源，那真是来自宇宙的声音，六千多人在人民大会堂，所有人都屏住了呼吸，可是我看到霍金自己却睡着了，霍金就是这么伟大！有一次霍金游北京天坛，导游向他介绍东侧的甬路是过去皇帝祭天时走的路，叫"御道"，西侧是王公大臣走的叫"王道"，正中间的石板甬道是不允许人走的，是天帝神灵走的"神道"。听到这儿霍金突然让工作人员停住脚步，他在自己专用的语音识别器上说请走"神道"。这个要求当时让所有工作人员都惊呆了，霍金认为自己是神！但他的确就是神，你没有别的办法，只能满足了他的要求，那天人们把他的轮椅连同他推上了"神道"。后来我看有报纸说霍金太狂了，说中国皇帝老子都不能走的神道他竟然敢走，还让他走，这有损国格。这种说法真是无知——您知道在梵蒂冈罗马教皇还要给霍金下跪呢！1981 年，霍金在梵蒂冈"宇宙学"会议上首次发表了他的"无边界宇宙"的思想，教皇接见与会者，按照西方的传统教徒此时必须向教皇行跪礼，但是霍金驱动轮椅来到教皇面前时，教皇却离开座位，跪下来与霍金说话。当时整个国际舆论哗然，认为这是本世纪最伟大的举止……这个小丫头脑子里都是什么？简直不可思议，这些杜远方从来连想也没想过，连知道也不知道，这样的脑子不是天使是什么呢？霍金的时间理论只有坐在轮椅上的霍金才想得出来，您知道吗，他认为宇宙就像是一个子宫有收缩功能，在一个膨胀的宇宙中，杯子掉到地上摔成了碎片（现在我们的宇宙还在膨胀中），等到一个收缩的宇宙中散落在地上的碎片则会"破镜重圆"，又会成为一只完好的杯子。这是多么神奇的理论，除了上帝从来没人这么想过！

也就是说，到那时，所有的人都会得救，再出生一次，无论有罪的人还是无罪的人。当然了，按照可逆理论您可能会再次消失，会回到母腹，回到您的祖先，反正人类最终不是正着消失，就是倒着消失……消失吧，那时吃着必胜客的杜远方想，现在推着云云的杜远方依然这样想。

她是有意这样说的吗？但不管是否有意无意他都有获救的可能，只是这种获救与讽刺有什么区别？她在代表上天说话？她在一切方面好像都打败了他，否定了他。他成为她的奴仆，她毫不客气。她跟他谈了那么多，却再也未谈他为什么要做一个房客？他过去是做什么的？他的车为何如此豪华？他为什么不和家人团聚？她有太多问题却没问。不，当然，她不谈这些也有的是话题跟他谈，她讲起她的专业无尽无休，她简直是为天体物理而生。

他又听到她喊他，嗨，嗨……他推……他不再觉得她是他女儿，他甚至想：他即使有女儿也不会像云云这么精灵。他会这么推女儿吗？或许会的，但绝对与云云无关。他生的女儿会在某些方面比她的两个哥哥强一点，但大致还会是一类，肯定现在也在国外，也在跟他要钱。他愿意推云云，如果云云不说停，他愿永远推下去。这样老的秋千，加上他这个老人，加上一个少女，像不像一种天上的运动？天体运动？天堂是否就这样？他的天堂，每个人都有自己的天堂，如是不是地狱。假如他死后，或临死前，或临刑前的刹那，他愿眼前是秋千。但秋千上是谁呢？云云？他不敢想是，他有着和云云一般大女孩上床的经历，现在觉得真是不可思议，当时竟然欣然接受，就像接受女体盛一样不可思议。他把一切都看作了消费，他付了钱，他办了事，一切就像在柜台前一样。那个女孩也在上大学，是大学生，但她能和云云同日而语吗？

她还在跟他说话，他似听非听，甚至可以不听。

不用听。她会一直说天上的事。她甚至就在天上说。

"嗨，我不喊停您是不是会永远推下去？"

他等的就是这句话。他觉得自己赢了。有点好笑。

但是很快乐[①]。

---

①　我说过，为了免于孤独，为了更像图书馆，我的书斋装了许多镜子，就连书架构成的"回"字形迷宫的过道上也铺了镜子，整个四壁都是镜子。我站在过道的镜子上可以看见倒立的自己，就像在太空里。但我并非来自天外，也没脱离地球，我有过一次婚姻，一个儿子，一个家庭，我理解杜远方看云云时的静静出神，理解一个父亲，因此描述他的出神毫不费力。

我的儿子，三岁时跟着他母亲嫁给了另一个人，现在他们生活在国外。我的前妻出生在一个在当时很有背景的家，现在也还有背景，这使我很早就对权力有所免疫，我们离婚和这个也多少有些关系。但不是主要关系。主要是后来她认同了我的另一个同学，就是当年我们骑车去海边的四人之一，嫁给了他。时至今日每年我仍会收到我的前妻寄来的外版书，它们来自世界各个角落，绝大多数书我一个字也读不懂，因为它们既非我熟悉的英文，也非西班牙文、意大利文、德文或法文——这些我自己查查还知道是什么文，但对更多书毫无办法。我曾把那些花花绿绿各种款型的书集中起来，找人查看，鉴别出四种完全不知名的非洲土著语言，以及一种泰米尔语，一种塞尔维亚语、祖鲁语、波斯语、冰岛语、爱斯基摩语，另有三种太平洋岛国语，两种澳大利亚原住民语，此外还有车臣语、斐济语、格陵兰语。我有点夸张了，但十种以上语言是有的，这个毫不夸张。我知道我的前妻还在以这种方式爱着我，还在为我的书斋、我的图书馆愤怒不已。

我的儿子远不如他的母亲对我有感情，他是学计算机的，在我儿子看来我这么多的书这么多的书架子一个软件就解决了。我儿子的鸡胸脯完全不像我，更像是他的继父"鸡胸"——连声音都像。当然了，儿子绝对是我的儿子，这点没问题，有点不太平衡的鼻子也无疑是我的。儿子前两年看过我一次，汉语已说得不好，舌头有点儿直，我听着别扭，事实上他的声音既不像我也不像"鸡胸"，完全串了。我是个民族主义者，他发直的声音让我愤怒。他并非来寻找生身父亲，只是长大以后对有我这么个父亲十分好奇。我们后来干脆用英语交谈，我实在讨厌他的那嘴串味的汉语。他离开时给了我一个忠告，认为我至少应该有一张床。我给他看了折叠床，告诉他我是有床的。我没有正式床，自打离婚后我一直睡在折叠床上。离婚后我已睡坏了四张折叠床，每天起来后我都要把折叠床收到壁柜里，唯有这样我才觉得我的书斋更纯粹。我觉得床与图书馆是两种完全不同的事物，当你置身于任何图书馆，穿行书架之间，怎么会突然有一张床？有关系吗？没关系为什么会出现在一起？或许达利画一张超现实的床才会把床画进图书馆里。不过我最终还是接受了儿子的意味深长的建议，我在书架的丛林中支起了一张漆成蓝色的钢管单人床。这张床没放在地上或镜子上，放在了两排书架之间的半空中，看上去就如达利之床。常常我的轮椅就是我的床，自从升起蓝色钢管单人床，我的轮椅和达利之床就有了一种兄弟般的关系，每天我睡觉时都会手摇轮椅来到床边，然后支起轮椅上的可升降铝合金梯，爬到上面，慢慢地像慢镜头一样让自己躺下来，整个过程就像空间站的太空对接，我意识到唯有此时——"宇宙的样子就是图书馆的样子"，我周围全是书，上上下下都是，我觉得我的学计算机软件的儿子事实上比我还要超现实，也比他妈妈更爱我。

只是不知道他的鸡胸究竟是怎么回事，很难理解，难道人体除受先天影响也受后天影响吗？我虽然说不在乎，事实上还是在乎，我认真查了一下，一般认为鸡胸与漏斗胸一样，与遗传有关，但也有医生认为鸡胸是后天的肋骨和肋软骨过度生长造成的。鸡胸除了影响呼吸与循环，也会影响精神，主要表现是急躁，一急躁就呼吸短促，爱争论。这些都是我熟悉的特点，我儿子的继父外号就叫"鸡胸"，当然了我们不敢当面叫，你无论什么时候当他面叫他都会跟你急。"鸡胸"是真的急，不是假的急，一急有时不顾一切，就会抽过去。不过也不知是怎么回事，"鸡胸"越想掩饰，结果后来好像越来越突出了：那年我们千辛万苦骑车到了海边——我和杨修脱得差不多赤条条的，一下跳到海里，"鸡胸"却只脱了外面的短裤，没脱背心。背心一沾水紧贴在他的前胸上，看上去比我的前妻李南还有一种不可思议的性感。李南的泳装多皱，好看，但性征不是特别明显，反而倒是"鸡胸"的弹力背心太让人心动了。"你别追我，别追我，我怕你，怕你，千万别撞我！"我们踏着海浪躲"鸡胸"，杨修竟然抚了"鸡胸"一把，一边急跑一边躲，"鸡胸"追不上一气之下脱掉背心扔进了海里。在海边我才发现"鸡胸"还有破釜沉舟的精神，这样一来，"鸡胸"就"面朝大海"了，后来海子不知在什么情况加了一句"春暖花开"。我觉得比较造作，根本不是那么回事。

"鸡胸"号称是孟子第多少代，多少代我忘了，反正是真的，他让我们看过他的家谱，确实是真的。不过好像从没人考证过孟子是不是"鸡胸"，谁知道呢，就算用碳-14考证恐怕也考证不出来。时间一长我们也不把"鸡胸"当成孟圣人后代，觉得也就那么回事。杨修倒是没什么令人骄傲的祖上，而且隋炀帝名声也不好，唯有《三国演义》虚构的杨修还有点读书人之名。我的老同学杨修早期有点像"三国"，晚期则有点隋炀帝味道，或者是一种混合吧，说不清，总之吧杨修自始至终都比我和"鸡胸"成分复杂一些。不过"鸡胸"从来不服杨修，两人只要在一起就吵，就唇枪舌剑、刀光剑影，"鸡胸"虽然因为鸡胸有时口吐白沫一时闭住气，喘不上气来，却从不服气。唯有杨修敢当面叫"鸡胸"，每每"鸡胸"也只是瞪着杨修运气。运气一个主要原因是两人关系特别好，不知道为什么那么好，应该和祖上没什么关系，但我觉得"鸡胸"一直是看重的。我们四辆自行车那天一大早在天安门前集合，我先到，李南第二个到，杨修和孟繁佳差不多同时到，他们一到就为太阳是否已经升起争吵起来。

我们约定太阳升起时出发，天安门虽然升旗但那时还没升旗仪式，对怎么算太阳升起没个标准，"鸡胸"认为见到霞光了就算见到了太阳，杨修认为得正式看见太阳才算。这事不像在大平原上或海上，太阳升起来一目了然，城市有建筑剪影，一般开始只能见到霞光。那时杨修很明亮，虽然有点邪气，却还没有一点儿后来的阴鸷。即使是邪劲儿也是一种幽默的可爱的邪劲儿。我们到齐时国旗已经升起来，而我们当时也不知道国旗随着太阳升起。其实"鸡胸"是对的，我认同杨修，但两人争执不下我也不好说什么。李南也不急，乐于看杨修与"鸡胸"争吵，李南当然知道他们实际上为什么争吵，是为她争吵。正争执不下，太阳从城际线露出头来，太阳将他们的争执一锤定音，再没什么可说的，杨修胜了。我们四个人如同当年的红卫兵从天安门出发一样，喊了一声"出发"——便冲向了太阳。我不能说这是红卫兵的遗产，但离那个时代也的确不远，1980 年，一切还有明显的旧时的影子。

骑车去海边是李南提出来的，杨修与"鸡胸"积极响应。最初谁也没想到李南会提出骑自行车去北戴河，我、杨修与"鸡胸"想也没想过，别说骑车就是坐火车去也没想过，我们谁还都没去过北戴河。唯有李南去过，而且不止一次。不过当李南一提出来我们这些须眉不仅赞同而且颇有惭愧，事情往往是这样：意料之外的事常在情理之中。我们怎么就都没想到呢？杨修再狂也不得不佩服李南，何况事实上这是一次机会。杨修与"鸡胸"没想到李南后来叫上我，因为一开始就是他们三个人商量，等到他们到了天安门才发现我也加入进来。不过我的意外加盟并没妨碍他们关于太阳是否已经升起的争论，他们只是稍稍停顿了一下，仿佛看见异物一样，无从想象，如果不是因为争论太阳，他们的困惑或许会发展成对我的不屑，但太阳是否已经升起牢牢占据了他们，他们连招呼也没跟我打一声就继续争论起来。

无论如何，出发总是让人高兴的，四个人并排骑，迎着毫无疑问升起的太阳，四张逆光的剪影。回想起来，那时我们意气风发，80 年代初，一切都在解冻、冰消雪化，我们是劫后的天之骄子，戴着闪亮的校徽，从北京来到外地——骑着自行车就像骑着马，荷尔蒙与使命感同样充沛。北京到海边不过三百公里，但对自行车却是不算短的距离，而且那时还不流行旅行，更不流行骑自行车旅行，我们的确是开创者，越发感觉李南的不同。杨修与"鸡胸"很快就骑到了前面，你追我赶，一阵阵骑得飞快，谁也不服谁。"鸡胸"当然追不上杨修，不过"鸡胸"耐力特好，即使落下一大截子，最后杨修慢下来时他也总能追上。那么远的距离，他们总是那样，总是一阵阵地发疯，好像我不是个男的，好像总得有人陪着李南一样，就如李南有个仆人。的确在杨修与"鸡胸"看来我与他们不可同日而语，我其貌不扬，又无体力，加盟进来就是充当李南的"听喝"的。我对此倒并无怨言，真让我追我还真追不上他们。他们把我和李南落得远远的，某种意义上也含有恶心我的意思。

我不在乎自己像荷尔蒙少似的，也像李南一样欣赏着"鸡胸"、杨修的裸奔。二人都穿着运动裤衩，杨修已脱了背心光着膀子，身体晒得像大虾一样，"鸡胸"坚持穿着背心，但背心早已湿透，胸前总像有淋浴一样。中午时分，我们已穿过80年代初的三河县县城，县城的集市很热闹，熙熙攘攘，真正意义的车水马龙，卖水果的，卖菜的，卖肉的，卖鸡蛋的，卖粮食的，叫卖声连成一片。我们在城边上的一个汽车队所属的有树、开水、阴凉的院子吃午饭，那时刚有方便面，我不光充当了李南的也充当了杨修与"鸡胸"的仆人，为大家做饭，其实就是打开水，泡面，分发食品，把鸡蛋给李南剥开，西红柿烫了，去皮。杨修和"鸡胸"表现一路，比我累多了，我一方面服务李南一方面也享受李南，在美女身边一点儿不累。烈日炎炎，饭后我们到三河大桥下的树阴下休息，河滩很宽，一派干荒，中间有一点水，闪闪发光。那儿有水但没树，我们还是在树下休息。"鸡胸"提议游泳，杨修也说去，但两人说了一会儿谁也没动。下一站是玉田，休息了一个小时继续上路，"鸡胸"与杨修继继你追我赶。我真佩服这俩牲口，心里也有点跃跃欲试。我的强项是书读得多点，与李南继续边骑边聊，聊汤因比，池田大作，聊湖南岳麓书社出版的"走向世界丛书"，聊李鸿章、康有为、刘锡鸿、张德彝。我知道这些人和书都不能和杨修与"鸡胸"的"奔腾"相比，他们那种对身体的"承认"是对过去的最有力的否认。我的身体过去就是自卑的，在承认身体的时代依然如此，甚至更加自卑。

从三河到玉田有相当的距离，中间穿过了所属天津的蓟县，路边看到胜地盘山的路标，心里痒痒，几乎杀向盘山。1980年我们应算最早的骑自行车旅行者，尽管不太远我们已跨越了北京、天津、河北三省市，夜幕降临我们一行四人已驻马县城，仿佛唐僧取经路上的师徒四人，此时我们四人已不再分开。因为漫漫旅途，远离京畿，疲劳与陌生感主导了我们，让我们有了一种从未有过的不分彼此的兄弟之情。县城休息一晚，住在男女不分的旅店，货真价实的大车店。一条大炕，睡了道上的各色人。现在回想起来简直不可议，因为李南本可住县城招待所，她又是女的，怎能和这么多陌生男的睡一起？她完全有条件特殊，可她却没一点特殊。那时我真是佩服她，她不愧是军人之后。军人之后是这时李南特别让人着迷的一点，又朴素又高贵，我、"鸡胸"、杨修三个男人自觉将李南保护在中间。杨修表现得尤其好，主动将挨着李南的位置让给了"鸡胸"，也没和我争。我虽然守着李南，虽然睡在一个床上，但就像守着梦一样，动也不敢动，一个手指都不敢碰一下李南。李南属于我们三个人，但不属于我们具体哪一个，挨着李南事实上反倒是折磨。我相信"鸡胸"一夜也没睡好，因为我也没睡好，李南同样穿的是运动裤衩红背心，和衣而卧，没盖大车店提供的毛巾，无论正面背面都让人云蒸霞蔚。客观地说，李南这样的身体既不适合我也不适合"鸡胸"，只配杨修。

第二天早餐，发生了一件事，让我觉得杨修佩得上他的帅劲儿，像杨修这样的家伙就该是英雄，那才完美。如果"鸡胸"办出杨修的事我就觉得是一种玩笑，不符合完美的标准。事情是这样的，我们在县城边接近田野的一个早点摊吃早餐，早点摊非常简陋，四处漏风，到处挂着油渍，几张桌子歪歪斜斜，油渍麻花，坐着面目不清的人。这些人说不上城里人还是乡下人，在城里和乡下之间。吃早点的人排了一条二十几人的长队，从小店一直排到了外面。那时是短缺经济，买什么都排队，北京也是一样，所以对我们并不新鲜。新鲜的是我们排了半天队，好不容易落座，吃上了油饼豆浆，一个歪戴帽子穿白制服——那时是白制服的民警摇头晃脑走进来，一副对这儿再熟悉不过的样子，敞着领口，旁若无人穿过排队的人。人们很自然地给他让开，仿佛让了许多年。店伙计有三个人，其中两个憨厚的中年男人赶快停下手中活计，向径直走到柜台里面的"伪军"点头哈腰。

　　另一个伙计是乡村姑娘，姑娘面色红润，正在把炸好的油饼放进皱巴巴的铝盆里，"伪军"理也不理点头哈腰的两个男人，直奔姑娘，嬉皮笑脸，把脸与姑娘凑得很近，和姑娘说着什么。我们听不清说什么，但前面的人肯定能听到了，那种赤裸裸的表情也完全不在乎听到什么。正是八月三伏天，没有电扇，更没有空调，所有人都穿得少，热汗漓淋。排在第一个的人焦急地等着油饼，可姑娘炸一个，警察（我们称其"伪军"，因为样子太像"伪军"了，过去只在电影里看过，现在竟然穿越时空看到，我们难以置信，此外"伪军"还是一种蔑称）拿着钩子穿一个，队伍一动不动等着，无人敢言。每人都像定格了一样，不能说麻木，但也没有任何抗议之情。白色的"伪军"有一次嘴几乎碰到了姑娘耳朵，或许舔了一口也未可知，反正帽子弄得更歪了一些。他早就夺过了姑娘的铁钩子，举得同样专业，一看就不是一天两天这样了，而且穿这么多当然不光是他自己吃。姑娘也没什么抗议表情，只是有时"伪军"凑得太近了就脸色绯红，目光难以形容地盯着油锅。直到穿了十五个油饼，这个流氓才走出柜台，停了一刻，不知为什么向我们这边看了一眼。他并非没发现我们，并非没觉得今天的气氛有点不同。但是他一如既往，甚至变本加厉也未可知。杨修站起来，"鸡胸"也站起来，跟着杨修走过去。我也站起来，这是必须的，虽然慢了一拍。但李南拽了我一把，让我坐下。我是李南的仆人、护卫，我的职责就是在李南身边，这点我也清楚。但我还是模糊地感到其他东西。事实上我巴不得坐下，李南非常了解我，与流氓斗不是我的强项。

杨修与警察四目对视。"鸡胸"说："把油饼放回去，你还是人民警察吗？大庭广众之下你既不排队又不付钱，成何体统！我让你放回去你就得放回去。"

"听到了没有？"杨修说。

"你们是谁？什么人？敢妨碍公务，反了你们了！"

"伪军"瞪眼大叫，张嘴之际更像牛二。

"我们什么人？你不是认识字吗？瞎了你的狗眼！""鸡胸"大叫。

"鸡胸"孟繁佳这点特别好，跟着别人冲特别敢冲，跟得上劲儿。当时我们都戴着校徽，校徽在1980年具有特殊意义，是管些用的，表明某种特殊。我们四个校徽，牛二面前两个，坐在桌旁的两个，我分明注意到尽管流气但还年轻的"伪军"向我们这边瞥了一眼，我甚至注意到包括瞥了我们的白地红字校徽——毛题的，事实上有点当年红卫兵的作用。但地头蛇不是那么好压的，就是那次我才理解了什么是地头蛇。地头蛇是多么的狡辩机警，突然反咬一口查杨修证件。

"你们什么大学生？是不是假的，冒充的？有证件吗？没证件跟我走一趟，你们敢冒充大学生，也不看看这是什么地方，走，跟我走，到局里去！"

我没想到杨修会出手。杨修还用一只手制止了"鸡胸"孟繁佳。

杨修勒着"伪军"对着"鸡胸"孟繁佳说："你别动手，就我一个，这里的人都看着呢，我一人足够，听见没有！"杨修吼一声，孟繁佳放手，在一边叫嚷。

杨修高出"伪军"一头，他在体育系练过些东西。

我觉得问题严重，毕竟这是袭警。杨修也清楚袭警的严重性，所以不让"鸡胸"孟繁佳上手。杨修头脑很清楚。但他还是动手了，这点杨修倒是没变。

"把油饼放回去，"杨修钳着"伪军"边走边说，"国统区也没你这样的，除了日本人的时候有你这种杂碎，放下油饼！"

"伪军"把油饼放下了，不放也不行，快喘不上气儿了，真是佩服杨修！杨修制服了"伪军"，完了给"伪军"风纪扣系好，帽子戴正，请出了店铺。

到了门口杨修刚一松手，"伪军"便跳着脚大骂，扬言我们出不了城，骑上自行车风一样走了。我们必须赶快离开，我提议。"鸡胸"孟繁佳附和，立刻收东西。杨修却说不能走，得等警察来。不走还等警察抓咱们？"鸡胸"孟繁佳说。我也是这么认为，附和着孟繁佳，尽管我觉得跟"鸡胸"孟繁佳意见一致有点受不了但也顾不得了。没想到的是李南也说不能走，要等一会儿警察，警察不来再走。

我和"鸡胸"孟繁佳大为惊讶。为什么还要等警察？"鸡胸"孟繁佳问。他的问题也是我的问题，我们这会儿完全一致。四个人中我是最懦弱的，"鸡胸"孟繁佳需要冲的时候很敢冲，甚至气势上不比杨修弱。

杨修说现在这里还是现场，警察要想找我们麻烦我们就是走也走不了，这是他们的地盘，与其路上被警察追上不如坐等。这儿起码还有证人，是现场，可以讲理。

　　杨修说得有理，至少我是如梦方醒。但是李南也想到了这些？

　　我觉得惭愧。但仍然非常紧张。

　　果然，不一会儿就听到了摩托车声，小店气氛立刻紧张。那些买了油饼的人都没走，一是没见过我们这些北京来的骑车的大学生，二是想看看结局，三是显然也在为我们担心。什么情况都有，有的麻木，有的漠然，有人小声对我们说赶紧走，从村里走，说我们惹不起"伪军"，"伪军"他爸是县里的大官。

　　两辆摩托车停在小店门口，六七个警察下来，进来了三个，其他人警戒，如临大敌，并且带了枪，将小店围住。不知枪是真的假的，有无子弹，这是次要的，重要的是枪本身显示了一种极不平常的东西，也是我人生第一次面对枪。

　　没有比面对枪更紧张的，我有点想尿，或者已尿了，一点儿不开玩笑。但我又是第一个走向警察的人，我就是这么矛盾，最慌乱的时候正是我最勇敢的时候，最勇敢的时候也是最慌乱的时候，或者不如说是勇敢就慌乱。因为感到尿下来了所以必须以更勇敢的行为来弥补，否则我太不像话了。是的，就是这样，如果不是尿下来了我绝不会充英雄。我会装作很镇定，就像李南、杨修、"鸡胸"一样。

　　但我控制不住自己，我太紧张，太害怕了！在害怕中冲向了"伪军"后面领导模样的警官，亮出了自己证件，以最快的语速介绍了自己，我们是北京某大学的学生，这是证件，这是校徽，我们来自首都。我最简单地讲述了事情的经过，没等我讲完有个女人在人群中喊了一声"是这样"，像一声孤立的鸟儿叫。这是多么重要的证词、呼应，尽管那么孤立。鼓舞之下我不仅说了那人不付钱不排队的事，还说了调戏炸油饼姑娘的事，这时候我注意到领导严厉地看了一眼极力否认的"伪军"，但并没有质询是否有此事。无论如何，我的先下手为强指证打乱了抓人的计划。事实不能否认，大家虽不太说话，但都看着呢。

"你动的手?"警官问杨修。

"他是我们三个人的代表，他帮助你的下属系上了风纪扣，戴正了帽子，乡亲们，你们说是不是?"我巧舌如簧，大声问，但这次却没有一个人回应，好像不用回答似的，但我觉得太需要回应了，人民，为什么沉默?我于是更快速地说:"我们只是要求你的人放回油饼，并没做别的什么，不放回去怎么向群众交代?影响太坏了，我们只是稍稍强制了一下，你应该感谢我们，嘉奖我们，向我们学校致信……"无论我在说什么但是一直在说，这是最重要的，我的声音一边倒地压住了场子。话语的力量就是这样，你打不倒我的话语就无法抓我。

"走吧，跟我们到局里去说清楚。"

"不能去!"又有一声鸟儿叫，从嗓子眼儿挤出来的。

"伪军"快速回头，牛眼扫过人群。

"这儿不能说清楚吗?"杨修问，"这儿有现场，你可以调查。"

"这儿说清楚了也要到局里说清楚，这是程序，请你配合。"

似乎没有理由不去，不过一去，一脱离了人民群众麻烦就大了，我刚要说什么被李南拦下。"你是领导吧?我可以看看你的证件吗?警察办案也是要亮证件的，据我所知这也是程序。我们跟你走，这没问题，但是你是不是应该跟这儿的老百姓有个交代?一句话不说就把我们带走?批评与自我批评是我们党的传统，你的下属影响这么恶劣，一句都不批评不检讨怎么向群众交代？这可不是我们党的作风。现在正是党要管党反对不正之风的时候，我是党员，相信你也是，我们都在党内，如果你不信我的话到局里你可以给北京打电话，现在我以一个党员对党员要求您为您的下属向群众道歉，批评与自我批评。"没想到李南会说出这样冠冕堂皇的话来，肯定已琢磨会儿了，不过就算让我琢磨我也说不出来，而李南说出来那么自然，沉着，显然镇住了警官，也把我镇住了。我们知道李南从小当兵，很早就入了党，可平时一点儿也没觉出她是个党员。党员那时哪儿想到开风气之先的骑车旅行？

警官道了歉，做出了保证，然后让另一警察给杨修戴上手铐。

"等一下，我建议不要上铐。"李南对警官说。

"这是必须的，"警官非常坚决，但少顷还是又缓了一下口气说，"这也是给群众一个交代，请理解。"

李南没跟我们商量就同意了，这可是非同小可的事，不明白李南为什么这么爽快就同意了。如果不是李南同意杨修肯定不会戴，但李南一同意便不好说了。杨修涨红了脸，大概平生第一次戴铐。两辆挎斗摩托车，前面的一辆带着杨修驶离了油饼摊，在乡亲们也是市民们默默目击下扬起一路尘土。我们不断挥手向群众告别，但没一个人民群众向我们挥手，也再没一声鸟儿叫。我、李南、"鸡胸"孟繁佳在两辆摩托车之间骑，杨修的自行车前轱辘绑在挎斗上，有些意想不到的悲壮。很快就上了大路，但没有走向城里，而是向城外驶去。

我又一下紧张起来，我看出"鸡胸"孟繁佳也同样紧张。

"这是要去哪儿？是局里吗？"我问。

"是不是去城外的看守所？""鸡胸"比我经验还丰富一些。

"我们还是撤吧，别被一网打尽，到时连办法都没得想了。"

251

我提议，我看出李南这时的脸色也变了。"骑慢点儿，有岔道咱们就拐出去。"我说，"鸡胸"附和，李南几乎有着男人的严峻，但还是随我们慢下来。结果我们刚一减速，前面摩托车突然停下，后车也跟着急停，发出尖锐声音。我觉得自己又尿了。我们上当了，这里脱离了现场，脱离了乡亲市民们，他们再麻木再冷漠也有作用，他们是人民。

前车的警官从车上跳下来，向我们走来，我们没下车，支在自行车上，卡车、长途车、马车避让着我们，从我们身旁疾驶而过。只有警官一个，别的警察没跟着过来。就在警官过来的时候杨修也跳下了车，手铐解开了。杨修取下自行车，和我们站在了一起。警官面对李南："行了，你们走吧。"

李南伸出手，因为警官已伸出手。

李南向警官致谢，互留了电话，握手。

摩托车返回，意想不到，我们欢呼，四个人抱在一起。

我们又是学生了，李南不装了，完全现出女孩样儿，蹦了起来。

"你们觉得我像不像？"

"像，像！"

也不知像什么，但一说我们就懂。

我们向着仍远在前方的海冲去。

四个人不再分开，能并排骑就并排骑——80年代那种集体的快乐如同一个人的快乐，在我的生活中只有这一次。如果我喜欢体育运动，这种体验会多一些，比如赢了一场球赛，拔河胜了，大家抱在一起是太自然的事儿，但我从小就不喜欢体育运动，一项也不，这次要不是李南是绝不会出来的，李南让我无法拒绝。在我们班上谁也不能拒绝李南，就如我这个呆气十足的人也不能。

这一天尽管累，但是骑得特带劲，特别意气风发，后来孟繁佳与杨修也再度你追我赶，我与李南也加快了速度，追上他们，他们逃了，再追，再聚，此时不是个人表现，个人的荷尔蒙降至最低，大家有一种依赖，不再分彼此。这时的李南是我们共同的，如同有的神是共同的。那段路是一段起伏不平的坡路，不断上上下下，上时吃力，下时像飞翔一样，特别喜欢那种飞的感觉。一场雨下来我们也没避，因为无处可避，四面是荒野丘陵，路边连一棵小树也没有。酷暑之时正是我希望的雨，完全是热雨，我们在热雨中前进，有时四个人在坡顶排好队一齐冲下去。我们不穿雨衣，没带任何雨具，我们都是雨人。雨将"鸡胸"孟繁佳与李南柔软的胸描述得异常清晰，我和杨修都没嘲笑孟繁佳的"鸡胸"，也不太敢多看李南。她自己可能不知道，我们雨中的意气风发也相当一部分来自李南湿漉漉的身体，绛色运动背心，蓝运动裤衩，短发，校徽，虽然几乎还是70年代的简朴，甚至还有某种刘胡兰的味道——比如头发，但在我们看来，用现在的话说完全是女神。

　　那么谁会拥有李南？最好谁都不拥有，最好永远像现在这样：不拥有，大家又都在一起，永远在一起才好。特别是完胜"伪军"，也完胜异常凶险的摩托车上的警官后，我希望四人成为一个共同体。我不知道别人是否这样想，比如"鸡胸"孟繁佳是否这样想，杨修是否这样想，反正我是这样想的。后来我接触乌托邦议题才知道乌托邦的感情就是大家一起度过险象难关之后产生的，它本质上是一种集体的取暖与相互的依存感，通过集体个人变得强大，实现那不可能实现的东西。也就是说如果不能一个人拥有李南，那么通过集体拥有，个人也就拥有了。

　　我也是后来才知道《乌托邦》是英国空想家托马斯·莫尔所

著，在我的书架上它还有一个名字：《关于最完美的国家制度和乌托邦新岛的既有利益又有趣的金书》，名字很长。书里提出了公有制，一切生产资料全民所有，按需分配，人人从事生产劳动，没有酒店、妓院、堕落和罪恶。1515—1516年莫尔出使欧洲时期用拉丁文完成了此书，不知道这期间发生了什么事刺激了莫尔。"乌托邦"来自两个希腊语的词根：ou, topos，"ou"是"没有"的意思，"topos"是"地方"的意思，合在一起是"乌有之乡"。李南后来给我寄的书也包括拉丁文，的确，我完全不懂，但是还可以查字典。谁都会有"乌有"的东西，后来有一次我还问过杨修那时对李南是否也有过"乌有"的想法，杨修也说有，但和我不同，"你那是弱势心理，我是强势心理，强势心理一样会有乌托邦的想法。"杨修的阅读量远不如我，他的野兽般的身体似乎不是用来阅读的，但稍加点拨他的见解便在我之上，他是可怕的，即便对美好的事物的感觉都是可怕的。这样的人就该关在书斋里，那才会了不得。据法国人说德国就是这样，他们将野蛮关在书斋里，所以产生了那么多哲学家。

古冶至榛子镇路上地貌原始、荒凉，没什么村庄，这段路正处在燕山沉降带与滦河以及陡河的冲积扇上，北南依次露出的地层非常丰富，有震旦纪、寒武纪、奥陶纪、石炭纪、二叠纪，地表覆盖物地质年代属二叠纪、侏罗纪，北高南低，自东向西倾斜。北部低山为主，海拔高度在二百米左右，中部是几条东西走向的山丘，海拔约七十米；南部冲积平原为主，海拔约四十米。由于荒野无人，我们几乎骑行在地质学意义的低山丘陵上，雨中的我们如此生猛，原初，正像80年代在荒凉的70年代上的发轫，像一代走出侏罗纪的人。暴雨落在地上生出白烟、雾，我们有时几乎在白色雾中穿行，我们虽来自70年代，但年轻，属于"全新世"，我们有着一种责任，有一种新的呈现。我们正在呈现，在生猛的白色的雨雾中。

我不能说暴雨中的李南也有杨修的某种"兽"的一面，但在女性中李南是可以和杨修对应的人。李南并不雄壮，偏瘦，有某种骨感，脸和手臂黝黑，几乎一个颜色，一看就是阳光的作用，因为雨此刻肤色更有一种又光亮又结实的东西。如果仅止于此也不过就是更动物性的女性罢了，她还有别的东西，事实上有了她从根本上说我们什么也不怕，没有解决不了的东西。这东西不是她自身的，但却与她密切相关。她自身的到底怎么解释也同样困难，反正从外表看即使在最不懂行的人看来至少她的体质绝对超过我，且不逊于固执的不服输的"鸡胸"，不会超过杨修，但也只有杨修与她在一起才是"标准"的男女有别。李南也常去体育系，在那儿跟杨修常在一起，不过李南不是练击剑而是短跑和游泳，"鸡胸"孟繁佳也常去游泳，还有很多男生都去，在那儿他们有一种类似共同体的东西。我必须说句老实话，我基本算是不会游泳，也就能狗刨两下，没下过海，不知能不能下，这也是我稀里糊涂去海边最让我莫名其妙的地方。我说过我天生不爱运动，会骑自行车完全是需要。这一路上许多时候与其说是我负责照料李南，不如说就是陪着，正好让"鸡胸"与杨修可以一路撒欢表演。否则他们将是沉闷的，因为如果没我他们不可能丢下李南，三人在一起又不自然。我甘于自己仆人的毫无竞争的角色，有时会在某种意义上嘲笑一下"鸡胸"或杨修，比如在牲口的意义上。我也不能太自甘羸弱，总得在嘲笑别人的时候找回一些自己。反正我再怎么嘲笑他们也无法同他们充满荷尔蒙的野性相比，那"鸡胸"的"胸"多荷尔蒙呀。其实后来倒是李南经常地照料我，上坡不时会推我一把，给我鼓劲儿，让我惭愧之至。确实，我本来不能骑这么远，根本就不是这块料，这李南也看出来了，真是难能可贵。我知道我在李南心目中也多多少少有一点分量，如果一点没有我也不来了，但那点分量根本不足以使我对她想入非非，我知道我排不上，但李南的一句话就让我找不着北了。那天她随便告我想找几个人骑车去海边，问我去不去，她说几个人。我一听两三个人而已受宠若惊，也就是说她心目中的男人两三人而已，这对我也是莫大的承认，没二话。唉，男人，发情期是很晕的，也不考虑自己能不能行，会受怎样的难以承受的折磨。我的屁股早就磨破了，骑起来生疼。我不明白"鸡胸"孟繁佳和杨修那两个畜生怎么就不怕磨，而且难道李南也不怕？

李南应该更脆弱吧？磨破了吗？想到这儿，感到某种鼓舞，来了精神，不禁看了一眼旁边李南的湿漉漉的运动短裤，非常优美，那时不用性感这个词，就是觉得美，会想到一些西洋绘画，罗丹呀，德拉克洛瓦呀，诸如此类。80年代看事物有一层纱，也不会用词把感觉一戳到底，但力量却是非常大的。

穿过暴雨区，从一个高坡上，好像是最后一个高坡，我们一下冲进阳光里。丘陵地貌上的暴雨就是这样，时阴时晴，我们冲出棉絮般散乱立体的云，时值七月，太阳一出来就烤人，很快就把我们烤干了，除了李南的秀发还有点湿。李南向后掠着头发，非常矫健，脸上有一层光亮，光亮完全来自雨后的大自然。我没什么可掠的但还是掠了一下，杨修问李南怎么样，仿佛他们之间有什么似的。这种语焉不详的问候已经不止一次，我和"鸡胸"孟繁佳也问过，从来没有杨修那种口气，当然也不具备杨修的自然条件。那种关心也只能来自杨修，我们不嫉妒，因为那也是我们发自内心的，毕竟李南是女人。这一天成就最艰难，也最辉煌，我们自玉田穿越了丰润、新唐山、古冶、榛子镇，黄昏时分到了滦县，看到著名的滦河。

我真的累坏了，到了客栈再没有什么关心别人比如李南的意识，倒在一间大炕上就昏了过去。李南、"鸡胸"孟繁佳、杨修也累，但没像我这么崩溃。我不吃不喝就睡着了，他们怎么动我也不醒，直到迷迷糊糊听到讨论要把我送医院——我已经被他们拖下床——我才勉强醒着大声说不用，就是困，累，没事，让我睡。昨天晚上我被蚊子叮得没睡好，再加上累，到地方倒下就再没起来。后来我才听说我是睡着觉吃的东西，"鸡胸"孟繁佳喂我，他喂一勺我吃一口，始终闭着眼，完全不自知。之后我听说他们三个人在一个露天小餐馆吃了一顿，一是庆祝对"伪军"警察的胜利，二是庆祝这里离海已经不远，下站是昌黎。昌黎就是海了，昌黎是韩姓的郡望，大名鼎鼎的韩愈的文集就名《昌黎先生集》。滦县到昌黎不过四十公里，两个小时即可到达，换句话说这儿离海不过两个小时。他们庆祝了一下，是在我不在的情况下，我对自己颇为失望，也觉得他们做得有些过分，完全忽略了我。我确认了乌托邦的幻灭，自己的无足轻重。

　　就是从这天早晨开始，"鸡胸"孟繁佳与杨修不再你追我赶，我们有时四人并排骑有时三个人并骑。三个人并骑是旅行中最合适的，李南在中间，左右都可以边骑边聊天。我时常一个人在他们三个后面，倒也愿意一个人在后面，一路上已跟李南聊得太多，没什么可聊的了。他们聊吧，我也乐得轻松，主要是我知道了自己在李南心目中的位置，在心理上放下了。放下就是一种轻松。

　　李南也从没问一下我为什么老一个人在后面，"鸡胸"孟繁佳与杨修还分别问过我一次，我都回答说没什么，该他们陪陪李南了，"我跟她已没话了"，我实话实说，但当这话说出口我才感到惊讶，我惊讶于自己是故意这么说的，惊讶于我的幽怨以及不在乎什么。我受了伤。如果掩饰会非常痛苦，或更加痛苦，我不必非得咽下这种痛苦，李南一次没关心过我，我想她听出了我主要怪罪的不是"鸡胸"，不是杨修，而是她。无论如何，至少名义上我陪了她一路，这一路我找了多少话题。我觉得李南应该感到这些，但是她的沉默，她的不闻不问，同样让我不确定她是否真的听出了我的弦外之音？有时候卡车、大轿车、马车或运输拖拉机、手扶拖拉机会让"鸡胸"或杨修闪到后面，和我并行一会儿，聊几句天，然后他们又到前面去了。

有一次杨修问我是不是有点不高兴，为了昨天晚上。我说无所谓吧，主要原因在我，不在你们，杨修说他昨天叫了我半天，"鸡胸"孟繁佳也叫了我半天，他和"鸡胸"孟繁佳差点背着我去庆祝。他没有说李南。无论怎样关心我，他还是留了一手。"鸡胸"孟繁佳也劝我，说的跟杨修差不多，非常有趣的是同样没提及李南一个字，让我越发确信了某种东西。乌托邦，哪有什么乌托邦，有差异就不会有乌托邦。事实上我的乌托邦也是自私的，我不过是借助乌托邦实现自己单个不可能实现的东西。

过了昌黎就闻到了海的咸味，快到海边了。路标已在提示，一条笔直的无人的林荫路，树龄不短了，冠在天上交织在一起，形成走廊，感觉像宫殿，或通往伟大宫殿的长廊。杨修与"鸡胸"孟繁佳再次撒起欢儿来，你追我赶。先是杨修疾行，"鸡胸"孟繁佳哪能善罢甘休，一下加速追了上去。两人疯了，如同食腐动物闻到腥气。甚至我觉得他们已不是在表现荷尔蒙，而是因为大海的吸引，不惜把李南扔下。当然了也因为还有我呢。他们习惯了这时还有我，这是最开始的习惯与意识，经过一度美好的乌托邦，我觉得应有所改变，可他们潜意识里仍没把我看作是平等的，还像最初一样把我当成李南的陪侍。不是我小心眼，虽然我说过我就是个小心眼，读多少书都没用，但另一方面看也是英雄气短。某种意义上我并不真的把杨修放眼里，更不消说"鸡胸"孟繁佳，多少代孙，多少代我觉得都毫无意义。是的，当我感到不快时我的骨子里有种几乎毫无道理的傲慢，不管别人比我强多少。

尽管不快，我还是到了李南身旁，填补空缺，认可了自己的位置。我勉强开玩笑说这两个牲口闻到腥味儿了，又疯了，我真羡慕他们。李南并没接我话茬儿，甚至没看我一眼，旁若无人。我觉得李南有点过了，我这么主动还怎么着？我的小心眼让我在心里对李南说：我真的没觉得你怎么样，我不过是在打破尴尬，你有什么了不起的？我不过是宽宏大量才来陪你。我不会再说话，我已做了我应做的，你要不愿说说话那就干着。我的确算不上男人，比起杨修我差远了。

我干脆放慢速度，把李南让了过去。

李南停下来，等我到了近前，"你怎么回事？"

"什么怎么回事？"我们相互看了一会儿，我真的并不怕她。

没什么可失去的。

"你别太骄傲了。"

"什么？我骄傲？我像孙子一样陪着你，跟你的仆人似的，我还骄傲？我告诉你李南，我并不图你什么，我只是觉得你是个女的，应该照顾你，仅此而已。"

"你照顾谁呀？我照顾你吧？"李南笑。

我觉得我脸有些热，后来差不多是这么回事。

"我身体不行，就不该来。"

"你来了我就很高兴，别太小心眼了。"

我感到了某种柔软的东西，越发有些惭愧，却也无法说清。

"我是舍命陪君子。"我认真地说。事实也是如此。

"我知道。"

"知道就好，别太不把我当回事。"

"你有完没完？"

远远的，杨修与"鸡胸"孟繁佳又骑回来，因坡度的关系，先露出了脑袋，然后是弓着的身子。是杨修，后面跟着"鸡胸"，真是牲口，让我羡慕他们的体力。

"你们俩干什么呢，下面就是大海啦！"他们异口同声。

是的，下面就是海！是我们的目标，目标到了，目标与大海是可以让一切清零的。我、李南、"鸡胸"、杨修我们来了一个漂亮冲刺，在坡顶上一下看见了大海，我们排成一排，整整齐齐，"乌拉——"我们用《列宁在1918》里的声音冲向大海。我们仿佛飞翔着，掠过两边的树，看到波平如镜的海。已近中午，阳光直射，事实上我们看到的几乎不是海，至少不是想象中的波涛汹涌的海，不过是水上波动的碎银子般的阳光。直到冲下横亘的柏油路，穿过沙滩上的林丛，直到我们的四辆自行车一下扎在沙滩里，我们才一动不动，看见了真正的海。

立体的海，想象中的海，没有海浪能叫海吗？我们看见成排的海浪向弯曲的海岸线涌着，极目远眺，近岸与远方垂直的海平线同时在我们一动不动的视野中，这才是真正的海。海也是乌托邦源泉之一，特别是我、"鸡胸"、杨修我们是平生第一次看见海，特别那又是1980年的海，是还很朴素的海，我们的激动就更难以言表。

说实话，我们当时没有游泳的意识，简直看不够，惯性地想在海上继续骑自行车。我们三个大男人发呆之际，李南已不知在何时在何地换上了泳衣，径自向海浪走去。李南是我们中唯一见过海的，不止一次，她有着我们没有的海的意识，游泳的意识，非常自然，仿佛进了某个熟悉不过的商店。看着她走向大海的吊带背影我们三个人同样有点呆，李南为大海增添了什么，我们不知是看海还是看李南，或者一同看，李南踏浪的瞬间，"鸡胸"突然脱掉运动裤衩张牙舞爪向海浪奔去。杨修又站了一会儿，慢慢脱掉背心，运动裤衩，剩下里面的三角的一边系带儿的泳裤，张开双臂滑翔地跃进大海——我们人生的第一次大海。

　　杨修与"鸡胸"戏谑一阵之后（摸了鸡胸）他们三个向深处游去，我仍站在浅海里，只沿着浪线跑跑，不敢远去。这次我没感到一个人的孤独，不感到被冷落，也不觉得自己不会游是什么缺憾。他们三个像后来在公路上一左一右一样，中间是李南，楔形游向远海，游向垂直的海天一色的海平线。

　　我佩服李南。后来我干脆坐在沙滩上。我已扶好了四辆扎在沙里的自行车，排得整整齐齐，注意到四辆自行车与大海的空间关系。并不觉得像一幅画，重要的是关系，这里有绘画不能表达的东西，唯有语言。画家在这儿没作为，越简单的越不好画，还有比大海更简单的吗？或许只能抽象，但抽象不具公共性。文字就不一样了，在表现海水的质感时，文字会与所有心灵相通，很多时候海的简单质感就是心灵的简单质感，写在水上的文字就是写在心上的文字。我看到海水深层和浅层布满了立体文字，不仅仅是汉语言，还有许多别的语种。之前关于海我头脑里一直是浪漫的画面，小提琴，少女，背影，落日，绝没有普通不过的自行车与海的概念。

　　事实上自行车与大海也有异物感，本来和大海没关系，经过我的摆放有了某种强行的关系，后来，正是沿着这种异物的关系，我较早地越过了启蒙初期特别的确定的审美情绪，发现不可能里面——有着很多的可能。而可能的东西里通常是既定的，只反映当时的条件。也就是说，通过小提琴与少女发现大海的美，对一步之遥的70年代无疑是一种解放，但这种美毕竟对应的是太贫瘠的有如侏罗纪的70时代，如此的贫瘠不可能发现"再普通不过的自行车"与大海之间的美。自行车是日用品，更是70年代的符号，甚至是政治符号——它参与了多少政治活动？但也正是这种政治的特殊性，又使我经常回忆摆放它们的情景。

不是说我比杨修与"鸡胸"深刻，不，不能这么说，事实上很多方面他们比我深刻得多，或者说我们的深刻是不同的。我的深刻性只是让我从此必然地通向了书和图书馆，他们的深刻则通向了事实上更深的现实。不过那时在海边摆放自行车虽有异感，但我们其实更多是相同的，比如责任。我摆放其实一开始不是为构筑美而就是一种简单的责任感，觉得自行车凌乱倒放不美，甚至破坏了大海的美。这说明我比杨修和"鸡胸"其实还浪漫，我是多么珍惜海边上的富有秩序感的美？

　　游过大海后小城同样给我们震撼，我们没骑，推着自行车，走在红、黄、白三色房子的街上，一栋栋树丛掩映的带走廊和露台的别墅像梦，走过栅门、铁门、雨痕很重的围墙，走在清洁的石径、不宽的柏油路和卵石路上，感觉像到了外国——那时已在电影上看到外国，我与杨修和"鸡胸"像说梦话一样议论着难以想象的擦肩而过的房子。我们问李南这里都是什么地方，谁住在这里，能不能进去，中国怎么会有这样的地方。海风拂拂，吹干了我们带沙子的皮肤，天空蔚蓝，房子如画，我们一致认为北京该搬到这里来，应该让这儿做中国首都，或至少让这儿属于北京。幸亏有李南，否则我们对这一无所知，什么也不知道。李南告诉我们过去还真的曾考虑把这个避暑胜地划给北京，甚至就在今年还有动议，考虑过把这儿作为北京的特区，不过李南说河北一直不肯放手。我们问李南河北敢不听中央的？在我们看来北京即是中央，中央即是北京。这是我们当时的逻辑，但李南并不这样看。

　　没什么游人，那时没什么旅游或旅行概念，甚至没有海的概念，所谓圣地只有井冈山延安韶山，即革命圣地之说，有了"胜地"之说开始有点混乱，后来才知道原来出自"旅游胜地"或

"避暑胜地"概念，与"圣地"还不同。如果不是李南我们三个须眉谁也不会想到北戴河，且以骑车的方式；冰消雪化不久的1980年的北戴河让我们极其陌生，比海还陌生，如果不是李南不会知道这里50年代初抗美援朝一胜利就是中共中央夏季办公之地，类似苏联的克里米亚。自然是向苏联学习的结果；我们不知道这里有超过百家的中直机关疗养院，所属浴场多有铁丝网（我们看到了）挂有"内部浴场，闲人免进"牌子，中直机关领导和他们的家人每到夏季都要到这里消夏疗养办公当然要有安保，当然不适合普通人来此。但80年代初不同了，我们来了，不仅来了而且是骑着自行车来了。至今骑自行车旅行仍是世界最时尚旅行。在我的书架某个角落，有一本《红色家族的档案》，证实了当年李南所讲。书中罗瑞卿之女罗点点一篇文章写道："每年七八月份是全家去北戴河的日子，除了我们，许多人家都去……这个季节就成为这些地位相近家庭之间，一年中最愉快的交际季节。大家去北戴河都是坐火车，这种交际就从火车上开始。五浴场是中直几个大浴场中最大的，全天开放，但大人们不能像我们成天泡在海里，他们要开会。所以他们在中午前后出现，毛泽东出现得更晚，总是下午三四点才来。"

我们虽然没在五浴场游泳，住下来后也享受了有铁丝网的浴场。我趴在铁丝网上看到另一端的铁丝网，更远的铁丝网，我看到一只麻雀落在那边铁丝网上。这里全是海鸥，上下翻飞，哪儿来的一只麻雀？它应该在树上，在公路边，田野，灰色四合院的树上，胡同口的水箅上，哪怕冬天，水箅上全是冰，但有米粒冻在冰里还有菜叶，鱼刺，面条，夏天就更不用说了。一帮一帮的麻雀像胡同的孩子，像我的小时候。离开小院是我的梦想，但是到这铁丝的海边吗？不是，从来没想过。但是到哪儿呢？我看着铁丝网想。麻雀突然飞了，一飞起来才发现原来不是一只而是两只，三只，一群。它们离开铁丝网，向岸边公路树上飞去。没有海鸥飞到树上，只在浅海飞，浪上飞，沙滩的纵深飞，然后折回深海。我看到李南、杨修、"鸡胸"，他们向回游了。他们那么热爱大海，毫不掩饰。我实际上有点晕水，真不知来这儿干吗？一路这么辛苦，就为李南的一句邀请？也不是为此，或者也是一种虚荣吧。李南只叫了三个男生，我是其中之一。仅此就是一种荣耀？一种承认？是，这毫无疑问，有多少人想来而不能。这没什么不能承认的，问题是：什么东西让你在这儿发呆？什么都与海有种空间关系，唯独铁丝网最奇特。

李南为我们找的地方，每人每天象征性的一块钱，差不多是白吃白住。洋房凉爽、幽静、穿堂风，即使北京最热的几天这里晚上也要盖被子。地毯、窗帷，那时就有 24 小时热水，坐在宽敞的海风习习的露台上，看着树梢上的海、颇有时间的郁郁葱葱的树、树丛中的淡黄色小楼，有了主人的感觉。初到时看着这里新鲜神秘，此时我们已是神秘的一部分，不再外在地看这里，而是由内向外看，这非常不同。如果不是李南即便来过许多次这个城市都不过是观光者，与这里无关，都是在看，看也看不透。我们看不透的东西太多了，因为我们外在于它。现在我们毫无这种感觉，我们是这里的核心，我们才是真正的这里。一座座小楼，结构都差不多，三层，每层四个房间，宽敞的露台，很多爬山虎，天气好时能看见海上的渔船隐在树梢里。我们有时把房间里的沙发搬到海风习习的露台上，喝冷饮、聊天、辩论，开四人舞会。实际是两人舞会，或三人舞会，主要是杨修和李南，我不会跳，"鸡胸"也不会，有时"鸡胸"让李南教一教，也跳一会儿。其实"鸡胸"比我还不适合跳舞，但热情高涨，真让我佩服。黄昏我们会趿拉着拖鞋悠闲地去我们的海滩游泳，沿着海浪走，散步，与海鸥此呼彼应。与海鸥呼应在我看那更像是舞蹈，一种纯粹的自然之舞，在这样的舞蹈中无论身体如何都是美的，或高或矮或胖或瘦，哪怕"鸡胸"自然也会给一种恰当，因为这种美事实是由海鸥调动的，属于海鸥，海鸥牵引着"鸡胸"奔放地跑。当然尽管如此，我们仍无法和杨修比，无法同李南比，必须承认这种差别。

有时我们脱离海滩，走到种植了大量针叶树的东经路，有时走到长满红柳的海滨路，那时北戴河主要就是这两条路。滨海的街边那时还没有阳伞，商亭，摊点，叫卖。非常安静，也几乎没什么汽车，所有的声音都来自自然，最大的声音是早晨的潮汐、海风穿过树林，另外就是有时好像饿了的海鸥。到了夜晚，一轮圆月从黑色大海升起，银光闪烁，永远的波浪多少年前就是这样。在银波的两边，月光连接不到的地方是一望无际的黑暗，衬得月亮越发不可思议。这里的一切对李南自然而然，对我却非常新鲜，是平生第一次。李南做了我们的导游，不同于导游的是没半点夸耀，讲的总是很简单，好像没太多可说的。这和我们兴奋的一堆迫切的问题形成对比。没办法，阅历造就人，没那个阅历哪有那个气质。问题还不在这儿，问题在于李南很多地方又和我们一样，我们一同远途骑车而来，一同住街边大车店，一同闻臭脚、旱烟、酒气、鼾声，她是女孩，一点不嫌。所以她对小城的淡然我们也没的说，不觉得做作。事实上李南平时也是这样，话不多，淡淡的我行我素，并不标榜、出格，不过也的确从不在乎别人的看法，总好像被一种梦一样的什么东西包裹，但走近她又很真实，善解人意。李南有某种男孩子的东西，很显然她梦想是个男的，但实际又是个女的，她喜欢男的不仅仅因为异性而是她的身体里有这种梦想。她的很多沉默的东西就来源于这种梦想，行为也多来源于此。比如这次骑自行车旅行，甚至超出了男的。有时会觉得她的沉默很有内涵，甚至是思想内涵，不过深入进去又并不深，不过是一种自然的性格。当然我觉得浅，很多人不觉得浅，比如杨修就不觉得李南浅。事情有时就是这样，即使是同样的眼睛也会看见不同的事物。我其实还是佩服杨修的阅读量的，他读书像他的身体一样猛，这是他和某类人高马大人的不同，但杨修把李南说成是一个有思想的人，这点我恰恰不同意。别的我都同意，说李南深不可测我也同意。女人哪有不深不可测的？比如情感，呵，这方面女人太复杂了，我永远也摸不透，但这和思想是两回事。

　　我不想描述杨修与李南跳交谊舞的情形，我一直在有意规避，有意识地轻描淡写，我前面只提了一句四人舞会，没多说什么，这实是因为即使现在过了这么多年回忆起来仍鲜明感到当时的绝望之痛。不是李南让我绝望，是杨修让我绝望，杨修代表了一种对女人绝对的东西，在跳舞的时候。某种意义上一个男舞者比一个女舞者更接近完美。杨修对李南始终是克制的，有分寸的，但显而易见，又是一匹赛马的克制。如果马有时也体现出克制，那就是杨修对李南的样子。他的肌肉富有弹性，我不好说有赛马的质地，但也是练习击剑的肌肉，游泳的肌肉，骑了三百公里被雨淋和暴晒的肌肉，那种局部的肌肉颤动确实像马，是让我最绝望的。同时李南的肌肉更有一种雨后着色的质地，在1980年神秘海滨露台上是那样标配。或者说李南也是一匹马，刚刚小一号，她成为男人的梦想也因杨修实现了。而且是双重的实现，既是女的又是男的。他们折返，旋转，相对，暴露，但不是奇装异服或者性感吊带的暴露，那时没有吊带，没那么多花样，没有蕾丝，就是健康的暴露：两人都穿着骑车时的运动短裤，绛色带领背心，露着的大腿，手臂，完全是两个运动员。富有光感的脸上的红色也十分相近，都是一路的阳光、暴雨，肤色当然接近。

　　同样的一路阳光、暴雨，我和"鸡胸"还是不同，就没有那种发亮的色泽，我晒得偏暗，没有任何光泽，"鸡胸"则正相反，红，像火烈鸟那种，脱了背心那地方又白得像骨头。"鸡胸"甚至怀疑我们同李南、杨修是两个人种。"鸡胸"这点好，有时很能实事求是。反正我们当观众时杨修与李南就像镜子，我们在人们身上照见了自己。他们跳优雅的三步四步舞时某些东西还不明显，音乐变了后他们突然牵手跳起了快节奏的水兵舞，实在有些刺激，在那时就算相当性感。那时舞风刚开，交谊舞男女相抱已经算开放，水兵舞则简直像两个人挑逗，新颖刺激，富有弹性，身体的折返、旋转与肩头碰撞让我和"鸡胸"完全看傻眼。不知他们是从哪学的，什么时候学的，私下跳了多久，一连串问题袭击着我那残存的一点点的幻想。我觉得读多少书都没用，天才也没用，都不如这种生命本身。他们裸露的发亮的胳膊、大腿快速交织，既动物又复杂，美，原始，精湛，加上梦一样的海滨，露台，秘密花园，小城的核心，我再次产生了乌托邦的幻想。短时间内我忘记自身的惭愧，超越了自身。

我没想到"鸡胸"死皮赖脸要跟李南跳水兵舞，李南真不错，但结果还是目不卒睹，丑态百出，主要完全不是那么回事，甚至连破坏都算不上，就是反讽。"鸡胸"让我的乌托邦之梦再次大打折扣，让我认识到那真是不可能的，只要有"鸡胸"这样不自觉的不管不顾的人在，就往往会抄乌托邦的后路。

不过话说回来，"鸡胸"还只是让我愤怒，真正让我幻灭的是离开北戴河前一天晚上，李南与杨修单独出去，一夜未归。一夜未归或两人住到一起应该说事先没怎么料到，之前他们并没公开关系。他们除了跳舞比较亲密，投入，激情，毕竟只是跳舞，是音乐所致，和爱情好像还无关。除此没什么迹象表明他们已确立关系。那天晚上当然也有些异常，他们受邀参加一个舞会，在另一个什么浴场，露天舞会。为什么只邀请了两个人？要么只李南一个人，要么我们四个一同去。当然，我不会跳，但"鸡胸"不管怎么说也是会跳一点儿的。"鸡胸"当时就急了，要求同去。一方面想去，一方面不愿与我归于一类——"鸡胸"自认比我优越，难以忍受与我为伍。李南回绝了"鸡胸"，只说了句那儿检查很严的，再没解释什么。李南回绝什么都是很无情的，非常干脆，没任何余地。但"鸡胸"的韧性也真让我佩服，他不怕因此而让人产生恶感，他心直口快（人其实挺好的）直指杨修，说杨修难道不被检查吗？李南只好说出她并不想说的。李南昨天只报了杨修，没别人，也就是没报我和"鸡胸"。"鸡胸"如梦方醒，但是显然李南已经很生气了。是的，一个人说出不愿说的话是要有些决心的，可能反倒会进一步决定了什么。但当时我们还没掌握情况，我们最后得到平衡或自我解脱的是杨修舞跳得好，所以才与李南一同出席了神秘海滩的露天舞会，当时我们还不愿承认他们可能的身体关系。但是杨修一夜未归——事实是天蒙蒙亮回到了我们的三人间——才让我们明白发生了什么。

二十七

不能小看程序的作用，程序会扼杀一些苗头性的东西，居延泽与李离最初的苗头让杜远方一个规定动作几乎一扫而光。本来正式报到李离打算把居延泽安排在自己的办公室，跟着自己实习，这也天经地义，本来这样也便于完成杜远方交代的调查报告——事实上这事在饭桌上甚至还谈起过，杜远方也肯定了——但是第二天，李离就变了。

居延泽实习的办公桌被安排在了大房间，像例行的实习生一样先跟一个年轻而乏善可陈的出纳姑娘实习，学习一些会计基本的东西。出纳姑娘瘦，神经质，紧张，慌乱，像电压不稳，居延泽有点受不了，弄得自己也紧张。好在很快换成了会计陈姐。陈姐三十四五岁，生过孩子，保养得很好，一切都非常正常，而且显然有个好丈夫。这样的女人能和任何人相处，无论男人女人，是财务处让人感到最舒服的女人。陈姐体态适中，长得标致，柔和，虽不如李离看上去惊艳，却有一种温柔的感人气质，办公室不管比陈姐大的人还是比陈姐小的人都称之为陈姐，就连李离有时也不得不随着大伙叫。

生活中有人天然具有"姐姐"气质，而那个年代的人好像都需要一个"姐姐"，都有一种难以言说的需要抚慰的呼唤，先有海子的《姐姐》——今夜我只想你——后有张楚的《姐姐》，在那个劫后的年代显然不是无缘无故的。陈姐就具有天然的抚慰气质，她让人依恋却不会想入非非，如果想入非非甚至会自我谴责。然而，让居延泽没想到的是，陈姐也是杜远方调来的人。事实上陈姐或许更适合做财务处的领导，因为这样亲和的人领导一个部门会让部门有一种整体上的温暖的气氛，刚好与李离形成对比，后来居延泽才知道两个人一直明争暗斗，并且中间夹着杜远方，堪称另一种惊心动魄①。

居延泽很长时间没进入调研角色，一直都被安排枯燥地熟悉各种报表，统计，损益，资产负债，资金往来，银行票据。一切都很严谨，一如李离深色套装的严谨。李离在违反杜远方的指令。财务处是厂里最早实行现代化办公的部门，蓝色隔断，开放式办公室，每人都在忙碌，基本没有笑声，只是偶尔才会有一点点交头接耳，或是像嘘气一样的笑声，简直称不上笑声。终日安静，秩序井然，一切都显示着李离套装的一丝不苟的风格。当然，最终也是杜远方的风格。杜远方办企业的领导力、现代企业意识在那个时代是杰出的，在行业内差不多最早实现了从传统企业向现代企业的转型，企业的管理、环境、生产、研发也最早完

---

① 这方面，作为坐在轮椅上的我事实上不能多讲了，经验丰富的读者可以去想象。不过有一点可以看出杜远方在摆弄人上已是怎样的随意又深不可测。

成了第一次升级，企业一跃成为全省创利税大户。杜远方不仅成为至关重要的"五一劳动奖章"获得者、全国人大代表，还成为了省委委员，个人（包括企业）级别也升至了副厅级。

杜远方不仅在硬实力上是一个有着现代格局的人，软实力也是一个创造神话的人。没有软实力——酒品的概念与品牌的建构——硬实力再强也无济于事。酒品是一种特殊商品，承载着太多东西，某种意义上是一种特别讲究"概念"的商品。概念即文化、历史、时尚、科技、健康，酒质之外人们喝的是文化，健康，或者历史、品位、时尚。一款酒总得有一到两个突出的概念，正如"杜康"是一个概念，"兰陵"也是一个概念。"何以解忧，唯有杜康"是历史文化诗的概念，"兰陵美酒郁金香，玉碗盛来琥珀光。但使主人能醉客，不知何处是他乡"也是。但"九里香"就不能称得上是"概念"，顶多是一个乡俗酒。而"兰陵王"的前身就叫"九里香"，那时只局限于省内，虽有千人规模，但出了省差不多就没人知道。杜远方摘掉右派帽子从远方归来接手酒厂的第一次企业升级，就是建立酒的文化概念，酒的品级，将"九里香"一跃改为"兰陵王"，从乡间酒坊一下进入大历史，胸襟得以敞开，一如杜远方本人的胸襟。

兰陵酒的酿造历史几乎同青铜器一样古老，最早始于商代，古卜辞中"鬯其酒"的记载，便是兰陵美酒的最早见证，迄今已有三千多年的历史。战国时期，一代圣哲荀子两任兰陵令，为兰陵酒业的发展奠定了深厚的历史文化基础。1983 年秋，河北蔚县张南堡西汉墓，发掘出土了具有 2146 年历史的古兰陵酒，引起世界轰动。陶制球形坛内，泥封上印有"兰陵贡酒""兰陵丞印""兰陵之印"戳记，保存完整无缺，虽时光久远，但幽香依旧，成为世界性的酒神话。远方归来的杜远方异常敏感，机敏地抓住这一"概念"，借势华丽转身，将"九里香"酒厂改为"兰陵王"酒厂。"九里香"距张南堡不算远，杜远方发动新闻传媒将"九里香"诠释为张南堡西汉墓"兰陵酒"后裔，将"九里香"原不过百年的酒窖由近及远，追溯为千年酒窖。从绝对意义上说杜远方也不能算是虚构，不能绝对地说"九里香"与兰陵酒没关系，中国历史长河里什么东西不是历史上传下来的呢？或许"九里香"真的就是兰陵美酒的后裔。当时一条至今已为酒业经典的报道如此专业又如此动人地写道："如果掬一捧'兰陵王'酒窖的窖泥，在阳光下细看，其显现出的五颜六色会让你惊叹不已，经过千百年的连续酿酒这些无数次经过酒液浸染、飘逸着浓郁窖香的老窖泥，已成为'兰陵王'独有的富含各类有益微生物的庞大体系，经中科院发酵研究所检测'兰陵王'的四口老窖池中含有的六百多种有益微生物数量在全国各窖池中位居前列。窖泥以发酵液（黄水）为物质交换的载体，使养分、微生物在窖泥和糟中相互交换，暗暗生香，默默发酵，从而实现了窖泥自身的新陈代谢。"报道称"这种代谢千百年以来从未间断，使窖泥充盈着生命力旺盛的微生物，形成特殊的生态体系，它的生命活动代谢所产生的复合窖香气就越浓郁，酿造酵产酒酒质就越好"。"'兰陵王'酒集科学、文化、历史和经济等众多价值于一体，成为中国乃至世界文明史一朵奇葩。"报道一句"九里香"的沿革之事都没提。

当然不能再提了，"九里香"消失了——"兰陵王"诞生了，"兰陵美酒"横空出世。不仅在概念上，汉墓出土的"兰陵贡酒"是低度白酒也启发了杜远方，让杜远方"千年"的脑海灵光一闪：生产低度白酒。低，甚至更低，让不喝酒的人也能喝。出了一次国杜远方知道许多洋酒度数很低，受女士追捧，如果加上千年"兰陵王"概念，应该可以出奇制胜，领导时尚。当时国内低度白酒的极限是三十八度，可不可以三十五度？二十五度？出土的兰陵酒不过二十五度，度数越低适应的人群就越广，任何人都可以像在电影中常看到的那样喝上一小杯。虽然技术上遇到前所未有的难题，但杜远方不惜重金请来全国一流酿酒专家，甚至请来了外国酿酒专家，经过研发，吸收了西方葡萄酒酿造工艺，在"兰陵王"概念酒推出一年后，"兰陵王·2146"隆重诞生。2146就是2146年，2146年前的酒诞生不是小事，概念、品质、品牌完全合一，一投放市场立即风靡。

这就是杜远方的脑子，像杜远方这样机敏的脑子业内着实不多。这样的脑子是怎样构成的呢？显然和杜远方的精密思考有关，和修养阅历有关，和学校无关。许多企业家都是这样，没读过 MBA 却可以成为MBA 的教材，论及"兰陵王·2146"杜远方在《酒》杂志上就曾写道："酒之品牌的意义在于产品的原创性和品质的个性化，它们从现实中来更从历史中来，在这个意义上现实的就是历史的，历史的也是现实的。"这样无师自通的观点完全可以进任何一所大学的 MBA 教材。杜远方写道："坚持传统——还有比'兰陵王'更传统的吗？并不等于拒绝对外来文化的吸收，恰恰相反，更要大胆地吸收全世界的先进经验。没有吸收就没有创新，就不会有个性存在。'兰陵王'在传统酿造工艺基础之上引入西方葡萄酒工艺技术，实现中国白酒从工业化到庄园化的转身，而中国白酒庄园化并非生搬硬套，它的含义就是白酒生产要酒窖化、花园化、亭台楼阁化、小桥流水化，就是'中西合璧'，引领文化酒的个性化潮流。品牌背后没有别的，就是文化，而文化的内涵就是个性。'兰陵王'品牌个性的基础在于外修历史概念、内修中西文化合璧，既保留了中国传统酒文化精髓，又融入了西方洋酒文化之典雅，不失中华民族文化之底蕴，又是世界潮流。"

的确，喝过"兰陵王·2146"，都能感到新兰陵酒的清澈、透亮、醇绵、浓香、馥郁、低而不淡，即使加水加冰色味不变。杜远方创造了深邃独特的酒文化，无疑与他私生活有关，因为他的私生活也呈现出了类似的特征，精致、隐秘、馥郁、井然，极少人能看到杜远方的内心，企业蒸蒸日上，他的私生活却没一点忽略。杜远方绝不废寝忘食，绝对拿出时间生活。出国，打牌，打高尔夫，养生，好《周易》，观《黄帝内经》（房中术部分），生活与酒密切相关。杜远方认为女人的丰富性可以给酒（如同给男人）带来无限可能，研究酒某种意义上就是研究女人，研究女人就是研究酒。如果一切都在法律允许范围内，关于酒与女人的爱好本也无可厚非，事实上很多年杜远方就是这样。李离是杜远方精心调制的一品酒，某种意义上说，李离就是杜远方打下的"兰陵王"王国的"王后"，这"王后"并不是隐秘，甚至是公开的秘密。

二十八

因为李离，居延泽成为较早了解杜远方内心生活的人，对居延泽而言，刚一步入社会就遇到杜远方实是难得，并决定了居延泽"辉煌"又宿命的一生。但当初居延泽实际上看到的只是杜远方的一点点缝隙，看不到杜远方的全部。不过就是这点缝隙，已让居延泽看到无论多么光辉耀眼的人也有隐秘晦涩的一面。这一面想象空间很大，有时让居延泽不寒而栗。但就算如此，企业辉煌与耀眼的佳绩是明摆着的，杜远方有着不容置疑的成就，又让居延泽不得不深深地叹服。同样，兰陵王的文化建树也反映着杜远方的与众不同的一面，既有潮流的知识竞赛、舞会、演讲比赛、健美，也没废除传统的"红五月"歌咏比赛。"红五月"是红色的遗风，强调的是工人阶级是领导阶级，已不合时宜，但杜远方坚持，因而"红五月"歌咏比赛仍是厂里每年最盛大节日。工人们一直感激杜远方，说杜远方没忘记工人阶级。当然不光是红色经典歌曲，也注入了流行歌曲，红色与娱乐满足了复杂的东西。每年各部门、各车间、各班组都要出节目，排练节目，有很好的奖品，有红包发放。居延泽来厂实习不到一个月便赶上了"红五月"，对居延泽是一个历史的机遇。没有"红五月"也许一切都不可能发生，但"红五月"又是必然的。

财务处全是女性，"七朵金花"，过去因为没有异性，每年出节目的热情都不是很高，通常只是例行地参加，出的节目很单一，一般就是一个小合唱。陈姐来了以后才多了一个二重唱，也不过两个节目。居延泽的到来像久旱逢甘霖一石激起千层浪一直自然压抑的东西一下爆发，气氛一下活跃起来，吵吵嚷嚷。首先是吵着让居延泽与李离合作一个男女生二重唱。办公室政治从来就是这样，什么事都要先想着领导，供着领导，事实上男女生二重唱的不二人选是居延泽和陈姐，他们两个要唱会有种特别的感人味道。居延泽自己也是这么想的，但正当他想邀请陈姐，大家却心口不一地将他试探地祭献给了李离。人们寄希望于李离推辞，认为李离肯定会推辞，因为令人敬畏的李离完全不像一个唱歌的人，而且也从来没听李离唱过。谁也没想到李离欣然笑纳，一口将大家原准备客气一下的居延泽吃了。当然，如果是和陈姐就可以和别人，但是与李离合唱了就不可能再和别人合唱。别人多有不便，而且要是把领导比下去——大家认为是一定的——多不好。

一个集体有时就像一个人，一群羊常常就像一只羊，居延泽读历史时就发现过这个问题，没想到现实甚至就在自己的身边依然有这么深的基础。群羊总是维护着头羊，单个的羊从没有地位，集体的羊也没有。单个的羊必须强大，必须有自己的主体，必须成为它自己——居延泽接受那个年代大学里流行的启蒙观点，也就是个人主义的观点，但实际却得出了另一种结论，走上了另一条路：寻找一切机会，哪怕需要暂时放弃个人也要让将来的自己强大；尽量少围着别人，让别人围着自己。平等的意识事实上并没建立起来，并没一个完整的理性。因此，居延泽也没提出与陈姐——时代呼唤的"姐姐"，他内心吁求的"姐姐"，海子与张楚后来呼唤的"姐姐"——合唱一曲。如果当年与陈姐合作，居延泽或许会走上一条纯粹的或者自性之路，但事情的多向性在于：居延泽当时也不反对与李离合唱，也有和李离一块唱的意图，只是没想到当大家提出来，居延泽甚至更有某种强劲的激动。与陈姐合作和与李离的合作是两种欲望，前者是美的，"姐姐"式的，后者要复杂得多，也更有一种诱人的东西。这东西非常直接，居延泽一下想起最初李离那颇具意味的眼神。

唱什么歌李离要居延泽选，居延泽选了《歌唱祖国》《英雄赞歌》，李离一口否了；又提《康定情歌》《小雨中的回忆》《外婆的澎湖湾》，大家又跟着一块提议《绿岛小夜曲》，都被李离一口否了。最后谁也没想到是《橄榄树》。是李离提出的《橄榄树》，所有人都很意外，这是一首特别强烈而且有很大难度的抒情歌曲，根本不像李离唱的。另外这也不是一首男女二重唱的歌曲，两人怎么唱？但事情往往就是这么怪，李离一旦定了这歌，大家又觉得这歌确实又像李离，不仅是一般的像，是哪一点上都非常的像。谁都知道，李离很小父母就去了台湾，生活坎坷，如果不是杜远方她到现在还是流水线上的装瓶工，也知道她拒绝去美国。为什么流浪，流浪远方——旋律确实像一种记忆与内心的旋律。

"可是《橄榄树》是独唱，不是二重唱。"人们说。

李离认为这不是问题，稍稍编排一下即可。

"怎么编排？"大家又问。

李离平时的严肃掩盖了一些东西，但她毕竟出生在一个不简单的家庭。李离拿起笔轻而易举对《橄榄树》歌词唱段做了划分，先是一人唱一段，结尾是合唱，高低有一点儿落差，降半度。李离就是李离，没想到她竟然很懂。

李离讲完划分，双卡立体声收录机开始前奏，李离、居延泽各手持话筒。

　　　　　李离：不要问我从哪里来

　　　　　　　　我的故乡在远方

　　　　　　　　为什么流浪

　　　　　　　　流浪远方

　　　　　　　　流浪

　　　　　居延泽：为了天空飞翔的小鸟

　　　　　　　　为了山间清流的小溪

　　　　　　　　为了宽阔的草原

　　　　　　　　流浪远方

　　　　　　　　流浪

　　　　　李离：还有还有

　　　　　　　　为了梦中的橄榄树橄榄树

　　　　　　　　不要问我从哪里来

　　　　　　　　我的故乡在远方

　　　　　李离：为什么流浪

　　　　　居延泽：为什么流浪

合：远——方

合：为—了—我—梦—中—的—橄榄树

　　没有 VCD，没有 DVD，没有画面，字幕，那时就是卡拉 OK 机，但话筒还是很新鲜的改变，颇有舞台上的味道。那时厂里只有一台四喇叭双卡立体声卡拉 OK 机，这款在当时是很专业的，各部门各车间都争着借，但财务处借没人争得过，也加上过去财务处从没借过，李离一个电话，工会主席派人送来了，就差亲自送来。特殊总是刺激着人的特殊欲。这个细节居延泽至今记忆犹新，但是当时却并没太多留意，不过是后来不断地回忆，这个细节才越来越加强起来。

　　记忆有时就是这样，不断回忆的东西才成其为记忆。当时李离一开口，就如同她原来很懂音乐一样，再次让人意外，而且，她唱的不是当时流行的朱逢博版的《橄榄树》，而是齐豫版的《橄榄树》。朱逢博的《橄榄树》是翻的台湾齐豫的《橄榄树》，朱逢博受过严格专业训练，唱得具有"专业"性或某种公共性，齐豫则更个人，更深情，更悲情。齐豫虽非专业，但走上歌手这一行的启蒙老师李泰祥却是有着严谨扎实的专业学院背景，《橄榄树》作词是三毛，作曲就是李泰祥，音乐偏向艺术风格，不易诠释，但是遇到对音乐有着相同敏锐感受力的齐豫却创造出了令人惊喜又与众不同的风格，齐豫将生命和情感传达得让任何一个人都感到自身的漂泊。谁也不知道李离了解这些音乐背后的故事，彼时资讯不发达，缺少一种执着的东西很难了解专业性的东西。但李离了解到了，她有自己的渠道，虽然拒绝了海外的父母，但仍与海外有联系。没有无缘无故的东西，李离唱出第一句已是一个全然陌生的李离。

　　李离声音纯正，准确，原来她会唱歌，唱得这么好！印象的翻转发生在开口的一瞬间，惊讶在此产生。是的，第一，就是准确，让人印象

279

特别深。准确是一切事物的基础，然后是风格，准确之中将个人的东西传达出来，李离在这点上，在准确之后，越来越让人惊异。那种准确与个人的东西让旁边同样手持话筒的居延泽如坠梦中，如乘上某种东西飞了起来，之前所有关于李离的印象都被荡涤干净，李离变了一个人，居延泽自己也觉得变了一个人，待居延泽发声，居延泽觉得已不是自己在发声，而是另一个人在发声。

为了宽阔的草原/流浪远方/流浪……居延泽唱，感到一种陌生的父亲般的情愫，兄长般的情愫，两种结合的情愫，过去从未有这种感觉，现在非常投入情不自禁，主要他觉得李离的声音是那样需要抚慰……到两人合的时候一块呼喊"流浪远方"的时候，人们的眼泪已哗哗流下，之前的李离和居延泽早已含了泪光，最后达到同一：泪水，沉默，掌声，边流，边鼓。

"再来一遍！再来一遍！"

是的，无法停下。

他们又来了一遍。更加自如，纯粹，一个完全打开的李离，不再是财务处处长，不再是一个一丝不苟的人。都说李离可以当歌星，开演唱会，而且，必须是和居延泽配合！其实居延泽唱歌并不行，但是唱这支歌犹如有什么附体，唱出了一种前世的感觉，在李离的影响下他是分裂的。

"你们应该再练一个，不然下不来台，肯定会要求返台的。"

"对，再唱一个《绿岛小夜曲》吧，这歌也适合，刚唱完《橄榄树》唱《绿岛小夜曲》，保准受欢迎。""对，对，《绿岛小夜曲》。"这种马屁有水平，因为一多半是真的，一多半真的马屁是好马屁。是陈姐的提议，自自然然，恰到好处。当然也不排除另有深意，一种倾向总是掩盖着另一种倾向，有时连自己也不是特别清楚这种倾向。但陈姐是特别清楚，她看到了什么。但是她只看到了一步，看不到杜远方更深的东西。

《绿岛小夜曲》非常抒情，亲密，乃至私密。与《橄榄树》不同，两人唱得亦非常轻，摇曳，忘我，像夜晚的两朵摆动的花。杜远方会听说什么吗？居延泽无所谓，一个实习生，李离危险了，如果再真的发生了什么……两人情不自禁地投入，谁都看出一种可能的东西。特别是李离，一丝不苟的反面可能就是不顾一切。这就是李离。是潜流。陈姐看到的别人也都看到了，但同时发出的赞美仍是真实的，发自内心的，而且是主要的。有时我们不必夸大生活中的某些片刻的潜流，潜流否定不了主流，许多时候甚至可以忽略不计。当然，有时蛛丝马迹又有决定意义。这就是生活的真谛，是阴谋论不能主宰生活的原因。

"这绿岛像一只船在月夜里摇呀摇／姑娘你也在我的心海里飘呀飘／让我的歌声随那微风吹开了你的窗帘／让我的衷情随那流水不断地向你倾诉——"两人脸对脸，眼睛对着眼睛，无论发生什么，这样都是值得的。

掌声，完全主流的掌声。赞美。也一样。

大合唱的排练因此一再推迟，简直给忘了，李离终止了大家的情绪。大合唱本来定的是《歌唱祖国》，李离临时改成了郭峰的《让世界充满爱》。别看人们吵嚷得欢，谁也不懂音乐，过去李离懒得参与，放任多年，这次因为居延泽，李离投入了进来。李离亲自导演合唱《让世界充满爱》：轻轻地捧着你的脸／为你把眼泪擦干／这颗心永远属于你／告诉我不再孤单……

演出程式先是大家一起上台，合唱《让世界充满爱》，之后是男女生二重唱，李离与居延泽跨前一步，唱《橄榄树》《绿岛小夜曲》。他们俩唱时别人跟着一起默唱，表情一致，依然是个整体。

距五一登台排练只有一个星期，时间还是很紧的。因为第一天排练想不到地成功，大家高兴，李离请大家到厂食堂吃饭。那时还不太时兴到外面吃饭，都是在厂里吃。那时厂里食堂已有单间，可单点菜，酒就不用说了，光是兰陵王的福利酒大家就喝不完。喝的是"兰陵王·2146"，极品。酒桌上有人提议居延泽再同陈姐合唱一个，说陈姐唱得也不错，这个提议有点儿冒失，被陈姐以罕见的坚决态度拒绝了，大家都有些惊异。

排练一般是利用下班时间，先是练大合唱，然后是居延泽和李离两个人排练。第二天就是这样，本来第二天有人还想留下陪陪居延泽和李处长，结果有人一走哗哗啦啦就都走了，想留下的人突然觉得不合适，也跟着走了。对单独男女在一起人们总是有一种莫名的敏感，一种模糊的礼让，唯恐自己碍事。

这种感觉多数的时候是对的。

"哟，你们都走了？那我也走了，等等我……"

李离也不在乎，似乎完全忘了或开始无视杜远方的规定动作。其他人走后剩下李离与居延泽两个人，感觉又不一样。特别以前有过某种眼神的很直接的交换，虽说那种眼神儿后来再没出现过，但两人唱歌时还是多少能感觉到。李离虽已近不惑之年，内心却有一种锐利的力量，这种锐利让居延泽并没特别感到两个人的年龄差，倒是一起唱歌后反倒有了一种深不可测的年龄差。或者也不能用年龄来界说，主要是李离又有了新的内涵，居延泽在内心对李离有了一份敬重，一种苍凉。苍凉是一种距离，更是一种感人，以致每每居延泽的声音不由自主就要以男人的胸怀接纳这种感人的苍凉。有时也会反过来，居延泽也会忽然有一种倾诉感，依赖感，非常强烈，以至动情，类似一种男孩寻找"姐姐"的感觉。同样的茫然，呼唤，同样的安慰与接纳。

为什么流浪

为什么流浪

远方

为了我梦中的橄榄树

　　第二个晚上，一曲终了，两人相向，没办法不拥抱，却长时间沉默。这时他们不是恋人，是的话不会拥抱了。也不仅仅是个人的孤独，它带着那个时代的色彩、苦难、记忆、单纯、心灵。那个时代离"史前"一样的"文革"并不遥远，历史记忆依然沉重，无论现实还是个人的心灵，都有一种走出历史的呼唤。但凡呼唤都有内在的单纯性，没呼唤了也就不再单纯①。

　　李离最初的眼风不单纯——包含了丰富的心思：对杜远方的不满、挑战——尽管如此，仍是一种单纯。但杜远方是李离命运的改变者、知音，这点什么也改变不了，这也是居延泽与李离拥抱但沉默的原因。其实李离的歌有相当程度也是唱给杜远方的，居延泽不过是代替了一定的杜远方的位置，与此同时，居延泽也唤起了李离更早的记忆的东西，青春，毕竟她也有青春，哪怕是寂寞的青春也感受过青春的喧闹，但还是因为寂寞，她一直不觉得自己属于改革开放后的这个时代，觉得自己是

----

　　① 居延泽对谭一爻说：现在，我们还有呼唤吗？就是有也非常微弱。谭一爻认为那个年代的"不单纯"也还是一种单纯。的确，这不是审讯，而是人生访谈、对话，在三十一区这样的访谈再恰当不过了。当然，你也可以认为这是另一种审判，艺术——某种意义上是对每个人的审判。

被这个时代遗弃的人，她最青春的时候不是在这个开放的时代。李离比杜远方小十五岁，却常常觉得与杜远方是同时代的人，实际上她那时刚过了三十九岁，往下找找仍可以算是年轻人。但年轻要有时代的标志——年轻意味着大学，在大学里待过，整个"时代"似乎都在大学里校园里，这些离她太远，与她无关，怎么算年轻人？

直到出现了居延泽（简直是杜远方送给她的）她才觉得自己依然还可能是年轻的，至少在居延泽这里她还是年轻的。居延泽的出现有点像回光返照，她怎么不可以往下找找？他是她能捕捉到的自己身上的最后一线青春之光，是白驹过隙，而且这个年轻人虽然很有时代气息却也有着穿越时间的东西。像杜远方有一种成熟的宽广，居延泽也有一种青春的宽广，两种宽广——当然是后者更有一种早晨太阳般的明亮。夕阳她已拥有过了，朝霞还从未……

……拥抱，身体颤抖，但依然沉默……

背叛夕阳并不容易，至少不如想象的容易，虽然杜远方有更年轻的女人。更年轻一些的，就像居延泽这样年轻，或更年轻，李离看到居延泽第一眼就想到杜远方的更年轻的女人。她后来打消了念头，也有点怜惜居延泽，她想她主要会毁了这个年轻人的未来。她真挺喜欢他的。

喜欢就该让他好，别带来灾难，也是沉默的原因。

然而燃烧过的东西往往更容易燃烧，死灰复燃往往再容易不过，有时候想躲过什么反而一定撞上，或一定走到那儿去。这次汇演，排练，李离在当初打消念头时就已模糊地预感到汇演时的某种可能。因为可能，她看上去打消得那么彻底，再没给过居延泽一个表情——基本表情就像职业套装一样。

但是她知道五月越来越近，这一天越来越近，之前她就已经设想到他们的合作，想到《橄榄树》，夜晚无眠时想了更多。果然像她所料，一点儿都不带差的，她被众星捧月推出来，同事们真是懂事，多么热情，一点儿也没感到别人的虚情假意。她也有不曾料到的，不过没料到的是自己：一旦进入排练放开喉咙竟然比自己预想的还要投入，她被音乐控制了，被自己内心陌生的吁求感动，她呼喊出了一个全然陌生的自己，没有别人，天造地设，只有居延泽，只有她和他，他们俩，他这么年轻有朝气，他的声音又比本人沧桑，她感到他的纯乎男人的抚慰，他在跟她对话，她听出了许多东西，她仿佛蜕了一层壳——多少年的壳呀——她变成了一个新鲜的但疼痛的自己。

那么，她要继续吗？抱紧他？吻他？他一动不动，他只要稍一冲动她就会惊弓之鸟般的推开他，但是他没有。就这样抱着，她没理由推开……

为什么流浪，为什么流浪，远方
为—了—我—梦—中—的—橄榄树

她感谢这个人，他这么年轻却这么懂她。一动不动地敞开，接纳，她几乎要控制不住自己。她的手慢慢松开，推开他，却没放开他，与他脸对脸。就在这时他看着她慢慢靠近她，她竟没有拒绝，他把唇慢慢地碰在她的唇上，她没有躲。他寻找她，与当年强大的杜远方不一样，杜远方是压倒性的，覆盖性的，他这样深情，缓慢，同样的不容置疑，他慢不是因为迟疑，而是因为深情，因为不能自已，他锐利地找到她的舌头……

连拒绝的意识也没有了，仿佛按动了什么。

他们长吻，舌头相绞，躯干相抵，身体已完全接纳，谈好了。

身体谈好但心并没谈好，最后时刻她突然推开他，甚至手有点重。

他愕然，她板起了面孔。

只能是年龄差很大的人才有可能突然板起面孔，就像老师对学生。这让居延泽清楚地知道他所处的地位，而他越发喜欢这种类似学生的地位。

他像顽皮的学生笑了，对她说：对不起。她瞪了他一眼，去了洗手间。从洗手间回来居延泽发现李离已重新整理好了自己。她套装笔挺，有点零乱的头发已梳理整齐，脸上重扑了粉底，干净，光洁，瓷制的一样。一切好像什么都没发生过，李离打开收录机，换下盒带，放上《绿岛小夜曲》，对居延泽说：开始吧，练这首。李离按键，伴唱前奏响起，李离放声唱了第一段。

居延泽真是佩服李离，刚才，几分钟前，他们如此激烈拥抱，吻，他感到她躯干的扩张，迎接他，需要他。现在她唱的虽然是爱情，是抒情，是月夜，小船，姑娘，但却和爱好像完全无关。唱完了第一段，第二段该居延泽了。

居延泽没接，不唱。

"你怎么不唱?"

"你唱得很好，完全可以自己唱，独唱。"

居延泽为自己的带嘲讽的话感到惊讶，之前的他怎敢这么说? 显然这话是在他拥有了某种权力之后才会说的，但是他真的拥有了吗? 那深刻的两舌绞在一起不算吗? 那躯干强烈的扩张、吸附不是吗? 因此他可以冷嘲她?

"你不想唱了?"

"还是唱《橄榄树》吧。"居延泽的话语的确变了。

"《橄榄树》已唱得很好，不用练了。"

"我觉得我唱得还不好。"

"你是不是今天就不打算练了?"

"我没说。"

"好吧,不练了。你走吧,我还有些事儿。"

"是不是以后就不练了?"

"不练了。"

"也不上台了?"

"不上了。"非常坚决。

"那怎么和别人交代?别人问我怎么说?"

"你还挺固执。"李离本是要冷笑的,说出来却又成了一种无奈的笑纹。

"什么叫挺固执?你把我脑子弄乱了。"

"有什么可乱的。"李离明白,故作不知。

"我们刚才,那是梦吗?"

"是,是梦。"

两个人都沉默下来,李离看着窗外,能听见窗外有车间还在排练。

"你真的有事?"居延泽问。

"真有事。明天,好吗?"

"明天,明天?我等不了。"

"你等什么?"又是冷笑,"我可以做你的母亲,我们刚才已经乱伦。"非常直接,这就是李离的风格。但居延泽也是固执的,特别是有了某种功利色彩,又比她小,因此毫不退让,倚小卖小,"他可以做你的父亲。"

他挑明了,同样直截了当,简直针锋相对,刚才他搂过她来吻她也有类似的东西。她比他大十五岁,比杜远方小十五岁,他年纪轻轻哪儿来的这种直接的东西?杜远方甚至也没这东西。如果这是一种天赋他真是前途无量。她喜欢这种东西吗？喜欢。不喜欢。此前她对他一直还有一种对待孩子的心理，现在她得重新估量一下了，事实上这种感觉在他的音色中她也或多或少地感觉得到了，否则她不会让泪水尽情流出，也不会尽情和他或让他拥抱，以致感觉身体内部强烈的震动。现在，他们相视，没有年龄差别。

"好吧，我请你吃饭，跟我走吧。"

李离一边收拾东西一边说。

二十九

走出办公楼，他们没去厂食堂，两个人一起骑上自行车出了厂大门。一路还可以听到有些车间、平房内还有歌声，鼓声，朗诵声，笛子，手风琴，小号，甚至小提琴。80年代，每年这个时候都是这样的红火，70年代也是，不同在于80年代有了质的改变，丰富了许多，除保留了部分革命歌曲、歌颂工人阶级的老歌，主要是流行音乐，外国经典歌曲，甚至还有西班牙斗牛舞。斗牛舞的排练听起来特别的带劲儿，酒厂的工人比起其他企业洋气，有文化，最初有些气氛比大学不差，千号人的企业也是藏龙卧虎之地。的确，国企的文化生活是80年代重要人文景观，那期间人们的交往也陡然增多，因此居延泽与李离并行骑出厂外也并不显得怎么特别。事实上每年的"红五月"的确也是发生爱情故事的时期，但往往是事后过了一段时间才有消息慢慢传出。传出也就传出了，没什么，大家也都习以为常。传闻很多，包括李离与厂长杜远方的传闻，这已不是传闻，是公开的秘密，流传最久的秘密。

那时还没有私家车，主要交通工具是自行车，自行车倒是已突破了永久、飞鸽、凤凰老几样，有了跑车、山地车、各种轻型自行车，款式也现代起来。自行车与城市任何时候都恰当，再多也不会对城市造成伤害，就像蜻蜓、鸟再多也不会对自然造成伤害。李离与居延泽骑在自行车上，在有橘色灯光的梧桐树下像两只夜晚的蜻蜓穿过街道，在路口、公共汽车站、商店、橱窗一带飞翔。那时还没太多的高楼大厦，新型饭店写字楼凤毛麟角，机动车也不多，主要是公交车。总体还是70年代格局，但面貌已经不同，色彩多了，有了灯箱广告、霓虹灯，商店门脸橱窗用了铝合金、茶玻璃，大幅电影明星的招贴画随时可见。流行歌曲到处都在播放，无论白天晚上，一个修自行车店也会放"你到我身边，带着微笑，带来了我的烦恼——成，成，成吉思汗——啊，他比你先到——请到天涯海角来——来来来——"

居延泽与李离穿过这些歌曲，一如穿行在厂区中。那时人们多爱唱歌呀，在那样的场景中，居延泽无疑是年轻人，李离有点不好说，与居延泽一起骑行让她不像中年人，也不像年轻人，也不像恋人，如果有人好奇地多看他们几眼很难断定他们是一种什么关系。即使从表面上看他们也是那个时代最难以断定的关系，有点超出时代，用现在的眼光看像姐弟恋，但又不止于此，或者更甚。当然，问题是：真的恋了吗？严格说李离还没有。还有杜远方的问题。杜远方还没解决。现在，他们正是去解决这个问题，所以他们确实有点超出那个年代，同时也仍为那个时代照耀。

他们去的那家餐厅是居延泽刚到时杜远方请吃饭的那家香港酒楼，这里显然是杜远方吃饭的一个点，居延泽一下又有些双重的紧张。

"这不上次咱们吃饭的地方吗?"

居延泽一是认为这儿太贵,二是担心碰上杜远方。

"怎么,是不是害怕了?"李离含义不明地笑。

居延泽反应很快,转换得更快,样子上显得无所谓,可话到嘴边又改了:"嗯,真有点,不会碰上他吧?"他觉得还是诚实好。

"那可说不准,没准就在楼上,我们上去吗?"

"还是楼下吧,碰上不太好。"居延泽表现出诚实的胆怯。

"是不是做贼心虚?"

李离这么说有点过,不太像李离应说的话,不知为何要这么说。居延泽无法回答,点了点头,承认了。居延泽越来越从容,这倒让李离没想到。

李离真的上了楼,居延泽跟在后面。

"真上啊?"居延泽问。

"那可不是。"李离说。

毕竟这地方昂贵,客人不多,只有两三桌就餐。迎上来的服务生是个帅小伙,套装笔挺,有点像李离的套装。那时服务生一般是女的,男的很少,且就叫服务员,还不叫服务生。上次在这儿吃饭居延泽甚至没注意到服务员是男的还是女的,这次他有了一份从容,对男服务员有些新鲜。

他们要了靠窗的一张桌子,没要包间,但可以看见包间进出的人。坐下后居延泽用目光探询上次吃饭的包间,却怎么也不记得是哪间。包间关着门时大同小异,一个模子,哪里记得住。

"上次是哪间来着?"居延泽问李离。

"你想去看看?"李离笑。

"对,看看杜厂长去。"

李离告诉了居延泽，居延泽兴致勃勃去了。找到李离说的温莎厅，结果居延泽惊得瞠目结舌，包间这木门，没有窗，看不见里面，居延泽推门而入，一眼就看见几乎坐在中央的杜远方，像做梦一样。杜远方当然也一下看到了怪异的居延泽——杜远方陪着一桌贵客，有四五个人，这些人衣着虽然普通，不是西服革履，大多是深色夹克，但个个表情泰然。

只有杜远方西服革履，他永远这样，永远考究。

"居延？你怎么来了？"杜远方也很意外，包括对居延泽魂不附体的样子。居延是复姓，杜远方也喜欢这么叫。对于居延泽不速而至杜远方并未显出不悦，只是意外。

"噢，"居延泽确实反应快，即使犹在梦中，"李离处长请我吃饭，噢，不是，我该请她，我们到这儿吃饭，李处长说您在这儿，让我过来看看，我以为她是在开玩笑，没想到您真在，各位老师，各位领导，打扰，吃好，抱歉。"居延泽抱拳，既是行礼又是致歉。居延泽边反应边明白了李离不是开玩笑，她说的是真的，她知道杜远方在这儿吃饭，虽然不明白李离明知杜远方在这儿吃饭，为什么还要带他到这儿来？

"居延，"杜远方叫住了准备离开的居延泽，"既然称了老师，就给老师们敬杯酒吧，先别急着走。"说着转向在座的诸人，"我来介绍一下这个冒失的年轻人，"——"冒失"这个词在这个场合用得恰到好处，既消解了在座的意外又对居延泽刚才反应又快又诚实给予了肯定。无论如何，居延泽没有慌张，这是在座的都看到的。杜远方说的时候，居延泽腰板挺直，两手垂立，规矩有站相，"他是复姓，叫居延泽，渤海大学四年级的学生，在我们厂财务处实习，听听他刚才的口气，财务处的李离处长'请他'吃饭。知道为什么吗？"

杜远方讲话很讲究，字斟句酌，对在座的人不用称呼，也就是说没有主语，他既不用"领导"，也不称兄道弟，连"诸位"也不用，称谓阙如。在座的职位高者有副厅长，处长，某领导的秘书，杜远方虽身在企业也有不低的级别，且又年龄长，不过毕竟别人又是现管领导，身份特殊，所以称呼上就有了学问，事实上称什么似乎都不合适，称领导降低了自己，不称又不尊重，所以杜远方干脆去掉称呼。其实称一下"各位领导"很正常，甚至是应该的，但是杜远方不，他有一股傲气，绝不屈尊，这就是 80 年代。一般说来 80 年代一个企业家是有尊严的，那时的官家地位也不像现在这么高，事实上一度当官的还有点底气不足，有点灰，那时有"长大没出息让你当官去"之言。万元户企业家让人羡嫉，是价值中心，干部则不被羡慕。当然，这种状况时间并不长，很快扭转过来，也是必然的。现在，当然已完全不同，完全扭过来了，现在你对任何一个公务员甚至一个科长你都得称领导，确实是领导，哪怕你是一个大企业的总裁，董事长，不要说面对一个厅长，就是面对一个处长甚至一个科长也要尊称领导。但杜远方始终不是这样，杜远方在这点上是个别的。因为去掉称呼杜远方的口吻事实上有点老大的味道（另一方面也确实施了好处）。

杜远方说："兰陵王正在准备每年一度的'红五月'歌咏比赛，他们财务处的李离处长和他，这位大学实习生，对，居延，这姓很少，你是少数民族吗？"问居延泽，又转过头，继续对众人，"他们俩准备了一个男女生二重唱，听说非常成功，堪称绝配。我们的李大处长可是我们厂的厂花，哦哦，都见过的，噢，梁秘书好像还没见过，一会儿能见到的。今天我们的李处长本该坐在这里，可她为了居延谢绝了我的邀请，谢绝了大家。过去有人说我和李处长怎么怎么，这怎么可能？我不说是谣言，连我这个厂长都请不动她呀。"杜远方说罢洪亮大笑，不过并不夸张，杜远方即使大笑也有一种节制，别想看到他的夸张。

杜远方讲完，服务员已将居延泽给各位客人敬酒的器具准备好，厂办主任尊卑有序地介绍客人，这位是政府副秘书长，那位是王副厅长，这是赵秘书，那是刘处长。赵秘书是客人中年轻的一位，讲话却不含糊，口气很大，还开了居延泽与杜远方的玩笑。别人都很矜持，甚至冷淡。居延泽头有些大，哪见过这些人物。居延泽没想到过不了几年他也是这种场合的常客，说话比赵秘书还有一种不由自主的凌人之气。居延泽敬了一圈酒，赵秘书难侍候，笑嘻嘻问怎么得到李处长的青睐，回答不上来这酒他是不能喝的。居延泽无奈说是杜厂长开玩笑，赵秘书马上转向杜远方问是不是玩笑，球踢给了杜远方，杜远方久经沙场没任何犹豫说当然不是玩笑，居延泽当时脸就红了。但是这一关必须得过去，便说不知道李处长今天还有约，大概是李处长可怜自己才答应了自己。"可怜"二字用得有味道，间接回答了赵秘书，桌上的人已对居延泽有点刮目相看。总算过了关，赵秘书喝下了酒。临了副秘书长又把居延泽叫住："告诉你的李大处长，就说一会儿我去到她桌上给她敬酒。"人们大笑，居延泽再次脸红，但还是尴尬地说："好的，好的。"多少年后，居延泽还记得自己当时的狼狈处境。

　　不用说李离与副秘书长很熟，很多事居延泽都是后来才听说，很多事虽只一句话水已很深，但那时候居延泽听不出李离与副秘书长很熟，拼过酒，拼过醉颜红，正如晏几道有言：彩袖殷勤捧玉钟，当年拼却醉颜红。舞低杨柳楼心月，歌尽桃花扇底风。　　从别后，忆相逢，几回魂梦与君同……居延泽不知道当年打天下李离在酒场为杜远方立过汗马功劳，据说有一次李离狠劲上来，一个人喝倒一桌客人，可谓横扫千军，李离却不醉，巾帼之态，令人惊艳。那次桌上就有副秘书长，还有其他什么处长、主任，李离也因此名声大震被官场许多人记住。当然，李离也不是每次酒场都出席，事实上杜远方很多时候得恳求。在杜远方最软弱的时候至少有一次为了企业而不是为自己给李离两膝跪下，那次是关系到企业的一项最后的审批。那次企业顺利完成了升级，杜远方再没强求过李离。当然，李离也并不总是推辞，有时很愿前往，个中关系就是这样复杂，有些居延泽理解得了，有些永远理解不了。

居延泽见到李离没说什么，只告诉李离一会儿有人过来给她敬酒。李离看着居延泽不愿说话的脸，笑，完全预料到发生了什么。她已点好菜，对居延泽说她去一下那边的包间，别等人家来了。居延泽原有话问李离，为什么不告诉他杜远方真的在，但李离没给他机会就走了。李离本来说去去就回来，结果竟然一下去了很久。开始的十分钟还没什么，但是二十分钟过去了，半个小时过去，菜都凉了，有时能听到包间那儿传来的喧哗声，特别在男服务员开门之际，男女混杂的声音清晰入耳。四十分钟了，居延泽忍无可忍几乎就要起身离去，站了两次又乖乖地坐下。本来在包间居延泽对自己已很不满意，觉得自己被人戏要，感到奇耻大辱——居延泽总是夸张自己的不良感受。现在又觉得被李离要了，如此地忽略、冷落，不是要是什么？这是居延泽印象中不多的人生尴尬处境之一。后来无论居延泽多么迷恋李离都没忘记这四十分钟地狱般的煎熬等待，追溯起来他认为也是他内心冷酷的源头之一。这四十分钟居延泽想到了太多的东西，可谓意义非凡，想李离，想杜远方，想包间，想三者到底是什么关系？最难解的还是李离，为什么带他到这儿来？为什么让他去见杜远方？当着那么多人？一切还以为是玩笑，竟然是真的——为什么？在包间他经历了怎样的措手不及？他的表现如何？有些地方还算不错，但最后还是被击溃。那些人的话是多么暧昧，他听不明白但感到问题，李离一去不回更证明那边的强大，自己的微末，他回来为什么第一个事就是告诉李离有人敬酒？不告诉行不行？不告诉又怎样？他实在是太后悔告诉，就不该告诉。那么乖乖地告诉多傻呀。他怕什么又怨什么？什么在玩弄他？李离和杜远方和他们那些人一起捉弄他？他们都是一伙儿的？只有他是个傻瓜？

他必须征服李离，对着窗发誓，只有征服才能化解心中一切的微末、屈辱、绝望。是的，现在，和这些人比起来，他一无所有，他唯一所有的就是他的一腔的爱，虽然它那么苍白。她有魔鬼的东西，简直比魔鬼还心硬：竟然让他毫不知情毫无准备地去包间，让他受辱。然而想到她白天的泪水他又不解了，想到他们那么长时间默默地搂抱，那是怎样的对话？那么她的泪水也是魔鬼的泪水？为什么流浪？为什么流浪——远方……这个李离是谁？是另一个李离吗？这个布满泪水的李离在他一动不动的怀抱中怎样深情？静默？她像是在倾诉而他像是长时间地阅读，一种无字书，无语之言。他们相吻，如果说"读"的时候还不能确定，吻——并且接受了他的吻——舌头锐利相缠——他确定了他们之间的心灵的东西，她下体内部激烈的扩张更使他确定了肉体的东西，这比心灵还毫无疑问！他的手臂环过她的腰感到她侧面的胸，真是不可思议，那时他们多么渴望成为一体。他渴望她的身体！这种情况还会再出现吗？还会，会的，出现过就应该还会再出现，他有过成功，不全是失败……

终于看到了她，虽然发了誓，但一看见她的不可思议的样子还是那么激动，他有机会，李离显然喝了许多酒，容光焕发，但眼睛依然清醒。她的眼睛与面颊呈现出不同的东西，眼白还是那么蓝，很奇怪，这种蓝通常只有少女才有，李离却依然在中年保留着，这也是她显年轻又深不可测的原因。她没有道歉，也没解释去了那么长时间的原因。看着居延泽酒菜一口没动，只是干干的一个人等，显得非常惊讶。

"傻瓜，你怎么不吃也不喝?!"

"等你。"

"等我干什么？"

李离给居延泽倒上红酒，也给自己倒上。

"干杯。"李离站着，没坐下。

"想不到今天这么丰富。"居延泽站起来，没头没脑看着菜说。

"什么丰富？干了吧。"李离漫不经心地问，带着某种酒劲。

居延泽碰了一下李离的高脚杯，李离豪爽地一口饮尽。居延泽喝了一小半，停住，放下杯子。李离坐下来，脸上光感消失了一些。

"不喝了？"李离盯着居延泽。

居延泽又端起杯子，把剩下的喝尽。

"什么丰富？"李离再次问，她没喝多，继续倒酒。

"你知道杜远方在这儿？"居延泽问。

"知道。"李离点点头。

"我以为你在开玩笑。"

"他们对你的评价不错。"

"我觉得很丢人，我不该告诉你那个什么破秘书长要给你敬酒，我很后悔，我当时太傻了，他们都是些什么人？我从没见过。"

"你可不能一点儿委屈都不能受。"

"我很后悔。"居延泽慢慢把又一杯酒独自饮尽。

"你不告诉我有人来敬酒我也会过去。"李离声音柔和了一些，但依然坚定，脸上因为酒的光消失得更多了，接近平时。

"是吗？"居延泽感到些缓解。

"你想，我知道他们在这里，我能不过去？"

"你推了他的约请？"居延泽不愿称杜厂长或诸如此类的。

"是。"李离点头。

"为了我？"

"可不，还为了谁？"说得很随意。

但推厂长的约事实上很重大，有点不可思议。有些东西慢慢地化开，居延泽也理解了一些东西，至少愿意理解了。

"老是想刚才我们唱歌的情景。"居延泽说。

李离不语，陷入沉思，居高临下的教训口吻消失了。

"为什么流浪？"

"别说了。"李离说，眼圈又潮了。

"我一个人，刚才真想死掉。"居延泽说，说完眼睛也湿了。

"别受不了委屈，男人，要经历很多。"

居延泽擦了擦眼睛，没擦净，说："今天学到的超过我的一生。"他的泪珠很奇怪，像没有内容的露珠，看上去已无关心情。

"你变得真快，说止就止住了。"李离笑。

两个人开始吃东西，谈办公室的人，菜品，味道，调查报告，没谈本来要谈的东西，比如强烈的爱。似乎在有意回避。包间在那儿，杜远方在那儿，谈感情？无法谈，甚至想到那儿就绝望。居延泽忽然吃得很快，好像饿了多少天了似的，李离不解，问居延泽干吗吃这么快，居延泽下意识地看了一眼那边的包间，他想早点离开这个伤心之地，但是没说出来。只管吃。虾，牛肉，羹，抛饼，风卷残云，很快又两碗米饭下肚，毫不顾忌吃相。在公共场合什么关系才有如此的吃相？大概只有母子间。父子间都不可能，一般说父亲绝不允许儿子这样吃，早就制止，或者根本不可能发生这种事情，根本不敢。只有母亲。但这是居延泽完全体会不到的，他太年轻了，李离只是笑，但后来变成一种苦笑。

"我吃好了。"居延泽一推碗说。

"你这哪儿是吃饭，赶路似的。"李离不由得温柔地说。

"我真的吃好了。"居延泽坐得笔直。

李离招呼服务员买单。

"你还要再过去一下吗?"居延泽指了一下包间。

"我应该过去一下。"李离说。

"你去吧,我在门口等你。"

"不会让你久等了。"

"没事,久等也没事。"

三十

　　这次等的时间不长，不过也有十几分钟，足够让一些东西凉下来。他们推着自行车，没骑，因为不知道去哪儿，只是顺道走着。临近5月的晚上，梧桐树下，春风沉醉，已无一点冬的凉意。橘色街灯，路上行人不多，一过晚上9点这个城市大体就清静下来了，虽为省会，80年代末叶也还没什么像样的夜生活，除了碰上电影散场或者一场演唱会。那时还不是一个消费时代、娱乐时代，歌厅舞厅更是凤毛麟角，只在一两个涉外酒店有，甚至有点特权味道。如果歌厅舞厅是时尚的，多数人也还和这种时尚无关。

　　他们在空寂的路灯下像两个迷失的人，没谈那一直回避的东西。居延泽原以为离开酒楼就可以说了、表达了，此刻却一点也不想说。没一点说的欲望，好像一切都消失了，被什么打碎了。

能把打碎的东西拼在一起吗？

无话。慢慢走。居延泽心里再度涌起异常莫名的痛苦，甚至比一个人等李离时还要绝望，为那被打碎的东西痛苦。李离到底怎么想的？他们如此热烈地拥吻过，怎么像是没有过一样？那不是心心相印吗，她怎么像无知无觉？他该怎么办？他不知道。

"我非常痛苦，觉得我们怎么隔得这么远？"居延泽忍无可忍最终冷静地说出自己的感觉，甚至有点悲壮。

李离没说什么。或者也不知怎么应对。

"我爱你，非常爱。"居延泽说，但是说得异常冷静。

李离笑了笑，没接居延泽的话。

"今天你收获挺大的，认识了很多人，这些都是很重要的人，将来会对你很有用。"李离岔开话题。

居延泽愣了片刻，以致有些愤怒，甚至觉得受到了侮辱。他在跟她说重大事情，她却说这么俗的东西！

"什么狗屁重要的人？和我有什么关系？你真是不可思议，他们有你重要吗？我讨厌他们都来不及！你是不是把我当成你的孩子了？你的心怎么这么老？简直比我奶奶还老！"居延泽终于发泄了出来。

李离有着过人的理性，一般说一个女人老得像奶奶，会把这个女人彻底地得罪，但李离比较特殊，这可能和她长期受到不公正命运的压抑有关，苦难、不公养成了她的面世的理性，这种理性就是对某些东西无动于衷。不过居延泽说的也的确对，居延泽就是自己的奶奶带大的。居延泽觉得奶奶比母亲要亲得多，居延泽出生在一个县城，父亲原是县中学教师，后来当了教育局长，官至副县长，母亲是医生，父母都忙，居延泽一直是爷爷奶奶带大的。

"你奶奶很疼你，是吗？"

"你怎么知道奶奶疼我？"

"能听出来。"

"你奶奶也疼你吗？"

"我连我父亲也没见过，更别说奶奶。"

"那你怎么那么了解奶奶？"

李离没再回答。李离当然不是特别了解奶奶，只是随口一说。居延泽其实提到奶奶后有些后悔，觉得话说得太重了。好在李离没在意。居延泽有点感慨，有些东西回到了心里。

"你真是挺特殊的，和一般人不一样。"

"怎么不一样？"李离问。

"说你像奶奶也不生气。"

"我觉得我就是奶奶，和你奶奶差不多。"李离歪着头认真地说。

"真这么觉得？"居延泽也认真地问。

"你说我的心老，说得很对，真的，我的心太老了，我早该入土了。"

"我是说着玩的。你一点也不老，你是心老，人不老。"

"你真会夸我。心老人不老——"

确实有时会感到李离的一种沧桑，一种悲剧感，她唱的歌中有这种东西，但平时很难捕捉到，有时感到也与悲剧感完全无关，比如在酒场上。李离有些东西太深了，年龄，经历，特别还包括和包间那些要人的关系。她跟他们很熟，觥筹交错，是她的另一面；不可思议的一面。歌里有这东西吗？好像有，也好像没有。不，应该没有。想到这些，或者说，模糊地感到这些，居延泽慨叹。

"爱你太难了。"

居延泽终于再把"爱"这个字说出口。和李离激烈拥抱接吻时也说过这个字，但那时不算，那时是一种身体的激情，现在是心。但李离还是笑，对爱字一点儿也不敏感。

"你不相信?"居延泽继续，"我要和你结婚，你信不信?明天我们就去办手续，我说到做到。"通常男人对比自己大的女人无以表达爱的真诚与强烈时总是用结婚来表达，似乎这样说才能表明最大的诚心。

"说什么傻话。"李离还是那样淡淡的，无动于衷。

其实居延泽自己也不相信说出口的话，倒不是自己做不到，主要是……一种表达吧，居延泽自己也不知为什么言不由衷，但还是坚持。

"真的，我说的是真的，你要我怎样做才能让你相信?"

"不是这么回事，我是他的人，你胆子很大。"

这话非常残酷，居延泽完全没想到。

"你怎么是他的人?!"居延泽激动得停住了。

"我怎么不是?你还没看出来?"

"我去敬酒，他公开说和你没关系!"

"那种场合的话你也信?"

"你爱他吗?"

"这不是爱能说清的。"

"怎么说不清?这很简单，爱还是不爱?"

"爱。是，我爱。"

"你这话是真的?!"

"当然。"

李离认真看着居延泽。他们已到了街心花园，没进去，停在入口。花园很简单，只有一些树，石头椅子。椅子不干净，有的上面铺着报纸，有的上面竟然睡着人。

"我不明白。"停了半天，居延泽看着一棵树说。

"行了，我已讲清楚，今天就到这儿吧。"

李离说着跨上车，准备一个人离开。

"等等。"居延泽拽住了李离。

"我不管别人，我爱你。"居延泽没放开李离，突然抱住李离，两辆自行车同时倒在地上。居延泽的力量非常大，不仅是爱的力量，也有恨的力量，受伤的力量，征服的力量。混合起来构成一种强制的力量，疯狂的力量，甚至不容置疑的强暴的力量。或许正是意识到这点，李离忽然不再挣脱，任居延泽疯狂地吻，拥抱，抚摸，野性十足。但是因为顺从，静默，甚至迎接，比如舌头，居延泽反而慢慢平复下来。这个危险的小家伙儿，她驯服了他。虽然驯服了，李离倒也体验到危险以及危险的快乐，这不是杜远方的方式，永远也不可能。特别是她居然控制了这种危险，就像拥有了一匹小野马。

"好吧，居延，听我跟你说，我爱他，也喜欢你，就是这样。"

居延泽慢慢松开李离，他们进入公园，在石椅上坐下。

"他是一个非常优秀的人，"李离缓缓地说，"在酒桌上你也看到了，他和那些人不一样。他有过二十多年的右派经历，很多年开荒种地，面朝黄土背朝天，挖渠修路，开矿背石，人间地狱他经历过，可什么也不能改变他。他外语很好，现在也可以直接用英语和外商谈判进口设备。他在新疆读《资本论》做了二十多本笔记，他可以到大学教经济、英语，有大学请他，可他还是回到了酒厂。当年他是作为工程师被流放的，最好的年华都用在荒郊野外和《资本论》上，那时他只有权读这本书，他说《资本论》就是一所大学。他当了厂长，在最普通的车间里发现了我，也是感到我的受苦的气味。后来说起来，我们家和他们家过去还有点关系，他的父亲是梁启超的弟子，和我的祖父在一条船上出过洋留过学，专业学的都一样，都是化学。那时学化学的人不多，虽然没来往但我叔叔说他们应该是认识的。我叔叔和杜远方一般大，他们因为我见过一面，但是没谈好。我叔叔说，一个优秀的人有时并不喜欢另一个优秀的人，我叔叔也很优秀，他有他的道理。这么多年因为父母在台湾，我怎么也不能出头，是杜远方让我相信现在和以前真的不一样了。他对我的影响太大了。当初我没考大学，是因为不可能，后来是他把我送到职业技术学院脱产学习了两年，有了大专文凭，也才知道了一点儿大学。我羡慕真正的大学，羡慕你们这些大学生，可惜我不是你们。他每周来学校看我，那是我一生中最快乐的时光。我离了婚，以为真的可以过一种理想生活……"李离停下来。

"为了他？"居延泽拿掉李离身上的一片去年的树叶，刚掉下的。

"是，也不是。其实也不光是为了他，也为我自己。那时我才三十出一点儿头儿，还算是年轻人，我觉得自己从小到大没开过花，没有过少女时期，也好像没有过童年、青年，这些光阴在我都是一样的。杜远方让我相信了一个新时代，我可以按照自己的意愿活，我总要开一次花，我原以为我就是沉默的无花果，我相信了我是可以开一次花的。可是没想到他又卡了壳。他把问题摊到我面前，我一样不知道如何处理。这不是我的命运，是他的命运，我没怪他。他没离成我还是很幸福，毕竟我觉得自己开花了，我觉得不在于形式。酒厂蒸蒸日上，发展非常快，他头上的光环越来越多，光环越多他离婚越不可能，我们也越来越不可能。他无法成为陈世美，他说。另一方面他也越来越需要我，财务、计划、税务、贷款，与政府和银行打交道，资金往来，这些是发展的要素，一般人以为财务就是报个销发个工资，不了解也好，可完全不是这么回事。"李离微微有些激动，人在体现自己价值时都有点激动，和爱不一样，但一样强烈。

"我是他最得力的助手，要陪他到场面上周旋。我喝酒从来不知道什么是醉，都说和我喝酒痛快，没法不痛快，我跟他们喝一般就是一句话：你说怎么喝吧？你说怎么喝就怎么喝，我悉听尊便。从没人在我这儿占得上风，很多事情就是拼酒时办成的。我和他以厂为家，这不是虚的，是实的，我觉得这个厂就是我的家，他的家，我和他的家，我们一天到晚都在厂里，很多时候就住在厂里。不过我还是单纯了，就这两三年吧，我发现了他的作风问题，我跟他闹、打，好像我是他老婆，实际上在厂里我一直就觉得我就是他老婆。他老伴说了只要不离婚他怎么都可以，所以我才对他觉得理直气壮。我不明白他怎么能再和别人？我已经很屈辱了他还和别人！后来我才觉得可能不是他出了问题而是我出了问题，我把我这种'以厂为家'的幸福想简单了，把自己也想简单了，这儿不是家，不是他的家也不是我的家，我跟他就不是家！我是他一手创造的，为他立过汗马功劳，现在也还在立。现在我明白，我是他的一部分，不是全部，就是这样。"李离说这些时已很平静，但仍感到她内在的不平静。

"他有了别人你还爱他？"居延泽乘机问，有点高兴。

"爱，不爱，都不是简单的事，恨也还是爱，哪里说不爱就不爱了？想不开时我不爱他，恨他，想开了还是爱他，爱他又恨他，直到出现了你。"

"和我有什么关系？我填补了空白？"

"说实话开始你连空白都谈不上，我觉得你就是张牌。"

"一直都是？"居延泽冷冷地说，觉得血在往上撞。

李离似乎没任何感觉，好像一点也听不出某种味道，或者听出来也不屑一顾，无所谓。李离性格里有这种东西，喝酒时也是，许多事情都是。

"既然他把你推到我面前，我觉得你这张牌可以打一打，那天我非常的开心，有种压抑不住的兴奋，你没注意到我的眼神吗？"

"我注意到了。"居延泽想到那诱惑的眼神，几乎想立刻对李离施暴，在这阒无人迹的街心花园，他完全可以办得到，之后走人，永远离开。他理解了某一种强奸。这行为过去觉得不可理喻，现在却极其真实，回应那眼神，只有强暴。

"在见你之前我还很反感你，"李离说，"反感他让你到我这儿来，我正烦他而他又给我添事儿。我是看到你突然有了想法，这个是我之前没想过的。我从没诱惑过人，直到见到你，我发现我也会诱惑人，这大概是女人的天性。"

"你太诱人了。"居延泽说，几乎站起，准备动手。

看了一下周围，环境没问题，叫嚷无济于事。

"我跟你讲的都是我心里的话，一点没掩盖，我不习惯掩盖。但也不光是这些东西。"李离注意到居延泽接近燃点的表情，但没有任何收敛，她不怕他干出任何事，任何事她都可以接受。她甚至侧过身，很近地几乎能闻到鼻息地看着居延泽，"开始你就是张牌，我想气气杜远方，就是这么简单。"他凝视着她，她也凝视着他，有那么一小会儿。他没动手。她看到峰点已过，说："可我想对你说的也不光是这些，还有别的，是你想听的。我就是这样，有时会很矛盾，有说不清的东西。你很年轻，非常容易受到诱惑，说实话不怕你笑话我也是第一次诱惑男人，很忐忑，很好玩，我觉得我真是堕落了；也很矛盾，你是真正的大学生，很阳光，我心理上有苦，何必把你搭上？后来他请客，表明了他和我的关系，也看出他对你的器重，所以我做了一个决定，就是放弃你这张牌，不打了。我受过各种苦，对人严格，但不会真正伤害别人。"

居延泽长嘘了一口气，沉默。

成熟有时就发生在这时，在瞬间，幸好刚才没冲动，幸好逆势压下去。青春有时就是这样混乱、躁动，身不由己做一些蠢事。做了也就做了，没做止于心更好——事实上更多时候是止于心。李离这样说后居延泽自己也开始重新回忆初见李离的情景，如果说李离不纯粹，自己当初又何尝纯粹？也不过是见到诱惑如同见到机会一样，和猫儿闻腥也没什么不同。特别是吃饭时还妒忌杜远方，占有李离有相当成分是想战胜杜远方，没错，并不纯粹。

"还生我气吗？"李离问。

居延泽的确感到有东西在融化，感到了冰川的水滴。

"后来还见过我的眼风吗？"

"是，昙花一现，但是种下了种子。"居延泽说。

"爱的种子。"居延泽补充了一下。

"你这个说得对，我虽然关闭了自己，但也有东西留下，这是我没有想到的。不过可能就是毕竟动过'邪念'，看你还是不同，像你说的，有什么种子留下。你虽然是学历史的，但我发现你熟悉财务的东西很快，素质很好，工作起来也踏实。你发现没有，你成了财务处的宝贝疙瘩，所有的女人都喜欢你，你带来的东西你自己可能感觉不到，但是我们所有娘子军都感觉到了。你带来了一股时代的气息，大学里的气息，还有，我们这儿一直缺的男人气息。有时我自己都想到大屋子去办公，不愿一个人待在我的办公室，外屋常有说笑声，你侃侃而谈，讲大学的生活，讲对社会的看法，各种新鲜观点，我有时都竖着耳朵听。我原不允许办公室大声说笑，你发现没有，别人跟你说话声很小，就你声音大。我没有制止你。你的到来让我们这些拨拉算盘起家的人知道还有一个算盘外面的大世界，其实按道理我们这些人大多数也还都算年轻人，但是反正你来之前，我是觉得我自己已经老了很多很多了，是你让我想到我已丢失的东西。排练节目时你看到了吧，大家多热情，多无私，都推选我和你。其实我没想光是我和你，我是想我们二重唱之后我再提你和别人，结果唱完了我发现你已经不可能再和别人，我也不允许你和别人，我们也只能再加唱一首，我们唱得太好了！"李离停下来，套装后面的胸部有些起伏。

"不能不用'好'形容。"居延泽说。

"是，我的一生都在里面。"也就在那个年代，1988年，在街心花园，一男一女谈论时代、人生，谈论一首歌中的人生，"我唱第一句就有点失控，这歌埋在我心里太久了，每次听到都会出神，这次和你一唱一下子就好像飘起来，心里有太多的东西，一下都唱出来了。"

一切都历历在目。居延泽双手捧脸说："唱歌的你特别像你，就是这时的你——我说不出来——我觉得这是真正的你，是我找了很久很久的你。我觉得我们是两个人，又是一个人，我觉得我们像失散了很多年，我也像是从小失去了很多很多的孩子。但我又觉得我应该像个父亲。我说不好。太复杂了。我觉得自己又大又小，又小又大，你的一切我都可以给予。"居延泽使劲凝视着什么。

这个时代的晚上，仿佛有《绿岛小夜曲》的音乐响起[①]。

"我知道，我把自己唱得热泪盈眶也有你的原因，你往旁边一站，这么年轻，帅，也让我一下感到了自己的年轻，可是我年轻时何曾爱过？我那时不敢爱，我觉得找个老实人嫁了已很知足。小时候，更说不上爱，既不爱别人，也不被爱，只是非常非常的孤独。我想念虚无缥缈

---

①　　这绿岛像一只船　在月夜里摇啊摇
　　　姑娘哟　你也在我的心海里飘呀飘
　　　让我的歌声随那微风吹开你的窗帘
　　　让我的衷情随那流水不断向你倾诉

的父亲，母亲，想念大海，海外，我总觉得有一个远方，觉得一辈子都在流浪，找我自己，找故乡。我的母亲，几十年后终于来看我了，真的来了我又拒绝，想归想，真见了却非常非常的陌生。我觉得他们不是我要找的父亲母亲，我也不能跟他们走，我一直没有父母，怎么又有了呢？感觉怪怪的，我真的，一点亲切的感觉也没有，谁也占有不了我那日思夜想的父母的位置，就是真的我爸我妈也不行。这就好像你在坟前磕了许多年头了，有天父母又活了，你怎么能接受？怎么爱？其实我爱的是那不存在的父母！这些个都是我心中的苦。我跟谁说呢？就是这歌一下全都唱出来了，再有你一唱（从来没有过）我觉得心里的东西更多了，我没想到你这么年轻，有父兄的感觉，我好像看到父亲年轻时的影子。我是在那一刻决定了……"

"决定了什么？"

李离扭过头，"你想要什么？"

"你让人觉得很乱，我一会儿在天上，一会儿在地上。"

"我拒绝了他的邀约，请你吃饭。"

李离抚摸了一下居延泽的头发，他抓住了她的手。

他们拥抱。吻。过了好一会儿她轻声说："走吧。"

"去哪儿？"他问，有些迷离。

"我那儿。"他们再度热吻，难解难分。

"不过，你得答应我一件事。"她松开他，郑重地看着他。

"什么事？"他问。

"你先答应听我的。"

"我答应。"两人紧拥。

三十一

  他们骑上车，街上已几无行人，店铺大多关门，只有少数个体还在
开张。李离在一个水果摊上买了几只香蕉和苹果，快到厂区时又在一个
小店买了几根双汇火腿肠，一袋开花豆，预备简单的夜宵。那时候商品
经济还没完全搞活，商品不够丰富，能见到南方过来的香蕉是很新鲜的
事。当然是非常贵。不过香蕉是李离爱吃的一种水果，同时也是某种品
位。那时很少人吃反季节水果，北方人大多还是习惯什么季节下来什么
水果就吃什么，包括蔬菜。他们没进厂大门，而是进了厂区宿舍。许多
工矿企业是城市景观（甚至功能）的一部分，稍大点的企业都有生活
区，区内有商店，医院，学校，影院。企业就是社会，企业就是城市，
兰陵王酒厂虽不是大型企业，也有上千人，有生活区，即家属宿舍。兰
陵王的家属区已是城市的边缘，一边与厂区相连。厂区的另一头是广袤

的乡村与山野，后来企业改造升级，厂区与家属区合为一体，成为花园型企业，有赖于原来相邻的山野。李离原来不住厂区宿舍，离婚后厂里给李离调了一套平房。

所谓平房就是排房，一户一间或两间，房前有木栅圈成的小院，院院相连，木栅隔开。院里种花种菜，种葡萄、葫芦、南瓜，五花八门什么都有，到了夏天，一派田园景象，正所谓"都市里的村庄"。不过现在还是暮春，一切都刚生发不久，葡萄、豆角、瓜秧生机勃勃，但还太嫩，还没有将木栅遮蔽，一切还都是可视的。因此李离带居延泽来很容易被人看到，如果看到，第二天就成了厂里一大新闻，那时虽然没有网络，流言传得也是很快的，不比如今的网络慢多少。

危险将至，如同后来一部电影的名字《暴雨将至》，但有时候无论什么危险都在其次。李离决定了，好在无论如何还是夜晚。他们推着自行车在排房的甬道上穿行，甬道很窄，只能推不能骑，这样就更慢一些，要是谁这时出来一下或对面走来会把他们看得清清楚楚，认识的甚至还要打声招呼，而一般说来怎么可能不认识？那时没有钟点房，根本就没这个概念，只能冒险。不过后来有了钟点房事情变得多么无趣，多么简单（居延泽说），可以想象再也没有邻里眼睛的张力，那种紧张、义无反顾也没了。什么也挡不住爱情，那时的爱也有启蒙的味道。但是和"五四"还不一样，和《伤逝》里涓生与子君也不一样，毕竟经过了轮回，有了股阳刚味道，或者革命的味道。李离昂首挺胸，没有半点畏惧，反倒有点挑战味道。还好，至少看上去没碰上人。绝大多数家都关了灯。李离轻轻打开栅门，推进自行车，关上门，不用锁车，直接开了房门。到了屋里，关上门，世界在外面。两人紧紧拥抱，仿佛生还一样，尽管义无反顾，尽管无所畏惧，但毕竟牵涉到杜远方，还是紧张。

这是一间宽敞的套房，既当卧室又当客厅又当工作间，那时住房紧张，李离一个人能住这样一间套房且有一个小院已很不错了。房间整个色调偏深色，家具简单但整洁，床是深棕色的，地面也是棕色的，一切似乎有种统一性。电视、冰箱、立体声收录机皆是松下进口原装，是那时的名牌。一套厚重的双人沙发，一个玻璃茶几。沙发旁边就是一台居延泽只在电影里见过的老式电唱机，唱片。沙发总是有着某种暗示，似乎它不属于一个人，应该属于两个人。当然，这是无意识的，但这时候显得恰如其分。也许沙发不是最重要的因素，但肯定一直是个因素。他们已等得太久了，接吻之后身体再没分开。灯刚刚打开又关上，似乎怕被人注意到，或者只是一种心理防卫吧。

灯一关，他们彻底自由了，彻底属于了自己。非常酣畅，不可遏制。居延泽太年轻太快了太紧张了激动得很快大叫起来。李离同样激动，他们脸对脸，绝对爱的姿势，最正统也最强烈的姿势，她看到他瞬间如地图的脸，搂过他，吻他，爱抚他。李离是过来人，两人简单洗过，吃了点东西，很快在床上迎来了从容缓慢的第二次。第一次如井喷，如一口吞下，第二次李离用了她的中年的经验，让居延泽觉得一直处在一种漂浮的半梦幻的交感状态，甚至特别惊讶的状态！他没想到的东西太多了，仅从性行为上，那个晚上居延泽就大开眼界，长了超出想象的经验。居延泽过去只有非常浅的性经历，只是在大三时和女朋友有过一次草草的性行为，直到分手，女朋友再没让他碰过那儿一次。因此之前居延泽在这方面想得非常简单，以为正面就是了，无任何想象。李离让居延泽简直无以复加地惊异，他们尽情享受爱的甘露，一夜几乎没睡，也不可能睡，仅仅李离幻觉般的胸就让居延泽吮不够，每每很快勃起。

但是，在蒙眬的似睡非睡的黎明之际他们发生了争吵，为居延泽答应过李离的事。居延泽在李离的温柔乡反悔了，他不能接受他们的关系就截止在今天，此时此刻，确切地说是黎明。今天是开始，也是结束，她只给他这一次。

"你不是答应了吗？男人要一诺千金，说话算数。"李离说。

"我不知道你说的是这个！"居延泽气哼哼地说。

"今天一天，我就想告诉你这个。"

"告诉我，为什么？为什么？为什么？"

居延泽一连说了许多个为什么，他不理解，不明白。他以为让他答应什么，没想到是这个，他怎么也想不通李离为何这样。

李离抚着居延泽的发丝，看着居延泽，"我是他的人，你也是。"

这话在黎明之际，数度做爱，身体空空后显得越发残酷，却非常现实，现实即理性，甚至严酷的理性。居延泽辗转各种关系投奔大名鼎鼎的杜远方来干什么？不就是要有一个教父，一个未来，在这个意义上他的确是他的人。而且，杜远方的女人已被他征服过了，他应该有了一种对仰慕的杜远方的满足，这同样是一种残酷的理性。但是，依然非常痛苦，说不出来的一种巨大的痛苦。虽然征服了杜远方的女人却远没有征服杜远方，征服不过是一种幻象，杜远方依然控制着他，依然是他生命中最大的障碍，他依然微末。那么他怎么可能放弃李离？她让他感到太美妙了，放弃她就像放弃自己的生命。

他恨自己，恨自己的微末，他不同意。

但是他必须同意。不然他会毁了他们两个人。

眼看天快亮了，李离在催他，天亮他就不能走了。

催促同样残酷，催促提示着什么？

"你怕吗？我想问一句。"

李离沉默。天正迅速亮起来。

"怕。"李离说。

居延泽翻身下床，迅速穿好衣服，没任何拖泥带水，甚至没再最后吻一下半裸的李离。只是注视了李离的痛苦的乳房片刻，说了声"放心吧"，就关上房门离开了。他突然怕毁了她。李离捂着胸，趴在床前的窗户前看着居延泽离开。

我爱他，她听见她心里头说。

有东西突然涌遍全身，如同一种高潮。

她教会了他如何欣赏女人，爱女人，这个几乎的童男子。

他成熟了，她不知自己能否真的放手。她第一次犹豫了。她一生犹豫的时候不多，她真要背叛杜远方吗？虽然已背叛了。

居延泽兑现了承诺，李离倒有些不安。五一将至，4月30日，"红五月"歌咏比赛在厂里的大礼堂举行。按照惯例先是厂长讲话，然后是各车间各部门代表讲话，最后工人代表讲话。以前是这个顺序，三年前厂里全面升级改造、建立现代企业制度之后，杜远方别出心裁地将顺序倒过来，先是工人代表讲话，然后各车间各部门代表讲话，最后杜远方讲话。这样一来实际上将两头都突出出来了，很有点新式管理风格。此外，杜远方也愿意后讲，他的讲话可以看作演出的一部分，讲完刚好演出开始。杜远方讲话全厂工人都爱听，他讲话没有套话，没有官话，逻辑清楚，实际，具体，引经据典，特别有知识学问，同时他又对生产部门的各个环节有清晰的了解。他是科班出身，行家里手，可以一竿子插到底，懂最具体的工序，1957年打成右派时他就是厂里年轻的工程师了，这些大家都了解，他在全厂人心目中有着神一样的地位。

演出前几天，居延泽见识了杜远方业务上特别专业的一面——这种专业让居延泽觉得不可思议：一个熟读到几乎可以背诵《资本论》的人怎么是一个如此懂得酿酒细节的人？那天居延泽被叫去陪同接待一个日本青年参观团，杜远方亲自陪团到各车间参观，讲解。兰陵王酒厂因管理与硬件升级改造走在了改革开放的前列，名声在外，是省与轻工部行业内的模范企业与窗口企业，每年都有接待参观的任务。居延泽心思完全被李离占据，本没什么兴趣听，或者也有点怕见到杜远方，但是很快又被杜远方的讲解吸引。在日本青年代表团面前杜远方风度翩翩，讲解时常夹杂英语，有日本青年直接向杜远方用英语提问，杜远方就用英语回答，搞得日方翻译不得不在两三种语言中转来转去。

酿酒一般分为传统工艺和新工艺，现代酿酒一般都采用新工艺，兰陵王的特点是采用了新工艺，也没废除传统工艺，两种工艺并举。传统酿酒需要把粮食浸泡、初蒸、焖粮、复蒸、摊凉、加曲、装箱培菌、配糟、装桶发酵、蒸馏，新工艺则直接用生粮食加水加酒曲发酵、蒸馏。新工艺比较简单，主要取决于酒曲，酒曲可以生料发酵，减少中间环节，节约时间、燃料费、人工费，现代化流水线生产，产量大，可满足广大的消费者……

在"兰陵王酒文化研究中心"，杜远方侃侃而谈，风度、气质与室内考究的木质格调看上去也殊为契合。这是一幢重檐复屋天井院阁楼式建筑，平面为六棱六边，外壁三层用黄色琉璃瓦覆盖，屋檐下安有六个垂莲柱，上嵌立卧枋，下穿斗拱托楣子，沿高脚台，白玉栏杆绕场一周。透过二十一个假窗上"诗与酒"的人物壁画，让人联想到诗与酒的关系是源远流长、亲密无间——翻开唐宋诗词似乎总能闻到扑鼻的酒香。自大诗人屈原以来，诗与酒就成了形影相随、难分难解的伴侣。经过三千年悠长岁月，诗与酒情笃意厚，绵绵不绝。杜远方从物理的酒讲到文化的酒，日本人神色异常肃敬。进入天井院，人们又看到了另一个酒的世界，这里不仅可看到 20 世纪后半叶高科技的浪潮使酒的王国群芳争艳、千姿百态，酒厂数以万计，名酒、优质酒数以千家的状况，还可沿着中国历史的长河领略一番中国五千年文明的一隅——酒器与酒具。杜远方说，历来中国人饮酒犹如书法讲究文房四宝，饮茶讲究茶具配套一样，十分注重酒器、酒具的精美；从夏商至今，陶瓷器、青铜器、金银器、玉瓷器等酒器、酒具的生产和发展，几乎像酒一样源远流长、历史悠久、千姿百态。酒是人类文明的产物与标志之一，而饮酒也是文明的反映与象征，中国酒的历史极悠长，两千一百四十六年前的兰陵美酒的发现足以说明兰陵在中国乃至世界酒史的地位……

一行人到了千年窖池（虚构的），杜远方说，兰陵的酿造技艺是阴阳调和的产物——居延泽竟然有些忘记了李离，对杜远方的崇敬再次发自内心——阳者为可见之糟、水、糠、窖泥微生菌种等有形之物，阴者为不可见者之理、气、神、智。阴阳鼓荡，动而生阳，静而生阴，一动一静，互为其根。兰陵王在阴阳和合鼓荡交融蕴孕之中达于出神入化，兰陵王酿酒的智慧就是把握阴阳调和的智慧，酒中阴阳，深隐厚藏。阴阳运动，因利制用，所谓"谨熟阴阳，无愧内行"就是这个道理。

到了传统酿酒工艺车间，工人们身着统一蓝色工装，戴着统一的圆檐帽，像特种部队一样整齐，全副武装。他们都熟悉杜远方，见杜远方像见到长官。杜远方在这儿一点也不隔膜，就像将军对枪械一样不隔膜，手一捻熟料就知道蒸料时间差了三分钟还是两分钟，朝润粮堆中一插，就知温度已达四十摄氏度还是四十五摄氏度。大渣入缸，闻一闻，就知酸度是否小于零点四，能不能入缸，凡被他指出的问题立刻现场纠正。

杜远方早年是从这里干起的，天然就是一个为酒而生的人，他的文化与动手能力让所有人折服。这是一次难得的现场讲解经历，所以杜远方叫来了居延泽。杜远方对居延泽的培养不遗余力，居延泽能体会到，但是一见到李离就立刻变了，后几天的排练无精打采，甚至《橄榄树》也没再排练，因为居延泽总是选择了主动离开。

"等等。"有一次李离在背后说。

但居延泽佯装没听见，跟着别人离开。

三十二

云云从秋千上下来，杜远方接住了云云，拥抱了一下云云。云云怔了一下，继而热情地回抱了杜远方。

"做我的父亲好吗？妈妈很喜欢你。"这个有点突然，或许这一代孩子都这么突然，喜欢夸张。

"恐怕做不成。"杜远方真挚地看着云云说，脑子里还飘着深深的过去的回忆，那些觥筹交错李离居延泽处长厅长红五月《橄榄树》《让世界充满爱》，与居延泽在一起李离也仍像个年轻人，像那时的大学生①。

---

① 李离：不要问我从哪里来
　　　　我的故乡在远方
　　　　为什么流浪
　　　　流浪远方

"我知道做不成，就是说说，喜欢。"

"你要是随便说说我就答应了。"

"太好了！"她松开他，上下打量了一下杜远方，欢快地说："你们别再装了好吗？我早就看出你们的关系了，太难受了。况且，我们三个人难得在一起。"

"这得看敏芬，你妈妈。"

"你也要努力。"

"不，我不能做出一点儿明显的努力。"

"我跟妈妈说，我们可以像一家人，我们就是！从天体上看，连上帝都可以存在，还有什么不能允许的？"

"你这是什么理论？"杜远方惊讶之余，认真地问。

"天体理论。"云云信口回道。

流浪

居延泽：为了天空飞翔的小鸟
　　　　为了山间清流的小溪
　　　　为了宽阔的草原
　　　　流浪远方
　　　　流浪

　李离：还有还有
　　　　为了梦中的橄榄树橄榄树
　　　　不要问我从哪里来
　　　　我的故乡在远方

云云放假回来前敏芬曾认真与杜远方谈了一次，他们绝不能在云云面前流露出一点端倪。她要他保证，表情非常严肃。杜远方当然知道为什么，其实敏芬只需点到，他就会遵守；过于认真反而让杜远方有些不快。不过火车站上一见到云云，杜远方立刻同意了敏芬，从未见过一个如此透亮明快的女孩，什么东西从未有过地笼罩了他，他再没从这种东西里走出来。他要彻彻底底做一个陌生的自己，他看到自己如同是电影里的人一样，他愿成为云云的仆人。

　　"我们俩很像童话，加上我妈妈就更像了。"

　　云云坐上了副驾，"嘭"地关上车门。

　　"一个幸福之家，是吗？"杜远方忍不住怀疑地说。

　　"是呀。"云云轻快地说。

　　云云虽是学物理的却也极易进入某种心理上的角色，对进入角色的云云的信口开河不能当真，她不过一时口快。这点杜远方已有领教。杜远方经常感到云云的心就像兔子一样，有时能捉住，有时根本捉不住，无法捉，跳得太快了。这是一种什么品质？单纯？不单纯？捉不住兔子能说兔子不单纯吗？但有一点是不错的，父亲，是云云的渴望，哪怕不切实际。

　　云云通过数控盘放了一支曲子，又换了一支曲子，非常麻利，完全轻车熟路似的。这车有多少功能杜远方自己都不知道，云云一下就弄熟了，不愧是学天体物理的女孩，不愧是这个时尚时代的女孩。高科技天生属于她们，她们也天生地属于高科技，属于物质，属于商品，哪怕她们没钱。如果通过继承，如果她们正当地拥有这样高科技的车该多好，杜远方想。曲子让云云安静了一会儿，但只是一会儿，什么也不能长时间占据云云。

　　"越来越觉得您和这车配，看哪儿都像。"云云说。

"嗯?"杜远方有点没反应过来。

云云调低了音响,"一开始,就是第一次见您,觉得您应该开一辆银灰色的宝马,觉得您开奥迪不合适,开奔驰也不合适,就是宝马三系,您特有宝马的帅劲。现在我发现我大错特错,您外表是宝马、宾利,但内里气质是奥迪,是这种特别低调又特别高档特别公用的奥迪A6L,您说我说得对吗?"

"你对车怎么这么了解?"杜远方不解。

"我喜欢车,太喜欢了。"

"可是……"杜远方想说"你却不拥有",但没说出来。

"我知道您想说什么,喜欢就一定要拥有吗?你喜欢一处风景一定要拥有这处风景吗?喜欢一个高山构造湖一定要拥有吗?喜欢天空一定要拥有吗?好车也是一样。现在好车,概念车,越来越不向着人们拥有的方向发展,就是让人欣赏,让人想象,让人对那么微妙的款型、不可思议的细节着迷。我觉得越极致的车越反映人的心理和性格,反映人的微妙。看车也是看人,看简直不可能的人。北京就是好,国际色彩越来越浓,我连着看了两年车展了,遗憾的是光是女车模,没什么男车模,我就看见了两个男模,他们太嫩了,简直开玩笑!我觉得男车模一定得是中年人或老年人,姜文做过一款车的广告,太棒了,那款帕萨特车已经很棒了,姜文让它更棒,让车的所有品质都表现出来了。您要给车做广告也会很合适,现在这样子就很好!"

杜远方苦笑。并不是觉得自己不如姜文。不是,只是一种悲凉,悲凉自身的隐姓埋名的处境。他倒是也见过姜文做的那款车的广告,确实不错,风度翩翩,又很男人。他原本不太喜欢姜文,不喜欢他那种粗野,那广告多少改变了他的看法。他问云云要是她开他手中这款奥迪有什么感觉,实际上他在暗示要把这车送给她,但没表达出来。

云云没听出任何弦外之音，不假思索地说："太不合适了，这车也就您开，姜文都不合适！"

"那我能开姜文开的吗？"

"能，不过您开跟姜文感觉不一样。"

"有什么不一样？"

"我说不出来，您不是明星。"

"那我是什么？"

"您就是您，和这车一样。"

"其实，我倒是愿开宝马，轻松，愉快，什么负担也没有。"

"您天生就是有负担的人。"云云摇着脑袋说。

两人沉默了一会儿，倒有些耐人寻味。回到小区，杜远方习惯地将车停在老地方。这又引起了云云的注意。

"真奇怪，您为什么把车停这儿？"

"噢，一直放那儿。"

这是个细节，同样耐人寻味，但云云却也没再追问。

他们拎着大包小包东西上楼，敏芬还没回来，虽已是傍晚，离敏芬回来还有相当一段时间，稍事休息再下厨房一点也不迟。杜远方洗了个澡，这是杜远方的习惯，出门回来总是如此。尤其是这几天，一出去就是一天，且差不多一直在户外，杜远方虽然感到很疲劳，但是又有一种说不出的快乐，以及快乐背后的伤感。水流温暖、可人，杜远方长时间让水流冲过身体。李平来过电话，情况不太妙，但他不愿想这事。或许这真的是一段最后的日子。

说不想也还是在想。另外，他要不要离开？他不能在一个地方住长了。两边的人都在找他，那些必保他的人下手可能更坚决。事情往往是这样，并不稀奇，这点常识他当然有。他在这儿频繁出入公共场所很危险，说不定已被盯上。

他不愿想这些。总的来说他已无所畏惧。

他还是愿意想云云，想云云在秋千上的样子，云云在过山车上尖叫的样子，云云在摩天轮上的样子，想自己仰望的样子……虽然都是刚刚发生的事。自云云来了之后，他想云云甚至超过了敏芬。敏芬还属于人间，而云云像对他的一种救赎。不，他不是要云云真的救他，就像在佛前磕头那样。不是，就是看着云云有一种干净的快乐。就像水一样，流过身体就是快乐，洗肉体实际就是洗心。

敏芬是另一种感觉——杜远方也想敏芬。

她严肃地要求当着云云他们不要有任何亲昵举动，他恪守，没有任何逾矩。从这点来说，他倾心投入到云云身上也不能说一点别的动机都没有，譬如说也是为了敏芬，但这动机同他自身的倾向是一致的。

敏芬甚至要求他不要再下厨房。这点他做不到，事实上她也做不到。云云不会做饭，敏芬每天加班对付小升初的学生，回来得晚，他怎么能等她回来做饭，他不能听她的。敏芬也只能接受。做饭是一种权力，谁做饭谁就是家里的中心。杜远方带着云云一起到沃尔玛超市地下一层购物——从嘉年华回来，或从别处回来，或从家中直接去。他们买中餐的东西，也买西餐的东西，鱼、虾、鸡、牛排、鹅肝、鱼子酱、蔬菜。杜远方原就买过几本食谱，云云放假回来又特意买了几本。云云又在网上找到了一些菜谱，甚至把笔记本电脑拿到厨房，打开烹饪视频，比杜远方光看文字和图片先进多了，简直有点高科技的味道。

开始几天云云还笨手笨脚，干什么都不利索，常常不仅帮不上忙还等于是添乱。但云云愿意跟杜远方学，学得津津有味，很快择菜、洗菜、剥葱、剥蒜、削茄子皮、去土豆皮这些打下手的工作已不成问题。杜远方要求特别严格，而且是有洁癖的严格，他自己围围裙戴白帽子，也要求云云这样做，就像医生要求护士一样。因此厨房里尽管花样繁多但一切井然有序、干干净净，地上没有一片掉落的菜叶、一滴水。常常杜远方宁可停下案上的活儿监督云云剥一个蒜瓣、一个洋葱或洗一棵西蓝花，手把手教、指导，一丝不苟，直到符合标准。

杜远方早年在酒窖有过严格训练，知道酿酒有着一系列严格操作规程，其中就包括干净利落一尘不染。葱皮蒜皮最易落地或爆一案板，杜远方批评过云云多次，云云后来做得滴水不漏，杜远方非常满意。能把蒜剥好的人也能干好别的，也会成为科学家，杜远方对云云说。

云云服气，知道见微知著的道理，但话又一下跳到英国前首相撒切尔夫人的身上，提到撒切尔夫人贵为首相还要去市场买菜，还要烹饪，做家务。云云思维就是这么跳跃，杜远方已习惯了。杜远方领会云云的意思，他下厨房大概也属这类品质，也就是说她对他下厨并不觉得新鲜，不过同撒切尔夫人比又让人接受。这一老一少，一个高大，一个精灵，不像父女又胜过父女；非常平等，然而平等中又有一种年龄对比，阅历对比，在丰富菜肴与干净操作中你来我往地说着话聊着天。他们不怕慢，他们没事，他们有的是时间。

大年三十，他们从超市回来，满载而归，带回更多东西，都是年货。路上他们还从街上临时搭建的烟花爆竹摊上买了烟花，根本不问价，凡是云云喜欢的就往黑色袋子里装，装满了一大袋子，真好像一家人要过年似的。装上烟花爆竹后杜远方又拿出一个红包给了云云，怕回家敏芬看见又被制止。云云高兴地在手里颠了好几下，揣进了新买的布艺包里。红包挺厚的，不用看就知道钱不少。云云把头靠在杜远方开车的肩上，显示了一种对父亲的亲昵，就是亲女儿也不一定像云云这么自然而然，杜远方涌起一阵说不出的感动，想，真要有这么一个家多好，要那么多钱有什么用？无非是给了国外的两个儿子。他一点也不想他们，只觉得这会儿又微妙又温馨，钱在这样的家起作用，在他那个家不起作用。这儿一切都触动他，敏芬温婉可人，云云精灵可爱，他要真在这个家多好，可惜老天不会这么安排，只安排一种短暂的幻象。不过即使如此，对于杜远方来说已是天赐。杜远方叹息又知足，感觉到生活的真谛，又有一丝丝伤感。过去他有过伤感吗？从来没有，伤感是生活的神经，感到伤感时才感到生活的存在。在这个意义上他生活过吗？杜远方走神之际云云一直快乐地自言自语，竟然说到赌博的事。杜远方一开始没听清，没反应过来。

"你说什么？"

"赌博呀，就是玩牌。"云云摇头晃脑地说。

杜远方侧头看了一眼这个学天体物理的少女，一时说不出话。

"今天是大年三十，要赌钱的，"云云说，"这是我们这儿的规矩，大人赌小孩也赌。小孩不打麻将玩扑克，我们有七个同学，每年都在一块打牌熬夜聊天看碟，直到天亮，不过我是不怎么打的，我跟同学说我不喜欢打牌其实是怕输钱，她们一晚要是倒霉的话能输掉一两百块，也挺吓人的，可她们觉得无所谓。虽然赢的钱都归到我们聚会的小金库上，可我还是怕输。哇，今年好了，今年好了，我可以玩了，我要把这几年欠的钱补上。"

"你没玩过牌怎么赌？"

"我会玩，这么多年看也看会了，主要是我今年不怕输！"

"嗯，没准你今年会大赢。"

"为什么？"云云两眼放光。

"一般新手手都壮！"杜远方高兴地翻着手说。

"真的？"云云也翻手。

"可不是。"杜远方拍了一下方向盘。

"呵，我其实是想输，每年聚会的钱都是大家的钱。"

"每年你都让妈妈自己过年？"

这话也许不该问，但话已出口，杜远方也没法收回去。

"每年我都熬到很晚才出门，妈妈总是催我去聚会，妈妈真好。"云云说着，泪水清澈地流下来，女孩眼泪来得就是快，并且无所顾忌。这也让杜远方感慨，因为刚才有一阵自己也觉得老眼潮润，就是云云靠肩上时。

"妈妈太苦了，好多事都不顺，就自己扛着。"

"今年还去吗？我们三个一起过年，好吗？"杜远方亲切地说。

"不，"云云擦掉眼泪，"你们两个过。"

"我们两个？"

"你们两个。"

杜远方眼睛真的潮湿了。云云对年有自己的设想，想的不是自己。这孩子虽然跳跃，心也很细，很能洞悉什么。敏芬需要一个两个人的年，这么多年了。另外自从云云放假回来，许多天他都没和敏芬单独在一起了，就连拥抱一下都没有，手都没碰一下。敏芬的眼睛里也从没泄露过一丝他们之间应有的情人的目光。他做了这么多天饭，那么丰盛，敏芬也没表示过一丝的谢意，昨天有云云逼着敏芬感谢，敏芬才勉强地道了一下谢。其实敏芬这样与其说是掩盖不如说反倒挑明了他们之间的关系。杜远方明白，敏芬其实也明白，甚至云云也明白。但明白归明白，敏芬还是无法当着云云的面跟杜远方亲热一下。尽管想跟敏芬单独在一起，杜远方也想和云云，想三个人过一个年。

"三人是家。"杜远方说，"还是我们一起过年吧，你开学后，我们还有时间在一起。"

"我晚点走，您不用说了，我不全是为您。"

"你还挺复杂的。"杜远方笑。

"那当然了。"云云摇头晃脑。

"有时我觉得很简单,简单又复杂。"

"您不知道,我这年龄的人就是这样,青年心理学上说得很清楚。"

"但也有很多人不是这样。"

"当然了。"云云很得意。

"你有两个特点:一是爱说那当然了,一是摇头晃脑。"

"您和我正相反,说话不动,一动不动。"

"要是我们反过来呢?"

"不用反过来,我和您这样,和别人就不这样,您大概也一样。"

"你可真厉害。"

云云更夸张地摇头晃脑,"我是学天体物理的。"

"我还以为你是天上生的。"

"当然了,天上的事我都知道,更不用说地上。"

"还真有点搞不懂你。"

"哪能让您全懂?"

"答应我,别走,行吗?"

"不。"

杜远方喜欢云云的这种坚决。他们拎着大包小包上楼,敏芬开门,接过杜远方手里的东西,怪杜远方买太多东西,却不看着杜远方说。杜远方看到敏芬,想到就快到来的两人世界竟有些激动,心怦怦跳。这是久违的心跳,以致完全忘了那些引人绝望的东西。敏芬洗了许多衣服,自己的,女儿的,杜远方的,阳台上晾满了花花绿绿的衣服,与往年不同的是其中有男人的衣服。一家人有没有生气底气,其实从晾衣裳的阳台就可以看出。杜远方深色体长的衣服让房间有些暗,有种厚重的味道，云云一下就感觉到了，抱着母亲转了一圈。

"您洗了这么多衣服，真伟大！"

敏芬也几乎知道女儿称赞什么，笑，幸福的样子。对女儿，敏芬永远是顺从的，很少摆出母亲的威严、母亲的做派，实际上很多时候是云云在做着敏芬的主。敏芬忙到了腊月二十九，大年三十才放学生回家，也放了自己。所谓一年忙到头，也不过就像敏芬这样的小学毕业班老师才这样。年终奖也于昨天拿到，比去年多出太多。真是一大笔钱了。一切都提示着运道的改善，虽然是畸形的、让人不安的改善，并且有着黄子夫的影子。

三十三

　　鞭炮不时响起，烟花不时升空，房间被映得红彤彤，云云和母亲不时把目光投向窗外，感叹今年的烟花漂亮，不像往年总是怪炮太响了。今年似乎响得还不够，尽管有时云云在巨响中吓得一下子抱住母亲。云云和母亲围着客厅的餐桌包过年的饺子，云云擀皮，母亲包，以往年年如此，有些清冷。今年不同，家里有了男人而且是个大男人，年龄不小，但壮硕优雅，安全感与荷尔蒙平衡地布满空间。杜远方围着白色的围裙在厨房准备复杂的年夜菜肴，偶或传来刀的声音，自来水冲洗的声音，虾仁下锅的声音，在巨大的放炮声之后这些声音如此温馨可人。敏芬和云云脸上挂着微笑，说着话，仿佛许多个年就是这样过的。敏芬原说今天过年不让杜远方下厨，做了这么长时间饭今天该歇歇，包完饺子她去烧菜，结果云云不同意。云云要吃杜远方烧的菜，说已不习惯妈妈烧的菜，真是烧包。云云，你怎么能让客人大过年的烧菜呢？敏芬轻声说。云云当着杜远方的面直言不讳说妈妈烧的菜不好吃，吃惯了杜伯伯烧的菜。云云又说杜伯伯可不能算客人了，您说话得凭良心，这些天是谁在做饭？有客人做这么长时间的饭吗？敏芬板着脸说正因为天天做饭今天才该歇歇了。杜远方接过敏芬的话说，我买的这些菜你还真不会做，不让我做恐怕都不行。就是，云云说，您就别瞎客套了，大过年的干什么呀，杜伯伯一直在准备年夜饭，又不让人做了。敏芬不能再说什么，听从了云云的安排：敏芬包饺子，杜远方主勺烧菜，云云先帮母亲包饺子，然后去厨房帮厨。云云主导了过年的一切。"对了，要不我们先一块包饺子吧。"云云又有了新主意。杜远方不等敏芬反应，马上说："不，还是你们俩，每年都是。"杜远方用了一种不容置疑的口气。

云云分得清什么是自己不能坚持的，当时没坚持，但云云想做而没做的事总是不甘心，没包一会儿饺子便对母亲说："妈妈，我们两个包了许多年，为什么不能三个人包？您去叫杜伯伯好吗？您去吧，我去杜伯伯该说我了。"敏芬去了厨房，果真就把杜远方叫了来。云云蹦起来，拉出椅子，让母亲和杜远方坐下，自己站着。虽然三个人一起包了，但两个大人都不怎么说话，似乎有种尴尬在里面。云云再次直截了当，"你们高兴一点行吗？今天可是过年，就算装作高兴一点行吗？你们听听，今年炮仗多响。"杜远方说："干吗要装作高兴，本来就高兴，是不是，敏芬？"杜远方自然而然轻轻地吻了敏芬头发一下，如同丈夫对妻子。敏芬脸立刻红了，因为杜远方太自然了，没有躲闪，也知道不必装了。云云虽那么说倒也有点不敢相信自己的眼睛，表情像定格了一样，然后突然鼓起掌来。敏芬低头包饺子，不说话，很幸福的样子，不像装出来的。

"你们正经接个吻吧，就算我没看见。"

“行了，云云！”敏芬正色，并且是认真的。

“你们没学过天体物理——”云云说。

“我们学过。”不管是否听明白，敏芬先堵回了女儿。

三个人一起包饺子，如同一幅年画。云云讲人类从“二”进到“三”用了多少年，讲“三”在物理学上的意义相当于青铜对人类的意义，“三足而立是最早的物理学原理。”云云讲“三”的科技史，讲时间的无限可分性，讲他们三人的这个时刻因为时间的无限可分是不动的，如同“飞矢不动理论”而永远存在。杜远方接过希腊有关时间的理论，讲《周易》对时间的看法，讲周而复始的循环，时间的变化是空间的变化，空间的变化也是时间的变化，子丑寅卯辰巳午未申酉戌亥是表示时间的，但都表示了与太阳相对的物理位置。这是杜远方前段时间研读《周易》得来的，比之过去的附庸风雅，的确有所进境。

因为说话，云云擀饺子皮时时停下，杜远方有时也会停下不包，两人你来我往，不像师生，也不像父女，但又都像。敏芬有时不得不替下女儿擀皮，干脆让女儿与杜远方边包边说，这样既可以说话又不耽误干活，皮擀多了自己还能包。敏芬一句话也插不上，也不想插，默默干活。女儿和杜远方是一个世界，敏芬是一个世界，同时又是一个三人世界，是吗？敏芬不时有些小恍惚[1]。

---

[1]　敏芬说，云云是对的，这样一起包过年的饺子特别像一个三口之家，像一个仿真的家庭，虽然虚幻，却又不是一个梦。特别对云云不是一个梦，那这是什么呢？敏芬自己也说不清，确实难以说清，我也说不清。可以想象，许多年，从小到大，云云这时候特别想有个父亲，事实上想的时候就在创造着父亲。杜远方接近了这个创造的位置，简直堪称完美。敏芬说自从云云放假回家后她内心的忧惧与不安总是被什么弄开，总是被很小的东西感

"嗨，妈妈，您真是劳动人民，怎么一句话也不说？"

"看你们说已经很高兴。"敏芬说。

敏芬说的是实话，他们两人继续谈西周与牛顿的时间。

"你们去做菜去吧，剩下这点儿我自己包吧。"

动，似乎不是杜远方而是云云使他们像一个三口之家。对此敏芬实在是出乎意料，完全没想到杜远方与女儿、女儿与杜远方如此契合，如此切近。"开始我认为他是要手段，"敏芬说，"是为了我，但是后来发现不是，不完全是。他真的换了一个人，他太温情了，真的喜欢云云，他简直忘记自己是谁，眼中已经没我，脸上总溢着一层梦幻。"敏芬说，这种东西是装不出来的，它是从里到外的溢——敏芬一个数学老师用了"溢"这个词，很准确地概括了杜远方的状态。显然她体会的确是太深了，太深了，人有时就会造出一个词。但敏芬又始终不理解杜远方这种梦幻性质的专注表情到底是什么，看不透。敏芬说杜远方遵守了对她没有任何亲昵举动的承诺，他完全被女儿左右了。他被云云支使，干这干那，说一不二，他就像一个训练有素的老仆人。不是云云本事大（她也够有本事的），敏芬说："我看好像是杜远方上辈子欠了云云的，他是专门来为云云服务的，要不是欠了云云的，云云怎么会那么心安理得呢？不管怎么说杜远方对我都是有作用的，我已经冷下来的心又热起来。原本我想借着云云回来结束和他的关系，可根本结束不了，一下子陷得更深了。他那天突然当着云云的面吻了我的头发一下，他可真会吻，弄得我想反抗也没法反抗，幸福就像深渊，也不反抗了，干脆又跳下去了。他这么一吻我的头发，等于公开了我和他的关系，我完全身不由己，当时就是这样。人都说幸福易忘，我却对那天永远记得那么清清楚楚。"

杜远方被女儿拽走了，杜远方没同敏芬说什么，甚至没看一眼敏芬，但是敏芬觉得杜远方后背都长着眼睛。一切都不必说，不说不看只能说明一种明白的东西，不言而喻的东西，也包括不安的东西。

　　是的，无论多么默契，不安始终都是存在的。

　　饺子已包好，敏芬到了厨房，厨房已热火朝天。杜远方和云云都穿着厨师的白衣，戴着白帽子，一切洁净而丰盛。云云竟然在炒菜，杜远方一旁指点。见母亲进来，云云大喊自己会烧菜了，而且，保证比您烧得香，我是科班出身！

　　"这个我可以担保，比你棒。"杜远方对敏芬说。

　　"别烫着，小心点儿。"敏芬对云云说，没理杜远方。

　　"妈妈，您就坐着等着吃吧，包您满意！"

　　"谁坐着等着吃了，我一直闲着了吗？"敏芬很有些不高兴。

　　"您瞧，让您享受一下不劳而获您都不会，行了，您快去吧。"

　　云云颠锅，有点笨，不过已有点像那么回事。

　　"你来端菜？"杜远方问敏芬。

　　敏芬白了杜远方一眼，再次让云云注意安全。

　　"适可而止，别让她闹了。"敏芬对杜远方说，声音不大，但有分量。

　　敏芬退出了厨房。不一会儿云云端着一盘热气腾腾的菜跑出来了，一边叫："妈妈，我炒的菜！快，快着，接我一把。"

　　敏芬赶快接过来，闻了闻，"嗯，我闺女真是不简单，好香，好香呀！"厨房里的敏芬故意不高兴，这会儿不再装，样子像女儿一样开心。

　　"可是我只能炒这一个，他不让我炒了。"

　　"你行吗？"敏芬还是有点不放心。

　　"你看，这不好好的吗？你都说香了！"

"嗯，真不错。"

"我要再炒，妈妈，你跟他去说。"

"你不是本事大，什么他都听你的吗？"

"妈妈，您刚才肯定是嫉妒了，脸拉得真难看。"

"胡说，妈妈嫉妒什么？高兴还来不及呢。"

"嗯，瞧您说的，刚才脸那么难看，都吓死人了。"

"你懂什么？"

"您是冲他的?！妈！"云云扑向母亲。

母女抱在一起，从没这么高兴过。云云泪如泉涌，半天没说话。

"妈妈，今天真高兴，您放开一点，难得今年多一个人。多少年了，就我们两个，多冷清呀，他这么帅，是我做梦都没想到的，真的，您放开点，高兴点，把所有的都放下。"

"我放得挺开了。"敏芬眼圈儿也有点红。

"妈妈。"云云叫着使劲掐母亲后背。

敏芬疼得叫了一声。云云跑走了，去了厨房。

敏芬与云云把菜一个一个端上来，酒已斟好，饺子最后端上。敏芬与云云坐在餐桌前，中间一把椅子是留给杜远方的。菜品太丰盛了，一盘盘用透明玻璃罩扣着，以往怕菜凉了都是用盘子，年前杜远方买了玻璃罩，既保温又可观，色香味俱全，热气腾腾很有气氛。这是精心的。是否太精心了？

敏芬看着玻璃罩忽又感到一阵苦涩，一阵虚幻。但是看见魁伟的杜远方苦涩又总是瞬间遮去。以前也总是这样，看不见杜远方总有些惴惴不安，看见杜远方就又有安全感。杜远方从卫生间出来，脱掉了白围裙，换上笔挺的西装，打上领带，板型越发衬托出干净、活力、厚重，熏衣草味道的男士香水一方面完全去掉了厨房的油烟味，一方面也使他的厚重变得轻盈。

杜远方落座，年夜饭开始，如一家之主。

三人隆重举杯，恭贺新年。

敏芬敬杜远方酒，非常认真，甚至深情，敏芬是主动的。

"新年快乐！"

"新年快乐！"

两人对饮，敏芬也刻意地打扮了一下，一袭驼色的修长呢裙，半高跟鞋，裙子差不多拖到脚面，更显得上身优美，与杜远方相配之至。

"妈妈舞跳得可好了，你们跳个舞吧。"云云幸福地提议。

"我跳得也很好。"杜远方说。

"太好了，妈妈，您总算找到舞伴了，跳吧，跳吧。"

杜远方看了一下敏芬，对云云说："等一下，我们先吃点东西，祝贺新年，尝尝我的手艺。"杜远方跟云云说话轻得像在雾中，像是前世一样。敏芬注意到杜远方除了和自己说话还有点原来的样子，现在几乎已找不到一点他以前的样子。不知道云云给杜远方施了什么魔法，让杜远方变得像另一个人。云云和过去好像也有些不同，大家都有点不同，天知道究竟发生了什么。

杜远方给云云夹菜，敏芬也给云云夹，云云已不用到盘子里夹，她的小盘子总是刚刚空了又添上来，云云理直气壮地接受，似乎享受到公主的待遇。杜远方从未给敏芬夹过菜，一般说来给云云夹完顺带给敏芬夹一筷子或一叉子是很自然的事。但是没有。敏芬当然非常敏感，但也只是在这时候才觉得杜远方还是杜远方，她甚至更喜欢这样的毫不亲昵的杜远方。当她想到这点感觉自己也有些怪，难道她竟然喜欢他的秘密与危险？或者，他的危险与秘密倒让她有一种轻松，一种解脱？他们是不可能的，显然，这是暂时的，最终的结束就自然而然。明知是梦，那就再做一会儿，好好做，反正他又不是什么恶魔。就这样许多雾在心中时聚时散，反映到敏芬的脸上是一种不易察觉的波动。

云云与杜远方讨论星座，以前也讨论过多次，这次比以往讨论得更细致，更专业。杜远方这点也是让两人佩服，这些本是年轻少女的时尚与专长，杜远方竟然比云云知道得还多。那么，这是否也是经常和年轻女孩打交道的结果呢？是谈资？或调料？当然是，但敏芬即使想到这些也没一点反感，这些跟她并无关系。相反她倒是因此更能客观地看待杜远方，看一个阅历丰厚的大男人谈星座也是挺迷人的。敏芬完全不懂星座，也不相信那套花哨解释。敏芬从小是在无神论环境里长大的，小时候从没听说过什么星座。当然，看得出，杜远方与云云谈星座是认真的，没有任何诱惑、调笑，非常认真，完全是父亲式的关心。敏芬十分感动，心里却又升起一团迷雾，如山峰又被薄雾笼罩。

"你知道，星座保守秘密的指数排行吗？"杜远方问云云。

"呵呵，这个我还不知道，您快说。"

"白羊座，双子座的指数是一颗星。"这个说法时尚得实在让人吃惊，或许杜远方又在网上做了功课？专门为了云云？若真是，敏芬真是佩服杜远方，敏芬饶有兴味地听着，突然也意识到了某种深意。

"我不是白羊座和双子座，妈妈也不是。"

"我是。"杜远方说。

"啊，您是白羊座！"云云立刻兴奋起来，"那我要注意您了，妈妈，您也要注意杜伯伯，他不是能保守秘密的人，他才一颗星！下面呢？"

"排在下面的是狮子座和天蝎座，两颗星。"

"啊！我是天蝎座，可我觉得我不止两颗星呀。"

"金牛、射手、水瓶、处女座是三颗星。"

"妈妈，您比我们两个人都强！"

"天秤和双鱼四颗星，摩羯指数最高，五颗星。"

"唉，"云云叹，"我怎么不是摩羯呢？所有星座里我最喜欢的就是摩羯，我遇到摩羯绝对没任何反抗能力。"

"天蝎倒是最配摩羯。"

"我要做摩羯的妻子。"

"那你就算是摩羯了，也算是最能保守秘密的人。"

起初，敏芬觉得杜远方谈星座保密指数或许有深意，及至三个人指数都不高，才觉得很正常，并非迎合什么。但云云似乎给了杜远方机会，云云怎么回事？她真的喜欢保守秘密的摩羯？

"摩羯座还有什么特点？"敏芬第一次问。

"杜伯伯，您说吧。"云云说。

"不，你说。"杜远方碰了一下云云的杯子。

云云说："摩羯嘛，在天上是个倒三角结构，没有太亮的星，但是在南方很清晰。呵呵，杜伯伯，是不是因为这样，因为没太亮的星保密指数才最高？"

"当然是这样，不是明星也有不是明星的好处。"杜远方说。

云云对摩羯座的特点倒背如流，可敏芬却没听出这个星座的人有多么可爱，倒是得到这个星座的人小心谨慎、为人踏实、规规矩矩的印象。

"白羊座什么特点？"敏芬问。

云云同样倒背如流，甚至说得激情澎湃。

"我觉得你应该更喜欢白羊座，云云。"敏芬说。

"妈妈，您真是当老师的，太认真了。"

女儿就是这样，她的心有时就像鹿一样，根本捉不到。

"妈妈，今天真快乐，是我觉得最快乐的大年夜，祝福你们俩。"云云站起来，与母亲和杜远方郑重碰杯。

敏芬问云云："你是要走了吗？"

"妈妈，真不好意思，一堆短信催了。"

"去吧，"敏芬理了理女儿的头发，"别非得熬到天亮，也睡一会儿。"

杜远方也站起来，为云云披上羽绒衣，戴上帽子、围巾，自己也穿上了来时的长外套，戴上一顶驼绒帽子，去送云云。

云云坚持不让送，杜远方执意要送。

"有我在，就不会允许你一个人天黑了出门。"

三十四

　　他们带上了花炮，下楼。敏芬没跟着下去，站在了阳台上。不一会儿敏芬便看见他们从楼门出来，他们弯腰，点燃花炮，灿烂的花炮映着他们仰望的一老一少的脸，有一瞬间敏芬觉得他们说不上什么地方，长得竟有点像。他们笑，在烟花的映衬下，笑得那么灿烂。特别是杜远方，有一种难以理解的安详、幸福，没有一点表演，完全发自内心。云云也真奇怪，也没一点儿表演的痕迹。她抓住了他的手臂，脸再朝向夜空。这样的姿态真好，好像许多年了都是这样。每年是她和云云这样，她们娘儿俩，今年是他们俩。

　　他们向她招手，然后走向那辆黑色的映着花炮光芒的奥迪。两人分别从两侧车门进去。车灯亮了。往年哪有人送？今年云云也有车送了。

　　目送车远去，敏芬回到厅里。多少年了，一个人坐屋里，在云云走后？但是今天不同，一会儿有人回来。以前（或者以后还会是这样），最孤独的时候她曾梦想无论谁来陪陪她都行，谁叫她走她跟谁走也行，每年她都会一个人哭一会儿，云云还全不知道。然后是一个人看电视，看春晚，直到春晚结束。今年——她刚注意到——她竟然没开电视，没有春晚，完全忘了春晚。

她给自己满满地倒了一杯红酒，却没有喝。

也给杜远方倒了一杯。两杯，相望。看了一会儿她把自己的一整杯一口喝掉，忘记了更多东西。或者更容易忘记。有了感觉，这感觉真好。

菜凉了，她去热菜，热好，拿玻璃罩盖上。

等到她把菜重新热了一遍他就回来了，和她想的时间差不多。

"外面冷吗？"她关心地问他。

他注视着她，走近她。

"她为了我们，走了。"他说。

"每年她都走，同学聚会。"她说。

"今年实际上她不想走，她下车后在车窗前面对我说的。"

"你没把她叫回来？"

"叫了。没叫回来。"

"她车上没说？"

"没，我上了车，她走到车窗那儿说的，说完跑走了。"

"她是为了我们。"她说，她承认了。

他们守夜。两人世界。相互注视。用眼睛交谈。他们已完全可以做到对视而不说话。什么也不说。就是看着对方。碰杯时有时会吻一下，有几次吻得时间很长几乎无法分开。那时她闭上眼睛不想再睁开。

但他慢慢放开了她，给她倒酒，继续凝视。

"干吗老这么看着我？"

"好看。"他说。

"老了，有什么好的。"

"老了更好看，耐看，实实在在一刻千金。"

她都知道他在说什么，时间对他们来说包含了许多东西。但今晚应该没问题。虽然没问题，每刻时光又都弥足珍贵。

"云云太好了。"

"你们这么好我也没想到。"

"我没有任何目的。"

"我看出来了。"

"我会对她负责到底，如果还可能。"杜远方说。

"跳个舞吗？听你说过，你还教过别人，也教教我。"杜远方接着说。

他们站起，走近，拥抱，非常慢。没有音乐，但是跳。实际只是另一种拥抱。慢慢旋转，身体摩擦。他低头看着她隆起的驼色呢裙，峰点隐现，妙不可言。他搂紧了她，又放开，继续凝视，把脸贴在上面，吻隐现的点。然后抬起头，两人长吻。她的躯干撞击他，感知他，吸他，激烈的身体语言已如火如荼。但是，他还是放开她，吻她，送她回到座位。

他们碰杯，她喘息着，眼神迷离。

你的激情像火山，他说，非常巨大，爱看你这样子。

的确，但她不知为什么停下，她的眼睛在问。

她直视他，心怦怦跳，她还没退潮，只是不知为什么一下跳到了沙滩上，像鱼一样，像冲浪一样。他有着惊人的控制力，刚才她明明感到了他蓬勃的难以想象的下体，她感到自己像大海一样需要他。

想吗？你说呢？

他看了一会儿她，隔过桌子握住她的手，拉起她，拉过来她，吻她的眼睛，凝视她，拂一缕头发，再次长吻，从后面伸进开身的羊绒衫，伸进黑色真丝紧身衣解开她的胸罩。一切都像慢镜头一样，他的对象甚至不是她，而是时间，他品着时间，思索着时间，慢慢碰到她的乳头，甚至思索她的乳头，是的，他的一切都带有思索性质，埋在她的乳沟里，含住她已不再是少女的发暗的峰点。这个技巧炉火纯青的老男人，像摄影师一样不放过任何一个细节；这个曾经的酿酒师似乎在调制人生的最后一杯酒。她完全不适应他这种慢节奏，她闭上眼睛，一切听凭于他，听凭于他对时光的研究，他们已全身赤裸，她以为会省略了沐浴，因为她已感到它就在她的臀上。结果他抱她去了浴室，哪怕它先进来一会儿……

他为她冲，洗，涂满浴液，温暖的水流之下的确又是另一种特别刺激的感觉，几乎让她眩晕。她对他说：先进来一会儿好吗？她不该这么说，但实在受不了他梦幻般的慢。他进来了，她痉挛般地拥有了它。但是就像说的"一会儿"，只一会儿他就又出来了。仿佛那刚才不是他，他的慢节奏仍然继续，没被打乱，仍在思索，继续在肥皂泡中寻觅她的身体，在任何一个地方印上他的唇。

他把一种油倒在她的身上，在四只暖灯的照耀下那油浸润过她的乳房、脊背、妙不可言的臀，他轻轻地贴着她的胸和后背按，亮晶晶，敏芬亮晶晶。敏芬闻到一股微微辛辣与丁香混合的味道，有如火上浇油，异常刺激，以致身体最深处仿佛又打开了什么。最初的辛辣和丁香后，慢慢地又闻到了琥珀、熏衣草、杏仁与丁香的后调，一如某种酒庄酒的后调，一种大理石般的清爽。

"LELO，瑞典琥珀精油。"他告诉她这种油。

油的瓶子很别致，典型的北欧风格，沉着，简致，比任何一款香水瓶子还硬朗，极尽低调与奢华。他说油质成分包含了十几种纯天然原料，里面还加入了24K金箔的成分，易于吸收，增加皮肤活性，还会绽放出璀璨光泽，是世界十大奢侈品之一，他的皮箱子里也不过放了两瓶。

男女都可以用？她问他。

主要应该是女人，太昂贵了，他说。

你都觉得贵？她亮光光地有点调笑地问，然后在他的身上倒上精油，毫不吝惜，几乎有点故意。我好像在电影里见过，她说。他们互相按摩，身体灿烂辉煌。他告诉她，今天他是第一次全身涂这种精油，过去主要只是涂"这儿"，她倒在它的上面，按，他示意她吻，她跪下来，他不用说什么，稍加暗示她就全做了。确实新奇，这次是她冷静，她看到他长长地出气。他闭着眼睛说 LELO 精油让人激动，又让人冷静，你是否感觉到了？她点点头，吻，很专业。

的确，除了刺激不再激动，敏芬觉得几乎在使用着一个陌生的自己，这个自己身体已全凉下来，不仅仅因为那些导致凉爽的天然成分，像杏仁、薄荷、琥珀、冰片，还有一种东西，她说不清。他让她再稍慢一点，但是她没有，她甚至更快了，她不知道所谓的按摩女是什么样，或者高级的按摩女，高级的情人，训练有素的情人在宾馆就是这样吗？他的箱子里还带了什么？她几乎看到他沉醉的脸上飘浮着琥珀香的女人，熏衣草香的女人，辛辣丁香的女人，有情有义、技术精湛、体感与心感千变万化的女人，这是怎样的奢华？

他说，他不喜欢热的身体，喜欢凉一点的，他说她现在正合适。他转过她从后面一点一点，他问她他的凉吗？确实凉，感觉纯粹，极致，冷酷。清楚吗？清楚，有刻度的感觉吗？这个她没想到，他更清楚了，她说有，他说的没错。

LELO就是这样，它让你觉得非常清楚，每层的感觉，每时的感觉都会让你感觉不同，你见过那种顶级的鸡尾酒吗？分层的，分得很多，红红绿绿，各种颜色——他缓慢的刻度般的动作加上冰凉的解说，让她的确又体验到一种又激动又抑制的迷幻感官世界。

她从未有过如此专业的纯粹的体感，他所说的冰火原来就是这样。是的，他正在说冰火，冰压住了内部的火，火在冰中融化，如此微妙！他真是太老到了，他对女人的身体研究透了，他不愧是酿酒师调酒师，被他调制的女人谁会忘记他？真的会心甘情愿！她，敏芬，何曾这样细致地体会过自己？何曾这么丰富？简直是可怕的无法想象的丰富。她的感觉几乎是双重的，她不仅是自己还是杜远方，她甚至可以从杜远方的角度感觉自己，欣赏自己，消磨自己。

然而他慢得太过分了（最近卦象不好，或许时日不多），他对慢的迷恋，或者说对时间的迷恋已经达到病态的程度，他在从她身上抓住每一寸光阴，又把光阴分拆了许多倍，他简直是时间的研究者。他越慢她越感到他对时间的深深的恐惧，她有点可怜他，虽然它那么大。她愿好好待它，任它摆布，悉听尊便。他偶尔的突然的巨大的加速会瞬间粉碎她在慢时的所有思想，包括同情。她觉得他的力量简直可以从下面抵达她的喉咙，这让她混乱。但更多时候，慢主宰着一切，时间像死了一样，它在外面完全停住了，一动不动，她不知道是怎么回事，真的想到了死，他毕竟年龄大了，不会突然心梗吧？但即便有如此可怕的想法，她也只是等待。她坚持不回头，不知道是一种什么力量让她如此坚定，是LELO？想到24K金箔她就觉得自己金光闪闪，或许，她和他这种一前一后、一动不动，正好是罗丹青铜的造型？但是刚刚想到罗丹，还没容多享受一会儿雕塑艺术的感觉，终止的另一部分又慢慢活动起来，慢慢地进入，凉，刺激，也一如之前……终于，他将她慢慢地抱起来，改换了一下姿态，让她的一只手吊在他的脖子上，而他用另一只手拿起浴巾慢慢地盖在她的身上，离开浴室，准备回卧室。从浴室到过道，到厅里，再到卧室，不长的路他走了很久，他的伟岸而老当益壮的身体抱起任何一个女人都会毫不费力，而她擅长舞蹈的身体吊在任何一个男人身上，也都显得那么恰当。

这且不说，关键在缓慢的行走中，他们的身体还交织在一起，行走中的交感让她又感到另一种异样。但感觉与呈现在脑海的画面又是矛盾的，一方面享受异样的刺激，一方面想到曾看过的那些影碟——确切地说是惊人的黄碟，从精油她就开始浮现影碟里的景象——他们此时样子很像。她最孤单时看过那类碟，让自己解脱过，但它只属于孤独，一种绝对的孤独。根本不可能两个人看，更不用说践行。那里都是些什么人？她不会让他完全按照碟往刺激里进行，特别是不再接受那种恶心的进入，不，绝不，不……

然而，最终还是没阻止住①。

---

① 杜远方再次取得了成功，在杜远方看来成功如果不具有强迫性与支配性就不算成功。最成功的是"让心爱的人做了不愿做的"，正如杜远方也做了很多不愿做的事情，譬如行贿，他愿意吗？恶心吗？肮脏吗？但是之后甚至于就在之中也有异样的满足。权力如果不具有强迫性质就称不上权力，杜远方说，它让你在恨中爱它，爱中恨它，难解难分，就像对敏芬只有爱还有什么意思？关于这种非常性的行为，我对杜远方进一步谈到了在古希腊，对肛的性行为不仅是一种生活方式，还是希腊人必经的仪式，几乎所有的希腊贵族，在少年时代都要经历这种成人仪式。古希腊人把这种有时是强迫的行为看成是奥林匹亚诸神和神话英

345

雄们的习俗，宙斯、阿波罗、波塞冬都有这种经历。在古希腊人的眼里阳具象征着思想、美、力量、智慧，你的这种行为代表了一种传递，是为了传授男性美德而进行的一对一指导的产物。米歇尔·福柯在《性史》中写道："在古希腊，真理和性被教学联系在一起，把宝贵的知识从一个身体传递到了另一个身体。性成了启蒙教育的媒介。"对于我的书斋气的博学的表述，杜远方通常总是耐人寻味地沉默，有时我意识到扯得太远了，会突然打住。"希腊也够变态的。"杜远方说。"你承认这是变态?"我紧接着问，试图让杜远方有些自我批判，但杜远方沉默。总是这样，在最需要说话的时候沉默。但是这次最后还是有些不同，"你说的古希腊的变态和中国是两回事，要的东西不一样，不过我没想到他们也这样。"杜远方对我的学问非常谨慎，不是他的领域从不愿多说。或许他不愿暴露他在知识方面的欠缺。他非常自尊，即使即将面临着行刑。

三十五

那年5月，春风沉醉，舞台上李离与居延泽演唱得远不如最初排练时好，两人都有一种有距离感的节制与淡漠，虽然也产生了另一种效果，听上去也有一种新鲜怪诞的动人。除了财务处的人，其他人不知道排练时的效果，以为这两个人刻意在表演一种新风格。特别是居延泽，那种冷淡的风格——他内心压抑——事实上显出一种傲慢，看上去颇有性格，正好与内心同样不平静的李离构成了一种映照的风格。厂里也有高人，有懂行的人，说他们的演唱风格有"爵士"味道，也有的说有布鲁斯的味道。《橄榄树》依然得了一等奖，《绿岛小夜曲》也得了二等奖，大合唱《让世界充满爱》得了特等奖。这些都和居延泽在财务处实习有关，居延泽让财务处的七朵金花变得十分耀眼，让人见识当代大学生风范，一种清新的人文之风。没有人知道李离起了什么作用，没人知道《让世界充满爱》是李离选的，李离投入了排练的心血。

《让世界充满爱》合唱最受欢迎，最有时代特质，那种轻轻的集体的吟唱，让人回到集体，但又不同，带着历史的创痛与深情，迷惘与曙光，似乎唱出了所有人经历中的吁求与心声。李离与居延泽在《橄榄树》与《绿岛小夜曲》中克制的变形的东西，在这首歌中也找到了出口，两人唱得几乎含着泪花：

　　　　轻轻地捧着你的脸

　　　　为你把眼泪擦干

　　　　这颗心永远属于你

　　　　告诉我不再孤单

　　　　深深地凝望你的眼

　　　　不需要更多的语言

　　　　紧紧地握住你的手

　　　　这温暖依旧未改变

　　　　我们同欢乐

　　　　我们同忍受

　　　　我们怀着同样的期待

　　　　我们同风雨

　　　　我们共追求

　　　　我们珍存同一样的爱

　　　　无论你我可曾相识

无论在眼前在天边

真心地为你祝愿

祝愿你幸福平安

杜远方甚至眼睛也有些潮湿，亲自上台给财务处的集体颁奖，与居延泽李离握手，特别赞扬居延泽，似乎完全不知两人心境。杜远方修炼得已达化境，与李离和居延泽刚好形成对照——他们的表情多多少少还带着内心的样子，毕竟刚唱完，而歌中令他们压抑的对象恰恰就是杜远方。杜远方甚至没遮掩眼睛潮湿的痕迹，但表情与潮湿已完全无关，看不出任何刚刚感动的痕迹。

"红五月"演出完的当晚，居延泽违了约，在皎洁的月光下去了李离那里。李离虽然让居延泽发誓不再来，但事实上天天都有预感，可天天都没应验。到了后来与其说是预感，不如说是期待，因此当这个夜晚她真的听到预想中他的脚步声，越过栅栏的声音，她的心狂跳起来。

那时已是子夜，她本已睡下，于是赶快拢头发，上妆，在镜前注视自己。

不上妆她是不见人的，毕竟她不年轻了。

敲门声响起，傻瓜，别敲了，还怕邻居听不见吗？等一下！他还在敲，听出了他的焦渴，不顾一切。

好像就是告诉邻居告诉世界他来了。敲吧，李离刷着自己的脸，眉，隐去雀斑，最后看了一眼自己的身体，稍稍向上提了一下薄露的睡衣，睡衣内的身材总是让她最满意，他敲，她轻轻地来到门前，停了一小会儿，把门打开，像接一件东西一样接进居延泽，什么也没说两人紧紧抱在一起①。

确实，这时用干柴烈火形容他们再恰当不过了，两人一吻一拥抱上就再没分开。什么话也没有，甚至只用一只手脱衣服，另一只手不舍分开。而她几乎是不用脱的，已准备好了。她一只手解开了他。直至最后——"爱"的声音才从他们嘴里喷出，语言成为一种必不可少。他们在"爱"的叫声中纵情享受禁忌所带来的身体的波涛。禁忌从来就是这样，非但不能阻止，反而会把人推向极端。禁果事实上属于诱惑，而不属于规训，你要想让爱变得更强烈就去禁止它。来自杜远方的禁忌就是这样，危险让他们的快乐成倍地增长，拥抱因为危险而格外地令他们深沉迷醉。最初的做爱过后他们才开始洗，擦身，激情把次序倒了过来。

---

① 狂飙突进的年代爱是一种激情，一种压抑，一种不可抗拒的决绝，开放首先是人的解放，人的回归，首先是人性主题、爱的主题的小说涌进来，看看别人是怎么活的，我们是怎么活的。《安娜·卡列尼娜》不可抗拒，《叶塞妮亚》不可抗拒，《红菱艳》不可抗拒，《冷酷的心》不可抗拒，《非凡的爱玛》不可抗拒——这些小说李离没全看过，但电影全都看过，居延泽也一样。那时谁没看过那些经典的影片？杜远方也同样看过，虽然他早就看过。我们不能说李离就是安娜，虽然学生时代她就读了这本书，不能说李离就是德瑞娜夫人，虽然甚至小学时就读了《红与黑》这本书。她的家里"文革"前有几大架子书，都被抄了，书在院子里堆成了山，这些都压在她心里，也同爱一齐爆发了。当然，这是第二次爆发，与第一次爆发（和杜远方）还有所不同，这次更纯粹。虽然不能说居延泽就是于连，就是渥伦斯基，但总有一种似是而非或似非而是的东西，一种超越的力量引导居延泽突破边界。

房间没有浴室，洗澡一般都是下班后在厂里，在家也就是擦一擦。厂里人多，有四个浴室，但周末高峰时还是不够，谁都知道周末洗澡意味着什么，所以必须洗，人特多。最近又准备增加两个，财务处已列支，是李离的建议。李离也不太明确自己这么做为什么，当然是为洗澡方便！这些天她差不多天天洗，洗成为一种暗示，一种等待。

穿好衣服，两人拥抱，不像刚才那么激烈，异常深情。如果是两个年轻人会这样吗？至少女孩子刚才不会让男孩子那么直奔主题，总要游戏一会儿，总有许多话，许多语言，许多枝枝节节，或者还要追逐一番。居延泽和李离没有。主要是李离放任居延泽，一切由着居延泽，欣赏他年轻的冲动的急不可耐的一切，似乎这既是她的过去，也是她更成熟的现在——接近一种对儿子的放任。总之在激烈中她感到的味道与快乐比居延泽复杂得多，也更沉醉得多。有时李离也反过来想到杜远方对自己是不是也有类似的感觉？由此对杜远方产生一种温情。

是的，最初她和杜远方在一起时也很任性，杜远方的慈爱一如此刻她对居延泽的慈爱，不过爱事上她并不急，她是另一种诉求，那时她喜欢杜远方像对待小姑娘那样梳理她的头发，为她扎许多小辫，还喜欢杜远方为她掏耳朵，就像小时叔叔很少对她做的那样。在爱上她也很任性，想怎么样就怎么样，杜远方的耐心细致宽厚慈爱，她在做爱时全部回报给了他。最初他们是多么的幸福，以往的压抑阴暗仿佛在爱中全都补偿回来。没有父亲。许多时候杜远方像父亲，她脱产学习的时候他像父亲一样检查她的作业，给她带来营养品，在刚开业的购物中心而不是在商场为她选衣裳。那是当时的第一个高档时尚的购物场所，不像商场总是人满为患，那儿的购物环境购物方式当时真是不一样，购物中心是那么年轻，她也很年轻，不过三十岁，并且又当了一回学生。虽不算是小女生，但在杜远方面前她就是小女生，就可以任性。

居延泽给她带来了她爱吃的南方香蕉，他为她剥皮，亲自喂她。她也让他吃，他不太舍得，因为他就买了几只。他是个穷学生。房间没太多空间，但他还是搂着她跳了舞。她让他等等，打开老式唱机，放上老唱片。他们跳，他非常地从容，像个真正的男人，虽没杜远方高大可完全是年轻人柔韧的身段。此外居延泽年纪轻轻就有一点毛茸茸的连鬓胡子，不是很重，薄薄的一层，恰到好处。她特别的喜欢，好像他的胡子拉近了他们年龄的距离。她吻他的胡子，他也吻她的头发，吻她的胸、乳头，他告诉她又想要了，她说他想怎样就怎样，他一下将她抄起，转了两圈，又放下她。他们继续跳，他懂得了节制。他节制她也喜欢，急不可耐（哪怕像强暴）也喜欢。这就是她的性格，最原始的性格。

　　老唱片转完了，又换了双卡立体声收录机，放上了一盘盒带，快节奏的曲子，接近迪斯科，实际就是。那时日本三洋四喇叭双卡立体声收录机不亚于后来传统老黑胶唱片，发声更时尚，更年轻，更激情，当然后来又让位给唱片。但那是后来了，当时双卡立体声非常刺激人。新的曲子让他们再次做爱。在低音的打击节奏中做爱真是太刺激了，李离一方面把握居延泽不让他失控，一方面自己却要失控，有点不能自已。不能不总想到杜远方，仿佛是两个男人欠她的，现在她都有了，无怨了，平和了，死也无憾了。她爱他，彻底属于他，他多么年轻！她承受他的一切，承受住了激情至死的音乐……

　　他们吃夜宵，她到厨房弄吃的，炒菜、摊鸡蛋，顾不得邻居怎么想、是否闻到香气。酒发挥了作用。他们如梦如幻，干杯，慢慢酌，吻，如果有醉生梦死指的就是这会儿的他们的感觉，只要她向下找找他们就没有多少年龄差距，就如同当初她向上找找也不觉有什么差距。居延泽是强烈的，说他要和她结婚，发誓娶她，非她不娶，她先是笑，后答应。都已是酒话，醉了。他们相拥而眠，关着床灯，脸对脸，看着，吻，说话，似睡非睡，有一刻好像睡了一会儿，一下又突然醒了，继续吻，交感，直到黎明，夜过得太快了。

黎明，她叫醒他，告诉他天快亮了，他得走了。整个夜晚无论她和他都没提及这个问题，他们太激情了，太幸福了，太迷幻了，一刻千金，没时间面对这个问题，也迟迟不愿面对。但李离无论如何留着一份清醒，她上了闹钟。闹钟响了，如同最后的钟声，可他睡得多香呀，闹钟也吵不醒他。

黎明前所讲的道理也像黎明本身一样残酷，她苦口婆心。

"走吧，"她哀求他，"要是被他发现，你的一切就都完了。他不能拿我怎么样，可你不同，我这么爱你就得对你负责。他对你其实挺好的，你也不该这么对他，他没一点负你。你的前程都在他身上，他在给你铺路、安排你的未来你知道吗？你那天见到的那些人，就是你敬酒的那些人都是对你将来重要的人。前天他还跟我谈起你，他打算让你在这儿锻炼过毕业就不用到基层了，直接到省政策研究室，你在那儿待上两年，那是全省的智囊机构，没有比他们更居高临下地知道该怎么干，领导都要听他们的，你到了那儿脑子里就有了全局观。然后找机会去秘书处，给首长做秘书。他说做秘书是一条特别隐秘但又行之有效的进身阶梯，对你是成功的捷径，特别是成大事有大作为的捷径，他说你做什么人的秘书就可能成为什么人，不是也不会太差，也会有很多高层人脉。你就听我的吧，我知道他和省里两位秘书长都有关系，说你是个好苗子，应变能力强，气质也特别好，前途无量，堪当大任。"

"他干吗要对我这么好？"居延泽听进去了，但另一种东西更强烈。

"滴水之恩当涌泉相报，你还不知这个道理？"

"我觉得他像个阴谋家，像我父亲，我告诉你，他无权安排我！"

"别傻了，我不值得你这样，我都老了。"李离亲了居延泽一下。

"他就是安排我当省长，我也不干!"

"你别毁在我这里，你以后会后悔的，我会老得很快，现在不化妆都不行了，再过几年就没法看了。"李离说的是实话，真是爱这个年轻人。

"不，你不老，你会永远年轻，永远都会这样。"

"不可能的，傻孩子。"她吻他，给他乳头吃。

她说的和做的完全不同，她自己都不明白，结果可想而知。他们再次做爱——在天亮之际，在曙色升起之际。居延泽走不成了，窗外脚步杂沓自行车铃脆响，大声说话，打招呼的，遛狗的，提鸟的，一派早晨的繁荣景象。

居延泽不但没在黎明之前离去，后来反而来得越来越频繁，也不管什么黎明不黎明，白天不白天了，想来就来，完全不怕碰上人。两个人虽然没有成双入对地出入，但也不再刻意掩饰什么。杜远方不能拿李离怎么样，她既然走到这一步，也不怕什么了，既然无法掩饰，索性放开。他们享受着身体和心灵双重的快乐，《橄榄树》歌中唱的无法言说的东西他们用身体体验了一遍，快感无以复加。岁月如同陈酒，全是过去的经年累月的痛苦又快乐的芬芳。

居延泽决定考研究生，早在那个没走的黎明他就决定了，并且说服了李离。他向李离描述了一条教授学者之路，李离十分感动，这是她没想到的一条路。李离觉得这条路也不错，很干净，很书香。不过李离也不希望居延泽做得太过张扬，完全不把杜远方放在眼里。比如如果不是必须最好不要大白天来她这里，不要让更多人看见，不要一起进出，总之李离希望把他们的关系控制在传闻而不是完全公开的程度。

李离的确不愧是当会计的，计算有理有度，过去人们传她和厂长的关系，现在传她和居延泽的关系，传就传吧，也许不无坏处。就像前面提到的李离最初就想打打居延泽的牌，给杜远方看看，你有人我也不是没人，见到居延泽瞬间产生的就是这个想法。没想到最初的一闪念变成了现实，也算报了杜远方的一箭之仇。不，她挨的可不是一箭，是两箭，当初他说离婚没离也该算一箭。

当然了，李离走出这一步无论如何还是有些忐忑的，女人和男人不一样，女人做这种事总不如男人心安理得，原先李离只是想拿居延泽做做样子，并没真想怎么样，因为真怎么样了那不是和杜远方一样了？如果李离有什么不安正是在这一点上。

李离明白，杜远方早已知道了什么，至少财务处也有他的耳目，她的一举一动都会被杜远方知道。权力与监控天然相关，有自身的轨迹与六亲不认。财务处甚至还有杜远方其他的情人，比如陈姐——这点李离从来不愿多想，一想就万分痛苦。为了即使没有证实的这种事李离以前跟杜远方没少怄过气，数月不理杜远方。居延泽的事，杜远方现在到底怎么想的李离一点也不知道，杜远方什么也不说，看上去好像没任何态度，好像一点也不知道。

李离已不记得多长时间没和杜远方在一起了——算起来真是有点耐人寻味。好像自从跟居延泽排练了《橄榄树》以后就没再有过，一下自然关闭，再未打开。如果一个女人的身体是仙境那就没有比仙境的"中心"构造更敏感的了，它的敏感度甚至超过了心灵，心灵还未及反应时它就先反应了；它一下就收紧了，她去卫生间时特别能感觉到想到杜远方时本能的收紧。过去一想到杜远方与别的女人它也一下收紧过，但从没因其他事物对杜远方收紧过。这是这次的不同之处。换句话说，这次是唱完《橄榄树》对杜远方一下由下体而不是心灵拒绝的。这是她的秘密，是只有自己知道的秘密。这秘密的核心更在于关闭的同时也是打开，是她从小到大从没有过的。甚至一晃两个月就过去了，她和杜远方没通过一次私密电话，她没打给过他，他竟也没打给过她。直到这时李离才发现忘记有时比思念快。这么长时间什么事也没有，在她和他都是极不正常的，但奇怪的是好像又过得非常正常。过去不要说他应该会给她打电话，就是她电话也早打过去了，早约了，哪怕就是观察一下他最近是否有什么异动她也会打过去。她会嗅嗅他身上有什么异味，她能从他身上嗅出异味来。

自从心里有了居延泽这种痛苦奇异地消失了，不过同时也不再具有过去的道德优势。过去杜远方无论如何总有一部分是贼，而她是有权检查的警察，这让她总是天然就无形地压他一头。但是现在即使杜远方什么也不说，她的权力也莫名地消失。她陷入了新的痛苦，主要是她与居延泽的鱼水之欢虽刻骨铭心却又有些虚幻，会有什么结果吗？当然，过去与杜远方就没有结果，就更不可能要求居延泽。结果、未来，这些事不能想，那么这样就是为报复杜远方吗？扪心而问，过去她从没想过要报复杜远方，这不是她的性格。

好在居延泽的实习快要结束了，李离有时也想是否随着居延泽的实习结束，他们的"蜜月"也该结束了？事实上每个人都受控于未来，或受控于对未来的想象，大多数人是未来型思维的人，只有少数人是当下型思维的人，李离有时也想：幸福只是眼前，不想未来该多好？未来总是击碎着当下的梦，未来越来越像黑暗中的灯，不亮还好，一亮就照得现实那么不堪那么不靠谱。未来虽不是现实的，却比现实更加现实。其实，李离本来从小就是漠视未来的，长时间以来习惯了漠视，一般说来一个漠视未来的人也会漠视现实。当年李离作为有问题子女，作为国民党军人的后人，作为历史反革命的残渣余孽，当她不能入红卫兵，不能入团，不能这不能那，最终甚至不能爱——只能嫁——随便嫁给一个什么人，比如说一个小学会计，她怎么能不漠视未来？不仇视就不错了。

杜远方改变了她，一下让她有了一个现实，也似乎有了一个未来，一个"以厂为家"的"家"——哪怕是打了折的未来。但就是这个打了折的未来最终也是一个虚幻，杜远方仍不安于这个"家"，有什么办法？她没办法。这让她的由来已久的漠视未来的习惯，又回到她身上。

三十六

云云是大年初一下午回来的，一回来便让家里好像生起一团火；而且云云赢了钱，果真像杜远方说的，新手总是手气壮。"赢了两百块耶，妈妈，妈妈，人真是有钱就越有钱，杜伯伯给我的大红包揣在兜里就是有底气，想输都输不了，谁也拦不住我了，我一人赢了她们三家。"

云云拿着一大把零碎钞票向杜远方展示，又向妈妈展示，拥抱妈妈，拥抱杜远方。云云提议他们过年也打牌，敲三家，或跑得快，都行。

"我们玩真的呵，不玩假的，要真的给钱！"

云云一边喊着一边洗牌，真的要了每个人的钱，换成了小票。她有一大堆小票子，都是昨天赢的。敏芬不怎么会玩牌，云云手把手教，不学不行。

一家人坐一起打扑克，云云的又一个梦想也实现了。

当然是杜远方赢了，杜远方太老到，事实上成了云云和敏芬的教练。杜远方精于记牌与计算，每次局后都做分析指导，特别是杜远方的记牌本领让云云佩服得五体投地。杜远方一度在一个高级会员制的俱乐部打桥牌，打得相当不错，在全国企业家桥牌大赛中取得过不俗的成绩，对于敲三家斗地主那点计算实在不在话下。他们玩的敲三家。敲三家本应六个人玩，但三人也能玩，一人守两家，这就要讲配合，讲前后左右，讲分值计算。敏芬也是聪明人，得了要领很快上道，云云更不用说了。三个人竟越打越上瘾，以致晚饭都做得草率，没做新的，吃的是三十晚上剩的。也没喝酒，云云不让喝了，嫌费时间。饭后云云洗碗，三下五除二就洗完了，洗完了接着玩。玩到后来云云赢了，敏芬也赢了，杜远方一个人输，输得自自然然，行云流水。每每杜远方都要进贡，进了大猫进小猫，云云吃大猫敏芬吃小猫，把云云乐翻了。

虽然玩得兴高采烈，但他们没玩得太晚，因为昨天都熬了夜。特别是敏芬还感觉肛内很不适，火辣辣的。收了牌，洗漱完毕，云云问母亲自己能否单独睡，敏芬立刻明白女儿的意思，断然否定。没想到妈妈如此正色，云云有些困惑，没再多问。

直到两天以后，到了大年初三，三个人出游，杜远方开车带着云云和敏芬去了百公里之外的雪石温泉，云云才自己单独住了一间。雪石温泉依山傍海，山环水绕，因石白而得名，又有小崂山之称。开发不过几年光景，还不是很有名，但是品质优异，露天温泉、木栈、山里的雪，接近日本风格，由一个台湾人投资兴建。温泉出水温度六十二摄氏度，属淡水温泉，一如这里的淡雅风光。淡是这里的主调，木质的馆舍依山依水而建，连通又错落，泉池天然散落，置身其中是真正的天人合一的道家风范。价格当然不菲，但这不是问题。订了两间房，用了敏芬和云云的身份证，敏芬具体办理的。之前云云不在身边时杜远方已与敏芬做了交代，他不能出示身份证。敏芬当然明白。其实杜远方身上有假身份证，不过除非不得已才会使用。

出行是云云提议的，倒不是为了母亲和杜远方在一起，主要这是云云的整个过春节的计划之一。三十一起包饺子，初一初二玩牌，初三出游，云云的计划就是把能想到的三人世界演绎一次。本来云云建议驾车去南方海边度假，比如到深圳、厦门、北海，海南太远了没好意思提，即便如此，杜远方也都没同意。这是杜远方第一次不假思索地否决了云云的提议。云云又建议去近一点的杭州、上海，上有天堂下有苏杭嘛，杜远方还是没同意，温和而坚定。杜远方的理由是春节就是在家团聚，在家过，顶多到乡下的别墅住上几天，云云说我们哪有别墅，杜远方说街上有许多温泉广告，任何一处温泉都可看作是我们的别墅，我们去洗温泉。这个云云没想到，立刻高兴得跳起来。

既出来敏芬与杜远方住在一起就是自然而然的，敏芬无法拒绝，主要是无法拒绝女儿。行了，您就去吧，我一个人没事，这里多美呵，云云将敏芬推出屋来，敏芬也只好如此。他们在雪石温泉住了三天，每天游泳，泡温泉，打扑克，打保龄，爬山，一日三餐，或日本料理，或中餐，或西餐，或韩式烧烤，白酒，红酒，香槟，丰富多彩，又悠然自得。除了室外房间内也有温泉，可以打开天窗，或推开大落地窗，窗外即自然，雪，热气，泉水，如此佳景、安排，纵非天上，已殊人间。在如此幽美的室内临窗温泉，敏芬难以拒绝杜远方的影碟里的要求，所有的她都接受，都可随他尝试，这里太美了，但是唯有那地方她接受不了，她不明白，她问杜远方，恳求杜远方，甚至怒斥杜远方。怒斥也没用，杜远方异常坚定，就是在这点上特别坚定，仿佛一切的美好都是为了这一点，敏芬意识混乱，即使感到某种快感也如此。

当然，整个白天都是快乐的，丰富的，美丽的，妙不可言的。特别是水灵灵的云云，这儿的一切都让她开心，仿佛她天生就生在这里，就像某种海鸟出现在温泉边上，她一尘不染，海鸟有多干净她就有多干净，海鸟有多自然她就有多自然。敏芬能感到云云对自己和杜远方的关系有所期待，事实上云云也在有意创造，或至少是加深了她与杜远方的关系，比如到这儿来、她设想的旅行，实际都是云云的简直自私的想法。这个鬼丫头，她想什么敏芬的心里跟明镜似的。不过像这样在自然界中的三人世界也的确是非常快乐，泉水，天然浴，植物，雪，蒸气，云，一切都是洗心的，洗涤灵魂的。杜远方与云云，他们共同创造了这里，而且，白天的杜远方和晚上的杜远方也是多么的不同，简直是两个人，白天的杜远方以云云为中心，目光沧桑纯净，简直说不出地纯净（难以想象晚上会变得那样），云云有多纯净甚至他的眼睛就有多纯净，而且非常重要的一点，是真的，没有一点儿掺假。白天，云云完全控制了杜远方和敏芬，杜远方的样子也是非常愿意被控制的，一切听从云云的指挥，或许被一个纯洁少女的纯洁控制有一种快感？其实云云不仅控制了杜远方实际也控制了敏芬——敏芬的一切不也是围绕着云云吗？

当然，敏芬也愿意被云云控制，以至能感到自己与杜远方愿意一起被控制的快乐。这样的快乐对云云太少了，从生下来就没有过，多少年了敏芬总觉得亏欠云云。即使现在是梦，也让梦长一点，再长一点。

美丽如梦的寒假，春节过去了，云云要返校了。这次返校和以往是多么的不同，以往孤单的母女俩乘公共汽车前往车站，这次是杜远方开着奥迪 A6L 送云云。阳光很好，天也不算冷，柳枝浑黄，远方的冬天的海波光粼粼，有少许海鸥飞翔，有外轮在海平线上，仿佛一动不动。时间富余，杜远方在海滨公路上兜了一圈，海天相接，海天一色，仿佛让云云返回太空。杜远方一身浅灰色外套，头上戴了一顶同样颜色的鸭舌帽，仿佛也有点开太空船的样子。云云不断赞叹天空与杜远方，杜远方不搭话，仿佛没听见。车开得很慢，异常沉稳，敏芬也破天荒跟云云一起夸赞杜远方。嗯，真有点像宇航员。两人说笑，十分亲昵，好像忘了就要分离，好像三个人真的一起在走向天空。

杜远方没有送到站台，一来不便在车站与无数监控镜头下露面，二来最后的分别应留给她们母女俩，这非常自然，同时更自然的是也成为前者的理由。在停车场云云与杜远方告别，两人拥抱，异常深情，敏芬感觉云云在流泪。杜远方也在控制什么，如此深情，几乎让敏芬嫉妒，同时也升起一股"可能的话与杜远方生活在一起算了"的念头，哪怕是隐蔽的——只要云云喜欢。他们分开时，敏芬看到杜远方眼睛湿润了，非常感人，那样纯粹，像天空，却没看到云云的，这让敏芬感到惊异。云云的眼睛包含着阳光，依然像鸟儿一样，也如鸟儿一样从不会哭泣，不会悲伤。

敏芬帮女儿拉着箱子进站，回头向杜远方招下手，谈到杜远方刚才分别时的眼睛，虽然没谈女儿的眼睛，却也是在提示女儿，希望女儿接过话茬儿说说自己的惜别之情。但是云云很快将话题跳到别的上面，甚至跳到北京。也许云云有点生杜远方的气？敏芬想，云云当然不理解杜远方为什么不能送到站台，这丫头，有一点不完美就不高兴。

"妈妈，您还是把箱子给我吧。"

"不行，我还没老呢。"

过安检，上滚梯，到了月台，凡遇到上下台阶母女俩都一同提着箱子。去年是这样，今年依然。敏芬想，这段上上下下的路要是有杜远方，根本不用两人一起抓着箱子，那样对云云就完美了。

火车的长龙慢慢驶进月台，敏芬帮云云把很重的箱子提上车，吃力地放上行李架，唉，不由得有些叹气。一切就绪，母女俩在站台说着体己话，云云说自己的奖学金这学期会再得到，一点没问题，说系里要组织去西昌卫星发射中心观摩。谈了许多，连喝牛奶都谈到了。列车就要启动，云云搂着母亲久久不撒手，泪如雨下，说了许多保重的话。列车缓缓驶离，两人招手。云云在车上又给母亲发了一个短信，但是火车站人声鼎沸，敏芬没看到，直到回到豪华的奥迪 A6L 上，接到蓝莉莉的一个短信，一看，还有云云的一条信息：

　　妈妈，保重。您回家后打开五斗橱的第二个抽屉，我把杜伯伯给我的三个红包共七万块钱放在了这里。另外，还有他给我买的紫珍珠钻链、一只手镯、一个银发卡、一支金笔，还有那个微型笔记本电脑都放这里了。

　　妈妈，您保重，多保重，有事随时跟我联系！云云

　　敏芬坐在副驾上把短信看了许多遍，隔一会儿就看一遍，以致开车的杜远方直视前方地问："有事吗？"

　　"没事。"敏芬只能这么回答。

　　当然有事，蓝莉莉的短信是告诉敏芬听说黄子夫要提教育局副局长，问敏芬是否知道这事。两个短信感觉都如此异样，如果不是云云的短信，有关黄子夫的消息会让敏芬欣喜，如释重负，但有了前者后者竟打了折扣。

　　"云云来短信了？"杜远方问，感觉非常敏锐。

　　"是，也有一条朋友的短信，"为了缓和或者也是逃避遮蔽某种东西，敏芬讲了蓝莉莉的短信，"蓝莉莉，上次看电影她和她老公就坐咱们前面，路上咱们还想捎她一段的。莉莉说黄子夫要调走，到教育局当副局长，问我知道不知道这事，我一点都没听说，不知莉莉哪来的消

息，要是真的就太好了。"

"很有可能，他有一个学校的基础，想做就能做到。"

"一个学校的基础？"敏芬听这话很耳生，不太理解。

"学校和企业不同，可以走行政序列，但又有企业资源，你们学校收费生收入一年是多少？包括企业赞助？"

"具体谁也不清楚，听说有很多，收费生，插班生，借读生，谁也不知道到底收了多少钱，有的说很多，很吓人的，都怎么花的谁也不知道。"

敏芬一边说着黄子夫的事，一边继续想着云云的短信。还没回云云的短信，不知怎么回云云，似乎这事倒比黄子夫更有一种特别的感觉。当然，谈论黄子夫掩盖了云云的短信的话题，这非常好，不然还真不知怎么掩饰。越想这事越有些不安，云云的短信让敏芬不解，这和杜远方送没送到站台无关。云云什么时候把那些东西都放下了，一点都没注意到。

"云云说什么？"杜远方再次问。

"哦，没什么，让我谢谢你。"

敏芬不知为什么要撒谎，为什么不能直截了当告诉杜远方。再看杜远方，发现杜远方已基本恢复了原来的样子，脸上有层东西消失了。

那东西是云云来了之后才有的，一直在。

"黄子夫要真调走，这段时间你要提防他。"杜远方严肃地说。

并且侧过头看了敏芬一眼。

"为什么？他还想怎样？不怕误了他的局长前程？"

"他这种人有了上面的基础什么也不怕，也没什么可怕的。"杜远方阴沉地似乎体会着黄子夫说，以致有一种奇怪的蛮横口吻。杜远方完全可以是另一种态度，比如批判黄子夫，不知为什么反倒好像故意显示出有一种赤裸裸的不讲道理的东西。这种东西许久没有了，自从云云来了以后就没有了。

"你为什么总是向着他说？"敏芬也有一股火，质问道。

"不是向着，是让你看到本质。"

"什么本质？！"敏芬大声说。

"我们谈到过，你忘了。"杜远方凝视前方。

"没忘，"敏芬说，"你谈过他有权力，权力的本质，可我不信天底下就没地方说理！"

"你真让人尊敬，你这样的人多吗？"

一切似乎回到从前，敏芬看着杜远方，不知说什么。敏芬也不是真的有把握相信天底下有地方说理，只是骨子里的这种信念天生就存在，就像传统的东西先天就存在。杜远方的问题让她觉得怪怪的，有多少人像她这样？难道大家不是这样吗？杜远方好像一直没生活在人间，好像没在地球上。杜远方有一种东西，不好说是一种非人的东西，但这也不是一般人有的。什么人只相信本质而不相信别的？敏芬没有回答杜远方，不再说话，专心致志地给云云回短信。短信也像云云一样冷静，如果不是跟杜远方吵她还真不知道怎么回。

三十七

敏芬是请了假送女儿的，学生还没开学但教师已提早开学，因此送完女儿敏芬没有回家，而是直接去了学校。敏芬没让杜远方送到学校，即使在过去也只是偶尔才让杜远方送到离学校不远的地方她下来，然后走到学校。这次敏芬甚至没让杜远方送到学校附近，只在一个公共汽车站便要求下了车。下车后敏芬在车窗外向杜远方表示对送云云的感谢，杜远方没说什么，摇上车窗，缓慢消失在小城的车流里。

下班回来，已是晚上9点。杜远方做好了晚饭。杜远方说他已先吃过，给敏芬热饭，端盘子，端碗，拿筷子。饭菜可口，煎鱼，牛排，豌豆苗，还有汤。以往敏芬回来晚了杜远方也有先吃的时候，有时等敏芬回来，不一定，因此今天倒也没什么特别之处。看到杜远方还像以往那样周到，敏芬不由得有些恍惚的感动。唉，就是这种细微处最难割舍。

的确，敏芬的感觉很准，所谓的日常生活，水滴石穿润物无声也正在于此。很多老师都在学校吃免费晚餐，敏芬也曾想这样，有时肚子真的挺饿的，但杜远方执意要敏芬回来吃，无论多晚。敏芬觉得当然还是回来吃好，有个人伺候，热气腾腾，嘘寒问暖，是人生难得的事，就算有丈夫的人，事实上又有几人能享受到这种待遇？

杜远方端了杯茶坐敏芬对面看着敏芬吃。

"我白天态度不太好，你别在意。"敏芬由衷地说。

"我也不太好。"杜远方晃晃杯子。

敏芬想起杜远方白天严峻的态度，仍不寒而栗。

两人沉默，但并无不适。

"你来多久了？"敏芬问杜远方。

"半年了吧。挺快的。"

敏芬本想说："你有更好的地方吗？"但最终没有说出。

敏芬在想，她最不能接受他的是什么？除了他现在的身份——这是她不安的根源——但不是不能维持，如果其他方面都好，都像在云云面前的那种纯粹她也接受他，可以豁出一切。但她不可能是云云，也只有云云才能让他那样。她想她原以为最不能接受他的是他的很脏也很疼的做爱——这个，这个她都可以部分地忍受！她不能接受的是他的常常让她不寒而栗的心，那心像冰一样，似乎永远也不能暖过来，除了云云。

这种东西和他的喜好有点儿像，说不上为什么像，她感到浑身发抖。

"其实我可以说些让你高兴的话，但是我不想说。"杜远方啜了口茶，"我不想哄你，骗你，我想让你看到最真的东西，因为我爱你。"

"你的心为什么那么冷？你的心好像就是块冰，你有那么多钱，孩子都在国外，这个国家待你不薄，为什么这么阴森森？"

"冷也是我们的本质。"

"我们？别包括我，我就是想生活，不想什么本质。"

"我一开始也不是冰，后来在本质里才慢慢变成冰的。"

"什么本质？"

"太冷了。"

"我感到冷还有情可原，你凭什么？"

"凭我是它的一部分，"杜远方稳稳地说，"凭我这么多年总要握那些冰凉的手，它们从上面左面右面伸出来，你必须去握。你还不能用有血有肉的手去握，必须也用冰凉的手去握，最后你通体都变成冰，手能不变成冰吗？冰和冰相握，就是冰的一部分了。冰会感到寒冷吗？一样会，因此你必须更冷。只有冷才能拯救冷，就是变成冷的一部分，和它们再也不能分开。"

"用冷拯救冷？真是奇谈，你拯救了吗？为什么还四处躲藏？"

"我不是个常数，偶然性也是冷的本质。"

"什么偶然、必然，我不懂。"

"我说的都是最真的东西，这世界上真正让我感到我是个罪犯的只有云云，还有一半的你。我愿为云云做一切，做她的仆人，老仆人。云云是来自天上的人。我觉得只有天使可以审判我，其他人都没有权利。"

敏芬觉得正好可以谈谈云云的短信了。

"云云把你给她的所有红包、礼物，都留下来，一样没剩。"

杜远方显然没想到。

"真的？"很少见到杜远方疑问的表情。

"你要看看吗？"敏芬说。

敏芬带着杜远方来到五斗橱前，拉开抽屉。

杜远方看了一会儿，仰头看着窗外，几乎陷入回忆，云云活泼的样子在他眼前浮现，与其说是在思索不如说是在回忆。

"我们有默契。"杜远方对敏芬说。

"什么默契？"

"她并没完全拒绝，只是冰雪聪明，她怕我出了事，这些钱物给你带来麻烦，你交不出。但她没亲自拒绝我。"

"她给你留着面子。"

"不，不全是。她聪明，非常聪明，聪明极了。"

杜远方决定给云云一笔更多的钱。

"我给云云准备了一笔出国留学的钱，算是助学基金吧，这笔钱是我纯粹的应有的收入，是工资卡上的钱，我这几年的年薪。将来我无论发生什么，这卡上的钱不会有问题。你把它取出来，留下存根，证明是这卡上的钱。"

一百万，敏芬有种匪夷所思的感觉，虽然谢绝了，心里还是有种难以抑制的云蒸霞蔚的感觉。此后无论是收拾餐具，洗涮，还是沐浴，冲洗——冲去一天的疲惫之时，一百万数目都挥之不去。

云云今天走了，又是二人世界，是否接着同居？这是今天晚上的问题，或者说对敏芬是个问题。其实不要说是否同居，对敏芬来说真正的问题是是不是了结这段情缘，当然不可能再有任何身体关系。但是当杜远方洗完澡穿着宽大的睡衣来到她的床边，将她抱起时，她却自然而然，没有任何反抗。她正在床上看手机短信，没锁门。她洗完澡曾犹豫要不要锁，但脑子里闪过杜远方可能不会来的意识，就没锁。实际上怎么可能呢？显然是自欺欺人，但为什么自欺？敏芬已未及想，因为木已成舟，他们长长地亲吻起来……

她在想那一百万，虽只是一闪。

以往杜远方总是从容，缓慢，周到，今天一反常态，激情，霸气十足，以致敏芬本能的反应是缩紧身子。他硕大的舌头——让她想到像他那物——撬开她紧闭的牙，一下攻入她的口腔，紧紧吮住她薄薄的舌头。

她无法反抗。最后只软弱地说：你别做那事。

他答应了。她放他进来，再无任何抵抗意志。而一旦放弃，放松，她的身体激情也被激活。她喜欢他的快速，凶猛，淋漓，很快就到了巅峰。

她想，她完了，离不开他了，长长地叹息地想。但就在她浑身放电放松瘫软无骨之际，他食言了，乘虚而入。她一下跳起来，却被他的大手按住，没能摆脱。之后越来越深再也无法摆脱，完全被锁死了。恶心，快感，意识混乱，可耻，空白，高潮，麻木，活塞，机器……

完事之后，她让他离开。不仅离开这个房间，也离开这所房子。

"走吧，否则我会报警。"

早上，杜远方照例起得很早，出去散步，慢跑，吃肯德基餐。敏芬也早早起来，没看到杜远方，走前留了这张条子，放在了餐桌上。怕杜远方还是太自信，不肯离开，又在字条上加了一句："无论你是否离开，我下班都会带着警察回来。"然后匆匆下楼。怕碰上杜远方，结果还是在一楼门口碰上。

"我给你留了张字条。"敏芬什么也没再说，匆匆离开，下体还火辣辣。

敏芬关了手机。一天都关机，不给他任何机会。

敏芬说到做到，下班时果真带了两名警察来到家中。她请了假，提早下班了，到家时天还没黑，夕阳刚刚落下去。开门之际，她让警察在门口稍等，她先进去。结果警察却没听她的，一下冲了进去。两名警察装束不太一样，一个高大威猛，戴着钢盔，警棍，全副武装，开着警车。另一个白净，文弱，戴着白框眼镜，如果不是身着制服不像是警察。两人是敏芬的学生，还是同一届同一个班的，在这个城市，敏芬要想召集一个班的警察也不是个难事。

敏芬没告诉学生具体什么事，只说这几天回家害怕，总怕家里有陌生人潜入，谎称有好几次回来时听到阳台门响，一进家人已跑了。

两个警察检查了一遍没发现什么异常，特别检查了阳台的门窗，看了看阳台下面、上面、左右，甚至到邻居阳台检查了一遍。杜远方的房间没有一点凌乱的样子，一切都干干净净，仿佛一直是这样。连那些花都浇了。

"这房间有人住吗？谁住的？"

"没人，是我女儿。"

"不能呀，肯定刚有人进来过，花是湿的。"

"不不，那是我早上浇的。"

"李老师，这花里的水不超过三个小时，肯定有人来。"

"看！还有这儿，很大的脚印！"另一个说。

阳台有积水，虽只有半个脚印，警察还是大致分析出了杜远方的身高，甚至体重，年龄，竟然分析出年龄不小了。敏芬一直苦笑，否认，无奈。

"行啦，"敏芬说，"我不留你们吃饭了，改天再请你们。"

好不容易才哄走了两个学生，敏芬再次走进杜远方的房间，的确，杜远方走得很彻底，几乎了无痕迹，房间完全恢复了原来的样子。如果不是杜远方如此精心地恢复，敏芬已想不起原来的样子。

人去屋空，一切好像回到从前，好像什么也没发生。

为何如此了无痕迹？敏芬突然想：要是杜远方不走怎么办？她真的要让警察带走他吗？也许在最后一刻她会犹豫。一切都过去了，敏芬长长出了口气。突然又想起杜远方的车，对了，忘记看杜远方的车了，赶快跑到阳台向下边看，那儿没车，杜远方真的走了，敏芬再次长出口气。晚上，吃过饭，洗浴完毕——彻底地清洗了下体，依然火辣辣的，躺在床上给云云打了个长长的电话。

三十八

　　杜远方走了，黄子夫也走了。什么也没发生，两大让敏芬不安之源前后脚消失了，敏芬这么多年从未有过地松了口气。一个女人心头没有不安，没有阴云是最幸福的事，一切顺顺当当，毕业班也教得好好的，已完全进入角色。敏芬觉得简直可以重新做人，生活好像重新开始。敏芬难以抑制内心的激动，在黄子夫调到区教育局当副局长的当天，她非要请蓝莉莉吃夜宵，因为晚上 9 点才结束一天小升初的教学，9 点只能算夜宵。虽然蓝莉莉的老公刚刚实施了阑尾炎手术不久，刚刚出院，但蓝莉莉还是与敏芬到了老地方西堤。因为 6 点钟已吃过工作餐，蓝莉莉提议敏芬不要点套餐了，点份沙拉和鸡尾酒就行了。敏芬不干，敏芬高兴，敏芬很正式地要了两份套餐，又单点了一瓶价格不菲的红酒。女人的话题永远是男人，男人是女人不幸与幸福之源。

"这回我一身轻松了，真的，简直可以重新做人！"

"这回你可以专门属于我了！"蓝莉莉幸福地盯着敏芬。

她们喝掉了全部的鸡尾酒，一瓶红酒，后来又要了一瓶红酒。

"你说我算不算女中豪杰？"敏芬第一次口无遮拦地夸自己，"他要送云云一百万我拒绝了，还说要给我一千万，你不知道他有多少钱，他让我猜，我不猜，他说出来吓了我一大跳！你想象不出他有多少钱，一千万对他是个小数目。他保证就算他将来进去——他相信这是迟早的事——他甚至想有一天去自首把那些还在台上的人全弄进去——他也不会把这一千万交代出来。他说钱是我摆脱黄子夫的唯一办法，辞职或找人警告他。我相信他是真心的，可我还是给他下了最后通牒，告诉他如果他不走我下班回家会带警察来。莉莉，你说我是不是豪杰？是不是非人？"

"你太男人了，我都不敢爱你了，太伟大了！"

"伟大什么，我是太软弱了，真的，你不知道我有多软弱。"

"行了，你这样就非常不错了，软弱什么？"

"你不知道，其实是云云促使我下了决心，以前我还能忍受他的特别的嗜好（真可恨！），云云将所有的东西留下让我觉得这是一场梦，他的嗜好又唤起了我之前所没有的毁灭感。他太霸气了，我跟你说，就是强奸，他不择手段处心积虑地性内强奸，他让你混乱，无法拒绝，意识模糊，整个人都倒了过来。我不知道他这样毁过多少女人，包括年轻轻的女孩子，我觉得任何一个女人最终都会被他弄得人不人鬼不鬼、意识混乱，云云走之前我就是这样子！"

"他有没有同性恋倾向？"蓝莉莉问。

"没有，完全没有！"敏芬说。

"那真奇怪了。"

"这奇怪什么，他就是变态！"

"不过云云可真了不起，不愧是学天体物理的，简直有点神了。"

"云云是太渴望有一个父亲了，她说她只是半梦半醒地做了一个梦，她不愿醒来，也不愿完全睡去。她不知道杜远方的变态，我怎么能跟她说这个？所以她觉得作为一个梦杜远方是一个可以接受的梦，他的过去和他的未来可以和这当下无关，这倒是有点天体的色彩。我想再对她说深一些，比如我从杜远方身上可以感到许多别的女人的气息，云云电话里不让我说了，她说对于杜远方我怎么都是对的，她愿对杜远方保持半梦半醒的印象。"

"之前你一直没告诉云云他的情况？"蓝莉莉问。

"没有，"敏芬说，"她那么投入，杜远方对她也确实好，我也不想打破她的梦。"

"他们之间的确有很难理解的东西。"蓝莉莉煞有介事地说。

"云云说的有些话我都听不懂。"

"云云将来不得了！不过，"蓝莉莉把话题一转，"我最佩服的还是你对黄子夫的态度，二十年你不屈不挠，真的是不容易！"

"说实话这得怨他，他长得太不像人了，真的，和他我宁可死！"

"可有人还是上了他的床，对了，"蓝莉莉突然愉快起来，"他的牙最近整齐了一点，你没注意到吗？有人说他最近在整形，就是当局长前。我们都没注意，可有人注意到了。你这就算高洁了，真的，有的人不在乎。"

"他哪怕稍微有点像人我都不会那么折磨自己，我也不是什么金枝玉叶，好几次我都束手待擒、闭上眼准备豁出去了，可是真不行。"

"你吃了许多年亏，这次还算不错，他走前没把你拿下来。"

"所以要庆祝呀，"敏芬使劲碰了一下蓝莉莉的杯子，"来，干杯！

我人生的两大魔咒一下都消失了，真好，庆祝我的新生，干杯！"

两个女人干杯，站起来，绕过餐桌拥抱，自然而然。

敏芬和蓝莉莉没想到黄子夫走了不到一个星期便以黄副局长身份前来学校视察，新任校长、副校长、教务主任一大群旧部陪同。黄子夫没有白天来，是晚上来的，属于非正式视察，但领导班子全部到齐。晚上只是小升初的毕业班有课，黄子夫说就是来视察毕业班的，几个班都走了走。到了敏芬的班，敏芬惊讶地注意到别看刚离开不过几天，也不知是黄子夫的牙比过去稍稍整齐了一点，还是脸上永远洗不掉的煤渣少了一些，要不就是睫毛清晰了一些，总之黄子夫精神了许多，有点领导的样子。头发梳得很高，深色夹克衫，里面是白衬衫，至少比以前干净多了。当然这是同黄子夫自己比，不能同别人比，而且如果不知道黄子夫过去什么样，现在的黄子夫看上去仍然是吓人的，惨不忍睹的，以致会影响到陪同人员。因为如果一群人陪同一个猩猩视察，人们惊讶的不会是这个猩猩，而是陪同的人群。

敏芬没和黄子夫握手，示意自己拿着粉笔，手上有粉笔末，黄子夫装模作样地询问了学生学习情况，精神状态，对晚课的学生做了简单致辞，鼓励学生最后冲刺的时候到了，奋力一搏，考出好成绩。待送出教室，黄子夫以绝对的领导的口吻对新任校长——他的接班人指示，本来学校要解决李敏芬老师一级教师职称的，没想到自己这么快调到局里，这事还要抓紧解决，李敏芬早就该评一级了，这么多年没评是对她的不公。新校长连连点头，敏芬心里有些热乎乎的，以致也有些恍惚，不由自主地称黄子夫为"黄局长"，发自内心的致谢，声音中透着一种从心里头发出的尊敬。一级教师是敏芬的梦，心结，后来敏芬回想起整个事情经过——在处心积虑、精心安排的链条上，职称是关键的一环，是黄子夫的点睛之笔。这一笔至关重要，有双重作用，体现了作为局长的权威性，又切中敏芬的梦，解除了敏芬的思想武装。因此，当有人告诉敏芬黄局长在校长室有请时——当然应该是现任校长的校长室，敏芬天然地这样认为——因此，敏芬轻松地前往就成为必然。敏芬不知道黄子夫原来的校长室仍原封不动地为他保留着：这是局长工作过的地方，黄局长旧居，新校长哪敢马上占有？至少要留个一年半载的，这种小官场上的微妙心态敏芬哪里知道。特别是新任校长又是黄子夫一手提拔起来的，更是要感恩戴德。某种意义上，新校长是链条上的另一环，是敏芬必赴邀的理由之一。

当然了，视察、非正式、晚上，都是经过仔细构想的，一切早在许多天以前，甚至，就在刚刚从内部确知升迁消息的那一天起就开始构想这一天。而黄子夫又是个执行力很强的人，这点不能不承认其优秀，否则也到不了局长的位置上。总的来看，那个晚上的所有细节实施得一丝不苟，可以说一环扣一环，滴水不漏。所有关键环节中最关键的还是普洱茶，没普洱茶一切都是无用功。

整个构想实际分成了两个阶段，第一阶段是将敏芬请来；第二阶段是如何让敏芬顺从，这就要看普洱茶了。普洱茶色深味重，无疑是植入化学品而难以识别的上选饮品，那时正流行。且据言又是取自滇西古树，没有不饮的道理，因此那时敏芬到了以后接过一杯茶是再自然不过了。事实上茶也是开始时最自然的话题，新校长大谈普洱茶的好处，诸如减肥、美容、抗衰老，即使新校长没参与黄子夫精心构置的图谋，至少也是在一定程度上配合了。黄子夫是个金庸古龙迷，虽然黄子夫是教语文的，鲁迅是教学重点之一，但事实上黄子夫从金、古、梁、温身上汲取的东西远多于从鲁迅身上汲取的，黄子夫真正在心中奉为圭臬的是金庸古龙，包括那些旁门左道。经常的，黄子夫照镜子时，不能不承认自己的确是长得太特殊了，他满意于自己的奇特，所谓"奇人必有异相""异相必是奇人"。奇人当然要有奇特的办法，何为奇特的办法？就是要无拘无束，俗得离奇，出奇制胜，兵者诡道也。黄子夫真正的文化修养就是这些，因此黄子夫想到金古梁温中的种种蛊惑诡谲也就再正常不过，而且事实证明真的管用。

灾难之后的许多天敏芬脑子里都摆脱不掉那天的情景，开始因为有新校长在座，敏芬完全没注意到校长室还是原先的校长室，相貌堂堂的新校长谈普洱茶谈得十分儒雅，以致敏芬当时还想以后要多喝普洱茶，接着有一瞬间一切就慢慢飘浮起来，她看到新校长飘着退出校长室，房间只剩下大班台后的黄子夫。她刚意识到危险，危险就来了，黄子夫绕过大班台就向她走来，她站起来，黄子夫牵住了她的手。反抗，但绵软无力，身体像气球一样。不反抗还好，反抗倒使他们像跳舞一样旋转起来，旋转起来，慢慢的，慢慢的就是飘入了套间。那时候她反抗的手臂被他拨得像水草一样，衣服一件件飘落，最后她看见了自己的身体，也看见了他的。她试图捡地上的衣服，手怎么也垂不到地面，他托住了她，慢慢地将她的下巴扬起，她第一次看清了他全部的混乱的牙，比一般人多出了许多，差不多一半，就是这乱糟糟的一口牙封住了她的嘴，同时扭过她的身体，轻而易举入侵了她。开始非常快，但是不一会儿便慢下来，慢慢的，慢慢的，熟悉又陌生。无论如何，她是过来人，希望快，能快点结束，最受不了的就是慢，然而她又一次碰上了慢，刻度般的慢，完全不像黄子夫的风格。可黄子夫简直是有过之而无不及，经常停住，一动不动，她真的想到死，万念俱灰，想一个猩猩慢下来也不比黄子夫更可怕，现在黄子夫简直像科学家，像拿着放大镜，突然感觉不对，最惊心的事情发生了，疼痛，另一位置，简直如出一辙……她闭上眼睛，泪水汹涌，汩汩而出，涓涓长流，直到最后也没干涸……

虽然后来在蓝莉莉说服下报了案，但是否性侵难以定案，特别是警方调查过程中，听到最多的是敏芬与黄子夫许多年的说不清的关系。在一般人看来事情好像的确如此，尤其是敏芬在黄子夫的照顾下忽然由教一年级改教了毕业班，让人议论纷纷。以前还有人看到过敏芬与黄子夫在办公室拥抱——黄子夫强迫的，别人哪里能看得出。至于敏芬控告普洱茶里有迷药，非常奇怪，她的血样尿样竟然没查出来。怎么可能呢？这是最重要的证据，难道医院会造假？新校长的反方证据异常有力：普洱茶没问题。茶是新校长拿来的，不是黄子夫的。而且新校长一直在场，是他倒的茶，不是黄子夫。"茶里放迷药，那是武侠小说里才会有的事。"新校长对警察说。至于他们多年的情人关系，大家有目共睹，作为校长他不能说是，也不能说不是。敏芬下体一直疼痛，后来不得不到医院挂了难以启齿的肛肠科，对谁也没说。她想起杜远方曾经说过黄子夫的话，要她更要提防他，的确，没人比杜远方更了解一些东西①。

---

① 敏芬说，黄子夫最终没得到法律的惩罚，不过因为作风不检，受到处分，到了另一所小学当了校长。但没过一年又升为副局长，如今是主管文教的副市长。

三十九

杜远方总算在电话里听到敏芬的声音，虽然几乎是一种陌生的声音。这时已是春天，春天的夜晚，春天的细雨。一直以来消失得并不太远的杜远方，总是在夜晚给敏芬拨电话，知道白天敏芬不在家，在单位更不会接电话，即使接了她也什么都不便说。只有晚上。当然晚上敏芬也从未接过。从未接过说不定哪一天就接了，因此这种悬念后来已成杜远方的一个乐趣。有时敏芬根本不开机，有时通了不接，杜远方一直听着，直到敏芬挂上，或者时间长了自动挂上。其实他可以使用陌生电话号码，那样敏芬不知来电是谁可能会接。但杜远方不愿那样，那不是他的行事风格，他就是要让敏芬知道电话是他打来的。不接没关系，但他要让她认同他，他相信敏芬早晚会接。

杜远方实际有三部电话，名片上公开的电话，两个秘密电话，只有极少人知道，李平和敏芬是同一个，另外还有一个。

这天他拨通电话，看着手心的纹理，习惯了不抱什么希望。

结果传来了她的声音，喂，声音很低。

"喂！"他很激动，但声音压得很低，"是我，杜远方。"

"你还好吗？"他问。

"不好。"

"噢。"

"你如愿以偿，我被他强奸了。"说完就挂了。

他再打过去。关机。再打，还是。

如愿以偿，当然是夸张，但杜远方也的确并不意外，甚至敏芬的态度也不意外，不幸而言中嘛，自然是这态度，很正常。杜远方有的是时间，他的时间多得快要凝固了。他还会给她打，不停地打，直到她接，听到事情原委。

一切都不必急，他需要一些特别具体的活着的理由。

早晨，杜远方给敏芬拨了第一次电话，通了，但是不接。

他没再打。开始煮咖啡，煎蛋，剥橙子。他的早餐。

早餐后离岸，乘上一只小木船，沿着苇丛中的水道向湿地深处划去。春寒料峭，阳光灿烂，野花遍开，水很浅，一点也没有海水应有的蓝色，但同样如实地分毫不差地反映着天空。早雾不大——通常都很大，最大时三米之外不见人——只有轻描淡写的一层，太阳一出很快就散了。

或许因为雾散得快，阳光充足，各种春天的鸟飞得很亮，有的瞬间反射出耀眼的阳光。沿着隐秘的水道可以进入或大或小、形状多姿多彩的水面，水面开阔一点可以划到湖心岛，湖心岛有大有小，小的只可停靠一下船，大的岛中间还有湖，湖上有更多的水鸟。如果有游艇的话可以驶出广袤的湿地，直达浅绿色的海面，以至更远的蓝色海面。

但是杜远方过去一直未置办游艇，只购置了简单的作旧的木船，船上除了双桨什么也没有。杜远方有时喜欢一些极简带有原始气息的东西。另外这儿不适合出海，在别处海边的房子杜远方已有两条游艇，在三亚在青岛都有。但是他不敢去那里，那两处房子都是他的名字，一查就查到。这里的房子不是用他的名字办理的，应该很难查到。房子落成后他只是与李离住过几次，别人均不知道，连杜远方的家人也不知道。这是个典型的富人小区，有严格的保安，私密性强，这一点对于某类人群是绝对重要的卖点，未做宣传即在圈内销售一空。当年选址时杜远方就来过这里，兰陵王集团以酒名扬天下，外人不知其控股的房地产也做得如火如荼，不做普通民宅，一出手走的是高端，豪宅，因此又悄无声息。

小区有个很怪的名字，叫"乙十六"，坐落在广袤的渤海湿地，占地面积足有数百公顷，仅水域面积就有三百公顷，由会所、茶室、六个相互连通的小岛、桥、花园、网球场，以及分布在岛上的十七座别墅组成，每座岛上不超过三座别墅，并配属一个露天小型游泳池。一条专用的一眼望不到头的弯曲的硬路伸向湿地深处，与这个隐秘的独立王国相连接。别墅并非整齐划一，而是各式各样，分别以美式风格、现代主义风格、法式别墅风格、德式现代风格、现代新中式风格、英式风格建造和装饰，品质完全国际化，甚至超国际化，几将世界经典熔为一炉。"有的是钱投入，就有的是钱来买"是兰陵王集团的气度与办事风格，当然也是杜远方的风格。

"会所"是乙十六标志性建筑，位于小区入口处，由 A、B、C 三座主体建筑组成，整体呈三个矩形，采用与湿地相符的简约东南亚风格，线条清晰明朗，搭配上四周碧波荡漾的浅水，加以幽绿的原生态自然背景，远眺一望，像一副与自然完美结合的美丽画卷。内部因为天然原材料的广泛运用，室内同样充满自然的气息；灰白色的主色调让整个建筑通透明亮；建筑顶部的玻璃顶棚让光线在室内尽情渲染，营造出这所建筑的独特魅力。宴会厅、会议室、商务中心、KTV、酒吧、咖啡厅、健身房、保龄球馆、室内游泳池，应有尽有。只是杜远方不能享用这些公共设施，连面儿也不敢再露一露，出门的话要么驾车，要么划船，驾车是去二十公里外的镇上购物，划船是进入荒无一人的芦苇深处。

豪华却只能偷生，美妙更衬出丧失，事实上杜远方并不喜欢这里，哪怕这里相对安全。活着没问题，但这里的一切的豪华与享受都刺痛着他，就好像国王建了自己的王宫现在却只能偷生在王宫的一角。到敏芬那儿之前，杜远方曾经在这儿躲过一阵子，后来实在无法忍受这里巨大的寂寞与悲哀，他选择了离开。他愿回到民间，回到最普通的人家，只有最普通的才最能安慰他，才能让他感到他还可以作为人活着。在他创建的乙十六里他感觉不到自己是人，他只是乙十六的一部分，而且是被丢弃的一部分。到了敏芬那儿他再满意不过了，他根本没再想发生什么故事，他只想作为一个陌生的房客，一个旁观者，可能的话乐善好施制造一点点奇迹，撒一些钱，也算一种存在于世，同时等待自己个人奇迹的方式。但是结果看到敏芬的第一眼内心便有一种轰然的东西，跃跃欲试的东西，感谢上苍的馈赠，一切过去的东西回到他的心上。

在乙十六，他经常回忆的就是初到敏芬那里的时候。

我能看看您的身份证吗？

那是他一生中接近的最朴素的场景，她的眼睛，身材，朴素，性感。而她的冷淡更是打动他。他们对视，冷淡说明这是个有恪守的人，他就喜欢这样。在过道他提着沉重的箱子从她身旁经过，他碰到了她，她竟然没任何反应，没一点脸红，这让他更加惊异。后来他经常想的就是这一天的情景。他喜欢她的冷和无动于衷，喜欢她将她和他的生活隔开，喜欢重重障碍。然后，他慢慢打开。

他一边回忆，一边划向海滨湿地的深处。

不回忆的时候他观察鸟，拍照，对准瞬间，将那些瞬间凝固。他已拍了许多鸟的照片，他没计算过有多少张，总有一千张或一万张了，多少张对他没意义，因为他从来不看自己拍下的照片。他只是在拍，为那一瞬间。有点像打猎，打得着打不着不重要，重要的是发现了目标，开枪或按快门的一瞬间，心有所属。许多鸟都是杜远方平生第一次发现，也有些鸟过去就认识，像黑颈鹤、白天鹅、苍鹭、黄鹂、斑头雁、鹰隼。但更多鸟不认识，有些不认识的鸟真是惊鸿一瞥，比如双腿红色又细又长地顶着一个白身子的鸟儿，真是美极了，让他片刻忘掉一切。他拍不下来，只能望鸟兴叹。他相信他拍了不少的好照片，绝对是一般人拍不到的片子，但是再美对他又有什么意义？他也就懒得看了。他感兴趣的还是《周易》，这事关他的命运，包括敏芬是否与他重归于好，甚至到这儿来。

去年住这儿时他很少划船，没拍过一张照片，那时是夏天，他整天关在房间里研究《周易》《麻衣神相》《古罗马占星术》，偶尔到几个阳台或露台上转转，瞻望一下星象或远方。这次完全不同，他几乎每天早上都划船出去，到中午才回来。下午是阅读时间，晚上准时给敏芬拨电话，有时拨一次，有时两次，之后服一片安眠药上床。为什么每天出去，漂在河道上？实际上观鸟拍鸟也是一种回忆的方式：脑子里总有影影绰绰的另一种图像，有他的过去，敏芬，别的女人，美好的记忆。正是这种影影绰绰的在水面上的自然的回忆，让他更多地戴上鸭舌帽浅色镜外出，划船，离开，观鸟，拍照。

"敏芬电话通了，是一种信号。"他在那专业的镜头对准一只鸟时想。他的姿势在这个早晨透着一种专业。没错，如果有另一个摄影师将杜远方拍下来，本身就是一件摄影作品。尽管不会见到任何人，杜远方今天还是换了套和平时不太一样的装束，灰色呢大衣，西装，领带，这使他看上去非常接近一种灰色的大鸟，一个超级摄影师。无论如何今天有点愉快，早晨在镜子中非常认真地注视了自己一会儿，然后才离开。许多熟悉的但是不知名的鸟，天天看到它们，拍了无数，今天他想看看有关鸟的书，查一查都是什么鸟，看看自己拍的照片。敏芬的电话给他带来了这些东西，这些变化他注意到了，怎么可能不注意到？许多天来第一次通了话，他太孤独了，他想敏芬要是能来这儿，生活就会不一样了。

　　但是敏芬会来吗？他想，为什么当初没有想到？你太自信了，你总是那么容易自信。孤独让杜远方变得超级敏感，他能注意一只倏忽的鸟自然也会注意到一掠而过的心绪。许多心绪不会停留，像鸟一样，但正如鸟会停留一样心绪也会停留，比如"敏芬能来这里吗"的想法就总是停留，就如停留在前面岛上的一只苍鹭。他认识苍鹭，一来这儿就认识了，他被敏芬意想不到地赶出来，仓皇到此，第一天就认识了苍鹭。当时，苍鹭就落在房子不远处的一个沙洲上，当然，当时没意识到苍鹭的某种干净的朴素像敏芬——但很快便注意到了。一注意到越发感觉自己太自信了，在这只苍鹭前杜远方第一次感到了自卑。敏芬不同于别的女人，她宽容，含蓄，但有一种恪守的很冷的东西，其实最初他就注意到了，只是后来太得意于自己得到了敏芬。失去方觉宝贵，这是颠扑不破的道理。

　　一只白鹭飞起来，漂亮，无论如何比苍鹭惊艳，这点无法否认。白鹭像某类女人：年轻，洁白，一尘不染，让你激动。但她们绝不会让你感动，让你念念不忘，她们事实上和精液有着某种一致性。一旦拥有，这样的女人反而回忆不起来，而且即使回忆得起来也是危险的。这么说吧，所有以前他认识的白鹭都是危险的，他一个也不能来往，连电话都不能打，他早已在电话上删除她们。

苍鹭危险吗？他想，如果是感人的就不会。苍鹭颈白，翅灰，朴素，干净，特别是展翅的时候（他拍了许多那苍鹭的照片，这会儿又飞起来，他对准了连拍），那种白色与灰色的对比，那种流线型的线条就是某个部分的敏芬。

因为孤寂与思念，因为光线，因为苍鹭起飞的瞬间，因为目光异常单纯，因为镜头异常敏捷，杜远方不知道自己已接近专业摄影家，而他拍的照片完全可以参加全国性的摄影展。然而杜远方从没这样想过，他要是想想也许会有所不同。走上一条摄影的道路对于一个逃亡者是适合的，或许最终会忘记逃亡。

杜远方继续给敏芬打电话，似乎又回到从前，关机或不接，直到一个月后敏芬才又再次接了。虽然时间长了点，但仍是杜远方总体上意料之中的。已是晚上 10 点钟，整 10 点。他一直坚信他的电话铃声对她已是习惯，尽管她不接。

习惯是一种水滴石穿；一种无形的东西，最终不可或缺。

"你还好吗？"他还是那句话，机械，不怕她挂电话了。

"好些了。"她说，声音柔和多了。迟早是这样，他想。

"一直想着你的事，在想办法。"

"你还好吗？"她开始问他了。

他没有马上回答，过会儿才说："就是想你。"

这也是实话，亦是深情。她挂了电话。他再打过去。

关机。他不知道哪句话说得不妥。

没不妥的地方。没有。他想。服了安眠药，很快睡去。

第二天打，第三天，第四天，第五天，他断定这次不会隔那么长，结果七天之后她才又接了。他多少有些恼火。

"我睡不着才接了你的电话。"她说。

"我吃药才能睡，每次打完了吃药。"他说。

她告诉他自那事后她一直没上课，云云回来陪了她几天，昨天回去了。

"云云回来了？"他有些情不自禁，但意识到不是谈云云的时候。

"需要我去看看你吗？"过了会儿又说，"或是，要不，你到我这儿来？"

她不说话。他说："我想我也许能帮你点什么，我们当面谈谈。"他小心翼翼提出可能。她未置可否，但没有一口拒绝，这让他有点激动。

"电话里说不清，也许有别的办法对付黄。"

"你在哪儿？"她终于开口。

"离你并不远，一小时车程。"

"我以为你在海南天涯海角。"

"就在渤海，曹妃甸湿地，乙十六。"

"就在曹妃甸？"

"过来吧，到这儿来散散心，我不会再伤害你，如果需要我发誓，我发誓。这儿很美，你想象不到这儿有多美。"她还是没答应。"这儿有一种鸟很像你，我拍了很多这种鸟的照片。我们可以在这儿划船，走出去很远。这儿还有许多小岛，野花遍地，数不清的鸟会把你围得团团转。"她没挂电话，能听到她呼天抢地般吸气，他继续说，"可以上岛野餐，前后左右一个人也没有，再远可以出海，到海上去，可以弄条游艇，打个电话就可送来。可以扎露营帐篷，点篝火，捉螃蟹，这儿有许多螃蟹，随便就能钓上来，我用手都能捉上来。云云暑假也可以来，在这儿用天文望远镜看天空，星星，天体，会让云云感觉是在上天文课，可以像霍金思考时间。现在是 5 月，还有一个多月云云就放假了，那时我们驾着有帆的游艇出海，到海上去，到真正的岛上去。我们带上足够的食物，水，到岛上敲三家，祝贺云云 7 月 6 日的生日，你想想，有谁在海上的荒岛过生日？还有，我还没说到房子，这里的房子做得非常的漂亮，有美式风格、现代主义风格、法式别墅风格、美式原木风格、德式现代风格、现代新中式风格，我住的一套是德式现代风格，有餐室，卧室，活动室，放映厅，书房，客厅，游泳池，专用水道，小船，专用草坪，我一个人太可惜了……"

她答应了。答应之后他又滔滔不绝说了半天，有种兴奋有点收不住。这在他还很少有过，或者说从没有过。这是大自然的作用，大自然让人敏感，因此也让人激动。他原本是个说话不多且字斟句酌的人，是一个习惯了说话方式有权威感的人，但是这里的寂寞与自然在改变他，他太久没说话了，这儿太清寂了，无论是在房间里，还是在湿地深处，还是注视一只鸟的时候，还是拍完照的时候，还是吃饭的时候，睡觉的时候，还是阅读《周易》的时候，还是站在阳台上的时候，踏上小船压低帽檐一桨一桨划出的时候，他多想说点什么。他想念敏芬，这个晚上他说了太多的话，她一直听着。他要她明天就来。"明天和后天和大后天有什么区别吗？"他雄辩地反问，怕夜长梦多。

她不说行，也不说不行，不说话。

"想我吗？"他低低地富于磁性地说。

"想。"她说，她就是这么感人。

"要吗？"

她不说话。

"那就来吧，包个车！不用考虑钱，要不然我去接你。"

"不。"她说。

"那就来吧。"

"我困了，明天再说，好吗？"

"先答应我。"

"好吧。"

又说了一些亲昵的性感的话，以至有点欲罢不能，几乎听到她的心跳。如此熟悉的心跳。他们对着电话吻，爱，吻别。他没吃安眠药，不想吃，不用吃，他老泪慢慢流下。不知为何哭泣，五十年没这样流过泪，完全不明原因。不完全是幸福感，而是服罪，只有云云过去让他有过这种感觉。

她如约而至。上午 10 点，她的车进入湿地专用公路，这时候他们的电话没再挂上，一直保持着通话。没问题了，他对她说，没别的路，就沿着路走，差不多有三个弯道就到了。他告诉她，第三弯道之前还什么也看不到，两侧，正前方，还有后面都是芦苇。看到瞭望塔了吗？好，看到就快了。他没在大门口接她，他告诉她那儿有监控，他不能在那儿露面。他用电话指挥她的车进了小区大门，右侧行驶，过一个桥，右行，再过一个桥，还是右行。

他看见她的车了，看见她了。

他们拥抱，长吻，抬头间，他看见至少还有三辆车向这儿开来，有一小会儿他的目光凝聚着一种不可思议的光芒。车上的人跳下来，呈扇形站在他们面前。他低下戴着礼帽的头，看着怀中的敏芬，搂着她，问：

"你带来的？"

她回过头，看着身后。

"怎么不过几天，这儿这么美？"

"没想到这么美。"她回过头说。

他凝视她。她再次从他的怀中回过头，迷幻地看着她的两个学生。

她拥抱他，跷起脚跟，包掉在地上①。

---

① 杜远方和敏芬的爱情结束了，接着说说我和李南吧。李南成为我妻子后，有一次，我问李南，如果不是"鸡胸"当初惹她生气，她是否会与杨修在那个晚上同床共枕？旅途之中我们回忆三年前的北戴河之行，没回避那个涛声与无眠的晚上。李南承认"鸡胸"是因素之一，承认"鸡胸"比我说的"压倒骆驼的最后一根稻草"要重一些。我提到了"稻草"说，其实我的这个比喻有点拗口，并不恰当，但李南还是没有障碍地接受了这个比喻。事实上在当初那个黎明之时我便想到了稻草与骆驼的比喻，它表明我怨恨"鸡胸"又轻蔑"鸡胸"。我想如果我是李南，对于"鸡胸"的无理纠缠以及我当时意味深长的沉默——实际也在请求解释——也会以某种方式干脆宣布关系，比如一夜未归。不过"稻草"如果迟迟不出现，事情有可能会拖很久，或者最终不发生也未可知。为这事当时我就责怪"鸡胸"，斥责他成事不足败事有余。那个晚上我们猜了一夜杨修与李南到底在哪儿，在干什么，当我们在想象中确认了什么，"鸡胸"也承认了自己是那根沮丧之至的"稻草"。失败者最终总是从自身找原因，这大概也就是约瑟夫·斯大林所说"胜利者不受谴责"的原因吧。

其实"鸡胸"也不必顿足捶胸，如果我们有足够的清醒，我们会发现李南与杨修是迟早的必然的，事实上李南确定追求者中的杨修，班里所有人也都觉得恰当。对北戴河之旅，班上流行着一种说法，认为我和"鸡胸"孟繁佳不过就是两个陪衬。那时还没有"电灯泡"一说，"陪衬"比较文雅，也较流行。那时在外国文学作品中，除《九三年》《牛虻》《高老头》《简·爱》《呼啸山庄》《红字》《远大前程》……还有左拉的《陪衬人》也是有名的一部。我们自然非常清楚，我和"鸡胸"的确就是"陪衬人"。说起那时候，文学真是厉害，它携带着当时的一切，而且似乎有许多东西只能由文学携带。我、杨修、"鸡胸"、李南，我们虽是学历史的，但史学的话语空间远未打开。我们都无法不喜欢文学阅读，甚至阅读非公开发行的《今天》。80年代堪称我们历史又一个特殊的"文史哲"不分家时期，很有点像"五四"的轮回，德先生，赛先生，个性解放，人的权利，理性，启蒙又都随着文学名著回来了，历史系差不多就是第二个中文系，知识、才气、独立思考被奉为圭臬，《回答》成为新文化对旧文化——"文革谎言"文化的宣判。只是我们历史系的人一般不如中文系的活跃，同时也认为中文系的人浅显一些，现在回想起来都是同一代人，同一代的思想者。当时所有人的大脑深层还是前置的"八个样板戏""两报一刊""阶级斗争为纲"——这些东西怎么能和一下涌进来的卢梭、雨果、罗素、达·芬奇、拉斐尔、梅纽因、斯特恩、小泽征尔这些大写的"人"相比？没有比人对人的影响更大了，而十年甚至更长时间的谎言破灭让不止一代人感到自身的虚无，贫瘠，一无所有。

我想，我和杨修，我们永远不会忘记骑车去红塔礼堂听斯特恩的情景：那时我们刚入学不久，我们穿过1978年的新街口，穿过了西四、白塔寺、阜成门来到了坐落在月坛北街十二号的红塔礼堂。现在回想起来描述一个时代巨大而清晰的转型，或许没有比描述1979年前后的红塔礼堂的演出更富动感的了，那时你从这个礼堂进来可能还是一个旧时代的人，出来时你可能已是一个新人。时代变化那时就是这么快，常常就在转瞬之间。当时京城四大礼堂——红塔、政协、物资、地质都放电影，但只有红塔礼堂还兼上演音乐会。红塔礼堂那时也叫国家计委礼堂，带有国家神秘色彩，不但京城百姓觉着那地儿特别，就是刚跨进中国大门的老外也认为那儿最中国。礼堂坐落在月坛北街，高高的门脸儿，苏式建筑味道，上面好像有颗红星。月坛北街因北京四大名坛——天坛、地坛、日坛、月坛的月坛得名，分南街北街，街的构成与北京胡同不同，两旁是杨树和槐树，和胡同里的老槐树老枣树没法比。中央几个大部委都在南北两街上，构成了成片的灰色调的国家办公区，连带着路两旁也都是五六层的红砖或青砖的楼房，与老北京景象颇有不同。是的，这里没有胡同，也没有四合院，更没有枣树、海棠、大柳树或老榆树，也没有洋槐，没有街头巷尾，街谈巷议，路过这儿或到这儿办事的北京人觉得这儿不像北京，像国家。

那次不知道杨修从哪儿搞到了斯特恩的票，且还是第一排的票，我们俩都非常兴奋，结果高兴得太早，殊不知红塔礼堂的排号顺序与一般电影院不同，一般影剧院座位分单双号，从第一排依次往后排，号也从中间开始，红塔礼堂的排号顺序是逆着排的，即倒着向前排的，票面上的一排在礼堂里是最后一排、一、二号也是最边上。我们在最后一排，虽然不是最边上，杨修还是大骂红塔礼堂，骂给他票的人。我们当时也不知道斯特恩何许人也，完全是像流星一样撞上了斯特恩。后来才兴奋地知道斯特恩原来是1949年以来第一位访问中国的西方小提琴大师，可以算是解冻或开放的标志性人物。但事实上斯特恩在西方是左派，他的首演地点没有选择为其准备好的北展剧场，那是苏联人援建的，上演过《天鹅湖》，多少有点西方味道，而是挑选了最具东方红色色彩的红塔礼堂，在这儿开了两场音乐会，我们看的是第一场。但无论如何他演奏的曲目却是经典的全人类的，西方经典与红色中国的无缝对接在西方世界产生了极大影响，不久一部反映斯特恩东方红色之旅的纪录片《毛泽东与莫扎特》获得了奥斯卡纪录片奖。中国正在脱色，西方恰恰又看重中国"红色"，中国与世界的错位总是有些怪诞，很多事情现在也还是如此。

红塔礼堂，斯特恩的第一场是协奏曲音乐会，上半场是莫扎特的第三小提琴协奏曲，下半场是勃拉姆斯的协奏曲，由李德伦指挥中央乐团协奏。第二场是奏鸣曲专场，我们没去，但我在收音机里听到了，曲目是贝多芬的第五"春天"奏鸣曲、弗兰克的奏鸣曲，还有德彪西的《亚麻色头发的姑娘》。无论是从偶然的现场还是从收音机里，我和杨修都听呆了：为什么我们没有这样的音乐？说实话知道一点贝多芬（曾和裴多菲混了，"裴多菲俱乐部"太有名了），但绝对不知道德彪西，不过那之后一下记住了《亚麻色头发的姑娘》。到了这年的10月，又一位西方音乐大师——梅纽因来了，也是在红塔礼堂！紧接着是与1979年一同到来的日本的小泽征尔，小泽征尔比斯特恩与梅纽因影响大得多，我记得是一个星光如音符闪烁的灿烂晚上，北京胡同的夜非常晴朗，城市没亮起来，银河都能看得见，天上永远有交响乐，正好是听交响乐的天空。这次不是杨修搞到的票，是李南搞的票，本来除了自己李南只给"鸡胸"孟繁佳搞了一张票，但后来又增加了两张，一张给了我。那次杨修没去，杨修与李南有点犯相，两人都不凡，有种不远不近的东西。不知道为什么给孟繁佳一张，反正有点什么原因，自那时"鸡胸"就自认为与李南非同一般。给我一张纯粹是因为我和李南一个小组，或者也许还有别的什么，但和男女无关。

小泽征尔那场我和"鸡胸"坐在二十多排，我知道这是比较靠前的票，孟繁佳傻乎乎地说二十排有点远，他还什么也不知道！我从上次以后已经又在红塔礼堂看过两场内部电影，"鸡胸"孟繁佳还一次也没去过，不然不会不知道这是特别靠前的票。越发不明白李南怎么会青睐孟繁佳，有些事你永远也搞不明白，有

393

些人也是这样，她或他的身上总是有些让人不解的东西。当然，也不必全搞明白，全搞明白还有什么意思？有些人就属于什么都要搞得特别明白的人，反而是最乏味而且活得并不好的人。在这个意义上无论我还是杨修或"鸡胸"孟繁佳都不是这样的人，回想起来反倒是李南有那么点影子。这是多少年后才搞明白的，当时李南绝对是班里乃至学校的缪斯——那时的词。

小泽征尔那次不是一个人，他带了波士顿交响乐团，那也是第一个西方交响乐团在北京演出。邓小平访美时向美国发出邀请，波士顿交响乐团是为那年中美建交而来。党和国家领导人参加了首演，却没给小泽征尔定场地而是让他自己选。小泽征尔勘察了许多地方，最后走上了月坛北街的红塔礼堂舞台，"环顾四周，吼了一声，悠悠的回声徐徐传来，小泽征尔决定在此首演"——当时的报纸就是这么描述的。若按音乐标准也许北展剧场更合适，但小泽征尔还是步斯特恩、梅纽因后尘选择了红塔礼堂。红塔礼堂因斯特恩、梅纽因的演出已扬名世界，许多国家不知人民大会堂但知道红塔礼堂，据说当时为了对外报道的需要"国家计委礼堂"才从此"正式"更名为"红塔礼堂"。其实小泽征尔也许要的就是"国家计委"那几个字，当然要说"红塔"更能代表中国也不错。小泽征尔的演出当然没的说，东方人指挥美国交响乐团，有一种格外的亲切自豪。也是那时人们开始动不动就说日本人是秦始皇派了五百童男童女寻长生不老药的后代云云，一种阿Q式的心理，但想想也是蛮舒服的，虽是一种弱势心理的美好，我倒觉得不要动不动就瞧不起这种美好。

事实上不是斯特恩和梅纽因而是小泽征尔对贝多芬的演绎之后，才让贝多芬在中国广为人知。此后贝多芬开始在大学里盛行，流行之快以至人们见面再提贝多芬的交响乐都简化为了"贝三""贝五""贝六""贝九"，也有人简化为《英雄》《命运》

《田园》《合唱》，两种都是范儿，都透着特专业，特近乎，好像贝多芬是他们院儿的或他们村的。自然我也是那时开始听贝多芬的。我还听点别的，杨修则只听贝多芬，他有一种固执得令人不可思议的惊人性格，听得他一度也像狮子一样留了一头爆炸式的长发，如果那时有染发他一定会不顾一切染的，他从"贝三"到"贝九"可以闭着眼睛用嘴哼出来。这点"鸡胸"孟繁佳无论再怎么努力也赶不上杨修，最后"鸡胸"一气之下从贝多芬转向二胡，摆出了一副遗老遗少的老夫子状。别说，那也是一种死硬的风格，可钦可敬。这些方面我赶不上杨修、孟繁佳，赶不上那时的许多其他方面的狂热分子。

说到杨修的长发，除了贝多芬其实更是小泽征尔在红塔礼堂留下的遗产，他指挥波士顿交响乐团包括指挥《梁祝》时的长发飘飘，不断摆动，惊醒了所有在场的男同胞：原来男人也可以留长发，而且仍很男人；红塔礼堂，1979 年，一个长发飘飘的东方男人，像斯特恩的破冰之旅一样，又是一个开放时代罗丹雕像式的人物。

我得承认，我在红塔礼堂看的第一部电影《孤星血泪》也是杨修给我的票，电影改编自狄更斯的《远大前程》，不知导演是谁，演员是谁，那时没这概念。时间是在小泽征尔演出之前，还是梅纽因之后我记不清了。反正我想说的是电影因为有故事有情节比音乐对人的影响大多了，我记得电影一开始就把我和杨修看傻了：月黑风高的墓地，一个强盗一把抓住祭奠父母的少年匹普，威胁少年匹普回家找一把锉刀拿给他，若不照办就如何如何。少年吓坏了，观众也吓坏了，少年匹普回到家，偷偷拿了锉刀，又偷偷拿了家里过圣诞节的一大块肉饼。当时非常不理解，拿了锉刀就行了，为什么还要拿肉饼？匹普回来后姐姐发现肉饼少了一个，大发雷霆，正要恶狠狠地施暴，警察抓来了强盗。强盗大喊大叫说肉饼是他偷的，锉刀也是他偷的，强盗撒了谎，洗清了匹普。这个翻转情节在我的由"样板戏"构成的深层的二元意识里无异于一次爆炸。什么是启蒙？凶狠的强盗竟然在掩护被他威胁的少年?! 人性是完全可能逆转的，狰狞的盗贼也有善良的一面，一切并不是非黑即白，非此即彼。不要小看这一善恶颠覆性的转换，它是完全不同的思维方式，它使简单头脑变得对人充满了惊奇，看到了人本身的东西；看到了人的复杂性，自我深处的善、恶，并最终看到善是如何爆发的——爆发得那样感人至深。

人，人道，人道主义，那个年代呼唤的主题。不久看到的《巴黎圣母院》也是这样。《九三年》是这样，《悲惨世界》是这样，《红与黑》是这样，卡西莫多非常丑但灵魂是美的，和我们过去脸谱化的表演形成反差，一个外表如此丑的人因为对美的渴求、尊重、祈望，在别的人都不敢挺身而出时他挺身而出，简直是丑在为美而挺身而出，不顾一切地给绞刑架上的"美"送上了一碗水。这就是人，英勇的人，善良的人，是人的哲学，丑与美的置换，人，成为劫后人们灵魂中的最强音。这最强音既从灾难而来，也从红塔礼堂的《孤星血泪》或《巴黎圣母院》或《红菱艳》中来，当你从红塔礼堂进来时你可能还是一个旧时代的人，但是出来时你已是一个新人，这话说得一点也不夸张。某种意义上说，红塔礼堂，或京城四大礼堂，或数不清的礼堂，是我们走出"荒原"——并非艾略特的而纯然是我们的"荒原"的起点。

尽管红塔礼堂不断有西方音乐牛人演出，一度成为音乐圣地，并没因此阳春白雪，象牙塔，高高在上，闲人免进。北京这个地方的特点就是这样——不管自己什么水平，也不管你是什么牛人大师来过，我该怎样还怎样，该喝大碗茶还喝大碗茶，该放电影还放电影，因此不接待老外时，红塔礼堂照样是一个放电影的场所。什么是北京范儿？这就是北京范儿，老百姓的范儿。北京范儿就是稳当，天不变道亦不变。而且，那时北京好像很少连阴雨天，没这么多机动车，没有污染，总是阳光灿烂，雨过天晴。阳光的热度与人们内心的热度很像，一张简易的只有座位号没有价格的电影票会让刚上大学不久的我和我的同学无比快乐，我们会一往无前地置身在暴晒的阳光下，雨下，风沙中，雪花纷飞中，我们把除了铃铛不响剩下哪儿都响的自行车骑得飞快。为什么飞快？因为电影票刚到手，刻不容缓，就要开演了。那时北京乃至整个国度都分为礼堂电影，电影院电影。礼堂电影不同电影院电影，在于它几乎是一个"政治"概念，有一些"政治"特权，电影院不能放的电影在礼堂放，甚至没什么问题也要先在礼堂放后再拿到电影院放。

先内后外是我们的传统，我们习惯了先内后外，而那时的"政治"很先锋，许多禁区就是先从礼堂开始冲破的。因此礼堂电影多是单位发票，没有价格，票传来传去，以致传到你手上时根本不知是哪儿发的票。尽管同学中有的人家里有些背景，另外一些亲朋也跟礼堂牵三扯四沾点儿边儿，但我得承认，我在红塔礼堂看电影并不太多，只看了《巴黎圣母院》《红菱艳》等有数的几部，虽然不多但即使现在看也部部都是经典。很奇怪，那时电影不知是什么神秘的人在推介，至今都是电影史上极棒的电影，而且不是字幕，是译制好的。最近我查了资料才知道那些电影都是尚华、苏秀、童自荣这样的老电影人配音或推出的。多亏白垩纪般的"文革"时间还不算太长，还能有一批之前的人类老艺术家能起点很高地接上文明的薪火，否则我们能否很快再次进化到"人"真是难说。

杨修说1980年独自看完《巴黎圣母院》后一直浑身发抖，神情恍惚，回到家都快虚脱了，几天都不想说话。他的在部队医院当医生的母亲以为他生病了，给他开了许多莫名其妙的药逼着他吃下去。虽然杨修的身体几乎有动物或者说马的特征，但作为人他激动起来仍比我强烈许多，他的激动不是发热而是出冷汗，看上去不像激动倒像是恐惧。"鸡胸"也比我狂热，那时许多人都比我激动、狂热，有人开始参加竞选——不仅竞选学生会主席，还竞选区人大代表，到处发表竞选演说，杨修和孟繁佳就登上过区人大代表与学生会主席的竞选讲坛。

　　这段历史真不该由我写出，我是当时最淡漠的，一方面源于自惭形秽；另一方面又不屑于政治。我对于哪怕是让自己激动的东西有时也会抱有一种习惯的不屑，也不知道为什么。可能和家庭有关。我、杨修、"鸡胸"孟繁佳，我们各自家庭背景不同，我是北京胡同长大的，祖父曾祖是古董行的人，一直也没做大，主要是乐天知命，也包括玩物丧志。到了我父亲才挣下了点房子，一解放，公私合营就一块充公了。充就充了，反正那地界儿也是我们家有过的，皇宫不也是被占过吗？我们家人就是这态度，压根就是。杨修是大院的，父亲是个校官，中下或中上级军官，具体杨修从没说过，反正不够将级。不够将级在北京就什么都不是，炫耀都不敢炫耀，但狂是真的。狠也是真的，包括彻底也是真的。无论如何我和"鸡胸"孟繁佳我们还有点儿城市传下来的东西，杨修没有，有也是和这个城市不容的东西，也就是军队的东西，历朝历代都有的东西。这种东西在哪儿都和当地的气质不一样，换句话说，相对城市他们有着占领者的东西。这种东西不是意识，而是习气，但这习气有时也是一种豪气，是我和"鸡胸"孟繁佳都无法具备的。孟繁佳按理倒是出自纯正书香之家，父母是钢院教师——那时赫赫有名的北京钢铁学院，我们都习惯叫"钢院",现在叫北京科技大学吧——教工程机械,要是教训诂、《十三经》什么的,"鸡胸"会不会靠谱一点呢?

杨修虽在大院长大但说话京味十足,在哪儿都狂,没什么能让他放在眼里的,不过在李南那儿他一点也狂不起来,李南几乎可以说是杨修天然的克星。这种克星不是因为男女之别,它导致了杨修对李南总是保持距离,不远不近,有种陌生感。李南对杨修也有一种说不上来的冷淡,小泽征尔的票杨修没搞到——他是那么的想去,可李南却给了我和"鸡胸"。"鸡胸"看了小泽征尔后觉得非常风光,不仅因为小泽征尔,党和国家领导人在场,也因为李南。杨修上次搞到的斯特恩一下被比下去,我不知道其中有没有竞争,或许这是不用说的。但李南过生日搞了一个大型的生日 party 还是请了杨修。当然一共请了十几个人,再没杨修是说不过去的。但是"鸡胸"那次没去,没被邀请,非常奇怪。我觉得就算没有杨修也该有"鸡胸",我说过生活中有许多小的谜团是解不开的,一旦解开就会恍然,更深地看清一个人。我是我们小组的一个女生通知的,这个女生小巧漂亮,叫徐燕京,是我真正的暗恋对象。徐燕京给了我一个神秘的地址,嘱我不要声张。这在一个集体也很正常,总有些小范围的活动,请谁不请谁大家心里是有评价的,或就是一种评价。

北京,即使在 1980 年也存在着两个北京,比如李南的北京就和所有人的北京不同。我住在再普通不过的一条小胡同,虽然有一头连着著名的琉璃厂,但即使琉璃厂那时也是一种百废待兴的景象。我握着手中一个叫"甲四号"地址,在网一样的胡同深处难以想象北城的那个叫法都不一样的地方。看着路线图,我要穿过我再熟悉不过的生于斯长于斯的九道弯胡同,前青厂胡同,永光寺西街,顺德馆夹道,香炉营头条,宣武门大街,西单,护国寺，平安里，新街口，这些对我来说都没问题。但是过了新街口北京已完全不同，胡同消失了。过了小西天，铁狮子坟，再往前，快到北太平庄了，到了我要找的地方。没有牌子。在院门边标了三个字：甲四号。

以前也见过这种大院，从没进去过，本能地就觉得不能进。北京让人产生这种本能感觉的地方很多，特别是城外，尽管无人把守你仍觉得不能进。尽管有约我还是犹豫了一下才穿过灰色敞开的门，发现还不是院，而是一条干净柏油的路。很静，两侧都是高大的围墙。墙后有更高的树，树冠高出了围墙，墙上有铁丝网。骑了一会儿左侧又出现了一道大门，两个握枪的军人站岗，问我找谁。

我报上姓名，出示学生证，做了登记，顺利通过。

不是部队大院，竟是一个庞大安静的住宅区，树丛掩映中，一座座深灰色的二三层小楼错落有致排列着，一个从没见过的北京。非常安静，几乎看不到行人，没有喧哗，没有追跑的孩子，也没有老人，没有评书、相声、小喇叭开始广播啦、长篇连播、社论、评论员文章……每座小楼是封闭的，静静的，彼此隔着一段距离，像岛屿一样幽静。一看就是五六十年代建筑，比 70 年代建筑好多了。(70 年代的房子是中国最差的房子，简易，无文化，连基本审美常识也不要，是大寨大庆风气的延续。) 这里的北京虽然朴素、内向、结实，甚至固执，但精致、富于品质，依然构成一种审美。而凡美皆与传统、文明相连，唯 70 年代的简易房子什么也不相连，像"文革"的灰烬。这里显然没有过"文革"，即便有，那痕迹也很快并很容易就被去除了。

石径，椭圆形的花坛，葱绿树林，绿地，小楼，华灯，眼前一切在黄昏的映照下呈现着柔和的光线，小楼散落，汽车、木栅栏——不亚于外国。没有嫉妒，没有批判，甚至为中国竟有这样的地方感到一种宽慰，自豪，国家的自卑感在这儿被给予了莫名的安慰。那时真是有一种深沉的不顾个人的爱国情怀，我们不是一无所有，也有电影中的高贵的生活，感到一种莫名的感动。那时受红塔礼堂外国电影影响太深了，电影比衬着破败低矮的中国，让我感到被世界抛弃的自卑——我以为六七十年代留下的中国就是我所日常见到的，其实不然，还有这里。难怪那时高层对改革有信心，这里的品质决定了未来。虽然这儿完全不是我的生活，虽然我那时已开始崇尚个人，但仍是一个集体主义者，双重性还是相当明显。在这儿我真的感到一种莫大的信心，我顺着整洁、静穆的石径小路慢慢向右转，到了一个路口再左转，迎面便看见一栋颇不一样的白色调建筑，在灰色与绿色中很是醒目。它竟然是一栋才落成不久的新型建筑，异常明朗，开放，而我要找的就是这栋，第十六栋，没错。

草坪和灌木也像是新植的，有着自己的形状。宽大的阳台，敞亮的窗户，阔绰大观，在整个灰调阴沉的楼群里，显得是那样清新、优美、赏心悦目，像个丽人、贵夫人，披着白色衣裙，十分夺目，以致突觉得自己的自行车不太恰当。在灰色的小楼前我就没这种感觉，而此刻我觉得应该有马车，礼帽，红塔礼堂的电影与欧洲小说影响太大了——《基督山伯爵》《三个火枪手》《茶花女》《拿破仑在奥斯特里茨》《非凡的爱玛》之类，甚至以为当时欧洲还是像电影中的那样——说实话当时我连汽车都没想到，想的就是马车，想一种文明、优雅的生活方式。事实上就在这栋明亮房子里，在1980年的百废待兴中，在极小范围里，这种生活方式正被模仿。我敲开了门，随着门的打开，一阵外面完全听不到的说笑的声浪袭来。

声浪是从客厅传来的，还是平时的李南，但和平时又是多么不同——李南正从客厅出来，跟着一堆喧哗的我的同学。大概每到一个人都是这样的迎接，我一眼就看到了杨修。还有我们小组漂亮的徐燕京，我一直喜欢徐燕京的单纯，明亮，虽然我知道追求她的人也不在少数。女生里还有梅若水、赵晚晴、刘丽，都是我们班的班花级的人物，品位与时髦兼备。男生也都各具特点，何多多，董京生，刘子明，周天翔，刘猛，家里同样有些背景，有的是老高三经历博学而了得的，有的是在整个学校都算风云人物的——参加过"四五"天安门运动，有的发表了类似朦胧诗的诗——比中文系的人更中文，有篮球后卫又是校游泳亚军的人，各方人等。对女生挑选得更严，挑剔程度超过男生，也是有趣现象。我不知我算哪类，我当然会想到这点，但也没太认真想。前面说过，无论从哪方面说"鸡胸"未被邀都是不可思议，毕竟他是孟子多少代孙。无论什么情况，大家都熟得不得了，拍肩膀，给一拳，有人斥责我怎么来得这么晚，好像很熟，实际并无深交，大学同学大体就是这样，心理上都有相当距离的。算起来平时真有点深交的还就只有杨修，杨修是唯一去过我的小胡同的家的人，别人还都没去过。很多人都去琉璃厂淘书，我从未邀请过谁。杨修住腻了部队大院，特别好奇四合院，在我家还住过一宿。

也算是给来晚了找个理由，也是强调这里的特殊性，当然也是一种曲意的赞扬，同时消解这种天方夜谭般的地方给我带来的震动——我夸张地向人们抱怨门口荷枪实弹的解放军拦住我，盘问了半天，把我当成可疑分子，好说歹说，查验了半天证件才放我进来。人们大笑，有人说我长得就可疑，越发大笑。

"哈，就你这贼头贼脑的，当然不让你进了。"

"可我不能不贼头贼脑的，这儿太吓人了。"

"你越大胆人家越不会拦你，你瞧我们直着就进来了，根本没拦我们。"

"我还登了记呢，登了两遍。"我夸张了一遍。

"啊，你还登了记？为什么要登两遍？"徐燕京智力显然有问题。

我只好继续虚构，说第一遍填错了，太紧张了又填了一次。

"你真是的，太没见过世面了。"

我相信多数人登了记。或者结伴来不用登记？我不知道，反正我只是一个人来的。我心仪的徐燕京看着我说："真的，我们进门人家根本没管我们。"言外之意当兵的把她们当成这个大院的人了。非常虚荣，不过真没拦的话确实值得虚荣，徐燕京够这个气质。李南接着徐燕京说："你主动说一声，不用登记。"

"我没主动，也许能混进来。"

人们再度大笑，攻击我的鼻子。但没想到杨修也说他登记了，人们一下才止住笑。杨修穿着笔挺的将校呢上衣，扣子系得很严，越发显得挺拔，条绒裤子，大头鞋，很酷，像另一个过生日的人，甚至有点像《安娜·卡列尼娜》里的渥伦斯基，但比渥伦斯基生猛，我们的军装是中式的，有种简单的威严。杨修说应该登记、出示证件，说得很认真，说是自觉做的登记。他用这种方式表达了对这儿的尊重，也反映出部队大院严谨的一面。看来什么情况都有，毕竟这是住宅区，不是军事重地，家人亲朋进进出出，看也能看个大概，于是多种情况并存。由于杨修在两个方面都消解了登记问题——登了也不丢脸，不登也没什么可骄傲的，自然就有人机敏地换了话题，异常热烈的进门问题告一段落，后来再无人提及。

我带来了礼物。那时没什么人过生日，更不用说生日 party，因此也没有礼物的意识。且又是学生，我是唯一带来礼物的人，本能觉得该带，另外记得小时过生日时父亲送过我礼物，印象很深，只是后来再没过过，就"文革"了。我的礼物是一把扇子，从家里随便挑了一件，不用说一看就是老物件。那时虽有家传的古董意识，但也不是特强，或者觉得李南也佩得上这物件，展开后大家很惊艳，问我是哪朝哪代的。我说是明代的，其实也没特仔细看。当时一点没想到钱，值也值不了几个钱，当然现在可能值钱了，也才知道折扇源自日本，制造灵感得自蝴蝶翅膀开合，北宋年间作为贡品传入中国。明清已相当兴盛，沈周、唐寅、仇英、文徵明都画过，易于携带，又有开合之妙，一直为文人雅士掌中之物。小巧玲珑的徐燕京拿着花鸟古扇爱不释手，轻轻对着李南扇了几下，这扇的都是古风，赵晚晴、梅若水也各扇了几下，徐燕京半开玩笑半勾人地问我她过生日是不是也送一把？当然，当然，我认真地说。但这是李南的生日，也没过分向徐燕京献殷勤，不礼貌。

徐燕京今天显然精心打扮，白地黄花的汗衫，笔直裤子，腰身婀娜，一双白色细高跟鞋让身体飘起来，又活泼又可人，觉得身材跟我也合适。我有点怕高或健美的女人，婀娜让我痴迷。赵晚晴穿了件黄色考究的弹力衫，胸显得大胆丰满，简直咄咄逼人，我并不喜欢，梅若水也是盛装，但个子太高了，没穿高跟鞋依然比李南高，裙子加披肩颇有大家闺秀的味道。倒是今天的女主角李南还是那么简致，一身白色运动衫，网球鞋，阿迪达斯的——那是我第一次见到这个牌子，当时也没觉出什么，就是好看，简约。

客厅外面传来狗叫，是李南养的一只小狗，我们觉得很新鲜。那时城里有狗还是太新鲜的事，我们闻声出了客厅，到了李南的房间，也就是李南的卧室，照过去说就是闺房。李南房间里面还有一个房间，门关着，狗在里面，看起来是专门房间，听到有人走近叫得更起劲了。果然，李南刚一打开门一只油亮小巧的黑白巴儿狗跑了出来。应该说那是我平生第一次见到宠物狗，不好意思，那是 1980 年，那时即使在外国电影中看到也很别扭。看见这么多陌生人，小巴儿狗转着身子叫了一圈，看上去非常生气，又非常可爱，到了徐燕京脚前闻了闻，接着又到了我的脚前同样闻了闻但突然大声叫了几声，一溜烟跑到床底下去。人们大笑，我再度成了大家的攻击对象，老高三的德高望重的刘猛低调地说你是得登记，大家大笑，好像忘记了杨修的话。刘猛没忘，又对杨修说，不包括你呵，你是主动的。

这种小小的幽默与攻击总是不断，是通常聚会的主要内容之一。

"贝贝，贝贝出来，到这儿来，乖，上床。"

我也是第一次听女人和狗说话，以前也只在电影里看过。

小巴儿狗从床底下出来，一下蹿到床上，偎在李南怀里。李南非常自然地和小狗说话，亲小狗，责怪，呵斥，拥抱，完全不像平时的李南。席梦思，墙上的个人照，白窗，窗外草坪，树，不亚于任何在红塔礼堂看到的镜头，而外面，我是说这个大院的外面是 1980 年的中国。李南生活在两个世界里，她平时的低调、话不多、很少玩笑或许和两个世界的截然不同有关。我越发觉得我的折扇恰当，和更早一种东西联系起来。

李南跟贝贝亲昵了一会儿——不是表演，是情不自禁，是她的生活——然后抱着小狗下床放回房间。李南关上门就开始轰男生，"去去去，你们都到客厅去，现在这儿是我们的化妆间了。"化妆间，嗯，也是第一次听说。德高望重的刘猛再次施展幽默，学着李南的样子说："去去，你们男生都走，我们女生该化妆了。"人们大笑。

天快黑下来，客厅银质烛台燃起了四根红蜡烛，舞曲低声响起，在烛光中异常动听，优美。烛光很亮，但仍有许多影子，光影将客厅的一切照耀、描述。我喜欢正面墙上的字，是一副对子：江山终不改，桃李自无言。落款：康有为。题头为：赠世伯仁兄。不知世伯是谁，这地方是不能乱问。康有为与梁启超并称康梁，是戊戌变法的关键人物，但相对于无产阶级的革命意识形态也不过是个历史局限人物，因此当时也没觉得什么，不像后来他名气越来越大。

一直没问李南家和康有为是否有什么关系，世伯是谁。后来也没问，因为好像再没见到这副字，而且也忘了。化妆的女士们出来了，李南黑色长裙，红腰带，玫瑰，半长的乌发，别了一只银发卡，绛红色高跟鞋，深沉，大气，漂亮，惊艳。并无过多装扮，但是让我内心无言，心中有大波涛。她们的到来就是舞会的开始，一支古典的圆舞曲，老施特劳斯的，我虽不跳舞但还知道一些曲子。似乎必然是刘猛跳第一支曲子，刘猛已三十三岁，女儿已上小学二年级，曾经沧海又博学，与"厚重"的李南跳几乎有种历史的味道，历史与女人似乎都是永恒的事物。确实，尽管杨修笔挺，甚至更适合李南的气质，但这第一支曲子轮不到杨修。

杨修接过赵晚晴，尽管赵性感袭人，但两人就是跳，跳得很好，没任何性意味，一如刘猛与李南。不过偶或从赵晚晴扬起的脸上还是有种妙不可言的东西，但杨修显然一直专注于另外的东西，赵晚晴那表情因此也就一闪而过。我属意的徐燕京跟谁跳都是那么幸福、优雅、迷人，即使如此，我也没有任何跳舞的欲望。

就这点而言我确实有像人说的古董气质。

第二支曲子是一曲探戈。我没听过，当时感觉颇为不同。一曲有着高贵自信气质的小提琴曲：清晰，节奏鲜明，干净利落，事实是过了好多年看一部美国著名电影《闻香识女人》我才知道它的名字叫《一步之差》。我看到一个盲人与一个淑女跳这支曲子，想起二十几年前杨修与李南跳这支曲子，不禁感慨万端。虽然当年杨修与李南跳的是简化版，但也依然有一种非他们莫属的气质。我看到了一种那个时代特别可贵的刚柔并济、硬气、优雅的东西，我觉得不仅是我看到了，别人也都看到了，为之震撼，因为一曲终了，大家不禁为他们由衷鼓起掌来。

不用说两个人都有一种完美的东西。

就不要说别的，我觉得杨修足以征服任何东西。

杨修以某种东西超越了李南。

两个月后杨修、李南，我和"鸡胸"，我们骑着自行车，踏上了虽算不得漫长但对我们也是前所未有的北戴河之旅。我们在日晒的荒原上，在县城，在大车店，在雨中和雷鸣中浑身湿透又迎着雨后暴晒的太阳骑行。暴雨中，有时候我会回忆《一步之差》，回想起后来李南的父亲走下楼的情景。我们谁也没料到李南父亲会走下楼，而且一开始对李南的父亲印象并不好，严肃，灰中山装，虽是祝女儿生日快乐，但主要好像是训话，国家栋梁，不负党培养，为"四化"做贡献之类。但是说完这番套话后竟然与女儿跳了一支舞，我们完全没想到，和那番话也颇为不同。这支舞让我们看到另外一种特别悠远的东西，本来不太服气的我们不得不感喟，无话可说。

一曲之后，李南的父亲改变了在我们心目中的形象，与我们握手，告别，走出客厅。外面的小车在等候，我们集体目送李南的父亲，感到一种共同的这个国家的东西。它在我们身上是新的，在李南父亲身上却仿佛老的或者说是延续的，从未中断过，看看墙上康有为的题字，简直可以追溯到康梁变法甚或以前的中国，当然要隔过"文革"。那十年对李南的父亲或许是短暂的，但毫无疑问对我们却是全部。我们的思想意识情感内心长于那十年，忆苦思甜、阶级斗争、旧社会、旧中国、封资修、人吃人

——就连鲁迅也说：中国书少读或者可以不读，鲁迅说：整个中国历史就歪歪斜斜写着两个字：吃人。鲁迅的吃人说是文学意义，却完全被政治化、信史化了，最终谎言化——我们就生长在这谎言里。这些成长的东西像那个时代山里的兵工厂（谎言工厂），时代结束可以宣布它们停工停产，却并不能搬走它们，它们的骨架依然结构性地存在，如同在我们大脑中的存在。另外更要命的是，废除了工厂内部的东西，我们的内部便一无所有、一片虚无：1980年，没有比我们这代"文革"过来的年轻人的精神更一丝不挂、更虚无的了，那时改变的信心并不来自我们，反倒是来自李南父亲这些老人身上。他们有过去，我们没有。一个有过去的人才可能有未来，而我们有的只是"文革"，所以看不到未来。因此当国门开放，外来文化涌入，我们无条件地拥抱，强烈地自卑，强烈地向往"人"的概念，当我们看到了只在外国电影里看到的场景：看到一个挺拔的中国父亲与女儿跳舞，祝福女儿，我们觉得仿佛置身国外；那时我们"贫穷"得哪怕在中国看到一点近似外国电影或书里的人性化的东西，都感到新鲜激动。我们就是这样如此贫乏又如此激越地——在暴雨中骑行。骑行，见到北戴河都新鲜无比，难以置信，直到有一天读到英国史学家汤因比的书，我的文化自卑感才得到具有嘲讽性的纠正。

我前面说过，杨修一度对汤因比很感兴趣——后来杨修倒向了福柯的"知识考古学"，而我认为福柯充其量不过是个历史学的造反派——汤因比的《历史研究》与斯宾格勒的《西方的没落》以及吉朋的《罗马帝国的衰亡史》并称"巨型的历史博物馆"，被美国哲学教授李维誉为对人类文明最看透底蕴的和最持续不变的沉思录。事实上《历史研究》1934年就出版了第1～3卷，到1961年第12卷出齐用了二十七年。在卷帙浩繁的《历史研究》长卷中，汤因比把人类六千年的历史分成二十一个文明，推崇中国文明，把"中国模式"与"希腊模式"并称，反对"欧洲中心论"，看重中国在世界历史特别是未来的作用，认为21世纪将是中国世纪。汤因比把我和杨修搞蒙了，我们简直认为是印刷错误，老汤因比在说梦话，这个梦话甚至说到了1961年，其时中国数千万人正死于食不果腹。这可真是历史眼光，历史学家就可以无视现实吗？

尽管难以置信，但某种作用却至关重要，一方面还是有些自豪，一方面西方的东西也不一定全信，我们的传统文化也需重新审视。汤因比的观点的动机可以存疑，但中国历史不再虚无——更不仅仅是字缝儿里的"吃人"二字，是汤因比给予我的。不过不久之后的北戴河之行最后晚上的某种虚无再次袭击了汤因比：那场在五号浴场举行的露天舞会究竟有多神秘？李南与杨修的结合是一种什么性质的结合？他们一夜不归我倒无所谓，我甚至觉得他们早该如此，但是从那样的舞会开始，我便觉得又是非常不好的开始。

我无条件认可在李南家举行的生日舞会，没觉得伤害，我甚至觉得是那么美好。我接受私人性，不接受公共领域这种东西。而汤因比似乎不在乎这种东西，完全忽略这种东西，甚至赞美这种东西，真是不可思议。更不可思议的是，这种东西有时会以怪诞的方式出现，而且这种怪诞和私密性如果不是某种机缘，不是特别的坦诚与无所谓，很难获悉。也就是说事实是从五号海滩回来的那个晚上，李南与杨修并没发生实质的性关系，虽然两人同床共枕，赤身裸体，一丝不挂。这是惊人的私密，难以置信，如此非人，但是后来我从杨修那儿得到了证实。

其实用不着证实我也相信李南说的话，李南从不撒谎。对她来说从来用不着撒谎，而且，我知道这种怪诞的私密也只能发生在李南身上。是的，那个怪诞的晚上差不多一切都发生了，至少那个时候电影中发生的一切都发生了：拥抱，长吻，沐浴，在床上翻来覆去，吻遍酥胸……但她就是不让他碰她的下体，她觉得这样已经很好，不必那样。杨修呢，他怎么能忍得住……"没有强行？""没有。""怎么可能？到那份儿上了？""到了，但是没有。"或者……根本用不着强迫，我对李南说，只要顺势而为，稍微强迫一点儿……没有，李南淡淡地否定。我觉得以杨修那种牲口，那种体魄，若没有真是不可思议。我问李南他不难受？李南说有点。不是有点吧？

不过李南嫁给我时毫无疑问不是处女，我并不在乎这点，只是她的说法和她不是处女这点不符。当然了，李南嫁给我已是毕业两年之后，这中间除了杨修还有别人，或者即使那个晚上没有，不代表回来后她和杨修没有。但如果后面有，为什么当初没有？总是有不合逻辑的地方。尽管有种种疑惑，我还是相信李南。我说过她是用不着撒谎的人。李南嫁给我很重要的原因是因为书，一如她离开我也是因为书。她说她对杨修有克服不了的居高临下的障碍，甚至是上下级的障碍，她不想有但他总是提示她有，她不喜欢杨修那种意味深长的野性，野性就是野性，可他不是。她竟然喜欢书，跟我没有任何跟杨修那样的感觉，但是当她决定出国并且强迫我也跟她一起出去时，她对我的那么多书同样毫不客气。那时我的书斋已初具规模，虽然远不像现在这样已有了天堂或宇宙样子。我离不开它，我明确告诉她。李南独自赴美，后来带了儿子。不，那绝不是"鸡胸"的儿子。"鸡胸"孟繁佳追李南追到了美国，最终得到了李南，连同我的儿子。"鸡胸"现在是哈佛大学东亚系教授，著名新儒学代表人物。我们绝无来往。但我必须承认，我，杨修，"鸡胸"孟繁佳，我们三人之中，始终如一锲而不舍爱着李南的是"鸡胸"。

当初我为什么没拒绝李南？说实在的，我连想也没想过拒

410

绝，因为没想到李南会选择我。没有想到的事，我怎么可能拒绝呢？那时我还在努力追求徐燕京，徐燕京生日虽然没搞 party 但我还是送了她一件宋代的玉佩，当时也不特别觉得什么，没用钱衡量，不是我不懂文玩古董，我常年熏习，至少懂一些吧，但这种"懂"的意识在当时并不重要，80 年代初它与钱的关系还太远，简直称不上关系。但是与爱情很近，所以也没特别觉得什么就送给了徐燕京。当然，我也知道，那只透雕龙纹玉佩比我送给李南的（没任何寓意的）折扇还是有分量得多，至少当时我是这么认为的。现在它们都很值钱，值就值吧，我从没觉得遗憾。徐燕京接受了我的玉佩并没顺带接受我的爱情，我觉得 80 年代这点特别好。

简单地说，李南嫁给我之前我与李南倒是一直保持着相对密切的关系，因为不抱任何幻想，跟她一直也非常坦诚，自然。有些人不自然，杨修是最不自然的，而且始终是不自然的，无论他们关系到什么程度，无论后来全无关系，我都感到杨修不正常的紧张。而"鸡胸"，唉，就不说"鸡胸"了吧，谄媚，毫无孔孟的斯文。杨修即使在北戴河与李南没发生肉体关系回来后也应发生了，按照动物性的标准他还有什么可紧张的？

四十

居延泽决定考研，脱离杜远方预设的轨道，自从心里有了这个想法，便感到一种解脱、解放，一种放弃的快感。一旦放弃，敌人自行消失，敌人原不在别处，就在自己心里，从此居延泽轻松地沉溺于爱情，他为自己敢于放弃而骄傲。本来他就有蔑视宦途的一面，现在完全忘记了当初为什么要投奔杜远方的门下。他觉得自己升华了，高尚了，因此觉得有权放纵情欲、念念不忘李离的身体。最放纵时他甚至希望一整天都待在李离的身体里，甚至享受子宫，享受子宫婴儿期的孤独与温暖；他不要白天只要黑夜，就像婴儿不愿出世一样。越崇高他就越肉欲，哪怕睡觉都要把手放在李离的胸上或者干脆吮着乳头睡。他是理想主义者，也绝非将欲望关进笼子的人，或者两者事实上就很难分清。欲望与理想很多时候是一回事——80年代就是这样夹缠不清。当然，这样也正常，如果在一个正常社会。

李离也一样，一方面期待居延泽实习结束以便自然结束，这场强烈而漂浮的幸福；另一方面又因为想到快要结束，也愈加放纵了居延泽——实际上也是放纵自己的面对青春的情欲。他们爱得一塌糊涂，不可收拾，有时甚至在办公室，如午休时也会掀起裙装简单干一场。办公室外就有人，反而更刺激，更有挑战性。简直没有居延泽不敢干的。至于随时接吻拥抱更不在话下。对于工作、要完成的任务居延泽已完全心不在焉，他困倦，哈欠连天，对账目与数字厌倦，总是一目十行视而不见。杜远方交代的必须完成的有关市场、销售与统计分析的调查报告完成得拖拖拉拉，很不扎实，很多术语都被换成大白话，很不专业。

"除了建议部分，其他都太不规范，太浮皮潦草了，这样不行。这样交上去他会连我一块批评。"李离举着报告责怪，全没有了以前的威严，唉，女人一旦爱上就会失掉自己，不管是什么女人。

李离要帮居延泽改一稿，居延泽拒绝。

"就这样吧——行啦，行啦，我也不打算留在这儿，那么认真干什么？你要是改过他若批评不是把你也搭上了？我可不想让他把咱俩一锅烩了。他可能正找机会找碴儿呢，让他批我好了，我估计他怎么都不会满意，无所谓，我考研究生，跟他没关系了，将来我做学问当教授，到时你就是教授夫人。"

李离不往心里去，软弱地咕哝了一句："教授妈还差不多。"

"那也行，"居延泽说，"我就把你当妈供着，是什么无所谓。反正是我的就成，我是不会离开你了，你也别想离开我。"

"那你自己再改一下，再认真一点，求你了。"

"不改，不改，坚决不改。"

"我帮你改，你不告诉他就行了。"

"噢，好啊，那晚上我们一起改。"居延泽跳起来。

但是那个晚上并没改成，居延泽买了《红高粱》的电影票，他们去看了电影。《红高粱》刚刚在柏林电影节上获得金熊奖，看过电影他们完全把报告忘到脑后。《红高粱》有一种敢爱敢恨的东西，是那个时代内涵的一部分。

居延泽写的《兰陵王酒业有限公司调查报告》这天摆在了杜远方的大办公台上。办公台呈蓝色，与后来的老板台还不同，是种轻型办公家具，在当时有一种很强烈的现代感。那时不管地位多高、权位多重、办公室家具大多还是五六十年代统一木制式，通常是两个或三个抽屉的办公桌，深褐色，看上去厚重，威严，缺乏朝气。杜远方虽传统文化深厚，却又是一个有世界眼光的人，领风气之先。他的现代办公环境与他内在的传统的城府颇不相称，在这意义上什么是他的本质很难界定。一个含混了各种东西的人，任何一个侧面都可以给人深刻的矛盾的印象。你感到了什么，你觉得他就是那样的人，直到你感到的多了，深刻地了解了他，你才发现你又完全不了解他。

报告已摆了一个星期，杜远方已看过不止一遍，圈阅批注了许多处，有些注很长，密密麻麻落在报告上。杜远方给居延泽打了电话，之后又打给了李离。杜远方完全可以直接打给李离，让她带着居延泽一起到办公室来，但是没有，因此居延泽与李离差不多是前后脚到的。李离看到居延泽有点意外，略显惊讶的表情证明居延泽来前没告诉李离。一般说来是有可能告诉的，那样李离会从容得多。没有通气是杜远方希望的，就像现在。

杜远方还注意到李离有一丝脸红，倏忽划过的慌乱，但瞬间就被她的蓝色眼白收走。以往，无论多热的天，杜远方看到李离的蓝眼白都会有阴凉的感觉，那种蓝与其说像宝石，不如说更像水，像九寨沟的某种水，有种永远的暗色调的东西。什么东西也不能破坏这东西，包括慌乱。现在杜远方也还是这种感觉。一切都没变。即使她当年在生产线，在装瓶车间，在统一的蓝工作服中，她也仍有一种永恒的蓝的东西。无论什么时候杜远方都不会忘记当初李离凝视流水线上一瓶瓶移动的酒的情景，不会忘记她的手在忙碌但显然感到他的注视——她偶或会瞥他一眼，更多只能看到她的蓝眼白。那可不是别人，是厂长在注视她，别人都看着呢，可她不管，就是不看他，除非他叫她。但即便停下来仍不看他，仍低头看流水线，样子像一只鸟……这些东西不用回忆，就刻在杜远方脑子里，只要一个信号就会浮现出来，并且不影响现实感。

　　杜远方脑子一边过着往事，一边表扬了居延泽的报告。因为时间过了一个星期杜远方一直没表态，因为杜远方的神态里总有一种游离的东西，当然更因为居延泽与李离的关系——居延泽和李离都以为杜远方会当然地讨伐报告。应该说三人这是第二次在一起，第一次还是居延泽刚来时候在香港酒楼的那次。那次是迎接，这次是结束，两次之间，时间如白驹过隙，发生了怎样的事？因此这种情况下的表扬倒让居延泽后背发凉，以致怀疑是不是嘲讽。

　　李离站起来要走，似乎受不了这个表扬。

　　"报告我本来要帮居延改一改，居延不让，他说这是他真实的水平，所以你们谈，这事跟我没什么关系，我是不是可以离开？"

　　李离一点也不客气，哪怕与居延泽有什么关系。某种意义上这是对杜远方嘲讽的反击，甚至也代表了居延泽。

　　然而，从另一个角度看这个态度还是紧张所致。

　　"你不要走，坐下。"

　　杜远方轻松愉快的表情没有变，"我一直在考虑怎么奖励居延，"两个人都称居延，不约而同。杜远方看着李离，"居延是你带的，我把他交给你怎么说和你没关系？另外，还有事要跟你这个财务处长商量——"

"你是厂长，不用跟我商量。"

"这个报告应该奖励，"杜远方不管李离的态度，"是不是可以考虑给他开点实习费？还有他的未来去向、前程，这些都需要你的参与。"杜远方谈着居延泽却不看居延泽，好像居延泽根本不在旁边，"报告我非常满意，最重要的部分是问题和建议，合不合规范不重要，像不像一个完整的报告不重要，重要的是脑子，有没有脑子。"杜远方始终如一地认真，无懈可击，李离与居延泽的表情被纳入了某种逻辑，忘掉自己。杜远方总是有这个本事，几句话就会把人带入，"写篇规范的像模像样的报告对他一个大学生不难，他学的就是这个，但是要能看到问题、提出建议，就真要有脑子了。居延泽看到了问题，认为咱们厂目前的产品大都销往农村和中小城市，农村人购买能力低，酒款回笼慢。他认为商品经济现在发展快，城镇高消费化会成为趋势，酒厂要适应这一趋势调整产品结构，多生产中、高档酒，进入大城市的中高级宾馆饭店，争取打入京、津、沪等大都市。报告还建议争取一部分产品出口，换取外汇。这些都是非常重要的建议。兰陵王要想再次升级，成为中国酒第一梯队，实现跨越式发展，这是必由之路。现在整个社会都在升级，经济升级最快，兰陵王应该升在前面，这是我最近脑子里一直在考虑的问题。居延泽他一个大学生，还是一个历史系的大学生——历史里面也有经济但是很难落地——他一下落了地，而且，是在一个具体的酒厂落了地，提出了具体可行的有重大战略意义的建议。我想到的他能想到，这是非常了不起的，虽然报告看起来非常草率，好像没经过太多的思考。我要为这个报告奖励他一千块钱，你从财务角度看可以吗？"

杜远方的确是认真的，认真到觉察不出任何一点不真，认真到李离和居延泽听得全神贯注。这就是杜远方的本事。他找人谈话，有时让人觉得他所说的不可能但又千真万确，有一种绝对性。他把人牢牢控制在自己的气度中，以致让他的对手有时也会忘记对立，思想呈空白，至少是间歇性的空白。而且，那时的一千元差不多相当于一个人一年的工资，那时月收入大多不足百元，这数字具有足够震撼性，以致居延泽不由自主地嗫嚅：

"一千块？这么多？"难以置信。

杜远方问李离："多吗？"

李离诚实地回答："多，对一个实习生太多了。"

杜远方断然说："不多，这个建议值一百万，还不止。一千块多吗？"

李离缓和了口气说："我没你想那么远，只是随便的感觉。"

"我要的就是这种随便的感觉，这非常真实。"

杜远方突然转向居延泽，"从经济角度，你对企业已经算熟悉了，虽然才不过三个月。但是大学的经济学教授要是能到一线企业的财务部门待上几个月会对他的学问有实质性帮助。但企业也就是这样，它永远处在上层建筑之下，真正决定企业命运的不是企业本身，是马克思说的那个'上层建筑'的东西。这东西很要命，你了解企业可以，但不要来企业工作，到'上层建筑'去。"

杜远方这样说的时候，居延泽已从一千元的震撼中走出。对李离强烈的爱让他回到初衷，变得清醒，腰杆也慢慢直起来。

"是这样，"居延泽打断杜远方，"我已决定考经济学研究生，我准备做学问。"居延泽这样说是告诉杜远方他对杜远方已无所求，放弃了来时的想法，"像您刚才说的，我来兰陵王最大的收获就是，我对经济学确实发生了兴趣（纯粹是谎言），我想考经济学方面的研究生，研究国家的宏观经济，也包括世界的宏观经济。"

居延泽如此想法杜远方没想到，以致在他的永远坚定的甚至有一层覆膜的脸上出现了罕见的迷惘，显然是他对事物总是绝对掌控的溢出。所有上面的或者他刚才所说的"上层建筑"的关系都已疏通好，居延泽没有理由不接受这样的安排。什么地方出了问题？事情有时就是这样错位，居延泽如果知道杜远方根本不在乎他和李离如何如何，他就没必要这么紧张，也没必要做出"崇高"选择，或者杜远方要是知道居延泽因为李离因为恐惧而溢出他的预设，他会重新设计。一个人再精密，也总有溢出的时候，生活的变数谁也不能囊括，即便是杜远方。

"只是研究——"杜远方沉吟，"如果不进入决策层面，只是——"脸色变了，"只是单纯做一个教授，学者——你想好了吗？"

"我想好了，我已跟李处长谈过，是不是李处长？"

居延泽锋芒毕露，在挑战杜远方，挑战权威，甚至挑战李离。但是1988年的年代就是会发生这种事，为了爱南辕北辙阴差阳错的事。杜远方那时的目光其实还不能算太远大，他着眼点更多主要还在省里，如果仅就居延泽的个人前途而言经济学研究生毕业可到北京工作，成为更高级的智囊。不过当然那是另外一条路，与杜远方省内的布局就没有多大关系了。居延泽是个当官的料，但在北京远不如在省里更有把握，北京太不确定，太难把握，超出了杜远方的掌控。

李离与居延泽准备离去。杜远方叫住了李离，让李离留下。

居延泽走了，杜远方看着李离。半天什么也没说，李离只好问杜远方是否有事，没事她还很忙，银行的人一会儿来。

"你要毁掉他的前程吗？"杜远方说。

"我不懂你的意思。"毫不畏惧。

两人对视。杜远方转向窗外，对窗外说："你糊涂。"

"把话说明好吗？"

杜远方背对李离，依然对着窗子说："你去忙吧。"

李离快步走了。杜远方转过身，望着关上的门，表情严峻。本来按计划晚上杜远方要请李离、居延泽吃饭，算是对实习结束的表示；本来想如果把居延泽送上轨道，就又是颗卫星，他的天空会有更多内容，但现在他知道他可能犯了错误：他们太紧张了。紧张会导致逆反，成为错误。杜远方有点不太愿意承认这个错误，简直太不愿意了，但是这会儿当他一个人的时候，他承认当初把居延泽交给李离可能是个错误。

或者在什么关键的地方错了，他应当想到他们的紧张。

但是他没有，百密一疏。

四十一

　　看着报告，杜远方想他的计划不可谓不严密，可以说某种程度上比打开后盖的钟表还精密。最开始他的目的是两个，一是李离别再紧盯他，二是他们一同打造居延泽。杜远方曾担心前者，一点不担心后者。后者会将居延泽牢牢掌控，这又有赖于前者。杜远方没想到情况掉过来，居延泽因为心虚反而选了离开，并且还是傻傻地挑战性地离开。原想居延泽与李离有了关系会愧疚、担心，更忠于他，而他的大度与佯装不知会让他们这两个偷情者诚惶诚恐、感激涕零。甚至他曾担心李离对这个年轻人没感觉，担心居延泽缩手缩脚，当然更倾向于他们会有暧昧。他第一眼看到居延泽就发现居延泽是个感性十足的家伙，他的所有的东西都和他的感性有关，这种感性面对李离显然容易入局，正是在这个意义上在最开始他请他们两个人吃饭，将自己与李离的关系对居延泽暗示出来。这是必不可少的一环，就像钟表后面一个特别小的齿轮——再小也必不可少。他不能让居延泽毫不知情毫无负担，他给他们画了线，同时又鼓励他们越线。现在看来李离没什么问题，没想到居延泽出了轨！当然，李离从此也不会再挑他的毛病，不会再妒火中烧，相反她应该怕他。可似乎也不太怕。不过这是开始，不怕是出于紧张，时间长了她会怕的，至少她再无理由干预他。他成功了一半，也不能说太糟。显然李离和居延泽不会真正地结合，年龄就不可能。相当程度上李离与居延泽是报复他，这点杜远方开始是对的，后来是错的，应该说也是一半一半。说到底，她会完全放弃他吗？他会完全放弃她吗？当然都不会。不会真正失控，这正是事情的严密之处。

李离不会完全理解他，跟上他的节奏，李离的心不是钟表的内部，女人都不是，这是她和他最大的不同。他以齿轮要求她，对她应该有点不公，毕竟她是女人，她还没有也不可能修炼到他这样的程度。当然了，尽管他有一颗钟表的心脏，他也仍爱着李离。这是他和李离的共同之处。只是这爱要让位于别的。让位于别的也并没毁掉什么，事情就是这样。

杜远方出了办公室，走下阁楼，来到天井小院。

杜远方有两个办公室，一个在厂综合楼，一个在厂里酒文化研究中心，通常有特别的客人他才在酒文化研究中心办公室接待。

杜远方几乎像学者在这儿接待了居延泽。重视，含有深意，这都是他预先想象得到的，本来心情不错，没想到竟是没酝酿好的酒。以他几十年的经验，知道酿酒有"两怕"，一怕夏天气温高，酿出的酒容易出现苦味；二怕冬天气温低，出酒率会低，增加酒厂成本。温度高了酒又苦又爆没有了厚味、甘味。另外还有湿度，湿度也会直接影响酒的口感。这些拿捏杜远方已毫无问题，一如他对人的拿捏。人也需要酿制，一个人好酿，两个人就复杂一些，三个人的复杂微妙则几乎需要妙手偶得了。这次就是三个人，杜远方本以为是妙手，却没有"偶得"。不过李离应是无话可说了，也不能算完全失败。

酿酒有了色谱仪进行温控，酿人也有机器吗？

不久前杜远方刚刚花了数百万元购进了两台这样的进口质检设备，不过尽管如此他同时还要求技术人员不放弃人工检测。人工质检方面，别看杜远方是一厂之主，却是名副其实的质检"一把手"，每来到车间，几粒刚蒸好的高粱他放手里捻一捻便知高粱蒸得是否好，是否不湿也不干。或者指示还热了些，需要凉凉再下曲，或者酸度稍高了一些，随后的色谱仪温控检测，每每都印证了他的结论。

酒没问题，对杜远方来说人也不是大问题，这次通过居延泽控制了李离，虽然没控制住居延泽。那么对机器来说这属于温控还是湿控？

本来杜远方跟李离的关系堪称时代的传奇，什么使他们的传奇慢慢失色？是李离的问题还是他的问题？是补偿什么的问题还是自由的问题？本可以直截了当，为什么采取如此机心？他早已背叛了当年？当年——他从西北戈壁回来，风尘仆仆，对爱、苦难、同情一些基本的东西他是多么敏感，当然还包括对美。美与苦难与宿命在一起的时候，就越发使一颗苦难的心变得越发敏感，那时——他看着一尊青铜四羊方爵想——经历过苦难的人都有种变态般的亲近，他一回来就注意到生产线上的李离。一望而知李离是个早已认命的人，有种麻木的固执，那种种宿命的东西不是什么人都能读得出来的，它一下击中了杜远方。或者说也击中了他的宿命感，一种镜子般的映现。苦或苦难往往是浪漫之源，越是苦难越容易滋生梦，幻想，正是它们支撑着苦难。在这个意义上苦难并不导致理性，相反会导致激情。李离劳动布工装白帽子手持酒瓶的样子，让杜远方想起早年见过的一幅画。那是怎样一幅画？杜远方小时候在家里的客厅看到过几乎相同的画，在家里的果盘上也看到过，在别处，一些商店，那是一幅叫作《倒牛奶的女人》的画，一个荷兰画家画的，记不清是不是伦勃朗或是谁的，这无关紧要，反正小时常见，后来在新疆的流放中，一个同为右派的画家在午后的沙地上也勾勒过这幅画。印象太深了，但是如果不是见到流水线上的李离，他也早已忘记那幅画。

但李离，特别是眼神，又不像那幅画，那种固执——甚至不像是装瓶工。没一个女工有她那种总是低着头的神态。当然了，如果没有上帝的援手，如果没有命运的逆转，她可能永远是女仆，尽管不像。不像而是，还没有一幅画表现过李离的这种神态。特别是在她偶或抬头的一瞬，她见他向她走来，又低下头去那一瞬。他已到她近前，叫她，她答应但不再抬头。那时他已是厂长，一个厂长总是来看一个普通女工自然让人议论纷纷，给她形成压力。流水线劳动非常紧张，旺季经常加班，有时加到晚上10点多钟，甚至夜里三四点钟也是常有的事。线上忙得连去洗手间都要换班。李离不理他，不抬头，专注线上，然而她不理他他也跟她说，问这问那，没话找话，众目睽睽。他不管。有时李离实在不能不说话了才会非常简单地搭上一句，说完惨淡一笑。那一笑回想起来多像那个时代的笑——百废待兴的笑。一切都写在那一笑里，无须多言。后来他不再到车间找她，因为用不着了，任何地方他都可以见到她了。

他下了六角楼，一个人出了庭院，到了广阔的厂区，厂办一个副主任跟着他，一句话也不打扰他，只是跟着，一前一后，像不存在。是他专职的厂办副主任，相当于秘书，他叮嘱过秘书不要说话，他内向得有时的确像个国王。午后，阳光总是有股醉人味道，有轻度幻觉，酒厂应该有这种东西，整个兰陵王厂区在醉人的阳光下井然有序，绿化做得已很不错，花园式企业初具景观，酒企不同于别的企业，应该是花园，是鸟语花香，是小桥流水、亭台楼榭。昔周公卜洛邑，因流水以泛酒，故有诗云："羽觞随波"；曲水流觞，永和九年，大家坐在河渠两旁，在上流放置酒杯，酒杯顺流而下，停在谁的面前，谁就取杯饮酒……杜远方看见他的几个巨大的储粮罐，那些文化景观才顿然隐去。有好粮才有好酒，储粮罐是酒的标志，每个储粮罐都可容二千五百吨粮食，四个篆字的"粮"写在上面，又古朴又悠远，纯粮酿造。粮是最古老最让人信赖的东西，最近两年每年都投资三百多万元置不锈钢储粮罐，从 A1 到 A6 已达六个，立了两排，闪闪发光，已是兰陵王地标之一。今后两年还要再建六个，位置都给留好了。与之相应的另一边，一千五百口发酵缸整齐地排列着，缸体深埋，只露缸口，同样有一种壮观与气魄。他的酵缸全部从陶都宜兴订购，缸口设计古朴，一口缸装料可达一千斤，相当于过去的五口缸。厂区有人工水系，小桥流水分割的另一边是投资六百多万新建的宽敞明亮的灌装包装车间，一条四十八米长的流水生产线从洗瓶、刷瓶、勾兑、抽检、计量灌装、灯检、贴标、装盒、封箱等十八个环节一次完成，每班可生产二千八百件，比老生产线增长了三倍……

他们受过同样的苦，同样的压抑，在漫长时间里经历了与李离相似的一切，他们相爱他绝对主动，如果爱是同情，更是对自身的同情。他改变了她的命运，一纸调令让她去财务做一名出纳员。他说一看她的手就适合打算盘，想不到她会反对。想不到。她说她干惯了装瓶工，没学过会计。他当然不是随便想到她去财务的，他提到她的丈夫，她丈夫在一个小学校做会计，但杜远方不提这点还好，一提李离断然拒绝了杜远方。那时杜远方不知道为什么不能提会计这个词，后来才明白。她必须去。这是命令。果然她面对了命令的方式。她可以不听厂长的但不能不听车间主任的、班组长的，车间主任与班组长说她的岗位已被别人替代，流水线个顶个，已没她的位置。而他一直没露面，直到她已做了三个月出纳他们才再见面。她已有点忘了装瓶工的工作，出纳也已上手。

他强行改变了她的命运，使用了权力。他感觉自己就像上帝，可她一点也不买账，她家里的那位会计丈夫也不买账。杜远方的做法有时的确让人匪夷所思，无论什么他都会坚持到底。李离那时还算是年轻人，不过她再年轻也有某种沧桑的东西——这东西远比她的年龄大，而这也正是杜远方看重的东西。事实上这东西消弭了他们的年龄差，他们某些方面是天生的一对。李离到财务不久便重新做了学生，上一个脱产大专班，这也是他预先就设计好的。那所学校在两百公里之外，李离像在那个时代的正规大学生一样，每天教室、宿舍、图书馆三点一线，同样还有选修课，专题讲座，运动场，游泳池。李离把孩子完全甩给了公婆，刻苦学习，如饥似渴，多多少少感到自己是一个同代人了。

李离不让杜远方来校园直接看她，怕让人看到，她想纯纯粹粹做个大学生、做梦也不敢梦想的大学生，没有任何男友或男人的大学生。她与他在校外秘密约会，同居，生活的明与暗异常神奇，他们过着他们一生最快乐浪漫的时光。他还是中年人，她也年轻，他们像少男少女一样花前月下，湖上荡舟，迎来黄昏日落，一切都像梦。有时她会忽然痛哭，觉得一切太迟了，同时又觉得是自己不该得到的。他抚慰她，有时也一同喟叹。这是他们和别的船上的少男少女不同的地方，包括其他大学生。少男少女是天然的，就像水中花，萍，蝴蝶，他们不是，同他们比起来她对他说她觉得他们简直像老人，像黄昏恋。她的心态有时就是这样苍老。劫后的他们一个三十岁，一个四十五岁，而那个刚刚冰清雪化的时代本身很年轻，他们可不是有些老吗？

这点杜远方看得很明确，毕竟他已四十五岁，毕竟他是一厂之长，领导着上千人，就算长得年轻神态也不年轻，是绝对的另一代人。当然，李离的情况要复杂一些，李离船上掠发的瞬间有点旧时女孩子的模样，像是杜远方少年时记忆中的民国女孩子。1948 年孩提时的杜远方就已在天津的水上公园荡舟，姐姐与男友带着他，他见过那个时代的少女，李离就像记忆里的照片。李离脸上总有过去的影子，时光，时代，有时真是让人匪夷所思，许多余绪如此动人。隔了许多年，隔了"文革"，生活又正常了，虽然晚了多少时光。李离决定离婚，结束上一个时代给她的生活。她的坚定感染着杜远方，杜远方没想到她一刀就切开了生活，她的性格里有杜远方没有的东西。李离历经坎坷却不软弱，至少看上去没有任何拖泥带水的东西。她的在小学校做会计的丈夫似乎也没构成任何阻力，一个异乎寻常的丈夫。这种丈夫如果真是老实，会让任何一个女人感到不安。但李离还是毅然走出了家。李离差不多净身出户，那时没这个词儿，李离应是最早的这个词儿的实践者。大专班的第一学年没结束李离已没有了家，什么都没了，孩子给了丈夫，她变成了一个新人，一个彻底的学生。

李离也不愿回父亲般的叔叔家，学生宿舍是她喜欢的居所，学校不远，她与杜远方秘密同居的住所更让她喜欢，简直是新家，两个地方都让她像新人。她睡宿舍的上铺，挑了上铺，上铺可以独处还可以望远，她看到窗外的树梢、操场、游泳池，许多过去的梦开始重新做。杜远方太忙了，不能每个周末都来相聚，逢到这时候她也不寂寞，就一个人在家一样的临时住所阅读，完成课业，看大量专业书籍，财务会计、成本会计、管理会计、会计凭证、记账、做账、审计、借贷、金融、外贸。她贪婪而系统地学习着这一切，没有看小说的时间，尽管过去她爱看小说。有时她埋头于表格中，对他的到来甚至感到惊讶，好像他们不在一个时间中，之后他们拥抱，让时间与时间紧紧重合。杜远方能感到这个

"学生"身上有一种历史感，就像最初他的另一种感觉：她的确不像装瓶工，现在，有大量专业阅读的她才是真正的她。

那段时光，他创造了她，她也似乎创造了自己，可她开始还不接受他的创造呢。那时她是多么固执地拒绝他对她强行的改变——她要是接受了就不是李离了。不接受，又被创造，如此自然又神奇。他们享受着黄金时光，连肉体都布满了精神的黄金，做爱姿势非常简单，就是传教式，但交感却是那样深刻。不仅是肉体的也是心灵的，甚至更是，心与心的交感，相握，怎么分得清呢？

学校在另一个城市，杜远方虽是一厂之长也不能总是用厂里的车干私事，何况是秘密的私事。80年代初厂里只有两辆北京吉普供几个领导使用，厂长也还没有专车，那时多么朴素。杜远方当然可调用，但老去同一个城市有点说不过去——即便没老调也引起了一些议论。没有不透风的墙，慢慢都知道厂长去看谁了。有时他悄悄地（怎么可能呢？）搭乘厂里运酒的大卡车或小卡车或是那个城市来拉酒的车，但无论是什么车，吉普车也好，大卡车、小货车也好，所有工作的车都不能等他过夜。有时可以等几个小时，但不能再长，如果过夜他只能让车先走，第二天到长途车站排队登上拥挤的有许多行李的长途车。那时他根本不是厂长，像普通人一样等待开车踏上旅途，并且在各种味道中慢慢习惯，直到闻不出异味。这样的经历在新疆倒是常有，对他倒是一点也不陌生。只是过去和现在的叠加让他有种说不出的滋味，他的青春撂在了新疆，更早的理想搁在厂里，从厂到新疆，又从新疆到厂，现在往返于两个城市——为了李离。一切都好像有点迟了，夕阳无限好，只是近黄昏。没有深刻人生经历很难对此诗有真正感受，杜远方感慨，时有心潮，但很快又像戈壁滩上一样干了。戈壁滩存不住水，太易干，而且戈壁滩从来不会从内部涌上水，只有些稀少的外部，如同杜远方的心。通常长途车只有两班，错过了便不可能返回，或抵达。所以尽管他是厂长每次来去也都不易，都是风尘仆仆，或者身上有雨，或者身上有雪，或有一身春天的沙尘。

迟到的爱一如他的企业百废待兴，有阻力但什么也挡不住，一如什么也挡不住 20 世纪 80 年代废墟上的春天。

李离知道杜远方来得不容易，知道一切就像神话。拒绝之后的认同是更强烈的认同，她给予他的拥抱热烈，含着深深的感激，有点像《日瓦戈医生》——这种情景中国、俄罗斯有相似的地方。有一次大雨，长途车抛锚在城边上，杜远方冒着大雨半夜才赶到学校附近的住所，他的整个人都湿透了，像落汤鸡站在她面前。不管雨水他们拥抱，泪水同他身上的雨水难以分清。那是他唯一的一次泪水，从戈壁滩内部的第一次涌出。他太不容易了，在大雨中走了两个多小时。她以为他不来了，那时没电话，只能凭着周末等，有时能等到，有时等不到。也有过晚的时候，但从没这么晚过，这么电闪雷鸣过。霹雳还在炸响，闪电的光打在他们紧紧拥抱的身上，脸上，眼睛上，没有任何恐惧，只是幸福与泪水。幸福与闪电很少连在一起，但那晚他们希望闪电和雷声来得更猛烈。房间没有浴室、厨房、卫生间，是那时的筒子楼，烧水、做饭、如厕都在楼道。门口堆着蜂窝煤，灶具，杂物，能借到这样一间房子已经很不错了。也就杜远方是厂长能做到，一般人还真做不到，换句话说那时的特权就是借到这样一间房。那时没有租房。需要把衣报烤干，天一亮还得赶第一班长途车回厂，有重要会要开。她先简单做了点小菜就把衣服烤上了，然后洗身，盘腿喝了一点小酒，边喝边吻，之后做爱，慢慢做爱，激烈做爱，因为前面做了一小会儿所以这会儿非常从容，非常沉浸，直到有什么不对——有股煳味才停下。原来衬衫烤煳了。夜间楼道无人，她披上简单衣衫露着胸出去，拿着几乎烧着的衬衫进来，哭笑不得。她的未系扣的衬衫，乳房，还有他的衬衫，永远印在他的脑子里。她说她不知道怎么办，他怎么回厂里。他说没事，就穿着回去，下车再买件回厂里。他抱过她，继续。她老想着他穿着烤煳汗衫在车上的样子，很是不安，他说喜欢她的不安，更有味道，她脸红了，更加沉醉。墙上有《牧马人》的剧照，也和苦难有关。《牧马人》更中国一些。他一会儿就是她的"牧马人"，她也是他的牧马人，他说。做完了爱她让他赶快睡，她继续给他烤衣服。第二天早晨，他的衣服叠得整整齐齐放在床边，一条裤子，裤衩，白汗衫，破了一个洞，没法补，一点办法也没有，但还是叠得很整齐。他赶往车站，他们拥抱，车站吻别。

没有什么比冰消雪化之初更纯粹、更强烈的事物。他决定离婚。他是冰消雪化最早的选择者、个人主义者、爱情至上者。他不怕做陈世美，不怕舆论，不怕从厂长位子上下来。那时道义还是可以杀人的，但他无人能替代，即使下来也还会上去——不上去也在所不惜；不怕沸沸扬扬，也不惜公然地坐卡车、厢式小货、拉酒车去看她。他不坐专车就是了，这是他对舆论唯一的妥协。厂里妇女反对声最大，甚至私下里成立了保护厂长爱人的组织，但是被杜远方的老伴解散了。老伴本不同意离婚，但是为了保护丈夫同意离。但是天道难测，就在去民政局办理离婚手续的路上，二十年患难与共的老伴脑溢血，一病不起。这个不是装的，是实实在在的，虽抢救过来，但半身不遂失去自理能力。离婚协议书已写好，两人都签了字，应该已有法律效力，但抢救过来当天，杜远方把两份协议书烧了。他的灵魂来了个急刹车，并且一脚踩死。

很难说这是幸福，但他认同了责任。他的二十多年流放的苦难结束了，但幸福并没必然开启，幸福就在门口，他却再难迈出一步。他不迈了，一场疾病如同一场暴力对他的内心进行了清场，他向死而生，道德挽回了。某种意义上他是 80 年代最早结束理想主义的人，结束于 1982

年——比许多人都早。从此他内心最核心的东西是黑暗，什么也照不进去。但智慧却仍在增加，道德虽然表面挽住了，却也不再有真正的道德。一切都是智慧，不再有真正的情感。

他的事业越来越成功，头上的光环越来越多，交往皆要人。情之既去，色之登场，色不异空，空不异色，色即是空，空即是色——加上智慧，让他的内心越来越玄奥，精密，一如钟表。另外二十年的苦难也慢慢变成另外的一种东西，不再具有受难者的光亮，变成了计算——对损失的计算或换算。他越来越感到握有的东西的重要，需要深谋远虑的防卫，需要布局，介入更多东西。既然失去二十年，他不能按正常年龄退下来，至少偿还十年。这是他的目标（这目标通过居延泽实现了，当然不止居延泽），时间对他是多么宝贵，他失去的太多了，但有什么比时间的损失是更大的损失呢？越是觉得失去，失去感就会越强，逻辑产生着自身的力量，因此一切都在精确的算计中时不我待。当然，这是他内心最隐秘黑暗的部分，平时是看不出来的，但如果追根溯源，一切皆源于此，源于失去，虽然他曾有不怕失去的时候[①]。

但是 1988 年夏天的故事还没讲完，杜远方从酒文化研究中心大办公室走回另一个办公室，面对整个初具花园景观的厂区除了自动地回忆

---

① 当然了，杜远方的黑暗远不止于此，我们不过是打着手电才照到了他最深的部分。平时他是不让照的，谁也照不见，连他自己也很少光顾。我们照是照了，但是他曾要求我不要写出这个"清场"部分，只是行刑前他又同意了。写吧，他对我说，你要写得准确，这并不容易。这是杜远方死前的话。我不知我是否能写得准确，我想还算准确吧，我尽力了。事实上准确不准确对杜远方已无意义，但杜远方仍然关心准确，让我对他有着一种对钟表一样的敬意。

还想了许多东西，想了许多关于李离与居延泽，他想的与居延泽跟我讲的交叉在了一起，让我的关于死亡的写作有一种"生"的跃动。他们的确都没死，都活在我的书写中，毫无疑问也会活在未来中，就像我向他们承诺过的那样。杜远方在那个漫长的已消失的下午，走到新落成的灌装生产线时甚至想到他是否为李离创造了黄金时光。他精密地认为居延泽难道不是黄金时光？如同他曾在李离身上找到的，李离显然在居延泽身上找到了年轻时光，甚至她无限迷恋的那段学生时光。在这个意义上杜远方仍怪诞地爱着李离，怪诞在于他越来越愿以父亲的角度爱李离。这爱让他觉得伟大，这种感觉一开始在生产线上就有，最后留下的还是生产线上的感觉。

难道这是因为他老了吗？他回到综合楼办公室想。

有许多人请示工作，有两个接待来访的任务，一大堆事情，但是杜远方回到了办公室仍让所有事情等着。厂办主任给他泡了茶端来，他挥挥手，一个人在办公室继续入定般地沉思。他完全没意识到自己已有了不自觉的帝王般的感觉，高高在上久之，一切都自然而然。他根本就不用考虑别人，某些时候别人都是不存在的。当然，有些人他不能不考虑。不仅不能还考虑得很深，以致没任何人敢这时打扰。他走过整个厂区，如同穿越了一个梦境——在昨日他回来时发生了多大变化可不就是梦吗？但，他是否已经老了？或承认自己老了？

1988 年那个夏天的午后，如日中天的杜远方——不久前刚去北京开完人大会还与省长坐一起座谈国是——就已感到老的威胁，意识到老的恐惧，是居延泽与李离的黄金时光让他意识到的。但是到了办公室他又不承认了，不，他绝不承认老了，但为什么他会对李离有父亲般的感觉？他有点想不明白，这种感觉让他舒服一些？让他觉得自己不是特别无情免除了某种本能的不快？父亲—女儿，母亲—儿子，一种纯净的感觉，升华的感觉，一种解脱，飘飘欲仙，简直感觉异常神圣。当然，从另一个角度看这也是一种极混乱的感觉，还有比这更为混乱甚至称得上性错乱或乱伦的吗？但这已不在杜远方考虑之内。找到父亲的定位他觉得好多了，心里一下明亮起来。他已自我沐浴完毕，一身清爽。

他拨响了隔壁的电话，叫人进来，进入工作状态。一旦进入工作状态杜远方完全换了一个人，一个机器般的人，他一开门，似乎整个企业才运转起来。

四十二

居延泽走了，考研究生去了，消失在时代的理想之雾中。事实上那时谁也看不清 1988 年的雾，杜远方也看不清，也有不理解的东西。一切都似乎回到过去，如同河上有时会浅浅地激烈地露出一点点石头，水一深又平稳了。杜远方不理解雾中的居延泽远去的背影，更没料到这背影后来在更浓的雾中重现。很久没上床亲热过的李离与杜远方有一次应酬性地拼酒之后上床，好像也是自然而然的事，好像两人虽有一段空白，但里面没有任何内容。居延泽走后杜远方从不问李离居延泽的事，李离也从不向杜远方谈起，两人都自然回避。回避得非常好，越来越好，越来越像什么也没发生过。后来上床逐渐自然增加，但李离再无任何过去的监视与不满。这是至关重要的果实。至于居延泽没有进入杜远方预设的轨道也还有别人，不能一石二鸟有一个作用也堪称完美。杜远方越来越坦然，直到时间进入了 90 年代。虽然时间也并不算长，杜远方也已完全忘记了居延泽，有一天出乎意料李离郑重而怪异地谈起了居延泽——李离一郑重总是带有杜远方必需做什么的口吻——李离告诉杜远方居延泽研究生毕业了，他没能留校，他想见杜远方。还记得他吗？杜远方略想了一下，没声称忘了曾有这么一个人，只"哦"了一声。

无论如何，杜远方突然有一点恼火。这股火以前从来没有过，甚至按理第一反应是意外。但事实上意外与恼火有时是难以分清的。这也从另一个方面说明居延泽一直潜在地存在，从来没陌生过。

"他想见我就见我？"杜远方的脸微微有些涨红。声音也有一种与往日不同的质地，有点涩，飘。"当年他投奔我，我热情接待了他，对他不薄，比对我的孩子还好，你知道，我是多么器重他！可他说走就走了，这些年他连一个电话也不打给我，一封信也没有，更不用说来看看我。他好像来过厂里，对吧？"

李离的回答是肯定的，并且告诉杜远方前几天还来过。李离的冷静倒让杜远方有些惊讶，同时意识到自己有些失态。他刚才还有意回避了她与居延泽的关系，没提这事，其实火正来自此处。

"住你那儿了？"

杜远方直截了当。

"不"，李离停了一刻，"那天没有。"

李离的回答与其说是否定，莫如说是肯定。

"当年他还染指了你。"杜远方回应了李离的坚硬。

"这是你希望的。"回击极其自然，心中早备下了，甚至备了许多年。说得杜远方语塞。"是不是呀？"李离直视杜远方。

杜远方嗫嚅，无法承认，也无法不承认。李离不舍，"这几年你很自由，我再也不能说什么。所以你就别生气了，我代他向你道个歉，都是因为我。"李离很诚恳，但也越发可怕。

"你总是这样，不说是不说，说出来咄咄逼人。"

"你不说我不会说，我们有默契，是不是？"

"不管怎么说你提到他，我很不舒服。"

"这么多年都没不舒服，突然就不舒服了？"

"好吧，我不该提起这事。"杜远方也开始诚恳。有时候诚恳是最好的回答，是真正的自信。这事杜远方当年确实用尽心机，用得太狠了，现在太虚了难以应付李离的锐利，索性诚实。"怎么，"杜远方换了一种口吻继续诚恳地问李离，"居延不想当教授了？为什么不做学问了？不是也挺好的吗？"杜远方像当年一样称居延泽为"居延"，实际是接受了。

"情况和当年不一样了，你也不是没看到。"李离说。

"他没什么问题吧？不会是风云人物吧，那可没办法了——"

"不是——"李离急切地打断杜远方，"就是去过两次北京，谁没去过。"

"哦。"杜远方有些夸张地叹了一下。

"没什么问题，和别人差不太多，没特别的，他就是随大溜，也没记入档案。就是他们那届留不了校了，他被分到了一个职业学院教了两年书，他觉得特别没意思。就是我那年进修的那个职业学院，你还去过。我觉得那个学校挺不错的，可他有点受不了，他觉得在那儿一辈子都没什么指望，每个人为那点小利益争得不亦乐乎，拉都拉不开，恨不能同归于尽。他受不了这种小地方，觉得还是你当年说得对。其实他一直还是挺崇拜你的，他早就后悔了。"李离一气说了许多。

"三年——哦，快四年了，绕了一大圈呀！"

"谁想会发生这么多事情，你想到了吗？"

"他会娶你吗，这么关心他？"杜远方突然问，没有玩笑意味，但也不算太郑重。多少有些嘲讽，是可接受的。

"你都不会他会？开什么玩笑。"李离平静地说。

"那你帮他干什么？"杜远方苦笑。

"这不是交易，你别搞错。"李离太了解杜远方了，在李离这儿杜远方几乎没什么余地，李离是杜远方唯一的怕，是唯一能点杜远方穴的人。

"他后悔什么？后悔因为你？"

"你想不想帮他？不想就直说。"

"好吧，好吧，见见他再说，好不好？"

"他有点儿不敢见你，这两年他变得有点软弱，不像以前，你别太强势了。"

"你告诉他，我喜欢他当年的样子。"

"我会告诉他。"李离当仁不让。

杜远方忽然高兴起来，"怎么安排？当年我请的他，还要我请吗？"

"要是你请就真是重来，回到四年前，你想请？"

"好，那就重来！"杜远方无论如何还是广阔的。

"还是我请你们两个吧。"李离认真地说。

"你请我们两个？这，这太奇妙了。"

"有什么奇妙的？"

"我们三个人？你请客，像什么话？"

"本来就不像话。"

的确，本来不是三人的关系，是两个人的关系，要么是这两个人，要么是那两个人，像这样的三人关系确实不像话。有些东西不能碰，一碰就由来已久，怨尤太深，一言难尽。但怨的背后是什么？这么反击、话里有话、话里带刺为什么？杜远方也明白。

李离的眼圈儿红了。

"对不起，我知道你不容易。"

这是真情话。李离眼泪涌出来，又慢慢止住。

是的，李离怨尤，仍爱着，只是这爱已找不到本义，虽然本义好像仍强烈地在。就如爱——本来从石头中剥开来，现在又回到石头中。李离当然说不出"本义"这个词，但是心里有，卡在了这儿，因此涌出的泪水也卡住了，仿佛某种切换。就是说李离的泪不完全是悲伤，有一些说不出的东西。不要说李离与杜远方关系没断、有沉重的一面，单是与居延泽的关系也并不轻松。或者说越来越不轻松。在杜远方这儿李离可怨可怨，可讥可讽，可夹枪带棒，对居延泽则有点倒过来。特别是后来的居延泽动不动就闹脾气，老得哄着，得像对儿子，有时不拿点母性的东西还真是很难容他。这种双重的角色在最好的时候也让李离感到分裂，更不消说许多时候是混乱的。

就内心而言李离一直想结束，但剪不断理还乱。这本不是李离锐利的性格，她虽隐忍，却是快人。然而事情往往是这样：再有性格的人在复杂感情上很多时候也难有一刀两断的个性。事实是李离在杜远方与居延泽两端上越走越远，越来越让自己面目模糊不清，越来越不是一个快人。一方面在情感上对于居延泽越来越倾向于母爱；另一方面又越来越依赖杜远方——杜远方的宽容是无边的，一如李离对居延泽——但各自宽容的性质又非常不同。杜远方的宽容虽有父亲的成分，但更多是深不可测的东西、非人的东西，李离永远猜不透杜远方的心放在哪儿。而李离的宽容除了爱还是爱，不同身份的爱。李离的宽容与依赖是如此的混乱，谁也放不下，时间在分裂的状态中过去，三年多过去李离已经是四十二岁，不，应该是四十三岁了，彻底由青年到中年，这对一个女人很致命。她最后的青春在居延泽身上像夕阳在山，倏忽滑过。现在她已是绝对的中年，归宿不消说，根本谈不上，倒是杜远方的深不见底的宽容让她感到一如既往的温暖与摆脱不掉的依怙，也就是说她理解了自己对居延泽的复杂感情，也就理解了杜远方对自己的宽容。无论如何，杜远方是个坚实的肩膀，她习惯了这个肩膀。

当然了，由于生命的周期，烦上心来，绝望难当，想想自己家没有家归宿没有归宿，情感混乱，什么都不是，几乎生出弃世念头。都怪杜远方。她觉得自己一生都毁在杜远方身上，她完全没想到自己怎么这么不伦不类了，不伦不类地在杜远方与居延泽俩人中间。多么"不像话"的关系。每到生命低潮她都要吃上几天安眠药，让药物将内心清空，或者像做账一样：让清楚的留下，有问题的剪掉，或重新做账。对李离来说账本是不能不清楚的，生活也一样。抛开低潮期，更多时候李离像账目一样生活过来。但别触动她——就如别触动坏账，触动，泪水或许就会涌出，依然脆弱。更不用说杜远方的触动，更有一种百感交集的东西。

他们拥抱，没性意味，只有宽容。

"对不起。"杜远方总是想起当年流水线上的那个单纯而坚定的"倒牛奶"的女工，他改变她了吗？改变了多少？

"没什么对不起的。"她说。

他吻她。没有拒绝。仍没有性意味。

"把他当我们的儿子吧。"她说。

"哦。"意外，但也不太意外。

"帮帮他。"

"好吧。"

亲情是一种移情，一种伪装，有时的确需要这种伪装。文化就是起这个作用。教育更是。现在倒是没有伪装，一切都非常真实，丛林法则一样真实。

四十三

还是杜远方请客。这样正统，真有点像个家。几年的光景，却已经跨了年代，三个人见面，一切有点恍如隔世。还是老地方，甚至还是当年的那个包间。还是油画《拾穗者》，罗丹小幅《思》，厚重的窗帷。还是原来的三人餐桌，三把椅子，余下的椅子摆到墙一边。沙发，茶几，果盘，衣帽架，一切都没变，不管时代发生了怎样翻天覆地的变化，如果空间摆设不变时间好像就是不变的。变的也有，是杜远方、居延泽、李离，李离虽然还是那么标致，但已不是青春的标致。是一种静止的标致，就像瓷器在时间中好像一成不变，对陌生人依然惊艳，但对居延泽、杜远方已是古董。杜远方、居延泽看上去则与瓷器不同，他们的时间是跳跃的，非静止的，甚至是动荡的。杜远方仍是西装革履，时间的方向在他身上似乎可逆，甚至比三四年前还显得年轻，好像时间对

439

他和别人不同，简直像注射了什么。杜远方红光满面，目光清晰，转动起来有一种内在的光。当然，主要是三年前已崭露的白发和鱼尾纹竟然奇迹般消失了，一切都显示着驻颜有术，养生有术，事业亨通，蒸蒸日上。如果瓷器上的时间可以往后退，变得更新，那就是杜远方。

居延泽还没到与瓷器相关的时候，无论怎么变都是一种活生生的事物，一个这个时代的人（李离与杜远方属于另一时代的人）。尽管居延泽蓄起了唇须，不修边幅，脸和目光都有一种内在的黯淡，尤其是唇须和沙哑的嗓音让他好像一下进入中年、一个也有了不同寻常经历的人，但一望而知还是年轻人，青春还在他身上，只是好像发生了季节性的跳跃，快了些。居延泽与李离坐在一起，杜远方走进来，居延泽慌乱迎接，杜远方停了一下，慢慢伸出手，与居延泽握手。

"你化了装？"杜远方问，"怎么留上胡子，快认不出你了。"

居延泽苦涩加羞涩一笑："哪儿有心化装，平常就这样。"居延泽诚恳的苦笑颇有些味道，无论如何成熟了许多，能看出时代清晰地从他身上走过。特别是稀疏连鬓胡子颇有点沧桑味道，有点像后来出道的吴秀波，或许比吴还要黯淡些。有历史原因，也有李离的原因。

"味道不错，我很喜欢，可以演个电影什么的。"

杜远方握着居延泽的手认真地说。

"您开玩笑了，"居延泽说，"惭愧，绕了一大圈儿又回来。"居延泽为当年低下头，似乎李离的事并不存在。有些事是心照不宣的，为一件事道歉也是为掩盖另一件。

"年轻人哪有不走弯路的，我的弯路比你可长多了，一下走了二十多年。有些弯路不是你能决定的，"杜远方说起自己的右派经历，成功掩盖或至少冲淡了某种东西，"所有弯路都有价值，只要你还想往前走。"

居延泽等杜远方坐下自己才坐下，很规矩。

"您看，"待杜远方大发议论完居延泽才有机会解释，"您看本来今天我说我请客，可李离说您说还是您请。这要是在别的地方，我还可以抢着买单，可这儿太贵了，我怕想买也买不了。我只能用这杯酒，借花献佛，表示特别的感激。感激不尽，我敬您，我先喝了，您随意。"居延泽不仅看上去沧桑了许多，实际上也沧桑了许多，话说得诚恳周到，是敬酒的话，也是实话。

杜远方放下酒说："有价值的弯路就不算弯路，你瞧，"转向李离，"他成熟多了，多会说话。"又转回居延泽，"以前，我也是有点太实际了，其实可以眼光放得更长一些。你的研究生读对了，我要祝贺你。"杜远方碰了一下居延泽的杯，居延泽要站起，被杜远方按住。居延泽喝掉酒，喝得干干净净。

"您过奖了，三年研究生虚度了光阴。"

"不能这么说，知识化，年轻化，这个不会变，这种趋势发展下去我预测高学历会有优势，现在政府机关多是本科，你是研究生，硕士，会引人注目，会更有利。"

"高学历会被信任?"居延泽不太相信。

"当然会被信任了，有什么不被信任的。"李离女人化地说。

"别看一时，"杜远方说，"知识和知识分子肯定会更受重视，更快地进入权力中心。这次重视应是真的重视，不重视不行，这个国家需要发展，发展是硬道理，发展就要知识分子，越高级的知识分子越好。信任取决于两个方面，首先你得信任才能被信任，只要一方解决了另一方不会不解决。"

"其实已经这样了，还有什么信任不信任的。"

"不行，很明显，你还带着那样子。"

"什么样子?"居延泽自己意识不到。

"把胡子剃掉，头发理一理，别这么长，精神一点。"

"这是我个人的特点，我的私生活。"居延泽声音稍高了一些。

"那也得剃掉，没有个人。"这话像父亲，当然不仅仅是父亲。"另外，"杜远方严厉地说，"把嗓子也治治，别这么沙哑。沙哑是不容于别人的。"

"他嗓子没事，就是最近感冒。"

"有段时间了。"居延泽承认。

杜远方要居延泽成为一个健康的人，一个干净的不再有学生时代习气的青年人，"你是硕士，但要别人认为是，自己不要认为是，要从里到外地认同你供职的地方，一切先要从认同做起，而不要再带着任何批判眼光，永远是在认同的基础上比别人做得好，做得出色，你才会快于别人。小的玩笑可以开，但牢骚话一句不要发。对于你来说就一个字，快，迅速地超过别人，让别人望尘莫及。"杜远方像传递心法一样，"你是研究生，要让人看到研究生的不同，但自己不说。你素质没问题，这点我很看好你。"杜远方的话没有任何置疑的余地，虽然当时的居延泽听来非常残酷，好像这话来自另一个空间。或者也可以说像一个驯兽员的声音——在后来的不短的时间里，杜远方的声音一直都像一个驯兽员的，样子更像——只有遵命，不管愿不愿意，居延泽总是点头。如果不同意，杜远方大概会起身离开。当时居延泽就是这样感觉的。

"好吧，我明天就剃掉胡子。"居延泽诚恳地说。

"还有头发。"杜远方说。

"嗓子。"居延泽说。

"这就对了。"杜远方说。

"你太严肃了。"李离给杜远方夹了一只野生刺参，一种亲昵的动作，类似三口之家中的常有的行为，虽然简单，但含意丰富，以致居延泽有种时间轮回的感觉，几年前初次在这儿吃饭的困惑回到心上。

居延泽非常敏感，从这样一个细小动作看出李离从没真正离开过杜远方，过去也有感觉但仅仅是感觉。"你太严肃了"——是责怪，但更像是母亲对父亲的感觉，其中含有对儿子亲昵，慈爱，是家庭主妇，并且不是一天两天，而且由来已久。那么他从没有真正赢得过李离？哪怕在他们最亲密的时候？那么他的失败就是彻底的，他从没有过胜利。从这样一个小的动作居延泽获得的比杜远方的训导来得更深刻，好像有什么玻璃碴在黑暗中闪了一下。

李离转向居延泽，给居延泽夹了一块刺参。

居延泽更觉得荒诞，此后居延泽一直有些状态不佳，好在杜远方话很多，用不着他说什么，他只是恭恭敬敬听着就是了，因此也并没显得特别出离。好不容易挨到结束，三个人从酒楼出来，分手前居延泽琢磨了一下三个人如何分开，是杜远方自己走呢，还是他和李离一块离开？居延泽没想好。结果是这一点在杜远方和李离根本就不成问题，李离很自然地上了杜远方黑色轿车，杜远方驾车，没用司机。一切竟是如此的自然而然，居延泽留在酒楼前。四年前他曾独自离开，四年后他再次看着李离与杜远方携手离去。

李离在窗口解释了一下，她和杜远方去见一个人，但和没解释有什么不同？这么晚去见谁呢？明摆着的。几年前居延泽还血气方刚，这次感到彻底无助。他站了一会儿，不知道自己去哪儿，在这个城市，他没有家，没有亲人，只有李离。是的，他有李离房间的钥匙，但钥匙有什么用？他一个人盲目地在街上走，他想回技术学院，但学院在两百公里之外的另一个城市。尽管他知道晚上不会有车，但还是到了长途汽车站，似乎长途汽车站让他有归属感，他属于长途汽车站。

汽车站不像火车站，到了晚上冷冷清清，但候车室竟然还开着，仍有少量人或坐或躺，他走进去，随便找了个位子坐一会儿，然后又离开了。他的心情忽然好了些，好像在那儿一下卸掉了什么。站前有多家小旅馆，有的是半地下，他走进一家半地下旅馆，要了三人间的一个床位，十元。另两床还没人，他寄希望不会再来人，这样一个人就可以占一间房子。这么晚了还会有人吗？谁会像他这样？正想着就有人来了。

这个城市的夜晚漂泊的人还真不少，居延泽有一种无端的愤怒，重新穿上鞋，拿起包就走。他退掉了床位，单要了一间房子，一个人买下三张床位。旅馆最后一个空房，室内空气恶劣，没有浴室、卫生间，也没电视，空空荡荡就三张停尸般的床。他没去公共浴室，没开窗，也没脱衣裳，只是一个人坐在黑暗里，呼吸着阴湿的混合着肥皂的床单味。他没脱鞋，穿着鞋就上了床，靠在床头，鞋踩在白色床单上一点也不吝惜。那个晚上是他人生的最低点，以前也有很低的低点，但都不像这次。1992年硕士研究生还不多，还属稀有，想想一个中国的硕士躺在这里，居延泽觉得有些不可思议。另外以前无论有怎样的人生低点还有李离，这次给他最后一击的恰恰是李离。像一种讽刺，一种最后的结束，却结束得如此空空荡荡。来吧，既然彻底那就再彻底点吧。他有预感，结果真的就像预感的那样：她和他双双离去。或者他单独离去。这是一样的，几年前如此，现在竟然依然如此。他想，上次他还有反抗的意识，这次只有茫然，甚至是自找的绝望，这才是真正的无力所在。

换句话说，去饭店前他就预感到黑暗来临，但不相信黑暗，现在他相信了，黑暗将成为他的一种信念。也只有当黑暗成为一种信念的时候，你才能忍受黑暗。不然怎么忍？他翻了个身，没脱衣裳。那时他还没体验到从黑暗获取黑暗的快乐，还要等几年。他的预感不是没有道理，但是有道理他仍不相信，因为没到时候。

那么，他是什么时候开始想回到杜远方身边的？他不愿追溯。挺早了。那次杜远方在他的脑海里像流星划过，是与同学们从北京回来之后。杜远方、北京两者本没联系，但却奇怪地在中间亮了一下，原以为那个闪念就是颗流星，落下也就消失，没想到后来正是这颗流星又慢慢地升起。不，它不仅不是一颗流星，还是一颗耀眼的恒星。事实上这颗星早就存在，只是他视而不见，一直不屑。

研究生毕业前，居延泽已完全认定那仍是他的恒星。而李离一直以为他会顺理成章留校任教，不知道居延泽心里有了变化。居延泽一直犹豫要不要向李离启齿想见杜远方，或者怎么启齿。他知道这是难以启齿的，几乎是不可能的。他错过了毕业分配时机，分到了职业技术学院。一到这学院他立刻后悔了，还不如早点跟李离张口见杜远方。这种职业学院以培训实用技术人才为主，完全谈不上学术，没有大学应有的前途，没有未来，不可能走一条学术之路，窝在这里这辈子就算完了。他知道他唯一的希望仍然是杜远方，只是一想到要通过李离找杜远方，就痛不欲生。

但也不是没有东西支持他启齿，比如他真的完完全全赢得了李离了吗？他离开兰陵王真的是一个完全的胜利者？在和李离的关系中，杜远方的名字很少被提及，但始终存在。李离爱他——这毫无疑问——他非常清楚。如果说征服的话他的确彻彻底底征服了李离，但这并不证明她完全摆脱了杜远方。她是他的财务处长，他又是她的拯救者，这关系太复杂了，可以想象要多复杂有多复杂。她爱自己毋庸说越来越有母性意味，这反倒增加了他们之间的不确定性。特别是后来，他们性的关系的热度锐减，"母爱"上升，就越感到他们关系中杜远方的存在。

一切都心照不宣，那种双重的存在有如阴影，有时消失，有时强烈地泛上来，涂也涂不掉。不是敏感，神经质，的确，后来有时他能从李离身上闻到一丝淡淡的雪茄烟味。尽管彼时李离刚洗完澡，上了浓妆，非常漂亮，喷了香水，但那股淡淡的不易察觉的雪茄味隐然存在，甚至它不是来自他品到的李离高档的蕾丝睡衣，而是来自李离的身体深处。雪茄比一般的烟味有种特别的味道，会在皮肤下面分布，更不消说会随着唾液进入身体内部。他有着狗鼻子一样的灵敏，也像狗一样贪婪，雪茄的遗味引起的痛苦却难以言说。香水显然也不是李离买的，一闻就是很刺鼻的外国香水味。是的，有一次她刚出国回来，送了他礼物：巧克力、领带、一块日本雷达表，问题是她和谁一起出国的？难道不是和杜远方一起出的？不然怎么会有明显的雪茄味？或者是自己的幻觉，太痛苦时他会用"幻觉"来安慰自己，毕竟雷达表等一堆礼物是李离费了心的，李离心里是有他的。

他在小旅店翻来覆去，睡不着就跳到另一张床上。

三张床换来换去，头痛欲裂。

情感往往是这样，一开始折磨你的会永远折磨你，一开始有阴影的阴影会永远存在。有的不仅不会消失，反而会越来越浓。一度居延泽想用结婚的方式免除杜远方的阴影，认为婚姻可以彻底解决问题。虽然他知道因为年龄他们结婚几乎是不可能的，但如果他让它变成可能，如果李离相信他们不是暂时的，是不是就完全免除了杜远方的阴影？居延泽向李离认真而强烈地提出来结婚，甚至疯狂逼迫李离，并指天发誓和李离共度一生，不离不弃。但李离却无论如何不同意，不同意就是不相信，有一天居延泽为此写了血书——他已意识不到这是疯狂吓人的举动——他陷入空前的精神危机：他早早地就知道了他们这届硕士研究生不被信任不能留校，他的学术之路被堵死，可他的血书不仅没证明爱的坚定与忠诚，反而证明了精神错乱，李离非但不同意结婚反而提出了分手。她被他吓坏了，这哪儿是求婚，简直是不可理喻。最后是他的孩子式的哭泣与哀求挽回了他们的关系。他向她倾吐了所有的心曲，他的悲伤，他的梦想，他的幻灭，他不能没有她。

研究生三年她每月都给他钱，不固定哪天，但至少一次，好像很随意，数目也不等，有几次竟上千元，相当震撼。她还给他买衣服，买书，买这买那，他都已习惯，仿佛天经地义。虽没结婚实际上是夫妻关系，一家人，只不过她上班，他在校学习。他们有过短途的旅游，也有两三次长途的旅游。旅游总是令人愉快的，特别是一次去三峡，一次黄山，一次海边。海边不算远，不过秦皇岛、北戴河以及曹妃甸湿地一线——秦皇岛、曹妃甸是杜远方后来隐居的地方——这些地方的出游，特别是在船上，在湿地深处，在篝火边，在有野外帐篷的夜晚，真是尽兴，他也是多么卖力气，是最美好的回忆。当然所费不菲，或者莫如说简直是挥霍。整个旅途与目的地他们的关系都非常单纯，完全像两个恋人。他留络腮胡子，穿深色衣服，有时戴一顶礼帽，方头皮鞋。她并没要求他往沧桑上靠，是他自己设计的，这方面他比她在行。她的性欲不规律，有时毫无兴趣，有时非常旺盛。旺盛时他非常尽力，尽量在她尽兴后完事。她高潮不太容易，总要费很大的力，每每居延泽都大汗淋漓，这是他可爱之处。有时她又非常敏感，高潮频至，没完没了，这时她一点也不心疼他，不止一次两次，大呼小叫。每月她都有那么两三天，这时与她平时性格很是不同。他坚持下来不容易，几乎感到可怕。待她不太正常的性欲过去之后，她百般呵护他，为他炖鸡炖鸭，加西洋参，虫草，夜晚决不让他再碰她。如果他非要，她的反应也一般，非常乏味。

他当然不是没感到过某种可怕，特别是床上一再的筋疲力尽之后，他也想过自己到底算什么。李离不是少女，不是同时代人，不是同学，李离下过乡，是一个大企业的财务处长，一个离异的母亲——太复杂了。而他还年轻，他与她的时间完全错位。她的时间——"文革"、乡村，对他来讲是巨大的盲区。可是他们身体上如此亲近，并且如此长的时间，有时居延泽觉得真是太长时间了！他的世界只有李离，他远离了自己同时代的人，几乎没朋友，也没有女友，毕业后同学都已星散，几个研究生师兄师弟也早不似当年关系不错，现在都各忙各的，成立了小家。至少，居延泽有时觉得自己是否应有自己同时代的恋人？一想到这点居延泽就觉得什么地方都不对，自己差不多完全是时代的孤岛。但恰恰就在这时，他竟然错乱地向李离提出和她结婚。事实上他自己清楚，他结婚最潜在的想法是什么。他并不真的混乱，他想重新得到杜远方的推力，虽然表面上是彻底战胜杜远方。或者说，他的错乱是多重的，但核心的东西又是清醒的：对最初到兰陵王的怀恋，深深的吁求。

是缘木求鱼。但这"缘木求鱼"真的求到了。

树上的确有鱼，代价是香港酒楼前的徘徊。

是李离与杜远方毫无疑问。

是小旅店的彻夜无眠①。

---

① 两个对话者在多媒体墙上旷日持久：方未未含着烟斗，像个真正的艺术家，甚至艺术家经纪人，他的"界面：面孔交流·三十一区"已经开展。这天不是周末，游客不多，很显然有意选择了一个平常人不多的日子。展览会聚了二十三位艺术家，六位来自国外，其中五位长驻三十一区。在三十一区，任何一次策展都可以冠之国际展，这些艺术家有着不同的文化背景，不同的观念方式，但都以共同的目标来探索"肖像"的动态与静态的多重含义。摄影界早就开始了用静态"面孔"之间的形象来沟通，以示不同实体之间的对话。多媒体在此基础上进一步"探讨动态的存

在感、连续的意义而不是传统的瞬间意义"——方未未的策展前言写得十分漂亮，应该不是出自这位似是而非的艺术家之手，显然有某种艺术势力介入。前言一本正经又危言耸听地称："'界面：面孔交流·三十一区'完全拒绝了百科全书式或封闭主题式的展览形式，代表了当代策展理念的主要特质。与诸多话语实践一样，当代策展理念深受后结构主义与后现代主义的影响，批判宏大叙事，关注碎片、微观政治以及异端、多元化趋势。可以说'界面：面孔交流·三十一区'从内部探讨面孔的交流方法，展现了当代肖像话语和美学可能性的多样、复杂和强度，同时也是试图建立一种视觉的连续性，去应对和探讨与当代话语与无法想象的想象。"

别的作品都是一个终端或 LED 显示屏，居延泽与谭一爻的"长谈"则是两个，如前所述一个是经过编辑的，一个是实时的，是作为一个"问题"的两面展出的，引起国内外同行的高度关注。没人看出有一个不是作品，而是百米之外包豪斯白色的审讯正在实时进行。当然，从另一个角度说，"作品"也因此从来就是"实时"产生的。一旦屏蔽了声音，一切皆有可能，一切都可能成为"作品"。这就如同一个说话的人不是艺术，但一个沉默的人可能就是艺术，无论是自主的沉默，还是被迫的沉默。

或许巧合，或有意为之，方未未画廊影像墙的另一面是为三十一区比利时视觉艺术家汉斯举办的题为《默演》的个展。汉斯用一种肃静而缄默的语言对人和自然之间的关系进行了个人表达。《默演》完全是一个造型景观，结合了三维前景以及背景画，设有人造雾和灯光，观众可以通过一个狭长的走廊到达中央观景台看景观。从一个坐着的位置，参观者由全景窗口看到辽阔雪域和光秃的树木。景观、观景台以及内部全是白色背景——如同包豪斯建筑内"长谈"的白色景观——比利时的汉斯要通过用这种静默而且封闭的方式观看远景，来启发观者对自身的沉思和对人与环境关系的思考。参观者必须脱掉鞋子（当然是一种隐喻）才能走进去，周围的一切都是白色的，让参观者感到了一个神秘的环境，像梦一样。这个装置作品好像一个过滤器，将走进去的观者复杂的生活记忆给过滤掉了，在那个作品里只有静默的呼吸。但是回过头来再看白色的"长谈"，所有的记忆又会重现，似乎知道两个人在谈什么。

展览并非没有风险，蓝的到来几乎让展览夭折。

如果夭折，方未未将面临诸多法律问题，罚款、停业甚至坐牢也未可知。这些方未未不是没想到，事情明摆着的，一旦被发现（非常可能）自然是轰动的新闻。但极端的方未未认为这个展览既是多媒体同时包括了行为，以及行为的被发现、新闻报道，乃至自己坐牢的全过程，媒体的立体交叉报道——直到他出狱才算完成。这样一来他不仅在圈内被叫好，还会成为公众人物，任何艺术如果不能突入公共领域都只是圈子艺术，艺术如果不具有溢出性还不能算是完整的艺术，所以方未未一直期待被发现。

蓝走进画廊不是通常人多的周末，而是一个星期一的午后。画廊不过三五人，其中一个还是常客，是艺术学院的一个学生。每次这个学生都会在"长谈"面前停留很长时间，方未未希望背着画夹的学生发现什么，但一直没有（其实卖个破绽，请省报或电视台的人看一下展览立刻会发现重大秘密，但方未未无论怎样极端，对艺术却是忠诚的，这点从没含糊过）。蓝有鲜明特点，但一看就不是艺术圈儿的人，在艺术家眼里她可能是作品，但自己毫不自知，普通人在三十一区这样的地方就像是漂浮物，不懂艺术，只是觉得新鲜，与艺术品没有任何内行的呼应，即使有困惑也非常肤浅，通常只是漂来漂去，从一个画廊到另一个画廊。而那些圈内人——从他们进门那一刻通常就一望而知，他们从没有"新鲜"的表情，只是看，审视，与过去所见的比较，冷视。蓝没有任何后者的神情，甚至比普通无主体的"漂浮物"更甚，看上去像纸一样飘进来一会儿又一阵风般飘出去，画廊太多了，一般就是这样。蓝正想飘出去，一下不动了。艺术学院的学生因为蓝的靠近走开了，显然不愿与人分享，甚至没理会蓝还了魂似的大眼睛。

蓝瞪大眼睛，难以置信，环视了一下四周，再次盯着终端。

一切都在方未未的观察中，从蓝进来的一刻起。这样的观察已经许多天了，方未未终于看到期待已久的惊讶。"长谈"在这一刻有了新的生成，他将进入作品的外层，摄像镜头已准备了好多天。方未未端着烟斗走进镜头，到了蓝的身边。

蓝一旦回到现实，显出一种很硬朗的东西，不愧是法学家或法学教师。

"你是老板?"

"对。"

方未未吐了口烟。

"公共场所是不能抽烟的。"

"这是我的画廊，不是公共场所。"

"看来你是个法盲。"

"有时是，有时不是。"

蓝的镇定，不谈"长谈"，让方未未怀疑蓝是否认识屏幕上的人，是否知道这是实况而非"作品"。不过"法盲"似乎又话里有话，他锐利地注视着蓝。

"我昨天刚从这儿出来。"蓝指着屏幕说。

"真的?"方未未现出了艺术家的冲动，烟斗朝下，不端着了。

"你就是那个半吊子艺术家吧? 他们说起过你，要知道这是你的画廊我都不进来。"

"你是检察院的吧？你们都这口吻。"

"我是他妻子。"

"你是他妻子？"

"是。"

"他是你丈夫?! 怎么可能，你这么镇定？开什么玩笑！他叫什么?"

"你这是违法的，你知道吗?"

"他真是你丈夫？你不会蒙我吧？要是你丈夫简直太神奇了!"

"我刚从这儿出来。"

"是，你怎么能这么镇定?"

"是我丈夫我就不能这么镇定了?"

"他叫什么?"

"他曾是我的老师，后来是我丈夫，他叫谭一爻。"她对屏幕说。

屏幕上的谭一爻一如包豪斯监控室屏上的谭一爻，对面是居延泽，居延泽对着一动不动已如木雕般的谭一爻说，没有问话，几乎没有，半天也看不见嘴动一下，甚至深陷的眼睛。白色世界，一如汉斯的《默演》，只是白色观景台上坐的不是一人而是两人，一个深情饱满，滔滔不绝；一个牙关紧闭，已近枯槁，像冬天的树。

巽打电话给蓝，告诉蓝谭一爻在这里。本已诀别，蓝又见到丈夫，老师。巽擅自做主打电话一是感激蓝，作为谭一爻的老友蓝对巽一直尊敬有加；二是也希望谭一爻得到蓝的照顾。巽与谭的关系使巽有权"擅自"，但却无法实现愿望，谭一爻不要照顾，只允许周末两人见一次，仍坚持两人的拜访制协议。由于已"诀

452

别"过，又加了新条款，每次拜访不超过一个小时，不留宿。刚才蓝说刚从这儿出来是不实之词，昨天她在那里，现在她只是在三十一区徘徊。她对艺术不感兴趣，不过是像纸一样飘进了方未未的画廊，而且飘了许多天才具体地飘进了方未未的画廊。她甚至没怎么意识到飘进来。

"我不能停下展览，除非你让它停下。"方未未几乎鼓励地说。

蓝看上去有些困惑。

"对，你想想我怎么能让展览停下？我既然展了。"

"你这人真无耻。"

"我并没有鼓励你去告发。"

"你这就是鼓励。"蓝说。

但是蓝慢慢安静下来，看着屏幕。

眼睛里充满爱意，似乎忘了这是哪儿。

"为什么没有声音？"蓝对着屏幕说。

"有声音还叫作品吗？"

"你太猖狂了。"

"你从没见过这样的艺术，国外也没有。中国有太多东西，只要如实记录就是艺术，用不着架上创作。许多别人创造的东西在我们这儿实际发生着，许多我们发生的东西别人还没创造出来，我们不能浪费自己的东西，浪费这个时代，生在我们这个时代太幸运了，你从来不会以后也不会见到这些东西。"

方未未絮絮叨叨，蓝已充耳不闻。

"以后看不到不可能吧。"

"我是说很久以后。"

"你倒是个乐天派。有茶吗？"

方未未倒来了茶，又拿来一把椅子，一张铁艺桌。

作为作品的外层元素已足够丰富，也足够形式意味。

"希望你常来。"

"我天天来。"

"你不去包豪斯了？"

"什么包豪斯？"

"这建筑是包豪斯式建筑，东德援建的，现在就是东德，呵呵，整个德国也找不到这么大规模工业时代的包豪斯厂房了，包豪斯你不知道，德国的一所设计学校，整个世界的现代设计都是从包豪斯开始的，你懂得太少了——"

"你还没告诉我为什么不去包豪斯。"

"我只有周末能去。"蓝实际是个很诚实的人。

"你不是说刚从那儿出来吗？"

"我没说实话。你话太多了，别问了好吗？"

从亲人的角度看，谭一爻真是够让人揪心的。

蓝每天都来，上午，或下午，包括周末，有时甚至晚上。有时蓝一动不动像屏里的人。"界面：面孔交流·三十一区"展览有了蓝的坐着的背影，多了一个维度，或者说也多了一种真实，甚至一种忧郁。直到有一天蓝突然飞起来，失踪了。

那天，方未未才知道蓝是一个可以飞的女人。

四十四

　　如愿以偿——居延泽调到省政策研究室工作，再次回到省城，是四个月之后的事。什么事都不容易，即使是有着深厚人脉与实力的杜远方运作，即使那时经济学硕士还是响当当的，即使已有了工作经验也不容易。但不容易归不容易，没有办不到的事，居延泽进入了轨道。不过即使到了省府大院，置身于窗明几净、井然有序、有几大架子工具书的政研室，一开始也并没让居延泽感到新奇，兴奋。缘木求鱼——他竟然求到了，但香港酒楼前的情绪挥之不去，小旅馆之夜的记忆也一样。他在宽阔的卫生间镜子前停留，凝视自己。居延泽一直喜欢镜子，他有着各式各样的镜子，无论在哪儿他都会为自己准备一个小镜子，相同的是都很小。这点他和女人有点相似，许多时候居延泽确有女性特点，敏感，情绪化，但也有女性不太具备的意志。情绪加意志是居延泽的过人之处，或可说是他最可怕的地方。他在办公桌的曲颈台灯下放了一枚小小的接近镍质的镜子，不易察觉，一般人根本注意不到，伏案工作时稍一抬眼就能看到，每每会看上一会儿，有时即使低下头了也会在想象中看一会儿。洗手间有一面大镜子，比小镜子看得清楚得多，完整得多，也陌生得多。那时他看到一个新的自己，这个自己和报到前两天去见杜远方时的自己完全一样，并且不会再改变。告别杜远方时，杜远方送了他一个深棕色文件包，是上好的牛皮，色泽幽暗沉着，进口的，甚至当场让他提了提。杜远方认真打量了他一番，像父亲，不太像教父了，地位变了嘛。或者还是像教父，总之有种混合的东西。他已不恨杜远方，完全平静了，平静得只是觉得自己有些陌生。早已剃掉了唇须，去掉了与胡子连在一起的鬓角，发型是规矩顺溜的一边倒，顺从，带着书生气，看上去端正，干净，乏味。沙哑嗓子早就治好了，一直在含金嗓子喉宝。本来不想治嗓子的，想保留点什么，保留一点过去的痕迹，但最后还是下狠心治了。现在他的声音干净，有一股喉宝本身的麻醉与清凉。

杜远方的教导精湛，敏锐，虽身在企业，杜远方对政府各职能部门却了解甚深，像政研室这样鲜为人知的地方甚至更清楚，不能不让走向深水区的居延泽感佩。政研室是顶层的思想库、智囊，专为顶层提供大脑服务。外人有所不知，事实上每年省里的《政府工作报告》、主要领导同志的讲话以及高级官员代表省政府做的重要讲话、综合性文稿均出自政研室这个神秘的思想库。政研室思考的东西就是顶层思考的东西，就是省委书记省长思考的东西，因此必有全局的思考能力。且要陪主要领导下去调研，与领导多有接触，自然极易给领导留下印象，可谓机会多多。除此政研室的其他职能也很重要，如：跟踪分析经济形势，收集、整理、筛选重要综合信息，为政府决策服务；开展经济发展与改革、财税、金融等宏观经济调控以及工业、交通、科技、旅游、贸易、城市发展、产业政策、企业改革、安全生产、信息化建设、对外开放等方面重大问题调查研究。

这是个深不可测的平台，主要领导秘书有时就出于此。如果说多年前居延泽沉溺于情欲，对此茫然无知，或者即使事实上也听了杜远方的介绍但仍没放在眼里没什么感觉——那么几年后，居延泽了解到这一切后深感震动。了解得越深越感到自己无知，越感叹杜远方。当然现在也还不晚，如果杜远方还能像几年前那样运筹一切都还有希望。也就是说到了这里也还要靠杜远方，一想到这儿居延泽就感到"缘木求鱼"的痛苦。这儿的水太深了，机会有，但怎么就轮到你了？没有运筹就算领导看上你也未必能成。杜远方是谁？他的敌人，过去是，现在是，在李离的意义上不是吗？他怎么能靠敌人晋升？但如果不是李离，杜远方还能施以援手吗？他曾表面上战胜过杜远方，现在又要臣服于他，他夺走了他的女人，现在又无声地奉还。那个香港酒楼的晚上就算不是有意复制当年情景他认为杜远方也是有意的，在政研室——他分在政研室最重要的综合处，即每年起草政府工作报告、写领导讲话的那个处——即使多次陪政要下去调研，即使工作十分出色，在差不多一年的时间里他仍无法摆脱香港酒楼晚上的那痛苦的一幕。更让他痛苦难当的是之后，李离也不再掩饰与杜远方扯不断的关系，他也不能说什么。说什么呢？刻骨的东西就这样变味，内心的耻辱与黑暗越来越浓重，甚至无法与李离亲热。直到有一天一颗看上去那么遥不可及的果实落在他手上，一切才为之一变。就像轮盘赌上出现全部统一的数字，硬币哗哗响彻世界，他成为了老板秘书，之前他在精神上输得精光，一直一贫如洗；之前他认为自己永远也摆脱不掉李离的阴影，哪怕就算当上老板秘书，就算这样也会永远有一种一想起来就噬心的痛楚。但是没想到，那响彻心灵的声音真是震撼，震耳欲聋，生命被洗涤，置换，世界变了，他自己也变了。

在别人看来，某种意义上秘书就是他所服务的人，见秘书如见老板。他事先完全不知情，没人透露一点消息，哪怕是一点点的暗示。杜远方没有，李离也没有（要的就是这效果），他还看不到一点希望。

"有一天，我忽然接到通知，让我到省府去一下，我去了，见到了并不陌生的秘书长。秘书长向我交代了新的工作，带我见了老板。我陪老板下去调研过，老板对我印象不错，让我马上报到。这事我们政研室的头儿不知道，我回来收拾东西主任和处长脸色都非常不好，好像我从没把他们放在眼里，不透露一点儿消息，我哪有消息，我自己也不知道……确实，过去的一切都烟消云散，耻辱，爱，恨，痛苦，麻木，什么都没有了，一切都好像归了零……一切都好像重新开始了，我呼机里的信息雪片一样飞来，认识不认识熟悉不熟悉的人都邀请我吃饭……那时已有了汉显机，虽然我没回一个信息，吃一顿饭，但是一种被人包围被拥戴我中大奖的感觉还是让我特别深刻地意识到一切已和过去不一样①。……当我再见到李离，再见到杜远方，真的什么都没有了，我觉得我完全是一个新人，没有耻辱，没有过去，没有记忆……我们就是朋友……刚认识的朋友……我感激他们，深深地感激他们……我们三个之间一切都被荡涤、被照亮，我们的目标是共同的，就是把我送上去……实现了，一切都突然明晃晃的……像是透明的……"

居延泽说，他先单独见了李离，打电话给她，约她，李离不想出来，想在家庆祝。李离搬了新家，一套三居室的房子，很大的厅，但依

---

① 居延泽有时停下来，看看木雕一般的谭一爻，但之后并不加快速度，依然在起伏跌宕的回忆中从容不迫，异乎寻常地麻木，注视一下谭一爻无非是判断一下谭一爻是否还活着。他顽强地对他说，他也顽强地听着。但游客走过没什么特别的反应。

然是暗色调的装修风格，和老排房的感觉差不多，又不能同日而语。新家居延泽只去过一次，仍怀念老房子，怀念小院，怀念木栅篱墙，潮湿的地与暗绿色的沙发。那次去过之后有好一段时间没去了，事实上他已下决心不再去，很显然如果小院杜远方没去过，那么这套房子他肯定来过，到处都可以感到杜远方的气息。但李离让他到家里来，他欣然前往，毫无滞碍，甚至一见面再没分开。他们紧紧拥抱长吻，在暗色调的厅里，把音响打开……

"我已没有丝毫醋意，都过去了，我感到李离的后背跟我同样复杂与激动，我们长时间的什么也不说……我们旋转，我看到她的泪水。我们做爱，我那么熟悉她的身体，熟悉她的一切，熟悉她的激动、长吻……菜都凉了……她做了一大桌子菜，那桌菜就像是出自母亲，但母亲在我们做爱时暂时地消失了，无论如何她是我爱的人，不是母亲，可不做爱时她又是……我真不知怎么爱她……我知道她对我的爱从没变……完全无私……胜过一切……我觉得她的爱还停留在唱《橄榄树》时。她一直有那个东西，我的早就消失了，怎么也找不回来……第二天见到了杜远方……还是在香港酒楼……还是他请，他不换地方，他就是那么固执……我也没特别地争，觉得不用争了。到了酒楼我从没像这次这样从容，感到与这儿融洽，甚至没想起来曾在这儿的失落感……我第一眼看见杜远方有一种奇妙的感觉，不是感激而是同情，一种突然而来的我完全没料到的同情，他甚至付出了李离……我们握了手，我感到他还想拥抱我，但我转过了身，他顺势搂了搂我的肩，勉强显示他是教父……"

居延泽瞪大了眼睛：谭一戈吐血……

之前已有多次的征兆，越来越近死亡的征兆，居延泽感到惊讶的是巽居然一直没叫停。巽一直看着，听着，一动不动，兑和艮也一样，仿佛他们被什么固定住了，好像有人施了魔法……直到血慢慢从谭一戈的嘴角渗出，就像从所有人的梦里渗出，巽、兑、艮才一齐站起，匆匆进入画面①。居延泽看着三个人进来，仍未停下讲，眼睛不妨碍嘴巴，嘴巴也不妨碍眼睛，尽管两者是分离的……继续讲香港酒楼，回忆第一次，第二次……

吐血的谭一爻整个脸，手，都有一种紧张绷着的僵硬。他已皮包骨头，脸颊凹陷，脱形。特别是枯藤一样的手，死死抓住扶手椅，像一团树根一样坐在椅子上，仿佛是从椅子上长出来似的。这已不是平时人们熟悉的谭一爻，这已是谭一爻的雕塑，他生前就完成了自己。主要是血流得很慢，显然被一种最后的意志控制着，仿佛是咬着血才使血像游丝一样渗出。不是喷，倒也并不吓人。似乎也因此没送医院，没拨打120，没叫急救车，没有惊慌，一切都在按照一份早就拟好并且后来几乎每天被强调的遗嘱执行。

是的，许多天前谭一爻已呈"最后一天"的迹象，每天似乎都是"最后一天"。令人惊奇的是"这一天"总是没有到来。谭一爻越来越接近非人，越来越如雕像，越来越像与椅子一体的根雕。他仍活着，仍在努力倾听，甚至在提问。他目光一动不动，间或一轮，仿佛植物在说话。当"这一天"真的来了，如同演习多了，战争一旦来临已习以为常。巽颇为从容镇定，兑和艮也一样，在谭一爻胸前放了许多纱布。血在慢慢往外渗，颜色发黑，有味。每个人都戴上了口罩。口罩事先准备好了，这方面咨询过医生，医生建议最后是要准备口罩的。也给了还在

---

① 同时蓝就是在这时飞起来的，方未未几乎看见蓝不是从门而是从窗子飞出的。他也想跟着飞出去，已"看"到自己跟着蓝飞起来，像两条鱼一样。当然，他最终没有，只是死死盯着"长谈"。

讲的居延泽一个。居延泽戴上口罩，对着寂静中忙碌的人们继续讲，对着被抱起来的谭一爻讲，对着担架上的谭一爻讲，对着门口，对着留下的有血迹的空椅子讲。居延泽在兑现承诺：讲出所有一切。

"——杜远方深谋远虑，总是想在我前头，他提醒我说，我的一个重要任务是把我的老板推到一号的位置。那时我的老板还是二号，杜远方说我以后会经常陪老板到北京，会有很多机会交往和我职业类似的人，要我结交他们。他也会给我介绍一些他的人脉，要我通过他们活动。杜远方说省里现在一号人物的年龄快到点儿了，不出半年就会退，我的一个重要任务就是助推我的老板顺理成章地由二号升为一号。一号是绝对不一样的，是拍板的人，一言九鼎，这种时候竞争从来都特别激烈，特别的波谲云诡。杜远方当时教导我——我是我的老板最重要的竞选助手，任务艰巨，将来成功了也非一般秘书可比。杜远方经常出国，对国外竞选政治很有研究，他告诉我，国外的企业从来就对政治与竞选介入很深，任何政治人物竞选都要有资金支持，道理是一样的……我那时第一次听说西方企业如何介入政治，竞选……我觉得最初对杜远方的同情十分幼稚，他的视野、学识、城府依然是我的教父……我为什么这么特殊？我起了至关重要的作用。杜远方也起了至关重要的作用，自然也非常特殊，他得到了他想得到的，到退休年龄不退，拿到别人拿不到的地，资本运作，当然一切还远远不止这些，一切都如此奇妙……"

监控室已无一人，监控并没停。所有人都到了外边，彼时谭一爻已被抬上一辆考斯特面包车。考斯特面包车的两排座许多天前就已卸下，一直备勤，随时准备出发，现在像预想的一样用上。通往城外与寺院的道路非常熟悉，之前司机拉着备勤人员跑过三次，完成了抬着担架登山入寺的演练。谭一爻的遗嘱之一是巽务必把他送上山，他是寺院的人，本已属寺院，要以寺院的方式处置最后的身体。

考斯特风驰电掣打着闪灯驶出艺术区，还好没有游客把这当成一次艺术活动，没人追着车奔跑，只有一只小狗在前面停了一下，司机使劲鸣笛，驱走了小狗，顺利驶向郊外。两个小时到了山脚，进入寂静的山谷，仿佛进入了另一种时间。在一个寂静的不同于城市的时间里任何事情都是可能的，所有现在发生的事情似乎过去都发生过，未来也是这样。寺院主宰了这里，所有的人都像是过去时。两个工作人员尽管训练有素也一样，他们熟练地好像过去发生过将谭一爻用专业绳子捆绑在担架上，上山前又给谭一爻重新注射了一针强心剂，换上氧气，戴上头盔般的罩子。谭一爻还有呼吸，微弱的心跳，强心剂起着至关重要的作用。蓝飞进包豪斯后见证了最后的活着的打了强心剂的导师，在山路上扶师而行，像所有人一样没有眼泪。严格地说或从法律意义上说，谭一爻并非蓝的丈夫，这一点在死面前越发清晰，死就是法律，谭一爻是她的导师。

巽坐在司机旁边，面如止水，看不出任何表情。两个星期前他觉得谭一爻要死了，已上过一次山，与年轻方丈进行了接触，检查了陶缸、柴草、香樟、木炭、燃孔一切事宜，保障一旦有情况可随时入缸。年轻方丈的唯一要求就是要把活着的人送上来，否则谈不上圆寂。当然了，生死很难准确界定，特别对佛家而言，死几乎是无法定义的，或者根本就没有死亡。尽管如此，当谭一爻被艰难地抬上山时，见到年轻方丈，谭一爻还是最后睁了一下眼，含义不明地看了一下年轻方丈，巽非常吃惊，几乎有了笑容。巽一直担心年轻方丈拒绝一具毫无生息的遗体，在巽看来到达山顶前的谭一爻已没任何生命迹象，甚至还在椅子上时就没了。之所以必须要插上氧气，戴上氧气罩，不过是准备给山上僧人看的，插上氧气说明人还活着。谭一爻把最后的目光转向巽，同样没有任何表情，慢慢合上。没问题，巽完成了交接，完整地完成了遗愿。

谭一爻被两个僧人抬进小院的禅房，很顺利地将谭一爻安放于早就准备好的宽口陶缸中。端姿，坐于柴上，竟然不倒，让巽惊奇。巽也是什么也不信仰的，像以前的谭一爻一样，只信法律法规，对寺院或教堂这种地方从来不进。进了很难受，很难兼容。两个抬谭一爻上山的人想帮忙添点柴什么的，被很年轻很干净的僧人拦住，劝到了旁边站着。越来越接近鸟一样的蓝也想添柴，同样被拦住，蓝甚至用鸟的语言解释也不行。谁也不行。不让伸手，只能是站着。年轻方丈与四个和尚站成一排，口中念念有声。过了一会儿，年轻方丈在并没停止的经声中拈莲花指，轻轻拿掉谭一爻的氧气管、氧气罩，交给一旁站着的备勤人员，示意他们可以走了。巽挥了挥手，示意工作人员走。年轻方丈又向巽合掌。巽懂了，这也是让他离开。

　　蓝也一样被合掌，就算声称是妻子也不行。巽与蓝相视，看着缸中的谭一爻。的确，谭一爻看上去已经圆寂，非常安详，头发已剃掉，青青的头皮异常浑圆，完全像是刚刚出家的人。一个人刚出家就圆寂了，或者同时。巽有些转不过弯。或者谭一爻早就死了，或者永远活着，就是没有现在，这会儿。早晨巽还与谭一爻共进了早餐，谭一爻邀请的。巽亲眼看到谭一爻用四十九分钟吞下四十九颗晶石，告诉巽今天可能是自己最后一天，必须采取主动了。又向巽特别强调一定要按遗嘱执行。谭一爻告诉巽，这些晶石将刺破他体内无数的"葡萄"——体内现在就像一个成熟的葡萄园，已经熟透，有的已经开始腐烂，再不服下这些晶石可能就没机会了。这么多天他居然没忘石头的事，巽以为他早忘记了。那么现在老友真的死了？圆寂了？僧人还在加炭，添柴，快加完了。年轻方丈对巽一直合掌，念念有词。巽与蓝慢慢退着，退出了禅房，一个僧人将门关上。

　　巽矛盾着，要不要在山上守上七日？七日后点孔，他并不想看到

"神奇"一幕,不想看到那些结晶。又想送一送老友。不过现在看来不必了。不必了,甚至永远不必了。蓝留了下来,住到了谭一爻曾住过的禅房。

巽带着工作人员乘考斯特回到了三十一区,包豪斯监控室的大屏幕上居延泽仍在讲——对着谭一爻的椅子讲。本来还有点怪老友拖了这么长久,重要的东西都没说,现在相信了老友。直到这时巽才感到心里有种感动涌上来,椅子上斑斑血迹,白开水艮向巽抱怨,居延泽不让擦,不但不让擦还不让别人坐,不让笔录,不让讯问,只是他一个人在那儿说,差不多是在演讲。屏幕上居延泽抑扬顿挫,慷慨激昂,已经讲了整整一天了。

"不,"巽对白开水艮说,"他不是一个人,是两个人。"

巽又对已婚的兑重复了一遍。

"没有笔录行吗?怎么向上面交代?"

巽没搭话,仿佛没听见,看着大屏幕上的居延泽。

一般这时候艮就不该再说什么,但艮只缄口了一小会儿,又忍不住问:"要不然您试试,您亲自出场审?"

"你不想干了吧?"巽平静地说,他还没说过这种话。

能看出巽微微的烦躁,兑赶快将艮推出监控室,同时为艮解释,确实,没笔录是不行的。

"你做笔录,就在这儿做。"巽说。

"在这儿?"兑睁大了眼睛。

"就在这儿,让他一个人说,每天让他在笔录上签字。"

"他会签吗?"是个傻问题。

居延泽说出了一切,每天看也不看就签字,上午签一次下午签一次。笔录越积越厚,形成一套完整的几乎可进博物馆的卷宗。一年以后居延泽死于注射车上，当然经过了正式的批捕，并且走完了漫长的所有的法律程序。涉案人众多，有重大立功表现，但注射车早已等在那里。注射车是从德国进口的，乳白色，奔驰牌。全国也没几辆，非一般人能享受，就连杜远方也没用上。给杜远方用的还是传统的子弹。子弹从大脑穿过，两枪，两个血洞，没用第三枪。时间上杜远方也早一些，据说那时注射车刚刚到港，还未及分配，不过即使分配下来杜远方也未必能用上。杜远方无论如何是企业系列，企业就是企业，与公务员还是不同。

居延泽执行注射那天，巽从医院出来，只身去了慈云寺。一年没有来过了，只差一天整整一年。今天是居延泽注射的日子，也是巽自己的日子。

年轻的方丈认识巽，一见如故，或者比一年前亲切一些。

巽在寺里住了三天，清茶斋饭，暮鼓晨钟。

一生也没这么静过，每天，他都要在一座塔前伫立良久。

百思不解①。

---

① 敏芬说，乙十六像个梦，那天到底是自己叫来了警察，还是警察自己来的，一直有些恍惚。一方面她承认自己叫了学生，一方面又觉得不是自己叫的。发生了黄子夫事件后敏芬发现至少在一点上杜远方与黄子夫是一样的人，他们最后都用了最肮脏的方式，恶心与疼痛都是一样的。就连强迫都是一样的，只是程度方式不同。在这点上，她倾向是自己叫的警察。她也说不上来为何那么恨那种方式，不能想，一想就觉得一切都是那么痛楚，特别是自己还有部分接受，就更感到毁灭。他每次打来电话她都想到警察，具体说是她的学生。当初她赶他走给他下了最后通牒，如果他仍留在房间里她已接受警察把他带走。她不是不接受，但不

465

想这样。杜远方如此了解黄子夫，像他预料的一样黄子夫不会善罢甘休，她决定了，是的，当她决定与他赴约就已同时决定了另一种行动。但是，她又记得自己最终似乎没打那个电话，或者她本想到那儿也不晚，任何时候都可打个电话报警，她是这么想的。但是她的学生还是来了，就站在她面前，还有其他人，她有些迷幻。如果不是她打了电话学生怎么会来呢？她接受了。虽然接受她打过电话的事实，但她后来又打过电话向两个学生核实，他们一言不发，他们的沉默令她觉得她的学生瞧不起她。她请他们来家、到外面吃饭他们也不吭声，没有明确态度。再打电话，两个学生都不接了。我告诉敏芬，还有一种可能，就是她没打那个电话，但他们知道一切，她被监视了，从她叫来他们后她就被监视了。敏芬承认也曾这么想过，但是，他们怎么知道他就是杜远方呢？她从没告诉过他是杜远方。警察手上有许多线索，说不定什么时候虚位以待哪根线索就碰上，他们警惕性很高的，那是他们的职业习惯。可他们是我最好的学生，绝不会怀疑到我的头上。不可能的，你说的不可能，敏芬否认。敏芬就是这样，你越肯定什么她就越否定什么。他们为什么沉默？敏芬，你太善良了，你怎么这么想？他们瞧不起我的出卖。他们的职责就是要人出卖，这个你不懂吗？对别人是，对我不是，我了解他们。问题是他们是你的学生，难道不也是黄子夫的学生？这个敏芬没想到，吃惊地看着我。敏芬的眼泪流下来，这是敏芬多年来有数的几次落泪。

敏芬推着我的轮椅，像推着一个残疾人，敏芬说：为什么不给人一点希望？谁没给你希望？我奇怪地问，问完我发现我的智力有点问题。那时黄昏降临到我们脸上，从敏芬泪痕风干的脸上我似乎看到我有同样的脸。

1980 年 8 月 31 日，我、杨修、"鸡胸"孟繁佳、李南走进国家美术馆，星星画展在这儿举办。之前西单墙已被取缔，我们听说这个画展开始也是在街头，在北海公园的松林、玉渊潭公园草坪上，这次竟走进国家殿堂，仅此就让我们惊奇。我们知道那时还远不是一个可以自由或直接表达的时间，但不知道时代与艺术恰在这点上不谋而合，都要求一种间接的朦胧的语言，对此我们毫无准备。诗歌被注入了画展，每幅作品下面都配有诗歌，诗与画如此的隐晦，变形，朦胧，绝非一目了然，但谁都感到这里正发生的语言裂变的过程。在画展的"前言"面前久久驻足，我、杨修、"鸡胸"、李南我们读到了"那时"不懂的语言：

　　一年很快地融进历史。

　　我们不再是孩子了，我们要用新的，更加成熟的语言和世界对话。艺术本身就是一种标志，表明作者有能力抓住美在宇宙中无数反映的一刻。那些惧怕形式的人，只是惧怕除自己之外的任何存在。

　　世界在不断地缩小，每一个角落都有人类的足迹。不会再有新的大陆被发现。今天，我们的新大陆就在我们自身。一种新的角度，一种新的选择，就是一次对世界的掘进。现实生活有无尽的题材。一场场深刻的革命，把我们投入其中，变幻而迷蒙。这无疑是我们艺术的主题。

　　当我们把解放的灵魂同创作灵感结合起来时，艺术给生活以极大刺激。我们决不会同自己的先辈决裂。正如我们从先辈那儿继承来的，我们有辨认生活的能力，及勇于探索的精神。我们在新的土地上扬鞭耕耘。未来必定是我们的。

我重复这样的话："我们要和世界对话""世界在不断地缩小，每一个角落都有人类的足迹。不会再有新的大陆被发现。"我几乎念出声："今天，我们的新大陆就在我们自身。一种新的角度，一种新的选择，就是一次对世界的掘进。……一场场深刻的革命，把我们投入其中，变幻而迷蒙。这无疑是我们艺术的主题。"我重复，说不出话，至今我认为这是真正结束一个时代、开启一个时代的语言。一个时代的结束，毫无疑问是那个时代语言的结束。我被抽象的诗和变形的画震惊，从没见过这样的非宣传的艺术，我觉得当代历史向我走来，与我个人化的历史重合。在那样一个总是"到处莺歌燕舞，形势一片大好，永远很好"的主体语言中，这儿的画大部分色调暗淡，意义隐晦，给人强烈的印象，你觉得所有画里都有着深不可测的异端力量。第二天我和杨修交换了那晚的日记，我们的日记简直差不多，我看到杨修激情地写道："火，灵魂的火，在这里，在大庭广众之下，在我们久久的注视中（杨修喜欢用排比），在用一种变形的艺术爆发出来，一反古老传统，有朝气，有力量，使你深沉，使你强烈，使你思索你头脑并不清楚但强大的时代问题，历史问题，生活问题，一切问题。哪怕不知道在思索什么你仍在苦苦思索，你感到心中充满要爆发的东西，就是要变形，要夸张，要奇怪，要突兀、怪诞，不这样不足以（"文革"语言痕迹）对丑恶批判，对美好赞扬，对光明追求，对传统挑战，对黑暗控诉，不这样不足以要求解放，向往自由，总之，星星美展，对我总的感觉是强烈，强烈，有力，有力，就是说，不能再这样生活下去，要变，要变，中国人的灵魂要来一个大翻身，要在我们古老民族灵魂的废墟上建立起崭新的魂，未来属于这一代年轻人，人从此站起来了！星星呵，启明的星星呵，你是太阳到来前的先导，在黑暗中，你给了人们最初的一线光明，让我们满怀希望地在心中迎接那光辉的太阳!"这就是当年的杨修。

我把他的日记抄录在了我的日记中,作为当天的日记。但是仍不是一个人的日记,是一代人的日记,但或许正因为如此杨修实际上并没有自我,一个没有建立起真正自我的人,历史是什么他就是什么。他没有自己的轮椅,他连意识到都没有。但我仍然喜欢杨修,杨修真,不像"鸡胸"。可能出于我儿子长得越来越像"鸡胸"的原因,对他在哈佛大学任教学术地位日高多少有些不屑,我对"鸡胸"存有偏见,但有一点是确实的,那就是"鸡胸"始终似是而非。

杨修是真问题,"鸡胸"是个假问题。

如果说当初我无法拒绝李南,并不意味着我后来不可以选择。我爱李南,至今仍爱,但不是无条件的。她对我也一样。顺便说一下,我喜欢她每年寄给我的我一个字也读不懂的书。这些书现在已是我书斋重要的一部分,每年我都会拿出一两本翻一翻。

关于李离的描述,我承认,有不确切的地方,我试图找到她,始终没有。李离与杜远方同时在人们的视线中消失,一直没有音信,一个电话也没给杜远方打过。当然他们的手机都换了,他们新的秘密手机号未及告诉对方。李离多半去了国外,她的女儿在海外读书,没理由继续留在国内。她的钱也都在国外,足够在海外度过一生。但是就在前不久,本书已写完之后,我从敏芬那儿得到了李离的死讯。并不确定。敏芬是听蓝莉莉说的,蓝莉莉又是听蓝说的,蓝是怎么得到的李离的死讯,尚不得而知。大致情况是,李离死于墨尔本的一个海滨,自杀。我不太相信自杀,以李离的性格应该不会,就凭有那么多存款也不会,况李离的女儿也在墨尔本读书,怎么可能会自杀呢? 墨尔本警方一定有问题。而且，死的人到底是不是李离呢？重名的人很多的，我让敏芬再打听。

关于李离，因为没见过，我主要是靠杜远方与居延泽的讲述完成的，有些缺得很多，就像博物馆某些破损严重的陶罐已不完全是真实的陶罐，因为当真实被复原出来，显然已不仅仅是真实。但是有些比较远的真实应该是确凿的，比如早年的灌装流水线，穿工装戴白帽子的李离，那个眼白发蓝又异常朴素的李离。我想如果李离还活着，是否经常会在某个海边回忆流水线上的自己？她会更想谁？杜远方，还是居延泽？当然是杜远方吧。她回来过吗？到过两个人谁的墓地？当爱已成往事，一切已成往事，也许的确不再有悲伤，只有微笑，笑对人生。和解吧，没什么不能和解的。与自己，与世界，与曾经的追求，与一切，甚至与这么多年的轮椅。我想，我会越来越宽容。

我也不年轻了，如果敏芬或谁推我，我不会反对。

2014 – 05 – 15

北京·云居

附录一

思想的烟斗

2012 年春，我在北京密云寻得一间小房子，开始写《三个三重奏》。房间坐落在山上，如庙一般，适合写长篇小说。长篇小说写作无异于一种修行，每一天都是同一天。每每心有所感、所动，以往会停下燃上烟，深深吸上一口，随着吐出的烟也吐出了思想。戒烟后逢到这时会上一下微博，思想被微博收拢。一百四十字毫无压力，像端起照相机，给心灵的风景拍一下。在这个意义上，微博也如同心灵的摄影。到了这年秋天心灵的影像竟积累了有一些，感慨系之写道："长篇小说与微博节奏正好互补：创世的庞大、艰难、没有边际的劳作与瞬间所感的记录映照，十分神奇。如同一种复调，钢琴与长笛的间奏，大河与小溪的呼应，构成一种立体的写作。一部长篇小说下来，后面会跟着多少细细的涓涓的微博呢？"也可以说这是《三个三重奏》的又一重奏，下面选择一部分，可窥一斑。

壬辰年春，寻山野小居，入密云之水库南岸，得一厅一室一露台，坐拥阳光，或看云起，名之曰：云居。

环居皆山，环山皆云，又一个早晨升起来了。

阴影在小山的弧度上撤退，一如阳光的前进。虽同样的速度，阳光的速度看起来要快得多，也强大得多。

云居大雨，坐看山水而下，自有一种泰然。

《美国往事》的黑色抒情方式，或许适用于我们某类题材的小说。腐败与权力，在其过程中事实上充满着多棱镜式忧伤的人性，略萨说的"政治为文学服务"的观点值得思考，让我不再畏惧现实/政治。中国的官场不应让纯文学畏惧，相反提供着丰富的资源，关键在是否能化腐朽为神奇。

室外写作一大好处是抬眼即远山，可注视，可休息，可看山峰的曲线，浮云，早晨的月亮，越来越淡的月亮。

冒险，没把握，但人就是在没把握之中发现潜能的。写作就该这样把自己投入到没把握之中，然后惊讶地发现自己。这时的发现还往往具有创造性，因为不是预设的，是平时你在不属于自己领域而又关注的过程中积累的。

每天，驯服内心，定于一点，甚至难点，并非易事。在这个意义上，写作比早起念经、观想似乎艰难。好的写作者，一定都是修行者。

追逐那些念头，抓住那些念头，念头与词语最初粘连在一起，如同肌肉与组织，分开它们会丧失一部分，但关键词不会消失。于是重新浮现，追逐，抓住，逻辑，条理，慢慢变得清澈，澄明，快感由此而生。这就是修行，写作的仪轨。

读过两次《安娜·卡列尼娜》，一次是上大学，一次是在西藏。记不得有什么原因要在西藏重读，或许山上寺院的经声影响了我？三十年后，第三次读《安娜·卡列尼娜》，百感交集，时间纷至沓来。过去读《安娜·卡列尼娜》看不到自己，如今自己无所不在。

抓住瞬间心理刻画人物，往往异常真实，托翁与卡夫卡都是这方面的高手，前者日常、准确，后者悖论、奇崛，谁更牛真说不好。

西红柿被果实压垮，与风无关。

午后，阳光更多照进了屋子。显然，太阳偏南了一些。一个星期前还不太明显，还是暑热统治着世界，这个星期季节似跳跃了一下。

有时，一句话会把小说带往不同方向，走了一段，甚至很长一段，才发现不是灵感，而是错误。

有时人会无意识地回到过去某阶段的生活，直到有一天突然恍然：这里不是和我当年在西藏的哲蚌寺山下的小山村很像吗？这里同样四周皆山，而你也同样属于山的一部分。

如果不放弃自我，仍能领略佛教的智慧才是正途。佛陀并不主张成为一个先验的佛教徒，认为要有一个证悟的过程。"如何让一滴水不干涸？让它流入大海。"没错，直接入海就是错的。

我的科技进步总是落后时代一截子，慢慢腾腾跟着这时代。我不能太快，快了会失重，那样可能会跟上时代，但却跟不上自己。一个走得太快的自己，心是跟不上的。

早晨的字还是有些不同，饱含了最静的时间。

沿着性格，身份，深入内心，会有意想不到的发现，产生意想不到的情节，往往也比当初预设的要深刻得多。这时的惊喜、内心的满足、对后面的瞻望、越来越清晰的感觉——是写作中最大的快乐。这样的快乐越多，就会越精彩。

不断地让自己意外，就是不断地让读者意外，事实上，这时候你的位置与读者的位置是相同的。

在看起来无路可走的地方，在传统认为不能走的地方，实际上恰恰埋藏着秘径，一旦找到，这秘径有时简直就好像专门为你准备的。

没有比古尔德弹的《哥德堡变奏曲》更适合写作背景音乐：抽象，干净，纯粹，没任何抒情因素，不会干扰你却陪伴着你。换句话说只有一种纯粹的孤独陪伴着另一种纯粹的孤独，孤独才成其为真正的孤独。一块岩石与另一块岩石摆在一起，才是最恰当的。

音乐，昙花，这些快的事物让天空渐白。雀正在集合，十分吵闹。开始写作。前面出现岔口，如何选择？昨天没解决的问题或许是今天醒得更早的原因？感谢音乐，昙花，鸟，感谢夜观昙花的人。没有不安，亦没有出离，无论多寂静时都有共存者。

第一次吃自己采的药，有种回到古代的感觉。灌丛掐花时便已想到喝到口中的味道，果真，有一种钟声在舌尖上敲响的感觉。事实上感觉都是相通的，只要某个契机身体就会一如花朵向所有的向度打开。回到古代是容易的，有时比回到现实容易。

内心的严格与分寸挑选着纷纭的内心，找到唯一性。唯一性就是准确性，与精密相关。找到了，一切就都变得清晰，恰如其分，就像钟表后盖打开。如果找不到，一切总是模糊的。甚至有时觉得找得差不多了，一端详，还是混乱，还不是钟的心脏。这时就需要反复安装，几个小时，几天，直到钟摆突然动了。

进入不了状态，在状态外游离，忽忽几个小时过去了。

关前徘徊：非要再设置一个顿挫，再发起攻击吗？已经山雨欲来，非要压回去，再慢慢升起吗？设想上似乎必要，但实际上机不可失，时不再来。战机意外地已现，计划赶不上变化，不要再迂回了，直取主峰！一部长篇小说，作者是将帅，要指挥千军万马，小的战役节奏固然重要，大的战略节奏捕捉与把握更重要。

收场同样重要，甚至整个前面，包括高潮，都是为收做准备。但这收又是铺垫，又是为更大的收场准备，不过仍是一个局部，这样的局部还有若干，最后不是成为一座建筑，而是一个建筑群。

有些词只有在擦亮之后，才发现原来它并不清晰，之前你觉得挺亮堂呢。句子，段落，章节也是这样，不擦不知道它们的脏和尘土，擦过才恍然，慨叹。反复地擦才会发现深度的光亮，这光亮与原来的光亮完全不同。没有真正的光亮可以一次抵达，因为发现之媒是分层的。

寂静也会疼痛，在打破的时候不会，恢复的时候会。如同灵魂离开自己过长，玩得尽兴，再回到身体，会感到不适，以致拒绝。那时灵魂总是不能着陆，飞来飞去，如同鸟始终不能降落。能够自由地飞出去，飞回来，这样的人要有，就是神了。

一弯红月亮升起。过去，夕阳落山，夜幕降临，只见过圆圆的红月亮。见到弯弯的一牙儿暗红的月还是第一次。红月牙儿更有味道，更像某类女人，难以描述。星星不多，以致整个天空都有一种调子。

预设与水到渠成是两个神秘的概念，两者位于时间的两端。预设属于前又属于后，类似抛物线，维度要复杂一些。水到渠成则是一个点，你不知它在哪儿，它无疑也应是抛物线的落点。但抛物线的运行充满盲区与不确定性，未来的一点在哪儿呢？但就在你毫无准备时如前方的灯一闪，两点突然感应，便是水到渠成。

变态是一种自由，但并不体现自由。《兰亭序》的可贵在于既是自由的又体现着自由。这也是狂草的真义，不断突破自由的边界，却不变态，以至达到形而上的自由。而某些变体，只是纯然个体的自由，实际体现的却是枷锁。

古老的写作，像19世纪的车站，月台，铁轨，蒸气笼罩，这样的缓缓启动不知多少回了，有时会停三天，有时一个星期，有时更长。在这个意义上，写作的确越来越像一种古老的行为，一个逆光的回到过去的行为。

有一次一个同行说我的东西感觉一气呵成，写得很快，我说那是一种修改的快。换句话说，是一种掌控中的快。有人迷恋非掌控的东西、一种状态下的书写，我觉得只有天才才可有此迷恋。我等愚钝，只能用反复的自己才能达成自己，多少与天才相抗。

一波三折是事物的规律，生活常如此，但我们的故事总是把握不了联系极其精密自在的三折，要么残缺不全，要么联系得造作，似是而非，经不起推敲，更不消说胡编乱造。只要不是真正的一波三折，就不真实，不真实意义就是悬空的。

一夜睡眠之后是离自己最近的时候。这时你仿佛刚从最核心的内心深处出来，只要稍稍后退一下，就可以待在最澄明之处。那里无色无味，比海水还净，连梦的痕迹也被澄明涤去。老子说的赤子之心大概就是这样，这样的心开始工作就是在原点工作。老天给人早晨，大概也是对早晨的人有所期待。

很少见到我们的小说有大段缜密的心理描述、感觉分析、意识流动，或许这注定是西方的专利？我们有瀑布式的感觉推进，有细节显示的微妙心理，有可意会不可言传的营造，有象征，映衬，指涉，但这一切都不能取代正面的心理描写的力量。这种描写因为缜密相当可怕，真实感让人望洋兴叹。

福克纳的可怕不在于在一个邮票大的地方创世，而在于内心世界的遁构。进入他的作品如同进入地下，你跟着他艰难地往前走，待回头世界已被部分地创造出来。然后这个世界越来越大，越来越精密，你在地下感叹：一个人怎么能有如此的创造能力，且是在地下！没这种遁构能力、福克纳就什么都不是。

　　不要说在现实中，就是在小说中人的心理也是多么丰富，瞬息万变！独自已是无限天地，两个人更像是对面开来的火车，窗口与窗口的那种交互，映现，飞速，一旦用文字放慢，也像高速摄影机放慢后的情形，多少真实与发现尽在其中。心理，如果准确予以表现，当然不会枯燥，更不会乏味，因为它就像分层的镜子。

　　黛山慢慢感光，大地沉静，没有任何鸟叫，连麻雀也不知道去向。零的世界，周而复始，昼长的日子已开始十天。开始与零总是很接近，仿佛一切还没开始，实际上瞬间，在那一秒的推动下，新的方向已开始。这时的时间还真不是人为的，之后才是。

　　总起来说一种稍冷的调子叙述起来感觉比较好，有张力和持续性。有时调子稍高，虽然局部表达是对的，准确的，但调式变了。这时甚至应牺牲一定的准确，包括精彩，保持原有的调子、张力而不破，总是压着一点，方是正途。为什么写得慢？慢就包含了这些东西。

　　事实上优秀的小说很少有故事像你，但有许多心理像你，在很多细微的地方让你产生认可。这是读者追逐的，更应是作者追逐的。

小说的调式无疑来自叙述者或作者，诸如各章的轻重，错落，色度，但更多时候来自于主要人物。如果是一个主要人物，通常是一个主旋，如是两个，则会有两种调式，像二重唱。在高潮到来之前这种二重性一直各唱各的，但是会逐渐走向合唱。当然合唱不是一次，而是一次高过一次。

　　有时觉得暗示得还不够，但实际上够了。分寸实在太考验人的判断力了，它是一个站在读者立场上的视角，这个视角要求你写的同时还是个最严格的鉴赏者。这种分裂越严酷就越有力，但如果太严酷了也会影响能力的发挥，但不严酷品质又难以上去。这里又有着一种宿命般的平衡，这只能看你的造化了。

　　慢慢地，小心翼翼地摆渡过来，待读者发觉已是急转直下、自然而然——转折就该这样。当我作为经典作品的读者，经常有这种不知不觉的逆转的阅读感觉，那么当我作为作者就更应自觉地这样写。写作从来不仅仅是作者行为，更是读者行为，越是最难时就越是一个懂得魔术的读者。

　　几个起伏后，再有一个契机，就可以下决断了。刚刚在积雪中散步小跑，突然找到了那个契机。经此契机，一条路已经展现，似乎像将山分开，看到一线天。当然，是否真的能达成最终结局还有一段荆棘路，但路，毕竟已隐现。之前，没那契机时还觉是在大山前，一如在年关前，现在好了，这年可过了，感谢上帝。

　　4点钟醒来，天和大地都还未醒。有祷告习惯的人还是好，这时有明确的事可干，可像清水一样洗涤精神，如同洗涤有诸多睡垢的身体：残梦、破碎的意识等等。无信仰，这时内心没任何语言，只能默默喝茶。

　　天色微启，岚气上升，小径弯曲。想起有一年在贝特留斯山谷，也是这样早，一个卢森堡老人靠在门板上吸烟斗，显然也没有祷告。远远我们就互相看见，待走到近前我们几乎同时微笑，示意。我看不到自己的笑，看到了老人的，那仿佛是一个睡了五十年的微笑。

附录二

把小说从内部打开

小说一直是一个封闭系统，电影很多时候还有画外音。画外音将观众从内部唤醒，意识到有个什么人在"梦"之外"讲"，这个人或是电影中的人物，或是编剧、导演，或是一个全能的人。有时虽然不讲但会打上一行字幕，"三年以后""五天以后"。字幕又是谁在"讲"？没有观众追究。为什么不追究？也没人问这个问题，它就那样存在着，甚至连写小说的人也不追究。小说家很少关注电影理论，对电影特别是电视剧几乎有一种排异反应，反正我从没涉足电影叙事学，就是写这篇文章时也还没有。但是当2008年前后，我对小说中的"注释"进行大肆改造时，我想到了电影中的画外音。尽管我从未追究过画外音，但事实上画外音对我的叙事在无意识上产生了影响。莫如说就最根本直觉而言，我喜欢画外音，我不知其他观众是否喜欢，我想应该是接受的。喜欢就一定有深层原因，记得许多年前看日本电视剧《阿信》，特别喜欢里面那娓娓的旁白，那亲切声音伴着阿信的行为，让观众很有些半梦半醒的感觉。梦依然做着，但也有人在梦之外对你说着什么，而且是关于梦的，这非常奇妙。换句话说，电影不是一个封闭的空间，由于画外音的存在是一个打开或者半打开的空间。

但小说几乎一直封闭着，如果看不到变化，我也习惯性地接受小说的封闭性，接受最早恩格斯的"作者越隐蔽越好"观点，我认为后来的"零度写作"的观点进一步强化了"隐蔽"观点。总而言之，"零度""隐蔽"的理由是使小说更有真实感，更"拟真"，或更梦境。虽然也大体知道元小说是在小说里谈小说，在小说里告诉读者我写的是小说，但总觉得这是一种把戏，意思不大。即使理论背景是颠覆、解构也意思不大，颠覆什么呢？模糊真实与虚构的概念？听上去新鲜，但还是把戏。小说本就是虚构，解构什么呢？这点把戏动摇不了小说的方法论，显然不是小说的方向。造反有两种，一种是建设性的造反，一种是破坏性的造反，我喜欢前者不喜欢后者，不喜欢在小说里简单宣扬我写的是小说，不是真事——这用得着你大声宣扬吗？就好像一个男人大声说我是男的一样。

还有，往达·芬奇《蒙娜丽莎》的嘴上画两撇胡子也算创新？作为玩笑可以，作为创新实在就不再是玩笑。建设性的造反则不同，它是丰富而不是否定、打倒，是扩大小说的疆土而不是缩小小说的版图，甚至定于一点——就像罗布－格里耶"物化"的描写一样单调。小说应是"还可以这样"，还可以那样写，任何一种写法都具有建设性而不具有否定性，总之是丰富是变化。不过现代主义小说在五花八门的成功与不成功的实验之后尽管已走到头，如法国的"新小说"走到了头，走进了死胡同，但走到头并不意味着事情结束，有趣的一面正是：现代主义小说虽然走到头了，但传统小说再也不能像以前那么写了。我觉得这是先锋小说最大功绩。

我对"注释"的改造也是压抑的结果，是总想伺机逃离"一成不变"的结果。事情是这样的，2007年读保罗·奥斯特《神谕之夜》，看到一个新鲜的注释让我眼前一亮：居然是一个叙事性的注释。虽然这个注释不太长，只是一小段，一下照亮我内心巨大的空间。我看到我的可能——压抑太久的可能，别看保罗·奥斯特只是这么一个小点，对我却可以藉此像发现我的叙事的新大陆，我觉得沿着这一点缝隙可大干一场。就像任何创新、变化或造反都不是凭空而来的一样，就像哪怕是意识流这样的手法说起来也是源远流长，如普鲁斯特、乔伊斯、福克纳、西蒙——形成了一个意识流变迁的谱系，都是在前人的一点上发扬光大，我也是把别人的一点放大完成了我的变化。那时我正在写《天·藏》，这本书写法上本来就有点追求不一样，小说有两个叙述者，两种人称，但是形式比较僵硬，腾挪转换起来比较机械，比略萨的所谓"结构主义"小说还要机械——略萨已经够机械的了。机械实际上是一种困难，只不过是把困难从外部逻辑化、模式化了，有很大的人为性。对此我一直有点狐疑，但也没什么太好的办法，"注释"或对"注释"的挪用一下照亮我的困难。我可以把两个叙述者之中一个放到"注释"这个空间，把它撑大，无限大；这时候它已不是一个传统的注释，但又是由注释撑大的。这非常奇妙，我可以在这里恣意腾挪，以前全部的困难之间都发生了联系，叙述空间不是从外部而是从内部打开，感到一种空前的解放。

"先锋即自由"，但不是混乱、胡闹，正像自由的本质是一种自然的秩序一样，先锋本质上是一种神奇又合理的秩序与秩序感，是发现了过去不曾发现的秩序，先锋即发现——我觉得更贴切，不易产生误解。"注释"的运用让我的小说摆脱了结构的机械性，具有了我们文化中特别强调的自然性。一次我在鲁院讲课时讲到了《天·藏》注释文本的诸多功能：除了叙事，还有话语功能、转换视角功能、调动结构功能、让无联系的产生联系的功能，与读者对话的功能。事实上"注释"成了《天·藏》这部小说的后台，读者不仅能看到小说的前台，还能看到后台，一如食者不仅吃到一桌菜还能看到操作间某些烹饪的过程。它成为小说的第二文本，这已不是具体技术，而是世界观，也是方法论，是怎样看世界以及对世界的重构。没有这样的方法，就无法构置一个自由而又充满自然性秩序感的世界。

换句话说，对"注释"的挪用与改造不是一次性的技巧，这种改造不是我发明的，事实上也不是保罗·奥斯特发明的。如同意识流不是任何人发明的，谁都可以用，我也可以再用，写《三个三重奏》我再次使用了注释这一第二文本的方式，我想证明它是可重复使用的。《天·藏》与《三个三重奏》在题材上有很大不同，一个是大雅，一个是大俗，能不能再用？事实证明是可以的。当然了，因为题材不同也必然有变化有发展，这次为什么叫《三个三重奏》？其中就是因为"三重结构"在这部小说中比起《天·藏》的结构更鲜明更完整。没有"注释"的意识，根本不可能这么想小说，不可能把无关变得有关，不能组织起这部小说。什么是方法论？这就是，而不是一个一次性的技巧。"注释"在《三个三重奏》变得更自觉，也更加强大，作为其中一个"三重奏"完全可以和另两重结构分庭抗礼。

　　有一次写作过程中有感，怕忘记，我在微博上迅速写道："注释与正文的切换，有种奇妙的时光互映效果，如同将自己的童年P在中年上，或者相反，将中年P在自己童年上。另外，正文是故事，是特定的具体的封闭的场景，注释则是话语，是宏大的敞开的话语空间，是随笔、议论、叙事、夹叙夹议的集装箱。"我写道："故事是建筑的主体，注释则是场外的咖啡厅、花园、街道，甚至另一个剧院上演的另一个故事。一本书是一个建筑群，有主体，回廊，花园，仓库，喷泉，诸如此类，读者要有户外活动，光有主体是不够的。"我甚至把这条微博写到小说里——"注释"里。

　　"注释"改变了我的小说的结构方法，让许多不可能的变成了可能，没有联系的发生了联系，如果过去房间没有窗户，现在可以有一个大窗户，一个阳光房；过去小说是封闭的，现在小说是打开的。在《天·藏》中我感到了这些，在《三个三重奏》中更感到了这些。电影有画外音，小说有了"注释"，这不是一个简单的事情，小说可以像电影那样叙事，编剧、导演、角色都可参与进来，小说的疆土扩大了多少？画外音在电影里一般比较微小，"注释"在小说中却可以非常强大，这又是小说与电影的不同。两者过去没联系，但殊途同归呼应到一起，一切就是这么有趣。

图书在版编目(CIP)数据

三个三重奏 / 宁肯著. —北京：北京十月文艺出版社，2014.10
ISBN 978 - 7 - 5302 - 1412 - 1

Ⅰ.①三…　Ⅱ.①宁…　Ⅲ.①长篇小说—中国—当代　Ⅳ.①I247.5

中国版本图书馆 CIP 数据核字(2014)第 157446 号

十月长篇小说创作丛书
三个三重奏
SANGE SANCHONGZOU
宁肯　著
*
北 京 出 版 集 团 公 司　出版
北 京 十 月 文 艺 出 版 社
(北京北三环中路6号)
邮政编码:100120
网址:www.bph.com.cn
新 经 典 发 行 有 限 公 司 发 行
新 华 书 店 经 销
三河市三佳印刷装订有限公司印刷
*
890 毫米×1270 毫米　32 开本　15.375 印张　380 千字
2014 年 10 月第 1 版　2015 年 5 月第 4 次印刷
ISBN 978 - 7 - 5302 - 1412 - 1

定价:39.80 元
质量监督电话:010 - 58572393